록우드 심령 회사 2

일러두기
· 각주는 모두 옮긴이 주입니다.
· '*'로 표시된 용어의 뜻은 용어 사전을 참고할 것.

록우드 심령 회사 2

LockWood &Co.

조나단 스트라우드 지음 _ 강아름 옮김

속삭이는 해골

달다

차례

I

윔블던 망령

1

"보지 말고 듣기만 해." 록우드가 말했다. "한 놈이 더 있어."

힐끗 돌아보니 그의 말이 맞았다. 그리 멀지 않은 곳, 빈터 저편 땅바닥에서 '두 번째' 유령*이 떠올라 있었다. 첫 번째와 마찬가지로 파리하게 사람의 형상을 한 안개의 막이 컴컴하고 축축한 풀밭을 맴돌았다. 고개가 괴상한 각도로 꺾인 모양새가 꼭 목이 부러진 것 같았다.

나는 도끼눈을 떴다. 끔찍하기보다 짜증스러웠다. 록우드 심령 회사의 신입 현장 요원*으로 일 년 동안 일하면서 오만 가지 형상과 크기의 무시무시한 방문자*들을 손본 터였다. 부러진 목도 예전만큼 거북하지는 않았다. "와우, 거참 끝내주네." 내가 말했다. "저건 또 어디서 튀어나왔대?"

록우드가 작업용 벨트의 접착식 줄을 뜯고 레이피어*를 뽑는 소리가 들렸다. "상관없어. 이놈은 내가 감시할게. 넌 네 쪽을 맡아."

나는 원래 임무로 돌아갔다. 쇠사슬 방어진에서 3미터쯤 떨어진 곳에 최초의 환영*이 둥둥 떠 있었다. 우리와 이러고 있은 지 벌써 오 분째, 놈은 매분 매초 선명해졌다. 이제 팔다리의 뼈와 그것들을 매듭처럼 연결한 연골이 육안으로 보일 정도였다. 형상 가장자리에서 일렁이던 플라스마* 가닥들은 어느새 굳어 다 삭아빠진 옷으로 변해 있었다. 헐렁한 흰 셔츠와 너덜너덜 무릎께까지 오는 어두운 색 반바지였다.

유령이 내뿜는 냉기가 파도처럼 닥쳐왔다. 훈훈한 여름밤인데도 덜렁거리는 발가락뼈에 맺힌 이슬들이 고드름으로 얼어 반짝거렸다.

"말은 되네." 록우드가 자기 어깨 너머에 대고 외쳤다. "범죄자를 목매달아 교차로 근처에 묻는데 그게 꼭 한 명이란 법은 없잖아. 둘일 가능성도 얼마든지 있지. 이런 상황도 예상했어야 했어."

"자, 그럼 그 예상은 왜 못 한 건데?" 내가 말했다.

"그건 조지한테 물어보는 게 낫겠어."

땀에 젖은 손가락이 미끈거렸다. 나는 검을 고쳐 쥐었다. "조지?"

"왜?"

"상대가 둘이란 걸 우린 왜 몰랐지?"

삽이 질척한 땅에 퍽 하고 꽂히는 소리가 들렸다. 한 삽 가득 떠낸 흙이 내 신발에 후두두 떨어졌다. 땅속에서 툴툴거림이 이어졌다. "난 과거 기록을 추적할 뿐야, 루시. 기록에 따르면 여기 묻힌 사형수는 한 명이고. 두 번째 양반의 정체는 나도 알려야 알 수가 없어. 어디 누구 삽질 좀 하실 분?"

"난 됐어." 록우드가 말했다. "삽질은 네가 선수인데 뭘, 조지. 너랑 잘 어울려. 그 아래쪽 상황은 어때?"

"힘들어. 불결하고. 게다가 나도 모르게 열심이야. 그것만 빼면 나름 괜찮아."

"뼈는 없고?"

"무릎뼈 하나 없어."

"계속 파봐. 출처*는 틀림없이 거기 있어. 이젠 시체 '두 구'를 찾는 거야."

출처는 유령이 매여 있는 사물을 뜻한다. 출처의 위치만 특정하면 출몰* 사태를 통제할 수 있다. 문제는 그걸 찾기가 마냥 쉽지만은 않다는 거다.

조지는 숨죽여 중얼거리며 몸을 숙이고 일로 돌아갔다. 밝기를 낮춰 가방 옆에 둔 석유등들의 빛 속에서 그는 안경을 쓴 대왕 두더지처럼 보였다. 땅은 가슴 깊이까지 파 내려간 상태였고, 그가 떠낸 흙더미가 쇠사슬 방어진 안쪽을 가득 채우다시피 했다. 부지에 있던 커다란 사각형의 이끼투성이 돌을 우리는 매장 위치 표시석으로 확신했고, 통째로 뽑아 옆으로 치운 지 오래였다.

"록우드," 내가 불쑥 말했다. "이쪽 놈이 다가오는데."

"당황하지 마. 살짝 막기만 해. 동작은 단순하게 하고. 집에서 '스르르 조'한테 하는 것처럼. 그럼 놈이 철*을 감지하고 알아서 피할 거야."

"그래도 되는 거 확실해?"

"오, 그럼. 걱정할 거 전혀 없어."

말이야 쉽지. 그러나 화창한 오후에 자기 사무실에서 지푸라기 모형인 조를 상대로 검술 연습을 하는 것과 유령의 숲 한복판에서 망령*을 막아내는 건 차원이 다른 문제다. 나는 대단한 확신은 없이 레이피어를 흔들었다. 유령은 꾸준히 흘러왔다.

이제 놈의 형상이 제대로 보이기 시작했다. 두개골 부근에서 길고 검은 머리칼이 펄럭였다. 왼쪽 눈구멍에는 눈알 찌꺼기가 남아 있었지만 오른쪽은 휑했다. 뒤틀리며 썩어들어 가는 살점들이 광대뼈에 붙어 덜렁거리고, 아래턱은 옷깃 위에 삐딱한 각도로 걸려 대롱거렸다. 몸은 뻣뻣했고, 두 팔은 몸통에 묶이기라도 한 듯 옆구리에 고정돼 있었다. 형상은 파리한 아지랑이 같은 다른빛*에 둘러싸여 있었다. 아직껏 교수대에 달랑달랑 매달려 바람과 비에 흔들리기라도 하는 양 부르르 몸을 떨기도 했다.

"방어진 근처까지 왔는데." 내가 말했다.

"내 쪽도 마찬가지야."

"정말 제대로 섬뜩하네."

"뭐, 내 쪽은 손이 다 잘리고 없는걸. 이건 못 이기겠지."

록우드가 느긋하게 말했다. 하지만 놀랍지 않았다. 록우드는 언제나 느긋하게 말하니까. 아니, 거의 언제나라고 해야 하나. 전에 배럿 부인의 무덤을 열던 당시의 그는 확실히 허둥거리고 있었다. 근사한 새 외투에 남은 손톱자국이 가장 큰 원인이긴 했지만. 나는 그를 곁 눈질로 힐끗 봤다. 그는 검을 앞세우고 서 있었다. 키가 훤칠하고 몸은 늘씬했다. 느릿느릿 가까워오는 두 번째 방문자를 언제나처럼 태평스레 지켜보고 있었다. 석유등 불빛이 그의 갸름하고 파리한 얼굴을 비추며 콧날의 우아한 선과 헝클어진 앞머리를 잡아냈다. 그는 한쪽 입꼬리가 살짝 올라가는 미소를 짓고 있었는데, 위기 때마다 동원하는 이 미소는 책임자로서 상황을 완벽히 통제하고 있음을 암시하려는 것이기도 했다. 그의 외투가 밤바람에 미세하게 펄럭였다. 언제나처럼 나는 그를 보는 것만으로 자신감을 얻었다. 검을 쥔 손에 힘을 주고 내 유령 쪽으로 고개를 돌렸다.

어느새 놈이 방어진 옆에 와 있었다. 소리도 없이, 생각이 떠오르듯 순식간에, 내가 저리로 눈길을 돌리기 무섭게 거리를 좁혀온 거였다.

나는 검을 위로 휘둘렀다.

놈의 입이 쩍 벌어지고 양쪽 눈구멍에서 푸르께한 불길이 확 타올랐다. 놈이 무시무시한 속도로 달려들었다. 나는 비명을 지르며 훌쩍 물러났다. 유령이 내 얼굴에서 고작 몇 센티 떨어진 방어벽과 충돌했다. 펑, 엑토플라즘*이 튀었다. 방어진 밖 질퍽한 풀밭으로 불똥이 비처럼 쏟아졌다. 이제 파리한 형상은 3미터가량 뒤로 물러나 부들거리며 연기를 뿜었다.

"루시, 조심 좀 하지." 조지가 말했다. "방금 네가 내 머리를 밟았다고."

록우드가 경직되고 걱정스런 목소리로 물었다. "뭐야? 어떻게 된 거야?"

"난 괜찮아." 내가 말했다. "놈이 공격했는데 방어진에 막혔어. 다음번엔 화염탄을 써야겠어."

"괜히 낭비하지 마. 당장은 검과 쇠사슬만으로 충분해. 조지, 좋은 소식 좀 줘봐. 지금쯤은 뭔가 나왔겠지, 그럴 거야."

대답 대신 삽을 내던지는 소리가 났다. 진흙투성이 형상 하나가 힘겹게 구덩이를 빠져나왔다. "소용없어." 조지가 말했다. "여기가 아냐. 벌써 몇 시간째 삽질 중이라고. 매장된 게 없어. 아무래도 우리가 실수했어."

"아니." 내가 말했다. "무조건 여기야. 정확히 여기서 목소리를 들었다고."

"미안, 루스. 저 아래엔 아무도 없어."

"참나, 이게 다 누구 때문인데? 저 밑에 있을 거라고 한 건 너잖아!"

조지는 티셔츠에 마지막 남은 깨끗한 부분에 안경을 문질렀다. 그러면서 태평스레 내 유령을 쳐다봤다.

"오오, 네 유령은 나름 미녀네." 그가 감탄했다. "눈은 어쩌다 저 지경이래?"

"남자거든." 내가 쏴붙였다. "옛날엔 남자들도 머리칼을 길렀어. 다들 알다시피. 그리고 말 돌리지 마! 우리가 여길 고른 건 네 조사 탓이잖아!"

"내 조사와 네 재능* 탓이지." 조지가 퉁명스레 말했다. "목소리를 들은 건 내가 아니거든. 이제 그 입 좀 다물지 그래. 앞으로 어떻게 할 지나 결정하자고."

그래, 어쩌면 내가 좀 신경질적으로 구는 걸 수도 있었다. 하지만 썩어 문드러진 몰골로 얼굴에 달려드는 시체는 늘 사람을 좀 예민하게 만든다. 게다가 내가 아예 없는 말을 한 것도 아니었다. 그러니까, 조지는 여기에 시체가 있다고 장담했었다. 그가 찾아낸 건 살인자이자 양 절도범인 존 맬러리의 기록이었다. 이 사람은 1744년 윔블던 거위 축제에서 교수형에 처해졌는데, 당시에 인기를 끌었던 소책자에 그의 처형을 축하하는 글이 실릴 정도였다. 존 맬러리는 사형수 호송차를 타고 얼스필드 사거리 근처로 가 9미터 높이의 교수대에 목이 매달렸다. 그 상태로 '까마귀와 썩은 고기를 먹는 새들의 처분에 맡겨졌고,' 너덜너덜해진 유해는 근처에 매장됐다. 이 사연은 웬 망령 하나가 공원에 불쑥 나타나 동네 꼬맹이들의 놀이터로서의 명성을 살짝 실추시킨 이번 출몰과 아주 근사하게 맞아떨어졌다. 유령은 관목이 울창한 구역 근방에서 목격됐다. 이 숲이 '맬러리의 종말'이라는 이름으로 불린 적이 있다는 사실을 발견했을 때, 우리는 일이 제대로 돼간다고 느꼈다. 이제 무덤의 정확한 위치만 짚어내면 끝이었다.

그날 밤 숲에는 이상하게 불쾌한 분위기가 흘렀다. 숲의 대부분을 차지한 오크나무와 자작나무는 괴상하게 뒤틀려 있었고, 겹겹이 앉은 녹회색 이끼가 나무등치들의 숨통을 조였다. 그중 어떤 것도 평범한 모양처럼은 보이지 않았다. 우리 각자는 특수한 재능, 그러니까 유령스러운 것에 특화된 심령 감각들을 동원했다. 내 귀에는 이상한 속삭임이, 놀라 자빠지도록 시끄럽게 나무가 삐걱거리는 소리가 계속해서 들렸지만 록우드와 조지는 전혀 감지하지 못했다. 시각*이 뛰어난 록우드는 저 멀리 나무 틈에 선 누군가의 윤곽이 언뜻언뜻 보인다고 했다. 그러나 고개를 돌려 똑바로 보려고만 하면 형상은 사라지고 없었다.

숲 한복판에서 우리는 작은 빈터를 발견했다. 나무는 한 그루도 자라지 않는 땅에서 속삭임이 요란했다. 나는 소리를 찬찬히 쫓으며 길고 축축한 수풀 사이를 이리저리 다닌 끝에 이끼를 덮어쓴 채 빈터 가운데에 반쯤 묻힌 돌덩이를 찾아냈다. 그 바로 위가 냉점이었고, 돌에는 거미줄이 주렁주렁 걸려 있었다. 축축한 느낌의 비정상적 공포가 우리 셋을 동시에 덮쳤다. 나는 가까이서 중얼거리지만 누구 건지는 모를 목소리를 한두 번쯤 들었다.

모든 게 맞아떨어졌다. 우리는 그 돌이 맬러리의 매장 위치를 표시한다고 봤다. 그래서 쇠사슬로 방어진을 구축하고 작업에 돌입했다. 삼십 분 내로 사건의 끝을 보게 되리란 기대에 차서.

두 시간이 지난 뒤의 성적은? 유령이 둘에 뼈는 없음. 우리의 계획과는 상당히 다른 전개였다.

"다들 진정 좀 하자." 조지와 내가 서로를 노려보느라 생긴 짧은 정적을 록우드가 파고들었다. "어째선지 길을 잘못 들었고 이대로 계속해 봐야 의미가 없겠어. 일단 철수하고 나중에 다시 오자. 당장은 이 망령들만 처리하는 거야. 뭐가 맞을 것 같아? 화염탄?"

록우드는 몸을 돌려 우리와 합류하면서도 두 번째 유령에게서 눈

15

을 떼지 않았다. 놈 또한 아까부터 방어진 근처를 맴돌고 있었다. 내 유령과 마찬가지로 썩어가는 시신의 모습이었는데, 기다란 프록코트*와 다소 화려하다 할 주황색 반바지를 걸쳤다. 두개골 일부가 떨어져 나간 듯했고, 주름 장식이 많은 소매에서 살점 하나 남지 않은 팔뼈가 튀어나와 있었다. 록우드의 말대로 두 손이 다 없었다.

"화염탄이 제일이야." 내가 말했다. "소금탄*으론 2급령*을 감당 못 해."

"멀쩡한 마그네슘 화염* 두 개를 써버리기는 좀 그런데. 출처는 찾지도 못한 마당에." 조지가 말했다. "얼마나 비싼지 너도 알잖아."

"검으로 막아볼 수 있을 거야." 록우드가 말했다.

"망령 둘을 상대로는 좀 위험하지."

"철가루를 던져볼 수도 있고."

"그래도 난 화염탄을 주장하겠어."

그사이 손 없는 유령이 방어진 바로 옆까지 다가와 우리 대화를 엿듣기라도 하듯 반만 남은 고개를 삐딱하니 기울이고 있었다. 다음 순간 유령이 몸으로 방어벽을 지긋이 밀었다. 다른빛이 분수처럼 하늘로 솟구쳤다. 플라스마 입자들이 쉭쉭거리며 바닥을 때렸다. 우리는 동시에 반걸음씩 뒤로 물러났다.

그리 멀지 않은 곳에서 내 유령도 다시 다가오기 시작했다. 망령들이 원체 이렇다. 굶주리고 사악하고 포기를 모른다.

"그래, 그럼, 루스." 록우드가 한숨을 쉬었다. "화염탄으로 하자고. 그쪽은 네가 맡아. 이쪽은 내가 처리할게. 오늘은 이걸로 마무리하자."

- 상의가 무릎까지 내려오는 남성 예복.

나는 엄숙히 고개를 끄덕였다. "이제야 말이 좀 통하네."

실외에서 그리스의 불*을 쓰면 어딘지 모르게 통쾌하다. 뒤탈 걱정 없이 다 날려버릴 수 있다. 게다가 망령은 몹시도 혐오스러운 유형의 방문자라서(물론 생골령*과 덩어리*도 만만치 않지만) 화염탄으로 처리하는 순간의 기쁨도 더하다.

나는 작업용 벨트에서 금속 산탄통을 뽑아내 유령 아래 지면으로 힘껏 던졌다. 산탄통의 유리 봉인이 깨졌다. 철과 소금*, 마그네슘이 터지며 우리를 둘러싼 나무들의 표면을 일순간 하얗고 뜨겁게 밝혔다. 그러고는 다시 컴컴한 밤이 내렸다. 망령은 사라졌고, 그 자리에는 환한 구름처럼 가라앉는 연기와 빈터의 어둠 속에서 죽어가는 이상한 들꽃들만 남았다. 풀밭 여기저기서 조그만 마그네슘 불꽃들이 사그라졌다.

"좋아." 록우드가 말하며 벨트에서 화염탄을 뜯었다. "하나 잡았고 하나 남았…, 왜 그래, 조지?"

괴기하고 얼빠지게 쩍 벌어진 조지의 입이 그제야 눈에 들어왔다. 그 자체로는 새로울 게 없었고 별로 신경이 쓰이지도 않았다. 그의 눈알도—안쪽에서 누군가가 밀어내기라도 하는 것처럼—안경에 닿기 직전까지 튀어나와 있었는데, 이 또한 처음 보는 건 아니었다. 정말로 찝찝했던 건 녀석이 손을 들고 있는 모양새였다. 숲을 가리키는 손가락이 심하게 흔들렸다.

록우드와 나는 손가락의 방향을 따라갔다. 그리고 봤다.

저 멀리 어둠 속에서, 마구 뒤틀린 나무의 몸통과 가지 사이에서 요괴스런 빛 하나가 떠다녔다. 빛 가운데에 뻣뻣한 사람 모양 형체가 걸려 있었다. 목이 부러졌는지 고개를 한쪽으로 축 늘어트렸다. 놈은 숲을 뚫고 꾸준히 이쪽을 향해 오는 중이었다.

"그럴 리 없어." 내가 말했다. "방금 막 날려버렸는데. 그새 형체를 되찾았을 리 없어."

"하지만 되찾은 거지." 록우드가 말했다. "내 말은, 그게 아님 교수대 망령*이 더 있다는 얘기밖에 더 돼?"

조지가 못 알아들을 소리를 냈다. 그의 손가락이 회전하더니 숲의 다른 쪽을 가리켰다.

나는 심장이 철렁했다. 속이 뒤집혔다. 희미하고 푸르스름한 '또 다른' 빛 하나가 움직이고 있었다. 그리고 그 뒤, 눈이 거의 닿지 않는 곳에서 하나 더. 그리고 저 멀리서도….

"다섯이야." 록우드가 말했다. "망령이 다섯 더 있어."

"여섯이야." 조지가 말했다. "저기 조그만 놈도 하나 있거든."

나는 마른침을 삼켰다. "도대체 어디서 나오는 거지?"

록우드의 목소리는 여전히 침착했다. "우린 지금 고립돼 있어. 뒤쪽 상황은 어때?"

내 옆에 조지가 파낸 흙더미가 있었다. 나는 거기로 기어올라 신경을 곤두세운 채 360도 회전했다.

석유등이 만드는 조그만 빛 웅덩이가, 그 주변을 빙 둘러 놓은 듬직한 쇠사슬이 보였다. 사슬의 은빛 고리들 너머에서 록우드의 유령이 새장 밖 고양이처럼 방어벽을 쿵쿵 쳐댔다. 온 사방에 매끈하고 검고 무한하게 뻗은 밤의 하늘에선 별들이 반짝이고, 은은한 한밤중의 숲 여기저기서 고요한 형체들 여럿이 움직였다. 여섯, 아홉, 열둘, 심지어 그 이상…. 누더기와 뼈와 반짝이는 다른빛으로 이뤄진 것들이 우리를 향하고 있었다.

"사방에 있어." 내가 말했다. "사방에서 좁혀오고 있어…."

짧은 정적이 이어졌다.

"보온병에 남은 차 좀 있는 사람?" 조지가 물었다. "입이 좀 마르네."

2

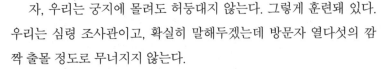

자, 우리는 궁지에 몰려도 허둥대지 않는다. 그렇게 훈련돼 있다. 우리는 심령 조사관이고, 확실히 말해두겠는데 방문자 열다섯의 깜짝 출몰 정도로 무너지지 않는다.

그렇다고 신경질도 안 낸다는 건 아니다.

"한 명이라며, 조지!" 내가 흙더미를 미끄러져 내려와 이끼투성이 돌덩이를 뛰어넘으며 말했다. "네가 그랬잖아. 여기 한 명이 묻혀 있다고. 맬러리라는 이름의 남자라고. 그 사람 유령을 좀 짚어줄래? 아니, 유령이 하도 많아서 못 고르나?"

벨트 고정쇠를 확인하며 거기 달린 산탄통과 화염탄의 끈을 정리하던 조지가 눈길을 들어 나를 노려봤다. "옛날 기록을 따른 것뿐이잖아! 내 탓을 하면 안 되지."

"차라리 내가 조사할 걸 그랬어."

"누구의 잘잘못을 따질 때가 아냐." 록우드가 말했다. 그는 아까부터 꼼짝하지 않고 서서 가늘게 뜬 눈을 깜빡거리며 빈터를 둘러보고 있었다. 록우드는 마음을 정하고는 즉시 행동에 돌입했다. "6호 작전. 6호 작전을 실행한다. 당장."

나는 그를 쳐다봤다. "그거 그냥 내빼기 아냐?"

"전혀 아니지. 품위를 지키며 일시 후퇴하는 작전이야."

"네가 생각한 건 7호고, 루스." 조지가 꿍얼거렸다. "하긴 둘이 비슷하긴 해."

"들어봐." 록우드가 말했다. "밤새 방어진에 있을 순 없어. 방어진이 버텨주지도 못할 거고. 동쪽에 방문자가 가장 적어. 두 놈밖에 안 보이거든. 그러니 우리도 그쪽으로 간다. 저기 커다란 느릅나무로 달린 뒤에 숲을 뚫고 나가 공원을 가로지를 거야. 빨리 움직이기만 하면 놈들도 우릴 잡는 데 애를 먹겠지. 조지와 내겐 화염탄이 남아 있어. 놈들이 접근하면 사용하자. 어때?"

딱히 끝내준다고 할 순 없었다. 하지만 내가 떠올릴 수 있는 다른 어떤 대안보다도 낫다는 건 확실했다. 나는 벨트에서 소금탄을 뜯어냈다. 조지는 화염탄을 준비했다. 우리는 작전 개시 명령을 기다렸다.

손 없는 유령은 계속해서 방어진 동쪽을 맴돌고 있었다. 쇠사슬을 뚫고 들어오려다 엄청난 양의 엑토플라즘을 잃었고, 그 탓에 가뜩이나 유감스럽고 딱하던 몰골이 더 험해져 있었다. 망령들은 도대체 뭐가 문제일까. 저 흉물스런 생김새는 또 뭐고? 왜 저들은 생전의 모습으로 현현*하지 않나. 이론이야 차고 넘치지만, 우리를 괴롭히는 출몰의 대유행이 워낙 그렇듯 아무도 답을 모른다. 우리가 이 사태를 난제*라 부르는 것도 그래서다.

"오케이." 록우드가 방어진 밖으로 발을 내디뎠다.

나는 손 없는 유령에게 소금탄을 던졌다.

폭발이 뒤따랐다. 소금이 터져 나와 플라스마와 접촉하며 에메랄드빛으로 타올랐다. 망령은 출렁이는 물에 비친 형상처럼 어른거렸다. 파리한 빛줄기들이 소금을 피해 활처럼 휘며 방어진에서 물러나

더니 좀 멀찍한 곳에서 다시 모여 너덜너덜한 형태를 갖췄다.

우리는 꾸물거리지 않았다. 벌써 방어진을 나가 검고 울퉁불퉁한 부지를 가로질러 달리고 있었다.

축축한 풀이 다리를 철썩철썩 때렸다. 손에 쥔 검이 요동쳤다. 나무들 틈에서 움직이던 파리한 형상들이 방향을 바꿔 우리를 뒤쫓았다. 가장 가까이의 두 놈이 스르르 빈터로 들어서기에 보니, 부러진 목이 이리 젖혀졌다 저리 젖혀졌다 하는 와중에도 머리는 나른히 하늘의 별을 보고 있었다.

놈들은 빨랐다. 하지만 우리가 더 빨랐다. 우리는 빈터를 거의 가로지른 상태였다. 키 큰 느릅나무가 바로 앞이었다. 록우드는 다리가 가장 긴 덕분에 꽤나 앞서나가 있었다. 다음이 나였고 바로 뒤가 조지였다. 이제 몇 초만 더 달리면 우리는 숲의 어둑한 구역, 유령의 움직임이 전혀 없는 곳으로 진입하게 될 터였다.

그럼 다 괜찮을 것이다.

내가 휘청했다. 어딘가에 발이 걸리며 철퍼덕 엎어졌다. 얼굴이 싸늘한 풀을 짓이기고 살갗에 이슬이 튀었다. 뭔가가 다리를 때리더니, 조지가 큰 대자를 그리며 내 위로 고꾸라지다 외마디 욕설과 함께 몸을 옆으로 굴렸다.

나는 눈길을 들었다. 느릅나무에 도달한 록우드가 뒤돌아서고 있었다. 그러고서야 깨달았다. 우리가 곁에 없다는 걸. 그가 조심하라고 외치며 우리 쪽으로 달리기 시작했다.

냉기가 스쳤다. 나는 옆을 봤다. 거기 망령이 서 있었다.

참신함 하나는 높이 사줄 만했다. 놈에게는 두개골도 퀭한 눈구멍도 없었다. 뿌리만 남은 뼈도 없었다. 이 망령은 시신이 부패하기 전의 형상을 하고 있었다. 얼굴은 온전했다. 부릅뜬 눈이 멍하니 번쩍였다. 살갗에는 코번트 가든 시장 가판대에 무더기로 쌓인 생선처럼 칙칙한 흰색 윤기가 돌았다. 놀라우리만큼 선명한 형체였다. 목에 감긴 밧줄의 섬유질 하나하나, 그 밝고 허연 치아에서 반짝이는 물기까지 고스란히 보였다….

그리고 나는 여전히 엎어져 있었다. 검을 들 수도, 벨트를 만질 수도 없었다.

방문자가 몸을 굽히며 희미하고 허연 손을 내뻗었다….

다음 순간 놈이 사라졌다. 내 위에서 타는 듯한 빛이 사방으로 튀었다. 소금과 재와 철의 불똥이 옷에 비처럼 쏟아지고 얼굴을 따끔따끔 쐈다.

솟구치던 화염이 사그라졌다. 나는 몸을 일으키기 시작했다. "고마워, 조지."

"내가 한 거 아냐." 그가 나를 일으켜 세웠다. "봐."

숲과 빈터에 움직이는 빛이 한가득이었다. 유령의 살을 가르도록 고안된 마그네슘 손전등의 희고 가는 빛줄기였다. 덤불을 뚫고 돌진하는 부산스러운 형상들은 입체적이며 검고 시끄러웠다. 나무 잔가지와 이파리가 발에 밟혀 으스러지고, 나뭇가지가 옆으로 밀리며 뚝뚝 부러졌다. 웅얼웅얼 명령이 내려졌다. 짧은 대답들은 기민하고 날카롭고 기강이 잡혀 있었다. 망령들의 진격이 저지됐다. 놈들은 당황한 듯 정처 없이 사방으로 흩어졌다. 소금이 터지고 나무 틈에서 그리스의 불들이 폭발했다. 그물처럼 검게 얽힌 나뭇가지들에 세찬 불길이 일더니 망막을 자극하며 밝게 타올랐다. 망령들이 하나둘 잽싸게 잘려나갔다.

우리 곁으로 돌아온 록우드도 이 느닷없는 개입에 조지와 나만큼이나 충격을 받아 얼어 있었다. 우리가 멍하니 보고 있는 사이, 빈터

23

에 진입한 형상들이 풀밭을 건너 행군해 왔다. 손전등과 폭발물의 빛 속에서 그들의 레이피어와 재킷이 비현실적인 은빛으로 완벽하고 완전하게 반짝였다.

"피츠 조사관들이야." 내가 말했다.

"아, 맙소사." 조지가 으르렁거렸다. "차라리 망령이 낫겠다."

상황은 우리 짐작보다 나빴다. 상대는 단순히 피츠의 늙은 조사관 무리 정도가 아니었다. 하필이면 킵스네 팀이었다.

이 사실을 우리가 곧장 알아챈 건 아니었다. 처음 십 초 동안은 상대가 손전등으로 우리 얼굴을 집중 공략하는 통에 앞이 아예 안 보였다. 빛줄기가 아래로 치워지면서, 그리고 들짐승 같은 킥킥거림과 역한 체취제거제의 조합을 통해 우린 그들의 정체를 깨달았다.

"토니 록우드." 재미있다는 듯한 목소리였다. "조지 커빈스랑…, 어…, 줄리였던가? 미안, 난 여자애들 이름은 기억을 못 해서. 지금 여기서 또 무슨 장난질을 하는 거지?"

누군가가 야간등을 켰다. 마그네슘 손전등보다 부드러운 빛을 내는 야간등이 모두의 얼굴을 환히 밝혔다. 우리 옆에 세 명이 서 있었다. 회색 재킷을 입은 다른 조사관들은 빈터를 이리저리 오가며 소금과 철을 뿌리는 중이었다. 나무 사이에 은빛 연기가 걸려 있었다.

"불만하네." 퀼 킵스가 말했다.

내가 이 인간 얘길 했던가? 퀼 킵스는 피츠 대행사* 런던 지부의 팀장이다. 피츠는 두말할 것도 없이 영국에서 가장 유서 깊고 명망 높은 심령 조사 대행사고. 스트랜드가의 거대한 사무소에서 삼백 명이 넘는 요원이 일한다. 그들 대다수가 열여섯 살 미만이고, 고작 여덟 살밖에 안 된 꼬마들도 있다. 조사관은 팀으로 나뉘어 움직이고,

각각을 성인 감독관이 이끈다. 퀼 킵스도 그 감독관 중 하나다.

사회인으로서 요령껏 말하라고 하면, 나는 그를 '작은 체구의 이십 대 초반 청년으로, 붉은 머리칼을 짧게 깎았고 길쭉한 얼굴에 주근깨가 많다'고 묘사하겠다. 요령 따위 집어치우고 (하지만 보다 정확하게) 말하라면 짜리몽땅한 키와 들창코의 소유자, 당근 같은 뚜껑을 머리에 덮어쓴 무능덩어리라 하겠다. 그 좁아터진 어깨에선 재킷에 달린 단추조차 빅벤* 크기로 보였다. 다리는 정말 웃음밖에 안 나왔다. 심술궂은 광대로밖에 안 보이는 사람이었다. 이제 너무 나이가 들어 자기 힘으론 유령을 더는 어찌해 볼 수 없다는 사실에도 아랑곳하지 않고 둘째가라면 서러울 듯 번쩍이는 레이피어를 차고 다녔다. 칼자루에 덕지덕지 붙은 싸구려 보석 탓에 그의 검은 늘 축 처져 있었다.

아무튼, 내가 무슨 얘길 하는 중이었더라? 맞다, 킵스. 그는 록우드 심령 회사라면 아주 질색을 한다.

"정말 볼만해." 킵스가 다시 말했다. "가뜩이나 허접한 꼬락서니가 오늘은 더하잖아."

나는 그제야 깨달았다. 하필이면 폭발하는 화염 한복판에 있는 꼴을 들켰다는 걸. 록우드는 옷 앞면이 불에 그슬렸고 얼굴에는 타버린 소금이 줄무늬 모양으로 들러붙어 있었다. 나는 몸을 움직일 때마다 외투와 레깅스에서 검은 먼지가 떨어졌다. 머리칼은 부스스했고 신발에서는 가죽 타는 냄새가 솔솔 올라왔다. 조지도 검댕을 뒤집어쓰긴 했지만 그걸 제외하면 폭발의 영향을 비교적 덜 받았다. 그건 아마도 온몸에 덕지덕지 바르고 있던 진흙 때문이었을 것이다.

---

* 영국 국회의사당 탑 위의 시계와 시계탑.

록우드가 셔츠 소매의 재를 떨며 태연스레 말했다. "도와줘서 고마워요, 킵스. 좀 만만찮다 싶었거든요. 상황을 충분히 통제하고 있었지만 그렇대도," 그는 깊은숨을 들이마셨다. "화염탄이 도움이 되긴 했어요."

킵스가 히죽거렸다. "고맙긴 뭘. 무지한 주민 셋이 죽자 살자 내빼는 게 보이더라고. 여기 있는 캣이 다짜고짜 화염탄부터 던지고 볼 수밖에 없었지. 그 멍청이들이 너희일 줄은 꿈에도 몰랐네."

킵스 곁의 여자애가 웃음기 없이 말했다. "이번 작전은 애들이 완전히 말아먹었어요. 이제 여기선 아무것도 못 들어요. 심령 잡음이 너무 많아서."

"글쎄, 출처는 분명 가까이에 있어." 킵스가 말했다. "찾기 쉬울 거야. 이제부턴 록우드네가 우릴 도울 테니까."

"설마요." 여자애가 어깨를 으쓱하며 말했다.

캣 고드윈, 킵스의 오른팔쯤 되는 이 조사관은 나처럼 '듣는 자'였지만, 우리의 공통점은 그게 끝이었다. 고드윈은 금발에다 늘씬하고 뿌루퉁했는데, 이 세 가지만으로도 내가 그녀를 싫어할 이유는 충분해서, 설령 그녀가 아픈 고슴도치들을 틈틈이 돌보는 상냥한 아가씨라 해도 여전히 싫었을 것이다. 사실 캣 고드윈은 꺾일 줄 모르는 야망과 냉정한 본성을 가졌고, 유머를 소화하는 능력은 테라핀*보다 못했다. 그녀는 농담을 짜증스러워 했다. 자신은 이해하지 못하는 뭔가가 벌어지는 듯 느끼는 것 같았다. 고드윈의 외모는 준수했다. 턱이 좀 너무 뾰족하다 싶지만. 그녀가 물렁한 바닥을 가로지르다 넘어지기를 반복하기라도 하면, 턱이 꽂혔던 자리마다 생긴 구멍에 콩도 심

---

* 북아메리카의 강과 호수에 서식하는 작은 거북.

을 것 같았다. 뒷머리는 짧았지만 앞머리는 비스듬한 각도로 이마를 덮어 휙휙 움직일 때마다 말의 앞머리 털이 떠올랐다. 회색 피츠 재킷과 치마, 레깅스는 늘 티끌 하나 없어서, 나는 그녀가 나처럼 요괴*를 피해 어쩔 수 없이 굴뚝 속을 기어올라 보기는 했는지, 브라이드 웰 하수구에서 소리정령*과 싸워본 적(공식적으로 최악의 업무 1위)은 있는지 의심스러웠다. 짜증 나게도 나는 매번 그런 지경에 처한 직후에 그녀와 마주치는 듯했고. 꼭 지금처럼.

"오늘 밤에는 뭘 쫓고 계시나요?" 록우드가 물었다. 뚱하게 침묵하는 조지나 나와 달리 그는 최선을 다해 예의를 지키고 있었다.

"이 집단 출몰의 출처." 킵스가 말했다. 그는 에메랄드색 빛이 폭발하면서 마지막 방문자가 이제 막 증발한 나무들을 가리켰다. "상당히 규모가 큰 작전이지."

록우드는 빈터를 줄줄이 가로지르는 어린 조사관 무리를 힐끗거렸다. 아이들은 소금총*과 새총, 섬광방사기를 들고 있었다. 훈련생들은 얼레에 감은 쇠사슬을 등에 매고 조사관들을 따라 종종거렸다. 다른 아이들은 휴대용 아크등•과 대형 찻주전자를 끌거나 은*으로 만든 봉인구*가 담긴 궤짝을 운반했다. "그렇군요…." 록우드가 말했다. "보호책은 충분히 마련돼 있고요?"

"너희와 달리," 킵스가 말했다. "우린 우리가 뭘 상대할지 알고 있었거든." 그러면서 우리 벨트의 빈약한 장비들을 눈으로 훑었다. "고작 그 정도로 망령 무리를 버텨낼 수 있다고 생각했다니 정말 모를 일이야. 뭐지, 글래디스?"

여덟 살쯤 돼 보이는 양 갈래 머리 여자애가 후다닥 달려와 멋들

• 탄소봉이 백열화해 빛을 내는 방식의 전등.

어지게 경례했다. "팀장님, 빈터 가운데서 심령 현상과 관련됐을 만한 걸 찾았습니다. 흙더미와 큰 구덩이…."

"거긴 그냥 두셔야겠습니다." 록우드가 말했다. "우리가 작업 중인 곳이거든요. 사실 이 모두가 우리 임무예요. 웜블던 시장이 이틀 전에 의뢰한 일입니다."

킵스의 적갈색 눈썹이 위로 들렸다. "미안한데 토니, 시장이 우리한테도 연락했거든. 공개 의뢰야. 누구든 착수할 수 있다고. 출처를 가장 먼저 찾는 쪽이 수임료를 챙기는 방식이지."

"뭐, 그럼 그건 '우리'가 되겠네." 조지가 냉랭하게 말했다. 안경은 그런대로 닦아냈는데 얼굴의 나머지 부분은 여전히 진흙에 뒤덮여 갈색이었다. 부엉이의 친척쯤 돼 보였다.

"그쪽이 출처를 찾았으면," 캣 고드윈이 말했다. "봉인을 했어야 하지 않아? 유령들이 지금껏 설치고 돌아다니는 이유가 뭔데?" 그런 턱과 헤어스타일의 소유자치고 일리가 있는 지적이었다.

"매장 지점을 특정한 거지." 록우드가 말했다. "지금은 유해를 찾으려고 땅을 파는 중이고."

침묵이 이어졌다. "매장 지점?" 킵스가 물었다.

록우드는 머뭇거렸다. "확실해요. 이 많은 사형수들이 묻힌…." 그가 킵스 일행을 둘러봤다.

고드윈이 웃음을 터트렸다. 부잣집 말이 일광욕 의자에 앉아 있다가 옆을 지나가는 당나귀 세 마리를 보고 경멸 섞인 히이잉 소리를 내는 장면을 상상해 보라. 조금 전 이 금발 여자애가 딱 그랬다.

"이거 완전 바보 명청이들이잖아." 킵스가 말했다.

"끝내주네요." 캣 고드윈이 코웃음을 쳤다. "정말 대단들 해요."

"왜 그러는데요?" 록우드가 딱딱하게 물었다.

킵스가 손가락으로 눈을 닦았다. "왜 그러느냐면 이 빈터는 매장지가 아니거든, 이 얼간이들아. 여기는 처형장이었어. 교수대들이 서 있던 곳이라고. 잠깐…." 그는 몸을 돌려 빈터 저쪽에 대고 외쳤다. "어이, 보비! 이리로!"

"네, 알겠습니다, 팀장님!" 아까 퀼 킵스가 작전을 감독하던 빈터 가운데서 작은 형체가 바삐 걸어왔다.

나는 속으로 끙 소리를 냈다. 보비 버넌은 킵스네 조사관 중 가장 신참에다 제일 짜증 나는 녀석이었다. 킵스와 일한 지는 고작 한두 달쯤이었다. 키가 몹시 작고 나이도 가장 어릴 법한 녀석이 어딘가 괴상하게 중년 남자를 떠올리게 하는 구석이 있어서 알고 보니 쉰 살이나 먹은 아저씨였단 사실을 자기네끼리 쉬쉬하고 있었다 해도 별로 놀랍지 않을 것이다. 왜소하기 짝이 없는 자기 팀장과 비교해서도 버넌은 조그맸다. 킵스와 나란히 서면 그의 어깨에 머리가 겨우 닿았다. 고드윈 옆에서는 가슴께 정도였다. 록우드와 비교하면 어떨지 생각조차 두려웠지만, 다행히도 나는 그 둘이 붙어 서 있는 걸 본 적이 없었다. 보비 버넌은 회색 반바지를 입었는데, 밑단에서 털북숭이 대나무 작대기처럼 왜소한 다리가 뻗어 나와 있었다. 발은 없는 거나 마찬가지였다. 브라일크림*을 발라 말아놓은 머리칼 아래서 파리한 얼굴이 특색 없이 빛났다.

버넌은 똑똑했다. 조지처럼 자료 조사 전문이었다. 오늘 밤에는 펜형 손전등이 달린 소형 메모판을 가져와서는 방수 덮개를 씌운 윔블던 커먼 지도에 불을 비춰가며 꼼꼼히 살피는 중이었다.

킵스가 말했다. "우리 친구들이 이 현장에 대해 뭘 좀 착각한 모양

---

*   남성용 헤어스타일링 제품명.

이야, 보비. 내가 교수대 얘길 해주긴 했는데. 보충 설명을 좀 해드리겠나?"

버넌의 히죽거림은 어찌나 자기만족적인지 그게 실제로 그의 머리 위를 빙빙 돌며 흐뭇해하는 양 보이기까지 했다. "물론입니다, 팀장님. 좀 수고스럽긴 했지만 저는 일단 윔블던 도서관으로 갔어요." 버넌이 말했다. "지역의 범죄사를 확인하기 위해서였죠. 거기서 맬러리라 불리던 남자의 얘기를 찾아냈는데, 그는…."

"윔블던 공원 부지에서 사형당해 여기 묻혔지." 조지가 쏴붙였다. "맞아. 그건 나도 찾았어."

"아, 그럼 윔블던 올 세인트 교회 도서관도 가봤어?" 버넌이 물었다. "거기서 이 지역의 흥미로운 연대기를 찾았거든. 알고 보니 교차로 확장공사를 하던 중에 맬러리의 유해가 발견됐더라고. 1824년인가, 그쯤이었던 것 같아. 유해는 수습해서 다른 곳에 묻어줬지. 그러니까 맬러리의 유령이 매여 있는 건 유골이 아니라 사망 장소인 거야. 이 구역에서 처형된 다른 모든 이들도 마찬가지고. 맬러리는 시작일 뿐이었다니까. 연대기의 명단에 따르면 수년에 걸쳐 수십 명도 넘는 이들이 처형됐고, 모두가 이곳 교수대에 매달렸어." 버넌은 메모판을 톡톡거리며 우릴 향해 싱글거렸다. "그게 다였어, 정말. 기록은 나름 찾기도 쉬웠고. 그것도 물론 적절한 곳을 뒤질 줄 알아야 가능한 얘기겠지만."

록우드와 나는 조지를 곁눈질했다. 그는 말이 없었다.

"물론 교수대 자체는 예전에 사라졌지." 버넌이 말을 이었다. "그러니까 우리가 찾아야 하는 건 모종의 기둥, 혹은 교수대들이 있던 자리를 표시한 돌 정도일 거야. 이게 좀 전에 본 유령 전체를 좌우하는 출처일 공산이 커."

"자, 토니?"킵스가 추궁했다. "일행 중에 그런 돌을 본 사람이라도?"

"저기 하나 있긴 했어요."록우드가 머뭇머뭇 말했다. "빈터 가운데에."

보비 버넌이 혀를 끌끌거렸다. "아! 그렇지! 설마… 사각형인데 한쪽 면이 비스듬하고, 넓고 깊게 홈이 팬, 그런 거였나?"

우리 누구도 그 이끼투성이 돌을 눈여겨보지 않았었다. "어…, 그랬을 수도."

"맞아! 그게 교수대 표시*야. 거기다 나무 기둥들을 세웠지. 처형된 시신들이 흔들흔들 걸려 있다가 막판에 조각조각 흩어진 것도 그 돌 위였다고."버넌은 우릴 향해 눈을 끔뻑였다. "설마 거기 손을 대거나 한 건 아니겠지?"

"아니, 아니."록우드가 말했다. "그대로 고이 놔뒀어."

빈터 가운데에 모여 있던 조사관 중 하나가 외쳤다. "네모난 돌을 찾았어요! 교수대 표시가 분명해요! 누군가가 땅에서 파내 패대기친 것 같은데요."

록우드가 움찔거렸다. 버넌이 거드럭대며 웃었다. "오, 맙소사. 유령 군집*의 핵심 출처를 뿌리째 뽑아놓고는 신경을 꺼버린 모양이지. 그토록 많은 방문자가 돌아오기 시작한 것도 당연해. 개수대를 채운다고 수도꼭지를 틀어놓고 깜빡하는 거랑 좀 비슷하거든…. 이내 난장판이 되고 만다는 점에서! 자, 난 이만 가서 이 중요한 유물의 봉인을 감독할게. 얘기 나눠서 즐거웠어."보비 버넌은 깡충깡충 풀밭을 가로질렀다. 우리는 음울한 눈으로 녀석을 지켜봤다.

"참 재능 있는 친구야."킵스가 평가했다. "녀석이 너희 팀원이면 얼마나 좋을까 싶겠지."

록우드가 고개를 저었다. "아뇨, 그랬다가는 맨날 녀석을 밟고 넘어지거나 소파 아래서 잃어버릴걸요. 자, 퀼, 누가 봐도 출처는 우리가 찾았고 봉인은 그쪽 조사관들이 하고 있으니 수임료는 당연히 나눠야겠죠. 6 대 4를 제안합니다. 우리가 6으로요. 내일 같이 시장을 찾아가 그렇게 얘기해 볼까요?"

킵스와 고드윈이 소리 내 웃었다. 그다지 살가운 웃음은 아니었다. 킵스가 록우드의 어깨를 토닥였다. "토니, 토니. 나도 도와주고는 싶지. 하지만 너도 아주 잘 알다시피 수임료는 출처를 실제로 봉인한 조사관한테 돌아가게 돼 있어. 안타깝지만 DEPRAC* 원칙이 그래."

록우드가 뒤로 물러서며 칼자루에 손을 얹었다. "그쪽에서 출처를 챙기시겠다?"

"물론."

"그렇겐 안 되겠는데."

"안타깝게도 네겐 선택의 여지가 없어." 킵스가 휘파람을 불었다. 그와 동시에 덩치가 거대한 요원 넷이, 다들 하나같이 마운틴고릴라의 가까운 친척쯤 돼 보이는 녀석들이 레이피어를 앞세우곤 어둠 속에서 성큼성큼 걸어 나와 킵스 옆에 정렬했다.

록우드는 벨트에서 천천히 손을 뗐다. 각자의 무기를 빼 들 참이었던 조지와 나도 마음을 가라앉혔다.

"한결 낫군." 퀼 킵스가 말했다. "어쩌겠어, 토니. 솔직히 너흰 제대로 된 대행사도 아니잖아. 조사관 셋? 너희 거라 부를 화염탄 하나 없이? 니들은 허접한 어중이 떼거지야! 제복을 맞출 형편조차 안 되는 주제지! 진짜 조직 앞에선 언제나 딱한 이인자 신세일 뿐이라고. 자, 공원을 가로질러 나가는 길은 찾을 수 있겠어? 아님, 여기 이 글래디스한테 손이라도 붙잡고 데려다 달라고 해줄까?"

굉장한 노력 끝에 록우드는 평정을 되찾은 상태였다. "고맙습니다. 길 안내는 사양할게요." 그가 말했다. "조지, 루시, 가자."

나는 벌써 걷고 있는데, 조지는 동그란 안경알 뒤의 눈을 번뜩이며 꼼짝도 하지 않았다.

"조지." 록우드가 다시 불렀다.

"그래, 근데 참 피츠 대행사답다." 조지가 중얼거렸다. "몸집이 크고 힘도 더 세니까 자기 앞에서 걸리적거리는 누구든 힘으로 치워버릴 수 있다고 생각하는 거. 글쎄, 난 그게 지긋지긋해. 다 제하고 실력으로만 붙으면 우리가 압승할 텐데."

"물론 압승하겠지." 록우드가 부드럽게 말했다. "하지만 실력으로만 못 붙어. 가자."

킵스가 킬킬거렸다. "내 귀엔 신 포도 타령처럼 들리는데, 커빈스. 너답지 않아."

"돈으로 산 얼뜨기들한테 둘러싸여서도 내 목소리가 들리다니 놀라운데요, 킵스." 조지가 말했다. "그렇게 잘 숨어 있도록 하세요. 언젠가 우리가 계급장 떼고 붙는 날이 올 테니. 그때 누가 이기는지 두고 봅시다." 조지가 몸을 돌렸다.

"지금 나랑 해보자는 거야?" 킵스가 외쳤다.

"조지," 록우드가 말했다. "어서."

"아니, 아니, 토니…," 킵스가 요원들을 밀치고 나섰다. 그는 히죽거리고 있었다. "아주 마음에 들어! 커빈스가 생애 최초로 뭔가 괜찮은 생각을 해냈어. 대결 말야! 너희 패거리 대 내가 선정한 요원들의 팀! 꽤 재미있을 것 같단 말이지. 어떻게 할래, 토니. 혹 겁이라도 나시나?"

전에는 미처 몰랐는데, 킵스가 웃는 순간 왠지 록우드와 겹쳐 보였다. 록우드보다 작고 더 과시적이며 공격적인 버전, 그러니까 늑대에 비견되는 점박이 하이에나 정도로 보였다. 록우드는 더는 웃고 있지 않았다. 꼿꼿이 서서 킵스를 마주 보는 눈이 번뜩였다. "오, 제법 괜찮은 생각인데요." 그가 말했다. "조지 말이 맞아요. 실력으로만 붙으면 우리가 그쪽을 납작 눌러줄걸요. 그러려면 강압도 허튼수작도 없어야죠. 오직 업무 능력으로만 평가하는 겁니다. 자료 조사, 각종 재능, 유령 진압과 제거 실력으로만 겨루는 거예요. 근데 뭘 걸고 하죠? 뭐든 얻고 잃는 게 있어야죠. 노력이 헛되지 않게."

킵스가 고개를 끄덕였다. "맞아. 네가 가진 어떤 것도 탐나지 않는다는 게 문제지만."

"음, 사실, 동의할 수 없고요." 록우드가 외투를 매만졌다. "이건 어때요? 우리가 다시 같은 사건을 맡게 됐을 때 그걸 해결하는 쪽이 이기는 겁니다. 패자는 〈타임스〉에 광고를 내서 패배를 공개적으로 인정하고 상대 팀의 절대적 우위를 선언하기로 하죠. 어때요? 어마어마하게 신날 거예요. 안 그래요, 킵스? 당신이 이긴다면." 그는 곧장 대답하지 않는 자신의 적수를 향해 한쪽 눈썹을 들어 보였다. "물론 조금이라도 불안하거든…."

"불안해?" 킵스가 콧방귀를 뀌었다. "천만에! 그렇게 하지. 캣과 줄리가 증인이야. 우리 일이 다시 겹치는 날이 오면 정면으로 한번 붙어보자고. 그때까지 토니, 네 팀의 명줄이나 단단히 붙들고 있으라고."

퀼 킵스가 떠났다. 캣 고드윈과 무리들이 그 뒤를 따라 빈터를 가로질렀다.

"어…, 줄리가 아니라 루시인데." 내가 말했다.

아무도 듣고 있지 않았다. 다들 할 일이 있었다. 아크등 불빛 속에서 조사관들이 보비 버넌의 지시에 따라 이끼투성이 돌덩이에 은 제 사슬망*을 덮어씌우는 중이었다. 풀밭으로 수레를 끌고 와 돌을 실어갈 준비를 하는 이들도 있었다. 환호성이 터졌다. 박수와 산발적 인 웃음소리도 들렸다. 위대한 피츠 대행사가 이룩한 또 하나의 쾌거 였다. 록우드 심령 회사가 코앞에서 도둑맞은 또 하나의 사건이었다. 우리 셋은 어둠 속에 한동안 조용히 서 있었다.

"그렇게 말할 수밖에 없었어." 조지가 입을 열었다. "미안해. 말로 덤비든가 그 자식을 후려치든가 둘 중 하나였는데, 난 민감성 손을 가졌단 말야."

"사과할 필요 없어." 록우드가 말했다.

"킵스 일당도 못 밟아줄 실력이면," 내가 진심을 담아 말했다. "지 금 여기서 다 포기하는 게 나아."

"그래!" 조지가 주먹과 손바닥을 맞부딪쳤다. 몸에서 진흙 조각이 우수수 떨어졌다. "우리는 런던 최고의 조사관이잖아. 아냐?"

"내 말이." 록우드가 말했다. "더할 나위 없지. 자, 루시는 셔츠가 탔어. 내 바지는 분해되는 것 같고. 집에 가는 게 어때?"

2
뜻밖의 무덤

3

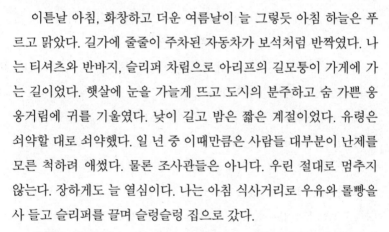

이튿날 아침, 화창하고 더운 여름날이 늘 그렇듯 아침 하늘은 푸르고 맑았다. 길가에 줄줄이 주차된 자동차가 보석처럼 반짝였다. 나는 티셔츠와 반바지, 슬리퍼 차림으로 아리프의 길모퉁이 가게에 가는 길이었다. 햇살에 눈을 가늘게 뜨고 도시의 분주하고 숨 가쁜 웅웅거림에 귀를 기울였다. 낮이 길고 밤은 짧은 계절이었다. 유령은 쇠약할 대로 쇠약했다. 일 년 중 이때만큼은 사람들 대부분이 난제를 모른 척하려 애썼다. 물론 조사관들은 아니다. 우린 절대로 멈추지 않는다. 장하게도 늘 열심이다. 나는 아침 식사거리로 우유와 롤빵을 사 들고 슬리퍼를 끌며 슬렁슬렁 집으로 갔다.

햇빛에 일렁이는 포틀랜드 로 35번지는 페인트칠이 부족한 평상시 모습 그대로였다. 언제나처럼 철책에 기우뚱하게 매달린 표지판에는 이렇게 적혀 있었다.

A. J. 록우드 심령 회사, 조사관 사무소
일몰 뒤에는 초인종을 울리고
철선 밖에서 대기하시오.

언제나처럼 우편함 위에 걸려 있는 종은 녹이 슨 듯했다. 좁은 보도 중간의 철제 타일 세 개는 부지런한 정원 개미들 탓에 언제나처럼 헐거웠고, 타일 하나는 아예 사라지고 없었다. 나는 그 모두를 무시하고 안으로 들어가 롤빵을 접시에 담고 차를 끓였다. 그런 다음 지하실로 향했다.

나선형 계단을 내려가는데 광을 낸 바닥에 운동화 밑창이 쓸리는 소리와 함께 휙, 휙, 휘익, 검이 허공을 가르는 소리가 들렸다. 은은하게 바삭 하는 충돌음으로 봐서 검이 목표물을 정확히 타격한 모양이었다. 록우드였다. 사건의 마무리가 만족스럽지 못할 때마다 습관처럼 하는 일로 좌절감을 털어버리는 중이었다.

우리가 검술을 연습하는 레이피어 보관실에는 가구가 거의 없다. 낡은 검들을 보관하는 진열대와 분필가루 그릇, 길고 낮은 테이블이 있고 한쪽 벽에는 당장이라도 부서질 듯한 나무 의자 세 개가 나란히 놓여 있다. 방 가운데에서는 지푸라기로 속을 채운 실물 크기 인간 모형 두 개가 천장의 고리에 매달려 대롱거린다. 둘 다 잉크로 얼굴을 조잡하게 그려 넣었다. 하나는 지저분한 레이스 보닛을, 다른 하나는 아주 구식에다 얼룩이 진 정장 모자를 썼다. 면을 덧씌워 봉제한 상반신은 수십 개의 조그만 구멍으로 너덜거린다. 이 표적들의 이름은 '귀부인 에스메랄다'와 '스르르 조'다.

이날 에스메랄다는 록우드가 있는 힘껏 쏟아붓는 관심에 만신창이가 되고 있었다. 쇠사슬에 걸려 빙글빙글 돌고, 머리에 쓴 보닛은 삐딱하니 기울었다. 록우드는 그녀와 약간의 거리를 유지한 채 레이피어를 쳐들고 원을 그리며 돌았다. 그는 통이 좁은 펜싱 바지를 입고 플림솔즈*를 신었다. 재킷은 벗고 셔츠 소매를 약간 걷어 올렸다.

바닥을 휩쓰는 그의 발치에서 먼지가 뭉게뭉게 춤추고, 그는 앞뒤로 움직이며 검을 휘두르고 왼손을 내뻗어 균형을 잡았다. 허공에 문양들을 그리고, 눈속임 동작을 하고, 떨면서 비켜서는 듯하다 에스메랄다의 너덜너덜한 어깨에 갑작스런 타격을 가했다. 검 끝이 짚 뭉텅이를 뚫고 반대쪽으로 나왔다.

록우드의 얼굴은 평온하고 머리칼은 번들거렸다. 두 눈은 속내를 알 수 없는 의지로 빛났다. 나는 문간에 서서 지켜봤다.

"응. 나도 빵 한 개만 부탁할게, 고마워." 조지가 말했다. "네가 그 문간에서 떨어져 나올 수나 있을는지 모르겠지만."

나는 테이블로 갔다. 조지가 앉아 만화책을 읽고 있었다. 보는 게 괴로울 정도로 헐렁한 운동복 바지에다 땀범벅 상의를 입고 있었다. 손은 분필가루로 허옇고 얼굴은 벌겠다. 테이블에 물 두 병이 놓여 있었다. 그의 옆에 기대선 레이피어가 보였다.

내가 지나가자 록우드가 고개를 들었다. "롤빵*이랑 차." 내가 말했다.

"나랑 이거부터 하고!" 록우드는 레이피어 진열대 옆에 개봉된 채로 놓인 길쭉한 판지 상자를 가리켰다. "이탈리아풍 레이피어야. 멀릿 씨 가게에서 방금 막 도착했어. 새로 나온 경량 철에다 검 끝에 은을 입혔어. 느낌이 정말 좋아. 써볼 만해."

나는 머뭇거렸다. "그 말은 조지가 빵을 독차지하게 된다는 건데…."

록우드는 내게 싱글거릴 뿐이었다. 그의 검이 앞뒤로 휙휙 움직이자 공기가 노래했다.

---

* 고무 밑창을 댄 캔버스 운동화.

록우드에겐 싫다고 말하기가 힘들었다. 늘 그렇다. 게다가 나도 새 레이피어를 써보고 싶었다. 나는 상자에서 검 한 자루를 꺼내 두 손바닥에 살포시 얹었다. 생각보다 가벼웠고, 내가 평소에 쓰는 프랑스풍 에페와는 균형 잡는 법도 달랐다. 나는 손잡이를 쥐고 복잡한 모양으로 똬리를 틀 듯 내 손가락을 에워싼 은빛 금속과 거기 보호용으로 덧댄 망을 들여다봤다.

"날밑 코등이°가 은제 망으로 처리돼 있어." 록우드가 말했다. "엑토플라즘이 손에 튀지 않게 막아줄 거야. 어떤 것 같아?"

"꽤 거창하네." 나는 미심쩍은 듯 말했다. "킵스나 갖고 다닐 물건처럼 보이는데."

"오, 무슨 그런 말씀을. 나름 품격 있는 녀석이야. 한번 휘둘러 봐."

검을 쥐고 있으면 기분이 좋다. 식전 댓바람에 슬리퍼를 신은 상태로도 힘을 느낄 수 있다. 나는 스르르 조에게로 몸을 돌리고 놈의 둘레에 기본 감금매듭을 그렸다. 방문자를 가둘 때 쓰는 문양이다.

"몸을 너무 기울이지 마." 록우드가 조언했다. "거기서 균형이 좀 깨지더라. 팔을 앞으로 더 뻗어. 이렇게…." 그는 내 손목을 돌리고 허리 위치를 부드럽게 조정해 자세를 바로잡아 줬다. "어때? 더 나아?"

"응."

"이 레이피어랑 너랑 잘 맞을 것 같아." 그가 발끝으로 스르르 조를 슬쩍 밀어 앞뒤로 요동시켰고, 나는 옆으로 폴짝 뛰어 피해야 했다. "녀석이 굶주린 2급령이라고 생각해 봐." 록우드가 말했다. "놈은 인간과 접촉을 원해. 네게 돌진하고 있지…. 넌 놈의 플라스마를 한

• 검의 자루와 날 사이에 들어가 손을 보호하는 쇠테.

곳에 묶어둬야 해. 멋대로 빠져나와 동료 조사관들을 위협하지 못하게. 이땐 이중 감금매듭을 써봐. 이렇게…." 그의 레이피어가 복잡하고 날래서 잘 보이지도 않는 문양을 그리며 지푸라기 인간의 부근을 쏘다녔다.

"난 그거 절대 못 배울 거야. 아예 따라가질 못하겠다고."

록우드가 미소를 지었다. "아, 쿠리아시 기술의 하나일 뿐야. 언제 자세를 한번 봐줄게."

"좋아."

"차 식는다." 조지가 끼어들었다. "그리고 내가 이것까지 먹으면 빵은 한 개밖에 안 남는다."

거짓말이었다. 롤빵은 그대로 있었다. 하지만 정말 뭘 좀 먹어야 할 때긴 했다. 속이 울렁울렁하고 다리에 힘이 없었다. 전날 밤의 후유증일 터였다. 나는 몸을 수그리고 조와 에스메랄다 사이를 빠져나가 테이블로 갔다. 록우드는 몇 가지 동작을 더 연습했는데 재빠르고 우아하고 완벽했다. 조지와 나는 그를 구경하며 빵을 씹었다.

"그래, 롤빵은 어떤 것 같아?" 내가 한입 가득 빵을 씹으며 말했다.

"먹을 만해. 내가 못 참아주겠는 건 쿠리아시 기술이네 뭐네 하는 것들이지." 조지가 말했다. "유행이랍시고 떠들어대는 잡소리일 뿐이잖아. 대형 대행사들이 뭔가 있어 보이려고 만들어내는. 내 세상에선 말야, 방문자를 갈기고, 유령접촉*을 피하고, 놈을 저세상으로 보내면 끝이야. 알아야 할 건 그게 다라고."

"어젯밤 일이 아직도 분하구나." 내가 말했다. "뭐, 나도 그래."

"이겨낼 거야. 조사를 제대로 못 한 건 내 잘못이지. 아무리 그렇대도 우리가 그 돌덩이를 놓쳐선 안 됐어. 피츠 일당이 나타나기 전에 완벽히 끝낼 수 있었는데." 조지는 고개를 가로저었다. "다들 하나

같이 거만한 속물들이야. 내가 거기서 일했으니 모르려야 모를 수가 없지. 그 인간들은 값비싼 재킷이나 깔끔히 다림질한 바지를 안 입으면 누구든 깔봐. 겉으로 보이는 게 전부라는 양…" 조지는 운동복 바지에 손을 넣고 분노를 담아 긁적였다.

"아, 피츠 사람 대부분은 괜찮아." 록우드는 몸을 그렇게 움직이고도 호흡이 거의 흐트러지지 않았다. 댕그랑 소리와 함께 레이피어를 진열대에 던져 넣고 손에 묻은 분필가루를 털었다. "조사관들이야 우리처럼 목숨 걸고 일하는 아이들일 뿐이지. 문제는 감독관들이야. 아무도 자길 못 건드린다고 믿는 것도 그들이고. 가장 오래되고 큰 대행사에서 대접받으며 일한다는 이유만으로."

"내 말이." 조지가 부루퉁하게 말했다. "그 사람들 때문에 미치는 줄 알았다니까."

나는 고개를 끄덕였다. "그렇대도 최악은 킵스야. 그 인간은 우릴 정말로 싫어하잖아. 안 그래?"

"'우리'는 아니지." 록우드가 말했다. "나야. 킵스는 날 정말로 싫어하는 거야."

"하지만 왜? 너한테 무슨 악감정이 있어서?"

록우드는 물병을 집어 들고 곰곰이 궁리하듯 한숨을 쉬었다. "누가 알겠어? 내 꾸미지 않은 멋스러움이 샘나서일지 모르지. 혹 소년다운 매력을 질투하는 건지도. 아님 내 사업이 문제일 수도 있고. 대행사를 직접 꾸리면서 누구의 명령도 받을 일 없고, 곁엔 훌륭한 동료들을 두고 있으니까." 그는 나와 눈을 마주치며 웃었다.

조지가 만화책에서 눈길을 들었다. "아님 네가 그 인간의 엉덩짝을 검으로 쑤셨던 과거 때문일 수도 있고."

"그래, 음, 그게 있었군." 록우드가 물을 한 모금 마셨다.

나는 둘을 번갈아 봤다. "뭔데? 언제 그랬는데?"

록우드가 의자에 털썩 앉았다. "네가 오기 전 얘기야, 루스. 내가 어렸을 때 일이지. DEPRAC가 매년 런던의 어린 조사관들을 대상으로 펜싱 대회를 열거든. 저기 앨버트 홀에서. 매번 피츠랑 로트웰네 아이들이 상을 휩쓸지만, 내 옛 스승님이었던 '장묘사' 사이크스는 나도 나름 괜찮다고 생각해서 경기에 참가시켰지. 킵스는 내 8강전 상대였어. 나이가 몇 살 많은 탓에 그땐 나보다 키가 훨씬 컸고 강력한 우승 후보로 꼽히던 참이었어. 그걸 갖고 아주 말도 안 되게 뻐기고 다녔다는 건 굳이 얘기 안 해도 알겠지. 아무튼 난 윈체스터 하프 런지 두 번으로 킵스의 혼을 쏙 빼놨어. 다 빼고 결론만 얘기하면, 그는 결국 자기 발에 걸려 넘어지고 말았어. 난 그저 대자로 엎어진 그 인간을 쿡 쑤셔줬을 뿐이고. 일으켜 세울 방법이 달리 없었거든. 관중들은 물론 좋아라 했지. 이상하게도 그 뒤로 킵스는 나만 보면 못 잡아먹어 안달이더라고."

"아이고 이상도 하여라." 내가 말했다. "그래서… 그해 대회에선 네가 우승했어?"

"아니." 록우드는 물병을 가만히 뜯어봤다. "아냐…. 어쩌다 보니 결승까지 가긴 했는데 우승은 못 했어. 벌써 시간이 이렇게 된 거야? 우리 오늘 꽤나 게으르네. 어서 가서 씻어야겠다."

록우드는 벌떡 일어나 롤빵 두 개를 낚아채고는 내가 뭐라 더 말하기 전에 보관실을 나가 계단을 올라갔다.

조지가 나를 힐끗 쳐다봤다. "너도 알다시피 록우드는 자기 얘기하는 거 별로 안 좋아해."

"그래."

"그냥 그렇게 생겨먹은 거야. 너한테 그만큼 얘기한 것도 나로선 놀라워."

나는 고개를 끄덕였다. 조지 말이 맞았다. 여기저기서 이따금 꺼내놓는 사소한 일화들이 록우드에게서 얻을 수 있는 전부였다. 조금만 깊이 파고들려 하면 그는 조개처럼 굳게 입을 다물었다. 정말 짜증 나는 일이었다. 하지만 몹시 흥미롭기도 했다. 그 호기심에 나는 늘 기분 좋게 혹했다. 록우드 심령 회사에 입사한 지 일 년째. 여전히 감춰져 있는 내 고용주의 과거는 그의 신비로움과 매력의 중요한 일부가 돼 있었다.

그 여름의 전반적 상황을 보면, 그리고 윔블던의 개망신은 빼고 보면, 록우드 심령 회사는 나름 괜찮게 해나가고 있었다. 끝내주게 괜찮게는 아니었다. 갑부가 되거나 그러진 못했으니까. 경내에 항마등*이 서 있고 진입로를 따라 전동식 도랑이 흐르는 호화로운 저택을 (덩치 큰 로트웰 대행사의 우두머리인 스티브 로트웰이 그랬던 것처럼) 짓고 있는 것도 아니었으니까. 하지만 전보다는 좀 더 괜찮게 꾸려나가는 중이었다.

'울부짖는 계단' 사건으로 인기몰이를 한 지 일곱 달이 지난 시점이었다. 영국 최악의 흉가로 손꼽히던 '콤 케리 홀'에서 우리가 거둔 성공이 대대적으로 보도됨과 동시에 걸출한 사건들의 의뢰가 잇따랐다. 우리는 에핑 포레스트의 외딴 구역을 난장판으로 만들던 암흑 요괴*를 쫓아냈다. 찬란한 소년*으로 골치를 앓던 업민스터 지역의 교구 목사관을 정리했다. 그리고 물론 배럿 부인의 무덤 사건도 있었다. 우리 모두가 죽다 살아나긴 했지만, 이 조사 덕분에 록우드 심령 회사는 〈본격 괴담〉지가 선정하는 '이달의 대행사' 최종 후보에 두 번째로 오르게 됐다. 그 결과 우리의 예약 장부는 거의 언제나 꽉 차 있었다. 록우드는 비서를 고용하는 문제를 언급하기까지 했다.

그럼에도 우리는 여전히 조그만 회사였다. 규모로는 런던에서 가장 작았다. 앤서니 록우드, 조지 커빈스, 루시 칼라일. 고작 세 명이 포틀랜드 로 35번지에서 오순도순 지냈다. 함께 생활하고 일했다.

조지? 지난 일곱 달 동안 그는 별로 달라진 게 없었다. 그의 전반적인 추레함과 험한 입, 엉덩이를 드러내는 푸파 재킷*을 향한 애정은 누가 봐도 한탄할 만했다. 하지만 여전히 지칠 줄 모르는 연구자였고, 출몰 지역이 어디든 그곳과 관련한 주요 사실들을 파낼 줄 알았다. 우리 중에서 가장 신중했고, 그런 만큼 위험에 무모하게 뛰어들 가능성도 가장 낮았다. 그의 이 같은 기질은 우리 모두의 목숨을 적어도 한 번 이상 구했다. 안경을 벗어 스웨터에 닦는 버릇도 여전했다. 그건 ①자기가 옳다고 확신하거나 ②신경질이 나거나 ③나랑 있는 게 따분해 죽을 지경이란 뜻이었는데, ③의 경우는 뭘 어떻게 해봐도 그냥 늘 그런 것 같았다. 그래도 그와 나는 이제 그런대로 잘 지내고 있었다. 실제로 이달에 우리가 본격적으로, 발을 쿵쿵거리고 냄비를 내던지며 싸운 건 딱 한 번이었고, 이는 그 자체로 기록적이라 할 만했다.

조지는 방문자를 연구하는 과학과 철학에 관심이 무척 많았다. 그들의 본질을, 그들이 돌아오는 이유를 알고 싶어 했다. 그래서 우리가 소장하고 있는 유령의 출처들—오래된 뼈나 모종의 '심령성'이 남아 있는 파편들—로 갖가지 실험을 계속했다. 그의 이런 취미가 때로는 좀 거슬리기도 했다. 영물을 고정한 전깃줄에 발이 걸려 넘어지거나, 피시 핑거**와 완두콩을 찾아 냉동고를 뒤지다 잘린 팔다리가

---

* 두껍고 부드러운 안감을 댄 패딩 점퍼.
** 생선살을 막대 모양으로 잘라 튀긴 냉동식품.

들어 있는 걸 보고 기겁하기가 한두 번이 아니었다.

하지만 조지한텐 그런 취미(실험과 더불어 만화책과 요리)라도 있었지, 앤서니 록우드는 상황이 완전 달랐다. 그는 일 말고는 관심사가 거의 없었다. 우리에게 잘 있지도 않은 휴일이면 늦게까지 침대에 누워 신문을 뒤적거리고, 집 여기저기의 책장에서 너덜너덜한 소설책을 가져다 다시 읽기도 했다. 그러나 결국엔 죄다 내던지고 가서 어딘가 쓸쓸한 검술 연습을 하고, 다음에 착수할 사건을 준비하기 시작했다. 일을 제외한 무엇에도 흥미를 느끼지 못하는 듯 보였다.

록우드는 지나간 사건을 따지고 드는 법이 없었다. 뭔가가 그를 끝없이 앞으로 나아가게 했다. 세련된 겉모습 아래서 거의 강박적인 기운이 언뜻언뜻 비치기도 했다. 그러나 그는 무엇이 자신을 그토록 몰아가는지에 대한 손톱만큼의 실마리도 주지 않았고, 나는 나름의 추측들을 계속 키울 수밖에 없었다.

겉보기에 그는 늘 기운차고 쾌활했다. 열정적이고 근면했다. 우리를 끊임없이 고무시켰다. 머리칼을 늠름히 뒤로 넘긴 헤어스타일을 유지했고, 너무 꽉 끼는 듯한 정장을 여전히 좋아했다. 내게도 우리가 처음 만난 날과 똑같이 깍듯했다. 하지만 그는 또한—관찰을 거듭할수록 더욱더 선명해진 사실인데—너무 좀 동떨어져 있었다. 우리가 마주하는 유령들로부터, 우리에게 사건을 맡기는 의뢰인들로부터, 그리고 어쩌면 (나로선 이 사실을 인정하기가 쉽지 않았지만) 자기 동료인 조지와 나로부터도.

이는 우리가 서로에게 개인사를 털어놓는 문제에서도 여실히 드러났다. 그럴 용기가 생기기까지 몇 개월이 걸렸지만 나는 결국 두 사람 모두에게 내 유년기와 훈련생 시절의 불행했던 경험을, 내가 집을 떠나야만 했던 이유를 꽤 자세히 고백했다. 조지도 사연이 정말 많았다. 나는 별로 신경 써서 듣지도 않았지만. 대부분이 런던 북부에서 성장한 얘기였다. 심심하도록 평범한 삶이었다. 가족은 안정적이었고 죽거나 실종된 구성원도 없는 모양이었다. 언젠가 조지는 어머니에게 우리를 소개하기도 했다. 조그맣고 통통하고 늘 웃는 상의 여인이었다. 그녀는 록우드를 "자네", 나를 "자기"로 부르며 직접 만든 케이크를 하나씩 안겨줬다. 하지만 록우드는? 아니었다. 그는 자기 얘기를 좀처럼 하지 않았고, 과거의 사연이나 가족사는 절대로 입에 담지 않았다. 그가 어린 시절을 보낸 집에서 일 년 넘게 같이 살면서도 나는 그의 부모님에 대해 전혀 몰랐다.

그게 특히 답답했다. 포틀랜드 로 35번지 전체에 그분들의 수집품과 가보, 책과 가구가 넘쳐났으니까. 응접실과 계단의 벽면을 가면과 무기, 저 멀리 떨어진 문화권의 유령 사냥 장비쯤 돼 보이는 물건들이 뒤덮고 있었다. 록우드의 부모님은 무슨 연구자 혹은 수집가 정도로, 유럽 너머의 땅들에 특별한 관심을 쏟았던 게 분명해 보였다. 그러나 그들이 어디에 있는지—아니, 그보다는 그들에게 무슨 일이 벌어졌는지—록우드는 절대로 말하지 않았다. 그분들의 사진이라든가, 그들을 기억하게 해줄 물건 같은 건 어디에도 없는 듯했다.

적어도 내가 가본 방들에는 없었다.

그러니까 록우드의 과거에 대한 답이 어디에 있을지는 뻔했다.

2층 층계참에 문이 하나 있었다. 포틀랜드 로 35번지의 다른 문들과 달리 이 문은 결코 열려 있는 법이 없었다. 여기 처음 온 날, 록우드는 내게 그 문만큼은 열지 말 것을 요구했고, 조지와 나는 매번 그의 말을 따랐다. 그 문에는 눈에 보이는 자물쇠도 따로 없어서 매일같이 그 앞을 지날 때면 놈이 그처럼 소박하게 생긴 주제(무슨 표찰이나 스티커를 붙였다 뗀 것처럼 거칠한 사각형 자국을 제외하면 밋밋했다.)에

건방을 떨며 도발이라도 하는 듯 느껴졌다. 자기 너머에 뭐가 있는지 맞혀보라며 약을 올리고 안을 슬쩍 들여다보라고 덤비는 듯했다. 지금껏 나는 그 유혹에 저항했다. 내가 착해서라기보다 신중을 기하는 것에 가까웠다. 한두 번쯤 록우드에게 그 방을 언급해 보기까지 했지만 잘 먹히지 않았다.

그럼 루시 칼라일, 이 회사의 여전한 신입인 나는 어떤가? 그 첫해 동안 나는 얼마나 달라졌나?

겉으로는 별게 없었다. 내 헤어스타일은 여전히 엑토플라즘 회피에 유리한 다목적 단발이었다. 나는 전보다 매끈해지지도 준수해지지도 않았다. 키로 말할 것 같으면 눈곱만큼도 안 자랐다. 전투에 있어서는 아직도 열성이 기술을 앞섰고, 조지처럼 빼어난 연구자가 되기엔 참을성이 너무 부족했다.

하지만 내 상황은 확실히 변했다. 록우드 심령 회사에 몸담은 시간은 내게 전에 없던 확신을 줬다. 허리에 찬 레이피어를 흔들며 거리를 걸을 때면, 꼬마들이 얼빠진 듯 바라보고 어른들은 고개를 끄덕여 경의를 표할 때면, 내가 사회에서 특별한 위치를 차지하고 있을 뿐 아니라 그에 합당한 사람이 돼가기 시작했다고 진심으로 믿었다.

내 재능은 빠르게 발달하고 있었다. 내면의 청각*은 원래도 좋았지만 날이 갈수록 더 날카로워졌다. 나는 1급령*의 속삭임을, 2급령이 방출하는 말의 단편들을 포착해 냈다. 내 앞에서 전적으로 침묵할 수 있는 환영은 이제 몇 되지 않았다. 심령 촉각* 또한 강해졌다. 특정한 물건을 손에 쥐고 있으면 과거의 강력한 메아리들이 들려왔다. 유령이 의도하는 바를 보다 직관적으로 느끼기 시작했다. 이따금 그들의 행동까지도 예측이 가능했다.

이 모두도 충분히 비범한 능력이었으나 그 이상으로 심오한 문제가 있었다. 이 미스터리는 포틀랜드 로 35번지의 우리 모두를 사로잡았지만 그중에서도 특히 나를 괴롭혔다. 일곱 달 전에 벌어진 일 덕분에 나는 록우드나 조지, 우리와 경쟁 관계에 있는 조사관들 모두와 다른 존재가 됐다. 그때부터 내 재능은 조지가 하는 실험의 중심이었고, 우리가 나누는 대화의 주제였다. 록우드는 그걸 성공의 토대로 삼아 우리가 런던 최고의 대행사로 거듭날 수 있으리라 믿기까지 했다.

하지만 그러려면 한 가지 문제를 해결해야 했다.

그 문제는 조지의 책상에 놓여 있었다. 칠흑 같은 천 조각에 덮인 두꺼운 유리 단지 속에 들어 있었다.

그 문제는 위험하고 사악하며 내 인생을 영원히 바꿔버릴지도 몰랐다.

그 문제는 바로 해골이었다.

4

조지는 레이피어 보관실을 나와 주 사무실로 들어갔다. 내가 뒤따랐다. 찻잔을 들고 우리 사업의 잔해들을, 옛 신문의 더미와 봉지에 든 소금을, 단정히 포개진 쇠사슬과 은제 봉인구 상자 사이를 구불구불 통과했다. 조그만 마당을 향해 난 창문으로 햇살이 물밀듯 들어와 허공의 먼지 입자들에 불을 붙였다. 록우드의 책상 위 미라화한 심장과 커다란 알사탕이 든 병 사이에 검은색 가죽으로 양장한 사건 장부가 놓여 있었다. 우리가 맡은 모든 일을 기록하는 책이었다. 이제 곧여기에 윔블던 망령도 추가될 터였다.

조지는 자기 책상 옆에 서서 그 위를 다소 침울한 표정으로 내려다봤다. 내 책상도 엉망일 때가 많지만, 이날 아침 조지의 책상 위는 차원이 달랐다. 초토화라는 말이 딱 어울렸다. 타버린 성냥개비, 라벤더* 양초, 촛농 웅덩이들이 여기저기 흩어져 있었다. 배가 갈린 전기 히터에서 혼란스레 뒤엉킨 전선과 헐벗은 부품들이 창자처럼 쏟아져나왔다. 한쪽 구석엔 용접기가 모로 누워 있었다.

책상의 반대쪽 끝에선 다른 뭔가가 검은색 새틴 천을 뒤집어쓰고있었다.

"가열은 안 통하는구나. 그래?" 내가 물었다.

"응." 조지가 말했다. "가망이 없어. 충분히 달궈지지가 않아. 오늘은 햇빛 아래 놔둘까 해. 조금이라도 자극을 받나 보게."

나는 천에 덮인 물건을 가만히 봤다. "진심이야? 전에 시도했을 때 별거 없었잖아."

"그땐 빛이 그리 밝지 않았으니까. 이번엔 한낮에 마당으로 내갈 거야."

나는 손가락으로 책상을 톡톡 두드렸다. 그간 얘기하고 싶었던 뭔가, 마음에 내내 걸려 있던 뭔가가 결국 입 밖으로 튀어나왔다. "햇빛이 놈을 아프게 한다는 거 알잖아." 나는 천천히 말했다. "햇빛이 플라스마를 태우는 거 알면서."

조지가 고개를 끄덕였다. "응…, 그렇지. 그래서 하는 거야."

"그래, 하지만 그런다고 놈이 입을 열 것 같진 않은데. 아냐? 내 말은, 그게 오히려 역효과를 낳을 거란 생각은 안 해? 네가 시도하는 기법들은 죄다 놈한테 고통을 가하는 식인 것 같아서."

"그래서 뭐? 어차피 방문자인데. 애초에 방문자들이 고통을 정말로 느끼기는 하고?"

조지가 천을 걷자 유리 단지가 나타났다. 원통형에다 보통의 쓰레기통보다 약간 컸다. 단지 윗부분은 복잡한 구조의 플라스틱 뚜껑으로 밀봉돼 있고, 뚜껑에는 손잡이와 보호용 레버 여러 개가 달려 있었다. 조지가 단지 가까이로 몸을 숙여 레버를 젖히자 플라스틱 속에 붙은 조그만 사각 철망이 나왔다.

그는 철망에 대고 말했다. "이봐, 거기! 루시는 네가 불편할 것 같대! 내 생각은 다르거든! 누가 옳은지 얘기 좀 해줄래?"

조지는 기다렸다. 단지 속 물질은 검고 잠잠했다. 어스름 속에 뭔가가 가만히 도사리고 있었다.

"낮이야." 내가 말했다. "대답할 리 없지."

조지는 레버를 다시 당겼다. "오기를 부리느라 그러는 거야. 놈은 천성이 못됐어. 너도 그렇게 말했잖아. 놈이랑 얘기하고 온 뒤에."

"사실 우리도 정확히는 모르는걸." 나는 유리 너머의 그림자를 응시했다. "놈에 대해서 우린 아무것도 몰라."

"글쎄, 놈이 너한테 우리 모두가 죽을 거라고 얘기했단 건 알지."

"그게 아니라 '죽음이 오고 있다'고 했지, 조지. 둘은 엄연히 다른 얘기야."

"그렇다고 애정이 듬뿍 담긴 소릴 한 것도 아니잖아." 조지는 뒤죽박죽된 전기장치를 들어 의자 옆 상자에 던져 넣었다. "아니, 놈은 우리를 적대시해, 루스. 더는 물렁하게 대할 수 없어."

"물렁하게 대하자는 게 아냐. 고문하지 않고도 성공하는 방법이 있을 수 있다고 생각할 뿐이지. 어쩌면 놈과 내 연결성에 더 집중할 필요가 있는지도 몰라."

조지는 의도를 가늠하기 힘든 끙 소리를 냈다. "음. 그래. 너희들의 그 미스터리한 연결성."

우리는 가만히 서서 단지를 찬찬히 살폈다. 오늘처럼 평범한 햇빛 속에서 단지의 유리는 두껍고 파르스름해 보였다. 달빛이나 인공조명 아래서는 은빛이 돌았다. 그냥 유리가 아니라 은유리*, 선라이즈 물산이 생산하는 항마성 소재로 만들어진 덕분이다.

그리고 물론 이 유리 감옥에는 유령이 갇혀 있었다.

이 혼령*의 신원은 불분명했다. 확실한 건 그 주인이 단지 바닥에 고정된 인간의 해골이라는 거였다. 해골은 황갈색에다 여기저기가 찌그러졌지만 그것만 빼면 평범했다. 크기로 봐선 성인의 것이었으나 성별은 알 수 없었다. 유령은 이 해골에 매인 채 유령단지*에 갇혀 있었다. 대부분의 시간 동안 놈은 뿌연 녹색 플라스마로 현현해 유리 안을 암울하게 부유했다.

이따금, 그리고 대체적으로는 곤란한 순간들에, 가령 뜨거운 음료를 들고 혹은 터질 듯한 오줌보를 부여잡고 곁을 지날 때면, 녀석은 불쑥 괴괴하고도 투명한 얼굴로 응고하기 일쑤였다. 코는 꼴사납게 동글납작하고 눈은 툭 불거졌으며, 고무 같은 입은 어마어마한 크기를 자랑했다. 이 충격적인 얼굴은 방에 누가 있든 가리지 않고 추파를 던지며 음흉하게 쳐다봤다. 알려지기로는 놈이 키스를 날리는 꼴을 조지가 본 적도 있었다. 놈은 종종 말을 하려는 것 같기도 했다. 의사소통이 가능한 듯 보이는 능력이야말로 놈을 둘러싼 미스터리의 핵심이었고, 조지가 이 유령단지를 자기 책상에서 도저히 내려놓지 못하는 이유였다.

원칙적으로 방문자는 말을 하지 않는다. 하더라도 거기에 어떤 의미가 담겨 있진 않다. 그들 대부분―음영자*와 관망자*, 차가운 아낙*, 스토커* 같은 1급령―은 한정적으로 반복하는 신음과 한숨을 제외하면 문자 그대로 침묵한다. 보다 강력하고 위험한 2급령의 경우엔 때로 나 같은 듣는 자가 알아들을 수 있을락 말락 한 소리를 일부 내기도 한다. 하지만 이 소리들 또한 대개가 반복적이다. 공기 중에 각인이라도 된 듯 좀처럼 바뀌지 않고 공포나 분노, 복수심처럼 혼령을 이승에 묶어두는 핵심적 감정과 주로 연결돼 있다. 유령이 절대로 하지 않는 게 있다면 그건 바로 '제대로 말하기'다. 이 원칙의 예외는 전설의 3급령*뿐이다.

오래전에 마리사 피츠―로트웰과 함께 영국 최초의 심령 조사관으로 꼽힌다―는 완전한 대화가 가능한 유형의 혼령들과 조우했다고 주장했다. 그녀는 이를 몇 권의 저서에서 언급하면서 그들이 자신에게 죽음과 영혼, 저세상으로 통하는 길 같은 비밀들을 얘기해 줬다고 암시(마리사 피츠는 구체적인 내용을 명시하는 데 무척이나 인색한 사람이었다.)했다. 그녀가 세상을 떠나고는 다른 이들이 유사한 결과를 얻어내려 갖은 애를 썼다. 대화에 성공했다고 주장하는 사람도 몇 있었지만, 그중 어떤 것도 사실로 입증되지 못했다. 대부분의 조사관 사이에서 3급령은 존재는 하지만 찾아볼 순 없는 믿음의 영역이 됐다. 나 또한 내내 그리 믿었다.

그러던 중에 단지 속 혼령―무시무시하게 눈을 부라리는 바로 그 녀석―이 내게 말을 건 것이다.

그때 나는 지하실에 혼자 있었다. 내가 유령단지에 몸을 부딪히는 바람에 뚜껑의 레버가 돌아가면서 숨겨져 있던 철망이 노출됐다. 그리고 느닷없이 내 머릿속에서 말하는 유령의 목소리가 들렸다. 진짜 말이었다. 내 이름까지 불러가며 하는 제대로 된 말이었다. 이런저런 얘기―'죽음이 오고 있다'는 류의 모호하고 불쾌한 소리―도 했다. 나는 결국 레버를 돌려 녀석의 입을 닫아버렸고.

어쩜 내가 잘못한 건지도 몰랐다. 그 뒤로 혼령은 두 번 다시 말하지 않았으니까.

이 조우를 전해 들은 록우드와 조지는 처음에 말도 못하게 흥분했다. 지하실로 달려 내려가 유령단지를 꺼내 들고 레버를 돌렸다. 단지 속 얼굴은 아무 말도 하지 않았다. 우리는 일련의 실험들을 계속했다. 레버를 다른 각도로 돌려보고, 이걸 주간과 야간의 서로 다른 시간대에 시도해 보고, 단지 옆에 앉아 목을 빼고 기다려도 보고, 녀석의 눈에 띄지 않는 곳에 숨어보기도 했다. 그럼에도 유령은 침묵했다. 전과 마찬가지로 얼굴의 형상을 갖추고 분하다는 듯 반항적인 태도로 우릴 노려보곤 했지만 말을 하진 않았고, 그럴 의향이 있는 것 같지도 않았다.

우리 모두에게 실망스러운 상황이었지만 실망의 이유는 저마다 달랐다. 록우드는 해골의 의사소통 능력이 입증되면서 우리 대행사가 얻게 될 굉장한 명성이 간절했다. 조지는 무덤 저편에서 말을 걸어오는 자로부터 얻게 될지도 모를 매혹적인 통찰을 기대했다. 나는 좀 더 개인적인 부분이 고민스러웠는데, 사실 나로선 내 재능이 가진 섬뜩한 잠재력을 느닷없이 알게 된 셈이었다. 나는 겁이 났고 불길한 예감에 휘둘렸으며, 그래서 해골이 두 번 다시 입을 열지 않았을 때는 마음 한구석에서 안도감을 느끼기도 했다. 하지만 나 역시 짜증스럽기는 마찬가지였다.

그 순식간의 경험 한 번으로 록우드와 조지는 나를 달리 보기 시작했다. 놈이 다시 말하게 만들 수 있다면, 모두가 보는 앞에서 입증할 수 있다면, 나는 그 길로 런던에서 가장 유명한 조사관이 될 터였다. 하지만 유령은 고집스레 침묵을 지켰고, 수개월의 시간이 흐르면서 나는 그처럼 엄청난 일이 실제로 벌어지기나 했었는지 헷갈리기 시작했다.

록우드는 실리적인 사람답게 자신의 관심을 결국엔 다른 곳으로 돌렸지만 새로운 사건을 맡을 때마다 목소리가 들리는지, 들린다면 누구의 것인지 확인하고 또 확인했다. 반면 조지는 해골을 끈질기게 심문하면서 그보다 더 망상적일 수 없는 기법들을 동원해 반응을 끌어내려 기를 썼다. 실패에도 좌절하지 않았다. 좌절은커녕 열정만 더해갈 뿐이었다.

조지는 지금도 안경 너머의 눈을 반짝이며 잠잠한 단지를 살피고 있었다.

"놈도 분명 우릴 의식하고 있어." 그가 혼잣말했다. "무슨 방법을 쓰는지 몰라도 놈은 주변에서 무슨 일이 벌어지는지 확실히 알아. 네 이름을 알았잖아. 내 이름도 안다면서. 그러니까 틀림없이 유리 밖 소리를 들을 수 있는 거야."

"아님 입술을 읽던가." 내가 지적했다. "놈을 수건으로 안 덮어둘 때도 꽤 있으니까."

"설마…," 조지가 고개를 가로저었다. "누가 알겠어? 질문이야 차고 넘치지! 놈은 왜 여기 있는 걸까? 원하는 건 뭐고? 네게 말을 건 이유는? 자길 수년 동안 갖고 있었던 나한텐 말을 걸어볼 생각조차 안 했으면서."

"글쎄, 거기 그리 대단한 이유가 있을 것 같진 않은데. 안 그래? 네겐 그 재능이 없잖아." 나는 단지의 유리를 손톱으로 톡톡 두드렸다. "이걸 얼마나 오래 가지고 있었는데, 조지? 훔친 거랬지. 그치? 어떻게 훔쳤다고 했는지 기억이 안 나네."

조지가 털썩하고 의자에 앉자 나무가 삐걱거렸다. "피츠 대행사에서 일할 때였어. 대든다는 이유로 쫓겨나고 말았지만. 난 스트랜드가의 '피츠 하우스'에서 근무했어. 거기 가본 적 있어?"

"면접 보러 한 번. 오래 있진 않았어."

"음, 건물이 어마어마하게 크지." 조지가 말했다. "일단 그 유명한 대민업무소가 있어. 사람들이 도움을 청하러 오는 곳인데, 유리 부스가 쫙 있어서 접수 담당자들이 출몰의 자세한 내용들을 받아 적지. 피츠가 소장한 유명 영물들이 전시된 회의장들도 있어. 마호가니로 장식된 이사회실은 템스강이 내다보이는 곳에 있고. 근데 피츠 하우스엔 비밀스러운 공간도 꽤 많아. 조사관 대부분은 접근 권한이 없지. 가령 '검은 도서관'은 마리사 피츠 저서들의 원본이 보관된 곳인데, 언제나 단단히 잠겨 있어. 난 늘 거길 둘러보고 싶다고 생각했지. 하지만 정말로 궁금했던 건 지하였어. 땅속 깊은 곳까지 계속되는 지하층들이 있고, 일부는 템스강 밑으로까지 이어진다고들 하거든. 감독관들이 전용 승강기를 타고 내려가는 걸 실제로 보기도 했고. 이따금 이 녀석과 비슷한 유령단지들이 손수레째 승강기에 실리기도 하는 거야. 난 이게 다 어디로 가는 거냐고 묻곤 했지. 안심저장소, 라고들 하더군. 위험한 방문자들을 가장 저층에 있는 소각장에서 처리하기 전까지 안전히 보관하는 금고가 있다더라고."

"소각장? 클러켄월에 피즈 소각장이 있잖아. 아냐? 다들 거길 쓰는데. 피즈 하우스 지하에 소각장이 필요한 이유가 뭐지?"

"나도 그게 궁금했다니까. 그것 말고도 정말 많은 게 궁금했지. 그 어떤 답도 얻지 못해 약이 올랐고. 아무튼 내가 질문을 너무 많이 하니까 그쪽에서 결국 날 해고했어. 내 감독관—스위니라는 이름의 여자였는데 얼굴이 꼭 식초에 절인 헌 양말 같았지—이 한 시간을 주면서 책상을 비우라고 하더라고. 책상 앞에 서서 판지 상자에 소지품 몇 가지를 챙겨 넣다가 유령단지 두세 개가 손수레에 실려 승강기로 가는 걸 본 거지. 손수레를 밀던 작업자가 저리로 불려 가더라고. 그래서 내가 어쨌게? 얼른 가서 가장 가까이에 있던 단지를 슬쩍했지. 그걸 소지품 상자에 담고 허름한 재킷으로 덮은 다음 보란 듯이 스위니를 지나쳐 나왔어." 조지는 그 기억이 주는 승리감에 벙글거렸다. "그렇게 우린 우리만의 귀신 들린 해골을 갖게 된 거야. 이게 진짜 3급령으로 판명될 거라고 누가 생각이나 했겠어?"

"설령 녀석이 진짜라 해도," 나는 확신 없는 목소리로 말했다. "너무 오래 별거 없이 잠잠하잖아."

"걱정 마. 놈이 다시 말하게 만들 방법을 찾을 거야." 조지가 티셔츠에 안경을 닦았다. "그래야만 해. 여기 정말 많은 게 걸려 있어, 루스. 난제가 시작된 지 벌써 오십 년인데 우린 유령의 유 자도 제대로 몰라. 온 사방이 미스터리야. 눈길 닿는 모든 곳이 미스터리라고."

나는 영혼 없이 고개를 끄덕였다. 조지의 얘기에 혹하면서도 내 마음은 이미 다른 곳에 가 있었다. 나는 록우드의 휑한 책상을 물끄러미 쳐다봤다. 낡고 갈라진 의자 등받이에 그의 재킷이 걸쳐져 있었다.

"말이 나온 김에 우리랑 좀 더 가까이에 있는 미스터리 얘길 해보면," 내가 천천히 말했다. "넌 2층에 있는 록우드의 문이 안 궁금해? 층계참에 있는 거 말야."

조지가 어깨를 으쓱했다. "아니."

"궁금할 텐데."

그는 볼에 불룩하니 바람을 넣었다. "물론 궁금하기야 하지. 근데 그건 록우드 소관이야. 우리랑은 상관없다고."

"내 말은, 도대체 거기 뭐가 있기에 그럴까? 록우드는 그 방 얘기에 유난히 예민하잖아. 지난주에 내가 물어봤을 때도 아나나 다를까 어찌나 까칠하게 굴던지."

"그럼 그쯤에서 알 법도 한데, 그 문제는 잊는 게 상책이란 걸." 조지가 말했다. "이 집 주인은 우리가 아냐. 록우드가 비밀로 하고 싶은 게 있다고 하면 녀석의 뜻에 전적으로 따라줘야지. 그냥 덮어두겠어. 내가 너라면."

"난 그 애가 너무 많은 걸 숨기는 게 딱하다고 생각하는 것뿐야." 나는 가벼운 투로 말했다. "안타까운 일이지."

조지가 불신의 콧방귀를 뀌었다. "오, 이거 왜 이러셔. 넌 녀석의 모든 미스터리를 사랑하잖아. 녀석이 이따금 짓는 저 수심 가득한 딴

세상 표정을 사랑하는 것처럼. 중요한 사안을 곱씹는 건지, 통제 불가의 장운동을 고민하는 건지 당최 모를 그 표정을 말야. 아닌 척하지 마. 난 다 아니까."

나는 그를 쳐다봤다. "무슨 뜻으로 하는 말이야?"

"뜻 같은 거 없는데."

"내가 하고픈 말은, 옳지 않다는 거야. 록우드가 모든 걸 비밀로 하는 게. 그러니까, 우린 그 애 친구잖아. 아냐? 록우드는 우리한테 터놓고 얘기해야 해. 난 무슨 생각까지 드느냐면…."

"무슨 생각이 드는데, 루시?"

나는 몸을 빙글 돌렸다. 문간에 록우드가 서 있었다. 샤워를 하고 옷을 갈아입은 모양이었다. 머리칼이 젖어 있었다. 그의 검은 눈동자가 나를 주시했다. 그가 언제부터 거기 서 있었는지 모를 일이었다.

나는 아무 말도 하지 않았지만 얼굴이 빨개지는 게 느껴졌다. 조지는 책상 위 뭔가를 붙들고 바쁜 척했다.

록우드는 잠시 나와 눈을 맞추다 이내 눈길을 돌렸다. 그러고는 조그만 사각형 물건을 들어 보였다. "이걸 보여주러 왔어." 그가 말했다. "초대장이야."

록우드가 휘릭 날린 물건이 조지가 내뻗은 손을 지나쳐 책상 위를 미끄러져서는 내 앞에서 멈췄다.

카드였다. 뻣뻣하고 은회색에다 번쩍거렸다. 위쪽에는 뒷발로 서서 등불을 든 유니콘 그림이 새겨져 있었다. 로고 아래 적힌 내용은 이랬다.

나는 초대장을 멍하니 쳐다봤다. 좀 전의 당혹스러움은 이미 잊었
다. "퍼넬로프 피츠가? 우릴 행사에 초대한다고?"

"게다가 그냥 행사도 아냐." 록우드가 말했다. "그 연회라고. 창립
기념 연회. 힘깨나 쓴다는 모두가 모일 거야."

"엇, 그럼 우린 왜 초대한 거지?" 조지가 내 어깨 너머에서 초대장
을 들여다봤다.

록우드가 약간 발끈한 목소리로 말했다. "왜냐면 우린 아주 특출
한 대행사니까. 퍼넬로프 피츠는 우리랑 개인적인 친분이 있기도 하
고. 기억하지? 우리가 쿰 케리 홀에서 어릴 적 친구의 시신을 찾아줬
잖아. 울부짖는 계단 아래서. 이름이 뭐였더라? 샘 어쩌고였는데. 퍼
넬로프는 그게 고마운 거야. 우리한테 편지로 그리 말하기도 했고.

우리가 최근에 거둔 성공들을 눈여겨보고 있었는지도 모르지."

그의 말에 나는 눈썹을 추켜올렸다. 퍼넬로프 피츠. 피츠 대행사의 대표이자 심령 분야의 위대한 개척자 마리사 피츠의 손녀인 그녀는 영국에서 가장 영향력 있는 인물로 손꼽혔다. 정부 부처의 장관들이 그녀의 문 앞에 줄을 섰다. 난제를 보는 그녀의 견해들은 온갖 신문의 지면을 도배했고, 사람들이 모이는 어디서든 열띠게 논의됐다. 그녀는 피츠 하우스의 고층에 마련된 자신의 거처를 좀처럼 떠나지 않았고, 조직을 혹독하게 통제하는 걸로 알려져 있었다. 그런 그녀가 굳이 록우드 심령 회사에 관심을 가질 일은 없어 보였다. 혹시라도 그렇다고 하면 무척 들뜨기야 하겠지만.

진실이 뭐가 됐든 초대장은 와 있었다.

"6월 19일이면," 내가 혼잣말했다. "이번 주 토요일이네."

"그래서…, 갈 거야?" 조지가 물었다.

"당연히 가야지!" 록우드가 말했다. "인맥을 넓힐 완벽한 기횐데. 유명인이란 유명인은 다 올 거야. 대행사 대표들, DEPRAC의 거물들, 소금과 철강회사를 운영하는 기업인들, 어쩌면 선라이즈 물산 회장까지도. 이렇게 그 사람들을 만날 기회는 두 번 다시 없을 거라고."

"좋아라." 조지가 말했다. "북적거리고 땀내 나는 방에서 늙고 뚱뚱하고 따분한 사업가 수십 명이랑 보내는 저녁이라니…. 진짜 최악 아냐? 거기 갈지, 파리한 악취*랑 싸울지 선택하라면, 난 무조건 저 방귀쟁이 유령을 고르겠어."

"넌 멀리 볼 줄을 몰라, 조지." 록우드가 못마땅하다는 듯 말했다. "게다가 그놈의 걸 붙들고 시간을 너무 오래 보낸다고." 그 말과 함께 손을 뻗어서는 아까 내가 그랬던 것처럼 유령단지의 두꺼운 유리를 손톱으로 톡톡 두드렸다. 그러자 희미하고 귀에 거슬리는 소리가 들렸다. 단지 속 물질이 순간적으로 동요하다 다시 가만히 정지했다. "건강하지 못한 일이야. 이렇다 할 만한 성과가 있는 것도 아니고."

조지가 인상을 찌푸렸다. "내 생각은 달라. 이보다 중요한 일은 없어. 연구가 제대로 되기만 하면 이 녀석이 돌파구가 될 수도 있다고! 생각해 봐. 우리가 필요할 때마다 언제든 죽은 자가 말하게 만들 수만 있다면…."

벽에 달린 신호기가 울렸다. 누군가가 위층 현관의 종을 울렸다는 의미였다.

록우드가 얼굴을 찡그렸다. "누구지? 예약한 사람은 없는데."

"식품점 녀석이려나?" 조지가 말했다. "일주일치 과일이랑 야채를 배달하는?"

나는 고개를 가로저었다. "아니. 그 앤 내일 와. 새 의뢰인이 찾아온 거겠지."

록우드는 초대장을 집어 자기 주머니에 안전히 넣었다. "뭣들 하고 있어? 가서 확인해 보자고."

5

명함에 적힌 이름은 폴 손더스와 앨버트 조플린이었다. 그리고 십분 뒤, 이 두 신사는 우리 응접실에 앉아 찻잔을 받아 들고 있었다.

'런던 시 지정 발굴 전문가'로 소개된 손더스는 딱 봐도 이 2인조의 대장 노릇을 하는 인물이었다. 키가 크고 무릎과 팔꿈치의 뼈가 툭툭 불거지도록 깡말라서는 소파에 몸을 욱여넣느라 애를 먹었고, 몹시 낡고 소매통이 아주 가는 녹회색 소모사* 정장을 입었다. 피골이 상접하고 햇볕에 그을린 얼굴에선 큰 광대뼈가 도드라졌다. 우리를 둘러보며 만족스러운 듯 웃느라 가늘어지고 반짝이는 눈을 뻣뻣하고 희끗한 앞머리가 반쯤 가리고 있었다. 찻잔을 들기에 앞서 그는 해진 중절모를 무릎에 조심스레 내려놨다. 챙 위쪽에 모자를 고정하는 데 쓰는 은제 핀이 꽂혀 있었다.

"불쑥 찾아왔는데도 시간을 내줘 고맙습니다." 손더스가 우리 각각에게 차례로 고개를 끄덕였다. 록우드는 늘 앉는 의자에 편히 자리를 잡았다. 조지와 나는 펜과 공책을 준비하고 근처 의자에 꼿꼿이

---

* 양털 섬유를 꼬아 만든 실의 일종.

앉았다. "아주 좋습니다, 좋아요. 오늘 아침에 처음으로 들러본 데가 여기예요. 이렇게 만날 수 있을 거라곤 생각 못 했습니다."

"우리 회사를 가장 먼저 떠올리셨다니 기쁩니다, 손더스 씨." 록우드가 막힘없이 말을 받았다.

"아, 우리 창고에서 선생네 집이 가장 가까웠을 뿐이에요, 록우드 씨. 난 바쁜 사람이고 효율을 최고로 치거든요. '손더스의 좋은 꿈 발굴 & 정리'가 내 회사입니다. 킹스 크로스를 본거지로 십오 년째 운영하고 있죠. 여기는 내 동료, 조플린 선생이고요." 손더스는 묵직한 고개를 홱 움직여 옆의 조그만 남자를 가리켰다. 남자는 지금껏 말한마디 없었다. 거대하고 어수선한 서류 뭉텅이를 들고 온 그는 몹시 신기한 듯 휘둥그런 눈으로 록우드의 아시아산 귀신잡이 컬렉션을 둘러보고 있었다. "오늘 밤에 여러분이 우릴 좀 도와주면 좋겠습니다." 손더스가 말을 계속했다. "주간 작업조야 벌써 꾸려서 일하고 있죠. 삽질 담당에다 굴착기 운전사, 시신 관리사, 조명 기술자…, 다 있어요. 야간작업을 담당하는 조도 있긴 하지만 오늘 밤엔 전문 대행사의 화력 지원도 필요할 것 같아서요."

손더스는 우리에게 눈을 찡긋거렸다. 그거면 다 되는 줄 아는 모양이었다. 그러고는 차를 요란스레 후루룩거렸다. 록우드의 정중한 미소는 그대로 못질이라도 해둔 것처럼 내내 똑같았다. "그렇군요. 그럼 우리가 정확히 뭘 해드리면 될까요? 작업 현장은 어디고요?"

"아, 하나부터 열까지 다 알아야 직성이 풀리는 양반이구먼. 아주 좋습니다. 나도 그러니까." 손더스는 뒤로 기대앉아서는 앙상한 팔을 소파 등받이로 쭉 뻗었다. "현장은 런던 북서부의 켄잘 그린입니다. 공동묘지 정리 작업이에요. 정부가 새롭게 추진 중인 AR 제거 정책의 일환이랍니다."

록우드가 눈을 끔뻑였다. "뭘 제거해요? 죄송하지만 제가 잘못 들었나 봅니다."

　"액티브 리메인스요. 활성 상태의 잔존물 말입니다. 다른 말로 출처라고 하죠. 안전하지 못한 옛 매장지들을 정리하는 거예요. 주변에 해악을 끼칠지도 모르니까."

　"아, '스테프니 침입자'처럼요!" 내가 말했다. "작년에 사건이 있었잖아요!" 스테프니 침입자는 스테프니 교회 무덤에서 나온 허깨비*였는데, 길을 건너가 근처의 집들을 돌아다니며 이틀 밤에 걸쳐 다섯 명을 죽였다. 사흘째 밤에 로트웰 조사관들이 놈을 궁지로 몰아 원래 무덤에 처넣은 뒤, 세심한 관리하에 무덤을 폭파시켜 파괴했다. 이 사건은 엄청난 불안을 낳았다. 그전까지 스테프니 교회는 안전 구역으로 공표돼 있었기 때문이었다.

　손더스는 내게 치아가 훤히 보이는 웃음으로 답례했다. "맞아요, 아가씨! 참으로 안타까운 일이었죠. 하지만 난제라는 게 워낙 이런 식이니까요. 새로운 방문자들이 자꾸만 나오잖습니까. 스테프니 묘지는 만들어진 지 삼백 년이나 된 곳이에요. 그곳이 전에 문제가 된 적 있었던가요? 아뇨! 하지만 유령이 된 장본인이 먼 옛날에 살해당한 사람이란 게 밝혀지면서 얘기가 달라졌습니다. 그리고 물론 우리도 잘 알다시피 그런 이들일수록 편히 잠들지 못할 공산이 크니까요. 살인 피해자니 자살자니 하는 이들 말입니다. 그런고로 현재 정부 방침은 묘지 전체를 추적 관찰하는 겁니다. 우리 좋은 꿈 발굴 &정리가 켄잘 그린에서 하고 있는 작업도 그거고요."

　"켄잘 그린은 규모가 엄청난데." 조지가 말했다. "무덤은 몇 개나 파고 있나요?"

　손더스는 턱에 삐죽하니 자란 수염을 긁적였다. "매일 몇 자리씩

팝니다. 비결은 문제가 될 법한 무덤을 미리 솎아내는 겁니다. 일몰 뒤에, 심령 기운이 가장 강력하게 발산될 때 평가 작업을 진행해요. 야간조를 투입해서 의심스러운 무덤을 골라내고 노란색 페인트를 칠해두게 합니다. 다음 날 아침에 우리가 가서 땅을 파고 뼈를 제거하는 식이죠."

"야간조 작업은 위험하겠는데요." 록우드가 말했다. "어떤 사람들로 구성돼 있습니까?"

"야경대* 꼬마들이랑 자유계약으로 일하는 민감한 자*들이죠. 유물 사냥꾼*의 접근을 막을 성인 남자도 몇 있습니다. 다들 보수는 넉넉하게 받습니다. 나오는 유령이라고 해봐야 대개가 시시한 놈들이고요. 음영자니 관망자니 하는 1급령이 대부분이죠. 2급령은 드물어요. 뭐든 정말로 안 좋겠다 싶으면 미리 조사관들을 고용합니다."

록우드가 눈살을 찌푸렸다. "하지만 위험 여부를 어떻게 미리 판단할 수 있죠? 이해가 잘 안 되는데요."

"아, 그건 여기 이 앨버트 담당이죠." 손더스가 앙상한 팔꿈치로 동료의 옆구리를 거칠게 쑤셨다. 조그만 남자는 흠칫 놀라다가 갖고 있던 문서 절반을 바닥에 떨어트리고 말았다. 허우적허우적 종이를 회수하려 애쓰는 그를 손더스가 안달이 나는 듯 노려봤다. "앨버트는 누구도 대신할 수 없는 사람입니다. 이 친구에 대해 제대로 알면…. 자, 어서, 얼른. 자네가 하는 일을 말씀드려."

앨버트 조플린은 몸을 펴고 우리를 보며 싹싹하게 눈을 깜빡였다. 그는 손더스보다 어렸다. 사십 대 초반쯤 돼 보였다. 하지만 손더스 못지않게 부스스했다. 그의 곱슬곱슬한 갈색 머리칼은 수주일, 아니 어쩜 수년 동안 빗이라고는 구경도 못 해본 몰골이었다. 얼굴은 상냥함을 넘어 다소 유약한 느낌을 줬다. 동그랗고 불그레한 뺨이 점차 갸름해져서는 생기다 만 듯한 턱이 됐다. 사과라도 하듯 미소가 서린 눈을 조그맣고 둥근 안경이 두르고 있었는데, 조지의 것과 별반 다르지 않았다. 조플린은 비듬이 떨어져 다소 지저분하고 구깃거리는 리넨 재킷과 체크무늬 셔츠, 본인에겐 좀 너무 짧다 싶은 검정 바지를 입었다. 소파에 구부정하니 앉아 보호라도 하려는 듯 종이 뭉텅이에 손을 얹은 모습이 꼭 수줍고 학구적인 겨울잠쥐 같았다.

"난 이번 작업의 기록물 전문가입니다." 조플린이 말했다. "현장 업무를 지원하는 역할을 해요."

록우드가 격려하듯 고개를 끄덕였다. "그렇군요. 어떻게요?"

"들이파는 거죠!" 조플린이 뭐라 대답하기도 전에 손더스가 외쳤다. "기록물 쪽에서는 이 친구도 정말 내로라하는 발굴 전문가라니까요. 그렇잖나, 앨버트, 어?" 그는 손을 뻗어 조그만 남자의 빈약한 팔뚝을 과장된 몸짓으로 쥐어짜고는 우리에게 다시 눈을 찡긋거렸다. "이 친구의 겉모습만 봐선 감이 안 올 거예요. 그쵸? 하지만 농담으로 하는 말이 아닙니다. 그러니까 뭐냐, 나머지 우리들이 뼈를 파내는 동안 여기 이 앨버트는 '사연'을 파내는 거죠. 자, 얼른, 이봐, 꿰다놓은 보릿자루처럼 앉아 있지만 말고. 설명을 드려보라니까."

"네, 그게…." 조플린이 허둥거리다 쭈뼛쭈뼛 안경을 고쳐 썼다. "난 사실 연구자예요. 과거의 매장 기록을 검토하고 예전 신문 기사들과 교차 검색해 정말로 '위험하다'고 할 만한 사례를 찾아냅니다. 있잖습니까, 끝이 고약했거나 비극적이었던 사람들요. 그런 뒤에 손더스 씨에게 알리면 뭐든 필요하다고 생각되는 조치를 취해주죠."

"별 탈 없이 정리되는 무덤이 대부분입니다." 손더스가 말했다. "하지만 늘 그런 건 아니니까."

조플린이 고개를 끄덕였다. "맞아요. 두 달 전에 우린 마이다 베일 공동묘지에서 일했거든요. 난 에드워드 7세 시절에 살해된 피해자의 무덤을 특정했고요. 잡초가 어마어마했어요. 그랬죠. 비석은 어디로 가버린 지 오래였고요. 야경대 아이 하나가 서둘러 가시덤불을 제거하고 굴착 준비를 하는데, 그때 덜컥 유령이 나온 겁니다. 땅에서 훌쩍 솟아서는 아이를 끌고 가려 하더라고요! 무시무시한 백발 여인처럼 보였는데, 다 잘린 목에 겨우 붙은 고개가 대롱거리고 눈구멍에서 눈알이 튀어나올 듯 노려보던걸요. 그 딱한 아이는 꽥 하고 죽어가는 토끼 같은 소리를 뱉었습니다. 당연히 유령접촉을 당했죠. 조사관들이 아이를 붙들어 주사를 꽂았으니 회복이 됐을 것도 같은데…." 조플린의 목소리가 점점 힘을 잃었다. 그는 서글프게 웃었다. "아무튼, 내가 하는 일은 그렇습니다."

"실례합니다만," 조지가 말했다. "혹 〈푸터〉지가 연재하는 '런던 묘지의 역사'에 중세 매장지 편을 기고한 그 앨버트 조플린이신가요?"

조그만 남자가 눈을 끔뻑였다. 눈이 환해졌다. "어찌…, 네. 네, 내가 맞아요!"

"훌륭한 글이었어요." 조지가 말했다. "정말 술술 읽히던걸요."

"그걸 읽었다니 정말 놀랍습니다!"

"영혼을 속박하는 것에 대한 사유가 무척 흥미롭다고 생각했었어요."

"그랬나요? 음, 아주 매혹적인 이론이긴 하죠. 내가 보기엔…."

나는 하품을 눌렀다. 베개라도 챙겨 왔으면 얼마나 좋았을까 싶어지기 시작했다. 조바심이 나기는 록우드도 마찬가지였다. 그가 한 손을 들어 올렸다. "제가 보기엔 이쯤에서 오늘 우리의 도움이 필요한 이유를 들어야겠는데요. 손더스 씨, 이제 본론으로 들어가시면 좋겠습니다만…."

"아무렴요, 록우드 선생!" 발굴 전문가가 목을 가다듬고 무릎 위 모자를 매만졌다. "선생은 실무가 타입이로군요, 나처럼. 좋습니다. 자, 며칠 밤에 걸쳐 우린 이 묘지의 남동부 구역을 조사했습니다. 켄잘 그린은 중요한 매장지예요. 1833년에 만들어졌고 70에이커의 값비싼 부지를 차지하고 있습니다."

"고급 비석과 능묘도 많아요." 조플린이 덧붙였다. "포틀랜드석*들이 굉장하죠."

"거기 카타콤*도 있지 않나요?" 조지가 물었다.

손더스가 고개를 끄덕였다. "맞아요. 묘지 가운데에 예배당이 있고, 그 아래 카타콤이 있습니다. 지금은 폐쇄됐어요. 너무 위험하긴 하죠. 거기 안치된 관이 한둘이 아니니까. 하지만 지상의 경우, 해로 로드와 그랜드 유니언 운하 사이에 완만한 곡선을 그리며 난 거리들을 따라 묫자리가 배치돼 있습니다. 빅토리아 왕조 중기의 묘지들인데, 주인 대부분이 평민들이죠. 거리엔 나이 많은 라임나무들이 줄줄이 서서 그늘을 드리워요. 상당히 평화로운 곳이고, 지금껏 보고된 방문자도 상대적으로 적답니다. 최근 몇 년 사이에도 그랬고."

조플린은 품에 안은 종이들을 훑어 몇 장 골라내려다가 다시 쑤셔 넣었다. "그게 만약에 내가…. 아, 남서쪽 모퉁이의 배치도가 여기 있네요!" 그가 뽑아낸 지도에는 고리 모양으로 굽은 길 두세 개의 사이사이에 마련된 묫자리에 조그맣게 번호가 달린 네모들이 그려져 있었다. 거미 다리 같은 글씨가 빼곡한 표도 함께 붙어 있었다. 명단이었다. "난 이 구역의 매장 기록을 확인하고 있었어요." 그가 말했

• 영국 포틀랜드섬에서 생산되는 건축용 석회석.

다. "겁내고 말고 할 일이 전혀 없는 곳이었습니다…. 그런 줄로만 알 았었죠."

"자," 손더스가 말했다. "아까도 말했듯 우리 작업조가 묘지 사이 의 길을 다니며 심령 소란이 감지되는 무덤을 찾고 있거든요. 모든 게 순조로웠습니다. 어젯밤까지는. 여기 보이는 이 길의 동쪽 못자리 들을 탐사할 때의 일이었어요." 그는 지저분한 손가락으로 지도의 한 지점을 쿡 쑤셨다.

록우드는 아까부터 조바심이 나는 듯 무릎을 두드리고 있었다. "네, 그리고…."

"그리고 풀숲에서 뜻밖의 묘비가 나온 겁니다."

정적이 이어졌다. "그게 무슨 말이에요. '뜻밖'이라니?" 내가 물 었다.

조플린이 손 글씨로 적힌 명단을 흔들었다. "공식 목록에 올라 있 지 않은 묘지란 말입니다. 거기 있어선 안 될 존재요."

"우리 쪽 민감한 자가 발견했어요." 손더스가 말했다. 그의 얼굴 은 어느새 진지해져 있었다. "그러고는 곧장 병이 나더니 일을 더는 할 수 없게 됐죠. 다른 심령술사 둘이 비석을 조사했습니다. 하나같 이 어지럼증을 호소하더군요. 머리가 깨질 듯이 아프다면서. 그중 하 나는 뭔가가 자기를 쳐다보는 게 감지된다고 했어요. 어찌나 사악한 지 몸을 움직일 수조차 없을 정도라고. 그들 중 누구도 그 조그만 돌 덩이 주변 반경 3미터 이내로는 들어가려 하질 않더군요." 손더스가 코웃음을 쳤다. "물론 그 모두를 얼마나 진지하게 받아들여야 할지는 모를 일이죠. 그런 심령술사들이 어떤지 여러분도 잘 아시잖습니까."

"그렇죠." 록우드가 건조하게 말했다. "저도 그중 하나니까."

"나로 말할 것 같으면," 손더스가 말을 계속했다. "심령 어쩌고 하는 것들과는 거리가 멀어요. 여기 이렇게 날 안전히 지켜줄 은제 부적도 있고 말입니다." 그는 자기 중절모의 핀을 토닥였다. "그래서 내가 어떻게 했느냐? 얼른 그 비석으로 가서 몸을 숙이고 살펴봤죠. 이끼들을 걷어내니 화강암에 깊숙이 새겨진 두 단어가 보이는 겁니다." 그의 목소리가 갑자기 낮아져 쉰 듯한 속삭임이 됐다. "두 단어가요."

록우드가 기다리다 물었다. "음, 그게 뭐였는데요?"

손더스는 가느다란 입술을 혀로 축이고 꼴깍 소리가 들리게 침을 삼켰다. 말하기가 꺼려지는 듯했다. "이름이었어요." 그가 속삭였다. "하지만 보통 이름이 아니었죠." 그는 소파에 앉은 채 상체를 앞으로 굽혔다. 그의 길고 앙상한 다리가 찻잔 위로 위태롭게 튀어나왔다. 록우드와 조지와 내가 바짝 다가앉았다. 호기심 섞인 공포의 기운이 방에 난입해 있었다. 조플린은 허둥거리다가 종이들을 어찌할 바 모르고 카펫에 또 떨어트렸다. 창밖에서 구름 한 조각이 떠가다 해를 가리기라도 한 것 같았다. 햇빛이 칙칙하고 냉랭했다.

손더스가 깊은숨을 들이마셨다. 속삭이던 목소리가 급작스럽고도 섬뜩하게 높아졌다. "에드먼드 비커스태프라고 들어봤습니까?" 단어들이 우리를 에워싸 메아리치고 벽에 줄지어 선 유령 몰이 막대와 혼령 부적에 맞고 튀어나왔다. 우리는 가만히 앉아 있었다. 메아리가 사라졌다.

"솔직히 말씀드려서, 아뇨." 록우드가 말했다.

손더스가 소파에 등을 기댔다. "네. 아닌 게 아니라 나도 처음 듣는 이름이었거든요. 근데 여기 조플린은, 과거의 기이하고 불쾌한 비화들에 코를 박고 쿵쿵거리는 게 전문인 이 친구는 그 이름을 들어봤다는 겁니다. 그렇잖나, 어?" 손더스는 조그만 남자를 쿡 찔렀다. "그러고선 불안에 떨기 시작했죠."

조플린은 힘없이 웃으며 무릎 위의 종이 난장판을 고생스레 수습했다. "그게, 꼭 그렇다고는 할 수 없어요, 손더스 씨. 난 조심하는 겁니다, 록우드 씨. 조심한다, 그게 다예요. 그리고 정말 에드먼드 비커스태프 박사라면 이 미스터리한 묘지를 파헤치기 전에 대행사의 도움부터 구하자고 권할 정도로는 알죠."

"거길 파볼 생각이군요, 그럼?" 록우드가 물었다.

"그 장소와 연관된 걸로 보이는 강력한 심령 현상들이 있어요." 손더스가 말했다. "안전을 위해 최대한 서둘러 정리해야 합니다. 그게 오늘 밤이면 더 좋고."

"미안합니다만," 내가 말했다. 아까부터 자꾸 마음에 걸리는 게 있었다. "위험하다는 걸 알면 다른 무덤이랑 마찬가지로 낮에 파면 되지 않나요? 왜 우리를 투입해야 하는 건데요?"

"DEPRAC의 새 지침 때문이죠. 우린 2급령이 있을 걸로 추측되는 모든 무덤의 발굴에 조사관을 동반할 법적 의무가 있어요. 여기에 드는 추가 비용을 정부가 부담하는 탓에 조사관들은 밤중에 작업해야 하고요. 우리 주장이 사실임을 확인시켜야 하니까."

"그렇군요. 근데 이 비커스태프는 뭐 하는 사람인데요?" 조지가 물었다. "그 사람이 뭔데 그렇게 무서워요?"

대답 대신 조플린은 다시 종이들을 뒤적거렸다. 누렇게 바랜 A4 용지를 뽑아내 펼쳐서는 우리가 볼 수 있게 방향을 돌려줬다. 19세기 신문, 따닥따닥한 세로줄로 빡빡하게 인쇄된 기사의 일부를 확대 복사한 거였다. 그 가운데에 어느 건장한 남자의 모습이 잉크가 다소 번진 듯 찍혀 있었다. 칼라가 목 위까지 올라오는 셔츠 차림에 구레나룻이 무성하고 병 닦는 솔처럼 거대한 콧수염을 가진 남자였다. 입매에서 살짝 느껴지는 야수성을 빼면 빅토리아 중기의 전형적인 신사라 할 만했다. 그 아래에는 이렇게 적혀 있었다.

햄프스테드의 공포
그린 게이츠의 소름 끼치는 비밀

"그게 에드먼드 비커스태프예요." 조플린이 말했다. "〈햄프스테드 관보〉의 이 기사가 보도된 시점은 보시다시피 1877년이니까 박사는 벌써 죽어 없어진 지 오래죠. 이제, 뭐랄까, 다시 나타난 모양이지만."

"전부 다 얘기해 주세요." 지금껏 록우드의 몸짓 언어는 흥미가 결여된 공손함 정도로 읽혔다. 손더스는 밉살스럽고 조플린은 따분하다고 느끼는 게 분명했다. 그런 록우드가 돌연 태도를 바꿨다. "차를 좀 더 드릴까요, 조플린 씨? 롤빵을 드셔보시겠어요, 손더스 씨? 집에서 직접 만든 겁니다. 루시가 만들었어요."

"그럼 그럴까요. 고맙습니다." 조플린이 빵을 야금거렸다. "안타깝게도 비커스태프 박사를 자세히는 잘 모릅니다. 따로 조사할 시간이 없었거든요. 아무튼 그는 의사였고, 햄프스테드 히스 변두리의 그린 게이츠 요양원*에서 신경쇠약 환자들을 치료한 걸로 보입니다. 그 전에는 평범한 가정의였는데 사업이 잘 안 된 모양이에요. 추문이 돌면서 일을 관둬야 했습니다."

"추문이요?" 내가 물었다. "무슨 추문이요?"

"분명치 않아요. 불건전한 행위를 한다는 악명을 얻었던 것 같아요. 마법을 쓴다는, 금지된 기술에 발을 담갔다는 소문이 있었습니다. 무덤을 털고 다닌다는 얘기까지 돌았어요. 경찰이 개입했지만 아무것도 입증되지 않았습니다. 비커스태프는 이 사설 요양원으로 자리를 옮겨 일을 계속할 수 있게 됐죠. 요양원 부지에 딸린 관사에서 생활했어요. 1877년 말의 그 겨울밤 전까진.”

조플린은 조그맣고 희멀건 손으로 종이를 평평히 펴서는 잠시 내용을 확인했다.

“비커스태프한테 동조자들이 몇 있었나 봐요.” 그가 말을 계속했다. “박사와 같은 생각을 가진 남녀가 밤 시간에 그의 관사에서 모였습니다. 소문에 따르면 그들은 두건이 달린 가운을 입고 촛불을 켠 뒤 의식을…. 글쎄요, 그들이 뭘 했는지 우린 모르죠. 그런 모임이 있을 때면 박사의 하인들은 집을 비우라는 명을 받았는데, 그들로서도 그 이상 기쁠 수가 없었습니다. 보아하니 비커스태프는 성질이 흉포해서 아무도 대적할 엄두를 못 낸 듯해요. 자, 1877년 12월 13일에도 그 모임이 열렸습니다. 하인들은 이틀 뒤에 복귀하기로 하고 급료를 챙겨 해산했어요. 관사를 떠나는 길에 비커스태프의 손님을 실은 마차들이 도착하는 걸 목격했답니다.”

“이틀이나 쉬라고 했다고요?” 록우드가 말했다. “긴 시간인데요.”

“네, 모임은 주말을 꽉 채워 계속될 예정이었습니다.” 조플린은 문서를 내려다봤다. “하지만 일이 터졌어요. 〈햄프스테드 관보〉에 따르면 이튿날 밤에 요양원 간병인 몇이 관사 앞을 지나갔어요. 조용하고 컴컴했대요. 비커스태프가 집을 비웠나 보다 했답니다. 그러다 일행 중 한 명이 위층 창문에서 움직임을 감지한 거죠. 망사 커튼이 실룩실룩 경련을 하더랍니다. 떨리고 물결치고 난리가 났더래요. 누군가가—혹은 뭔가가—아래서 사부작사부작 당기는 것처럼.”

“어어.” 내가 나직이 말했다. “뭔가 싫은 얘기가 나올 것 같은데, 아닌가요?”

“네, 아가씨, 싫을 겁니다.” 손더스가 빵을 하나 더 우적거리는 와중에도 말을 받았다. "뭐, 그것도 본인의 심리 상태에 좌우되겠죠. 여기 우리 앨버트는 오히려 좋아라 하거든요. 이 케케묵은 얘기에 아주 푹 빠졌다니까." 그는 무릎에 흘린 부스러기를 카펫에 털어냈다.

"말씀 계속하시죠, 조플린 씨." 록우드가 재촉했다.

"간병인 일부는," 조플린이 말했다. "문이라도 부수고 당장 진입하자고 성화였어요. 나머지는—비커스태프 박사를 둘러싼 얘기들이 떠올라—남의 일이니 신경 끄자고 우겼고요. 밖에 서서 입씨름을 하고 있는데 커튼의 움직임이 곱절로 심해지더랍니다. 그리고 느닷없이 창틀 안쪽을 따라 내달리는 길고 검은 형상들이 눈에 들어온 거죠."

"길고 검은 형상요?" 내가 물었다. "그게 뭐였는데요?"

"쥐였어요." 조플린이 말하고 차를 한 모금 마셨다. "그제야 보였던 겁니다. 커튼을 움직이던 게 쥐들이었단 게. 많기도 엄청나게 많았어요. 놈들이 창틀을 이리저리 오가고, 커튼에 매달려 대롱거리고, 어둠 속으로 뛰어내렸어요. 간병인들은 나름의 근거로 그 방에 박사와 일행들이 있는 게 틀림없다고 결론 냈습니다. 그 근거야 지금 여러분도 짐작이 가능할 테고요. 그래서 가장 용감한 자들을 모아 양초를 쥐여줬고, 그들은 문을 부수고 들어가 위층으로 향했어요. 계단을 올라가는데 머리 위에서 축축한 게 부스럭거리는 소리가 들리기 시작했어요. 뭔가를 찢는 소리, 이빨을 딱딱거리는 소리도 함께. 자, 그들이 뭘 발견했는지는 여러분도 그려볼 수 있을 테죠." 그는 콧등의 안경을 밀어 올리고 몸서리를 쳤다. "자세한 부분까지는 얘기하지 않겠습니다. 그날 거기서 목격한 건 그들의 남은 인생 내내 떨쳐버리지 못할 장면이었다고만 해두죠. 비커스태프 박사는, 아니 박사의 잔존물은 서재 바닥에 누워 있었습니다. 가운 조각들도 보였지만, 그 외엔 남은 게 거의 없었어요. 쥐 떼가 박사를 먹어치운 거죠."

정적이 내렸다. 손더스가 쿵 소리를 내고는 손가락으로 코밑을 닦았다. "그러니까 그게 비커스태프 박사의 최후였던 거요." 그가 말했다. "한 무더기의 피투성이 뼈와 힘줄 말입니다. 참으로 고약하죠. 그 마지막 남은 롤빵 말인데, 거기… 누구 드실 분 있나요?"

조지와 내가 동시에 말했다. "아뇨, 아뇨, 괜찮습니다. 맘 편히 드세요."

"우우, 부드럽고 쫄깃하군요." 손더스가 빵을 한 입 베어 물었다.

"여러분도 짐작이 가능하겠지만," 조플린이 말했다. "정부 당국은 박사의 동조자들과 얘기하고 싶어 안달이었어요. 하지만 그들을 찾을 수가 없었죠. 에드먼드 비커스태프 사건은 그렇게 마무리되고 맙니다. 박사의 죽음을 둘러싼 끔찍한 정황에도 불구하고, 그를 따라다니던 무수한 소문에도 불구하고, 그는 그리 오래 기억되지 않았어요. 그린 게이츠 요양원은 20세기 초에 화재로 소실됐고, 박사의 이름은 세상에서 사라졌습니다. 유골의 운명조차 아무도 몰랐다죠."

"자," 록우드가 말했다. "그게 지금 어디 있는지는 이제 우리가 아네요. 그리고 여러분은 우리가 그 유골을 안전히 처리하길 바라고요."

손더스가 고개를 끄덕였다. 빵을 먹어치우곤 바짓가랑이에 손가락을 닦았다.

"아무래도 너무 이상한데요." 내가 말했다. "박사가 묻힌 곳을 아무도 몰랐다는 게 말이 돼요? 기록에선 왜 빠진 걸까요?"

조지가 고개를 끄덕였다. "박사를 죽인 건 정확히 뭐고요? 정말 그 쥐 떼였을까요, 아님 다른 뭔가? 이 얘기엔 허술한 부분이 너무 많아요. 보여주신 기사도 빙산의 일각일 뿐일걸요. 보강 조사가 절실한 상황이네요."

앨버트 조플린이 키득거렸다. "전적으로 동의합니다. 조사관님은 정말 내 마음에 쏙 드는 분이군요."

"지금 조사가 문제가 아니라니까." 손더스가 말했다. "그 무덤에 있는 게 뭔지는 몰라도 슬슬 깨어나기 시작했고, 난 오늘 밤 내로 그 걸 꺼내고 싶습니다. 친절을 베풀어 발굴 작업을 감독해 주신다면 록우드 선생, 우리로선 정말 고맙겠습니다. 어떻습니까?"

록우드가 나를 힐끗 봤다. 조지를 힐끗 봤다. 우리는 반짝이는 눈으로 그와 시선을 맞췄다. "손더스 씨," 록우드가 말했다. "기쁜 마음으로 그렇게 하겠습니다."

6

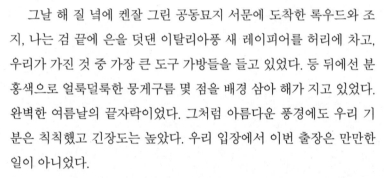

그날 해 질 녘에 켄잘 그린 공동묘지 서문에 도착한 록우드와 조지, 나는 검 끝에 은을 덧댄 이탈리아풍 새 레이피어를 허리에 차고, 우리가 가진 것 중 가장 큰 도구 가방들을 들고 있었다. 등 뒤에선 분홍색으로 얼룩덜룩한 뭉게구름 몇 점을 배경 삼아 해가 지고 있었다. 완벽한 여름날의 끝자락이었다. 그처럼 아름다운 풍경에도 우리 기분은 칙칙했고 긴장도는 높았다. 우리 입장에서 이번 출장은 만만한 일이 아니었다.

런던의 대규모 묘지 중에서도 가장 오래되고 아름다운 켄잘 그린은 산 자가 죽은 자와 지금보다는 원만한 관계를 유지하던 시절의 유물이었다. 빅토리아시대에는 쾌적한 숲과 조경이 훌륭한 오솔길 덕분에 대도시의 혼란으로부터 휴식처 역할을 했다. 석공들은 매혹적인 묘비들을 앞다퉈 만들어냈다. 나무 그늘에선 장미가 자라고 야생 생물들이 번성했다. 일요일이면 가족들이 찾아와 산책하며 죽음을 피할 수 없는 운명을 사유했다.

뭐, 더는 아니었다. 어림없었다. 난제가 모든 걸 바꿔놨다. 오늘날 묘지들은 잡초로 뒤덮이고, 나무 그늘은 야생 그 자체에다 가시투성이였다. 대부분의 성인들은 대낮에도 돌아다닐 엄두를 못 냈다. 밤에는 공포의 장소였고 무슨 수를 써서든 피해야 했다. 자기 무덤에 고요히 잠든 망자가 압도적으로 많은 게 사실이라 해도, 그들 사이에서 긴 시간을 보내는 건 조사관들조차 꺼리는 일이었다. 그건 적진에 들어가는 행위나 다름없었다. 우린 거기서 환영받지 못했다.

켄잘 그린 서문은 한때 마차 두 대가 한꺼번에 통과해 해로 로드에 진입할 수 있을 정도로 넓었다. 이제는 아무렇게나 대충 엮어 철심을 박은 울타리에 우악스레 가로막혀 있었다. 울타리에는 빛바랜 포스터와 광고 전단지가 몇 겹씩 두껍게 붙어 있었다. 그중에서도 가장 많은 건 무릎길이의 소박한 치마와 티셔츠 차림에 눈을 동그랗게 뜨고 미소 짓는 여자가 두 팔을 활짝 벌려 인사하는 포스터였다. 그녀 아래엔 광채를 뿜는 듯한 글씨체로 이렇게 적혀 있었다. '열린 마음 협회는 저세상에서 온 우리 친구들을 환영합니다.'

"내 개인적으론 저세상 친구들을 마그네슘 화염으로 환영하고 싶은데." 내가 말했다. 나는 사건에 착수하기 전이면 늘 신경이 예민했다. 포스터 속 여자의 미소가 마음에 안 들었다.

"이런 광신도 집단*엔 멍청이들이 섞여 있기 마련이지." 조지가 맞장구쳤다.

울타리 가운데의 비좁은 출입문이 활짝 열려 있고, 그 옆에 골철판*으로 만든 추레한 초소가 서 있었다. 접이식 의자와 마시고 버린 탄산음료 캔 컬렉션, 그리고 신문 읽는 소년이 들여다보였다.

소년은 거대한 납작 모자를 썼는데, 다소 화려한 이 노란색 체크무늬 모자가 온 얼굴에 그늘을 드리우다시피 했다. 그걸 제외하면 아

---

* 물결처럼 골이 진 철판.

이는 야경대원들이 통상적으로 입는 칙칙한 갈색 제복 차림이었다. 끝에 쇠붙이를 댄 감시봉은 초소 한쪽 구석에 기대났다. 그는 접이식 의자에 깊숙이 앉아 우리가 다가오는 모습을 지켜봤다.

"록우드 심령 회사에서 왔어. 손더스 씨를 만나야겠는데." 록우드 가 말했다. "그냥 앉아 있어도 돼."

"안 그래도 앉아 있을 건데." 소년이 말했다. "누구신지? 민감한 자, 맞아?"

조지가 칼자루 끝을 툭툭 쳤다. "이거 안 보여? 우린 조사관이야."

소년은 의심스러운 눈치였다. "깜빡 속을 뻔했네. 조사관인데 제 복은 어디 갔고?"

"제복은 필요 없어." 록우드가 대답했다. "조사관의 진정한 상징 은 레이피어니까."

"헛소리." 소년이 말했다. "제대로 된 조사관들은 부티 나는 재킷 을 입거든. 거만한 피츠 무리들처럼. 아무래도 그쪽은 민감한 자들 같은데. 관망자가 나타날 조짐만으로도 기절초풍하는 얼간이들 말 야." 소년은 고개를 돌리고 신문을 확 펼쳤다. "아무튼, 들어가."

록우드가 눈을 끔뻑였다. 조지가 반걸음 앞으로 나섰다. "조사관 의 검이 유령한테만 효과 만점인 건 아니거든. 건방진 야경대 꼬맹이 를 후려치는 데도 좋단 말이지. 한번 보여줄까?"

"아이고, 무서워라. 몸이 다 벌벌 떨리네." 소년은 납작 모자를 눈 위로 밀어 올리고 여봐란듯이 의자에 늘어졌다. 그러고는 엄지로 자 기 어깨 너머를 쑤셨다. "큰길을 따라 부지 가운데의 예배당으로 가. 거기 야영지에 다들 있을 거야. 그럼 이제 좀 비켜줄래. 불빛을 가리 고 있잖아."

자칫 잘못하면 해로 로드 언저리를 헤매고 다닐 꼬마 유령을 내 손으로 하나 더 만들고 말겠다 싶었지만 나는 그 유혹을 떨쳐냈다. 록우드가 출발하자고 신호했다. 우리는 서문을 지나 묘지로 들어갔다.

우리는 묘지 진입과 동시에 본능적으로 멈춰 서서 숨은 감각들을 동원했다. 다른 두 사람은 보고, 나는 들었다. 사방이 평화로웠다. 심령압이 급작스레 치솟거나 하지도 않았다. 내 귀에 들리는 건 검은 새들의 달콤한 지저귐, 풀밭에서 우는 귀뚜라미 소리뿐이었다. 어스름 속에 늘어선 시커먼 추모비와 묘소 사이로 자갈길들이 희미하게 빛나며 퍼져나갔다. 울창한 나무들이 그렇잖아도 어두운 보도들에 더 진한 그늘을 드리웠다. 머리 위 하늘은 깊이를 헤아릴 수 없을 만큼 검푸른색이었고, 구멍처럼 뻥 뚫린 자리에 환한 원반 모양 달이 있었다.

우리는 줄줄이 늘어선 라임나무 사이의 큰길을 걸었다. 달빛이 나무 틈을 희미한 삼각형 모양으로 가르고 들어와 검은 풀밭을 서리처럼 덮었다. 신발 아래서 자갈이 으드득거렸다. 우리의 걸음에 맞춰 도구 가방 속 쇠사슬이 희미하게 쟁그랑거렸다.

"복잡할 거 없어." 록우드가 정적을 깼다. "발굴팀이 땅을 파는 동안 옆에서 대기하면 돼. 관이 나오면 우리가 열고, 비커스태프 박사의 뼈를 은으로 봉인한 뒤 철수하면 끝이야. 쉽지."

나는 회의적인 투로 투덜거렸다. "관을 여는 일이 그리 간단할 리 없잖아. 항상 뭔가 문제가 생긴다고."

"뭘, 항상은 아니지."

"탈 없이 끝난 적이 한 번이라도 있으면 어디 말해봐."

"나도 루시 말에 동의해." 조지가 거들었다. "넌 에드먼드 비커스태프가 사고를 치지 않으리라 단정하고 있어. 놈은 분명 사고를 칠

83

텐데."

"너흰 둘 다 걱정이 너무 많아." 록우드가 소리쳤다. "좋게 생각해. 오늘 밤 우린 출처의 정확한 위치를 알아. 킵스 때문에 안달할 일도 없고. 안 그래? 아주 끝내주는 저녁이 될 거야. 비커스태프도 마찬가지야. 끝이 불행했다고 해서 지금 반드시 공격적인 유령이 돼 있으리란 법은 없잖아."

"그럴 수도…." 조지가 중얼거렸다. "하지만 내가 쥐 떼에 잡아먹혔다면 기분이 아주 안 좋긴 할 거라서 말이지."

오 분 정도 걸으니 육중하고 흰 지붕이 보였다. 나무 사이로 솟아오른 건물이 꼭 컴컴한 바다의 수면을 뚫고 나온 고래 같았다. 묘지 가운데에 있다던 성공회 예배당이었다. 거대한 기둥 네 개가 건물 정면의 그리스풍 포르티코를 떠받치고 있었다. 널찍한 계단이 양문형 출입구로 이어졌다. 문은 열려 있었다. 안에서 전등이 따듯하게 빛났다. 건물 밑에 설치한 유압식 거대 투광기가 어둑하게 불을 밝힌 곳에 임시 막사 두 채가 서 있었다. 기계식 굴착기, 소형 덤프트럭, 흙을 담는 통들이 보였다. 야영지 언저리에서 타오르는 석탄 들통에서 라벤더 연기가 모락모락 피어올랐다.

여기가 좋은 꿈 발굴 & 정리의 작업 본부인 모양이었다. 예배당 계단 꼭대기의 열린 문을 배경으로 여러 형상들이 서 있었다. 격앙된 목소리들이 들렸다. 허공에서 공포가 잡음처럼 치직거렸다.

록우드와 조지와 나는 연기가 올라오는 들통 옆에 도구 가방을 내려놨다. 칼자루에 손을 얹고 계단을 올라갔다. 무리의 소란이 잦아들었다. 사람들이 길을 터줬고 다가서는 우리를 조용히 살폈다.

계단 꼭대기에 이르자 중절모를 쓴 손더스의 앙상한 형상이 인파를 뚫고 서둘러 나와 우리를 반겼다. "딱 맞춰 왔군요!" 그가 외쳤다.

"작은 사고가 있었고, 이 머저리들이 여기 못 있겠다고 난리예요! 최고의 조사관들이 온다고 그렇게 말을 했는데, 아니래요. 잔금이나 달랍니다. 다들 한 푼도 못 받을 줄 알아!"그는 자기 어깨 뒤에 대고 포효했다. "그게 다 위험을 감수하는 대가로 주는 돈이잖아!"

"그야 그걸 보기 전 얘기고." 덩치 큰 남자가 말했다. 텁수룩한 수염이 호전적인 인상을 주고, 목과 팔뚝에 해골 문신이 있는 그는 셔츠 위로 두툼한 철제 목걸이를 두르고 있었다. 무리에는 건장한 인부가 몇 명 더 섞여 있고, 겁먹은 야경대 꼬마들 몇은 아기 때 쓰던 쪽쪽이라도 되는 양 감시봉을 움켜쥐고 있었다. 십 대 여자애들 패거리도 보였다. 하늘하늘 얇고 가벼운 원피스를 입고 눈에는 검은색 아이라이너를 칠했다. 큼지막한 고리 팔찌와 겨드랑이까지 내려오는 생머리로 봐서 민감한 자들이 분명했다. 민감한 자들은 심령과 관련된 일을 하지만 평화주의 원칙을 이유로 유령과의 직접적인 싸움은 거부한다. 그들 대개가 여름 감기처럼 어처구니없고, 두드러기처럼 짜증스럽다. 통상적으로 우린 사이가 좋지 않다.

손더스는 덩치 큰 남자를 노려봤다. "창피한 줄 알아, 노리스. 다음은 뭐야, 음영자랑 깜빡이*를 보고 까무러치기라도 하게?"

"이건 음영자가 아니잖아요." 노리스가 말했다.

"제대로 된 조사관을 데려오라고!" 누군가가 소리쳤다. "이런 뜨내기들 말고! 애들 좀 봐. 변변한 제복 한 벌 없는 애들이잖아!"

팔찌가 짤랑거리는 소리와 함께 개중에서도 제일 하늘거리고 여린 외모의 민감한 자가 앞으로 나섰다. "손더스 씨! 미란다와 트리샤와 난 안전이 확보되지 않는 한 저 무덤 근처 어디에서도 일하지 않을 생각입니다! 그 점을 분명히 해뒀으면 해요."

옆에서 맞장구들을 쳤다. 남자 몇은 큰 소리로 욕지거리를 했고,

손더스가 목청을 높였지만 역부족이었다. 무리들이 위협적으로 좁혀 들어왔다.

록우드가 싹싹하게 손을 들었다. "안녕하세요, 여러분." 모두에게 더없이 강력한 활짝 웃음을 발사했다. 소란이 잦아들었다. "저는 록 우드 심령 회사의 앤서니 록우드입니다. 우리 회사에 대해 들어본 적이 있을 텐데요. 콤 케리 홀 아세요? 배럿 부인의 무덤은요? 그 건들을 해결한 게 우립니다. 우린 오늘 밤에 여러분을 도우러 왔어요. 여러분이 경험한 어려움이 뭔지 말씀해 주시면 정말 감사하겠습니다. 저기, 숙녀분." 그의 미소가 조금 전 발언한 민감한 자에게 옮겨갔다. "끔찍한 일을 겪으신 것 같은데요. 그 얘길 좀 해주시겠어요?"

이게 록우드였다. 상냥하고 남을 배려하고 공감할 줄 알았다. 나 같으면 욱해서는 여자애의 따귀를 갈기고 칭얼거리는 엉덩짝을 걷어 차 저 밤 속으로 날려버렸을 텐데. 록우드가 대장이고 나는 아닌 데는 다 이유가 있는 것이다. 내게 동성 친구가 없는 데도.

참으로 전형적이게도 여자애는 록우드를 향해 크고 촉촉한 눈을 깜빡였다. "뭐랄까…, 아래에서 뭔가가 치고 올라오는 것 같았어요." 그러더니 숨을 가다듬었다. "당장이라도… 날 붙잡아 삼켜버릴 것 같았어요. 기운이 어찌나 악독한지! 어찌나 악의적인지! 난 저기 근처에 다시는 안 가요!"

"그 정도는 장난이지!" 다른 여자애 하나가 외쳤다. "클레어는 느 꼈을 뿐이지만 난 봤다고요. 땅거미가 내리자마자! 맹세컨대 놈이 두 건 쓴 고개를 돌려 날 봤다니까! 그 찰나의 순간으로도 충분했어요. 아, 난 기절하고 말았다고요."

"두건이요?" 록우드가 입을 열었다. "모양이 어떻게 생겼는지 말 씀해 주시겠…."

하지만 여자애의 깩깩거림이 무리의 울화통에 다시 불을 붙인 뒤였다. 모두가 한마디씩 하며 우릴 붙들려 했다. 거리를 점점 좁혀 들어왔고, 우리는 출입문까지 밀려갔다. 음산히 조명을 받는 겁먹은 얼굴들에 둘러싸였다. 예배당 계단 저편에 끝없이 줄지어 선 묘비들에서 그날의 마지막 붉은 빛이 빠져나가고 있었다.

손더스가 재충전된 분노로 호통을 쳤다. "알았다고, 이 겁쟁이들아! 조플린이 오늘 밤엔 당신들을 다른 구역에 배정할 거요! 저 무덤에서 멀리멀리 떨어진 곳으로! 시원들 하쇼? 이제 냉큼 물러서요. 움직이라고, 어서!" 그는 록우드의 팔을 붙들고 어깨로 무리를 밀쳐가며 예배당 안으로 들어갔다. 조지와 나는 사람들과 부딪히고 부대끼며 뒤를 따라서 닫히는 문 사이로 간신히 비집고 들어섰다. "퇴직수당은 얼어죽을!" 손더스가 문틈에 대고 소리쳤다. "당신들은 아직 내 밑에서 일하는 중이라고!" 쾅 소리와 함께 문이 닫히며 무리의 떠들썩함을 차단했다.

"괜한 법석들은." 손더스가 으르렁거렸다. "작업 속도를 높여보려다 탈이 났습니다. 한 시간 전에 굴착기 기사들한테 비커스태프의 무덤 주변을 파헤치도록 지시했어요. 여러분한테 도움이 되리라 생각했거든. 그러다 아수라장이 됐지. 날은 아직 어두워지지도 않았는데." 그는 모자를 벗고 소매로 이마를 훔쳤다. "여기서 잠시만 좀 평화롭게 있읍시다."

회반죽으로 벽을 칠한 예배당은 조그맣고 소박한 공간이었다. 습한 냄새가 났다. 모든 것의 기저에서 끈질기게 계속되는 냉기가 느껴졌다. 널돌이 깔린 바닥에 간격을 두고 서서 타오르는 가스난로 세 개도 별 소용이 없었다. 난로 근처에 놓인 싸구려 책상 두 개에는 종이들이 엉망진창으로 높다랗게 쌓여 있었다. 한쪽 벽에 마련된 먼지투성이 제단 앞에 나무 난간이 세워져 있고, 그 옆 작은 문은 닫혀 있었으며, 가까이에 나무 설교단이 있었다. 머리 위로 물결무늬 석고 돔이 솟아 있었다.

예배당 안에서 가장 별난 물건은 거대한 검은색 돌덩이였다. 크기나 모양이 꼭 뚜껑 닫힌 석관 같았다. 돌덩이는 제단 난간 아래쪽 바닥에 설치된 사각 금속판에 놓여 있었다. 나는 신기하다는 듯 찬찬히 살폈다.

"네, 그건 관대*랍니다, 아가씨." 손더스가 말했다. "지하 카타콤으로 관을 내리는 데 쓰던 빅토리아시대 승강기죠. 유압식 공법을 씁니다. 아직도 작동한다고 조플린이 그럽디다. 난제가 심각해지기 전까진 계속 사용되던 거니까. 그러고 보니 조플린은 어딨지? 이 멍청이는 도대체가 책상 앞에 붙어 있는 꼴을 못 본다니까. 어찌나 발발거리는지 필요할 땐 늘 없어요."

"비커스태프 무덤에서 있었다는 '작은 사고' 말인데요…," 록우드가 재촉했다. "무슨 일인지 듣고 싶습니다."

손더스는 눈을 홉떴다. "누군들 알겠습니까. 뭐가 뭔지 당최 모르겠어요. 아까 들으셨다시피 민감한 자 몇이 뭔가를 봤답니다. 키가 껑충하니 컸다고도 하고, 망토인지 가운인지를 걸쳤다고도 해요. 하지만 도무지 일관성이 없어요. 야경대 여자애 하나는 놈의 머리가 일곱 개라더군요. 말이 되는 소릴 해야지! 그 애는 집으로 돌려보냈어요."

"야경대원들이 없는 얘길 꾸며내진 않는데." 조지가 말했다.

사실이었다. 심령 민감성이 뛰어난 아이들은 대개가 조사관이 되지만, 그 정도의 자질을 갖지 못한 경우엔 자존심을 누르고 야경대에 합류한다. 위험하고 박봉에다 업무 대부분이 일몰 후 경비를 서는 일이지만 그 아이들 또한 충분한 재능의 소유자다. 우린 녀석들을 절대로 업신여기지 않는다.

록우드는 기다란 검은색 외투 주머니에서 손을 뺄 줄 몰랐다. 그의 눈이 흥분으로 반짝였다. "들을수록 더 궁금해지는데요." 그가 말했다. "손더스 씨, 지금 무덤 상태는 어떻습니까? 굴착이 끝났나요?"

"아까 그 인부들이 땅을 좀 파긴 했습니다. 관에 가 닿긴 한 것 같아요."

"훌륭합니다. 이제부터 우리가 맡죠. 여기 있는 조지가 삽질엔 선수거든요. 그렇지, 조지?"

"뭐, 연습이야 할 만큼 했지." 조지가 말했다.

에드먼드 비커스태프가 묻혔다는 뜻밖의 무덤은 발굴팀 야영지 바로 뒤 비좁은 샛길을 따라가면 나왔다. 손더스는 침묵 속에서 앞장섰다. 발굴팀의 다른 누구도 뒤따르지 않았다. 다들 아크등 밑 둥근 빛 속에 남아 우리가 멀어지는 모습을 지켜봤다.

묘지 이쪽 구역의 무덤들은 현대적이었다. 대개가 묘비나 십자가, 단순한 조각상으로 구분돼 있었다. 머리 위는 이제 컴컴했다. 가시덤불과 길고 축축한 잡초에 반쯤 가려진 비석들이 달빛 아래서 창백하고 황량했다. 하지만 그들의 그림자들은 자칫 잘못하면 빠질지도 모를 검은 구덩이였다.

몇 분 걷고부터 손더스가 속도를 늦췄다. 저 앞에 가시나무를 쌓아 표시한 곳이 대강의 정리가 끝난 부지였다. 근처에 검고 축축한 흙더미가 불룩 솟아 있었다. 손더스의 손전등 불빛 속에서 낡고 누래 보이는 소형 굴착기가 비스듬한 각도로 길을 막고 있었다. 굴착기의 버킷에는 아직도 흙이 한가득이었다. 삽과 곡괭이 같은 굴착 도구들이 사방에 흩어져 있었다.

"다들 걸음아 날 살려라 내뺐다니까." 손더스가 곤두선 목소리로 말했다. "자, 난 여기까지입니다. 뭐든 필요하거든 부르기만 해요." 그는 조급함을 굳이 숨기지 않으며 어둠 속으로 사라졌고 우리만 덩그러니 남았다.

우리는 레이피어를 고정하는 줄을 풀었다. 밤은 적막했다. 무섭게 뛰는 내 심장이 고스란히 느껴졌다. 록우드는 벨트에서 펜형 손전등을 꺼내 길 왼쪽 검은 공간을 비췄다. 탁 트인 사각형 땅덩이를 빙둘러 평범한 묘소와 상자형 무덤들이 있었다. 그 가운데에 조그맣고 빛바랜 돌덩이 하나가 땅에서 비죽 솟아 있었다. 발굴팀이 돌덩이 앞 풀밭을 퍼내고 완만히 깊어지는 널찍한 구덩이를 만들어둔 터였다. 폭이 2.5미터, 깊이가 1미터 정도 돼 보였다. 굴착기 버킷의 이빨이 진흙에 기나긴 홈들을 남겼다. 하지만 우리 눈은 돌덩이에만 꽂혀 있었다.

우리는 다른 작업에 앞서 각자의 감각들을 재빨리 그리고 조용히 동원했다.

"절명광*은 없어." 록우드가 나지막이 말했다. "예상한 일이야. 여기서 죽은 사람은 없으니까. 뭐라도 나왔어?"

"아니." 조지가 대답했다.

"난 있어." 내가 말했다. "희미한 진동 같은 거."

"소음? 목소리?"

그게 문제였다. 들어도 뭔지 모르겠다는 것. "그냥… 어딘가 어수선해. 여기 분명 뭔가가 있어."

"눈이랑 귀를 계속 열어둬." 록우드가 말했다. "좋아, 일단 뭐부터 하느냐면 구덩이를 둘러 방어진을 칠 거야. 그다음에 내가 돌을 확인할게. 저번처럼 뭔가를 놓치고 지나가는 일은 없었으면 해."

조지가 상자형 무덤에 등을 설치하고, 우리는 그 빛에 의지해 가방에서 꺼낸 긴 사슬들로 구덩이를 둘렀다. 이 작업이 마무리된 뒤, 록우드가 칼자루에 손을 얹고 쇠사슬을 넘어가 돌덩이로 다가갔다. 조지와 나는 뒤에서 대기하며 그림자들을 감시했다.

록우드가 돌덩이에 도달해 털썩 무릎을 꿇고 잡초를 옆으로 쓸었다. "오케이." 그가 말했다. "돌 자체도 허접한 데다 비바람을 정통으로 맞았어. 표준 묘비 길이의 반의반이 될까 말까야. 설치조차 제대로 안 됐어. 한쪽으로 심하게 기울어 있거든. 누군가가 몹시도 서둘러 처리했는데…."

그는 손전등을 켜서 비석 표면을 훑었다. 수십 년 세월에 걸쳐 앉은 이끼가 딱딱하게 눌어붙고, 거기 새겨진 글자들의 안쪽 깊숙한 곳까지 침투해 있었다. "에드먼드 비커스태프…." 록우드가 읽었다. "석공이 정식으로 작업한 게 아냐. 비문이라고 부르기도 민망한 수준인걸. 아무거나 손에 잡히는 대로 들고 긁어놓은 거나 다름없어. 그러니까 우리의 이 무덤은 부랴부랴 불법적으로, 게다가 몹시 서툰 솜씨로 만들어진 거지. 그것도 아주 오래전에."

록우드가 일어섰다. 그때 더없이 조심스러운 바스락거림이 느껴졌다. 무덤 뒤 어둠에서 형상 하나가 튀어나와 휘청휘청 손전등 불빛으로 다가섰다. 조지와 내가 비명을 질렀다. 록우드가 옆으로 홀쩍 비키며 레이피어를 빼 들었다. 도약과 동시에 몸을 비틀어 구덩이 가운데에 착지하며 비석을 마주 봤다.

"미안합니다." 앨버트 조플린이 말했다. "내가 놀라게 했나요?"

나는 숨죽여 욕을 뱉었다. 조지가 휘파람 소리를 냈다. 록우드는 거친 숨을 내쉴 뿐이었다. 조플린이 구덩이 언저리를 더듬더듬 돌아나왔다. 부자연스럽고 어깨를 구부정히 낮춘 걸음걸이가 침팬지의 움직임과 희미하게 겹쳐 보였다. 덜거덕거리며 걷는 그에게서 잿빛 비듬이 우수수 떨어져 주변을 떠다녔다. 작대기 같은 두 팔로 종이 뭉텅이를 감싸 안고는 그 좁은 가슴에 방어적으로 누르고 있는 모습이 꼭 아이를 지키려는 어머니 같았다.

조플린은 사과라도 하듯 콧등의 안경을 밀어 올렸다. "미안하게 됐습니다. 동문으로 들어오다 길을 잃었어요. 그사이 무슨 일이라도 있었습니까?"

조지가 입을 열었다. 그리고 그 순간 나는 파도처럼 들이치며 할퀴는 냉기에 둘러싸였다. 수영장에 뛰어들고 보니 냉탕이고, 그 얼음장 같은 물에 온몸을 얻어맞는 기분을 아는가? 그 후려치는 듯한 고통, 지독하고 대대적인 통증을 말이다. 이날의 냉기가 딱 그랬다. 충격의 헉 소리가 절로 나왔다. 하지만 최악은 그 뒤에 찾아왔다. 냉기가 덮치는 순간 내 내면의 귀에 발동이 걸렸다. 아까 감지했던 그 진동 있잖나? 그게 느닷없이 커졌다. 조지의 목소리와 조플린의 재잘거림 저편에서 진동은 어렴풋한 왕왕거림이 돼 있었다. 파리 떼가 구름처럼 몰려오기라도 하는 것 같았다.

"록우드…." 내가 입을 열었다.

다음 순간 끝이 났다. 머릿속이 맑아졌다. 냉기가 사라졌다. 살갗이 벌겋게 까진 기분이었다. 소음이 다시 배경 잡음으로 줄어들었다.

"… 정말이지 꽤나 굉장한 예배당이죠, 커빈스 씨." 조플린의 얘기가 한창이었다. "탁본이 런던 최고랍니다. 언제 한번 보여드릴게요."

"여기!" 록우드였다. 그는 아직 구덩이 가운데에 서 있었다. "여기!" 그가 외쳤다. "내가 뭘 좀 찾았는데! 아니, 선생님 말고요. 부탁합니다, 조플린 씨. 쇠사슬 너머에 그대로 계시는 게 좋아요."

록우드가 손전등으로 발치의 진흙을 비추고 있었다. 머릿속 울림이 아직 가시지 않은 나는 천천히 움직여 조지와 함께 쇠사슬을 넘고 구덩이로 내려갔다. 보드랍고 검은 진흙 위에서 우리 신발이 철퍼덕거렸다.

"여기." 록우드가 말했다. "이게 뭐 같아?"

록우드의 빛줄기가 너무 환해 처음엔 아무것도 보이지 않았다. 다음 순간 그가 손전등을 움직이자 진흙 밖으로 비죽이 나와 있는 뭔가의 길고 딱딱하고 불그스름한 모서리가 눈에 들어왔다.

"오," 조지가 말했다. "이상하네."

"지금 그거 관인가요?" 조그만 조플린이 가느다란 목을 잔뜩 빼고 쇠사슬 너머를 서성이며 물었다. "관이에요, 록우드 씨?"

"모르겠습니다…."

"내가 지금껏 본 관은 대부분이 목제였어." 조지가 중얼거렸다. "빅토리아시대 목관이면 땅속에서 썩은 지 오래일 텐데. 대개가 1.8미터는 족히 되는 깊이에 묻혀 있고, 적절한 의식과 규정에 따라…."

정적이 흘렀다. "그런데 이건요?" 조플린이 물었다.

"고작 1.2미터 깊이에 비스듬히 묻혔잖아요. 최대한 빨리 치워버리고 싶었던 것처럼. 관이 안 썩은 건 애초에 나무가 아니라 그래요. 이건 철로 만든 거예요."

"철이라…," 록우드가 말했다. "철관이라고…."

"너희도 들려?" 내가 불쑥 끼어들었다. "파리 떼가 왕왕거리는 소리?"

"하지만 당시엔 난제가 없었는데." 조지가 말했다. "여기에 뭘 가둬야 했던 거지?"

7

관을 파내는 작업은 자정까지 계속됐다. 한 명이 보초를 서며 판독을 진행하고, 나머지 둘은 연장을 가지고 일했다. 십 분마다 교대했다. 길에 던져져 있던 삽과 곡괭이로 철관의 진흙을 제거하고 구덩이 가운데를 파 내려가자 관의 뚜껑과 옆면이 서서히 모습을 드러냈다.

우리는 말을 아꼈다. 정적이 망자의 수의처럼 우릴 감쌌다. 연장이 땅에 꽂히는 척, 척, 척 소리밖에 들리지 않았다. 사방이 잠잠했다. 이따금 구덩이 가운데 이곳저곳에 초자연적 세력의 접근을 막을 소금과 철을 뿌렸다. 효과가 있는 듯했다. 구덩이 안 온도는 바깥보다 2도 낮았지만 그 이상의 온도 변화는 없었다. 아까 들리던 왕왕거림은 사라졌다.

이 미스터리한 무덤에 넋을 빼앗긴 앨버트 조플린은 한동안 우리 곁에 남아 고도의 흥분 상태로 묘비 사이를 오갔다. 드디어 밤이 깊어지고 관이 밖으로 더 많이 나오면서는 그조차 조심스러워졌다. 그는 예배당에서 해야 할 중요한 일이 기억났다며 자리를 떴다. 또다시 우리만 덩그러니 남았다.

척, 척, 척.

마침내 끝났다. 관이 완전히 나와 있었다. 록우드가 방풍등을 하나 더 켜서 구덩이 가운데 근처의 진흙에 놨다. 우리는 살짝 거리를 두고 서서 작업의 결과물을 가만히 응시했다.

길이가 1.8미터, 폭이 0.6미터에다 깊이는 0.3미터를 약간 넘는 철관이었다.

다시 말해, 그렇고 그런 옛날 관이 아니었다. 록우드 말대로 철관이었다.

흙이 덕지덕지 붙은 관의 널들은 잿빛에다 끈적끈적해 보였다. 불쾌한 덩어리들이 떨어져 나간 자리로 들여다보이는 관 표면엔 녹이 산호꽃처럼 피어 있었다. 말라붙은 피 색깔이었다.

한때는 면면이 말끔하고 곧기도 했겠지만, 내리누르는 흙과 세월의 무게에 뒤틀려 수직 모퉁이들이 구부러지고, 상판은 가운데가 푹 꺼져 있었다. 런던 구시가지 아래서 발견되는 로마시대 묘지의 납관들이 정확히 그런 모양으로 찌그러진 걸 본 기억이 났다. 관 뚜껑 한쪽 귀퉁이가 극심히 휘다 못해 옆이 완전히 들리다시피 하면서 그 속의 좁다란 쐐기 모양 어둠을 드러내 보였다.

"나중에 나한테 꼭 얘기해 줘. 죽더라도 철관엔 묻히지 말라고." 조지가 말했다. "너무 후지잖아."

"제 역할도 더는 못 하고 말이지." 록우드가 덧붙였다. "안에 있는 게 뭐든 저 조그만 틈새로 빠져나오고 말겠어. 루시, 괜찮아?"

나는 선 자리에서 휘청거렸다. 아니, 괜찮지 않았다. 머리가 쿵쿵 울렸다. 속이 메스꺼웠다. 왕왕거리는 소음이 돌아와 있었다. 눈에 안 보이는 벌레들이 살갗을 오르내리는 듯한 감각을 느꼈다. 강력한 독기*, 방문자가 근처에 있을 때 느끼곤 하는 지독한 불편함이었다. 사방이 철인데도 여전히 강력했다.

"난 괜찮아." 내가 씩씩하게 말했다. "자, 누가 열어?"

중요한 질문이었다. 『피츠 지침서』*에 제시된 모범 관행을 준수하는 차원에서 대행사들은 '봉인된 공간(무덤이나 관, 비밀의 방 등)'의 개방 시, 피격의 위험이 있는 전방에 오직 한 명의 요원만을 배치한다. 다른 이들은 옆으로 비켜나 무기를 들고 대기한다. 이 개방 임무를 공평히 돌아가며 맡는다는 원칙보다 중요한 건 비스킷 규칙밖에 없다. 이 문제는 분란의 단골 소재기도 하다.

"난 아냐." 록우드가 손톱자국들을 땜질한 외투 앞자락을 두드리며 말했다. "배럿 부인 때 내가 했어."

"음, 난 멜모스 저택의 다락문 때 했어. 조지, 넌?"

"난 사보이 호텔 비밀의 방 때 했지." 조지가 말했다. "너희도 기억하지? 문에 고대 전염병의 표식이 있던 방 말야. 우우, 거참 으스스했는데."

"아니, 아니었거든. 거긴 귀신에 쓰이지도 비밀스럽지도 않았어. 팬티가 가득한 세탁실이었잖아."

"들어갈 땐 모르고 한 거잖아. 아냐?" 조지가 항변했다. "좋은 생각이 있어. 동전 던지기로 결정하자." 그는 바지 주머니 깊숙한 곳을 뒤져 지저분해 보이는 동전을 꺼냈다. "뭘로 할래, 루스? 앞면? 뒷면?"

"내 생각엔…."

"앞면? 흥미로운 선택이네. 어디 한번 보자고." 휙 하는 움직임이 이어졌다. 너무 빨라 눈으로 좇지도 못했다. "아, 뒷면이네. 안됐다, 루시. 자, 여기, 쇠지렛대."

록우드가 싱긋 웃었다. "고생했어, 조지. 하지만 네가 연다. 가서 도구랑 봉인을 챙겨 오자."

나는 안도의 숨을 내쉬며 앞장서서 도구 가방을 가지러 갔다. 조지가 마지못해 뒤따랐다. 얼마 지나지 않아 은제 봉인구와 칼, 쇠지 렛대 등 우리 장비 전부가 관 옆에 줄줄이 놓였다.

"그리 까다롭진 않을 거야." 록우드가 말했다. "봐, 뚜껑이 이쪽에 달려 있잖아. 반대쪽엔 걸쇠만 두 갠데—여기랑 여기—한 개는 벌써 부러졌어. 남은 건 여기, 루시 옆에 있는 것뿐이고 그나마도 부식된 상태야. 조지가 솜씨 좋게 지렛대만 몇 번 움직여 주면 그길로 성공이지." 그는 우리를 쳐다봤다. "질문 있어?"

"있어." 조지가 말했다. "몇 가지. 니들은 어디에 서 있을 건데? 얼마나 멀리? 끔찍한 게 튀어나와 덤벼들면 뭘 써서 날 구할 셈이지?"

"루시랑 내가 다 알아서 해. 자⋯."

"하나 더. 혹시라도 내가 집에 못 돌아가게 되면, 유언장을 만들어둔 게 있거든. 어디다 뒀는지 알려줄게. 침대 안쪽 귀퉁이 밑에 있는 티슈 상자 뒤야."

"뭐래, 그럴 일 없거든. 자, 준비됐으면⋯."

"뚜껑의 저건 무슨 비문 같은 거야?" 내가 물었다. 드디어 본론에 도달한 지금 나는 신경이 있는 대로 곤두섰다. 모든 감각이 폭발했다. "저기 긁어 판 자국 보여?"

록우드가 고개를 가로저었다. "이렇게 진흙 범벅인 상태론 알 수 없어. 진흙을 당장 닦네 마네 하지도 않을 거고. 자자, 어서 해치우자."

사실 관 뚜껑을 처리하는 문제는 록우드의 당초 예상보다 힘겨웠다. 부식된 걸쇠는 차치하고라도 관 표면에 온통 꽃을 피운 녹 때문에 뚜껑이 몸체에 들러붙은 부분이 군데군데 있었고, 주머니칼과 끌로 이십 분 동안이나 수고롭게 치고 찍은 끝에야 경첩들이 헐거워지며 뚜껑이 분리됐다.

"좋아….." 록우드가 마지막 판독을 실시했다. "괜찮은 듯해. 온도는 그대로고, 독기도 더는 심해지지 않았어. 관에 든 게 뭐든 놀랍도록 잠잠해. 자, 지금이 기회야. 루시, 각자의 위치에 서보자."

우리는 관 양 끝으로 갔다. 나는 우리가 가진 것 중 가장 크고 강력한 직경 1.2미터짜리 은 사슬망을 들었다. 사슬망을 펼쳐 손 밑으로 치렁치렁 늘어뜨렸다. 록우드는 레이피어를 뽑아 웨스턴 그립 방식으로 비스듬히 쥐고 속공에 대비했다.

"조지," 록우드가 말했다. "준비되면 시작해."

조지가 고개를 끄덕였다. 눈을 감고 마음을 가라앉혔다. 지렛대를 집어 들었다. 손가락을 폈다 쥐고, 어깨를 굴리듯 풀어주고, 어떻게 한 건지 몰라도 목에서 뚝 소리를 냈다. 관으로 다가가 몸을 숙이고 망가진 걸쇠 사이의 틈에 지렛대 끝을 끼웠다. 두 발을 넓게 벌리고 스윙 동작 직전의 골퍼라도 되는 양 엉덩이를 흔들었다. 심호흡을 했다. 그리고 지렛대를 꾹 눌렀다. 아무 일도 일어나지 않았다. 다시 눌렀다. 안 된다. 뚜껑이 뒤틀린 탓에 어디가 꼭 껴버린 걸지도 몰랐다. 조지가 지렛대를 다시 눌렀다.

덜컹 소리와 함께 뚜껑이 솟아올랐다. 지렛대 끝이 미끄러졌다. 조지가 몸을 뒤로 젖히다 균형을 잃고 진흙밭에 엉덩방아를 찧었다. 그 통에 안경이 코에 비뚜름히 걸렸다. 그는 몸을 일으키고 앉아 관 속을 멍청하게 응시했다.

그리고 비명을 질렀다.

"손전등, 루시!" 록우드는 벌써 몸을 날려 레이피어 날로 조지를 보호하고 있었다. 하지만 관에선 나온 게 없었다. 방문자도 환영도 없었다. 손전등 빛줄기가 뚜껑의 안쪽 면, 그리고 관 속의 뭔가를 비쳤다. 그 속의 뭔가가 어둑하고 번뜩이는 빛을 반사했다.

손전등은 내 손에 있었다. 나는 관 내부, 거기 든 뭔가에 손전등 빛줄기를 쏟아부었다.

혹시라도 비위가 약한 편이라면 다음에 나오는 두 문단은 건너뛰고 싶을지도 모르겠다. 질세라 나를 빤히 쳐다보는 시신은 그냥 백골이 아니었다. 붙은 게 훨씬 많았다. 첫째로 놀라운 게 그거였다. 썩어 없어지지 않은 부분이 상당하다는 것. 소파 밑에 바나나를 두고 깜빡했던 적이 있는가? 그럼 잘 알 거다. 바나나는 일단 검어지고, 검은 데다 물컹해지고, 검은 채로 쪼그라든다. 이 남자, 철관에 묻힌 사람은 2단계에서 3단계로 넘어가는 중인 바나나 같았다. 깜빡이는 손전등 불빛 아래서 바싹 말라 광대뼈에 팽팽히 들러붙은 거뭇한 살갗이 보였다. 여기저기가 쩍쩍 갈라져 있었다. 이마 가운데 구멍이 뻥 뚫려 있고, 그 주변 피부는 완전히 벗겨지고 없었다.

시신의 옆머리엔 유리처럼 투명해 보이기까지 하는 긴 백발이 달려 있었다. 눈구멍은 휑했다. 말라비틀어진 입술이 말려들어 가 잇몸과 치아가 훤히 드러났다.

그는 보라색 가운 혹은 망토의 잔존물을 걸쳤고, 그 밑으로 구식의 검은 정장과 높고 뻣뻣한 칼라, 빅토리아풍 검은색 크라바트*가 보였다. 손(이 부위는 뼈만 앙상했다.)에는 넝마가 다 된 흰색 천에 싸인 뭔가가 들려 있었다. 애초에 비스듬히 묻혀서인지, 아님 오랜 세월에 걸쳐 지구가 움직여선지 몰라도 물건은 천에서 미끄러져 나와 뼈만 남은 손가락 사이로 밖을 빠끔히 내다보고 있었다. 유리 조각이었다. 폭이 사람 머리 너비 정도고, 테두리는 들쭉날쭉한 모양이었다. 먼지

---

* 넥타이처럼 목에 걸어 매는 사각형 천.

와 곰팡이로 꽤나 검었는데도 여전히 반짝였고, 그 반짝임이 내 눈을 사로잡았다.

"봐! 봐…."

무슨 소리지?

"루시! 봉인해!"

그럼 그렇지. 록우드가 외치는 소리였다.

나는 사슬망을 던졌다. 관 속의 것이 완전히 덮였다.

* * *

"그래서 뭘 봤는데, 조지?" 록우드가 물었다.

우리는 길에 서서 차와 샌드위치로 배를 채우고 있었다. 손더스네 작업조의 누군가가 건넨 거였다. 적지 않은 수의 사람들—손더스와 조플린, 인부 몇 명과 야경대 꼬마들—이 모여들어 있었다. 소동이 끝나서 온 이도 있고, 조지의 비명에 뒤늦게 쫓아온 이도 아마 있었을 것이다. 그들 모두가 묘비 사이를 어슬렁거리며 구덩이를 쳐다보면서도 쇠사슬과 안전한 거리를 유지했다. 우리는 관 뚜껑을 닫아 둔 터였고, 그래서 밖에서 보이는 건 사슬망의 한쪽 귀퉁이뿐이었다.

"그러니까 비커스태프의 상태가 안 좋았다는 건 알겠어." 록우드가 말을 계속했다. "하지만 솔직해지자. 우린 그보다 몹쓸 것도 봤잖아. 퍼트니 계곡 사건 기억하지?"

조지는 지난 몇 분 동안 잔뜩 가라앉아 있었다. 좀처럼 입을 열지 않았고, 얼굴 표정은 이상했다. 멍한 눈은 지쳐 보였지만, 뭔가를 갈망하며 홀로 동떨어져 있는 것 같기도 했다. 그는 구덩이를 자꾸만 돌아봤다. 거기 뭔가를 두고 왔다고 생각하는 듯했다. 나는 걱정스러웠다. 조지의 행동은 공격적인 혼령이 희생자의 의지력을 앗아가는 유령굴레*와도 좀 닮아 있었다. 하지만 출처는 은으로 봉인됐고, 당장은 유령도 없었다. 어쨌든 조지도 점차 괜찮아지는 듯 보이기도 했고. 간식이 녀석의 회복을 앞당겼다. 그는 록우드를 보며 고개를 가로저었다. "시신 때문이 아니었어." 그가 천천히 말했다. "우리 냉장고에서 그보다 험한 것들도 봤는걸. 시신이 들고 있는 거울이 문제였어."

"그럼 그게 거울이라는 거야?" 내가 말했다. 눈을 감으면 그 유리 조각이 보였다. 반짝이고 번뜩이며 어둠보다 어두웠다.

"그게 뭐였는지는 나도 잘 모르겠어. 하지만 눈길을 잡아끌었지. 그래서 들여다봤는데…. 내가 '뭘' 본 건지 모르겠어. 온통 검었어. 기본적으론 검었는데 그 암흑 속에 뭔가가 있더라고. 끔찍한 뭔가가. 내가 소리를 지른 것도 그래서야. 누군가가 내 창자를 죄다 빨아내는 듯했거든." 조지가 몸서리쳤다. "하지만 그와 동시에 몹시 매혹적이기도 했어. 도통 눈을 뗄 수가 없더라고. 그게 날 해치고 있단 걸 알면서도 계속 보고 싶단 생각뿐이었어." 조지는 저 깊은 곳에서 끌어 올린 한숨을 길게 내쉬었다. "아마 지금까지도 계속 보고 있었을 거야. 루시가 사슬망으로 덮어버리지 않았다면."

"안 그러고 있어서 다행이네. 네 얘기대로라면." 록우드가 말했다. 그 역시 조지를 면밀히 관찰하고 있었다. "웃기는 거울이야. 철관에 넣은 것도 이상할 것 없지."

"비커스태프 시절 사람들도 철의 특성을 알았을까?" 내가 물었다. 철과 은으로 만드는 항마성 소재들의 대량 생산은 고작 오십 년 전, 난제의 창궐과 함께 시작됐다. 이 무덤은 그보다 한두 세대 앞선 것이고.

"사람들 대부분은 몰랐지." 록우드가 말했다. "하지만 은, 소금, 철이 유령과 악령에 맞서 널리 사용된 건 어제오늘의 일이 아냐. 그러니까 여기에 철이 쓰인 것도 우연일 수 없지." 그가 목소리를 낮췄다. "비커스태프 박사 자체도 어딘가 이상하단 거 눈치챈 사람 있어?"

"미라화한 시신 앞에서 으레 느끼는 이상함 말고 뭐가 더 있단 거야?" 내가 물었다.

"바로 그게 이상하단 거야. 조플린이 가져왔던 신문에 따르면 비커스태프는 쥐 떼에 먹혔어. 그치? 근데 저기 저 친구는 완전 멀쩡해. 그리고 그 구멍 봤지. 그 사람 이마…." 록우드는 손더스와 조플린이 다가오는 걸 보고 말을 멈췄다. 발굴 전문가가 야경대원들에게 빽빽 소리치며 지시를 내리는 동안 기록물 전문가는 방어진 근처를 얼쩡거리며 관을 들여다보던 터였다. 둘은 만면에 미소를 띠고 우리 앞에 섰다. 한바탕 등 토닥이기와 축하 인사가 이어졌다.

"아주 잘해줬어요, 록우드 선생!" 손더스가 소리쳤다. "정말 효율적이에요. 그 말도 안 되는 소동이 끝났으니 이제 우리도 제대로 일할 수 있겠죠." 그는 김이 모락모락 나는 커피를 벌컥벌컥 마셨다. "사람들 말이 비커스태프가 크리스털이나 뭐 그런 걸 들고 있었다던데…. 박사의 기이한 의식에 쓰던 물건쯤 되겠죠. 하지만 그나마도 여러분의 망인지 뭔지로 덮어버렸으니."

록우드가 웃었다. "사슬망은 지금 상태 그대로 두는 게 좋을 겁니다. 명심하세요. 그 밑에 모종의 강력한 출처가 있는 것 같거든요. DEPRAC에 곧장 연락해야 합니다. 안전히 제거할 준비를 해 올 거예요."

"아침에 제일 먼저 처리하죠!" 손더스가 말했다. "당장은 하던 일을 마저 해야겠습니다. 벌써 야간작업량의 절반을 손해 봤어요. 자,

오늘 해주신 일과 관련한 서류에 내 서명이 필요할 것 같은데요, 록우드 선생. 나중에 사무실에 들르세요. 정리해 드리죠."

"오늘 밤 사이에 관을 예배당으로 옮겨도 될까요?" 조플린이 물었다. "밖에 내버려두고 싶지 않아요. 도둑이니 유물 사냥꾼이니 위험해서…, 아시잖아요."

록우드가 얼굴을 찌푸렸다. "음, 사슬망을 건들지 않게 주의하세요. 관을 이동한 다음엔 주변을 쇠사슬로 한번 더 둘러주시고 아무도 접근하지 못하게 하세요."

록우드와 손더스가 자리를 떴다. 조지는 상자형 무덤에 기대서서 조플린과 신나게 떠들기 시작했다. 나는 분주히 움직이며 장비를 꼼꼼히 챙겼다. 아직 이른 시각이었다. 자정이 되기도 전이었다. 전날보단 확실히 괜찮은 밤이었다. 이상하긴 했지만. 정말 이상한 무덤이었고, 도무지 이유를 모를 무덤이었다. 조지가 뭔가를 봤으나 뚜렷이 감지되는 유령은 없었다. 그런데도 그토록 강력한 심령 소란을 야기할 수 있는 뭔가라니. 어마어마한 철 덩어리에 둘러싸인 거나 다름없었으면서.

"저기요?"

노리스라는 이름의 인부였다. 발굴팀원 중 가장 크고 건장한 남자였다. 그의 살갗은 딱딱하고 질겨 보였다. 희끗희끗한 그루터기 같은 수염이 위로 계속되다 두피가 들여다보일 정도로 빡빡 깎은 머리칼과 이어졌다. 목에 문신으로 새긴 꿈자리 뒤숭숭한 해골에는 활짝 펼친 날개가 달려 있었다. "실례합니다만, 아가씨." 그가 말했다. "내가 제대로 들은 게 맞나요? 누구도 관에 가까이 가선 안 된다고?"

"네, 맞아요."

"그럼 아가씨 친구분을 막는 게 좋겠는데. 저기 가잖아요."

나는 뒤를 돌아봤다. 조지와 조플린은 이미 방어진 안이었다. 관에 다가서고 있었다. 두 사람은 신바람이 나서 떠들어댔고, 조플린은 종이 뭉텅이를 겨드랑이 밑에 단단히 끼고 있었다.

"조지!" 내가 외쳤다. "지금 무슨 짓…."

다음 순간 나는 깨달았다.

뚜껑. 거기 새겨진 비문.

조지와 조플린은 여전히 쾌활하게 재잘거리며 관 옆에 웅크리곤 뚜껑에 붙은 진흙을 뜯어내기 시작했다. 주머니칼을 손에 쥔 조지가 일을 쉽게 하려고 관 뚜껑을 살짝 들어 올렸다. 그 아래서 은 사슬망이 들썩이다 옆으로 미끄러졌다.

노리스가 내게 뭐라고 했지만 나는 듣고 있지 않았다. 이제 막 깨달아서였다. 조플린과 조지 옆에 '제3의' 형상이 서 있다는 걸.

놈은 고요하고 조용했다. 키가 무척 크고 깡말랐으며 실체를 완전히 갖추진 못했다. 놈의 기다란 잿빛 가운의 한쪽 자락을 철관이 꿰뚫고 있었다. 말미잘 촉수처럼 짧고 뭉툭한 플라스마가 번들번들 소용돌이치며 환영의 맨 밑에서 밖으로 휘고 감겼다. 하지만 놈에게 팔다리가 따로 있진 않았고 내리꽂히듯 늘어진 가운이 전부였다. 길고 주름진 두건에 덮인 머리 부분은 잘 보이지 않았다. 두 군데, 생선가시처럼 칙칙한 흰색으로 파리하고 날카로운 턱과 쫙 찢어져 뾰족뾰족한 이빨을 드러낸 입을 제외하면.

나는 입을 벌렸고―경고를 외치기까지 걸린 그 찰나의 순간에―내 머릿속에서 말하는 목소리를 들었다.

"봐! 보라고!"

"조지…."

"네 소원대로 해준다니까…."

"조지!"

떡하니 보이는 위치에 형상이 있는데 조지도 조플린도 도무지 움직일 줄을 몰랐다. 두 사람 모두 관의 진흙을 제거하느라 몸을 반쯤 구부린 그 상태 그대로 얼어붙었다. 휘둥그런 눈으로 빤히 응시하며 한곳에 붙박인 고개는 미동조차 없었다.

"봐…."

목소리는 깊고 달래는 듯했다. 그와 동시에 차갑고 역했다. 내 감각을 어지럽혔다. 나는 그 목소리에 복종하길 염원했지만, 저항하고 싶은 마음 또한 간절했다.

나는 꾸역꾸역 몸을 움직였다. 형상 또한 움직였다. 별들을 배경으로 거대한 잿빛 기둥이 아득하게 솟아올랐다.

내 뒤에서 누군가가 소리쳤다. 시간이 없었다. 나는 검을 뽑았다.

형상이 조지와 조플린 위로 드리웠다. 두 사람은 정신이 번쩍 드는 듯했다. 고개를 쳐들고는 깜짝 놀라 뒷걸음질했다. 조지의 비명이 들렸다. 조플린은 종이들을 떨어트렸다. 형상이 공중에서 잠시 멈췄다. 나는 놈이 어쩔 작정인지 알았다. 느닷없이 몸을 굽혀 폭포수처럼 내리 덮칠 것이다. 두 사람을 집어삼킬 것이다. 둘 모두를 끝장낼 것이다.

나는 너무 멀리 있었다. 멍청하긴…. 레이피어로 뭘 어쩌겠다고.

무기를 바꿀 겨를이 없었다. 벨트에 달린 무엇에든 손을 뻗을 시간이 없었다. 레이피어는….

형상이 내리 덮쳤다. 쩍 벌린 입, 그 이빨이 포물선을 그리며 하강했다.

나는 레이피어를 던졌다. 검이 허공에서 바퀴처럼 회전했다.

조플린이 공포로 허둥대다 자기 발에 걸려 넘어지며 조지를 옆으로 쳐냈다. 조지는 뒷걸음질하며 방어구*를 찾아 벨트를 더듬거리다 균형을 잃고 자빠지기 시작했다….

"네 소원대로 해준다니까…."

레이피어는 조지와 조플린의 머리 바로 위로 날아가 그들 사이를 곧장 통과했다. 은을 덧입힌 검 끝이 고깔 모양 두건을 쓴 얼굴을 뚫었다.

형상은 사라졌다. 내 머릿속 목소리도 뚝 그쳤다. 방어진 가운데서 터져 나오는 심령 충격파는 가히 압도적이었다. 록우드가 머리칼을 휘날리고 외투를 펄럭이며 나를 지나 구덩이로 뛰어들었다. 쇠사슬 옆에서 정지해 눈을 번뜩이며 현장을 훑었다. 하지만 괜찮았다. 조지는 멀쩡했다. 조플린도 멀쩡했다. 관은 잠잠했다. 머리 위에서 여름 별이 반짝였다.

방문자는 사라졌다.

8

　일이 있은 뒤 록우드는 상당한 자제력을 발휘했다. 묘지에서 입도 뻥끗하지 않았다. 집에 돌아오는 길에도 말이 없었다. 우리가 현관문을 잠그고 항마구*를 정비한 뒤 한쪽 구석에 도구 가방을 던져놓고 화장실에 다녀오도록 기다렸다. 그러고선 그의 자제력이 동났다. 조지를 끌고 응접실로 직행해서는—출장 뒤에 과자와 코코아를 들며 갖곤 하는 잠깐의 휴식조차 없이—조지가 자초한 잔소리를 퍼부었다.

　"정말 놀랍다. 넌 네 목숨을—그리고 저 멍청한 조플린의 목숨까지—위험으로 내몰았어. 몇 초만 늦었어도 유령접촉을 당했을 거야. 루시가 아니었으면 끝장나고 말았을 거라고! 출처가 무력화된 줄 알았다느니 하는 헛소리는 꺼낼 생각도 마. 작전 상황에서 조사관이 아닌 자를 활성화된 출처 근처 어디에든 접근시키는 건 무조건 규정 위반이야. 너도 알잖아! 도대체 무슨 생각이었던 거야?"

　조지는 자기가 가장 좋아하는 커피 테이블 옆 의자에 자리를 잡았다. 대개는 심하다 싶을 정도로 무표정한 그의 얼굴에서 뉘우침과 반항심, 가짜인 게 훤히 보이는 태연함이 뒤죽박죽된 표정이 읽혔다.

"우린 관 뚜껑의 비문 얘길 하고 있었어." 그가 부루퉁하게 말했다. "오늘 DEPRAC에 인계되면 다신 못 보게 되리란 걸 알았거든. 그래서 조플린이 말하길….."

"조플린 말에 휘둘리면 안 되지!" 록우드가 소리를 질렀다. "거의 죽다 살아나서는 지금 그걸 변명이라고 하는 거야? 웬 고약하고 낡은 관에 휘갈겨진 글씨를 해독하려 했다고? 놀랍다, 조지! 정말 놀라워."

사실 록우드는 별로 놀라지 않았다. 그건 나도 마찬가지고. 조지의 기질 중 가장 유명한 게 바로―빈정거림과 자만, 전반적인 심술을 제외하면―미지의 것들을 향한 강렬한 관심이었다. 그는 의뢰받은 사건의 배경을 조사하느라 퀴퀴한 기록물보관소를 방랑하지 않을 때면 방문자 이론을 조사하느라 퀴퀴한 기록물보관소를 방랑했다. 유령이 왜 돌아오고, 이 같은 사태가 정확히 어떻게 시작됐는지 밝히려는 거였다. 그는 유령단지 속 해골에만 푹 빠져 있는 게 아니었다. 상황이 허락하기만 하면 심령의 힘이 깃든 다른 사물들도 가리지 않고 조사했다. 가만 보니 묘지에서 발견된 철관도 그 범주에 속하는 모양이었다.

성가시고 조그만 학자 조플린도 조지와 생각이 같은 모양이고.

록우드는 이제 조용했다. 팔짱을 끼고 기다렸다. 딱 봐도 조지의 사과를 기대하고 있었다. 하지만 조지는 이 논쟁을 그만둘 마음이 아직은 없었다. "그 관이랑 내용물이 위험하다는 데는 나도 동의해." 조지가 물고 늘어졌다. "내가 본 거울은 그야말로 무시무시했어. 하지만 그 위력이 어떤지는 정말 아무도 몰라. 난 그렇게 생각해. 우리가 상대하는 것의 정체에 대해 가능한 뭐든 알아내는 게 대행사의 정당한 책무고, 거기엔 그 비문도 포함된다고. 비커스태프와 그 유령이 무슨 꿍꿍이였는지 알아낼 단서가 돼줄 수 있으니까."

"어쩌라고?" 록우드가 꽥 소리를 질렀다. "그딴 걸 뭐 어쩌라고? 그건 우리 일이 아냐!" 여러 면에서 록우드는 조지와 정반대였고, 그게 꼭 개인위생에만 국한되지도 않았다. 그는 유령의 작용 원리에 무심했고 놈들의 개인적인 욕망이나 의도에도 별 관심이 없었다. 그가 진정으로 원하는 건 유령들을 최대한 효과적으로 제거하는 것뿐이었다. 하지만 내 생각에 지금 록우드를 열 받게 하는 건 다른 무엇보다도 조지의 부주의하고 전문가답지 못한 모습이었다. "그런 문제는," 록우드가 언성을 낮춰 말을 계속했다. "반스 경위랑 DEPRAC가 걱정할 일이야. 우리가 아니라. 그렇지, 루시?"

"그렇지! 물론 우리 일이 아니지. 절대로 아니지." 나는 치맛자락의 한쪽 귀퉁이를 신중히 매만졌다. "하지만 이따금 궁금하긴 해…. 그래서 말인데 조지, 비문을 실제로 보긴 했어? 물어볼 생각을 못 했네."

조지가 고개를 끄덕였다. "봤어. 그런 것 같아."

"뭐라고 적혀 있었는데?"

"이렇게. '네 영혼을 중히 여기는 자, 이 저주받은 관을 물리치고 절념하라.' 그게 다였어."

나는 머뭇거렸다. "물리치고 절념해?"

"그러니까, 열지 말라는 뜻이야. 기본적으론."

"음, 그러기엔 좀 늦어버렸네."

록우드는 내내 우리를 쏘아보고 있었다. 그가 목을 가다듬었다. "이제 더는 상관없지. 안 그래?" 상냥하게 말했다. "왜냐면, 내가 계속 얘기하다시피 비커스태프와 그자의 거울 어쩌고는 더 이상 우리 소관이 아니니까. 그리고 조지…."

"잠깐," 내가 불쑥 말했다. "지금 우린 이 시신을 에드먼드 비커스 태프로 전제하고 얘기하는 거잖아. 근데 그럼 조플린이 얘기했던 비 커스태프의 최후는 어떻게 되는 거지? 관 속의 남자는 쥐 떼에 찢기 지 않았는데. 안 그래? 그 대신 이마에 총알구멍이 있었지."

조지가 고개를 끄덕였다. "맞아. 잘 짚었어, 루시."

"그렇대도 총에 맞은 다음에 뭐랄까, 먹혔을 수도 있으니까."

"그럴 수도…. 하지만 내 눈엔 시신이 멀쩡해 보이던데."

"상관없다고!" 록우드가 고함쳤다. "사건이 미해결 상태면 너희들 얘기가 흥미로운 지점일 수 있어. 하지만 일은 마무리됐어. 끝났다고. 잊어버려! 중요한 건 우리가 의뢰받은 일을 마쳤다는 거야. 여기서 일이란 출처의 특정과 방제를 뜻하고."

"어, 아니지. 우리가 출처를 실질적으로 방제한 건 아니지." 조지 가 말했다. "그건 내가 확실히 증명했잖아. 철이랑 은을 그토록 퍼부 었는데도 비커스태프의 유령은 관을 빠져나왔어. 참으로 이상하지. 조사할 가치가 충분하단 건 너라도 인정할 수밖에 없을 텐데."

록우드가 욕을 뱉었다. "아니! 아니, 아니지! 네가 사슬망을 움직 였잖아, 조지. 그래서야. 방문자가 탈출해 네게 유령굴레를 씌울 수 있었던 건. 놈이 널 죽일 수도 있었다고! 여기서 진짜 문제는, 어제오 늘의 일이 아니게도, 네가 자꾸만 딴 데 정신을 판다는 거야. 넌 네 우 선순위가 뭔지부터 정확히 할 필요가 있어! 여기 이 난장판 좀 봐…."

그는 커피 테이블을 손가락질했다. 거기 유령단지가 있었다. 흐릿 하게 해골이 보이고, 플라스마는 변함없이 밋밋하고 푸르스름했다. 조지는 이날 오후에 추가적인 실험을 진행한 터였다. 한낮의 태양은 아무 효과가 없었다. 라디오에서 시끄럽게 폭발하는 클래식 음악에 잠시 노출시키는 것도 마찬가지였다. 커피 테이블은 공책과 마구 휘갈긴 관찰 기록들의 바다였다.

"이거야말로 완벽한 예지." 록우드가 말을 계속했다. "넌 저 불쾌한 단지에 너무 많은 시간을 허비하고 있어. 구체적인 사건 관련 조사에 시간을 더 쓰도록 해봐. 회사에 도움이 좀 되라고."

조지의 뺨이 벌게졌다. "무슨 뜻으로 하는 말이야?"

"저번 윔블던 커먼 건 말야…. 처형장 역사를 네가 완전히 놓쳤던 사건. 저 멍청한 보비 버넌한테까지 정보력으로 밀렸잖아!"

조지는 정말 가만히 앉아 있었다. 따지려는 듯 입을 열었다가 다시 닫았다. 얼굴에서 그 어떤 표정도 읽히지 않았다. 그가 안경을 벗어 상의에 대고 문질렀다.

록우드는 두 손으로 머리칼을 쓸어 넘겼다. "내가 나빴어. 그렇게 말하면 안 되는 건데. 미안해."

"아니, 아냐." 조지가 딱딱하게 말했다. "앞으론 더 잘하도록 해볼게."

"그래."

정적이 흘렀다. "코코아라도 좀 만들어 올까?" 내가 명랑한 목소리로 말했다. 새벽에 상황을 달래는 데는 핫 초콜릿만 한 게 없다. 밤이 끝나가고 있었다. 이제 곧 새벽이 올 것이다.

"내가 만들게." 조지가 말하고는 벌떡 일어났다. "내가 그건 제대로 할 수 있는지 보자고. 설탕 둘 맞지, 루스? 록우드…, 네 건 거품을 특히 많이 내주겠어."

록우드는 닫히는 문에 대고 눈을 찡그렸다. "이런, 저 마지막 말은 왠지 좀 불길한데…." 그가 한숨을 쉬었다. "루시, 네겐 이 얘길 하고 싶었어. 묘지에서 아주 인상적이었다고. 네가 레이피어로 했던 거 말야."

"고마워."

"겨냥이 완벽했어. 둘의 머리 사이를 정확히 노리다니. 왼쪽으로 1센티만 더 갔어도 조지의 미간을 꿰뚫었을 거야. 정말 놀라운 정확도더라."

나는 겸손한 몸짓을 해 보였다. "뭐…, 일단 저지르고 봐야 하는 일도 있는 법이니까."

"겨냥이고 뭐고 한 적 없는 거지. 그치?" 록우드가 물었다.

"응."

"그냥 던진 거야. 사실 조지가 균형을 잃고 자빠진 건 순전히 운이었어. 그 덕분에 조지가 꼬치구이 신세를 면한 거고."

"넵."

록우드는 미소를 지었다. "그렇대도… 그게 굉장한 일이었단 사실은 변하지 않아. 제때 반응한 사람은 너밖에 없었어."

정감 넘치는 그의 칭찬에 나는 언제나 그렇듯 얼굴이 화끈거렸다. 목을 가다듬었다. "록우드," 내가 말했다. "비커스태프의 유령 말인데…, 무슨 종류였던 거야? 그런 건 생전 처음이라. 놈이 얼마나 높이 솟아오르는지 봤지? 도대체 무슨 방문자이기에 그래?"

"나도 모르겠어, 루스. 우리가 잔뜩 뿌려둔 철이 놈을 새벽까지 얌전히 묶어두기만을 바라야지. 그때부턴 기쁘게도 DEPRAC의 소관이 될 테고." 그는 한숨을 쉬며 의자에서 일어났다. "난 가서 조지를 돕는 게 좋겠어. 내가 녀석 기분을 망쳤잖아. 녀석이 내 코코아에 무슨 짓을 할지 슬슬 걱정되기도 하고."

록우드가 방을 나간 뒤 나는 소파에 등을 대고 천장을 올려다봤다. 내가 피곤해선지 아님 그날 밤의 사건들 탓인지 방이 가만히 있는 것 같지가 않았다. 눈앞에서 이미지들이 빙글빙글 돌았다. 관 옆에서 얼어붙은 조지와 조플린. 거뭇해진 얼굴로 활짝 웃는 비커스태프의 주검. 기다란 잿빛 수의를 걸치고 별들을 향해 솟고 또 솟는 섬뜩한 유령…. 그 형상들이 내 앞에서 천천히 돌고 돌았다. 아이들에게 해롭기로 둘째가라면 서러울 회전목마를 구경하는 기분이었다.

침대. 침대가 필요했다. 나는 눈을 감았다. 조금도 나아지지 않았다. 이미지들은 아직 거기 있었다. 구덩이에서 들었던 그 차갑고도 현혹하는 듯한 목소리가 다시 떠올랐다. 자꾸만 보라고 말하는…. 보라니 도대체 뭘? 유령을? 거울을?

그게 뭔지 몰라 차라리 다행이었다.

"찝찝해?" 누군가가 은근히 물어왔다.

"응. 조금." 다음 순간 뱃속에 뻥 하니 엘리베이터 통로가 뚫리고 거기로 내 자신이 곤두박질치는 듯 느껴졌다. 나는 눈을 떴다. 문은 그대로 닫힌 채였다. 방 두 개 건너의 부엌에서 록우드와 조지가 얘기하는 소리가 들렸다.

천장에서 푸르스름한 빛 하나가 회전했다.

"그러니까 확실히 봐버리지 그랬어." 더없이 낮고 걸걸한 속삭임이었다. 생경하면서 익숙했다. 들어본 적 있는 목소리였다.

나는 천천히 고개를 들어 커피 테이블을 봤다. 테이블은 이제 에메랄드색 유령빛으로 환했다. 단지 속 물질이 조리기 위에서 펄펄 끓는 물처럼 중심부에서 바깥으로 고동치고 있었다. 그 속에 얼굴이 있었다. 플라스마에 겹쳐진 음흉한 얼굴이 전구 같은 코의 끄트머리를 은유리에 바짝 누르고 있었다. 사악한 눈을 번뜩였다. 입술 없는 입이 찝찝 소리를 내며 싱글거렸다.

"너구나." 내가 말했다. 목구멍이 건조해 말하기가 힘들었다.

"죽도록 반가운 정도까진 아닌가 보네." 목소리가 말했다. "하지만 정확해. 맞아, 아니라곤 못 하겠어. 나야."

나는 버둥버둥 자리에서 일어났다. 호흡이 몹시 가빠지며 격렬한 환희가 솟구쳤다. 그러니까 내가 옳았다. 놈은 진짜 3급령이었다. 완벽한 지각을 가졌고 소통이 가능하다! 하지만 록우드와 조지가 자리에 없다. 녀석들에게 보여줘야 하는데, 어떻게든 증명해야 하는데. 나는 문으로 향했다.

"오, 그 자식들을 불러들이진 마." 속삭이는 목소리가 언짢은 듯했다. "우리끼리만 알자. 너랑 나만."

그 말에 나는 멈칫했다. 해골이 입을 다문 지 벌써 일곱 달이었다. 내가 문을 여는 순간 놈이 또다시 입을 다물어버리리라 믿을 이유는 충분했다. 나는 마른침을 삼키고, 가슴에서 방망이질하는 심장을 애써 무시했다. "좋아." 쇳소리로 대답하며 처음으로 놈과 똑바로 마주봤다. "그게 네가 바라는 거라면 답이나 몇 개 들어보자. 넌 정체가 뭐야? 왜 내게 말을 걸지?"

"내 정체?" 얼굴이 쩍 벌어지며 플라스마가 갈라지고 단지 밑바닥의 얼룩덜룩한 갈색 해골이 선명히 드러났다. "이게 내 정체야." 목소리가 속삭였다. "똑똑히 봐둬. 네 미래기도 하니까."

"아이고, 불길해라." 내가 코웃음을 쳤다. "지난번에 나왔을 때랑 똑같잖아. 그때는 뭐랬더라? '죽음이 오고 있다'? 글쎄, 예언은 그쯤 해두지 그래. 난 여전히 살아 있고, 넌 여전히 단지에 갇혀 반짝이는 점액질 덩어리일 뿐이니까. 그깟 말이 무슨 대수라고."

그 즉시 플라스마가 엘리베이터 문 닫히듯 합쳐지고 얼굴이 다시 생겨났다. 하지만 재결합한 반반이 서로 딱 맞아떨어지진 않는 바람에 놈의 비난조 표정이 살짝 어그러져서는 얼굴 한쪽이 기괴하게 처진 것처럼 보였다. "이거 실망인데." 목소리가 속삭였다. "내 경고를 귀 기울여 듣지 않았다니. '삶 속에 죽음이 있고 죽음 속에 삶이 있다.' 난 그렇게 말했지. 여기서 문제는, 네가 멍청하다는 거야, 루시. 넌 네 주변의 증거들을 전혀 못 보고 있어."

저 멀리 부엌에서 식기가 쨍그랑거리는 소리가 들렸다. 나는 입술을 혀로 축였다. "그런 헛소리 따위 나한텐 아무 의미 없어."

유령이 끙 소리를 냈다. "뭐야, 그림이라도 그려줘야겠어? 눈이랑 귀를 좀 써! 머리를 쓰라고, 이 사람아. 다른 누구도 못 해. 너밖에 없어."

나는 고개를 가로저었다. 다른 무엇보다도 내 정신을 가다듬기 위해서였다. 거기 내가 있었다. 양 허리께에 손을 얹고 단지 속 얼굴과 입씨름하며. "틀렸어." 내가 말했다. "나밖에 없지 않아. 내겐 친구들이 있어."

"누구, 뚱뚱보 조지? 기만적인 록우드?" 놈의 얼굴이 기쁨으로 쭈글거렸다. "우와, 그래, 끝내준다. 정말 환상의 팀이야."

"기만적인…?" 그전까지만 해도 목소리엔 사람을 홀리다시피 하는 뭔가가 있었다. 그걸 묵살하기가 힘들다는 생각이 들었다. 하지만 문득 놈이 뭔가 고소해하는 듯한 분위기가 역겹게 느껴졌다. 나는 방 건너로 뒷걸음질 쳤다.

"충격받은 척하지 마." 목소리가 말했다. "비밀스럽고 기만적인 자식이야. 그렇다는 거 너도 알잖아."

나는 놈의 터무니없음을 비웃었다. "그렇다는 거 난 모르겠는데."

"그럼 저질러봐." 목소리가 들려왔다. "문이 있잖아. 경첩들이 달렸고. 그걸 써."

안 그래도 쓸 거거든. 불현듯 나는 친구가 필요했다. 다른 둘이 필요했다. 신바람이 난 이 목소리와 단둘이 있기 싫었다.

나는 방을 가로질렀다. 문고리로 손을 뻗었다.

"문 얘기가 나와서 말인데, 전에 네가 위층 층계참에 서 있는 걸 봤어. 금지된 방 앞에 있던데. 들어가고 싶어 죽을 지경이었지. 아냐?"

나는 주춤했다. "아니거든…."

"안 들어가길 잘했어. 살아서 나오지 못했을 테니까."

내 발밑 바닥이 한쪽으로 슬쩍 기우는 것만 같았다. "아니거든." 내가 다시 말했다. "아니라고." 나는 더듬더듬 문고리를 찾아 쥐고 돌리기 시작했다.

"이 집엔 무서운 것들이 더 있어. 나 말고도."

"록우드! 조지!" 나는 손목을 비틀어 문을 열었고, 정신을 차려보니 두 사람의 경악한 얼굴에다 포효하듯 말을 쏟아내고 있었다. 록우드는 어찌나 놀랐는지 들고 있던 코코아를 복도 양탄자에 반쯤 쏟고 말았다. 쟁반을 나르던 조지는 감자칩과 샌드위치로 박력 넘치는 저글링을 했다. 나는 둘을 안으로 들였다.

"말을 해!" 내가 외쳤다. "단지 말이야! 봐! 들어봐!"

나는 황급히 유리를 가리켰다. 두말하면 잔소리지만 유령은 아무 말도 하지 않았다. 두말하면 잔소리지만 얼굴은 사라지고 없었다. 플라스마는 따분하고 정적으로 둥둥 떠 있었다. 과일잼 단지에 든 흙탕물마냥 심심하고 둔했다. 그 진창 가운데서 해골의 이빨이 보였다. 놈은 금속제 쵬쇠 사이에 끼어 희미하게 웃고 있었다.

내 어깨가 축 처졌다. 나는 깊은숨을 들이마셨다. "놈이 말했어." 기운 없이 중얼거렸다. "정말로 내게 말했어. 너희들이 조금만 빨리 왔어도…." 나는 녀석들에게 도끼눈을 떴다. 그 장면을 놓친 게 너희들 탓이라는 양.

두 사람은 아무 말도 하지 않았다. 그저 서 있을 뿐이었다. 조지는 새끼손가락 끝으로 샌드위치를 찔끔찔끔 밀어 원래 자리로 돌려보내고 있었다. 마침내 록우드가 방을 가로질러 와 테이블에 머그컵을 내려놨다. 손수건을 꺼내 손에 튄 코코아를 닦았다.

"와서 마셔." 록우드가 말했다.

나는 히죽거리는 해골을 빤히 쳐다봤다. 분노가 치밀어 성큼성큼 다가갔다. 록우드가 손을 들어 저지하지 않았다면 그놈의 단지를 방 저편으로 걷어차 버렸을 거다.

"괜찮아, 루스." 록우드가 말했다. "우린 네 말 믿어."

나는 잔뜩 지친 손으로 머리칼을 쓸었다. "좋아."

"자리에 앉아. 간식이랑 코코아 좀 들어."

"알았어." 나는 그렇게 했다. 우리 모두가 그렇게 했다. 얼마 뒤 내가 말했다. "처음이랑, 그러니까 지하실에서 그랬던 거랑 같았어. 느닷없이 말을 시작하더라고. 우린 대화를 했어."

"정말로 주고받는 대화를 했다고?" 록우드가 말했다. "진짜 3급령이란 말야?"

"완전."

"그래서 어땠어?" 조지가 물었다.

"좀… 짜증 났어." 나는 잠잠한 단지를 째려봤다.

조지는 천천히 고개를 끄덕였다. "하긴 마리사 피츠가 그랬지. 3급령과의 소통은 굉장히 위험하다고. 놈들은 상대의 말을 왜곡하고 감정으로 장난친다고. 각별히 조심하지 않았다간 놈들의 힘에 서서히 지배당할 거라고. 그러다 자신의 행동마저 더는 자기 게 아니게되고…"

"아니…. 이러니저러니 해도 한마디로 '짜증 난다'가 딱이야."

"그래서 놈이 뭐랬는데?" 록우드가 물었다. "무슨 매운맛 통찰을 줬는데?"

나는 그를 쳐다봤다. 그는 의자 등받이에 기대앉아 코코아를 홀짝였다. 늘 그렇듯, 고단했던 밤에도 불구하고 차분해 보였다. 꼼꼼하고 냉정하고 평정을 잃는 법이 없었다….

이 집엔 무서운 것들이 더 있어, 나 말고도.

"음, 그리 대단한 건 아니고." 내가 말했다.

"그럼, 뭐가 있긴 있었나 보네."

"사후 세계에 대해서도 얘기했어?" 조지가 열성적으로 물었다. 안경 너머에서 눈동자가 환히 빛났다. "보통 문제가 아냐. 모두가 알고 싶어 하는 거라고. 조플린이 그러는데 그 주제로 학회에 갈 거래. 죽음 뒤에 무슨 일이 벌어지는가. 불멸…. 인류의 운명…."

나는 깊은숨을 들이마셨다. "너더러 뚱뚱보래."

"뭐?"

"기본적으론 우리 얘길 했어. 우릴 지켜보고 있고 우리 이름을 알아. 놈이 뭐랬냐면…."

"내가 뚱뚱보라고?"

"응. 하지만…."

"뚱뚱보? '뚱뚱보'? 무슨 놈의 저세상 대화가 그래?"

"아, 하나부터 열까지 그런 식이라니까!" 내가 소리쳤다. "그냥 헛소리뿐야. 놈은 못됐어. 그런 것 같아. 우리에게 상처를 입히려고 해. 우리끼리 싸우게 만들 작정이라고…. 내가 내 주변 것들을 못 본다고도 했어…. 미안해, 조지. 널 모욕하려던 게 아니었어. 내가 바라는 건…."

"그러니까, 내가 내 몸무게에 신경이 쓰이면 그냥 거울을 사면 될 일이야." 조지가 말했다. "이거 너무 실망스러운데. 저승에 대한 예리한 통찰 따윈 없었다고? 아쉽게 됐네." 그는 샌드위치를 한 입 베어 물고 애석한 듯 의자에 푹 퍼졌다.

"나에 대해선 뭐래?" 록우드가 물었다. 검고 차분한 눈동자로 나를 가만히 살폈다.

"뭐… 이것저것."

"이를 테면?"

나는 눈길을 돌려 샌드위치에 뜬금없는 관심을 쏟으며 통통한 놈 하나를 골라 과장된 몸짓으로 비틀어 벌렸다. 유난을 떨며 집어 들었다. "오, 좋아, 햄이네. 괜찮아."

"루시." 록우드가 말했다. "네가 그렇게 유난 떠는 모습을 마지막으로 본 건 우리가 마르틴 그레이 부인과 그녀의 실종된 남편에 대해 얘기하고 있을 때였어. 남편은 나중에 부인의 냉장고 밑에서 발견됐고. 뒤가 구린 사람처럼 굴지 말고 털어놔." 그가 나긋하게 웃었다. "놈이 무슨 말을 했대도 난 기분 안 나빠."

"그래?"

"음, 그러니까, 놈이 뭐랬는데?" 그가 키득거렸다. "무슨 대단한 악담거리가 있기에?"

"좋아. 놈이 내게 말하길…. 그러니까, 내가 그 말을 믿는다는 건 아냐. 당연하지. 그런 문제엔 관심도 없어. 진실이 뭐든 간에…. 놈은 그 방에 뭔가 위험한 게 숨겨져 있다는 식으로 말했어. 있잖아, 위층 그 방. 층계참에 있는." 나는 궁색하게 말을 마쳤다.

록우드가 머그컵을 내려놨다. 아무 감정도 없이 말했다. "그래, 그 방, 알지. 네가 늘 묻고 싶어 안달인 방."

나는 목쉰 소리로 외쳤다. "이번엔 내가 시작한 거 아니거든! 단지 속 유령이 먼저 꺼냈다고!"

"단지 속 유령. 오, 그래. 참으로 공교롭게도 너랑 같은 것에 집착하는 유령 말이구나." 록우드가 팔짱을 꼈다. "그러니 얘기 좀 해봐. '단지 속 유령'이 정확히 뭐랬는데?"

나는 입술을 혀로 축였다. "됐어. 넌 내 말을 안 믿는 게 뻔하니까 나도 더는 얘기 안 해. 이만 자러 간다."

나는 자리에서 일어났다. 하지만 록우드도 일어났다. "오, 아니지, 그렇겐 안 되지. 말도 안 되는 주장을 해놓고 프리마돈나*처럼 우아하게 사라지는 건 안 될 일이야. 근거를 대야지. 네가 본 걸 말해."

"나는 본 게 없다니까. 내가 계속 얘기하잖아. 놈이…." 나는 말을 멈췄다. "그러니까 뭔가가 정말 있긴 한 거구나."

"난 그렇게 말한 적 없는데."

"본 걸 말하라며. 그 말이 그 말이지."

우리는 그대로 서서 서로를 노려봤다. 조지가 샌드위치를 하나 더 집었다. 그 순간 저 밖 복도에서 전화기가 울렸다. 우리 셋 다 기겁해 펄쩍 뛰었다.

록우드가 욕을 뱉었다. "또 뭔데? 새벽 4시 40분에." 그는 전화를 받으러 갔다.

조지가 말했다. "마리사 피츠가 옳았던 것 같네. 3급령은 머릿속을 뒤죽박죽으로 만들고 사람 감정을 갖고 논다고. 너희 둘 좀 봐. 아무것도 아닌 일로 다투기나 하고."

"아무것도 아닌 게 아니거든. 이건 기본적인 신뢰의 문제야.

• 오페라의 여주인공을 맡은 가수.

즉….”

“내 눈엔 죄다 호들갑일 뿐야.” 조지가 말했다. “이 유령은 내게도 ‘뚱뚱보’라고 했어. 근데 내가 꿈쩍이라도 하든?”

문이 열렸다. 록우드가 나타났다. 얼굴의 분노는 당혹감과 우려로 바뀌어 있었다.

“갈수록 이상한 밤이네.” 그가 말했다. “묘지의 손더스였어. 비커스태프의 관을 넣어둔 예배당에 침입자가 있었나 봐. 야경대 꼬마가 다쳤대. 그리고 그 소름 끼치는 거울 기억하지? 도둑맞았다는군.”

3

사라진 거울

9

그날의 전화는 그게 끝이 아니었다. 네 시간 뒤, 그러니까 아침 8시경에 한 통이 더 걸려왔다. 그때 우리는 눈을 좀 붙여보려 애쓰던 참이었다. 그런 상황에서 우리의 일상적인 반응은 전화를 ①무시하거나(록우드) ②나중에 다시 걸어달라고 정중히 부탁하거나(조지) ③대뜸 욕부터 퍼부어 쫓아버리거나(나. 나는 잠이 부족하면 성질이 더러워진다.) 셋 중 하나다. 그러나 발신자가 DEPRAC의 반스 경위고 용건이 긴급회의 소집인 이상, 셋 다 선택의 영역 밖이었다. 십오 분 뒤, 아직 몽롱한 데다 아침마저 거른 채로 우리는 꾸역꾸역 택시에 올라 런던 경찰청으로 향했다.

런던에서 맞는 또 하루의 완벽한 여름 아침이었다. 도로는 달콤한 잿빛 그림자와 반짝반짝 어룽거리는 빛으로 가득했다. 하지만 택시 안은 눈에 띄게 우중충했다. 록우드는 얼굴이 몹시 창백한 데다 무뚝뚝했고, 조지는 다크서클이 무릎까지 내려와 있었다. 우리는 이동하는 내내 좀처럼 입을 열지 않았다.

그러는 편이 더 좋았다. 머릿속이 복잡하다 못해 터지기 직전이었다. 창문을 내리고 눈을 감았다. 상쾌한 공기로 머릿속을 시원하고 말끔히 비워냈다. 전날 밤의 사건들―묘지의 환영, 단지 속에서 히죽거리던 해골, 록우드와의 말다툼―이 관심을 달라며 아우성이었지만 그와 동시에 모든 게 현실이 아닌 듯 느껴지기도 했다.

그중에서도 해골의 경고가 특히 그랬다. 택시를 타러 허둥지둥 내려오다 층계참의 금지된 방을 언뜻 봤을 때, 나는 순간적이고도 찌릿한 고통을 느꼈다. 하지만 놈의 말은 햇빛 아래서 위력을 잃었고, 나는 거기 휘둘린 내가 잘못이란 걸 알고 있었다. 놈은 거짓말쟁이였다. 조지 말대로 나를 현혹할 작정이었다. 듣는 자로서 나는 조심해야 했다.

그럼에도 놈과의 실제 대화는 분명한 현실이었다. 그리고 런던의 다른 누구도―어쩌면 위대한 마리사 피츠 뒤로 그 누구도―그런 대화는 해보지 못했다. 그 생각이 주는 나른한 황홀감 속에서 나는 정신이 오락가락하는 상태로 앉아 있었다. 그 해골이 특별한 걸까, 아님 내가?

정신을 차려보니 나도 모르게 혼자 웃고 있었다. 나는 눈을 번쩍 떴다. 빅토리아 스트리트에 와 있었고, 목적지가 코앞이었다. 택시가 교통체증에 막혀 공회전하고 있는 곳은 선라이즈 물산의 거대 사옥 바로 밖이었다. 앞뜰 상공에 설치된 옥외 광고판에서 최신 제품인 신형 라벤더 수류탄, 더 얇고 가벼운 마그네슘 화염들의 광고가 어렴풋이 빛났다.

조지와 록우드는 의자에 고요히 파묻혀 낮의 도시를 물끄러미 내다봤다.

나는 몸을 꼿꼿이 펴고 레이피어를 보다 편안한 위치로 움직였다. "그래서 반스는 무슨 일로 그러는데?" 내가 물었다. "비커스태프야?"

"응."

"우리가 이번엔 또 뭘 잘못했지?"

록우드가 얼굴을 찡그렸다. "반스가 어떤지 알잖아. 언제는 그 사람한테 이유가 필요하든?"

택시는 전진했고, DEPRAC 본부가 있는 런던 경찰청 정문의 번쩍거리는 통유리 밖에서 정차했다. 우리는 택시에서 내려 값을 치르고 느릿느릿 건물로 들어갔다.

편의상 DEPRAC라는 약어로 더 잘 알려진 심령현상조사예방국은 영국 전역에 퍼져 있는 수십 여 대행사의 활동을 감시하는 일을 했다. 현재 진행 중인 출몰 대유행에 대한 국가적 대응을 조정하는 한편, 빅토리아 스트리트 지하 깊은 곳의 철제 벙커에 있다는 거대 연구소에선 DEPRAC의 과학자들이 난제의 수수께끼와 씨름하는 모양이었다. 하지만 우리가 일상 속에서 가장 자주 접하는 DEPRAC는 우리 같은 독립 대행사를 멋대로 휘두르려 끝없이 수를 쓰는 조직일 뿐이었고, 그 수의 구체적 형태가 바로 부루퉁하고 규칙에 집착하는 작전 감독관 몬타규 반스 경위였다.

반스는 본능적으로 록우드 심령 회사를 못마땅해했다. 우리의 기법을 싫어했고 우리의 태도를 싫어했다. 포틀랜드 로에 있는 우리 사무실의 매력적인 잡동사니조차 싫어했다. 지난봄에 내가 창밖 상자에 넣어둔 예쁜 튤립들은 칭찬했지만. 결국 런던 경찰청에 들러 그를 찾으라는 '요청'은 어쩔 수 없이 그의 책상 앞에 서서 사고뭉치 학생 패거리처럼 꾸지람을 듣는 일로 이어지기 일쑤였다.

상황이 그렇다 보니 늘 가던 대기실에 갇혀 엑토플라즘 소독 티슈의 희미한 냄새를 맡는 대신 주 작전실로 곧장 안내된다는 건 나름 놀라운 사건이었다.

하루 중 가장 고요한 시간이었다. 벽에 걸린 런던 거리 지도에는 반짝이는 빛이 거의 없었다. 줄줄이 늘어선 전화기에 배치된 인원도 전혀 없었다. 단정한 차림의 남녀 몇이 책상 앞에 앉아 서류철을 뒤적이며 새로 올라온 사건 보고서를 정리했다. 걸레를 든 청년이 전날 밤 DEPRAC 조사관들에게 딸려 들어온 소금과 재, 철가루의 잔여물을 닦아냈다.

방 저편 회의 테이블에 플립 차트[*]가 마련돼 있었다. 근처에 앉아 엄숙한 표정으로 서류 무더기를 응시하는 반스 경위가 보였다.

그는 혼자가 아니었다. 그의 옆에는 여느 때처럼 말끔하고 자기만족에 빠진 퀼 킵스와 캣 고드윈이 앉아 있었다.

나는 뼛뼛이 굳었다. 록우드의 이 사이에서 조그만 소리가 흘러나왔다. 조지는 대놓고 끙 소리를 냈다. "우린 거의 죽다 살아났어." 그가 투덜거렸다. "내분을 겪었고, 딱할 정도로 조금 잤지. 근데 다 참아도 이건 진짜 못 참아. 혹시라도 내가 테이블에 올라가 꺅꺅거린대도 말리지 마. 그냥 울부짖게 해줘."

우리를 본 반스 경위가 손목시계를 확인했다. "드디어 왔군." 그가 말했다. "자네들이 험난한 밤을 보냈다는 건 누가 봐도 알겠네. 앉아서 커피라도 좀 들지. 아직도 변변한 제복 한 벌 감당할 형편이 못 되나 봐. 자네 셔츠의 그건 달걀인가 엑토플라즘인가, 커빈스? 맹세컨대 자넬 마지막으로 봤을 때도 그 얼룩이 있었거든. 그때 그 셔츠에 그때 그 얼룩이로군."

킵스가 웃었다. 고드윈은 표정이 없었다. 아니나 다를까 그들의 옷은 뼛뼛하고 흠잡을 데 없었다. 거기다 점심을 담아 먹어도 될 정도였다. 그들의 얼굴에 입맛이 떨어지지 않는다는 전제하에. 그리하

---

[*] 뒤로 한 장씩 넘겨가며 내용을 보여주는 차트.

여 또다시 나는 내 딱한 몰골을 의식하게 됐다. 제대로 말리지도 빗지도 않은 축축한 머리칼과 쭈글쭈글한 옷이 신경 쓰였다.

록우드는 그들을 둘러보며 수상쩍다는 듯 웃었다. "킵스와 회의가 끝나실 때까지 기쁜 마음으로 기다리겠습니다, 반스 경위님. 방해하고 싶지 않아요."

"혹 이들을 해고하고 있는 거라면, 두 사람을 구인 중인 곳을 알아요." 조지가 덧붙였다. "말리본 역에서 화장실 청소부를 구하고 있거든요. 그 재킷을 그대로 갖다 입어도 되고, 여러모로 딱이겠는데."

"킵스 군과 고드윈 양은 내 요청을 받아 이 자리에 온 걸세." 반스가 말했다. "중요한 일이고, 그래서 한 팀으로는 부족하겠어. 그러니 자리에 앉지. 서로 노려보는 건 그만하고. 다들 정신 바짝 차리고 들어줬으면 해."

우리는 자리에 앉았다. 킵스가 우리에게 커피를 따라줬다. 커피를 도유*하듯 붓는 게 가능할까? 그렇다고 한다면 킵스는 솜씨가 상당했다.

반스가 말했다. "간밤에 켄잘 그린에서 자네들이 한 일은 들었네. 폴 손더스 뭐라더라," 그는 노트를 확인하며 좀스럽게 싫은 티를 냈다. "좋은 꿈 발굴 회사 대표가 대강의 설명을 해줬지. 우리에게 곧장 연락해 관 처리를 요청하지 않은 행위는 문제 삼지 않겠네. 그 뒤에 벌어진 일과 관련해 도움이 되겠다 싶은 내용이 있으면 남김없이 털어놔."

"정확히 무슨 일이 벌어진 건데요, 반스 경위님?" 록우드가 물었다. "오늘 아침 일찍 손더스 씨가 전화를 했지만 자세히 설명할 상태

• 종교의식에서 머리나 몸에 기름을 바르는 일.

가 아니더군요."

반스는 뭔가를 고민하듯 우리를 곰곰이 뜯어봤다. 늘 그렇듯 그의 얼굴에선 세월이 보였고, 탄력 없이 처진 눈은 여전히 예리하게 상대를 살폈다. 하지만 언제나처럼 내 눈길을 잡아끄는 건 그의 인상적인 콧수염이었다. 내가 보기에 반스의 콧수염은 털이 텁수룩한 이국의 애벌레처럼 생겼다. 수마트라 밀림에 살고 학계엔 아직 알려지지 않은 저런 애벌레가 분명 있을 거다. 자기 나름의 인생을 살며 주인의 기분에 따라 물결치고 흐트러지는 콧수염은 오늘 엄청난 목적의식으로 잔뜩 부푼 듯 보였다.

반스가 말했다. "손더스는 멍청이야. 이제 자기가 곤란한 지경에 처했단 걸 알고, 그래서 더더욱 도움이 안 되지. 한 시간 전에 여기 있었는데, 주저리주저리 허풍을 떨면서 변명을 있는 대로 늘어놓더군. 그자의 얘기를 요약하면, 자네들이 발견한 철관을 털렸고 내용물을 도난당했네."

"다친 사람이 있던가요?" 내가 물었다. "야경대 아이 하나가 그랬다고…."

"일에도 순서가 있는 법." 반스가 말했다. "관을 열었을 때 무슨 일이 있었는지부터 낱낱이 들어야겠네. 자네들이 본 것, 들은 것, 관련 현상들 전부. 시작."

록우드가 얘기하고 조지와 내가 이런저런 느낌들을 보탰다. 가만 보니 조지는 조플린과 구덩이에 있다가 겪은 일의 기억이 흐릿한 듯했다. 녀석의 설명대로라면 그들이 관에 다가가기 무섭게 비커스태프의 유령이 내리 덮쳤다. 둘이 속수무책으로 얼어 꼼짝도 못 한 얘기는 일절 없었다.

내가 무덤에서 들은 목소리를 언급하자 록우드가 인상을 썼다.

"난 처음 듣는 얘긴데."

"방금 막 기억났어. 그 유령이야. 맞는 것 같아. 우리가 뭔가를 봐주길 절실히 원했어. '우리 소원'을 들어주겠다고 했어."

"놈이 네게 말을 했다고?"

"우리 모두에게 하는 말이었던 것 같아."

반스는 나를 물끄러미 쳐다봤다. "인상적인 재능이로군, 칼라일. 자, 커빈스를 그토록 기겁하게 만든 그 물건 말일세. 거울이나 그 비슷한 뭐라면서. 나무로 테를 둘렀다고 했나?"

조지와 내가 동시에 고개를 끄덕였다.

"그게 다야?" 퀼 킵스가 물었다. "일에 도움 될 묘사랄 게 별로 없는데."

"제대로 볼 겨를이 없었어요." 록우드가 말했다. "모든 게 눈 깜짝할 새에 벌어진 데다, 솔직히 시간을 들여 보고 있기엔 너무 위험했거든요."

"적어도 이번 한 번은," 반스가 말했다. "자네가 현명하게 행동한 것 같군. 자, 정리를 해보면 그 묘지엔 두 개의 잠재적 출처가 있는 듯해. 비커스태프 박사의 시신과 거울 말일세."

"그렇죠. 일단 환영은 박사의 시신에서 나온 게 확실해요." 록우드가 말했다. "그 당시에 거울은 우리 사슬망에 덮여 있었거든요. 하지만 조지가 겪은 일을 감안하면 그 거울 자체도 모종의 심령 에너지를 가졌다고 봐야겠죠."

"아주 좋아. 그럼," 반스는 서류 틈에서 반들반들한 흑백사진을 몇 장 꺼내서는 뒷면이 위로 오게 두 줄로 펼쳐놨다. "이제 오늘 새벽에 있었던 일을 설명하지. 자네들이 떠난 뒤, 이 손더스라는 자가 지게차로 관을 치우게 지시했어. 예배당 안으로 옮겼지. 그자의 말에 따르면 자네들의 은 사슬망과 봉인구들을 건드리지 않도록 각별히 주의했어. 쇠사슬도 추가로 둘렀고. 야경대 남자애 하나를 문에 세워 놓고 자기들은 다른 일을 하러 갔다고 해."

"잠깐만요." 록우드가 말했다. 눈에 익은 변신의 순간이 그를 찾아온 뒤였다. 택시에서 봤던 피로의 흔적은 싹 사라지고 없었다. 지금 그는 초롱초롱한 정신으로 마음이 한껏 동해서는 집중력을 뿜어내고 있었다. "그 예배당은 손더스의 사무실이기도 해요. 손더스와 조플린이 업무를 보는 곳이죠. 거길 두고 밤새 어디 가 있었다는 걸까요?"

"손더스가 그러는데 조플린이랑 같이 묘지의 다른 구역에서 작업하느라 바빴다는군. 야경대 아이들 대부분이 함께였고. 물론 본부를 오가는 사람은 끊이지 않았지만. 장비를 챙기든 휴식을 취하든 이유야 한둘이 아니지. 밤중에, 대략 2시 반쯤에 경비가 교대했네. 그걸 감독하는 틈을 타 손더스는 예배당 안을 들여다봤지. 완벽히 고요했고 관 상태도 전과 똑같았어. 또 다른 친구, 테리 모건이라는 이름의 야경대원이 경비를 섰네. 열한 살 먹은 아이라는군." 반스는 눈을 부라리며 우릴 둘러보고는 손가락으로 콧수염을 문질렀다. "그게, 오늘 아침엔 4시 13분에 동이 트면서 심령 조사 업무가 중단됐네. 4시 30분 직전에 또 다른 야경대 꼬마가 테리 모건과 교대하러 예배당에 갔다가 출입문이 활짝 열려 있는 걸 봤네. 안에 모건이 쓰러져 있었고."

나는 심장이 철렁했다. "설마…."

"아니, 운이 좋았지. 기절한 거였어. 하지만 뭔가 단단한 것에 얻어맞았지. 녀석을 덮친 게 누구였든 간에 관을 활짝 열어젖히고 자네들의 봉인구를 죄다 치워버린 뒤 관을 뒤집어 내용물을 바닥에 쏟았어."

반스는 윗줄의 사진 두 장을 뒤집어 테이블을 따라 돌렸다. 킵스와 록우드가 한 장씩 집었다. 우리는 몸을 숙이고 들여다봤다.

사진은 예배당 출입문 바로 안쪽에서 찍힌 거였다. 배경에서 책상하나와 제단 일부가 보였다. 바닥 여기저기에 대행사 장비들이 어지럽게 널려 있었다. 우리가 썼던 쇠사슬과 은 사슬망, 안전장치로 관에 설치한 봉인구와 항마구들이었다. 사진 가운데의 철관은 모로 뒤집혔고, 미라화한 시신이 널돌 위로 반쯤 굴러 나와 있었다. 비커스태프는 내가 지난밤에 언뜻 보고 짐작했던 딱 그대로 입맛 떨어지는 몰골이었다. 거뭇거뭇하고 쪼그라든 주검이 너덜너덜한 가운과 곰팡이 핀 정장을 걸치고 있었다. 기다란 팔뼈 하나는 팔꿈치 부근에서 부러지기라도 한 양 부자연스러운 각도로 뻗어 있었다. 다른 팔은 손바닥을 위로 하고 있었는데, 사라져 버린 뭔가를 향해 손을 내미는 것도 같았다. 헐벗은 두개골에선 쩍쩍 갈라진 이파리 같은 백발이 물에 빠져 죽은 거미 다리처럼 뻗어 나왔다.

"징그러워." 조지가 말했다. "얼굴은 보지 말라고, 캣."

금발 여자애가 우리를 향해 도끼눈을 떴다. "이런 거엔 익숙하거든."

"맞네. 넌 킵스랑 일하니까. 안 그래? 징그러운 거에 익숙하긴 하겠어."

킵스가 사진을 보며 눈을 찡그렸다. "그냥 들기엔 무거워 보이는 관인데요. 도둑은 두 명 이상이겠군요."

"훌륭히 짚었어." 반스가 말했다. "그리고 맞아. 한 시간 전에 테리 모건이 병원에서 의식을 되찾았어. 상당한 충격을 받긴 했지만 공격 당시의 상황을 설명할 정도는 됐지. 계단 옆 덤불에서 소음을 들었다네. 그쪽을 내다보는데 검은 스키마스크를 쓴 사람이 날래게 다가오더라는 거야. 다음 순간 뒤에서 다른 누군가가 자신을 가격했고."

"불쌍해라." 내가 말했다. 캣 고드윈이 맞은편에서 나를 보며 눈썹 하나를 추켜올렸다. 나도 질세라 무감하게 그 애를 쳐다봤다. 냉랭한 표정이야 나도 지을 수 있었다.

"그리고 거울이 없어졌다…." 킵스가 혼잣말했다. "동틀 녘에 맞춰 작업한 게 분명하네요. 그때면 항마구를 제거해도 안전하리라 생각해서. 아무리 그래도 위험하긴 했을 텐데."

"여기서 정말로 재미있는 건," 반스가 말했다. "범행의 속도야. 관이 개방된 게 자정쯤일세. 그로부터 네 시간도 안 돼 도둑이 들이닥쳤지. 말이 자연스레 밖으로 퍼져나갈 시간이 없었어. 현장에 있던 누군가의 직접 지시로 벌어진 일이란 얘기지."

"아님 최근에 현장을 '떠난' 누군가일 수도 있겠고요." 캣 고드윈이 말하곤 우리를 보며 웃었다.

나는 록우드를 힐끗거렸다. 그는 현장 사진을 유심히 쳐다보고 있었다. 그 속의 뭔가가 당혹스러운 듯했다. 캣 고드윈의 중상모략조차 알아채지 못했다.

"관에 대해서 아는 사람이 누가 있죠?" 내가 물었다.

반스가 어깨를 으쓱했다. "발굴 전문가들, 민감한 자들, 야경대원들…. 그리고 자네들."

"우리가 그런 것 같으면," 내가 말했다. "집을 마음껏 수색해 보시든가요. 조지의 더러운 세탁물 바구니부터 시작하면 되겠네요. 우리가 슬쩍한 물건은 늘 거기다 숨기니까."

반스 조사관이 그쯤 해두라는 몸짓을 했다. "자네들이 훔쳤다고 생각하지 않아. 하지만 찾아내긴 해야겠어. 록우드 군!"

"잠이 덜 깼는데요." 킵스가 말했다.

록우드가 고개를 들었다. "네? 미안합니다." 그는 사진을 내려놨다. "거울요? 네, 그걸 찾아내야겠다고 하셨죠. 이유를 여쭤도 될까요?"

"이유는 자네도 알잖나." 반스가 무뚝뚝하게 말했다. "커빈스는 거울을 언뜻 봤을 뿐인데도 기이하고 불쾌한 효과를 경험했다고 했지. 그게 커빈스한테 무슨 짓을 했을지 알 게 뭔가? 게다가 귀신 들린 인공물은 일체 국가 차원에서 위험물로 분류하고 있어. 이 인공물의 절도나 판매, 유통은 엄격히 금지돼. 이걸 좀 보지."

반스는 아랫줄에 뒀던 흑백사진들을 뒤집었다. 어느 공화당의 칙칙한 내부를 방 뒤쪽에서 찍은 거였다. 나무로 만든 신도석에 열 명 정도 되는 사람들이 앉아 높은 단상을 마주 보고 있었다. 단상엔 경찰이 서 있고, 출입구를 가로질러 길게 쳐둔 통제선들이 보였다. 저 높이 지붕 근처에 내놓은 창문들로 작살 같은 햇빛이 쏟아졌다. 단상에는 테이블이 하나 있고, 유리로 만든 거대 과일 그릇 같은 물체가 보일락 말락 놓여 있었다.

"'캔너비가 광신도 집단' 사건." 반스가 말했다. "이십 년 전 일이지. 자네들이 태어나기도 전이었어. 하지만 난 거기 있었네. 사건에 투입된 청년 경관으로. 특이할 건 없었어. 죽은 자들과 '소통'하고 싶은, 사후 세계의 비밀을 알고 싶은 무리들 얘기였지. 다만 이들이 남과 달랐던 건 말로만 그치지 않았다는 거야. 방문자를 만나게 될지도 모른다는 희망 속에서 유물 사냥꾼들한테 이런저런 물건들을 사들이기 시작했지. 테이블의 그릇 보이나? 거기에 진귀한 유물들을 담았어. 마셜시 감옥* 마당에서 파낸 유골들이었는데, 개중엔 쇠고랑이

---

* 1373년에 지어진 템스강 남쪽의 악명 높은 감옥.

그대로 달린 것도 있었다지. 뭐, 유물 사냥꾼한테 낚여 오래된 쓰레기나 사들일 때도 많았지만 이번엔 제대로 된 물건이 걸린 게지. 진짜 방문자가 왔거든. 놈이 이들에게 어떤 메시지를 가져왔는지는 사진에 보이는 그대로일세."

우리는 사진을, 신도석에 앉은 이들의 축 처진 고개를 가만히 응시했다.

"잠깐만요." 캣 고드윈이 말했다. "그러니까 지금 이 사람들이… 전부…."

"죽었지. 너나 할 것 없이 모두." 반스가 진중히 말했다. "다 합해서 열셋이야. 이런 사례를 수십 건도 더 얘기해 줄 수 있네. 사진도 보여줄 수 있어. 하지만 장담하는데 그걸 보는 순간 아침 식사는 물 건너가고 말걸세." 그는 앞으로 바짝 당겨 앉아서는 털이 많은 손가락으로 책상을 쑤시기 시작했다. "중요한 건 이거야. 강력한 영물이 잘못된 손에 들어갔다간 끝장이란 거! 언제 터질지 모르는 폭탄이나 다름없지. 이 거울인지 뭔지 모를 것도 예외가 아냐. DEPRAC는 대단히 우려하고 있고 물건을 되찾길 원해. 이 건을 최우선에 놓으라는 지시가 내려왔네."

록우드가 의자를 뒤로 밀었다. "그럼, 행운을 빕니다. 우리가 도울 일이 더 생기면 언제든 연락주시고요."

"개인적으론 정말 그러지 않는 게 좋겠단 생각이지만," 반스가 말했다. "도울 일이 있네. 오늘 아침엔 일손이 모자라. 일퍼드에서 심각한 출몰이 있었어. DEPRAC 다수가 거기 매여 있지. 자네들은 이 건에 벌써 발을 담갔고, 지난밤에 물건을 우리에게 인계하지 않은 걸 자네들의 잘못으로 볼 여지도 있고 하니 추적을 맡아줬으면 하네. 보수는 적절히 지급될 거야."

"우릴 고용한다고요?" 조지가 반스 경위를 보며 눈을 끔뻑였다. "얼마나 절박하면 그래요?"

반스의 콧수염이 씁쓸한 듯 축 늘어졌다. "다행히도 피츠 대행사에서 킵스와 팀원들을 보내줬어. 사건에 함께 투입될 걸세. 서로 힘을 합쳐주게."

우리는 낭패감을 느끼며 테이블을 건너다봤다. 그 눈길을 킵스와 고드윈이 냉랭하게 맞받았다.

내가 목을 가다듬었다. "하지만 반스 경위님, 런던은 대도시예요. 차출할 조사관이야 차고 넘친다고요. 그게 꼭 킵스 팀이어야 할까요?"

"길바닥에서 아무 미치광이나 하나 골라주세요." 조지가 저항했다. "요양원에 가서 아무 노인이나 하나 골라주라고요. 누굴 선택하든 킵스보단 나을 테니."

반스는 우리 모두를 향해 고약하게 눈을 부라렸다. "사라진 물건을 찾아. 누가 훔쳤고, 왜 그랬는지 밝혀내라고. 최대한 빨리 해. 누가 또 다치기 전에. 그리고 내가 충고 하나 하자면," 콧수염이 앞으로 튀어나왔다. 그 밑으로 치아가 잠깐 나타났다 사라졌다. "서로 잘 협력해 가며 움직이는 게 좋을 거야. 빈정거림도 모욕도, 가장 중요하게는 칼싸움도 없어야 해. 알아들었나?"

킵스가 차분하게 고개를 끄덕였다. "네, 경위님. 물론입니다."

"록우드 군은?"

"그럼요, 경위님. 문제없을 겁니다."

"이렇게 하죠." 모두가 작전실을 나온 뒤 록우드가 말했다. "그쪽은 그쪽대로 해요. 우리는 우리대로 할 테니. 염탐 같은 웃기는 짓은 서로 하지 말기로 하고. 하지만 이걸로 우리의 소소한 대결을 시작하죠. 이 기회에 정면으로 승부하는 겁니다. 전에 합의한 대로. 그 생각엔 변함이 없습니까, 아님 이쯤에서 무르고 싶나요?"

킵스는 짧고 짖는 듯한 웃음을 뱉었다. "물러? 어림없지! 우리 합의는 이 시간부로 효력을 발휘한다. 거울을 먼저 찾아 반스에게 가져오는 쪽이 이기는 거야. 패자는 신문에 광고를 내고 아주 대대적인 굴욕을 맛보는 거지. 동의하나?"

록우드는 주머니에 손을 꽂은 채 조지와 나를 태연스레 둘러봤다. "다들 괜찮아?"

우리는 고개를 끄덕였다.

"그럼 우리 쪽에선 대결 시작이에요. 그쪽 팀원들과 상의하고 싶으세요?"

"오, 난 준비됐거든." 캣 고드윈이 말했다.

"보비 버넌은 어떻게 생각하는데?" 조지가 물었다. "여기 어디 와 있지 않았나." 그는 텅 빈 복도의 좌우를 확인했다.

킵스가 도끼눈을 떴다. "보비가 그렇게까지 작진 않거든. 녀석한텐 나중에 설명하면 돼. 하지만 내 말에 따를 거야."

"됐네요, 그럼." 록우드가 말했다. "대결 시작이에요. 행운을 빕니다."

둘은 악수했다. 킵스와 고드윈이 떠났다.

"화장실은 저쪽이야." 조지가 말했다. "악수한 손을 닦고 싶을 것 같아서."

"시간이 없어." 록우드는 냉혹한 미소를 지었다. "싸움을 시작했으니 이겨야지. 가자."

10

이른 오후, 묘지 위로 태양이 드높이 솟아 있었다. 십자가 사이에서 벌들이 왕왕거리고, 애도하는 천사들과 담쟁이에 뒤덮인 유골함 위에서 나비들이 깜빡였다. 무더웠다. 모든 게 느리고 나른했다. 록우드만 빼고. 그는 우리를 이끌고 목이 꺾일 듯한 속도로 자갈길을 걸으면서 쉬지 않고 떠들어댔다.

"킵스 일당이 벌써 와 있을 거야. 무슨 일이 있어도 놈들한텐 신경을 꺼야 해. 어떤 도발에도 발끈하지 마. 먼저 도발하지도 말고. 특히 너 말야, 조지."

"왜 특히 나야?"

"네가 쳐다만 봐도 열 받아 죽는 사람이 어디 한둘이야. 잘 들어. 우린 서둘러 움직여야 해. 포틀랜드 로에 다녀오느라 심각하게 뒤쳐졌다고."

그렇긴 하지만 어쩔 수 없는 일이었다. 우리는 작업 벨트와 도구 가방을 챙기고, 장비를 보충하고, 제대로 된 식사를 해야 했다. 조지는 샤워가 필요했다. 이런 문제들 또한 간과해선 안 될 부분이었다.

"킵스가 어쩌고 있을지는 뻔해." 록우드가 말하는데 나무 사이로 예배당 지붕이 보이기 시작했다. "조사를 두 부분으로 진행할 수 있게 인력을 배치할 거야. 일단은 거울의 정체와 미스터리 인물 에드먼드 비커스태프가 그걸 어디다 썼는지 밝히려 하겠지. 아닌 게 아니라, 마법이니 쥐 떼니 하는 헛소리 너머의 그는 정말 어떤 사람이었을까? 조지, 이제부터 그건 네 담당이야."

조지의 안경이 반짝였다. "당장 기록물보관소로 가야겠어."

"아직 안 돼. 우리랑 가서 사건 현장, 그중에서도 관부터 살펴봐 줘. 그런 뒤에 넌 조사하러 가고, 나랑 루시는 또 다른 문제, 그러니까 물건을 훔친 자의 정체와 행방을 추적할게. 주변을 둘러보고 현장에 있던 사람들이랑 얘기…." 그는 뭔가가 떠오른 듯 말을 멈췄다. "아, 너희한테 물어보려고 했었는데. 반스가 보여준 사진 말야…. 거기에 뭐 이상한 거 없었어?"

우리는 그를 보며 고개를 가로저었다.

"없었다고? 관 속에서 뭔가 본 것 같아서. 시신 다리에 반쯤 가려져 있었어. 너무 흐릿해서 확신은 못 하겠고, 그렇지만…."

내가 얼굴을 찡그렸다. "음, 네가 보기엔 뭐 같았는데?"

"모르겠어. 잘못 본 걸 수도 있고. 봐, 내가 뭐랬어? 저기 킵스 패거리다."

우리는 예배당을 끼고 돌아 발굴팀 야영지가 보이는 곳에 와 있었다. 야영지는 회색 재킷을 입은 형상들로 바글거렸다. 포터캐빈* 옆에서 일하는 피츠 조사관들이 보였다. 몇몇은 문신을 한 인부와 얘기하고 있었다. 접이식 의자에 앉아 무릎에 접시를 올려둔 인부들은 저녁 식사를 어서 끝내고 싶은 눈치였다. 다른 조사관들은 여기저기 다니

---

* 임시 사무실 등으로 쓸 수 있게 차량에 달아 이동이 가능한 소형 건물.

며 사진을 찍고, 흙바닥에 찍힌 발자국을 응시했다. 머릿수가 꽤 된다 싶은 무리가 야경대 꼬마들 몇을 둘러싸고 질문을 하는 중인 듯했다. 조사관 가운데 부스스한 더벅머리에다 덩치 큰 십 대가 유독 험악하게 행동했다. 심문을 당하는 꼬마―가만 보니 전날 저녁에 초소를 지키던 그 녀석이었다―는 파리하니 겁먹은 듯 보였다.

"네드 쇼잖아." 조지가 중얼거렸다. "저 애 알지?"

록우드가 고개를 끄덕였다. "킵스네 행동대장. 고약한 자식이지. 그림블 조사관 하나를 두들겨 팼다는 혐의를 받은 적이 있는데 아무것도 입증이 안 됐어. 안녕하세요, 손더스 씨, 조플린 씨! 우리가 왔습니다. 자, 다시 돌아왔어요!"

발굴 전문가도 조그만 학자도 그날 밤 사건들의 후폭풍으로 상태가 그리 좋아 보이지 않았다. 손더스는 얼굴이 잿빛에다 신경질적이고 턱에는 까칠하니 수염이 자라 있었다. 전날 봤던 구깃구깃한 옷차림 그대로였다. 조플린의 상태는 더 나빴다. 분노와 스트레스로 눈이 벌겠다. 걱정스러운 듯 머리를 긁적이며 우릴 향해 조그만 안경 뒤의 눈을 끔뻑였다. 비듬도 그 어느 때보다 확연해서 어깨에 잿빛 눈이 내려앉은 줄 알았다.

"끔찍한 일이에요!" 조플린이 곡소리를 냈다. "사상 초유의 사태라고! 도난당한 물건이 얼마나 값질지 누가 알겠습니까! 끔찍해요! 최악이야! 너무하다고!"

"그뿐만 아니라 딱한 야경대 꼬마가 다치기도 했죠." 내가 말했다.

두 남자는 내 말을 무시했다. 손더스는 조플린에게 도끼눈을 떴다. "사상 초유까진 아니지, 앨버트. 도둑이 든 게 이번이 처음은 아니잖나. 현장 보안에 구멍이 뚫린 게 어디 한두 번이야. 전과 다른 점이 있다면 다들 별스럽게 법석을 떤다는 거지. DEPRAC가 떽떽거리질 않나. 조사관들이 파리처럼 사방팔방 기어다니질 않나."

조플린이 코웃음을 쳤다. "내가 뭐랬어요, 폴! 경비를 제대로 세우랬잖아요. 문간에 꼬마 하나 달랑? 그걸로 충분할 리가 있겠냐고요. 하지만 아니, 당신은 그럴 생각이 없었죠! 내 말은 늘 무시하니까. 내가 가서 보초 서는 꼬마를 확인하겠다고 했지만 당신이…."

"우리가 예배당을 좀 둘러봐도 될까요, 여러분?" 록우드는 싱글벙글 웃고 있었다. "굳이 데려다주진 않으셔도 돼요. 우리도 길을 아니까."

"다른 조사관들이 못 찾은 걸 선생이라고 찾을까." 손더스가 심술궂게 말했다. "내부자의 소행이란 거 알죠? 야경대의 누군가가 도둑놈들한테 정보를 준 거야. 은혜를 모르는 거지새끼들 같으니! 내가 주는 돈이 얼만데!"

록우드는 야경대 꼬마들의 무리를, 그들의 취조 현장을 쳐다봤다. 멀리에서조차 네드 쇼의 위협적인 어조가 들릴 정도였다. "야경대원들이 혼쭐나고 있긴 하네요. 왜인지 여쭤도 될까요?"

손더스가 끙 소리를 냈다. "뻔한 거 아닙니까, 록우드 선생. 이곳 구조를 보세요. 여기가 예배당이고 이쪽을 통해서만 계단으로 갈 수 있어요. 그 바로 밖이 우리 야영지고. 도둑이 든 새벽녘엔 원래 야경대원 대부분이 자기 막사로 돌아와요. 불가를 서성이는 꼬마 몇은 늘 있기 마련이라고. 도둑들이 눈을 피해 슬그머니 지나가기는 어려웠을 거란 얘깁니다. 야경대원 일부 혹은 전체가 사건에 개입돼 있다고 킵스 감독관이 믿는 것도 그래서죠."

"하지만 도둑들이 굳이 뭐 하러 야경대 막사 앞을 지나는데요?" 내가 물었다.

"거기가 서문으로 가는 길이거든요, 아가씨. 밤에 개방하는 출입구는 거기뿐예요. 다른 문들은 다 잠가두죠. 경계벽은 타고 넘기에 너무 높고."

조플린은 내내 다른 데 정신이 팔린 듯했다. 입술을 깨물며 핏발 선 눈으로 묘지 저편을 응시했다. 그러다 느닷없이 말했다. "네. 그리고 우리가 서문도 계속 닫아뒀다면―내가 충고한 대로요, 폴―도난 사건 자체가 없었겠죠!"

"작작 좀 하지 그래?" 손더스가 쏴붙였다. "그래 봐야 멍청한 유물 한 점일 뿐인데!"

조지는 잔뜩 찡그린 눈으로 예배당 뒤쪽 끝을, 그 뒤를 떠받치는 무성한 덤불을 보고 있었다. "킵스의 이론은 말이 안 돼요." 그가 말했다. "야영지를 통과하는 것만큼이나 쉽게 예배당 뒤로 돌아 서문으로 갔을 수도 있겠는데요."

"그건 아녜요." 조플린이 말했다. "손더스 씨랑 내가 거기서 일하고 있었거든요. 야간조와 함께 다른 구역을 평가하느라 예배당 뒤에서 새벽까지 일했어요. 우리 쪽 사람들이 수십 명은 됐어요. 몰래 지나가긴 힘들었을 겁니다."

"재미있네요." 록우드가 말했다. "자, 우리가 한번 살펴보고 짚이는 게 있나 보겠습니다. 고맙습니다, 여러분! 만나서 반가웠어요!" 우리는 걸음을 옮겼다. "저 두 얼간이가 따라오지나 말았으면 좋겠네." 록우드가 나직이 말했다. "지금 우리에게 필요한 건 평화와 고요라고."

예배당 출입문을 가로질러 검은색과 노란색으로 된 DEPRAC 통제선이 두 줄로 걸려 있었다. 우리가 다가가는데 퀼 킵스와 그의 꼬꼬마 자료 조사 담당관 보비 버넌이 통제선 아래서 나오며 햇빛에 눈을 깜빡였다. 버넌은 큼지막한 메모판에 가려 잘 보이지도 않았다.

손에는 라텍스 장갑을 끼고 목에는 거대한 카메라를 걸었다. 우리를 지나치면서는 메모판에 끼운 노트에 뭔가를 신중하게 끄적거렸다.

킵스가 인사의 의미로 느긋하니 우리 이름을 불렀다. "토니. 커빈스. 줄리." 그러고는 타닥타닥 계단을 내려갔다.

"어…, 난 루시라고!" 내가 그의 등에 대고 외쳤다.

"우린 왜 아무도 저 인간의 발을 걸지 않은 걸까." 조지가 중얼거렸다. "그랬으면 정말 기분 째졌을 텐데."

록우드가 고개를 가로저었다. "강해지라고, 조지. 잊지 마. 도발은 안 돼!"

우리는 잠시 예배당 입구에 서서 불운한 야경대 보초가 공격당한 지점을 분석했다. 야영지가 정면으로 보이는 위치를 살짝 벗어난 터라 당시엔 어둠에 잠겨 있었을 것이다. 침입자는 덤불에서 나와 예배당 벽면을 따라 접근한 게 분명했다. 계단을 오르고, 밑에 있는 모두의 눈을 피해 출입구 앞에 섰다. 문의 잠금장치를 뭔가 예리한 걸로 망가트려 놨는데 끌 비슷한 연장이 아닐까 싶었다.

파악할 수 있는 건 그게 다였다. 우리는 통제선 밑으로 몸을 수그리곤 한낮의 열기를 벗어나 예배당의 서늘함 속으로 들어갔다.

반스가 보여줬던 사진이 촬영된 뒤로 현장은 크게 달라지지 않았다. 쇠사슬과 관, 비커스태프 박사의 쭈글쭈글한 시신. 모든 게 그대로였다. 단 하나, 나로서는 다행스럽게도 시신을 더러운 마대자루로 덮어뒀다는 것만 빼면.

햇빛 속 철관은 내 기억보다 커 보였다. 묵직하고 두껍고 곳곳이 부식돼 있었다. 거기서 조금 떨어진 곳에 버려진 감시봉 주변으로 소금과 철이 흩뿌려져 있었다.

록우드는 깡충깡충 쇠사슬로 뛰어갔다. 몸을 굽히고 널돌을 조사했다. "도둑들은 방어진 바로 밖에 쪼그려 앉았어. 여기 뿌려진 소금에 신발 앞부리 자국이 남았거든. 그땐 새벽녘이었잖아. 방문자가 더는 위협적이지 않았겠지. 그런데도 경계를 늦추기 싫었던 거야. 야경대 꼬마를 때려눕히고 감시봉을 빼앗았어. 그걸로 관 뚜껑을 비틀어 열고 사슬망을 걷어냈지. 그런 뒤엔 잠시 멈춰 무슨 일이 벌어지나 봤어. 아무 일도 없었고, 사방이 잠잠했지. 그래서 방어진 안으로 들어가 관을 뒤집었어. 그때 시신이 굴러 나온 거고." 그는 눈을 가늘게 떴다. "왜 그랬을까? 그냥 거울만 낚아채 가지 않고?"

"안에 뭐가 더 들었나 보고 싶었을 수 있지." 조지가 말했다.

"비커스태프의 시신에 손대기 싫었을 수도 있고." 내가 덧붙였다. "그 심정, 나도 정말 이해해."

"그건 그렇다 치고." 록우드가 말했다. "자, 놈들이 관을 뒤집었어. 그 안에 다른 뭔가가 정말로 있었을까…? 만약 그랬으면 지금은 또 어떻고?"

그는 박사의 시신을 넘어가 관 속을 들여다봤다. 레이피어를 빼내 가장 먼 쪽 구석을 쑤셨다. 그러고는 몸을 폈다.

"없어." 그가 말했다. "이상하네. 사진으로 봤을 땐 뭔가…."

"사진에서 뭘 봤기에 그래?" 내가 물었다.

"막대기 묶음." 그는 얼굴에 흘러내린 머리칼을 짜증스레 쓸어 넘겼다. "나도 알아. 그럴 리 없다는 거. 착시였는지도 모르지. 아무튼 지금은 없네."

우리는 잠시 시간을 들여 예배당의 다른 곳들을 평가했다. 나는 제단 난간 뒤에 있는 조그만 나무문이 유독 신경 쓰였다. 문에 달린 자물쇠는 잠금장치가 삼중으로 돼 있었다. 나는 혹시나 하는 마음으로 자물쇠를 당겨봤다.

"카타콤으로 이어지는 내부 문이야." 내가 말했다. "이쪽에서 잠겨 있어. 도둑들이 여기로 오간 게 아닐까 궁금했거든. 물론 야경대 꼬마의 진술과는 맞지 않지만."

"단단히 잠긴 것 같네." 록우드가 동의했다. "좋아, 밖으로 나가자."

"그럼 킵스의 이론에 대해선 어떻게 생각해?" 예배당 계단을 내려가며 조지가 물었다. "도둑들이 야경대 야영지를 지나갔다고 봐? 꼬마들이 어떻게든 개입돼 있다고?"

록우드는 길고 곧은 코를 당겼다. "그럴 것 같진 않아. 그보단 오히려…." 그가 말을 멈췄다. 고통에 겨운 꽥 소리가 들린 것이었다.

우리가 예배당에 들어가고부터 밖은 조용했다. 손더스와 조플린, 인부들은 각자의 일을 하러 갔고 킵스는 어디에도 없었다. 마지막까지 남은 야경대 꼬마 한 명이 건장한 피츠 조사관 네 명의 벽에 둘러싸여 있었다. 아이는 바닥에서 노란색 체크무늬 모자를 집어 드는 중이었다. 몸을 일으키기에 보니 전날 서문을 지키던 못돼먹은 놈이었다. 아이가 모자를 다시 썼다. 그러자마자 덩치가 가장 큰 조사관, 네드 쇼가 몸을 숙여 아이의 옆머리를 태연스레 후려쳤다. 모자가 다시 떨어졌다. 아이는 휘청거리다 쓰러질 뻔했다.

성큼성큼 내딛는 여섯 걸음. 그러고는 그 장면 안에 록우드가 들어가 있었다. 그가 쇼의 어깨를 톡톡 두드렸다. "그만하지 그래. 네 덩치의 반도 안 되는 애야."

쇼가 몸을 돌렸다. 그는 열다섯 살쯤이었고, 록우드처럼 컸으며, 키만큼 건장했다. 별 특징이 없는 얼굴에 잘 발달된 턱을 가졌는데 그렇다고 못생긴 건 아니었다. 두 눈이 가운데로 좀 너무 몰렸다는 것만 빼면. 피츠 사람들이 다 그렇듯 그의 옷도 새것처럼 깨끗했지만, 복장의 완벽함을 부스스한 갈색 머리칼이 다 깎아먹었다. 하늘에서 새끼 야크가 뚝 떨어져 머리에 얹혀 있는 것 같기도 했다.

쇼가 눈을 끔뻑였다. 아주 자신 있지는 않은 표정으로 말했다. "꺼져, 록우드. 너랑은 상관없는 일이야."

"녀석을 손봐주고 싶어 죽겠는 마음은 이해해." 록우드가 말했다. "나도 그러고 싶어서 몸이 근질근질하거든. 하지만 있어선 안 될 일이야. 누굴 괴롭히고 싶으면 이 녀석보단 큰 사람을 골라봐."

누군가가 연필을 감아 말기라도 하듯 쇼의 입술이 뒤로 말렸다. "누굴 괴롭히든 내 맘이야."

"이런 꼬맹이들을? 그래 봐야 너만 비겁한 인간이 되는 거야."

쇼가 피식 웃었다. 묘지 저편의 실안개를 바라봤다. 평화롭고 아득한 뭔가를 떠올리기라도 하는 듯했다. 그러더니 다음 순간, 몸을 돌려 주먹으로 록우드의 옆얼굴을 강타했다. 아니, 강타하려고 했다. 하지만 록우드는 몸을 뒤로 젖혀 주먹을 피했다. 쇼가 자기 속도를 못 이기고 앞으로 휘청했다. 록우드가 그의 허우적거리는 팔을 붙잡더니 옆으로 홱 비틀어 뒤로 꺾었다. 그와 동시에 발로 쇼의 발목 뒤를 찔렀다. 쇼가 비명을 질렀다. 몸의 균형을 잃으며 자기 발에 걸려 넘어졌다. 그 와중에 다른 조사관을 덮쳐 둘이 함께 버둥거리다 바닥에 나동그라졌다.

쇼의 얼굴이 자주색으로 달아올랐다. 그는 곧장 일어나려고 했지만 자기 가슴팍에 얌전히 닿아 있는 내 검 끝을 발견했다.

"우리의 도발 금지 규칙은 예외 조항이 엄청 많은가 보네." 조지가 한마디 했다. "내가 놈을 한 방 걷어차 주는 것도 허용되려나?"

쇼는 잠자코 자리에서 일어났다. 록우드는 무표정하게 지켜봤다. 나는 검을 쥔 손을 아래로 내렸지만 공격 준비 자세를 유지했다. 다른 피츠 조사관들은 아무것도 하지 않았다.

"따로 날을 잡아 계속하지." 록우드가 말했다. "언제가 좋은지 얘기만 하라고."

"오, 당연히 그래야지." 네드 쇼가 고개를 끄덕였다. "걱정 붙들어 매셔." 그는 록우드를, 다음으로 나를 노려봤다. 그의 손가락이 씰룩거렸다.

"자자, 네드." 그의 동료 하나가 말했다. "이러나저러나 이 잔챙이는 아무것도 모른다고."

네드 쇼는 머뭇거렸다. 눈을 가늘게 뜨고 야경대 소년을 찬찬히 뜯어봤다. 마침내 고개를 끄덕이곤 나머지 조사관들에게 신호했다. 더 이상의 말 없이 그들은 묘비 사이를 설렁설렁 달려 사라졌다. 그 뒷모습을 보는 야경대 꼬마의 축축한 눈이 반짝였다.

"저 자식은 신경 쓰지 마." 록우드가 말했다. "저들이 널 정말로 건들진 못해."

아이가 몸을 있는 대로 폈지만 그리 인상적인 키는 아니었다. 아이는 화난 듯한 몸짓으로 모자를 매만졌다. "그걸 누가 모르나. 당연히 못 건들지."

"자기들 손에 쥔 권력이나 휘두르고 다니는 불한당일 뿐야. 유감스럽게도 그런 조사관들이 있긴 해."

아이가 묘지 잔디에 침을 뱉었다. "그렇지. 조사관들. 거만한 속물들이야. 한둘이 아니라고. 누가 조사관 따위한테 신경이나 쓴다고? 됐다 그래."

정적이 흘렀다. "그래, 사실 '우리'도 조사관이긴 해." 내가 말했다. "하지만 우린 네드 쇼랑은 달라. 저렇게는 일 안 해. 우리는 야경대를 존중해. 그러니 너한테 질문이 있대도 다른 방식으로 할 거야.

일단 폭행 같은 건 없어."

나는 아이를 보며 사람 좋게 웃었다. 녀석이 나를 빤히 쳐다봤다.

"때리고 그러진 않을 거다, 라고 얘기한 거야, 방금."

아이가 콧방귀를 뀌었다. "웃기시네. 해볼 테면 해보든가."

록우드의 콧구멍이 미세하게 씰룩였다. "좋아. 잘 들어. 어젯밤에 위험한 물건이 사라졌어. 그게 잘못된 사람들 손에 들어가면 런던에 끔찍한 일이 생길 거야."

아이는 따분한 듯 보였다. 무표정한 얼굴로 땅바닥만 보고 있었다.

"너희 팀이 경계를 서고 있을 때 도둑이 들었어. 네 친구 하나가 많이 다쳤고. 그치?"

"테리 모건?" 녀석이 눈을 홉떴다. "그 머저리? 내 친구 아니거든."

우리 모두가 아이를 물끄러미 봤다. "그래." 조지가 나지막이 말했다. "그 말엔 왠지 믿음이 간다."

"넌 지난밤에 서문에 있었어." 록우드가 흔들림 없는 목소리로 말을 계속했다. "뭐든 본 게 있으면, 도움 될 만한 걸 알고 있으면 얘기해 줘. 충분히 보람 있는 일이 될 거야. 우리에게 필요한 단서가 되겠다 싶은 뭐든지 좋아."

아이가 어깨를 으쓱했다. "얘기 끝났나? 좋아. 왜냐면 식사 시간을 놓치게 생겼거든." 그러면서 엄지손가락으로 조립식 막사를 가리켰다. "샌드위치는 아직 남아 있겠지. 또 보자고." 그 말과 함께 으스대며 걷기 시작했다.

록우드가 뒤로 물러났다. 묘지 이쪽저쪽을 살폈다. 아무도 없었다. 그는 아이의 목덜미를 잡아 위로 들어 올렸다. 풀밭 위로 몸이 붕 뜬 아이가 꽥꽥거렸다. "계속 얘기하지만," 록우드가 말했다. "우린 피츠 패거리랑은 달라. 폭행엔 취미가 없지. 하지만 그것과 동일한 효과를 내는 다른 방법들을 알거든. 저기 예배당 보이지? 저 안에 철관이 하나 있어. 전엔 주인이 있었지만 지금은 비어 있지. 자, 네가 내 정중한 질문에 대답을 시작하지 않으면 조만간 저 관엔 새 입주자가 생길 거야."

아이는 바싹 마른 입술을 혀로 날름날름 축였다. "꺼져. 허세 부리지 말고."

"허세 같아? 너 퍼트니 야경대원 빌 존스 알아?"

"아니! 그런 애는 본 적도 없어!"

"당연하지. 녀석도 우리한테 대들었었거든. 루시, 조지, 다리 한쪽씩 잡아. 놈을 안으로 데리고 들어간다."

아이는 발길질하며 꺅꺅거렸지만 헛수고였다. 우리는 예배당으로 전진했다.

"어쩌면 좋겠어?" 록우드가 물었다. "관 속에 오 분. 그다음에 뭐라는지 볼까?"

나는 곰곰이 생각했다. "십 분으로 해."

"알았어, 알았다고!" 아이가 발악했다. "협조하면 되잖아! 그러니까 내려줘!"

우리는 녀석을 바닥에 내려놨다. "아무렴, 그래야지." 록우드가 말했다. "자, 그래서?"

아이는 잠시 뜸을 들이며 모자를 매만졌다. 모자는 이제 녀석의 얼굴 반을 덮고 있었다. "그쪽이 허세를 부린단 생각엔 변함없어." 숨을 몰아쉬며 말했다. "하지만 이러다간 정말 샌드위치를 못 먹게 생겼고, 그래서…." 녀석은 혀에 시동이라도 거는 듯 어깨를 돌렸다. "맞아. 난 어젯밤 내내 서문에 있었어. 아무것도 못 봤고. 그쪽이 떠난 뒤에 문을 오간 사람도 전혀 없어."

"동이 튼 뒤까지 거기 있었어?"

"경보기가 울린 뒤까지."

"훌륭해." 어디서 난 건지 모르지만 록우드가 동전 하나를 들어 아이에게 던졌다. "동전은 더 있어. 날 돕기만 하면. 그래 줄 수 있겠어?"

아이는 동전을 지그시 봤다. "아마도."

"그럼 얘기를 계속해 봐. 어서! 허투루 쓸 시간이 없어!" 록우드가 느닷없이 뛰어오르더니 예배당 계단의 그림자 속으로 달려 들어갔다. 뒤편 덤불로 뛰어들었다. "어서!" 다시 외쳤다. "이쪽이야!"

순간의 머뭇거림 끝에 아이는 탐욕에 굴복했다. 자기 의지와는 상관없이 록우드를 뒤따르고 있었다. 조지와 나도 그렇게 했다.

록우드는 날래게 움직였다. 나뭇가지 밑으로 몸을 수그리고, 가시덤불에 목 졸리는 묘비 사이를 이리저리 빠져나가며 자기 눈에만 보이는 자취를 따라갔다. 예배당 뒤편을 벗어나 오솔길로 접어들고, 그 길을 건너 잡초가 무성한 또 다른 구획으로 들어갔다. "내 생각이 맞았단 걸 네가 확인해 줬어!" 그가 어깨 너머로 외쳤다. "도둑들은 아예 다른 진입로를 찾은 거야. 인적이 드문 구역을 골라 예배당을 드나들었지. 말하자면 이런 곳, 이를 테면 곧장 경계벽으로 이어지는 길 말야."

그는 날듯이 도약해 상자형 무덤에 올라가서는 그 위에 세워진 천사 조각상에 매달려 앞에 보이는 부지를 조사했다. "저쪽 덤불이 엄청 무성하긴 하네." 그가 중얼거렸다. "하지만 저기 저쪽은…? 아하! 그래…, 경로가 보인다. 확인해 보자!" 록우드는 무덤에서 뛰어내리며 야경대 꼬마를 돌아보고 씩 웃었다. "어젯밤에 네 눈을 피해 간 사람은 없었어. 하지만 다른 밤엔? 잘 한번 떠올려봐. 낯선 사람을 본 적은? 유물 사냥꾼은?"

아이는 뒤처지지 않으려 머리에 쓴 모자를 손으로 눌러가며 냅다 달린 터였다. 록우드의 날랜 움직임과 결단력에 마음을 빼앗긴 것 같았다. 아까의 적개심은 완전히 사라졌다. 꼬질꼬질한 손에 록우드의 동전을 꼭 쥐고 있었다. "사람들을 보긴 했어." 우리가 다시 출발하자 아이는 숨을 헐떡였다. "묘지 주변을 얼쩡거리는 사람은 늘 있거든."

"기억에 남는 사람은?"

"짝꿍. 엄청 유명해. 둘이 맨날 붙어 다니는 걸로. 한두 주 전쯤에 봤어. 묘지가 개방돼 있을 때 들어와서 인부들이 야영지에서 쫓아버려야 했지."

"훌륭해!" 록우드가 외쳤다. 그는 높이 솟은 비석 사이의 풀 덮인 통로를 달려 내려갔다. "둘이 함께였다고? 좋아. 생김새를 말해볼 수 있겠어?"

"한 명은, 별게 없어. 통통한 놈이야. 금발에다 수염이 지저분했어. 검은 옷을 입었고 젊어. 이름은 두에인 네들스."

조지는 도대체가 못 믿겠다는 뜻의 코뿔소 방귀 소리를 냈다. "두에인 네들스? 아이고, 무서워라. 네가 꾸며낸 얘기 아닌 거 확실해?"

"다른 사람은?" 록우드가 외쳤다.

아이가 머뭇거렸다. "나름 알아주는 남자야. 킬러라고. 작년에 일하다 자기 경쟁자를 없애버렸대. 그 사람 얘긴 해선 안 될…."

록우드가 멈춰 섰다. "어젯밤에 네 동료를 덮친 건 2인조였어. 한 명이 네들스라고 하자. 그럼 다른 한 명은?"

아이가 몸을 가까이 기울이곤 나지막이 말했다. "그 사람은 잭 카버로 불려."

묘비 사이에서 까마귀 떼가 깍깍 솟아올랐다. 거세게 날갯짓하며 하늘을 배경으로 원을 그리다 나무들 너머로 날아 사라졌다.

록우드가 고개를 끄덕였다. 외투 안쪽에 손을 넣더니 지폐를 한 장 꺼내서는 지금 이게 꿈이냐 생시냐 하는 표정의 아이에게 건넸다. "쓸 만한 정보를 줄 때마다 섭섭잖게 사례할게. 우리가 네들스와 카버를 찾게 되면 그 두 배를 줄 거고. 이해했어? 그럼, 카버의 인상착의를 말해봐."

"카버?" 아이가 턱을 긁적거렸다. "이십 대 젊은 남자. 키는 그쪽 정도 되고, 어깨는 좀 더 넓어. 배도 더 나왔고. 머리칼은 불그스름한데 아무렇게나 길러서 늘어트렸어. 피부가 창백하고 코는 길어. 눈이 가늘었는데 눈동자 색은 기억 안 나. 검은 옷을 입었어. 검은 바지에, 바이커들이 입는 검은 재킷 차림이었어. 작업용 벨트도 보였어. 그쪽이 차고 있는 거랑 비슷해. 주황색 배낭을 멨고. 아, 그래. 끈이 높이까지 달린 검은색 신발을 신었어. 스킨헤드족이 신는 거 있잖아."

"고마워." 록우드가 말했다. "우리가 손발이 척척 맞을 것 같은 예감이 드는걸." 그는 다시 걸음을 재촉해 길을 따라 걸었다. 저 앞에서 경계벽이 서서히 모습을 드러냈다. 줄지어 서서 가지를 활짝 편 라임 나무들이 벽을 가리고 있었다.

아이는 우리 옆에서 종종걸음하며 땀이 삐질삐질 나도록 손 닿기 힘든 옷 속 어딘가에 돈을 욱여넣느라 정신이 없었다. 조지가 고개를 가로저었다. "두에인 네들스…. 잭 카버…. 돈을 뿌리고 싶어 죽겠으면 록우드, 잘 알지도 못하는 꼬마한테 퍼줄 게 뭐 있어. 그런 멍청한 이름쯤은 나도 만들 줄 아는데."

그때 록우드가 느닷없이 멈춰 서는 바람에 뒤따르던 우리는 그를 들이받을 뻔했다. "봐!" 그가 외쳤다. "이럴 줄 알았어! 우리가 제대로 짚었다고!" 그러면서 앞을 가리켰다. 거기, 나무 옆 그림자에 놓인 건 내가 전에 아주 잠깐 봤던 물건, 시신이 손에 쥐고 있던 거였다. 너덜거리는 흰 천, 그게 구겨진 채 풀밭에 놓여 있었다.

가까이로 모여들어 확인했지만 천에 싸여 있던 거울은 당연히 사라지고 없었다.

"이해가 안 돼." 내가 말했다. "왜 여기다 버렸지?"

"시신이랑 같이 있던 악취덩어리니까." 록우드가 말했다. "이건 나라도 얼른 던져버리겠다. 게다가 그땐 새벽녘이었잖아. 영물들은 해가 뜨면 힘을 잃어. 그때부턴 거울을 만져도 무탈하다는 걸 그들도 알았겠지. 배낭에 옮겨 담았을지도. 기어오를 준비를 하면서…."

그는 나뭇잎으로 얼룩덜룩한 머리 위를 가리켰다. 눈길을 들자 라임나무의 활짝 뻗은 가지들이 보였는데, 그중 가장 긴 가지의 윤곽이 화창한 하늘을 배경 삼아 저쪽으로 버드러졌다. 눈으로 따라가 보니 가지는 경계벽에 도달해 그 너머로 사라졌다. 끝 쪽에 묶여 대롱거리는 밧줄이 간신히 보였다.

"담 너머는 리젠트 운하야." 록우드가 말했다. "나무를 오른 두 사람은 줄을 타고 내려가 예선로*에 착지했겠지. 그러곤 사라진 거야."

조지는 아까부터 묘비들 사이를 보고 있었다. "잘했어, 록우드. 굉장한 수사 실력이야. 하지만 네 이론이 다 옳은 건 아니야."

록우드는 살짝 기분이 상한 듯했다. "오, 그래? 어디가 틀렸는데?"

"두 사람이 함께 나무를 오른 게 아냐."

"그걸 네가 어떻게 알아?"

"한 명이 여기 있거든."

• 너벅선을 끌고 다닐 수 있도록 운하 옆에 낸 길.

우리는 조지를 쳐다봤다. 그가 옆으로 비켜섰다. 그 뒤의 묘비 사이에 바닥에 등을 대고 누운 사람이 껴 있었다. 젊은 남자에다 검은 옷을 입었다. 검은 바지와 신발, 모자가 달린 상의 차림이었다. 형편없는 모양으로 나기 시작한 콧수염과 파리하고 여드름투성이의 피부를 가진 통통한 청년은 이미 이 세상 사람이 아니었다. 벌써 사후경직의 초기 단계에 접어들었고 두 손을 목 앞에 쳐들고 있었는데, 손가락들은 뭔가를 할퀴어 막아보려는 듯 섬뜩한 모양새로 오그라든 채 뻣뻣이 굳어 있었다. 그조차 최악은 아니었다. 발작적인 공포에 부릅뜬 눈, 뒤틀린 얼굴이 어찌나 무시무시한지 록우드조차 하얗게 질렸고, 나는 눈길을 돌릴 수밖에 없었다.

야경대 아이가 질식하는 소리를 냈다.

"너한테 사과해야겠다, 꼬마." 조지가 말했다. "네 묘사대로라면 이게 두에인 네들스일 테니."

"유령접촉이야?" 내가 물었다. "그럴 리가! 동이 튼 뒤였는데!"

"유령접촉 아냐. 부종도 변색도 없잖아. 하지만 뭔가가 이 사람을 죽인 건 맞아. 아주 빠르고 지독하게."

거울로 불리는 그 물건이 떠올랐다. 조그만 원 모양의 검은 유리가 떠올랐다. 조지가 그걸 들여다보곤 내장이 뽑히는 줄 알았다던 얘기가 떠올랐다. "도대체 어떻게?" 내가 속삭였다.

조지의 목소리는 놀랍도록 침착하고 사무적이었다. "남자의 상태로 봐선 말야, 루스. 무서워 죽었다고 할밖에."

11

오십 년에 걸친 난제는 우리 사회의 여러 변화로 이어졌고, 그중엔 당신의 예상을 벗어난 것들도 있다. 저 옛날, 위대한 톰 로트웰과 마리사 피츠가 본인들이 알아낸 바를 공개했을 때 사람들의 전반적인 반응은 충격과 공포였다. 그들의 첫 저서 『무엇이 망자를 우리 곁에 묶어두는가?』에 따르면, 제 명을 다하지 못한 죽음이나 충격적인 경험과 연관된 특정 사물은 심령성을 띠게 되고 초자연적 활동의 '출처' 혹은 '수단'으로 작용한다. 여기에는 인간의 유해, 소중한 물건, 욕망의 대상이었을 가능성이 있는 사실상 모든 사물이 해당되며, 살인이나 사고의 발생 현장 또한 포함된다. 이 이론은 엄청난 반향을 불러일으켰다. 대중이 광란에 빠졌다. 그로부터 얼마 동안은 심령의 잔존물이 어떤 형태로든 깃들어 있다고 희미하게나마 추측되는 물건은 무엇이든 공포와 혐오의 대상이 됐다. 오래된 가구들이 불태워지고, 골동품은 닥치는 대로 파괴되거나 템스강에 던져졌다. 영국 국립 초상화미술관에서는 어느 교구 목사가 값을 매길 수 없을 정도로 귀중한 그림 한 점을 바닥에 패대기치고 짓밟았다. "놈의 눈길이 수상쩍다"는 게 이유였다. 과거와 관련성이 강하면 무조건 의심받았고,

현대적 물건을 맹신하는 분위기가 조성됐으며, 이 같은 경향은 오늘날까지도 남아 있다. 나름의 이유로 출처에 '흥미'를 갖는 이가 있을 수도 있다는 생각은 터무니없었다. 출처는 위험천만하고 파괴돼야만 했다. 그것들의 처리는 대행사들에게 맡겨졌다.

하지만 오래지 않아 확실해진 한 가지는 금지된 물건들이 결국엔 또 다른 흥미의 대상이 돼 이런저런 유형의 고객을 끌어들인다는 사실이었다. 그리고 고객이 있는 곳에는 그들에게 물건을 대려는 자들 또한 있을 터였다. 이내 영물들이 거래되는 암시장이 등장했고, 그 심장부에서 새로운 범주의 범죄자들이 활개를 쳤다. 일명 '유물 사냥꾼'이었다.

영국 북부의 제이콥스 대장 밑에서 훈련생으로 있던 시절에 나는 악독한 유물 사냥꾼이야말로 하나부터 열까지, 대행사 조사관으로 대표되는 도덕성의 대척점에 서 있는 인간이라고 배웠다. 둘 모두 출처를 찾아다니는 건 맞다. 하지만 유물 사냥꾼은 이윤이라는 욕망에 따라 움직이고, 조사관은 공공선이라는 욕망에 따라 움직인다. 둘 모두 심령 재능의 소유자긴 하다. 하지만 조사관은 자신의 재능을 이용해 방문자로부터 사회를 보호하는 반면, 유물 사냥꾼은 그런 대의 따위 안중에도 없다. 조사관은 위험한 영물을 꼼꼼히 처리한다. 은이나 철로 포장한 뒤 클러켄월에 있는 피츠 소각장으로 보내 태운다. 이와 대조적으로 유물 사냥꾼은 가장 높은 값을 부르는 이에게 팔아넘긴다. 음험한 수집가니 눈 돌아간 광신자니, 평범한 시민들은 가늠조차 못 할 섬뜩한 목적으로 치명적인 출처들을 빼돌리는 최악의 부류들을 둘러싼 소문이 들끓었다. 한마디로 말해 유물 사냥꾼은 도둑이었다. 사회의 밑바닥 인생, 묘지와 납골당에 숨어들어 해로운 폐품이나 슬쩍하고 팔아먹는 자들이었다. 놀라울 것도 없이 그들은 종종 끔찍한 결말을 맞았다.

불운한 두에인 네들스를 덮친 죽음은 그중에서도—일단 그의 표정만으로 봐선—특히 끔찍한 것이었고, 우리가 그의 시체를 발견했다는 소식에 켄잘 그린이 발칵 뒤집혔다. 한 시간도 안 돼 반스 경위가 도착했다. 이내 DEPRAC 소속 법의학자들이 바글거리고, 그 옆을 킵스와 부하들이 얼쩡거렸다. 킵스는 아니나 다를까, 우리의 발견에 애가 타서는 우리가 벌써 찾아냈을지도 모를 어떤 단서든 놓치지 않으려 발악하다가 감식반의 작업을 자꾸만 방해했고, 결국 반스 경위에게 꺼지란 소리를 듣고 말았다. 하지만 사실 거기서 알아낼 수 있는 건 더는 없었다. 경계벽 너머 운하의 두둑을 수색했지만 네들스의 공범이나 사라진 거울의 흔적은 나오지 않았다. 그리고 이 유물 사냥꾼의 정확한 사인은 미스터리로 남았다.

한바탕 야단법석이 벌어진 탓에 우리는 늦은 오후가 돼서야 각자의 임무를 수행하러 흩어졌다. 록우드와 나는 택시를 잡아타고 런던 남부로 향했다. 조지는 억누른 흥분으로 들썩이며 퀴퀴한 기록물보관소로 출발했다. 야경대 꼬마(이제는 스스로를 명예 조사관쯤으로 생각하는 모양인지 모자를 비스듬히 기울여 쓰고 무슨 거물이라도 되는 양 으스대며 다녔다.)는 자기 임무를 재개하도록 보내졌다. 뭐든 흥미로운 걸 보거나 듣거든 포틀랜드 로로 연락하라는 엄중한 지시와 함께. 록우드의 에너지와 카리스마 때문인지, 우리와의 모험 혹은 (가장 가능성이 높게는) 자기 주머니에 든 돈 때문인지 녀석은 순순히 동의했다. 그러고 보니 우린 아직 녀석의 이름조차 몰랐다.

"그래서," 오 분 뒤에 에지웨어 로드를 내달리는 택시에 앉아 내가 물었다. "지금 어디 가는 길인지 말 안 해줄 거야?"

거리의 그림자들은 가늘고 금색으로 물들어 있었다. 상점들에서는 길고 느리고 도발적인 황혼이 시작되기 직전의 마지막 발악 같은 부산스러움이 시작된 차였다. 우리 조사관들은 이를 '덤으로 얻은 시간'이라 부른다. 낮이 길어지는 한여름에만 추가적으로 주어지는 시간이란 뜻이다. 이때는 많은 이들이 이상하고 과열된 활력으로 가득 차는 것 같다. 다가오는 어둠에 대한 일종의 반항이랄까. 사람들은 많이 먹고 마시고 소비한다. 이날도 상점들은 밝고 활기찼다. 거리엔 인파가 넘쳐났다. 항마등이 하나둘 켜지기 시작했다.

죽어가는 태양의 남은 자취들이 록우드의 얼굴을 은은히 밝혔다. 그는 뚜렷한 이유 없이 말을 아끼며 생각에 빠져 있었지만 고개를 돌려 나를 볼 때는 추적의 흥분으로 두 눈을 반짝였다. 늘 그렇듯 그게 내 안에서도 유사한 설렘을 일깨웠다.

"내가 아는 사람을 만나러 가는 중이야." 그가 말했다. "사라진 남자를 찾는 데 도움이 될지도 모를 사람."

"뭐 하는 사람인데? 경찰? 조사관?"

"아니. 유물 사냥꾼이고, 여자야. 이름은 플로 본스."

나는 그를 빤히 쳐다봤다. 설렘이 가라앉았다. "유물을 사냥하는 여자라고?"

"응. 나랑 안면이 있는 사람이야. 템스강변 근처 어딘가에 있을 거야. 그러려면 일단 어두워져야겠지만."

그는 싱겁게도 다시 창밖을 내다봤다. 상점에 잠시 들르거나, 아님 그에 맞먹게 별일 아닌 뭔가를 하자고 제안한 사람 같았다. 그리고 나는 다시 그 어지럼증을, 머릿속에서 피가 철벅거리는 기분을 느꼈다. 해골이 내게 속삭일 때와 비슷했다. 매개변수가 변하고, 오랜 확신이 틀어지는 느낌이었다. '비밀스럽고 기만적이다.' 해골은 그렇게 말했었다. 당연히 나는 그 말을 단 한순간도 믿지 않았다. 그럼에도 록우드와 꼬박 일 년을 같이 살면서 플로 본스 얘기를 듣는 건 이번이 처음이었다.

"그 유물 사냥꾼이라는 여자…, 둘은 어떻게 만났어? 네가 그 여자 얘길 하는 걸 들어본 적이 없는데."

"플로? 만난 건 한참 전이지. 내가 일을 막 시작하던 때였으니까."

"하지만 유물 사냥꾼들은…. 글쎄, 그 사람들은 불법적인 일을 하잖아. 아냐? 어떤 조사관이든 그들과 교류하는 건 금지돼 있어."

"언제부터 네가 DEPRAC의 규칙을 그토록 엄격히 지켰어, 루스? 아무튼 이 건에선 우리가 가진 모든 줄을 동원해 도움을 얻어야 해. 킵스 패거리와의 경쟁은 시간과의 싸움이나 다름없다고. 그뿐 아니라 이번 일은 내가 생각했던 것보다 더 위험하고 난해해."

"거울 말이구나. 그래, 그렇지." 묘지의 시신이 지금도 기억에 생생했다. 부릅뜬 눈, 공포로 앙다문 입술이 보이는 듯했다.

"거울, 맞아. 하지만 그게 전부가 아냐. 반스가 우리에게 안 한 얘기가 있어. 이 거울은 오래된 출처 이상의 뭔가야. 이 시점에서 조지의 조사가 아주 중요한 것도 그래서지." 록우드는 나른하게 기지개를 켰다. "어쨌든 플로는 괜찮아. 다른 유물 사냥꾼처럼 대단히 반사회적이지도 않고. 너와도 말을 트긴 할 거야. 물론 성미가 괴팍하긴 한데, 제대로 대하는 방법만 알면 돼. 그리고 보니 깜빡했네…." 록우드는 앉은 자리에서 빙글 몸을 돌리더니 요동치는 라벤더 십자가를 치우고 운전석과 통하는 창구에 대고 말했다. "블랙프라이어스 역에 들렀으면 하는데요, 기사님…. 거기 있는 조그만 신문 가판대 아세요…? 네." 그는 나를 돌아보며 싱긋 웃었다. "감초사탕을 좀 사야 해."

유서 깊은 서더크 자치구와 런던 시를 연결하는 서더크 다리와 블랙프라이어스 사이에서 템스강은 남동쪽으로 조금씩 휜다. 여기서는 물살이 약간 느려지고, 썰물 때가 되면 서더크 다리 남쪽 면 아래로 광활한 갯벌이 드러나는데, 이곳 만곡부엔 강물이 버리고 간 퇴적물이 쌓이곤 한다. 록우드가 손가락으로 갯벌을 가리켰다. 우리는 사그라지는 태양의 눈부신 빛 속에서 다리를 건너고 있었다.

"플로는 저 밑에 있을 거야. 그럴 공산이 커." 록우드가 말했다. "그간의 습관을 바꿨다면 또 모를까. 그럴 가능성은 플로가 자기 속옷을 갈아입을 정도의 확률밖에 안 되고. 플로는 서더크 리치에서 밤을 시작해. 조류가 이런저런 것들을 실어오는 곳이거든. 거기서부터 하류로 이동하지. 조석점*을 따라."

"뭘 찾는 건데?" 나는 답을 짐작하면서도 물었다.

"뭐든지. 뼈, 유물, 강물에 빠진 물건, 강바닥의 진창에서 떠오른 물건."

"아주 사랑스러운 사람일 듯. 얼른 만나보고 싶네." 나는 허리에 찬 레이피어의 위치를 단호히 조정했다.

"플로한테 괜한 부담 같은 거 주지 마." 록우드가 경고했다. "사실 가장 좋은 건 대화를 내게 맡기는 거고. 여기서 내려가면 돼."

우리는 몸을 수그리고 난간 틈새를 통과해 다리 측면에 딱 붙어 나 있는 돌계단을 내려갔다. 다리의 밑부분에 해당하는 아치가 우리를 굽어봤다. 진흙과 부식물 냄새가 진동했다. 우리는 강둑을 따라 난 자갈길에 내려서서 좀 더 걸었다. 강을 내려다보는 낮은 담벼락에 녹슨 가로등 하나가 죽은 나무처럼 들러붙어 있었다. 우리 뒤로는 창고들이 시커먼 절벽처럼 늘어서 있었다. 가로등 램프에서 살구색 같

• 만조일 때 강물이 최대로 도달하는 지점.

기도 하고 분홍색 같기도 한 구체가 희미하게 반짝이며 담벼락 아래로 이어지는 비좁은 계단만을 외롭게 비췄다.

머리 위는 온 사방이 휑한 공간과 강 안개, 그리고 물밀듯 시작되는 밤이었다. 록우드가 말했다. "지금부턴 조심히 움직이자. 플로를 겁줘서 쫓아버리는 일 없게."

계단은 가파르게 강을 향했다. 담벼락에서 템스강 북쪽 제방이 보였다. 구불구불 드문드문 늘어선 빛들과 그 너머에서 거대한 잿빛 덩어리로 뭉쳐진 런던의 첨탑들이 보였다. 강물은 완전히 빠진 상태였다. 낮고 먼 곳에서 강물이 뚱하게 반짝거렸다.

사위가 몹시 고요했다.

록우드가 나를 쿡 쑤시며 한 곳을 가리켰다. 갯벌 위에서 등불 하나가 이동하고 있었다. 주황색 불빛이 지면에 바짝 붙어 휙휙 움직였다. 그게 마치 음영자처럼 희미하게 바닥을 쏘다니며 축축하고 파리하게 자갈밭을 내리 덮치고, 돌과 잡초와 강물이 실어온 잡동사니들―나무, 플라스틱, 금속 파편, 병, 가라앉아 썩어가는 것들―을 골라냈다. 구부정하니 느릿느릿 움직이는 형상 하나가 지면의 불빛을 덮으려는 듯 걸으며 감추려고 애쓰는 게 꼭 질투심에 절어 다른 누구도 못 보게 하려는 것 같았다. 형상은 체계와 목적을 가지고 전진하면서 이따금 정지해 잔해들 속 뭔가를 쑤셔댔다. 형상이 질질 끌고 다니는 묵직한 자루가 질퍽한 진흙에 고랑을 파다 말다 했다. 뒤에 남기고 다니는 흔적 때문인지, 아님 구부정하고도 둥그스름한 형체 때문인지, 이 생물은 인간이라기보다 템스강 바닥에서 나온 거대 달팽이에 더 가까워 보였다.

"지금 저것과 얘기를 하겠다고?" 내가 속삭였다.

록우드는 대답 없이 타닥타닥 계단을 내려갔다. 나는 뒤따랐다.

반쯤 내려가면서부터는 디딤널이 이끼로 매끄럽고 축축했다. 록우드는 계단 끝에 도달했지만 더는 나아가지 않았다. 한 손을 들고 컴컴한 갯벌을 향해 외쳤다. "이봐, 플로!"

진흙밭 저 멀리에서 형상이 얼어붙었다. 나는 봤다. 봤다기보다 감지했다. 멀리서 우리를 응시하는 파리한 얼굴을.

록우드가 다시 목소리를 높였다. "플로!"

"플로면 뭘 어쩌려고? 난 아무 짓도 안 했어."

다소 높고 갈라진 듯한 목소리의 대답이 우리 쪽에선 잘 들리지 않았다. 이쯤 되면 더 가까이로 가보는 게 자연스러웠겠지만 록우드는 신중했다. 맨 밑 층계에 그대로 서 있었다.

"이봐, 플로! 나 록우드야!"

정적. 형상이 느닷없이 몸을 폈다. 순간적으로 나는 놈이 뒤돌아 도망치리라 생각했다. 하지만 다음 순간 목소리가 다시 들렸다. 희미하고 적대적이며 조심스러웠다. "너라고? 너 따위가 여기 무슨 볼일인데?"

"오, 괜찮네." 록우드가 중얼거렸다. "쟤 오늘 기분 괜찮다." 그는 목을 가다듬고 다시 외쳤다. "얘기 좀 할 수 있어?"

먼 곳의 형상이 곰곰이 생각했다. 몇 초 동안 우리 귀에 들리는 거라곤 강변을 따라 물결치며 철벅거리는 강물 소리뿐이었다. "안 돼. 바빠. 꺼져."

"감초사탕을 가져왔는데!"

"뭐야, 뇌물을 먹여보겠단 거야? 돈을 가져와!" 정적이 더 이어졌다. 강물 빨려가는 소리만이 귀에 들리는 전부였다. 저 멀리 실안개 속에서 고개가 갸우뚱하니 한쪽으로 기울었다. "사탕은 무슨 종류인데?"

"와서 직접 봐!"

나는 형상이 쟁기질이라도 하듯 진창을 헤치고 날래게 다가오기 시작하는 모습을 지켜봤다. 형상은 다리를 절뚝이는 마녀였고, 아이의 달뜬 꿈에 나오는 귀신이었다. 내 심장이 쿵쾅쿵쾅 뛰었다. "음…. 어떻게 되는 건데, 저 여자 기분이 별로면?"

"차라리 모르는 게 나아." 록우드가 대답했다. "전에 플로가 조사관 하나를 강물에 처박는 걸 본 적 있어." 그는 회상하듯 말을 이었다. "다리를 잡고 들어 올려선 던져버렸지. 플로는 그날도 기분이 괜찮았어. 오늘이랑 비슷했지. 그래도 넌 마음에 들어 할 거야. 거의 확실해. 말을 많이 하지만 마. 찌르기 공격이 가능한 거리 밖에 머물고. 여기서부턴 내가 알아서 할게."

어기적거리는 생명체가 다가왔다. 자루를 질질 끌며 빛을 앞세우고 걸었다. 파리하고 꾀죄죄한 손이, 넝마나 다름없는 밀짚모자의 정수리가 언뜻 보였다. 거대한 부츠가 진흙과 자갈에 빠져 쩍쩍거리고 쩝쩝거렸다. 록우드와 나는 본능적으로 뒷걸음하며 한 계단 위로 올라섰다. 느닷없는 꿍 소리와 욕설. 그와 함께 상대가 휘두른 자루가 발밑 돌에 철퍼덕 내려앉았다. 마침내 형상이 몸을 폈다. 계단 아래 진창에 서서 우리를 빤히 올려다봤다. 등불 속에서 나는 처음으로 그녀의 모습을 정확히 봤다.

플로 본스가 자기 짐짝을 패대기친 뒤 알게 된 첫 번째 충격적인 사실은 그녀의 키가 크다는 거였다. 그녀는 나보다 머리통 절반 정도가 컸다. 체형에 대해선 알기 힘들었다.(나로서는 괜찮은 일이었다. 제정신인 사람치고 그녀의 옷 속을 들여다보고 싶은 이는 없을 터다.) 그녀는 이루 말할 수 없이 더럽고 부하고 무릎까지 내려오는 길이의 파란색 푸파 재킷을 입었다. 재킷 아랫단은 물에 젖어 거뭇하고 진흙범벅이었다. 열린 지퍼 아래로 지저분한 목과 꼬질꼬질한 셔츠 옷깃, 누덕누덕 기운 몰골로 볼품없이 늘어져 덜렁거리는 스웨터, 그 밑의 낡고 빛바랜 청바지가 흐릿하니 엿보였다. 그녀는 지금껏 내가 만난 여자 중 발이 가장 크거나, 혹은 남성용 웰링턴 부츠를 신었을 뿐이거나, 아님 둘 다였다. 무릎까지 오는 부츠는 거위 사냥용 신발처럼 통이 넓어 윗단이 바깥쪽으로 벌어져 있고, 진흙과 물 자국이 잔물결 모양으로 남아 있었다.

그녀의 허리에 두 겹으로 둘러 묶은 기다란 밧줄이 임시 허리띠 역할을 했다. 재킷의 우묵한 곳에 뭔가가 걸려 있었다. 나는 그게 검일 수도 있겠다고 생각했다. 조사관이 아닌 자는 소지가 금지된.

절뚝거리는 걸음과 굴곡을 상실한 몸의 윤곽으로 봐서 플로 본스는 나이가 아주 많은 사람일 법했다. 그래서 그녀가 챙이 넓은 모자를 뒤로 젖혔을 때 두 번째 충격이 찾아왔다. 모자 아래 부스스한 머리칼은 색도 그렇고 뻣뻣한 것도 그렇고 케케묵은 지푸라기를 떠올리게 했는데, 방사상으로 뻗치는 머리칼의 가운데에 넓고 꼬질꼬질한 이마가 있었다. 이마를 가로지르고 눈가에 자글자글한 주름마다 때가 끼어 있었다. 이렇게만 보면 밤을 안전히 보낼 장소를 찾아 줄지어 선 여느 부랑자와 다를 바 없었다. 하지만 플로 본스는 어렸다. 아직 십 대였다. 그녀는 조그만 들창코, 넙적한 얼굴, 잿빛 얼룩이 묻은 분홍색 뺨, 등불에 반짝이는 연파랑 눈을 가졌다. 큼지막한 입에 경멸의 분위기를 띤 채 공격적인 각도로 고개를 내밀고 있었다. 나를 한 번 휙 보고선 록우드에게 집중했다. "음, 그대로네." 그녀가 말했다. "맞아, 언제나처럼 겉멋덩어리야."

록우드가 싱긋 웃었다. "안녕, 플로. 뭐, 내 스타일 알잖아."

"그래. 몸에 맞는 옷을 살 형편이 아직도 안 되는 건 알겠다. 그런

바지 차림으로 허리를 굽힐 땐 조심해, 라고 조언하고 싶군. 내 앞에 얼씬도 하지 말라고 했던 것 같은데."

"그랬어? 기억이 안 나는데. 내가 감초사탕을 가져왔다고 말했던가?"

"그거면 다 되는 줄 아시나 봐. 이리 내." 록우드에게서 종이 가방이 등장해선 집게발 같은 손으로 넘겨졌다. 손은 그걸 재킷 아래의 우묵한, 입에 담기도 민망한 공간에 집어넣었다. 여자애가 킁킁거렸다. "그래, 이 망할 년은 누구야?"

"여긴 루시 칼라일, 내 동료야." 록우드가 말했다. "분명히 밝혀두지만 루시는 DEPRAC나 경찰, 로트웰 대행사와 아무 관련 없어. 독립 조사관이고 나랑 같이 일하지. 내 목숨을 믿고 맡길 수 있는 사람이야. 루시, 여기는 플로."

"안녕, 플로." 내가 말했다.

"넌 내 이름을 플로렌스 보나르로 다 갖춰 불러야 하지 않겠니." 여자애가 거들먹거리는 목소리로 말했다. "있는 집 자식을 어디서 또 하나 구했나 봐, 록우드."

나는 열이 올라 눈을 깜빡거렸다. "미안한데, 난 북부 노동자 계급 출신이거든. 그리고 방금 그 '또 하나'라는 말…."

"이봐, 플로. 네가 바쁜 거 잘 아는데…." 록우드의 달래는 듯한 목소리였다. 심통 난 의뢰인과 열 받은 빚쟁이가 현관문을 두드릴 때처럼 그가 궁지에 몰리면 동원하는 소리였다. 이제 기가와트급의 초강력 미소가 뒤따르겠지. 안 봐도 뻔했다. "널 귀찮게 하긴 싫어. 근데 네 도움이 필요해. 아주 약간의 정보면 돼. 그럼 깔끔히 사라질게. 범죄가 발생했고 아이가 다쳤어. 그런 짓을 벌인 유물 사냥꾼에 대한 단서를 확보했는데, 그 사람을 어디서 어떻게 찾아야 할지 모르겠어.

네가 도움을 줄 수 있을지 궁금한데."

파란 눈이 가늘어졌다. 눈가의 주름이 접혀 들어가고 때만 남았다. "나한테 그렇게 웃지 마. 유물 사냥꾼 말인데, 이름 알아?"

"잭 카버."

강 건너에서 불어온 싸늘한 바람에 플로 본스의 떡진 머리칼이 잔물결쳤다. "미안. 우리 같은 부류에겐 암묵적인 규칙이 있어. 우리는 서로를 밀고하지 않아. 그냥 그러게 돼 있어."

"그런 얘기는 생전 처음 듣는데." 록우드가 말했다. "너흰 경쟁이 치열한 걸로 유명하지 않았나. 서로의 할머니도 옳다구나 헐값에 팔아넘긴다고."

여자애가 어깨를 으쓱했다. "둘 사이에서 적당한 줄타기를 해야겠지. 몸 성히 살아 있고 싶으면." 그녀는 마대자루의 윗부분을 그러잡았다. "새벽 조수에 쓸려가기 싫거든. 그러니 얘기는 이걸로 끝이야. 잘 가."

"플로, 내가 감초사탕도 줬잖아."

"그걸로는 부족해."

"됐어, 록우드." 내가 말했다. "겁나서 저러는 거야. 가자."

나는 그의 팔을 건드리고 계단을 올라가려는 척했다. 여자애의 얼굴이 허연 타원형으로 돌변해선 나를 빤히 올려다봤다. "방금 뭐랬어?"

"루시, 지금 그게 그리 현명한 행동은…."

하지만 나는 잠자코 있는 게 지긋지긋했다. 플로 본스가 신경에 거슬렸고, 그렇다는 걸 알려줄 작정이었다. 때로 정중함에는 한계가 있는 법이다. "괜찮아. 가서 뻘밭이나 슬슬 뒤지라고 해. 그사이 우린 어린애를 해치고 무덤을 턴 남자를, 그리고 이젠 런던 전역에 해가 될지도 모를 사악한 영물까지 가진 남자를 뒤쫓을 테니. 취향대로 사는 거지 뭐. 가자."

깡충, 스윽. 발가락이 오그라드는 악취. 푸파 재킷이 내 외투와 맞닿아 버석거리고, 한껏 내민 얼굴이 내 얼굴을 눌러왔다. 나는 뒤로 밀쳐져 계단의 한쪽 벽면에 등을 부딪혔다. "네 말본새가 영 마음에 안 드는데." 플로 본스가 말했다.

"괜찮아." 나는 상냥하게 대꾸했다. "널 탓하지 않아. 사람은 자기 한계를 알아야 해. 대개는 위험을 피하지. 무조건 피해. 그냥 그렇게 생겨먹은 거야. 자, 난 네 옷이 바닥에 끌리는 게 싫…."

"내가 위험을 피하는 것 같아? 내가 하는 일엔 위험이 없다고 생각해?" 이 순간 그녀의 얼굴에는 아마도 수많은 감정들이 스쳤을 것이다. 화, 분노, 그 뒤를 이어 새벽처럼 길고 느리게 찾아오는 교활한 깨달음의 순간까지. 하지만 지독한 어둠과 오물, 속이 울렁거리는 그녀와의 육체적 근접성 때문에 제대로 보기가 힘들었다. "있잖아," 그녀가 말했다. 그리고 돌연히 내게서 떨어져 춤추듯 계단을 내려갔다. 거추장스러운 부츠와 재킷 차림으로 가볍고 민첩하게 움직였다. "있잖아, 그럼 이렇게 해. 너희가 날 위해 뭔가를 해주면 나도 너희를 위해 뭔가를 해주지." 쩌벅거리는 소리와 함께 그녀는 자갈밭에 다시 내려서서 등을 집어 들었다.

"나랑 같이 저기로 들어가. 발이 젖는 게 두렵지 않다면. 그럼 그 사람에 대해 싹 다 얘기해 줄게."

"잭 카버를 안다는 거야, 그럼?" 록우드가 물었다. "네가 아는 걸 얘기해 주겠다고?"

"응." 그녀의 눈이 반짝였다. 입이 길쭉해지며 웃었다. "그전에 뻘밭이나 슬슬 좀 뒤져보는 거야. 너희들이 도와줄 게 있어. 여태껏 난

168

못 했던 일이고."

록우드와 나는 서로를 쳐다봤다. 여자애의 광기 어린 미소 탓에 개인적으론 자신감이 그리 대단히 솟구치거나 하진 않았다. 하지만 잭 카버 쪽을 수사하기 위해선 별다른 선택지가 없었다. 우리는 모래 바닥으로 뛰어내렸다.

이십 분 뒤, 내 신발은 흠뻑 젖었고 레깅스는 종아리 높이까지 축축했다. 나는 세 번이나 발을 헛디뎠고, 한쪽 팔 옆은 진흙과 모래로 범벅이었다. 록우드도 비슷한 형편이었지만 불평 한마디 없이 참아 냈다. 우리는 저 앞에서 도깨비불처럼 도약하고 요동하는 플로 본스의 등불을 따라갔다. 그녀가 길을 찾아 진창을 가로지를 때마다 등불이 좌우로 홱홱 움직였다. 우리는 다리 밑의 습한 암흑 속을 걸어 서더크 리치로 나아갔다. 강둑의 방파벽이 오른쪽으로 둥글게 꺾이면서 우리로부터 꾸준히 멀어졌다. 강 안개가 부옇게 끼어 있었다. 맞은편 기슭의 수면에서 썩어가는 검은 절벽처럼 솟은 선창들이 안개 너머에서 둔하게 흐물거렸다. 기중기 기둥 꼭대기와 지브* 끝에서 희미한 빨간색과 주황색 불빛들이 깜빡거렸다.

"여기야." 플로 본스가 말했다.

그녀가 등불을 들었다. 거대하고 검은 나무 기둥들이 진창에서 두 줄로 튀어나와 있었다. 높이가 3미터는 훌쩍 넘어 보였다. 오래전에 사라진 부두나 잔교의 윤곽 그대로 서 있는 듯했다. 기둥 옆에는 수초가 무성했는데, 대체로 검었고 희미하게 빛을 내는 종류도 곳곳에 있었다. 기둥 표면에 따닥따닥 붙은 따개비와 조개들은 만조 때의

• 기중기에서 물건을 들어 올릴 수 있게 수평으로 길게 뻗어 있는 장치.

169

강물 높이에 맞춰 우리 머리 위까지 퍼져 있었다. 기둥들을 연결하는 가로 뼈대가 부식된 채 남은 곳도 군데군데 보였다. 우리 왼쪽으로 가장 멀리에 있는 기둥은 강물에서 솟아 있었지만, 우리가 선 진창은 수백만 개의 조그만 돌이 깔린 부드럽고 오돌토돌한 바닥이었다.

플로 본스는 기운이 넘치는 듯했다. 자루를 내던지고 깡충깡충 달려왔다. "여기야." 그녀가 다시 말했다. "내가 원하는 게 여기 있어. 지금껏 손에 넣질 못했을 뿐."

록우드가 손전등을 꺼내 주변을 휘휘 비췄다. "위치를 얘기해 줘. 무거운 거면 나한테 밧줄이 있어."

플로가 키득거렸다. "오, 무겁진 않아. 장담하는데, 엄청 조그매. 아니, 당장은 좀 기다려야 해. 꼼짝 말고 서 있어. 오래 걸리진 않을 거야."

이 말과 함께 그녀는 가장 근처의 기둥으로 폴짝폴짝 뛰어가 그걸 끼고 돌고, 지그재그로 다른 기둥을 향하고, 그러는 내내 목쉰 소리로 킬킬거렸다.

나는 록우드 가까이로 몸을 기울였다. "그거 눈치챘어?" 내가 속삭였다. "저 앤 완전히 미쳤어."

"확실히 좀 이상하긴 하지."

"게다가 몹시도 역겹고. 으아아! 저 애 가까이에 가본 적 있어? 그 냄새…."

"알아." 록우드가 부드럽게 말했다. "다소 강렬하긴 해."

"강렬? 내 쪼그라든 코털이 펴질 줄을 모른다고. 그리고 혹…," 나는 말을 멈췄다. 갑자기 정신이 확 들었다.

"왜 그래, 루시?"

"느껴져? 뭔가가 시작되고 있어." 나는 소매를 걷었다. 살갗에 닭

살이 쫙 돋아 있었다. 심장이 두 배로 쿵쾅거렸다. 목덜미가 찌릿찌
릿했다. 조사관으로서 당신은 이런 표시들에 귀를 기울이라고 배운
다. 다시 말해 이는 현현의 조기 경보들이다. "소름 끼치는 공포*야."
내가 말했다. "그리고 냉각*. 거기다," 나는 코를 찡긋거렸다. "냄새도
나는데? 독기가 쌓이고 있어."

　록우드가 쿵쿵거렸다. "솔직히 난 플로한테서 나는 냄새인 줄 알
았어."

　"아니. 방문자야⋯."

　우리는 검을 뽑아 들고 서서 감시하고 경계했다. 저 멀리 기둥 사
이에서 깐닥거리던 플로의 빛이 잠잠해졌다. 그녀의 초조한 흥얼거
림이 들렸다. 안개가 소용돌이치고, 우리를 둘러싼 새로운 밤이 어둠
을 더했다. 유령들이 왔다.

12

환영을 먼저 본 건 록우드였다. 그는 나보다 시각이 낫다.

"저기," 그가 나지막이 말했다. "반대쪽에 있는 기둥 보이지? 두 번째 옆에."

나는 어둠과 소용돌이치는 강 안개에 대고 눈을 가늘게 떴다. 록우드가 가리킨 지점을 정면으로 응시했다면 아무것도 잡아내지 못했을 터였다. 거기서 살짝 비켜난 곳, 그러니까 강의 가운데로 눈길을 돌렸더니 기둥 옆 드높은 공중에 희끄무레하게 걸린 뭔가가 간신히 보였다. 정말 몹시도 어렴풋했다. 렌즈의 얼룩 혹은 착시현상처럼 눈가에서 걸리적거렸다.

"보인다." 내가 말했다. "내 눈엔 음영자 같은데."

"내 생각도 그래." 록우드는 약간 당혹스러운 듯한 소리를 냈다. "근데 이상하긴 해. 지금 여긴 템스강 바로 옆인데…. 이 정도의 흐르는 물*로도 부족하단 거야?"

난제, 이 거대한 미스터리 자체는 셀 수 없이 많은 조그만 미스터리들로 이뤄져 있고, 그중에서도 가장 기이한 건 방문자들이―유형과 기질을 불문하고―흐르는 담수를 싫어한다는 명백한 사실이었다. 방문자는 흐르는 물이라면 아무리 소량이라도 견디지 못하고 건너지도 못한다. 이는 아주 값진 사실로, 조사관이라면 누구나 한두 번쯤 그 약점에 의지해 본 적이 있기 마련이다. 조지도 언젠가 정원의 수도를 틀고 호스에서 뿜어져 나오는 보잘것없는 물줄기 뒤에 안전히 서서 요괴를 떨쳐버린 적이 있다고 했다. 런던 중심부의 그토록 많은 상점들이 주변에 '도랑'을 만든 것도, 그토록 많은 상거래가 보트를 타고 템스강을 오르내리며 이뤄지는 것도 다 그래서다.

하지만 여기도 강인데, 물에서 불과 20미터 떨어졌을 뿐인데, 그런데도 빛을 발하는 아지랑이가 있었다.

"간조라서 그래." 내가 말했다. "물이 빠졌잖아. 출처의 물기가 마른 거야."

"그러게 말야." 록우드가 휘파람을 불었다. "음, 예상 밖의 전개인데."

"플로는 예상했어. 우릴 속였어. 이것도 다 무슨 함정일 거야."

"아니거든요." 귓가에서 요란한 목소리가 울렸다. 나는 기겁해서 펄쩍 뛰다가 록우드와 부딪쳤다. 레이피어를 휘두르려다 나를 음흉스레 보고 있는 플로 본스를 발견했다. 등의 덮개를 내려둔 터라 그녀의 얼굴은 몸에서 떨어져 나와 어둠 속에 둥둥 떠 있는 지저분한 머리 같았다. "함정?" 그녀가 식식거렸다. "이건 너희들이 합의한 거야. 우리 셋이 행복하게 뻘밭을 뒤지는 일 말야. 뭐가 문제야? 너흰 조사관이잖아. 이런 거 안 무섭잖아."

"이게 다라고? 음영자 하나?"

"오, 넌 하나만 보이는구나. 그치?" 플로는 굳게 다문 입술을 쪼글쪼글 오므렸다가 못 말리겠다는 양 콧방귀를 뀌었다. "아주 좋아. 훌륭해. 제대로 된 대행사들은 뭐 하나 몰라. 이런 애를 안 데려가고. 둘이잖아, 얼빠진 계집애야. 여자 옆에 조그만 게 하나 더 있다고.”

나는 어둠에 대고 눈을 찡그렸다. “안 보이는데. 지금 거짓말하는 거지.”

“아니, 플로가 옳아⋯.” 록우드는 아까부터 손을 컵처럼 말아 눈에 대고 있었다. 누가 봐도 엄청 집중하는 중이었다. “희미하고 고정된 형체가 없어. 구름처럼. 키 큰 쪽은 여자야. 모자 아니면 숄을 둘렀어⋯. 후프 스커트*에⋯. 빅토리아나 에드워드시대쯤일 듯한데.”

“바로 그거야. 오래고 오래됐다는 거.” 플로 본스가 말했다. “템스강에 뛰어든 어머니와 아이가 아닐까 해. 자살과 살해, 케케묵은 비극이지. 둘의 뼈가 저 부두 밑에 있어. 분명해. 근데 넌 그게 안 보인다고?” 그녀가 내게 말했다. “이런, 이런.”

“시각은 내 전문이 아니라서.” 내가 뻣뻣하게 대꾸했다.

“그래? 안됐네.” 플로가 갑자기 고개를 들이밀었다. “자, 수다는 이걸로 됐어. 이제 둘의 도움이 필요해. 계획은 이거야. 다 같이 저 기둥 근처로 슬그머니 이동해. 천천히. 조용히. 저들의 의심을 살지도 모를 돌발적인 움직임은 안 돼. 그다음부턴 쉬워. 너희가 저들을 감시해. 동요하지 않는지 지켜보라고. 그사이 난 여기 이 믿음직한 늪지대칼로 한번 뒤져볼 테니까.” 그녀가 유독성 재킷을 홱 젖혔고, 나는 그때 그녀 벨트에 달린 검을 처음 봤다. 몸체가 짧고 심술궂게 굽은 데다 괴상한 칼끝은 두 갈래로 돼 있어서 거대 병따개, 혹은 장어 젤리**를 뜰 때 쓰는 작은 나무 포크 같았다. “망을 봐주는 것뿐야. 그 것만 하면 돼. 물이 깊진 않을 거야. 금방 끝나.”

---

* 탄력이 있는 철사 등으로 안쪽을 넓힌 치마.
** 소금에 절여 굳힌 뒤 식초를 쳐서 먹는 뱀장어 요리.

나는 혐오의 탄식을 뱉었다. "그러니까 그 계획이란 게, 우리가 망을 봐주는 동안 넌 죽은 아이의 뼈를 파내는 거네? 그러고선 그걸 암시장에 팔아치울 생각이고?"

플로가 고개를 끄덕였다. "대략 그 정도의 사연이지. 맞아."

"어림없는 소리. 록우드…."

그가 내 팔을 꽉 쥐었다. "어서, 루스. 플로는 현명해. 플로는 영리해. 플로에게 정보가 있어. 그걸 원하면 플로를 도와야 해. 간단한 이치지." 그가 한 번 더 팔을 꽉 쥐었다.

애정 어린, 아니 그보단 얼빠진 듯한 미소가 플로의 얼굴에 번졌다. "아, 록우드, 넌 언제나 말을 참 예쁘게 했어. 네 최대 장점이야. 이 심술궂은 암탕나귀랑은 다르지. 자, 묏들 하고 있어. 그럼 정신 차리고 움직여! 힘차게 전진해 끝을 보자고!"

더 이상의 말 없이 록우드와 나는 각자의 벨트를 점검했다. 레이피어를 손에 들었다. 음영자는 대개가 아주 수동적이고 반응도 거의 없다. 과거 장면의 반복 혹은 기억에 극단적으로 사로잡혀 산 자에게 쏟을 정신이 없다. 그렇다고 함부로 마음을 놔선 안 된다. 플로가 별 이유 없이 이렇게까지 조심하는 것도 아닐 터였다. 우리는 천천히, 극도로 신중히 자갈밭을 디디며 길고 검은 기둥에 접근했다.

저 높은 밤하늘에 하얀 게 걸려 있었다. 별들을 배경 삼아 피어나는 한 줄기 연기 같기도 했다.

"왜 저기 떠 있는 거지?" 내가 속삭였다. 플로는 바로 앞에서 홀로 경쾌하게 흥얼거리고 있었다.

"옛날 부두 높이가 저쯤인 거야. 물에 뛰어들기 전에 서 있었던 곳이. 들리는 것 좀 있어?"

"잘 모르겠어. 여자의 한숨일 수도 있고. 바람일 수도 있고. 넌 어때?"

175

"절명광은 없어. 저들이 담수에서 사망한 이상 절명광은 있기 힘들지. 하지만 느껴지긴 해." 록우드가 심호흡하며 스스로를 가다듬었다. "날 짓누르는 무게가. 너도 그래? 엄청난 슬픔이랑…."

"응, 나도 느껴. 음영자치곤 권태*가 강력한데."

록우드가 흠칫 놀랐다. "잠깐. 방금 움직이는 거 봤어, 루시? 저기 저게 몸을 떤 것 같은데."

"아니. 아니, 못 봤어. 우웩, 플로 꼴 좀 봐! 자존감이란 게 있긴 해?"

유물 사냥꾼 소녀는 기둥 밑에 가 있었다. 등불을 내려놓고선 진창에 퍼져 앉아 길고 굽은 칼로 진흙과 자갈을 퍼내기 시작했다.

록우드가 내게 뒤로 좀 물러나라고 몸짓했다. 머리 바로 위에 떠 있는 형상에 시선을 고정한 채 그는 플로의 웅크린 형체 뒤에 자리를 잡았다.

유령과 근접한 상황인 만큼 권태가 격렬했다. 가공할 만한 우울감이 날 야금야금 먹어치웠다. 어깨가 축 처지고 무릎에서 힘이 빠지기 시작했다. 눈에서 눈물이 따끔거리고, 뱃속에선 몹시도 불쾌한 절망감이 소용돌이쳤다. 나는 그 모두를 애써 떨쳐버렸다. 이 감정들은 가짜였다. 벨트에 달린 주머니를 열고 껌을 꺼내 맹렬히 씹어대며 신경을 분산시켰다. 언젠가, 오래전에 이 감정은 진짜였다. 누군가의 슬픔이었고, 그 끝은 광기 혹은 절망이었다. 이젠 그저 하나의 메아리일 뿐이었다. 한낱 공허하고 영혼 없는 힘으로, 누구든 가까이 다가오는 이들에게 위력을 발휘했다.

그렇지만 그 힘도 플로 본스에겐 딱히 효과가 없는 듯했다. 그녀는 사나운 기세로 땅을 파헤쳤다. 큰 진흙덩이들을 옆으로 치웠다. 이따금 멈춰 자기가 발굴한 파편들을 들여다보고 저리로 던져버렸다.

고막에 부딪혀 잔물결치는 소리. 공기 중의 떨림. 귓가의 한숨 소리가 점점 커졌다. 저 위쪽 기둥 꼭대기 옆에선 흰 자국이 더 깊어졌다. 거기로 어떤 물질이라도 빨아들인 것 같았다.

록우드도 눈치채고 있었다. "우리 위에서 움직임이 있어, 플로."

유물 사냥꾼은 엉덩이를 하늘로 치켜들고 있었다. 자기가 판 구멍에 머리를 처박다시피 했다. 그녀는 눈길을 들지 않았다. "좋아. 그건 곧 고지가 코앞이란 얘기야."

공기 중의 압력이 점점 강해졌다. 산들거리던 강바람은 흔적도 없이 사라졌다. 고통스러운 무게가 심장을 짓누르고 돌처럼 파고들었다. 나는 껌을 딱딱 씹었다. 칼이 더럽고 축축한 땅을 긁어 파는 소리를 듣고, 공중에 떠 있는 하얀 것을 쳐다봤다. 곁눈질로 볼 때조차 놈은 일정한 형태가 없는 상태를 고집스레 유지했다. 다만 이번엔 그 옆에서 더 조그맣게 퇴색된 부분을 처음으로 본 것도 같았다. 아이의 희미한 형체였다.

그보다 큰 덩어리가 부르르 떨었다. 내 눈이 그쪽으로 홱 돌아갔다. 록우드가 천천히 뒤로 한 발 물러섰다.

"다 왔어." 플로가 다시 말했다. "느껴진다니까."

"놈이 움직인다고, 플로. 동요하는 기색이 보여….."

"다 왔어…."

끼익하는 소리, 쩍 갈라지는 공기. 나는 고개를 뒤로 홱 젖히다 껌을 꿀떡 삼켰다. 기둥 옆의 흰 형상이 일자로 내리꽂혔다. 플로의 머리로 곧장 향했다. 록우드가 돌진해 들어가며 레이피어로 놈의 경로를 가로질러 벴다. 은을 입힌 검날을 피해 형상이 위로 솟구쳤다. 찰나의 순간이지만 넓게 출렁이는 치마와 연기 같은 머리채가 감지됐다. 놈이 우리 머리 위에서 조용히 공중제비를 돌다 내게서 몇 미터 떨어진 곳에서 멈추고는 지면 바로 위를 맴돌았다.

환영은 분노를 양분 삼아 일정한 형태를 완성했다. 구식 드레스를 입은 키 크고 깡마른 여자였다. 꽉 끼는 상의에 넓게 퍼지는 크리놀린* 치마 차림이었다. 색이 연한 보닛을 썼고, 길고 검은 머리칼이 얼굴을 반쯤 가렸다. 목에는 봄꽃으로 만든 목걸이를 걸고 있었다. 그녀를 에워싼 다른빛의 곱슬곱슬한 가닥들이 물살에 하늘거리는 수초처럼 일렁였다. 옆에선 아주 조그만 형상이 그녀의 치마에 딱 들러붙어 있었다. 둘은 손을 맞잡은 채였다.

나는 뒤로 물러났다. 목이 탔고, 레이피어 보관실에서 에스메랄다와 대련하던 마음가짐을 되새기려 애썼다. 상대는 음영자가 아니라 차가운 아낙, 아주 오래전의 상실을 이유로 끈질기게 출몰하는 여자 유령이었다. 차가운 아낙은 대부분이 우울하고, 우리가 자기 출처를 노릴 때조차 덤벼드는 일이 별로 없는 수동적 존재다. 그러나 이번은 달랐다.

와락, 유령이 내게 돌진했다. 그녀의 머리칼이 뒤로 날렸다. 그 얼굴은 백골색의 공포, 굳어버린 검은 눈으로 노려보는 광기의 가면이었다. 나는 필사적으로 검을 휘둘러 방어했다. 일순간 마구 할퀴는 파리한 손들에 둘러싸이는 듯했다. 새된 소리가 귀를 때렸다. 하지만 조금 전 그린 감금매듭이 굳건히 버텨줬다. 새 레이피어의 날이 나를 보호한 것이다. 그리고 갑자기 공기가 맑아지기에 보니 희미하고 반투명한 형상 둘이 진창 저편으로 스르르 떠내려가고 있었다. 아주 작은 아이와 길게 끌리는 드레스를 입고 흐느끼는 여자가.

"기둥으로 돌아가, 루시." 록우드가 외쳤다. "네가 한쪽을 맡아. 내

---

* 치마를 불룩하게 만들기 위해 안에 입던 틀.

가 다른 쪽을 맡을게. 플로! 말 좀 해봐! 어떻게 돼가고 있어?"

"그놈의 '다 왔어' 소릴 또 했다가는," 내가 다가가며 으르렁거렸다. "내 손으로 널 그 구멍에 묻어버릴 거야."

"다 왔는데." 플로가 냉큼 말했다. "다 왔지롱. 이제 정말 코앞이라고 봐도 돼. 요 몇 개 사이에서 고민하면 되겠는데. 어느 쪽일까, 그럼? 출처가 뭘까나?"

나는 서더크 리치 건너를 내다봤다. 방문자들이 제 몸에서 나오는 희미한 빛으로 길을 밝히며 내달리고 있었다. 이제 그 속도 그대로 선회해 이쪽으로 질주하기 시작했다.

"뭔지는 몰라도 네가 출처를 가져가는 게 정말 싫은가 봐." 내가 말했다. "제발 좀 서둘러, 플로."

구멍 옆에 쪼그린 플로는 둥글게 모은 두 손에 작은 물건들을 올려놓고 있었다. "뼈인가? 그렇다면 이 뼈? 아님 저 뼈? 아니, 애초에 뼈가 아닌가? 이 조그만 걸까, 웃기게 생긴 금속 말?"

"저기 있지," 록우드가 말했다. "그냥 다 가져가는 게 어때?" 반짝이는 형상들이 가까워지고 더 가까워지다 이젠 자갈 위를 날고 있었다.

"해묵은 쓰레기를 마구잡이로 가져가긴 싫어." 플로 본스가 억울한 목소리로 말했다. "내겐 작업의 기준이란 게 있어. 내 고객들에겐 기대치가 있고."

증오와 분노에 찬 형상들이 이쪽으로 몸을 숙였다. 나는 다시 여자의 얼굴을, 가늘고 검은 입을, 부릅뜬 눈을 마주했다.

"플로…."

"아, 못살아, 정말."

플로가 자루를 들어 주둥이를 벌리자 달콤하고 정화하는 듯한 향이 터져 나왔다. 그녀는 잡동사니들을 자루에 쑤셔 넣었다. 반짝이던 형상들이 대번에 빛을 잃었다. 돌풍이 우릴 때렸지만 무탈했다. 록우드의 외투 자락이 뒤로 날렸다 살살 내려앉았다. 밤은 어두웠다. 눈길을 들어 기둥 꼭대기를 봤을 땐 그저 별들뿐이었다.

플로가 자루의 줄을 꽉 당겼다. 나는 모래에 털썩 주저앉아 무릎에 검을 내려놨다.

"거기 든 거…," 록우드가 말했다. 그는 기둥에 몸을 기대고 있었다. "그거 혹시…?"

"라벤더. 맞아. 라벤더가 잔뜩 들었지. 은보다도 강해. 향이 계속되는 동안엔. 놈들을 당분간은 조용히 잡아둘 거야." 그녀는 나를 보며 히죽거렸다. "방금 무슨 일 있었어? 난 좀 바빠서 제대로 보질 못했네."

"넌 알았지? 저들이 공격하리란 거." 내가 말했다. "그치? 이번이 처음이 아니었어."

플로 본스가 모자를 벗고 금발이 떡진 머리를 긁적였다. "보기만큼 멍청이는 아닌가 봐…. 그럼," 그녀가 말했다. "이걸로 끝인 것 같네."

"그럴 리가." 록우드가 단호히 말했다. "우리가 해줄 게 끝난 거고. 이제 네 걸 받아야겠어."

런던에서 야간에 문을 여는 음식점은 별로 없고, 동트기 전 새벽까지 영업을 하는 곳은 거의 없다. 그럼에도 조사관이나 야경대원의 요기를 위해 존재하는 곳이 있기는 했고, 유물 사냥꾼들이 선호하는 장소들 또한 있는 모양이었다. '산토끼와 말채찍'. 서더크에서 가장 우중충한 뒷골목에 있는 이 술집이 플로의 첫 선택이었고, 우리는 서둘러 이동했다.

하지만 얼마 지나지 않아 그날 밤 거긴 우리가 있을 만한 곳이 아니라는 걸 알게 됐다. 뒷발로 선 유니콘이 그려진 은회색 승합차 세 대가 술집 밖에 인상적인 각도로 세워져 있었다. 피츠의 성인 조사관 여럿이 무장 경찰과 DEPRAC 경찰견 담당관들을 동반해 술집에서 내몬 사람들을 승합차에 태우는 중이었다. 난투극이 벌어진 모양이었다. 몇몇은 도망치려다 경찰견에 쫓기고, 붙잡힌 이들은 바닥에 강제로 엎드려 있었다. 거리 반대쪽 끝에 몸을 감춘 우리 눈에 술집 출입문 옆에 시큰둥하니 선 킵스와 네드 쇼, 캣 고드윈이 겨우 보였다.

록우드가 우릴 어둠 속으로 끌어당겼다. "유물 사냥꾼들을 체포하고 있어." 그가 중얼거렸다. "킵스가 다방면으로 손을 쓰는군."

"저 인간이 잭 카버 얘길 안다고 생각하는 거야?" 내가 말했다. "그 꼬맹이가 말하진 않았을 텐데."

"카버와 네들스의 관계를 아는 또 다른 누군가가 있을지도…. 뭐, 그건 우리가 어쩔 수 없는 일이고. 달리 갈 만한 곳이 있을까, 플로?"

유물 사냥꾼 소녀는 아까부터 자기답지 않게 조용했다. "응." 그녀가 나지막이 말했다. "그리 멀지 않아."

플로의 다음 선택은 알고 보니 라임하우스 역 근처 카페로, 근무를 마친 야경대 꼬마들에게 식사를 제공하는 밤샘 음식점이었다. 출입문과 창문에 쇠창살을 덧대고 그 위엔 낡은 항마등을 걸어뒀다. 매장 안에 줄줄이 늘어선 플라스틱 통에는 나이 어린 손님들이 좋아하는 과자와 토피 사탕을 진열했다. 문 근처의 코르크 게시판에 광고 전단지와 채용 공고문, 분실물 메모와 이런저런 종이 쪼가리들이 잔뜩이었다. 얼룩진 잡지와 만화책 몇 권이 포마이카* 테이블에 흩어져

---

* 가구 등의 씌우개로 사용하는 열경화성 합성수지.

있었다. 우중충한 얼굴의 아이들 다섯이 서로 다른 테이블에 앉아 먹고, 마시고, 허공을 응시했다. 그들의 감시봉은 문 옆 거치대에서 대기 중이었다.

록우드와 나는 스크램블드에그와 훈제 청어, 차를 주문했다. 플로는 커피와 잼 바른 토스트를 원했다. 우리는 구석진 곳의 테이블을 찾아 일에 착수했다.

카페의 강렬한 불빛 아래서 플로는 더더욱 꾀죄죄해 보였다. 블랙커피를 받아 천천히 그리고 차근차근 설탕 여덟 스푼을 넣었다.

"그래서, 플로." 그녀가 찐득찐득한 액체를 휘젓는 사이 록우드가 말했다. "잭 카버. 몽땅 얘기해 줘."

그녀가 고개를 끄덕이고, 코를 훌쩍이고, 더러운 손가락으로 머그컵을 들었다. "그래, 내가 아는 사람이야."

"훌륭해. 그 사람이 어디 사는지도 알아?"

플로는 퉁명스레 고개를 저었다. "몰라."

"자주 가는 곳은?"

"몰라."

"같이 어울리는 사람들은?"

"몰라. 두에인 네들스밖에 모르는데, 니들 말로는 죽었다며."

"취미, 그러니까 시간이 남을 때 하는 일 같은 건?"

"몰라."

"그래도 우리가 그 사람을 어디서 찾을 수 있는지는 알지?"

플로의 눈이 밝아졌다. 그녀는 커피를 한 모금 마시고, 얼굴을 찡그리고, 설탕을 한 스푼 가득 떠 검고 걸쭉한 액체에 추가했다. 한 차례의 광적인 휘젓기가 뒤따르는 동안 우리는 지켜보며 기다렸다. 의식이 마침내 마무리됐다. 그녀가 우리 둘을 차분히 쳐다봤다. "몰라."

내가 레이피어 쪽으로 몸을 움직였다. 록우드는 테이블의 냅킨을 매만졌다. "좋아." 그가 말했다. "그러니까 네가 카버를 '안다'고 주장하는 건 완전히 쓸모없다고까지는 못 해도 대체적으로 누구나 아는 내용을 아주 한정적으로 알고 있다는 뜻인 거네?"

플로 본스는 머그컵을 들어 혼합물을 단숨에 들이켰다. "난 그의 평판이 어디서 비롯됐는지 알아. 훔친 영물로 뭘 하는지 알고, 그에게 메시지를 전달하는 방법을 알아. 이 모두가 네게 어느 정도는 흥미로운 얘기일 텐데."

록우드는 두 손을 테이블에 딱 붙이고 의자에 등을 기댔다. "아, 그래. 그렇겠지. 물론 그 얘기가 사실이란 전제하에. 근데 그 사람을 알아보지도 못하면서 메시지는 어떻게 보내?"

"그야 뻔하잖아." 내가 말했다. "곰팡이 핀 해골에 편지를 담아선 밤 12시에 주인 없는 무덤에 넣으면 돼."

"아니, 나라면 저기에 메모를 남기겠어." 플로 본스가 출입문 옆 코르크판을 가리켰다. "우리 쪽 일을 하는 사람들이 서로 연락하는 방법이야. 자주 쓰진 않으니까 주의해. 우린 원칙적으로 혼자 일하는 부류들이라. 하지만 저것처럼 특정한 기능을 하는 게시판들이 몇 개 있어." 그녀는 손가락으로 코를 닦고 그 손가락을 재킷에 닦았다. "산토끼와 말채찍에 한 개가 있지만 지금은 그걸 쓸 수 없으니까."

나는 인상을 썼지만, 록우드는 플로 본스의 얘기가 충분히 설득력 있다고 생각하는 모양이었다. "재밌는걸. 나도 한번 해봐야겠어. 근데 주소는 어디로 해?"

"'묘지협회' 앞으로 해. 쉽게 말하면 그게 곧 유물 사냥꾼들이야. 카버가 메시지를 직접 보지 못해도 다른 누군가가 보고 말을 전할 거야."

"이딴 거 우리한텐 쓸모없어." 내가 쏴붙였다. "우린 사실에 기반한 뭔가를 원해. 카버는 훔친 유물을 어떻게 해?"

"윙크맨한테 가져가. 나 커피 한 잔 더 마셔도 돼?"

"얼어 죽을 커피는 무슨. 자세히 설명하기 전까진 어림없어. 그런 다음에 실컷 마시라고."

"아님 사발에다 설탕을 가득 부어줄 테니 거기다 커피를 몇 방울 떨어트리든가." 록우드가 말했다. "그러는 편이 더 쉬울 것 같은데."

"아이고 웃겨라." 플로가 웃음기 없이 말했다. "넌 언제나 습관적으로 익살을 떨었지. 좋아, 카버에 대해 얘기해 주지. 세상엔 두 부류의 유물 수집가가 있어. 먼저, 여기 이 몸처럼 조용히 성공하는 부류. 우리는 이미 잊히고 말았지만 심령적으로 유의미한 물건들을 찾아다니지. 남에게 폐를 끼치지 않고, 그럴 생각도 없어. 그리고 또 다른 부류. 그들은 강기슭을 뒤지며 고생하기엔 인내심이 너무 없어. 쉽게 이익을 낼 수 있는 물건을 좋아하고, 그게 남의 소유인들 개의치 않지. 그래서 묘지에 들러붙어 닥치는 대로 훔치는 거야. 산 자들을 터는 것도 꺼리지 않아. 설령 그게…."

나는 그녀를 쳐다봤다. "그게 뭐?"

"사람을 죽여야 한단 뜻이더라도." 플로는 오만함과 흡족함이 뒤섞인 표정으로 우리를 봤다. "머리를 가격하거나 귀에서 귀까지 목을 그어. 천천히 질식시키기도 해. 자기 맘이 동하면. 그런 뒤 피해자의 물건을 슬쩍해. 자기들끼리 하는 게임 같은 거지. 니들은 충격 좀 받겠다 싶은데, 보드라운 손에 백합처럼 흰 얼굴을 가지신 분들이다 보니." 그녀는 우리를 보며 히죽거렸다. "아무튼 이 카버라는 사람은 야위고 굶주린 족속이야. 살인마라고. 전에 딱 이런 곳에서 그 사람을 본 적이 있거든. 한 가지 확실히 말할 수 있는 건, 그가 해코지의 위협을 망토처럼 두르고 다닌단 거야."

"해코지의 위협?" 록우드가 말했다. "그게 무슨 말이야?"

"콕 찍어 말하긴 힘들어. 번뜩거리는 눈, 아님 잔혹해 보이는 얇은 입술일 수도 있고…. 그 사람이 서 있는 자세조차 어딘가 좀 그래. 게다가 난 잭 카버가 자길 가소롭다는 듯 쳐다봤단 이유로 어떤 남자를 반쯤 죽여놓는 걸 본 적도 있거든."

우리는 이 정보를 침묵 속에서 흡수했다. "듣기로는 그 사람이 붉은 머리에 피부색이 창백하고 늘 검은 옷을 입는다던데." 내가 말했다.

"맞아. 그리고 문신이 있댔어. 기절초풍할 노릇 어쩌고 하던데."

내가 눈을 끔뻑였다. "기절초풍을 왜 해? 무슨 모양인데?"

"너한텐 말 못 해. 넌 너무 어려."

"하지만 우린 살기등등한 유령이랑 매일 밤 싸우는걸. 그런 우리가 너무 어리다는 게 말이 돼?"

"듣고도 짐작이 안 되는 거면 아직 어린 게 맞거든요." 플로가 말했다. "엇, 너희 청어 나왔다. 커피도 한 잔 더. 고마워요, 자기. 그리고 여기 설탕통 좀 다시 채워야겠는데."

"그러니까 다들 하나같이 절도범에 땅거지에 불량배라는 거잖아. 그치?" 웨이트리스가 자리를 뜨기 기다렸다 내가 말했다. "유물 수집은 정말 짭짤한 사업인가 봐, 여러모로."

플로 본스가 나를 물끄러미 봤다. "정말? 네가 하는 일보다 해롭고. 그치? 내가 여기 이 꼬마들처럼 합법적인 직업을 가졌으면 해?" 그녀는 야경대원들을 향해 고갯짓했다. 모두가 피로와 우울을 나타내는 다양한 자세로 퍼져 있었다. "아니, 됐거든. 대기업들한테 이용이나 당하라고? 쥐꼬리만 한 수당에 망할 놈의 작대기를 들고 밤새추위에 떨며 요괴들이나 살피라고? 그럴 바엔 그냥 조석점이나 따라 걷겠어. 궁둥이를 긁으며 별들이나 올려다보겠어. 내 맘 가는 대로 하며 살겠다고."

"무슨 뜻인지 완전 이해해." 록우드가 말했다. "별들 얘기를 이해한다고, 궁둥이 말고."

"그래. 넌 장묘사 사이크스네 녀석이니까. 제대로 배운 거지. 자립을 유지해라. 이단아가 돼라. 혼자 북 치고 춤추고 다 해라."

"록우드의 스승님을 알아?" 나는 놀라움(그리고 약간의 억울함)이 뚜렷한 목소리로 물었다. 플로는 록우드의 과거와 학업에 대해 나보다 훨씬 많이 아는 게 분명했다.

"그래." 플로가 말했다. "난 정보에 강하거든. 신문을 즐겨 읽지. 똥 닦아버리기 전에."

나는 포크 한가득 찍은 청어를 입으로 가져가다 멈칫했다. 록우드의 토스트가 그의 손에서 축 늘어졌다.

"끝이 그랬으니 사이크스도 딱하지." 플로가 담담하게 말했다. "그렇지만 듣자 하니 너희 회사가 잘나가면서 DEPRAC가 자꾸만 궁지에 몰린다던데. 오늘 밤 너희들을 돕는 쪽으로 내 마음이 기운 것도 그래서야."

"그러니까 이러나저러나 우리를 도왔을 거란 얘기야?" 내가 물었다. "우리가 습지에 같이 가지 않았어도?"

"오, 당연하지."

"음, 참 감사하네."

"윙크맨 얘기 좀 해봐." 록우드가 말했다. "그 이름에 얽힌 소문들을 들어보긴 했어. 하지만⋯."

플로가 두 번째 커피와 새로 채운 설탕통을 집어 들었다. "윙크맨, 줄리어스 윙크맨. 런던 제일의 장물아비야. 아주 위험한 남자지. 블룸즈버리에서 조그만 가게를 운영해. 겉으로는 무척이나 그럴싸하지만 네가 뭔가를 무덤에서 파냈거나, 메이페어의 연립주택에서 훔쳤거나, 미심쩍은 경로로 은근슬쩍 취득했으면 가서 만나봐야 할 사람이지. 가장 좋은 가격, 가장 신속한 판매, 가장 넓은 고객층. 윙크맨은 런던 전역에 고객을 보유하고 있어. 현금은 많고 질문은 없는 사람들로. 너희가 찾는 물건이 잭 카버한테 있는 게 사실이라면 그가 가장 먼저 찾아갈 사람은 윙크맨이야. 그걸 윙크맨이 사들인다면 최고 고객들을 모아놓고 비밀 경매를 열 테고. 벌써 해치우진 않았을 거야. 그랬을 리 없어. 벌이를 최대화하려고 궁리 중이겠지."

록우드는 이미 접시를 비웠다. "오케이. 이제야 뭐가 좀 되네. 그 블룸즈버리 가게 말인데, 위치가 어디야?"

플로가 어깨를 으쓱했다. "이봐, 로키. 윙크맨이랑은 엮이지 않는 게 좋아. 카버도 마찬가지고. 윙크맨을 배신하려던 사람들이 있었는데, 그야말로 흔적도 없이 사라졌어. 윙크맨의 아내도 만만치 않게 나빠. 그 집 아들은 개망나니고. 그 가족은 멀리하도록 해. 그게 내 조언이야."

"그럼에도 불구하고 난 그 가게 주소가 필요해." 록우드는 손가락으로 테이블을 톡톡 두드렸다. "비밀 경매는 어디서 열리는데?"

"나도 몰라. 그러니까 비밀 경매 아니겠어? 장소는 매번 바뀌어. 하지만 잘하면 내가 알아낼 수도 있을 것 같아. 네 피츠 친구들이 거리의 유물 사냥꾼들을 싹쓸이해 간 게 아니라면."

"그래 주면 너무 좋지. 고마워, 플로. 오늘 밤에 정말 잘해줬어. 루스, 너 돈 가지고 있지. 항상 있잖아. 가서 계산 좀 해줄래? 그리고 거기 간 김에," 그는 코르크 게시판을 힐끗 쳐다봤다. "종이랑 연필을 빌릴 수 있는지 물어봐 줘."

13

블룸즈버리 골동품점, 일명 윙크맨 상점은 런던 중심부의 콥틱과 뮤지엄 거리 사이에 난 비좁은 샛길인 올 플레이스에 있다. 이 단조롭고 울퉁불퉁하고 조그만 길에는 상업 시설이 딱 세 개뿐이다. 일단 콥틱 거리 쪽 모퉁이에 피자 가게가 있다. 다음은 중국식 심령 요법소로, 대나무와 종이로 된 차양막이 만드는 그늘 속에 조그만 유리문이 서 있다. 마지막으로 널찍한 정면에 창문 두 개를 나란히 낸 건물이 있는데, 여기가 바로 블룸즈버리 골동품점이다.

아주 낮게 걸린 가게 창문에 마름모 창살이 덧대져 있다. 가게 내부는 늘 어둑하다. 그럼에도 갖가지 물건들이 언뜻언뜻 들여다보인다. 앞다리 발굽 하나가 떨어져 나간 그리스풍 기마상, 로마시대 화병, 붉은 마호가니 보관장, 귀에서 귀까지 찢긴 입으로 활짝 웃는 일본 귀신 가면 같은 것들이다. 출입문에는 사용 가능한 신용카드들의 스티커가 붙어 있다. 영업시간도 함께 적혀 있는데, 통행금지* 이후에도 문을 연다고 돼 있다. 문에 항마봉 같은 건 달려 있지 않고 눈에 띄는 방비도 따로 없다. 상점 위층에 거주하는 윙크맨 부부에겐 그런 것들이 필요 없는 모양이다.

플로 본스를 만난 다음 날 오후 3시 15분. 십 대 관광객 두 명이 거대한 종이컵에 든 콜라 슬러시를 후루룩거리며 태양이 작열하는 뮤지엄 거리를 벗어나 그늘진 샛길로 들어섰다. 여자애는 '본격 괴담' 티셔츠에 무릎까지 내려오는 하늘하늘한 치마와 샌들 차림이었다. 남자애는 파란색 면 셔츠와 거대하고 헐렁한 반바지를 입고 운동화를 신었다. 두 사람 모두 커다란 선글라스를 썼다. 둘은 소리 내 웃고 시끄럽게 농담하며 거닐었다.

상점 두 개를 지나 블룸즈버리 골동품점의 창문 앞에 충동적으로 멈춰 선 듯한 그들은 내부의 먼지 덮인 진열품들을 들여다보며 잠시 시간을 보냈다. 남자애가 장난스레 여자애의 옆구리를 쿡 찌르며 몸짓으로 상점을 가리켰다. 여자애가 고개를 끄덕였다. 두 사람은 문으로 다가가 안으로 들어갔다.

잠입 조사에 착수하던 록우드와 나는 우리가 위험으로 걸어 들어간다는 사실을 잘 알고 있었다. 플로도 그 점을 확실히 짚었다. 전날 밤, 그녀는 마지막 호의로 우리를 골동품점으로 안내했다. 샛길 모퉁이에서 손가락으로 가리켜 알려준 뒤 희미한 고린내만을 남기고 어둠 속으로 사라졌다. 그녀는 윙크맨에게 그 이상 다가갈 마음이 없었다.

그러나 우리는 좀 더 접근해 왼쪽 창문에서 깜빡이는 가스등과 그 위에 둥실둥실 신부*의 피투성이 머리처럼 걸려 있는 귀신 가면이 보이는 곳까지 갔다. 록우드는 가스등 빛이 신호의 일종일 거라 짐작했다. 그는 감시하고 싶은 마음이 굴뚝같았지만 우리는 너무도 피곤했다. 그 밤도 벌써 반이 지났고, 우리는 전날 밤에도 잠을 거의 못 잔 상태였다. 결국 블룸즈버리를 떠나 집까지 걸었고, 늦잠을 잔 뒤 아래층으로 내려왔을 때는 창문에서 햇빛이 가파른 각도로 쏟아지고 있었다.

조지는 벌써 나가고 없었다. 부엌에서 우리는 메모를 발견했다. 식탁을 덮은 흰색 종이 식탁보에 휘갈겨 쓴 거였는데, 이게 우리의 '생각하는 식탁보'다. 식탁엔 늘 펜들이 굴러다니고, 우린 그걸로 기억할 거리와 쇼핑 목록, 이런저런 메시지와 실없는 소리들을 적거나 우리가 목격한 방문자의 모습을 그려둔다. 이날 텅 빈 도넛 쟁반과 햄버거 상자, 더러운 찻잔 두 개 사이의 공간에서 찾아낸 메모는 이랬다.

사냥 나간다! 진전이 있어! 나중에 여기서 봐. G

근처에는 뜻이 알쏭달쏭한 낙서들이 있었다.

80℃　15분　반응 없음
100℃　15분　없음
120℃　15분　없음
150℃　　6분　플라스마 요동함. 얼굴 형태 갖춤
*　　　　12분　입이 움직임. 표정 지음(무례)*

감자칩 더 살 것

우리는 이 아리송한 메모를 말없이 곰곰 보고 있었다. 이윽고 록우드가 오븐으로 갔다. 천천히 문을 열자 그 안에 꽉 낀 유령단지가 보였다. 유리 표면이 군데군데 거뭇하니 그을려 있었다. 플라스마는 반투명에 가까웠고, 가운데에 해골이 선명히 드러나 있었다. 뼈의 조그만 균열들이, 치아의 갈색 얼룩들이 들여다보였다.

해골이 했던 말을 놓고 우리가 입씨름한 지 이틀 만에 처음으로 놈을 보는 셈이었다. 나는 단지를 오븐에서 끄집어내려 덧없이 애쓰는 록우드를 초조하게 힐끗거렸지만, 그는 내게 눈길을 주지 않았다. 그 대신 뒤로 물러나 손으로 얼굴을 쓸었다. "지금은 이 문제에 신경 쓸 기운이 없어." 그가 말했다. "조지의 실험들이 슬슬 과해지고 있어. 이따 나한테 말 좀 해줘. 오늘 저녁에 녀석이랑 얘기하라고."

하지만 그에 앞서 처리해야 할 일이 있었고, 록우드는 이미 마음을 정한 뒤였다. 잭 카버를 추적하는 문제에 있어서만큼은 지금 우리가 할 수 있는 일이 거의 없었다. 지난밤에 그는 카페에 메모를 남겼다. '묘지협회'를 수신인으로 해서 조심스럽게 '켄잘 그린 묘지에서 최근 발생한 사건'과 관련해 누구든 우리에게 제보하고 소정의 보상을 받으라고 썼다. 정작 카버는 응답하지 않을 게 뻔했지만, 유물 사냥꾼의 절반이 서로를 원수 취급하는 듯한 모양새로 봐서 다른 누군가가 우리에게 정보를 갖다 바칠 가능성이 있었다. 플로는 플로대로 며칠 내에 암시장의 특별 경매 얘기가 돌거든 알려주겠다고 약속했다. 조지가 조사한 내용도 조만간 들을 수 있을 것이다. 다시 말해 모든 게 척척 진행되고 있었다.

윙크맨 상점만 빼고.

카버가 거울을 윙크맨에게 넘겼을 공산이 큰 상황에서 록우드는 골동품점이라도 조사해 볼 가치가 충분하다고 생각했다. 잘만 되면 거울의 행방에 대한 단서를 얻을 수 있을지도 몰랐다. 잘 안 되면, 글쎄, 이 장물아비의 명성을 고려할 때 일이 잘못되는 상황은 생각하지 않는 편이 차라리 나았다. 하지만 우리는 변장을 할 테고, 뭐든 너무 위험한 일은 하지 않을 것이다. 다 괜찮을 것이다. 우리는 여름철 관광객으로 차려입고 블룸즈버리행 지하철에 올랐다.

가게에 들어서자 문 위 D자형 고리에 대롱대롱 매달린 작은 종이 광적으로 춤추며 짤랑거렸다. 내부는 어둡고 서늘했으며 먼지와 허브 광택제 냄새가 났다. 천장은 낮았다. 우리 뒤에서 햇빛이 마름모꼴 창유리에서 반짝이고는 얼룩덜룩한 망사 커튼을 통과해 낡고 흠집 많은 바닥에 마치 파편들처럼 흩어졌다. 매장은 차곡차곡 포개진 테이블과 진열장과 의자와 대중없는 물건들의 숲이었다. 문에서 바로 보이는 계산대에 여자가 서 있었다. 거대하고, 크고, 오래전에 잊힌 어느 신의 동상처럼 불길한 여자였다. 그녀는 조그만 천 조각으로 작은 유리 조각상에 광을 내고 있었다. 우리를 보고 몸을 펴는 그녀의 둥글게 부풀린 윗머리가 천장을 쓸었다.

"필요한 거라도?"

"그냥 구경하는 거예요. 고맙습니다." 내가 말했다.

나는 여자를 잽싸게 훑었다. 튼튼하고 골격이 우람한 체형에 오십대 초반쯤 돼 보였다. 그 덩치와 분홍빛 피부가 내 어머니를 떠올리게 했다. 여자는 길게 기른 머리칼을 강렬한 금발로 염색했다. 눈썹을 뽑아 다듬었고, 입술은 얇았으며, 눈동자는 청회색이었다. 가슴이 부각되는 꽃무늬 원피스를 입고 거기 맞춤한 허리띠를 했다. 첫눈에는 말랑하고 푸근해 보였다. 다시 보면 경험에서 나오는 노련함이 확연했다.

우리는 그녀의 정체를 알고 있었다. 플로가 생김새를 설명해 준 터였다. 여자는 애들레이드 윙크맨 부인이었다. 그녀와 그녀의 남편은 이십 년 전에 여기서 장사를 시작했다. 이전 사장이 인도산 야한 조각상에 짓뭉개지는 사고를 당한 뒤부터였다.

"이야, 가게가 엄청 근사하네요." 록우드가 말했다. 그는 씹고 있던 껌으로 조그맣게 분홍색 풍선을 불었다. 풍선이 딱 하고 터졌다. 그는 잔해를 입에 넣고 히죽 웃었다.

여자가 말했다. "선글라스는 벗는 게 나을 텐데. 우린 조명 밝기를 낮게 유지하거든. 영물들이 워낙 민감한 구석이 있어서."

"네." 록우드가 말했다. "말씀 감사합니다." 그는 선글라스를 벗지 않았고, 나도 마찬가지였다. "그래, 여기 이건 다 파는 건가요?"

"돈 가진 사람들한텐 팔지." 여자가 말하며 눈을 다시 내리깔았다. 그녀의 커다란 분홍빛 손가락이 유리 조각상의 윤곽을 천으로 천천히 문질렀다.

록우드와 나는 뚜렷한 목적이 없는 듯 보이려 애쓰며 가게 여기저기를 샅샅이 훑고 다녔다. 괴상한 물건이 한둘이 아니었다. 귀중품도 있고, 확실한 쓰레기도 있었다. 애팔루사종의 흔들목마는 얼룩덜룩한 흰 옆구리가 세월에 누렇게 착색됐다. 재단사가 쓰는 인체 모형은 머리와 어깨 부위 천에 좀이 슨 채 벌레 먹은 나무 기둥에 얹혀 있었다. 초기 형태의 금속제 탈수기 일체형 세탁기와 그 위에 둘둘 감아 올려둔 호스가 보였다. 베이클라이트* 라디오와 더불어 멀건 눈으로 뚫어져라 쳐다보는 듯 괴상한 빅토리아시대 인형도 셋 있었다. 몸서리가 쳐지는 인형들이었다. 빅토리아시대 꼬마들조차 그 인형들엔 소름이 돋았을 거다.

왼쪽 저 멀리 문을 가로질러 설치한 커튼이 반쯤 열려 있었다. 그 너머는 일종의 부속 건물 혹은 더 작은 방일 듯했다. 그 안의 안락의자가, 거기 앉은 누군가의—검고 윤나는—정수리가 언뜻 보였다.

---

* 합성수지의 일종.

"저기요, 이것들도 귀신 들린 건가요?" 록우드가 인형들을 가리켰다.

덩치 큰 여자는 눈길조차 들지 않았다. "아니…."

"이런, 귀신 들리고도 남아 보이는데."

"콥틱 거리의 가게들에 가면 값싼 선물들이 많아." 여자가 말했다. "너희들이 가진 돈으로 사기에 적당한 걸 찾을지도…." 그녀는 굳이 말을 마무리하지도 않았다.

"고맙습니다. 딱히 뭘 사려는 건 아녜요. 그치, 수스?"

"응." 나는 키득거리며 빨대를 요란스레 빨았다.

우리는 이곳저곳 좀 더 헤매고 다니며 물건들을 확인하고 내부 구조를 살폈다. 내 예리한 조사 실력이 귀띔해 준 바에 따르면 매장이 있는 층에는 출구가 두 개였다. 하나는 계산대 뒤의 열린 문으로 내부 숙소와 연결되고(빛바랜 페르시아 양탄자가 깔리고 벽에는 적갈색 사진들이 걸린 비좁은 복도가 보였다.), 다른 하나는 그 검은 커튼이 달린 쪽방 문이었다. 누군가가 아직도 거기 있었다. 종이가 바스락거리고, 남자가 느닷없이 코를 훌쩍거리는 소리가 들렸다.

언제나처럼 나는 내밀한 것들에도 귀를 기울었다. 뭔가가 정말 있기는 했다. 강하지 않고 딱히 소음이랄 것도 없는 뭔가였다. 희미하기 그지없는 웅웅거림이 똬리를 틀고 앉아 내뱉어지길 기다리고 있는 것도 같았다. 거울일까? 나는 묘지에서 들었던 소리를 떠올렸다. 그건 셀 수 없이 많은 파리가 왕왕거리는 소리를 닮았었다. 지금 들리는 소리와는 상당히 달랐다. 정체가 뭐든 간에 이 웅웅거림은 아주 가까이에 있었다.

록우드와 나는 검은 커튼이 달린 문에서 가장 먼 쪽 구석에서 다시 마주쳤다. 서로의 눈이 만났다. 우리는 아무 말도 하지 않았지만,

록우드가 계산대 여자의 시야를 자신이 제대로 가리고 있는지 확인하면서 내게 손가락을 들어 보였다. 우리는 사전에 암호를 정해둔 터였다. 손가락 하나, 철수하라. 손가락 둘, 뭔가를 발견했다. 손가락 셋, 상대를 교란하라.

도대체 어쩌라고! 손가락 셋이었다. 내가 난리를 피워야 했다. 록우드는 눈을 찡긋한 뒤 가게 반대쪽으로 스르르 사라졌다.

나는 여자를 힐끔거렸다. 여자의 천이 조그만 원을 그리며 돌았다. 빙글 빙글 빙글.

나는 치마 주머니에 태연스레 손을 넣었다.

동전 여남은 개가 딱딱한 나무 바닥에 떨어지면서 얼마나 요란한 소리를 낼 수 있는지 듣고 있으면 보통 놀라운 게 아니다. 갑작스레 바닥을 때리는 소음하며 사방으로 흩어지는 잔향하며…. 일을 벌인 나조차 기겁할 정도였다.

동전들이 테이블 아래로, 의자 다리 사이로, 동상 밑판 뒤로 쏟아졌다. 계산대 너머에서 여자가 고개를 쳐들었다. "무슨 일이야?"

"내 동전! 주머니가 찢어졌어요!"

나는 주저 없이 몸을 수그리고 가장 가까이의 테이블 밑으로 꿈틀꿈틀 전진했다. 부러 어설프게 움직이며 테이블을 건드린 통에 그 위의 장신구 거치대들이 건들거리면서 쟁그랑쟁그랑 소리를 냈다. 나는 동전 두어 개를 손으로 쳐서 더 안쪽으로 밀어 넣으며 아프리카산 조류 조각상 사이로 비집고 들어갔다. 홍학이나 뭐 그쯤 되는 새 같았다. 길쭉한 데다 부리가 크고 머리도 다소 컸다. 내 위에서 새의 머리들이 좌우로 위태롭게 흔들렸다.

"그만두지 못해! 당장 거기서 나와!" 여자가 어느새 계산대를 벗어나 있었다. 테이블 너머에서 빠른 속도로 다가오는 두꺼운 분홍빛 종아리와 육중한 신발이 보였다.

"네, 잠깐만요. 동전만 좀 줍고요."

저 앞에 동양풍 종이등이 있었다. 낡고 망가지기 쉬운 게 꽤나 값이 나갈 것도 같았다. 그 안에 동전이 들어갔을 수도 있다는 게 이론적으로 가능한 얘기여서, 나는 종이등을 부지런히 흔들어대며 윙크맨부인의 혁 소리를 못 들은 척했다. 이제 그녀는 테이블 너머에서 초조하게 몸을 들썩이며 내 가까이로 오려고 갖은 애를 쓰고 있었다. 나는 종이등을 내려놓으며 몸을 획 틀어 로마시대 화병인지 뭔지가 진열된 석고 기둥을 엉덩이로 쳤다. 화병이 비틀하더니 떨어지기 시작했다. 윙크맨 부인은 그처럼 덩치 큰 사람에게 내가 기대해 본 적 없는 날렵함을 자랑하며 햄 같은 손을 뻗어 추락하는 화병을 붙들었다.

"줄리어스!" 그녀가 꽥꽥거렸다. "레오폴드!"

매장 저쪽에서 커튼이 획 걷혔다. 누군가가 나와 위풍당당하게 통로를 걸었다. 짧고 다부진 다리와 딱 붙는 면바지가 보였다. 낡은 가죽 샌들을 신은 발이 보였다. 양말은 없었다. 발에는 털이 많았고, 길고 누런 발톱이 쩍쩍 갈라져 있었다.

잠시 후 두 번째 다리—첫 번째보다 현저하게 작지만 모양과 차림새는 똑같은—가 쪽방에서 나타나 종종걸음으로 뒤따랐다.

나는 테이블 밑의 더 깊숙한 곳을 뒤지는 척하며 벌벌 떨리는 손에 동전 몇 개를 모아 쥐었지만 게임은 이미 끝났다는 걸 알고 있었다. 뒤로 조금씩 움직여 통로로 나가던 와중에 깊고 나직한 목소리를 들었다. "이게 다 무슨 일이야, 애들레이드? 웬 철딱서니들이 장난이라도 치나?"

"저기서 나올 생각을 안 하잖아."

"오, 가만히 말로 하면 잘도 들어먹겠군."

"나가요." 내가 외쳤다. "동전을 주워야 해서요."

나는 테이블 아래서 나갔다. 벌건 얼굴로 숨을 헐떡이며 일어나선 몸을 돌려 그들과 마주했다. 여자는 거대한 팔로 팔짱을 끼고 있었다. 나를 응시하는 여자의 표정은 평소 같았으면 보는 것만으로 배가 살살 아파왔을 것이다. 하지만 이번엔 아니었다. 내가 진정으로 걱정해야 할 건 그녀 옆의 남자, 줄리어스 윙크맨이었다.

그의 첫인상은 원래는 덩치가 컸으나 유전자의 해괴한 장난으로 쪼그라들고 만, 혹은 엘리베이터에 깔리고 만, 혹은 둘 다인 남자였다. 땅딸막한 내배엽형*에다 거대한 머리와 두꺼운 목, 강력한 어깨를 원통형 가슴이 떠받치는 모양새였다. 팔뚝은 거대하고 털이 많았으며 짜리몽땅한 다리는 휘었다. 아주 짧게 자른 검은 머리칼은 기름을 발라 두피에 딱 붙였다. 잿빛 정장의 소매를 팔꿈치까지 걷어 올렸으며 흰색 셔츠를 입고 넥타이는 매지 않았다. 셔츠 옷깃 사이로 굵은 털들이 비집고 나왔다. 코는 펑퍼짐하고, 큰 입은 감정을 고스란히 드러내 보였다. 코에는 그와 좀처럼 어울리지 않는 금제 코안경이 얹혀 있었다. 그는 딱 봐도 상당한 힘을 가진 사람임이 분명했지만, 키는 나보다 살짝 클 뿐이었다. 그래서 그의 눈을 곧장 들여다볼 수 있었는데, 눈동자는 크고 검었으며 속눈썹은 길고 요염했다. 눈을 제외한 얼굴의 나머지는 험악하고 거무스름했다. 가운데가 갈라진 턱은 까칠한 수염으로 검었다.

그 옆에는 여러모로 그의 축소판인 듯한 소년이 서 있었다. 녀석 또한 조롱박을 뒤집어 놓은 듯한 체형에다 번지르르한 머리칼을 뒤로 넘겼고, 입은 두꺼비를 닮았다. 윙크맨과 비슷한 잿빛 바지와 꽉

---

* 소화기관이 크게 발달된 비만체형.

끼는 흰 셔츠를 입었다. 다른 점도 있기는 했다. 코안경을 쓰지 않았고 다행히 몸의 털도 적었다. 눈동자는 어머니를 닮아 파랗고 매서웠다. 자기 아버지의 어깨 높이에 걸린 두 눈이 나를 쌀쌀맞게 쳐다봤다.

"뭐 하는 짓이야." 줄리어스 윙크맨이 말했다. "내 가게는 왜 기어다녀?"

방의 저편, 이들 모두의 등 뒤에서 쪽방으로 이어지는 문의 커튼이 순간적으로 씰룩거리더니 이윽고 가만히 정지했다.

"폐를 끼치려던 건 아네요." 내가 말했다. "돈을 떨어트려서요." 나는 손바닥의 증거를 과장되게 흔들어댔다. "하지만 괜찮아요. 거의 다 찾았거든요. 나머지는 그냥 가지세요…." 일제히 쏟아지는 그들의 시선 아래서 내 기운 없는 싱글거림은 점차 쇠약해지고 서서히 죽음을 향해갔다. "음, 가게가 근사하네요." 나는 말을 계속했다. "끝내주는 물건이 정말 많아요. 비싸겠죠, 물론. 그쵸? 저 흔들목마만 해도 얼말까, 짐작건대 수백 파운드는 되겠죠? 사랑스러워라…." 중요한 건 그들이 계속 말하게 하는 것, 내게 정신을 팔게 만드는 거였다. "저기 저 화병은요? 저건 가격이 얼마나 될까요, 내가 사고 싶다고 하면? 음…, 그리스 물건인가요? 아님 로마? 혹시 짝퉁?"

"아니. 내 이거 하나 알려주지." 줄리어스 윙크맨이 불쑥 다가와 내 가슴팍이라도 쑤실 기세로 털북숭이 손가락을 들어 올렸다. 그의 손가락은 발가락과 마찬가지로 손톱이 길고 들쑥날쑥했다. 입에선 박하 냄새가 났다. "똑바로 들어둬. 여긴 점잖은 가게야. 점잖은 고객을 상대하는. 빈둥빈둥 사고나 치는 문제아들은 사절이라고."

"무슨 말씀인지 잘 알겠어요." 나는 냉큼 말했다. 망할 록우드. 다음번 교란은 네가 맡아야 할 거다. 나는 출입구 쪽으로 움직였다. "안녕히 계세요."

"잠깐." 윙크맨 부인이 말했다. "들어올 땐 둘이었잖아. 한 명은 어
딨어?"

"아, 먼저 나갔나 봐요. 그 앤 내가 뭘 떨어트리는 꼴을 도저히 못
보거든요."

"문소리가 안 났는데."

줄리어스 윙크맨은 방 저편을 힐끗 돌아봤다. 목이 너무 두꺼워서
상반신 전체를 모로 돌려야만 가능한 일이었다. 그가 희미하게 웃었
다. 신기하게도 그의 눈과 입에는 전반적인 털북숭이 이미지와 기묘
하게 공존하는 여성스러움이 있었다. 그가 말했다. "삼십 초, 어쩜 사
십 초. 두고 보면 알겠지."

나는 머뭇거렸다. "죄송한데 무슨 말씀이신지."

"저 애 손 좀 봐요, 아빠." 소년이 열띠게 말했다. "오른손을 보세
요."

나는 영문을 몰랐다. "동전을 보여달라고?"

"동전 말고," 줄리어스 윙크맨이 말했다. "네 손 말이다. 잘했다,
레오폴드. 자, 그 손 이리 내, 이 거짓말쟁이 부랑자 녀석아. 손목을
부러트려 놓기 전에."

나는 살갗이 스멀거렸다. 말없이 손을 내밀었다. 윙크맨이 내 손
을 붙들고 움직이지 못하게 했다. 그 손길의 부드러움이 오히려 오싹
했다. 그는 코안경을 살짝 매만지고 몸을 숙였다. 다른 손 손가락으
로 내 손바닥 표면을 가볍게 쓸었다.

"예상대로야." 그가 말했다. "조사관이군."

"내가 뭐랬어요, 아빠!" 소년이 말했다. "내가 뭐랬어요!"

차오르는 눈물에 눈이 따끔거렸다. 눈꺼풀을 맹렬히 껌뻑여 눈물

을 도로 집어넣었다. 그래, 나는 조사관이다. 위협에 굴하지 않을 것이다. 나는 손을 빼냈다. "무슨 말씀인지 모르겠는데요. 난 그저 당신네 바보 같은 가게를 구경하러 들어왔을 뿐이고, 당신들이 내게 그리 친절하다고는 못 하겠거든요. 날 내버려둬요."

"정말 형편없는 연기야." 윙크맨이 말했다. "혹여 네가 연기 천재라 해도 네 손만큼은 맘대로 안 될걸. 손바닥에 그처럼 두 줄로 못이 박히는 건 오직 조사관들뿐야. 레이피어 자국, 난 그렇게 부르지. 니들이 죽어라 하는 그 연습 때문에 생기는 거야. 그 웃기고 같잖은 검술 말이다. 응? 거기까지 생각을 했었어야지. 안 그래? 그러니까 우린 네 그 대단하신 친구분이 나오기만 기다리면 되겠어." 그는 털북숭이 손목에 찬 시계를 확인했다. "아마도 조만간…. 지금이군."

커튼 뒤에서 빛이 번쩍였다. 고통에 찬 비명이 들렸다. 잠시 후 커튼이 홱 걷혔다. 그리고 록우드가 나오는데, 하얗게 질린 얼굴을 잔뜩 찡그린 채 오른편 손가락들을 움켜잡고 있었다. 스스로를 진정시키려 깊은숨을 들이마셨다. 통로를 천천히 걸어와서는 자신을 기다리는 윙크맨 가족 앞에 섰다.

"정말이지," 록우드가 말했다. "고객 응대가 훌륭한 곳이라곤 못 하겠군요. 저기 저 조그만 전시장을 둘러보고 있었을 뿐인데 웬 전기 충격 같은 게…."

"얼빠진 것들이 얼빠진 짓만 골라 하는구먼." 줄리어스 윙크맨이 나직하고 굵은 목소리로 말했다. "어디를 뒤졌나, 애송이. 사무실? 금고?"

록우드가 머리칼을 쓸어 넘겼다. "금고요."

"그 금고로 말할 것 같으면 회로를 해제하지 않고 문에 손을 댄 자들을 가벼운 전기충격으로 벌하게 돼 있지. 사무실에도 비슷한 장치가 있고. 하지만 이러나저러나 너흰 시간을 낭비하고 있을 뿐야. 거기엔 너희가 관심 가질 만한 게 전혀 없거든. 정체가 뭐야? 누구 밑에서 일하지?"

나는 입을 열지 않았다. 록우드는 야단스러운 색깔의 휴가용 반바지를 입고 손에선 모락모락 김이 나는 사람이 그럴 법하게 오만한 경멸의 표정을 짓고 있었다.

윙크맨 부인이 고개를 절레절레 저었다. 중간 문설주가 있는 창문 앞에 선 그녀는 더없이 길어 보였다. 불길하게 덮쳐오는 듯한 그녀의 형상이 빛을 가렸다. "줄리어스? 문을 잠글게."

"토막을 내버려요, 아빠." 소년이 말했다.

"그럴 필요 없어, 귀염둥이들." 윙크맨이 우리를 가만히 봤다. 미소는 여전했지만 나풀거리는 속눈썹 뒤의 눈동자는 돌처럼 딱딱했다. "너희들이 누군지 몰라도 돼." 그가 말했다. "상관없어. 뭘 원하는지 짐작은 하겠는데, 너희가 그걸 손에 넣는 일은 없을 거야. 이거 하나는 똑바로 알아두라고. 내 가게엔 말야, 달갑지 않은 손님들을 처리하는 방비들이 있어. 그중 가장 하찮은 게 전기충격이고. 조잡하지만 낮 동안엔 그런대로 유용해. 밤에는, 여기 침입할 정도로 멍청한 인간이 있기나 하다면, 다른 방법들이 준비돼 있지. 그것들이야말로 제대로 효과적이야. 이따금 내 적들은 내가 아래층으로 내려오기도 전에 죽어 있기도 해. 알아듣겠나?"

록우드가 고개를 끄덕였다. "아주 잘 알겠습니다. 가자, 수스."

"아니." 줄리어스 윙크맨이 말했다. "그렇게는 안 되지. 여기서 걸어서는 못 나가." 곰 같은 손이 튀어나와 우리를 붙들었다. 나는 팔뚝을, 록우드는 멱살을 잡혔다. 그는 아무 힘도 들이지 않고 우리 둘을 자기 쪽으로 당겨 바닥에서 들어 올렸다. 그의 아귀힘은 몹시 강했다. 나는 고통에 차 소리쳤다. 록우드는 몸부림쳤지만 아무것도 할 수 없었다. "네놈들을 봐." 윙크맨이 말했다. "얼빠진 제복에 허세덩 어리 검 없이는 너희도 한낱 꼬맹이일 뿐야. 꼬맹이! 이번은 처음이 니 이쯤 해두지. 다음엔 나도 이렇게 많이 참진 않을 거야. 레오폴드, 문!"

소년이 깡충깡충 뛰어가 문을 획 열었다. 빛이 쏟아져 들어오고, 문에 달린 종이 상냥하게 딸랑거렸다. 줄리어스 윙크맨은 나를 들어 올린 팔을 뒤로 젖혔다가 밖의 햇빛을 향해 휘둘렀다. 나는 팔근육 이 찢어지는 것만 같았다. 쿵 하고 무릎으로 착지해 앞으로 고꾸라졌 다. 잠시 뒤에는 록우드가 옆에 떨어졌는데, 등으로 땅을 때리고 한 번 튀어 올랐다 미끄러져 가 먼지를 흩날리며 정지했다. 우리 뒤에서 블룸즈버리 골동품점으로 들어가는 문이 부드럽게 그러나 야무지게 닫혔다.

14

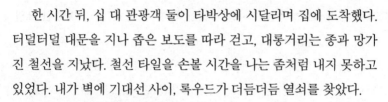

한 시간 뒤, 십 대 관광객 둘이 타박상에 시달리며 집에 도착했다. 터덜터덜 대문을 지나 좁은 보도를 따라 걷고, 대롱거리는 종과 망가진 철선을 지났다. 철선 타일을 손볼 시간을 나는 좀처럼 내지 못하고 있었다. 내가 벽에 기대선 사이, 록우드가 더듬더듬 열쇠를 찾았다.

"손은 좀 어때?" 내가 물었다.

"후끈거려."

"엉덩이는?"

"더 후끈거리고."

"잘 안 된 거지. 그치?"

록우드가 현관문을 열었다. "그 별실에 뭐가 있는지 봐야 했어. 거울이 있을 가능성도 무시 못 하니까. 하지만 경마 신문이랑 회계장부밖에 없더라고. 반쯤 완성한 지그소 퍼즐하고. 그 역겨운 아들 녀석이 하던 거겠지. 윙크맨은 인기 상품들을 따로 보관해. 당연한 얘기지만." 그는 한숨을 내쉬었고, 거대한 반바지를 거듭 끌어 올리며 복도를 걸었다. "그래도 오늘 오후를 완전히 버렸다곤 할 수 없지. 윙크맨이라는 친구가 어떤 사람인지 직접 봤고, 그를 얕잡아보는 일은 두 번 다시 없을 테니. 조지 쪽이라도 일이 잘 풀려야 할 텐데 어쩼으려나."

"말해 뭐 해!" 부엌문이 활짝 열렸다. 조지는 한껏 들뜬 채 식탁에 앉아 연필과 막대비스킷을 물고 있었다. 우리 차림새를 본 눈이 휘둥그레졌다. "어렵쇼. 지금 그걸 바지라고 입은 거야, 록우드? 아님 그걸로 하늘이라도 날아보시게?"

록우드는 대답이 없었다. 문간에 가만히 서서 식탁에 어지럽게 놓인 과자 봉지와 머그컵, 복사지, 펼쳐진 공책들에 못마땅한 시선을 던졌다. 나는 주전자에 물을 올리러 갔다. "바지라고 입은 거야." 내가 말했다. "오늘 잠입수사를 나갔는데 잘 안 풀렸어. 넌 바빴던 모양인데. 무슨 진전이라도?"

"응. 드디어 뭐가 좀 돼가는 것 같아." 조지가 말했다. "열이야. 적당한 열이 해답일지도 모르겠어. 태양열 말고. 그건 플라스마를 위축시킬 뿐이잖아. 난 인공열을 말하는 거야. 어젯밤에 저 해골을 오븐에 넣었거든. 근데 있지, 얼마 안 가 근사하게 발동이 걸리는 거야. 150도에 플라스마가 배배 꼬이고 둘둘 감기기 시작하더라고. 알고 보니 그게 마법의 숫자였어. 이내 얼굴이 나타나더니 놈이 거짓말 안 보태고 진짜로 말을 하는 것 같았다니까! 물론 실제로 듣진 못했지―네가 거기 있었어야 했는데, 루시―하지만 내가 입 모양을 제대로 읽은 게 맞다면, 놈은 꽤나 고약한 말들을 알고 있어. 어쨌든 이건 대단한 도약이고, 난 내게 나름 만족해." 그는 의기양양하게 의자에 몸을 기댔다.

나는 짜증이 확 났다. 해골은 최근에 나와 얘기했다. 그냥 실온에서. 그게 다였다. 이 끝없는 실험이 문득 지긋지긋하게 느껴졌다.

록우드는 조지를 보고만 있었다. 방에 쌓여가는 압력이 고스란히 감지됐다. 내가 말했다. "그래, 오늘 아침에 오븐에 든 유령단지를 봤어. 우린 살짝 놀랐거든…. 사실 아까 내가 물었던 건 비커스태프 얘기였고."

"오, 걱정 마. 그쪽 소식도 준비돼 있으니까." 조지는 자만심 넘치는 오도독 소리와 함께 막대비스킷을 씹었다. "오븐들은 그게 문제야. 충분히 크지가 않다는 거. 유령단지를 간신히 집어넣었는데 이젠 거기 껴버렸네! 그러니까, 형편없단 얘기야. 유령단지가 아니라 엄청 큰 크리스마스용 고기 요리였음 어쩔 뻔했어?"

"그래." 내가 쌀쌀맞게 말했다. "오븐에 유령단지 아닌 고기 요리라니 퍽도 이상하겠다. 그치?" 나는 머그컵들을 찾아 티백을 툭툭 던져 넣었다.

"아, 하지만 이게 엄청난 돌파구일 수 있지." 조지가 말했다. "생각해 봐. 우리의 필요에 따라 죽은 자에게 말을 시킬 수 있음 어떨지. 조플린은 그게 인류 역사 내내 이어져 온 학자들의 꿈이었다고 했어. 그걸 위해 필요한 게 실은 커다란 오븐 몇 대뿐…."

록우드가 느닷없이 소리를 지르며 성큼성큼 들어왔다. "그 멍청한 해골 얘기 좀 그만하라니까! 지금 우리의 우선순위는 그게 아니라고, 조지. 우리가 그걸로 돈을 벌어? 아니! 그럼 그게 런던 사람들의 코앞에 닥친 위험이야? 아니! 우리가 그 미스터리를 풀면 킵스와의 내기에서 이기고 공개 망신을 피할 수 있게 돼? 아니, 아니라고! 근데 이 모든 일들이 벌어지는 이때에 넌 단지랑 오븐을 붙들고 오락가락하고 있잖아! 루시랑 난 오늘 우리 목숨을 걸었어. 그 따위에 네가 관심이라도 있는지 모르겠지만." 그는 깊은숨을 들이마셨다. 조지는 넋이 나간 듯 그를 보고 있었다. "내 부탁은," 록우드가 말했다. "부디 당장의 일에 집중해 달라는 것뿐야…. 응? 어떻게 할래?"

조지는 콧등에 걸린 안경을 밀어 올렸다. "미안한데, 다시 한번 말해줄래? 네 반바지 말야. 그것 때문에 네 말이 귀에 하나도 안 들어와."

주전자의 물이 요란하게 끓으며 록우드의 짧은 반응을 삼켜버렸다. 나는 서둘러 차 세 컵을 만들고, 숟가락을 딱딱거리고, 냉장고 문을 덜컹거리면서 뒤이은 정적을 채우려 했다. 별 효과가 없었다. 조만간 나아질 분위기가 아니었다. 그래서 나는 뚱한 웨이트리스처럼 차를 나눠준 다음 옷이나 갈아입으러 위층으로 갔다.

나 역시 충분히 시간을 가졌다. 힘든 오후였고, 윙크맨 가족과의 조우는 록우드에게 인정했던 것보다도 더하게 나를 흔들어놨다. 그 손의 부드러운 감촉, 몸을 움직일 때마다 은근히 풍겨 나오던 폭력성…. 아까 입었던 우스꽝스러운 관광객 복장이 문득 미치도록 꼴 보기 싫었다. 다락방에서 평상복이나 다름없는 검은 상의와 치마, 레깅스로 갈아입었다. 튼튼한 작업화도 신었다. 조사관의 복장이었다. 아무도 함부로 하지 못하는 복장이었다. 별거 아니었지만 그래도 기분이 좀 나아졌다. 나는 창가에 서서 땅거미를, 포틀랜드 로의 고요를 내다봤다.

심란해 보이는 건 나뿐만이 아니었다. 그런 짜증이라니 록우드답지 않았다. 거울을 찾아 킵스를 이겨야 한다는 절실한 필요가 그의 마음을 좀먹는 게 분명했다.

아니, 정말 그런가? 그를 괴롭히는 다른 뭔가가 있는지도 모른다. 그 해골 때문인지 모른다. 해골과 놈의 속삭임이 암시하는 것들 때문인지도….

아래로 내려가는 길에 나는 2층 층계참에서 멈춰 섰다. 벽면의 폴리네시아 퇴마구와 항마구에 그림자가 드리워져 있었다. 나는 혼자였다. 아래층 부엌에서 록우드와 조지의 목소리가 들렸다.

그래, 거기 있었다. 절대로 열려선 안 되는 문이.

'이 집엔 무서운 것들이 더 있어, 나 말고도.'

충동이 날 집어삼켰다. 나는 살금살금 다가가 나무문에 두 손과 귀를 댔다. 내면의 감각들에 모든 걸 내맡긴 뒤 듣고 또 들었다….

아니. 아무것도 없다. 그냥 문을 열고 안을 봐야 한다. 문은 잠기지 않았다. 별일이야 있겠는가?

아님 그저 내 일에나 신경 쓰고, 단지 속 저 불쾌한 것이 내뱉는 거짓말과 꼬드김을 잊어버릴 수도 있겠지! 나는 충동을 뿌리치고 계단을 내려갔다. 그래, 록우드의 과거를 좀 더 깊이 캐보고 싶긴 하지만, 그야 여길 기웃거리지 않고도 가능한 일이었다. 플로는 록우드의 옛 스승을 언급했고, 보아하니 그는 고약한 결말을 맞은 듯했다. 어쩌면 나도 조지를 모범으로 삼아 언젠가 기록물보관소를 방문해 볼 수도 있을 것이다….

두 사람은 아직 부엌에 있었다. 식탁에 앉아 차를 홀짝였다. 하지만 내가 없는 동안 확실히 무슨 일이 있긴 했다. 식탁 가운데에 전에는 없던 햄과 머스터드샌드위치가 높이 쌓여 있었으니까. 방울토마토와 오이피클, 쪼글쪼글한 양상추가 든 그릇과 함께. 그리고 감자칩도. 꽤 훌륭해 보였다. 나는 자리에 앉았다. 우리는 먹었다.

"이제 다 괜찮아졌어?" 얼마 뒤 내가 물었다.

록우드가 끙 소리를 냈다. "내가 사과했어."

조지가 말했다. "록우드가 비커스태프의 관에서 사라진 물건을 그리는 중이야. 왜, 그 사진에서 봤다던 거 있잖아. 어떤 것 같아?"

나는 생각하는 식탁보를 쳐다봤다. 스케치가 그리 훌륭하진 않았다. 록우드는 그림에 재주가 없으니까. 그가 그린 건 서너 줄쯤 되는 평행선인데 끝이 뾰족했다. "연필 뭉치 같은데."

"연필보단 커." 록우드가 말했다. "막대기에 가까워. 〈타임스〉 촬영기사들이 배럿 부인의 묘지를 찍으려고 가져온 접이식 삼각대가 생각나더라고." 그가 샌드위치를 한 입 베어 물었다. "이런다고 그게 어디로 증발했는지 설명되는 것도 아니고, 원. 아무튼 일 얘기 좀 해보자. 우리가 지난 이십사 시간 동안 뭘 했는지 조지한테 대강 설명했어. 그걸 들은 조지는 심기가 불편하고."

조지가 고개를 끄덕였다. "그렇고말고. 너희가 윙크맨의 가게에 그런 식으로 엉성하게 들이닥쳤다니 믿을 수가 없다. 윙크맨이 정말 네가 묘사한 대로라면 너흰 끔찍하게 경솔한 짓을 한 거야."

"결정을 서둘러야 했어." 록우드가 입에 음식을 가득 물고 말했다. "그래, 성공적이진 못했지. 하지만 성공했을 수도 있는 거잖아. 때로는 조지, 충동적으로 행동해야 할 때도 있는 거야. 인생이 유령단지와 문서들로 느긋하게 돌아가지만은 않아. 아, 나한테 또 열 받지마. 말이 그렇다는 것뿐이니까."

"이봐, 나도 싸움의 최전선에 있는 사람이거든." 조지가 으르렁거렸다. "그날 밤에 귀신 들린 거울을 정면으로 본 사람이 누구더라? 난 아직까지도 그 기운을 느껴. 뭔가가 내 마음을 잡아당기는, 날 부르는 것만 같다고. 우리가 시신으로 발견한 유물 사냥꾼이랑 같은 결말을 맞기까지 나 역시 얼마 안 남았다는 생각이 자꾸만 드는데, 그게 그리 근사한 기분은 아니거든." 조지의 두 뺨에 작고 둥글게 붉은 기가 서렸다. 그가 눈길을 돌렸다. "어쨌든 내 '느긋함' 덕분에 괜찮은 정보들께나 찾아냈고 너희도 실망하지 않을 거야. 우린 지금 킵스와 보비 버넌보다 앞서 있어. 확실해."

어느새 밤이었다. 록우드가 자리에서 일어나 부엌 블라인드를 내리고 정원의 어둠을 차단했다. 보조 조명을 켜고 의자에 다시 앉았다. "조지 말이 옳아. 네가 위층에 있는 동안 반스 경위한테 전화했어, 루스. 킵스가 잘하고 있진 않더라고. 잭 카버도 거울도 완전히 오리무중이래. 런던의 유물 사냥꾼 절반을 잡아넣는 통에 DEPRAC 구치소가 터지기 직전인데 거기 잭 카버는 없었어. 그의 행방에 대한 단서도 전혀 없고. 반스는 약간 좌절한 상태야. 우리가 희망적인 실마리를 찾아 추적 중이라고 얘기해 뒀어."

"윙크맨 얘기도 했어?" 내가 물었다.

"아니. 그랬다가 킵스가 끼어들면 안 되니까. 우리의 가장 큰 희망이잖아. 그 비밀 경매 말야. 플로가 제때 알려줄 수만 있으면."

"넌 그 플로 본스를 지금껏 어디다 숨겨놓고 있었던 거야?" 조지가 물었다. "나름 유용한 인맥 같은데. 어떤 사람이야?"

"상냥하고 온화하고 점잖지." 내가 말했다. "기품이 넘쳐. 기품이라면 너도 일가견이 있잖아. 너랑 잘 맞을 것 같아."

조지가 안경을 밀어 올렸다. "정말? 잘됐네."

"자, 그럼 조지," 록우드가 말했다. "이제 네 차례야. 비커스태프랑 거울에 대해 뭘 알아냈어?"

조지는 가지런히 모은 종이들을 먹고 남은 샌드위치 옆에 정갈히 쌓았다. 그의 짜증은 가라앉았다. 이제 그는 열정적이고 사무적인 분위기를 풍겼다.

"좋아. 예상했던 대로 국립기록물보관소는 날 실망시키지 않았어. 내가 가장 먼저 챙긴 건 앨버트 조플린이 보여줬던 〈햄프스테드 관보〉 기사였어. 쥐 얘기를 보도한 기사 말야. 일단 그걸 찾아 복사했어. 여기 있네. 자, 너희도 기본적인 내용은 기억할 거야. 우리의 에드먼드 비커스태프 박사는 햄프스테드 히스의 요양원—만성 질환자를 보살피는 일종의 병원이었어—에서 일했어. 평판이 좋은 사람은 아니었지. 자세한 내용은 알려져 있지 않지만. 어느 밤에 그는 친구들을 불러 파티를 열었어. 발견됐을 때 그의 시신은 쥐 떼에 완전히 먹히다시피 했지. 으으, 생각만 해도 이 방울토마토를 씹기 싫어지네. 그래도 씹겠지만."

"그러니까 박사가 총에 맞았단 얘긴 없는 거네?" 철관에 든 시체를, 그것의 이마에 난 둥근 구멍을 떠올리며 내가 물었다. "총을 맞은 다음에 먹혔다든가 하는?"

"그런 얘긴 전혀 없어. 하지만 기사가 백 퍼센트 옳진 않을 가능성도 꽤 있지. 세부 사항을 실수로 누락하거나 고의로 뺏을 수도 있고."

록우드가 고개를 끄덕였다. "그 쥐 어쩌고 하는 얘기 전체가 난 좀 바보같이 느껴져. 다른 신문에서 보도한 기사도 있어?"

"그런 게 많으리라 예상할 텐데 아니었어. 쥐 떼 얘기가 신문 일면을 도배했을 것 같잖아. 근데 실은 기사 자체가 거의 없더라고. 그 얘기를 의도적으로 숨겼나 싶을 정도라니까. 그래도 몇 가지 참고할 만한 걸 찾긴 했어. 기사엔 없던 내용들이랑. 지속적으로 제기되는 주장 하나는 비커스태프 박사한테 어둠이 내린 뒤에 묘지 부근을 헤매고 다니는 고약한 습관이 있었다는 거야."

"그게 뭐 어때서." 내가 오이피클을 아작아작 씹으며 말했다. "우리도 그러잖아."

"우리는 자정을 넘긴 시각에 불룩한 자루를 걸쳐 메고 손에 든 삽에선 무덤 진흙이 뚝뚝 떨어지는 채로 목격되진 않지. 한 신문에 따르면 박사는 하인 한 명을 거느리고 다녔대. 그 불쌍한 녀석은 자기가 질질 끌고 있는 무거운 자루에 뭐가 들었는지 죽었다 깨나도 몰랐을걸."

"아무도 박사를 체포하지 않았다니 의아한데." 내가 말했다. "정말 목격자가 있었다면….."

"힘깨나 쓰는 친구들이 뒤를 봐줬는지도." 조지가 말을 계속했다. "그 얘긴 좀 이따 나올 거야. 어쨌든 그로부터 몇 년 뒤에 〈햄프스테드 관보〉가 보도하길, 누군가가 비커스태프의 관사에 들어갔다가─거긴 그간 비어 있었거든. 사겠다는 사람이 없었겠지─응접실에서 비밀 공간을 발견했대. 그 벽판 뒤에서 뭐가 나왔냐면…." 조지는 키득거리며 극적 효과를 위해 뜸을 들였다. "너흰 짐작도 못 할걸."

"시신." 내가 말했다.

"뼈." 록우드가 감자칩을 집어 들었다.

조지가 허탈한 표정을 지었다. "그래. 음, 내가 단서를 줬나 보구나. 아무튼, 맞아. 숨겨진 방에 온갖 신체 부위가 잔뜩 쌓여 있었대. 일부는 아주 오래돼 보였고. 이로써 우리 훌륭하신 의사 선생님께서 파선 안 될 걸 파내며 돌아다녔단 사실이 확인됐어. 그래야만 했던 이유가 뭔지는 불분명했지만."

"이 얘기도 대대적으로 보도되지 않았고?" 록우드가 말했다. "이쯤 되면 정말 이상한 게 맞네."

"비커스태프의 친구들은 어떤데?" 내가 얼굴을 찌푸렸다. "조플린이 그러지 않았어? 같이 어울리는 무리가 있었다고?"

조지가 고개를 끄덕였다. "응, 그 부분에서 큰 게 나왔지. 박사의 동조자로 추정되는 두 사람의 이름이 공개된 기사가 있었어. 나중에 관사에서 열린 최후의 모임에까지 가게 된 인물들이지. 둘 다 젊은 귀족인데 이름이," 그는 잠시 메모들을 확인했다. "메리 뒬라크 귀부인과 사이먼 윌버포스 각하. 둘 다 부유했고 이상한 생각들에 관심이 많은 걸로 유명했대. 아무튼 여기…," 조지의 눈이 반짝였다. "내가 찾아낸 다른 문헌들에 따르면 1877년에 실종된 사람이 비커스태프 혼자만은 아닌 것 같아. 비슷한 시기에 딜라크와 윌버포스 또한 사라졌어."

"뭐야, '두 번 다시 그들을 볼 순 없었다' 식의 실종?" 내가 말했다.

"맞아. 그게, 윌버포스의 경우엔 확실히 그래." 조지가 우릴 보며 싱글거렸다. "제보 포상금을 걸고 의회에서 질의도 했지만 비커스태프와의 관계를 공식적으로 인정한 사람은 없었나 봐. 아는 사람이 없었을 리가 없는데. 그냥 쉬쉬했던 것 같아. 어쨌든 그로부터 십 년을 건너뛰어 메리 딜라크의 느닷없는 재출현으로 가보자고…." 그는 종이 더미를 뒤적였다. "어디 뒀지? 분명히 봤는데. 아, 여기 있다. 내가 읽어줄게. 〈데일리 텔레그래프〉의 1886년 여름 기사야. 비커스태프 사건으로부터 오랜 세월이 흐른 시점이지.

'미치광이 체포: 일명 '처트시 숲의 야생녀', 광란의 울부짖음으로 이 삼림 지역 일대를 수 주 동안 경악시킨 부랑자가 경찰에 체포됐다. 마을회관에서 진행된 심문에서 본인의 이름을 메리 혹은 메리 딜라크라 밝힌 깡마른 광인은 본인이 수년간 짐승처럼 살았다고 주장했다. 광인의 헛소리와 헝클어진 머리칼, 흉측한 생김새는 심문에 동석한 신사들을 불안하게 했고, 그녀는 서둘러 처트시 정신병원에 수용됐다.'"

조지가 읽기를 마치자 정적이 내렸다.

록우드가 말했다. "나만 그런 거야, 아님 비커스태프도 자기랑 어떻게든 엮이는 사람들한테 나쁜 일이 생기는 거야?"

"거기 우린 포함되지 않길 바라자고." 내가 말했다.

"딜라크 건은 아직 끝을 못 봤어." 조지가 덧붙였다. "처트시에 가서 거기 공문서보관소 좀 확인해 보고 싶어. 처트시 정신병원은 1904년에 문을 닫았어. 병원 도서관에서 공문서보관소로 이관된 자료들을 열거한 항목에 『메리 될라크의 고백록』이란 게 있었어. 읽어볼 가치가 충분해 보여."

"확실히 그러네." 록우드가 동의했다. "하지만 미치광이의 고백을 기록한 것인 이상 숲에서 벌레를 먹네 어쩌네 하는 얘기에 불과할 수도 있어. 그래도 혹시 모르니까. 잘했어, 조지. 아주 훌륭해."

"거울에 대한 얘기가 전혀 없다는 게 아쉬울 뿐이지." 조지가 말했다. "거울이 묘지의 네들스를 죽였고 내게도 뭔가 희한한 짓을 했어. 나로선 그게 박사의 죽음에도 개입돼 있는지 궁금할 수밖에 없지. 일단 계속 찾아보긴 할게. 마지막으로 비커스태프가 근무했던 병원, 그러니까 햄프스테드 히스의 그린 게이츠 요양원과 관련해서도 재밌는 얘기가 있더라고."

"조플린은 거기가 화재로 소실됐다고 했지. 아닌가?" 내가 말했다.

"맞아. 1908년이었고, 꽤 많은 생명이 희생됐어. 그 부지는 오십 년 넘게 미개발 상태였고. 그러다 드디어 거기에 주택단지를 짓겠다는 사람들이 나타난 거지."

록우드가 휘파람을 불었다. "도대체 무슨 생각이었던 거야? 비극적 화재를 겪은 옛 빅토리아시대 병원 부지에 주택을 짓는 사람이 어딨어?"

조지가 고개를 끄덕였다. "내 말이. 그런 곳을 피하는 게 개발의 제1원칙이나 마찬가진데. 다들 예상하다시피 심령 소란이 만만치 않았고 개발사업은 결국 보류됐어. 근데 그 당시 배치도를 보다 발견한 사실이 있어. 그 부지 대부분이 지금은 풀밭에 지나지 않아. 남은 담장 몇 개에 잡초가 웃자란 폐허지. 그런데 거기 멀쩡히 서 있는 건물이 한 채 보이더라고."

우리는 그를 쳐다봤다. "그러니까 네 말은…."

"알고 보니 비커스태프의 관사는 병원 중심부에서 살짝 떨어진 곳에 위치해 있었어. 불길이 거기까지 번지진 않은 거지. 관사는 아직 그대로 있어."

"어떤 용도로 쓰이고 있는데?" 내가 물었다.

"없어. 버려진 상태 같아."

"그곳의 과거를 생각하면 그럴 법도 하지. 누구든 제정신이면 거기 가고 싶겠어?" 록우드가 의자 등받이에 몸을 기댔다. "아주 잘했어, 조지. 넌 내일 당장 처트시로 가봐. 루시랑 난 잭 카버를 추적해 볼게. 어떻게 추적할 것인가, 는 감조차 안 오지만. 정말 흔적도 없이 증발해 버렸다니까. 좋아, 난 이만 올라갈게. 아주 몹시 피곤하다. 이 반바지들을 벗어 던질 때가 되기도 했고."

그가 자리에서 일어났다. 그 순간 현관문을 두드리는 소리가 났다. 똑똑, 두 번의 가벼운 노크였다.

우리는 서로를 쳐다봤다. 연달아 의자를 천천히 밀고 일어나 복도로 나갔다.

문을 두드리는 소리가 다시 들렸다.

"몇 시야, 조지?" 록우드가 물을 필요도 없는 질문을 했다.

벽난로 위에 손잡이가 달린 사각형 탁상시계가, 방 한쪽 구석엔 록우드의 부모님이 수집한 대형 괘종시계가 있었고, 타조 깃털과 치타 뼈와 회전하는 앵무조개껍데기를 써서 시간을 알려주는 아프리카산 악몽잡이 시계도 있었다. 시간을 모르려야 모를 수 없었다.

"이십 분 있으면 자정이야." 조지가 말했다. "늦었어."

유령 아닌 방문자가 찾아오기엔 너무 늦은 시간이었다. 우리 누구도 이를 입 밖으로 내지 않았지만 머릿속으론 다들 같은 생각이었다.

"헐렁거리던 철선 타일은 물론 교체했겠지, 루시." 외투 걸이와 열쇠 탁자 위의 크리스털 등 너머를 내다보는데 록우드가 말했다. 복도의 빛은 부엌에서 노란 작살처럼 쏟아지는 희미한 불빛이 전부였다. 다양한 부족의 신성한 상징들이 뿌연 반쪽짜리 어둠 속에 떠 있었고, 현관문 자체는 보이지 않았다.

"거의."

"거의 끝냈다고?"

"거의 시작할 뻔했다고."

복도 끝에서 똑똑 소리가 한 번 더 들렸다.

"왜 종을 울리지 않는 거지?" 조지가 말했다. "표지판에 분명히 적혀 있잖아. 종을 울려야 한다고."

"설마 광산의 똑똑이*는 아니겠지." 내가 천천히 말했다. "아님 그림자 시늉*이거나. 근데 아무리 철선이 망가졌다 해도 놈들은 너무 약해서…."

"그래, 맞아." 록우드가 말했다. "유령일 리 없어. 반스 아님 플로일 거야."

"그렇지! 당연해! 플로야. 플로가 틀림없어. 그 앤 밤에 나다니잖아."

"당연히 그렇지. 얼른 문을 열어줘야 해."

"응."

우리 누구도 문으로 향하지 않았다.

"얼마 전 그 교살 사건이 일어난 데가 어디더라?" 조지가 물었다. "유령이 창문을 두드리고 할머니를 살해한 곳이?"

"조지, 그건 창문이었다고! 이건 문이잖아!"

"그래서 뭐! 사각형으로 뚫린 건 마찬가지잖아. 나도 교살당할 수 있다고!"

또다시 문을 두드리는 소리가 났다. 이번에는 한 번 똑 하는 소리, 나무에 뭔가가 부딪혀 생긴 반향이었다.

"아, 될 대로 되라지." 록우드가 으르렁거렸다. 그는 성큼성큼 복도를 걸어가 크리스털 등을 켜고 외투 옆 우산꽂이에서 레이피어를 낚아챘다. 문 가까이로 몸을 숙여 나무문 저편에 대고 큰 소리로 말했다. "네? 누구세요?"

답이 없었다.

록우드는 손으로 머리칼을 쓸어 넘겼다. 쇠사슬 빗장을 걷고 잠금쇠를 풀었다. 문을 열기 전에 조지와 나를 돌아봤다. "어쩔 수 없어. 우리 도움이 필요한 누군가일 수…."

문이 벌컥 열리며 록우드를 쳤다. 그는 뒤로 밀려가 선반과 거세게 충돌했다. 가면과 박이 떨어지며 바닥을 때렸다. 구부정한 검은 형상이 복도로 뛰어들었다. 하얗게 질리고 뒤틀린 얼굴, 광란하듯 부릅뜬 눈이 언뜻 보였다. 록우드는 검을 휘두르려 했지만, 형상이 그를 내리누르며 몸을 긁어 파고 있었다. 조지와 내가 튀어나가 복도를 질주했다. 무시무시하게 울걱거리는 외침. '그것'이 록우드를 놓고 뒤로 물러나면서 크리스털 등의 불빛 속으로 들어갔다. 사람이었다. 입을 벌리고 물고기처럼 꼴깍거리는. 그의 기다란 붉은색 머리칼은 땀에 젖어 있었다. 그는 검은 바지와 재킷, 얼룩진 검은 티셔츠를 입었다. 묵직한 부츠가 바닥 위를 허우적댔다.

조지가 헉 소리를 냈다. 깨달음은 내게도 찾아왔다.

"카버." 내가 말했다. "잭 카버야. 그걸 훔친…."

남자의 손가락이 자기 목을 허볐다. 목구멍에서 단어들을 끄집어

내려는 것 같았다. 우리를 향해 한 걸음을 내디뎠다. 그리고 또 한 걸음. 이윽고 온몸의 뼈가 갑자기 증발이라도 한 듯 다리가 풀렸다. 널 조각으로 무늬를 낸 바닥재에 그대로 고꾸라지며 얼굴을 세게 부딪혔다. 록우드가 선반에서 몸을 떼어냈다. 조지와 나는 그대로 얼어보고만 있었다. 우리는 눈앞 복도에 널브러진 몸을, 경련하는 손가락을, 몸통 밑에서 퍼져나가는 검은 얼룩을 응시했다. 그의 등에 깊이 박힌 길고 굽은 단검을 응시했다.

4

죽은 자의 말

15

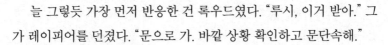

늘 그렇듯 가장 먼저 반응한 건 록우드였다. "루시, 이거 받아." 그가 레이피어를 던졌다. "문으로 가. 바깥 상황 확인하고 문단속해."

시체와 열쇠 탁자 사이에 들어서니 차가운 밤공기가 나를 감싸고 소용돌이쳤다. 나는 문턱을 넘어가 거리를 내다봤다. 마당의 타일 보도는 텅 비었고, 그 끝의 대문은 휑하니 열려 있었다. 35번지 밖의 가로등이 살구색 도는 분홍색의 차분한 빛을 원뿔 모양으로 내리비추며 보도를 밝혔다. 맞은편 집의 바깥 현관에, 또 다른 집의 위층 화장실에 불이 들어와 있었다. 그걸 제외한 모두가 컴컴했다. 도로의 저 아래쪽 끝에서 항마등이 콧노래라도 하듯 웅웅거렸다. 당장은 불이 나간 상태였다. 이 분 이내에 다시 밝아올 것이다. 근방엔 아무도 없었다. 아무 움직임도 없었다.

나는 레이피어를 방어 자세로 들고 조금 더 나가 철선을 넘었다. 지하 마당을 슬그머니 내려다봤다. 비어 있었다. 귀를 기울였다. 도시 전체가 조용했다. 런던은 잠들어 있었다. 런던이 잠든 사이에 유령과 살인자가 밤을 활보했다. 나는 다시 집으로 들어가 문을 닫고 잠금쇠를 채운 뒤 쇠사슬 빗장을 걸었다.

쓰러진 남자 옆에 록우드와 조지가 쪼그려 앉았는데, 조지는 옆으로 찔끔찔끔 움직여 가며 점점 커지는 피 웅덩이를 피했다. 록우드는 손가락으로 남자의 목을 짚고 있었다.

"살아 있어." 록우드가 말했다. "루시, 야간 구급차 불러. DE-PRAC도. 조지, 이 사람 몸을 뒤집게 도와줘."

조지가 인상을 썼다. "이대로 둬야 하는 거 아닌가? 혹시라도 움직였다가…."

"남자를 봐. 오래 못 버틸 거야. 모로 눕히자."

두 사람이 일하는 동안 나는 서재로 가서 전화를 걸었다.

내가 다시 돌아왔을 때 남자의 몸은 선반 쪽을 향해 있었다. 쭉 뻗은 팔에 머리를 얹고 누운 자세로 눈을 반쯤 뜨고 있었다. 피 웅덩이는 아까보다도 컸다. 록우드는 바짝 엎드려 남자의 얼굴 옆에 귀를 대고 있었다. 그의 뒤에선 조지가 무릎을 꿇고 연필과 종이를 든 채 대기했다. 나는 주춤주춤 가까이로, 조지 근처로 갔다.

"남자가 뭔가 얘기하려고 해." 조지가 말했다. "근데 빌어먹게 희미해. 벽 괴물 어쩌고 하는 것 같은데."

"쉬잇!" 록우드가 낮게 외쳤다. "네가 잘못 들은 거라니까 자꾸 그러네. '뼈 거울'이야. 틀림없어. 자기가 훔친 물건 얘기야. 잭, 잭, 내 목소리 들려요?"

"뼈 거울?" 묘지의 시신이 쥐고 있던 그 조그만 거울 같은 물건이 머릿속을 스쳤다. 테두리는 삐뚤빼뚤했고 매끈한 느낌에다 갈색이었다. 나무로 만들어진 줄 알았는데. 그럼 그게 뼈였다는 건가? 만약 그렇다면 어떤 뼈? 아니, 누구 뼈?

조지가 남자 가까이로 몸을 숙였다. "내 귀엔 영락없이 '벽 괴물' 같았는데."

"닥치라고, 조지!" 록우드가 으르렁거렸다. "잭, 누가 이랬어요? 말해줄 수 있겠어요?"

죽어가는 남자는 그저 누워 있을 뿐이었다. 그토록 찾아 헤매던 상대가 여기 이렇게 있는 걸 보니 기분이 이상했다. 무시무시하고 무자비한 유물 사냥꾼 잭 카버. 플로는 그가 해코지의 위협을 망토처럼 두르고 다닌다고 했다. 살인자라고도 했다. 정말 그럴 수도 있겠지만, 자기 자신이 해코지를 당한 지금의 그는 내가 상상했던 모습과는 완전히 달랐다. 일단 생각보다 젊고 더 말랐으며, 광대뼈가 앙상하게 두드러져 보였다. 그에게는 어딘가 모르게 배를 곯은 듯한 느낌이, 끝없는 절망의 분위기가 있었다. 가늘고 흰 목에 재킷이 헐렁하게 걸려 있고, 턱 밑에선 면도로 생긴 발진 자국이 보였다. 티셔츠는 지저분했다. 재킷에서는 악취가 났다. 가죽이 제대로 처리되지 못했을 때 나는 냄새 같았다.

"누가 이랬어요?" 록우드가 다시 물었다.

갑작스런 경련. 너무 느닷없어 더 충격이었다. 불쑥 고개를 쳐든 남자의 입이 열리고 닫혔다. 희뿌연 눈동자가 멍하니 봤지만 아무것도 보고 있지 않았다. 조지와 내가 화들짝 놀라 뒤로 물러났다. 그 와중에 조지는 연필을 떨어트렸다. 남자의 입에서 소음이, 연이은 소리가 흘러나왔다.

"뭐야?" 내가 꺽꺽거렸다. "뭐라고 했어?"

"내가 들었어." 록우드가 다급히 손짓했다. "받아 적어."

조지가 바닥을 더듬거렸다. "연필…. 아, 이런, 남자 밑에 깔렸어."

"좀 전에 뭐랬냐면, '일곱이야. 일곱, 하나가 아니라.' 됐어? 잠깐, 더 있다."

"난 저 밑에 손 못 넣는다."

"다음 부분. '보게 될 거야. 아주 무시무시한 것들을….'"

"네가 연필 좀 어떻게 해볼래, 루스?"

"누구든 당장 받아 적지 못해!" 록우드가 소리를 질렀다.

혼이 쏙 빠지게 놀란 조지가 연필을 빼내 글씨를 휘갈겼다. 셋이 동시에 남자에게로 더 가까이 귀를 가져갔다. 그는 아주 고요했고 호흡은 굴뚝새 같았다. 그러니까, 얕고 약하고 가빴다는 얘기다.

"뼈 거울은 어디 있어요, 잭?" 록우드가 물었다. "누가 가지고 있는데요?"

바싹 마른 입술이 다시 중얼거렸다.

조지가 앗 소리를 내며 물러나 앉았다. "주스! 주스를 달래! 좀 줘도 될까? 주스를 줘도 되는 걸까?" 그는 주춤하며 얼굴을 찡그렸다. "근데 우리한테 주스가 있기는 하고?"

"줄리어스!" 록우드가 으르렁거렸다. "줄리어스라고 했어, 조지. 줄리어스 윙크맨의 줄리어스 말야. 그 귀 좀, 제발." 그는 다시 몸을 숙였다. "잭, 뼈 거울이 윙크맨한테 있어요?"

더없이 미약한 끄덕임.

"윙크맨이 이런 거예요?"

우리는 잠자코 기다렸다. 남자가 다시 말했다.

"받아 적어, 조지." 내가 말했다.

조지가 나를 봤다. 록우드가 미간을 찡그리며 고개를 들었다. "뭘 받아 적어, 루스?"

"남자가 방금 한 말."

"아무 소리도 안 들렸는데."

"그가 그랬잖아. '제발 나랑 같이 가.' 절대로 틀림없어."

록우드는 머뭇거렸다. "그런 소린 못 들었는데. 어쨌든 적어둬, 조지. 그리고 뒤로 좀 가봐. 입술을 읽고 있는데 니들이 빛을 가리잖아."

우리는 뭉그적뭉그적 옆으로 비켜나 기다렸다. 한참을 기다렸다.

"록우드." 내가 말했다.

"왜?"

"끝난 게 아닌가 싶어."

우리 누구도 말하지 않았다. 움직이지 않았다.

죽음은 찰나다. 가만히 지켜보고 있을 때조차 죽음의 진짜 순간은 허무하게 끝나버린다. 영화에서처럼 고개가 툭 하고 떨어지는 일 같은 건 없다. 그 대신 당신은 자리를 지키고 앉아 앞으로 벌어질 일을 기다리다, 문득 그 순간을 이미 놓쳤음을 깨닫는다. 바야흐로 무슨 구경났습니까, 이동하세요, 의 시간인 거다. 거기 구경거리는 없다. 두 번 다신.

우리는 유물 사냥꾼 옆에 무릎을 꿇었다. 그와 마찬가지로 꼼짝하지 않으며 숨을 죽이고 그 이행의 순간을 함께했다. 그의 곁을 지켜주고 싶은 마음에 그러고 있었는지도 모른다. 첫 몇 초 동안은. 그가 어디에 있든, 어디로 가든.

그게 우리가 할 수 있는 전부였다.

그가 정말로 떠난 게 명백해진 순간 삶이 다시 우리를 찾아왔다. 우리는 연달아 몸을 뒤로 젖히고 깊은숨을 들이마시고 기침하고 얼굴을 문지르고 몸을 긁적이고, 그런 하찮은 행위들을 통해 우리가 아직 움직일 수 있고 살아 있음을 확인했다.

우리 사이에 놓인 건 이제 하나의 사물일 뿐이었다. 텅 비고 공허했다.

"이 양탄자 꼴 좀 볼래?" 조지가 말했다. "저번에 쏟은 코코아 얼룩을 없앤 지 얼마 되지도 않았는데."

"루시, 구급차 쪽은 뭐래?" 록우드가 물었다.

"늘 하는 말. 자기네를 보호해 줄 팀을 기다리는 중이라고. 반스가 꾸리고 있대."

"오케이. 십 분, 십오 분쯤 여유가 있어. 조지가 임무를 수행하기에 충분한 시간이지."

조지가 눈을 끔뻑였다. "뭔 임무?"

"카버의 주머니를 뒤지는 거."

"내가? 내가 왜?"

"네가 우리 중에서 손가락이 가장 날래잖아."

"손은 루시가 더 작은데."

"그와 동시에 루시는 그림도 제일 잘 그리지. 루시, 공책을 챙겨. 살해 도구 스케치가 필요해. 최대한 정밀하게."

하얗게 질린 얼굴의 조지가 죽은 남자의 재킷을 뒤지느라 정신없는 사이, 록우드와 나는 시신의 등에 솟아 있는 단검을 살폈다. 나는 조금씩 떨리는 손으로 칼자루의 대략적인 모양을 그렸다. 연필을 똑바로 쥐고 있는 일에조차 인위적인 노력이 필요했다. 신기하게도 실제 죽음은 볼 때마다 충격적이다. 무섭기야 방문자가 더 무섭다. 물론이다. 하지만 충격을 안기는 힘은 죽음이 한 수 위다. 그럼에도 록우드는 언제나처럼 냉철하고 차분해 보였지만. 죽음도 그에게만큼은 동일한 효과를 내지 못하는 모양이었다.

"무굴 단검이야." 록우드의 얘기가 한창이었다. "인도에서 만들어진 거야. 시기는 16세기쯤. 굽은 칼자루에 상아와 금이 상감돼 있어. 금속 손잡이엔 검은 끈을 칭칭 감았고. 칼자루 꼭대기랑 손 보호대 끝에 박은 장식물도 어마어마해. 우유처럼 하얀 돌들인데, 뭔지는 잘 모르겠네. 오팔쯤 될까, 루시?"

"아예 모르겠는데. 넌 이게 무굴 단검이란 걸 도대체 어떻게 알아?"

"부모님이 동양 전통들을 연구하셨어. 이 물건에 대한 책들이 잔뜩 있지. 주로 의식에 쓰였을 거야. 칼날이 가늘고 구부러져 있나?"

"잘 안 보여. 남자 몸에 들어가 있어서."

"사람을 죽이는 데 쓰기엔 이상한 물건인데." 록우드가 혼잣말했다. "이런 걸 누가 가지고 있을까, 박물관이 아니면?"

"아마도 골동품상이겠지." 내가 말했다. "윙크맨 같은."

록우드가 고개를 끄덕였다. "그래, 그렇지. 스케치를 마무리해. 뭐 좀 나왔어, 조지?"

"거액의 돈. 이것 좀 봐."

조지는 폭이 좁은 갈색 봉투를 내밀었다. 엄청나게 많은 지폐들로 터지기 직전이었다. 록우드가 지폐를 사라락 넘겼다.

"사용감이 있는 이십 파운드 지폐야." 록우드가 말했다. "천 파운드는 되겠어. 다른 건?"

"동전들, 담배 마는 종이랑 가루담배, 라이터, 네 필체로 묘지협회에 보낸 구깃구깃한 종이. 그리고 내게 상당한 양의 생각거리를 안기는 문신들 몇 개."

"카페에 남긴 쪽지의 효과가 이 정도로 좋을 줄은 몰랐네." 록우드가 말했다. "그건 내가 챙길게. 나머진 주머니에 다시 넣어. 응, 돈도. 이제 카버를 다시 똑바로 눕히자. 반스가 곧 도착할 거야. 그건 그렇고, 지금껏 발견한 내용은 입 밖으로 내지 마. 킵스가 눈치채는 건 싫으니까."

조지가 느닷없이 욕을 뱉었다. "반스! 유령단지! 없애겠다고 약속했었는데."

"아, 못살아, 정말. 그럼 가서 그냥 오븐 문을 닫아, 어서. 시간이 얼마 없다고."

록우드가 옳았다. 카버의 시신을 똑바로 눕히는 순간 현관에 구급대가 도착하는 소리가 들렸다.

반스 경위와 그가 이끄는 DEPRAC 감식반이 집을 들쑤시고 돌아다니는 게 엄청난 기쁨일 리는 절대 없다. 그들이 당신 집 복도에 죽어 있는 사람을 처리할 때는 더더욱. 수 시간 동안 그들은 밑창에 징이 박힌 장화 바람으로 쿵쿵거리고 다니며 시신과 칼과 핏자국 사진들을 사방에서 찍어댔다. 시신의 주머니를 비운 뒤 내용물의 사진을 찍고 조그만 가방에 넣어 가져갔다. 그러는 내내 우리는 거치적거리는 걸 사전에 차단한다는 이유로 응접실에 갇혀 있었다.

그 상황을 특히나 짜증스럽게 만든 건 팀원을 몇 거느리고 나타난 퀼 킵스의 등장이었다. 그 인간들이 여기저기 참견하고 돌아다니는 걸 반스는 개의치 않는 듯했다. 키 큰 더벅머리 네드 쇼는 1층을 헤집고 다니며 의료진을 심문하고 정리 작업조와 입씨름하는 등 전반적으로 불쾌하게 굴었다. 꼬꼬마 보비 버넌이 메모판을 들고 시신 곁을 어슬렁거리며 우리가 했던 것과 마찬가지로 단검을 스케치했다. 그는 주머니가 비워지는 과정을 가까이서 지켜보면서 고개를 절레절레 젓고, 응접실 문 너머 우리를 뚫어져라 봤다. 한편 유머를 모르는 캣 고드윈은 살해된 남자 곁에 혹시라도 남아 있을지 모를 심령 흔적들에 귀를 기울이려 애썼다. 눈을 감고 눈살을 찌푸린 채 턱을 삐죽이 내민 집중의 표정으로 복도 한구석에 어찌나 오래 서 있는지, 나는 조지의 재킷을 한 벌 골라 들고 슬며시 다가가 고드윈을 외투 걸이로 쓰고 싶은 유혹을 느꼈다.

시신은 최종적으로 운반용 가방에 넣어 밖에서 대기 중인 승합차로 옮겼다. 양탄자는 둘둘 말아 들어냈다. 감식반이 소금총으로 복도를 청소했다. 기계적으로 껌을 질경대는 요원 하나가 응접실 문 너머에서 빠끔히 고개를 내밀었다. "다 됐습니다. 철을 뿌려드릴까요?"

"아뇨, 괜찮습니다." 록우드가 말했다. "우리가 할 수 있어요."

남자의 얼굴이 일그러졌다. "살인사건 피해자입니다. 피살자들의 경우, 사망 첫해에 돌아올 확률이 65프로예요. 그 뒤로는 35프로고요. 확인된 사실입니다."

"네, 알고 있습니다. 괜찮아요. 바닥은 우리가 봉인할 수 있습니다. 우리도 조사관이거든요."

"내 평생 그런 반바지를 입은 조사관은 처음 보는군요." 남자가 말하고는 사라졌다.

"누가 아니래." 반스가 말했다. "이쪽 업계에 몸담은 지 어언 삼십 년인 나도 처음 보는데." 그는 손가락으로 소파 팔걸이를 톡톡 두드리며 우리를 노려보고 또 노려보고 계속 노려봤다. 벌써 삼십 분째 거기 앉아 끈질기게 추궁했다. 현관문을 두드리는 소리가 들리고부터 구급대가 도착하기까지 그날 저녁에 있었던 일을 몇 번이고 되풀이해 진술시켰다. 우리는 어느 선까지는 적당히 진실했다. 물론 카버에게서 들은 말은 언급하지 않았지만. 우리의 설명에 따르면 그는 휘청휘청 들어섬과 동시에 죽어 쓰러졌고, 속삭이는 말 같은 건 없었다. 록우드가 카페에 남겼던 메모도 따로 얘기되지 않았다.

퀼 킵스는 팔짱을 끼고 찬장에 기대서서는 눈을 가늘게 뜨고 우리를 지켜봤다. 고드윈과 버넌은 남는 의자에 앉아 있었다. 네드 쇼는 뒷발로 서는 법을 이제 막 배운 하이에나처럼 그림자 속을 어슬렁거렸고, 그러는 내내 록우드를 째려봤다. 이건 평상시의 그 화기애애한 응접실 모임이 아니었다. 우리는 차조차 따로 내지 않았다.

"아직도 이해가 안 되는 건," 반스가 말했다. "카버가 왜 하필 자네들을 찾아왔냐는 거야." 경위의 말에 맞춰 콧수염이 물결쳤다. 얼굴에는 의심이 한가득이었다.

록우드는 자기 의자에 앉아 나 몰라라 소매나 잡아당겼다. 당장의 차림새로는 우아해 보이기 힘들었지만 그래도 최선을 다하는 중이었다. "우리가 그 절도 건을 조사하고 있다는 걸 카버가 어찌해서 알게 된 거 아닐까요. 누군가 유능하고 지적이고 지략이 풍부한 사람과 얘기하고 싶었겠죠. 그 점에선 우리만이 유일한 선택지였고요."

킵스가 눈을 흡떴다. 반스는 못 들어주겠다는 듯 탄식했다. "하지만 애초에 여기 와야만 했던 이유가 뭐지? 굳이 뭐 하러 모습을 드러내? 수배 중이었던 자가!"

"비커스태프의 거울 때문이었다고 볼 수밖에요." 록우드가 말했다. "거울의 위력에 경악했겠죠. 켄잘 그린을 벗어나기 전에 거울이 그의 동료 네들스를 죽였다는 걸 잊지 마세요. 그게 또 무슨 짓을 했는지 누가 알겠습니까. 카버는 범죄를 자백하고 거울의 힘에 대해 우리와 얘기하고 싶었는지도 몰라요."

반스의 험악한 눈초리가 이 사람에서 저 사람으로 옮겨갔다. "거울이 사라진 지 아직 사십팔 시간도 안 됐는데 그걸 훔친 둘이 죽어나갔어! 생각해 보게. 자네들이 사슬망으로 덮지 않았으면 여기 있는 커빈스까지 목숨을 잃었을 수 있어."

"그야 저 자식 얼굴에 놀라 거울이 깨지지 않았을 때 가능한 얘기죠." 킵스가 말했다.

"무조건 찾아야 해!" 반스가 주먹으로 손바닥을 쳤다. "못 찾았다가는 변고가 계속될 거야. 지독한 물건이야! 가는 곳마다 사람을 죽인다고."

"카버는 거울이 죽인 게 아닌데요." 록우드가 낮은 목소리로 말했다.

"아, 하지만 죽인 거나 다름없지. 그걸 손에 넣으려는 자들이 살인도 마다하지 않으니까."

록우드가 고개를 가로저었다. "아마도요. 하지만 카버를 찌른 사람이 누구든 간에 지금 거울을 갖고 있진 않아요."

"그걸 어떻게 아나?"

"카버 수중의 현금을 보고요. 그는 벌써 거울을 팔아치웠어요."

"그게 근거가 될 순 없어. 단순히 입을 막을 목적으로 죽였을 수도 있지."

"만일 제가 카버에게 거울값으로 천 파운드를 건넨 뒤에 그를 죽였으면 돈은 다시 챙기고 싶었을 것 같은데요." 록우드가 말했다. "아뇨, 이건 다른 누군가의 짓이에요. 괴상한 단검에 접근이 가능한 누군가요. 제가 경위님이라면 거기서부터 시작하겠습니다."

반스가 꿍 소리를 냈다. "일을 벌인 게 누구든 내 말의 요지는 변함없어. 이 거울은 위험해. 이걸 찾아내기 전까진 누구도 안전을 자신할 수 없어. 그리고 지금까지 한 걸로 봐선 자네들 둘 다 별로야. 킵스의 서투른 체포질에 런던 구치소들이 미어터지는데 뭐 하나 제대로 얻어낸 게 없어. 그 와중에 우리가 확보한 최고의 실마리는 록우드네 카펫에서 죽어 발견됐고!" 반스의 목소리가 몇 단이나 높아졌다. 콧수염은 돌풍을 만난 바람자루*처럼 튀어나왔다. "이걸론 안 돼! 난 행동을 원해! 결과가 필요해!"

• 바람의 방향과 속도를 측정하는 원통형 천.

열성 넘치는 학생처럼 몸을 앞으로 당겨 앉아 있던 보비 버넌이 처음으로 입을 열었다. "제 기록물보관소 작업이 굉장한 진전을 보고 있습니다, 경위님." 떨리는 목소리로 말했다. "분명 조만간 돌파구를 찾아낼 거예요."

조지는 퍼진 자세로 소파를 더 깊숙이 파고들었다. "네, 우리도 계속 작업하는 중입니다."

캣 고드윈은 아까부터 우리를 빤히 보면서 점점 약이 오르는 눈치였다. "경위님," 그녀가 불쑥 말했다. "록우드는 오늘 밤에 있었던 일을 전부 털어놓은 게 아녜요. 뒤 구린 듯 수상쩍은 커빈스 좀 보세요. 저 여자애의 눈에 깃든 죄책감을 보시라고요!"

"난 저 친구들이 원래 그렇게 생겨먹은 줄 알았는데." 반스가 말했다. 복도에서 얼굴이 갸름한 DEPRAC 조사관이 나타나자 경위가 고개를 들었다. "왜?"

"방금 포틀랜드 뮤스에서 보고가 들어왔는데요, 경위님. 모퉁이 돌면 바로 나오는 곳이요. 거기 7번지 밖 거리에서 11시 30분경에 실랑이하는 소리가 들렸답니다. 남자들이 언성을 높였고 대단히 화가 났더래요. 말다툼 같았다는데 아니나 다를까, 바닥 자갈에 피가 떨어져 있고요. 거기가 사건 발생 장소예요."

"고맙네, 돕스. 좋아, 이동하지." 반스가 뻣뻣이 일어났다. "자네들 모두에게 경고하는데, 조사에 참여하는 다른 요원들과 정보를 공유하지 않는 건 규정 위반이야. 난 자네 팀들 사이의 협력을 기대하고 있네. 결과를 기대하고 있어. 록우드, 커빈스, 집 복도에 철 뿌리는 거 잊지 말게."

파티가 끝났다. 반스와 수하들이 먼저 떠났고, 다음은 킵스네 차례였다. 내가 그들을 문까지 안내했다. 다 나가고 킵스만 남았다.

그가 문 앞에서 멈춰 섰다. "칼라일 양, 잠깐 얘기 좀…."

"그러니까 내 이름을 알긴 아는군요." 내가 말했다.

킵스가 단정하고 하얀 치아를 내보이며 슬쩍 웃었다. "농담은 그만두고," 그가 부드럽게 말했다. "잠시 진지해지고 싶군. 걱정 마. 록우드가 우리한테 숨기고 싶은 작은 비밀이 뭐든 알고 싶은 마음 없거든. 반칙은 아니라고 생각해. 이것도 결국엔 승부니까. 그렇지만 여담으로 하는 말인데," 그가 살짝 가까이 몸을 기울였고, 그 통에 나는 정체 모를 독한 꽃향기를 폐 한가득 들이마시고 말았다. "일전에 록우드가 딱한 네드 쇼를 때려눕힌 건 정정당당했을까? 약간은 반칙이지 않았어?"

"네드 쇼가 먼저 시작했어요. 때려눕혔다고 말하기도 좀 그렇고요. 그는…."

킵스가 그쯤 해두라고 몸짓했다. "그건 그렇다 치고. 칼라일 양, 넌 누가 봐도 그 팀에서 가장 똑똑해. 내가 들은 모든 게 사실이라면 나름의 재능도 있고. 너도 그 얼간이들이랑 더는 어울리고 싶지 않잖아. 네 경력도 생각해야지. 전에 피츠 대행사에서 면접 봤다는 거 알아. 떨어졌단 것도 알고. 하지만 내 생각에," 그가 다시 웃었다. "그건 회사가 실수한 거야. 지금은 내가 조직에서 힘 좀 쓰거든. 이리저리 줄을 대서 네 자리를 만들어볼 수 있어. 생각해 봐. 여기서 근근이 살아가는 대신 피츠 하우스에서 근무하는 거야. 회사가 가진 힘을 마음껏 누리면서."

"고맙습니다." 나는 목소리를 차분히 유지하려 애썼다. 그렇게까지 화가 난 건 내가 기억하는 한 생전 처음이었다. "난 지금 있는 곳이 꽤나 좋아요."

"그럼, 생각이라도 해봐." 킵스가 말했다. "제안은 아직 유효하니까."

"그리고 알려드릴 게 있는데, 우리도 그쪽 조직에 연줄이 아주 없는 건 아니거든요." 내가 문을 닫으며 덧붙였다. "퍼넬로프 피츠가 며칠 뒤에 열리는 기념 연회에 우릴 초대했어요. 거기서 또 얼굴을 보게 되지 싶네요. 그쪽도 초대를 받았다면. 안녕히 가세요."

나는 그의 면전에 대고 문을 쾅 닫은 뒤 거기 기대서서 심호흡하며 진정하려 애썼다. 소금을 뽀드득뽀드득 밟으며 복도를 지나 부엌으로 갔다. 록우드와 조지는 아까 하다 만 저녁 식사의 잊힌 잔해들을 뒤적거리고 있었다. 그때가 아주 먼 옛날처럼 느껴졌다.

"괜찮아, 루스?" 조지가 물었다.

"응. 전에 초대받은 피츠 행사 말야. 거기 가는 계획은 아직 유효한 거지?"

록우드가 고개를 끄덕였다. "물론이지. 그 전에 이 사건을 마무리할 거야. 그랬으면 해. 우린 반스 얘기를 하던 중이었어. 경위는 이 거울을 몹시도 간절히 원해. 거울이 무슨 짓을 하는지 아는 거야. 거기 얽힌 중요한 뭔가를 알거나, 라고 내가 말했어."

"뭐, 이젠 우리도 아는 게 좀 있지." 조지가 말했다. "카버가 뭐랬더라? '보게 될 거야, 아주 무시무시한 것들을.' 그는 거울을 들여다보면 벌어질 일을 얘기하고 있었던 거야. 확실해."

록우드는 말라버린 샌드위치를 집어 들고 찬찬히 살펴본 뒤 접시에 다시 내려놨다. "정말 거울 얘길 한 게 맞다면," 그가 말했다. "카버는 그걸 '뼈 거울'로 불렀어. 비커스태프가 묘지에서 파낸 뼈로 만들었으면 방문자가 엮여 있을 테고, 거울이 가진 기이한 힘도 놈에게서 나오는 거겠지. 거울을 깊이 들여다볼 때 마주하게 되는 것도 결국 그걸까? 그 유령 말야. 이유는 몰라도."

"아님 '유령들'일 수도." 내가 말했다. "기억하지? '일곱이야, 하나가 아니라.'"

"글쎄, 그 안에서 뭔가가 보이긴 했어." 조지가 나지막이 말했다. "정말 끔찍했는데 더 보고 싶더라…." 그는 창문을 물끄러미 쳐다봤다.

"그게 뭐든 간에," 내가 말했다. "무지무지 나빠서 제대로 들여다 봤다가는 무서워 죽는 거야. 유물 사냥꾼 네들스처럼. 비커스태프도 거울을 들여다본 게 아닐까? 거기서 뭔가를 보고 미쳐서는 자길 총으로 쏴버린 건지도."

록우드가 어깨를 으쓱했다. "가능한 얘기지."

"아니. 그렇게 된 게 아냐."

록우드가 기지개를 켰다. "이러고 있을 게 아니라 복도부터 봉인 하자. 곧 날이 밝을 거야." 그가 나를 빤히 봤다. 나는 소스라치며 몸을 세웠다. 심장이 두근거리고 살갗은 얼음장 같았다. 나는 사방을 두리번거렸다. "루시?"

"뭔가가 들린 것 같았어. 무슨 목소리…."

"카버는 아니겠지, 물론. 아까 DEPRAC가 꼼꼼히 처리했는데."

나는 복도 쪽을 힐끗 쳐다봤다. "모르겠어. 그럴 수도…."

"그러니까 이젠 우리 집에 유령이 돌아다닌다고?" 조지가 말했다. "환상적이네. 끝내주는 밤이야."

"그럼 우리가 처리하지 뭐." 록우드는 문 뒤 선반으로 갔다. 철가 루 봉지를 찾아 찢어 열었다. 조지도 똑같이 했다. 그러나 나는 가만 히 서 있었다. 그럴 리 없다는 생각에 얼어붙어 있었다. 속삭이는 목 소리가 이제 막 내 귀에다 말을 한 터였다.

"비커스태프가? 아니. 그렇게 된 게 아냐. 완전히 잘못 짚었어."

나는 마른 입술을 혀로 축였다. "그걸 네가 어떻게 알아?"

그렇게 말하고는 몽유병자처럼 록우드와 조지 사이를 비집고 들어가선 식탁을 돌아 오븐으로 갔다. 문에 손을 올렸다.

록우드가 내게 말했다. 날카롭고 추궁하는 듯한 목소리였다. 나는 대답 없이 오븐 문만 활짝 열어젖혔다. 녹색 빛이 쏟아져 나왔다. 그림자 속에서 유령단지가 빛나고, 어둠 속 깊숙한 곳에서 흐릿하고 고약한 가면 같은 얼굴이 보였다. 꼼짝도 하지 않고 나를 보고 있었다. 가늘게 뜬 눈이 꼭 길게 찢긴 자국 같았다.

"왜 그렇게 말하는데?" 내가 다시 물었다. "네가 그걸 어떻게 아는데?"

내 머릿속에서 부글부글 이는 혼령의 웃음소리가 들렸다.

"아주 간단해. 내가 거기 있었거든."

16

그 장면을 일시 정지해 보자. 나, 오븐 옆에 서서 단지를 응시한다. 유령은 그런 나를 보며 히죽거린다. 록우드가 응시하고, 조지도 응시한다. 부릅뜬 눈이 네 쌍에 떡 벌어진 입이 넷이다. 오케이, 단지 속 얼굴이 가장 역겨운 건 여전하지만 잠시 동안은 나머지 셋도 만만치 않았다. 그건 또한 길고도 답답했던 수개월 동안 내가 바라고 바라던 순간이기도 했다. 그러니까, 거짓말쟁이의 혐의를 벗는 순간 말이다.

"말하고 있어!" 나는 숨이 막혔다. "목소리가 들려! 지금 계속 말하는 중이라고!"

"지금?" 조지, 혹은 록우드였다. 둘 중 하나인지 둘 다인지 알 수 없었다. 그들이 내 곁으로 모여들었다.

"그뿐만이 아냐! 비커스태프를 안다고 주장하고 있어. 자기가 거기 있었대. 박사가 어떻게 죽었는지 안대!"

"놈이 뭐랬다고?" 록우드의 얼굴은 창백하고 격했다. 눈이 반짝였다. 그는 나를 스쳐 지나가 오븐 옆에서 몸을 숙였다. 단지를 들여다보는 얼굴에 녹색 광휘가 쏟아졌다. 그의 눈길을 단지 속 얼굴이 흉측스레 되돌려줬다. "아니, 그럴 리 없어…."

"비밀은 너만 있는 게 아니거든." 유령이 말했다.

록우드가 나를 쳐다봤다. "방금 놈이 말했어? 소리는 못 들었는데 뭔가… 느껴졌어. 뭔가 통하는 것처럼. 살갗이 스멀스멀했어. 놈이 뭐 랬어?"

나는 목을 가다듬었다. "뭐랬냐면… 뭐랬냐면, 비밀은 너만 있는 게 아니래. 미안."

록우드는 나를 물끄러미 봤다. 순간적으로 나는 그가 화를 내리라 생각했다. 그 대신 그는 느닷없는 활기로 몸을 벌떡 세웠다. "이걸 식 탁으로 옮기자. 어서, 좀 도와줘, 조지."

두 사람은 함께 단지를 빼내려 씨름했다. 조지가 단지를 붙들자 유령의 얼굴이 한껏 일그러지며 오만 가지 역겨운 표정을 지었고, 표 정이 바뀔 때마다 살기는 강도를 더해갔다.

"고문이나 일삼는 놈…." 유령이 속삭였다. "네놈 뼈에서 삶을 쪽 쪽 빨아내 주겠어."

"다른 얘기라도?" 록우드는 또다시 심령 소란을 잡아냈지만 자세 한 내용은 몰랐다.

"그게…. 음, 놈은 기본적으로 조지를 안 좋아해."

"그걸 누구 탓을 하겠어? 자리 좀 만들어줘, 루스. 그거야. 접시들 을 옆으로 밀어. 좋아, 조지, 저기다 내려놓자. 다 됐다."

우리는 뒤로 물러나 유령단지를 살폈다. 플라스마가 이래저래 거 품을 내는 모양새가 꼭 유리 벽 안에 갇힌 녹색 폭풍 같았다. 얼굴은 그 폭풍우에 올라타 위아래로 미끄러지고 회전하고 이따금 거꾸로 뱅뱅 돌았지만, 그 몸서리쳐지는 눈길만은 우리에게 붙박여 있었다. 놈의 눈은 연기 속 구멍 같았고, 코는 짐승의 주둥이처럼 부풀어 있 었다. 세차게 일렁이는 물질이 가로로 찢겨 이리저리 비틀리는 모양새의 입술은 갈라지고 벌어지고 다시 붙기를 반복했다. 그렇게 쉼 없이 움직였다. 나는 다시 혼령의 웃음소리를 들었다. 아득하고 기형적이었다. 그 소리가 깊은 물속에서 들려오고 있고, 나 또한 그것과 합류하려 대책 없이 가라앉는 듯 느껴졌다. 속이 뒤집혔다.

"우리가 놈이랑 얘기할 수 있을 것 같아?" 록우드가 물었다. "질문이 가능할까?"

나는 깊은숨을 들이마셨다. "모르겠어. 이런 식으로 나오는 건 또 처음이라."

"시도는 해봐야지." 조지는 흥분으로 뻣뻣이 굳어 있었다. 유리 가까이로 몸을 숙이고 안경 너머의 눈을 깜빡이며 단지 속 얼굴을 들여다봤다. 그에 대한 답례로 유령은 눈동자를 까뒤집었다. 무슨 경멸의 몸짓쯤 되는 모양이었다. "루시," 조지가 말했다. "네가 얼마나 놀라운지 알아? 넌 마리사 피츠 이후로 의심의 여지없는 3급령을 발견한 최초의 인물이야. 이건 보통 일이 아니라고. 우린 놈과 대화를 해야만 해. 뭘 알게 될지 모를 일이잖아. 죽음의 비밀이든 저승의 실체든…."

"비커스태프에 대해서도." 내가 말했다. "놈이 거짓말하는 게 아니라는 전제하에."

록우드가 고개를 끄덕였다. "거짓말일 공산이 아주 몹시 크지."

단지 속 얼굴은 기가 막히는 척하며 입을 떡 벌렸다. 내 귓가에 식식대는 속삭임이 들려왔다. "오, 거참 재미있네. 네 입에서 그런 말이 나오다니."

"루시?" 록우드가 다시 접촉을 감지했다. 조지는 아무것도 느끼지 못했다.

"이렇게 말했어. '거참 재미있네. 네 입에서 그런 말이 나오다니.'"

나는 두 사람에게 손짓했다. "저기, 우리 얘기 좀 할까?"

우리는 부엌 반대쪽, 단지가 우리 소리를 못 들을 곳으로 후퇴했다.

"놈과 대화할 거면 각별히 조심해야 해." 내가 나직이 말했다. "서로 감정을 상해선 안 돼. 놈은 분란을 일으키려고 할 거야. 분명해. 전에도 그랬듯 너희 둘 모두한테 무례하게 굴 거야. 너흰 그 말들을 내입을 통해 듣게 될 테고. 하지만 잊지 마. 너희를 모욕하는 건 내가 아냐."

록우드가 고개를 끄덕였다. "좋아. 주의할게."

"놈이 조지를 또 '뚱뚱보'라 불러도."

"응."

"네눈박이 안경잡이 어쩌고 떠들어도."

"알았어, 알았다고." 조지가 도끼눈을 떴다. "고맙다. 뭔 말인지 제대로 이해시켜 줘서."

"나한테 열 받지만 말라고. 그럼 준비됐어? 가자."

방은 어둑했다. 우리는 조리대 램프들의 밝기를 낮추고, 다가오는 새벽을 피해 얼른 블라인드를 내렸다. 어둠 속에 부엌 가구들이 기둥처럼 우뚝 솟아 있고, 공기 중에는 철과 소금, 얼룩진 피 등 그날 밤을 장식했던 공포의 냄새가 떠다녔다. 녹색 빛이 방에 쏟아졌다. 그 중심에 있는 유령단지는 제단 위의 소름 끼치는 우상처럼 식탁에 앉아 혼령의 힘으로 빛을 발했다. 단지 속에서 이코르*가 꿀렁이고 일렁였지만 눈동자를 잃어버린 흉물스런 얼굴은 유리에 딱 들러붙어 꼼짝하지 않았다.

조지가 소금과 식초 맛 감자칩을 어디선가 찾아 우리에게 한 봉지씩 던졌다. 우리는 식탁 주변 의자에 모여 앉았다.

두 손을 무릎 위에 얌전히 포갠 록우드는 차분하고 무덤덤했다. 냉정한 의심이 담긴 눈초리로 유령단지를 찬찬히 살폈다. 공책을 챙겨 온 조지는 의자 가장자리에 걸터앉았는데 넘치는 열정에 몸을 반으로 접다시피 했다. 나? 나는 언제나처럼 록우드가 이끄는 대로 따르려 했지만 쉽지 않았다. 심장이 너무 빨리 뛰었다.

마리사 피츠는 이런 상황에서 어떻게 하라고 권고했던가? 정중하라. 차분하라. 경계하라. 혼령들은 기만적이고 위험하고 교활하다. 그들에게 우리의 이익 따윈 안중에도 없다. 그건 나도 보증할 수 있는 사실이다. 나는 록우드를 곁눈질했다. 일전에 입을 열었을 때, 이 유령은 내 마음에 온갖 어리석은 의심들을 불러일으키는 데 성공했다. 그리고 이제는 모두가 함께 놈과 대화한다? 문득 이게 얼마나 위험천만한 일인가 하는 생각이 머리를 스쳤다.

마리사 피츠는 또한 방문자와의 장기적 소통이 사람을 미치게 할 수도 있다고 경고했다.

"안녕, 영혼." 내가 말했다.

눈이 뜨였다. 단지 속 유령이 나를 지긋이 내다봤다.

"우리랑 얘기하고 싶어?"

"이거 너무 예의 바르잖아?" 목소리가 속삭였다. "뭐야, 오늘은 날 100도로 구워댈 생각이 아니신가 봐?"

나는 이 말을 또박또박 반복했다. "150도야, 실은." 조지가 명랑하게 말했다. 그는 유령의 반응을 휘갈겨 쓰고 있었다.

유령의 눈이 홱 조지를 향했다. 내 귓가에서 굶주린 이빨이 우적우적 씹는 것 같은 소리가 들렸다.

"록우드 심령 회사를 대표해서," 록우드가 말했다. "그 같은 무례함을 머리 숙여 사과하며, 저승에서 온 방문자와 대화할 기회를 갖게 돼 기쁩니다. 전달해 줘, 루스."

유령도 나만큼이나 똑똑히 록우드의 말을 들을 수 있다는 걸 나는 너무도 잘 알았다. 단지 뚜껑에 달린 보호용 레버가 열려 있는 덕분이었다. 무슨 영문인지 몰라도 거길 통해 소리가 전달됐다. 그래도 내겐 가운데서 대화를 중개할 공식적 의무가 있었다. 나는 록우드의 말을 전하려 입을 열었다. 하지만 그러기도 전에 유령이 답을 내놨다. 짧고 신랄하고 명료했다.

나는 그대로 전했다.

록우드가 흠칫 놀랐다. "대단한데! 잠깐, 방금 그거 네가 한 말이야, 유령이 한 말이야?"

"유령이지, 물론."

조지가 휘파람을 불었다. "그걸 기록에 추가해도 되는지 모르겠군."

"예의 차릴 필요 없어." 내가 말했다. "내 말 들어. 놈은 역겨운 존재고 그렇지 않은 척 행동해 봐야 의미 없어. 그러니까 네가 비커스 태프를 안다는 거지. 맞아?" 나는 단지에 대고 물었다. "우리가 널 믿어도 되는 거야?"

"응." 속삭임이 들렸다. "난 그를 알아."

"놈이 그를 안대. 어떻게? 둘이 친구였어?"

"내 주인님이었어."

"자기 주인님이었대."

"록우드가 네 주인님이듯이."

"록…." 나는 말을 멈췄다. "뭐, 이 역시 옮길 필요 없는 말이고."

"어서, 루스." 록우드가 재촉했다. "당장 뱉어."

조지의 연필이 방황했다. "맞아, 모조리 기록해야 해."

"록우드가 내 주인님이듯이. 이제 속이 시원하냐? 그러니까, 이 해골바가지는 멍청이야." 나는 두 사람을 노려봤다. 록우드는 못 들은 척 코를 긁적였지만 조지는 받아 적으며 히죽거렸다. "조지." 내가 까칠하게 말했다. "기억이 안 나서 그러는데, 비커스태프의 동조자들 이름이 뭐였더라? 사이먼 윌버포스랑…."

"뒬라크. 메리 뒬라크."

"영혼! 네가 메리 뒬라크야? 아님 사이먼 윌버포스? 넌 이름이 뭐야?"

느닷없이 폭발하는 심령 에너지가 내 몸을 뒤로 밀어젖혔다. 플라스마에 거품이 일었다. 녹색 빛이 사방을 휩쓸었다. 유령의 입이 뒤틀렸다.

"지금 여자를 나한테 갖다 댄 거야?" 목소리가 쏴붙였다. "참으로 무례하군. 아니! 난 그 멍청이 중 누구도 아냐."

"그 멍청이 중 누구도 아니래. 말은 그래." 내가 전달하고 다시 물었다. "그럼 누군데?"

나는 기다렸다. 목소리는 조용했다. 단지 속 환영은 선명도가 떨어지고 윤곽도 아까보다 희미했다. 소용돌이치는 플라스마와 얼굴이 서서히 뒤섞이고 있었다.

조지는 감자칩을 한 움큼 집었다. "놈이 뜬금없이 수줍어죽겠다고 하면 그냥 뼈 거울 얘기나 물어봐. 비커스태프의 목적이 뭐였는지도. 중요한 건 그거니까."

"맞아. 이를 테면 박사가 정말로 도굴꾼이었나? 같은 거." 록우드가 물었다. "그랬다면 왜? 그리고 박사는 정확히 어떻게 죽었고?"

나는 두 손으로 얼굴을 훔쳤다. "잠깐만 있어봐. 그걸 한꺼번에 물을 순 없잖아. 하나씩 차근차근…."

"아냐!" 목소리는 다급했고, 내 귀에 입을 붙이고 속삭이듯 가까웠다. "비커스태프는 도굴꾼이 아니었어! 위대한 분이었어. 선지자였다고! 슬픈 결말을 맞고 말았지만."

"무슨 결말? 쥐 떼?"

"잠깐만, 루시…." 록우드가 내 팔을 건드렸다. "놈이 한 말을 우린 못 들었는데."

"아, 미안. 비커스태프는 위대한 사람이고 슬픈 결말을 맞았대."

"그분이 선지자라고도 했잖아. 그건 왜 빼고 그래." 유령이 지적했다.

"아, 맞네. 그는 선지자이기도 했대. 미안." 나는 짜증스레 눈을 깜빡이다가 해골을 노려봤다. "근데 내가 왜 너한테 사과를 하지? 네가 그토록 대단하다고 떠받드는 사람은 자기 집 지하실에 사람 뼈를 자루째 쌓아놓고 있던 인간이야."

"지하실이 아니었어. 비밀 벽 뒤 작업실이었지."

"지하실이 아니었대. 비밀 벽 뒤 작업실이었다는데…." 나는 두 사람을 쳐다봤다. "우리가 아는 내용인가?"

"응." 록우드가 말했다. "아는 내용이야. 놈은 오늘 저녁 일찍이 조지가 우리한테 했던 얘기를 어쩌다 듣게 된 거야. 다시 말해, 놈이 우리한테 하는 말 중 새롭고 참신한 건 전혀 없다는 거지. 주인님 어쩌고는 다 지어낸 얘기야."

"층계참의 록우드 방에 철선이 덧대져 있는 거 알지." 목소리가 불쑥 말했다. "문 안쪽 면에. 왜 그런 것 같아, 루시? 저 자식이 그 안에 뭘 숨겨놓고 있는 걸까?"

정적이 흘렀다. 나는 귀로 피가 쏠리고, 방이 삐딱하니 기우는 것만 같았다. 정신을 차리고 보니 록우드와 조지가 기대에 차서 나를 처다보고 있었다.

"아무것도 아냐." 내가 황급히 말했다. "방금은 아무 말도 없었어."

"우우, 앙큼한 거짓말쟁이. 어서, 내 말을 전해."

나는 잠자코 있었다. 귀에서 유령의 웃음소리가 울렸다.

"이제 우리 모두가 똑같은 종자가 된 것 같네. 안 그래?" 속삭이는 목소리가 말했다. "뭐, 믿든 말든 좋을 대로 해. 하지만 맞아. 난 뼈 거울을 봤어. 그걸 사용하는 장면은 못 봤지만. 주인님이 안 보여줬어. 내 눈엔 어울리지 않는다고, 그렇게 말했어. 난 울었지. 그건 정말 끝내주는 물건이었거든."

나는 최선을 다해 유령의 말을 반복했다. 쉽지 않았다. 점차 나긋해지며 아쉬움에 젖는 목소리를 제대로 알아듣기 힘들었다.

"아주 좋아." 록우드가 말했다. "근데 뼈 거울이 뭘 하기에?"

"지식을 줘." 목소리가 말했다. "깨달음을 줘. 아, 난 그분을 염탐할 수도 있었어. 그분이 그 소중한 기록들을 어디에 보관하는지 알았거든. 서재 마룻널 밑에 숨겨뒀어. 그분의 비밀들을 푸는 열쇠가 내 손에 있는 거나 다름없었다니까? 그 모두를 알아낼 수도 있었다고. 하지만 그분은 위대한 사람이었어. 날 믿었지. 난 유혹을 느꼈지만 끝끝내 보지 않았어." 단지 속 깊은 곳에서 두 눈이 나를 향해 번뜩였다. "지금 너도 딱 그렇잖아. 안 그래, 루시?"

나는 마지막 말은 옮기지 않았다. 불필요한 내용에 휘둘리지 않고 나머지 부분을 기억하는 게 내가 할 수 있는 전부였다.

"그분은 위대한 사람이었어." 유령이 부드럽게 말했다. "그분의 유산이 오늘날 너희들과 함께 있어. 너희들은 몹시도 눈이 멀어 그걸 못 보지만. 너희 모두가 몹시도 눈이 멀어…."

"놈의 이름을 다시 물어봐." 유령의 얘기를 전하자 록우드가 말했다. "구체적이고 자세하고 엄연한 사실이 없는 한 이 모두가 헛짓일 뿐야."

나는 놈의 이름을 물었다. 아무 대답이 없었고, 머릿속 압력이 갑자기 덜해졌다. 단지 속 얼굴은 감지가 거의 불가능했다. 플라스마의 움직임이 둔해지고 혼령의 빛은 희미해져 갔다.

"사라지고 있어." 내가 말했다.

"놈의 이름." 록우드가 다시 요구했다.

"안 돼." 조지가 말했다. "저승에 대해 물어봐! 어서, 루스…."

"몹시도 눈이 멀어…."

속삭임이 사그라졌다. 유리가 맑게 걷히고, 유령은 가버렸다.

단지 바닥에 붙은 오래된 갈색 해골이 보였다.

조지가 나지막이 욕하며 안경을 벗고 눈을 비볐다. 록우드는 손바닥으로 무릎을 치며 목이 결린 듯 빙글 돌렸다. 나도 등이, 온몸이 쑤시는 걸 깨달았다. 긴장이 몰고 온 뻐근함이었다. 우리는 단지를 응시하며 앉아 있었다.

"음, 한 명 피살에 경찰 조사 1회, 유령과의 대화 1회." 조지가 말했다. "이쯤은 돼야 바쁜 밤이라 할 수 있지."

록우드가 고개를 끄덕였다. "누군가는 그저 TV나 볼 시간에 말이지."

당연한 얘기지만 해골과의 만남은 밤잠을 앗아갔다. 우리는 곧장 자러 갈 수가 없었다. 놈의 비협조적인 태도가 답답하긴 했지만 그렇다고 쉬기엔 너무 들떠 있었고, 이 진귀한 사건에 완전히 취해 있기도 했다. 조지에 따르면 이건 마리사 피츠가 죽은 뒤 사실상 최초로 확인된 3급령이었다. 지난 몇 년간 다른 보고들이 있기는 했다. 하지만 관련 조사관 모두가 얼마 지나지 않아 세상을 뜨거나, 정신이상자로 판명되거나, 때로는 둘 다였다. 적합한 증인으로서 그들의 주장을 뒷받침할 사람도 없었다. 조지와 록우드는 이제 막 그걸 해냈지만. 나는 독보적이었고, 내가 가진 재능은 소중했으며, 우리가 가진 패를 제대로 활용하기만 하면 엄청난 성공이 가능했다. 록우드는 이보다 더 신바람이 날 수 없었다. 베이컨샌드위치를 만들어 우리 모두에게 돌리고(3급령과의 수다만큼이나 드문 일이었다.), 그걸 먹는 동안 앞으로의 계획에 대해 얘기했다. 문제는 곧장 공개할 것인가, 아님 해골이 다시—아마도 제3의 증인 앞에서—말하게 만들어볼 것인가였다. 그는 경쟁자 다수가 우리 얘기를 믿고 싶어 하지 않으리라 확신했다.

나는 그 토론에 그다지 많이 참여하지 않았다. 물론 내 성공이 기쁘긴 했다. 내게 쏟아지는 이 모든 찬사들도. 하지만 그와 동시에 몹시 지쳐 있었다. 해골의 말에 귀를 기울이느라 진이 다 빠졌다. 가서 자고 싶을 뿐이었다. 그래서 나는 두 사람이 떠들게 내버려뒀고, 유령이 했던 얘기 중에서 록우드가 판단하기에 나름 확실한 정보일 가능성이 있는 주제로 논의가 옮겨간 뒤에도 대화에 끼지 않았다. 하지만 록우드와 조지는 아까 휘갈긴 내용을 읽고 또 읽었고, 그럴수록 더 활기차고 더 수다스러워졌다.

해골이 다른 누구도 모르는 소리를 하기는 했다. 비커스태프가 서재 마룻널 밑에 기록들을 숨겨뒀다는 얘기 말이다. 비밀 기록이 존재하는 셈이었다.

뼈 거울의 수수께끼를 푸는 열쇠가 거기 들어 있을지도 몰랐다.

햄프스테드 히스 언저리의 버려진 가옥에, 어쩌면 아직도 놓여 있을지 몰랐다.

그래, 그건 좀 재미있네.

록우드 말대로 유령은 거짓말을 하고 있었을 공산이 아주 몹시 컸다. 놈과 비커스태프, 뼈 거울이 실제로도 밀접히 관련됐을 가능성은 그리 높지 않았다. 놈이 정말로 진실을 얘기했다 한들 그 비밀 기록들은 벌써 분해됐거나, 더하게는 쥐 떼에 먹히고 말았을(이 이론은 우리에게 엄청난 비웃음을 샀다.) 것이다. 하지만 혹시 모를 일이었다. 거기 진짜 있을지도 몰랐다. 록우드는 가서 확인할 가치가 있는지 알고 싶어 했다. 조지는 그렇다고 생각했고, 나는 너무 피곤해 반대할 수 없었다. 자러 가기 전에(벌써 새벽이었다.) 우리는 계획을 마무리했다. 다음 날에도 별다른 진전이 없으면 탐사를 나가보기로 했다.

마침내 부엌을 나서는데 창밖에서 새가 노래했다. 또 한 번의 아름다운 아침이 시작되고 있었다.

문을 닫으며 나는 부엌을 힐끗 돌아봤다. 유령단지는 아까 우리가 둔 식탁 위 자리에 그대로 있었다. 조용하고 평화로웠으며, 플라스마는 반투명에 가까웠다….

해골이 나를 보며 씩 웃었다. 해골들이 워낙 그렇듯이.

17

비커스태프의 폐허처럼 과거가 파란만장한 부지를 방문할 거면 아무래도 낮에 가는 게 가장 안전하리라 당신은 생각할 것이다. 우리의 경우, 이 (합리적인) 선택지는 안타깝게도 여러 이유에서 실현이 불가능했다. 일단 말도 많고 탈도 많았던 그날 밤을 마무리하고 잠든 우리는 정오가 돼서야 일어났다. 보급품을 준비하는 한편, 비커스태프의 버려진 관사에 들어갈 권한을 얻고자 관계 당국에 전화하는 작업이 오후 시간을 상당 부분 잡아먹었다. 조지도 문제였는데, 비커스태프의 동조자가 남긴 『메리 뒬라크의 고백록』을 찾아 처트시 공문서보관소에 후딱 다녀오겠다고 고집을 부렸다. 그는 하루라도 빨리 고백록을 찾아내고 싶어 안달이었다. 거기서 오래전 비커스태프의 거주지에서 벌어졌다는 참변의 통찰을 얻길 바랐다. 또한 자기가 발견한 옛 신문들을 보비 버넌 또한 손에 넣는 건, 그를 바탕으로 고백록의 존재까지 알게 되는 건 시간문제일 뿐이라 생각했다.

해가 지고 나서야 현장에 도착하게 된 마지막 (그리고 가장 중요한) 이유는 나였다. 아니, 그보다는 내 특이한 재능이 문제였다. 해골과 대화한 뒤 내 재능을 향한 록우드의 믿음은 하늘을 찌를 듯했다. 그가 그 얘기를 꺼낸 건 우리가 사무실에서 만나 작전에 필요한 장비를 챙기던 때였다.

"의심의 여지가 없는 일이야, 루스." 그가 바닥에 소금탄을 일렬로 단정히 늘어놓으며 말했다. "네 '심령 민감성'은 경이로운 수준이고, 우린 네가 그걸 쓸 수 있게 가능한 모든 방법을 동원할 거야. 어둠이 내린 뒤 비커스태프 관사에서 네가 뭘 잡아낼지 누가 알겠어? 청각만 놓고 하는 얘기가 아냐. 네 촉각도 써볼 수 있잖아."

"그래." 나는 무겁게 말했다. "아마도." 당신도 감지했겠지만, 내 대답에 휘몰아치는 열정 같은 건 없었다. 내가 이따금 심령의 잔존물이 깃든 사물을 만져 과거의 흔적들을 포착할 수 있는 건 사실이지만, 그렇다고 그게 언제나 유쾌한 경험인 건 아니다. 비커스태프의 관사에서 내가 겪게 될 여러 일들이 그다지 유쾌할 리 없다는 건 불보듯 뻔했다. 그걸 아는지 모르는지 당장의 록우드는 그저 쾌활할 뿐이었지만.

이래저래 그날 오후엔 록우드의 재밌는 우스갯소리들이 그리 크게 와닿지 않았다. 다시 한낮의 빛 속에 있으려니 속삭이는 해골의 말이 몰고 온 전율이 시들해졌고, 놈이 정한 길을 우리가 따라간다는 사실이 나도 모르게 불편해지고 있었다. 그래서 아래층으로 내려가자마자 단지 뚜껑의 레버를 잠그고 천을 덮어씌웠다. 우리가 의도하지 않은 상황에서 놈이 우리를 훔쳐보고 대화를 엿듣는 게 싫었다. 이미 엎질러진 물이라는 생각도 들었지만.

나는 작업 벨트의 장비들을 책상 위에 꺼내놓고 온도계와 손전등, 양초와 성냥갑, 라벤더 물병 등을 살펴보며 모든 게 이상 없는지 확인했다. 록우드는 평온히 혼자 흥얼거리며 철의 재고를 보충하고 있었다. 그걸 보고 있으니 다시 해골이 떠올랐다. 비커스태프의 비밀 기록을 언급하던 놈은 뜬금없이 록우드의 층계참 방에 대해 나로서는 처음 듣는 소리를 흘렸었다.

나는 사무실 창밖 지하 마당을 내다봤다. 문 안쪽 면에 철선을 박았다? 누구든 그러는 데는 한 가지 이유밖에 없는데…. 아니, 얼토당토않은 주장이었다. 하지만 내가 놈의 이 얘긴 믿으면서 저 얘긴 안 믿는 게 말이 되나?

"루시." 록우드가 불렀다. 내 머릿속 생각을 읽기라도 한 것 같았다. "우리 해골 친구에 대해서 내가 생각을 좀 해봤거든. 놈과 얘기하는 당사자는 너잖아. 그러니까 넌 놈의 성격을 알겠지. 네 생각은 어때? 놈이 왜 갑자기 말을 시작한 것 같아?"

나는 잠시 뜸을 들이다 대답했다. "정말 모르겠어. 솔직히 난 놈이 하는 어떤 말도 안 믿어. 근데 비커스태프 사건의 뭔가가 놈을 잡아끄는 것 같긴 해. 그 자식이 처음으로 말했던 밤 기억하지? 우리가 묘지에서 돌아온 뒤였나? 그때 우린 비커스태프 얘길 하고 있었어. 어젯밤에도 그랬고. 놈은 지난 몇 개월 동안 우리 옆에서 수십 건도 넘는 사건 얘기들을 엿들었는데 한 번도 끼어든 적 없었어. 이번엔 사흘 만에 두 번이야. 이게 그냥 우연인 것 같진 않아."

록우드는 산탄통에 철가루를 채우며 고개를 천천히 끄덕였다. "옳은 말씀이야. 놈이 뭘 원하는지 알 때까진 신중히 움직이는 게 좋겠어. 그리고 한 가지 더. 놈은 비커스태프의 거울, 그러니까 이 뼈 거울이란 게 지식과 깨달음을 준다고 했지. 그건 또 무슨 의미인 것 같아?"

"전혀 모르겠어."

"조지도 거울을 들여다보긴 했잖아. 물론 아주 잠깐이었지만. 그렇대도…." 그가 나를 올려다봤다. "넌 조지가 어때 보여, 루시? 괜찮은 것 같아?"

"이따금 정신이 다른 데 가 있는 것 같기도 하지만, 걔가 그러는 게 어제오늘 일은 아니니까."

"음. 녀석을 신경 써서 지켜보도록 하자." 그가 싱긋 웃었다. 세상 모든 게 더 단순해 보이게 하는, 당장이라도 딱딱 맞아떨어질 것처럼 느끼게 하는 따뜻한 미소였다. "운이 좋으면 오늘 조지가 비커스태프에 대한 정보를 더 가지고 돌아올 거야. 희망 사항이지만 플로도 곧 연락해 올 거고. 윙크맨의 경매 정보까지 얻으면 우린 순풍에 돛을 다는 거나 다름없어."

하지만 록우드의 낙관론은 섣불렀다. 그날 플로 본스는 연락하지 않았고, 오후 5시가 다 되도록 꼼짝 못 하며 기다린 조지는 무척 지치고 언짢은 상태로 돌아왔다.

"처트시에서 이상한 일이 벌어졌어." 그는 의자에 쓰러지며 말했다. "공문서보관소에 가서 『메리 될라크의 고백록』이 거기 실제로 소장돼 있다는 것까진 확인했어. 그래서 그 사람들이 책을 가지러 갔는데, 어떻게 됐게? 사라지고 없었어. 도난당했다고. 언제 그랬는지, 얼마나 오래됐는지 아무도 몰라. 다른 사본이 존재하는지조차 몰라. 아! 정말 너무 답답해!"

"꼬꼬마 보비 버넌이 그런 걸까?" 내가 물었다. "녀석이 너보다 앞서 있는지도 모르잖아."

조지가 도끼눈을 떴다. "땡. 앞선 건 나거든요. 녀석은 처트시에 내일 방문하겠다고 했대. 아니, 그게 훔칠 가치가 있는 물건이라고 생각한 다른 누군가가 있는 거야… 뭐, 두고 보면 알겠지. 집에 오는 길에 앨버트 조플린한테 전화해서 사본이 있을 만한 곳을 아는지 물었어. 조플린은 훌륭한 연구자니까. 이 부분에서 우리를 도울 수 있을지도 모르지."

록우드가 인상을 썼다. "조플린? 우리가 뭘 하는지 함부로 말해선 안 돼. 그 사람이 킵스한테 얘기하면 어쩌려고?"

"오, 조플린은 괜찮아. 날 마음에 들어 하거든. 그런데 있잖아, 조플린이랑 손더스 사이가 틀어졌대. 손더스는 켄잘 그린에서 벌어진 사건들 때문에 단단히 열이 받은 모양이야. 발굴 작업을 중단하고 야경대 꼬마들 대부분을 급여도 없이 집으로 보내버렸단 거야. 조플린은 그게 몹시 못마땅하고…." 조지는 안경을 고쳐 쓰고 우리를 둘러봤다. "자, 내 얘기는 여기까지야. 너희가 하던 일은 어떻게 됐어?"

"햄프스테드 당국이랑 통화했어." 록우드가 말했다. "그린 게이츠 요양원 부지는 버려진 상태고, 히스에서는 아예 접근이 불가능하지만 화이트스톤 레인이라는 이름의 거리를 통하면 들어갈 수 있대. 루스, 네가 시가도를 확인해 봐. 우리는 통금 전 막차를 탈 거야. 비커스태프 관사는 부지의 언저리에 있어. 문은 잠겨 있지 않다네. 사실 열쇠가 필요 없기도 하지. 제정신 가진 사람이면 갈 리 없는 곳이니까."

"듣자 하니 완전 우리 스타일이네." 내가 말했다.

록우드가 자리에서 일어나 늘어지게 기지개를 켰다. "자, 오후 일과를 시작할 시간이야. 난 내려가서 지푸라기 여인한테 검이나 꽂을래. 그런 다음엔 가서 쉬어야겠어. 비커스태프의 관사에 대해서 우리가 들은 얘기의 절반만 사실이래도 아주 분주한 밤이 될 테니까."

런던 북부의 울창한 교외 지역 햄프스테드 힐은 적어도 낮 시간엔 꽤나 고풍스럽다 할 만하다. 그리고 다른 걸 다 떠나 그날 밤의 출장길만 보자면 햄프스테드 히스 서쪽 변두리의 거리들은 평탄함 그 자체였다. 나무와 항마등이 줄줄이 늘어선 대로들이 언덕의 윤곽을 따라 부드럽게 굽이졌다. 커다란 정원들 속에 멋대로 몸집을 키운 건물들이 드문드문 서 있었다. 우리를 냉큼 둘러싸는 땅거미조차 어딘가 풍족하고 살찐 느낌이었다.

이 같은 인상은 화이트스톤 레인에 접어들고도 한동안 계속됐다. 히스 변두리의 이 짧고 넓고 막다른 골목길은 빅토리아 중기의 육중한 빌라들이 차지하고 있었다. 잘 관리된 잔디, 그 둘레에 심긴 파릇파릇한 화초들, 거지의 수염처럼 풍성하고 텁수룩한 철쭉들. 처음 몇 집은 햄프스테드식 기준을 거뜬히 만족했다. 그러나 길 끝으로 갈수록 동네는 추레해졌고, 마지막 두 집은 아예 횅하니 비어 있었다. 그들 너머에서 길이 끝나며 한 쌍의 철문이 나오는데, 높고 녹이 슨 데다 윗부분엔 가시철조망이 둥글게 감겨 있었다. 삼각형의 가장자리를 형광 주황색으로 두른 DEPRAC 경고 포스터는 이곳이 접근 금지구역이라 말해주고 있었다. 여기가 바로 그린 게이츠 요양원, 한 세기 전에 불탄 뒤 내내 버려져 있던 부지의 입구였다.

철문은 녹슨 쇠사슬을 둘둘 감아 고정해 뒀다. 자물쇠는 없었다. 그런 건 애초에 필요가 없었다.

록우드가 장갑 낀 손으로 쇠사슬을 풀기 시작했다. 쇠사슬 고리들이 한 몸처럼 빽빽하게 덩어리져 있었다. "언젠가 여기에 주택단지를 지으려 했던 적이 있다고 했지, 조지?" 그가 물었다. "하지만 '소란' 때문에 포기할 수밖에 없었다고. 정확히 어떻게 된 일이었어?"

조지는 아까부터 철문 창살 너머 히스의 어둠을 응시하고 있었다. 따뜻한 저녁인데도 양털 모자를 쓰고 반장갑을 꼈다. 시꺼먼 재킷과 바지를 입고 작업화를 신었다. 산탄통과 소금탄이 빽빽이 달린 여분의 띠를 몸통에 둘렀다. 놀랍게도 그는 특대 사이즈 배낭도 메고 왔는데, 내가 대신 준비해 뒀던 가방이 아니었다. 딱 봐도 무거워 보였다. 조지의 얼굴은 땀투성이였다. "평범해." 그가 말했다. "너도 익히 아는 그런 거."

록우드가 쇠사슬을 당겨 뺀 뒤 철문을 힘껏 밀었다. 뼈가 부러지는 듯한 뚝 소리와 함께 문이 벌컥 열렸다. 우리는 차례로 문을 통과했다. 조지와 나는 손전등을 켰다. 우리 발 바로 아래서 균열투성이 아스팔트 포장재가 모습을 감추고 그 자리를 길게 일렁이는 수풀들이 뒤덮었다. 손전등 불빛이 춤을 추며 거칠고 울퉁불퉁한 땅 위를 날았다. 여기저기에 커다란 너도밤나무가 솟아 있고 떡갈나무와 자작나무가 우거져 있었다. 도로의 윤곽이 왼쪽으로 굽어 나무들 사이로 사라졌다.

"이걸 따라가면 요양원 부지가 나올 거야." 조지가 말했다. "800미터쯤. 약간 높은 언덕배기에 있어."

록우드가 고개를 끄덕였다. "좋아. 네가 앞장서."

우리는 침묵 속에서 한 줄로 이동했다. 다리가 풀들을 스쳤다. 지면에서는 그날의 최후의 열기가 아직까지도 뿜어져 나왔다. 달은 벌써 떠올랐고, 차가운 은색 광채가 도는 빛이 기복 심한 황무지를 씻어 내렸다. 흰 구름 더미들이 하늘의 성채처럼 우뚝 솟아 있었다.

"조지, 네가 '평범해'라고 할 때는," 내가 마침내 물었다. "음영자를 뜻하는 거야?"

"응, 음영자랑 깜빡이. 대개는. 왜 있잖아, 보일 듯 말 듯한 존재들, 허공을 부유하는 어슴푸레한 빛들. 개발사업 중단엔 언덕에 고립된 요양원 위치도 한몫했어. 다들 기억하다시피. 아무도 여기에 살고 싶어 하지 않았지."

"아주 위험한 유령은 없었다는 거야, 그럼?"

"요양원 폐허 자체에는 없었어. 비커스태프 관사는 얘기가 다르겠지만."

우리는 언덕의 능선을 따라 조금 더 올라갔다. 우리 아래로 펼쳐진 런던의 불빛들이 꼭 반짝이는 네온 바다 같았다. 몹시도 고요했다. 통금이 시작된 뒤였고, 도시는 한껏 몸을 사리며 밤을 밀어냈다.

"잠깐 쉬어도 될까?" 조지가 말했다. "숨 좀 돌려야겠어."

그는 배낭을 옆으로 던지고 쓰러졌다. 정말이지 기이할 정도로 큰 배낭이었고 모양도 이상했다. 꽤나 딱딱하고 불룩해 보였다. 쇠사슬을 넣어 생기는 울퉁불퉁함과는 달랐다. "거기엔 정확히 뭐가 들었는데, 조지?" 내가 물었다.

"아, 보급품 좀 더 챙겼어. 내 걱정은 하지 마. 운동도 되고 좋지 뭐."

나는 배낭을 가만히 쳐다봤다. 눈살이 더 심하게 찌푸려졌다. "도대체 언제부터 네가 운동…?" 다음 순간 나는 알아챘다. 그 모양을 알아봤다. 성큼성큼 걸어가 배낭 덮개를 획 젖히고 끈을 풀었다. 손전등을 비추니 플라스틱 뚜껑이, 어디서 많이 본 은유리 단지 옆면의 매끄러운 곡선이 보였다.

"해골?" 내가 외쳤다. "해골을 가져왔어! 이걸 슬그머니 숨겨 와선 지금껏 다녔다고!"

조지는 기분이 상한 듯했다. "'슬그머니'라는 표현은 좀 약하지. 사실 상당한 노력이 필요한 일이었다고. 엑토플라즘이 원칙적으로는 무게가 없다지만, 이걸 실제로 경험하면 너도 생각이 달라질걸. 내 가여운 등짝이…."

"그럼 나한텐 언제 얘기할 생각이었는데?"

"얘기할 일이 아예 없었으면 했지. 비커스태프 서재의 정확한 위치를 우린 모르잖아. 아냐? 하지만 해골은 알아. 우리가 서재를 못 찾을 경우에 대비해서 록우드가…."

"뭐?!" 나는 우리 대장에게로 빙글 몸을 돌렸다. 그는 근방의 쐐기 풀밭에 완전히 매료된 사람 흉내를 잘도 내고 있었다. "록우드! 너도 이거 알고 있었어?"

그가 목을 가다듬었다. "그게…."

"록우드가 제안한 거야." 조지가 냉큼 말했다. "록우드의 생각이었어. 그러고 보니 저 자식도 힘 좀 보태야 되는 거 아닌가, 말이 나와서 말이지만. 난 마릴본에서부터 이걸 지고 오느라 내 가여운 등짝이…."

"네 가여운 등짝 얘기 좀 닥쳐줄래? 이건 미친 짓이야! 지금 너흰 나더러 위험천만한 3급령이랑 또 다른 흉가에서 얘길 하라는 거잖아. 주변에 어떤 방문자가 도사리고 있을지 누가 알고? 둘 다 미쳤어? 내가 거기 동의하리라 기대한 거야?"

"아니." 조지가 말했다. "기대 안 했어. 그러니까 너한테 비밀로 했지."

나는 넌더리가 나 꽥꽥거렸다. "꿈도 꾸지 마! 신중히 움직이잔 얘기는 어찌 된 거야, 록우드? 정말 집에 가고 싶다."

"부탁이야, 루시." 록우드가 말했다. "복잡하게 생각하지 마. 위험할 거 없어. 단지는 배낭에 들어 있어. 뚜껑은 밀봉돼 있고. 유령이 네게 힘을 쓸 수도, 어떤 방식으로든 너와 소통할 수도 없어. 놈은 정말 대비 차원에서 가져온 거야. 더는 단서가 없어 비밀 기록을 못 찾을 경우를 생각해서."

"실제로 존재하는지조차 모를 기록들 말이지." 내가 으르렁거렸다. "지금 우리가 추적 중인 단서를 손에 쥐여준 존재가 바로 단지 속에 머리만 남은 사악한 유령이란 거 잊지 마. 믿을 만한 존재가 못 된다고!"

"녀석이 믿을 만한 존재란 얘기가 아냐. 하지만 자기가 비커스태프 밑에서 일했다고 주장하는 이상, 여기 다시 데려오는 게 훌륭한 자극제가 돼서 뭔가를 더 털어놓고 싶어질 수도 있잖아."

나는 록우드를 보지 않았다. 그랬으면 그가 예의 그 미소를 보냈을 텐데 그걸 받아줄 기분이 아니었다. "너흰 날 대수롭지 않게 여겨." 내가 말했다. "나도, 이 집도."

"저 집에서 끔찍한 일들이 벌어졌어." 록우드가 말했다. "그렇다고 해서 무조건 흉가가 됐다고는 말 못 해. 비커스태프의 유령은 묘지에 있었어. 기억해? 그는 여기 없어. 뼈 거울도 없어. 자, 근데! 뭐가 더 남아서 우리한테 해코지를 하겠어?"

록우드가 모를 리 없었다. 우리 모두가 그랬다. 그렇게 간단한 일이 아니었다. 나는 대답하지 않았다. 그저 배낭을 어깨에 걸치고 걷기 시작했고, 두 사람은 잠자코 뒤를 따랐다.

오솔길이 나무 사이를 파고들며 런던의 불빛들을 등졌다. 수풀 밑 울퉁불퉁한 지면은 기복이 점차 심해지다 마침내 위로 솟구쳐 벽이 됐고, 다 허물어진 몰골로 길게 뻗은 벽은 대체적으로 낮고 이끼와 잡초로 범벅이었으나, 일부는 아직 이 층 높이를 유지하고 있었다. 불에 탄 요양원의 잔해였다. 내 본능이 따끔거렸다. 달갑지 않은 것들의 존재를 감지했다. 거대하고 파리한 나방들이 폐허 사이에서 나른하게 날개를 파닥였다. 나는 미심쩍은 눈으로 쳐다봤지만 충분히 자연스러워 보였다. 우리는 조심조심 전진했다.

"절명광이 보여." 록우드가 말했다. "폐허 속에서 희미하게."

귀를 기울이던 나는 불꽃의 희미한 타닥거림과 고함과 아득한 비명을 얼핏 들은 것도 같았다…. 다음 순간 소리들은 사라졌다. 들리는 거라곤 나뭇잎 사이에서 바람이 점잖게 내뱉는 한숨 소리뿐이었다.

우리는 조금 더 걸었다. 잔해 중 가장 높은 벽 근처를 지나는데 망가진 문간의 어둠 속에서 희미한 잿빛 형체, 곁눈질로만 겨우 보이는 존재가 나타나서는 우리를 가만히 지켜봤다. 나는 차갑게 살갗을 스치는 놈의 관심을 느꼈다.

"1급령이야." 록우드가 말했다. "음영자 아니면 관망자. 걱정할 거 전혀 없어. 저기 저게 뭐지?" 그가 멈춰 서며 언덕 꼭대기를 가리켰다.

"저게 그걸 거야." 조지가 대답했다. "비커스태프 관사."

건물은 은색으로 빛나는 하늘을 배경으로 삭막하고 시꺼멓게 솟아 있었다. 엉망으로 뒤엉킨 다른 폐허들과는 거리가 좀 있었다. 건물 자체는 조그만 전용 담장으로 구분돼 있었는데, 크고 추접하고 뼈대가 앙상했으며, 어색하기 짝이 없는 벽돌은 어딘가 조화롭지 못한 인상을 풍겼다. 햇빛 아래서는 짙은 잿빛으로 보이겠다 싶었다. 지붕에는 굴뚝이 여럿이고, 가파르게 경사진 석판도 여럿이었으며, 그중 일부는 떨어져 나가고 없었다. 갈빗대처럼 툭툭 불거진 지붕보들이 보였다. 커다란 창문도 많았는데, 다들 하나같이 휑하고 검고 가만히 지켜보는 눈들 같은 게 이처럼 버려진 집들에서 전형적으로 마주하는 광경이었다. 자갈이 깔린 길은 자로 잰 듯 곧게 언덕 오르막길 위의 문으로 이어졌다. 정원에는 수풀이 웃자랐고 잔디는 우리 허벅지에 닿도록 길었다.

우리는 정문 앞에 서서 레이피어에 손을 얹은 채 차분히 살폈다. 조지가 주머니에서 박하가 든 통을 꺼내 우리에게 돌렸다.

"뭐, 상당히 안 좋아 보인다는 건 인정할게." 록우드가 박하를 빨며 말했다. "하지만 언제부터 집의 겉모습이 그리 중요했지? 데트포드의 도살장 기억해? 겉으론 끔찍하기 그지없는 곳이었어. 하지만 아무 일도 없었잖아."

"너한테는 아무 일도 없었지." 내가 정정해 줬다. "위층에서 집주인이랑 시시덕거리고 있었으니까. 지하실에서 덩어리를 보고 놀라자빠진 건 조지랑 나였다고."

"아, 맞네. 다른 데랑 헷갈렸나 보다. 그러니까 내 말은 뭐냐면, 우리가 여기서 반드시 곤란한 일을 겪게 되리란 법은 없다는 거야. 끔찍한 죽음의 역사를 가진 곳이라고는 하지만. 조지, 박하 한 개씩 더 줄래?"

나를 안심시키려는 록우드의 일장연설이 계속될수록 내 귀에 들리는 심령의 소리는 더 선명해졌다. 하지만 어쨌든 록우드 심령 회사가 런던 전역에서 누리고 있는 명성은 흉가 밖에서 꾸무럭거리지 않은 결과 얻어진 거였다. 반스가 우리를 이 사건에 투입한 것도, 우리가 결국 사건을 해결하고 킵스네를 밟아주게 될 것도 다 그 덕분이었다. 가만히 생각해 보면, 퍼넬로프 피츠가 우리를 연회에 초대한 것 또한 그 덕분이었다. 우리는 어깨를 활짝 펴고 길을 따라 걷기 시작했다.

"잊지 마." 록우드가 명랑한 목소리로 밤의 정적을 깨고 우리의 병적인 생각들을 흐트러뜨렸다. "여기서 우리 목표는 둘이야. 일단 해골이 얘기한 기록을 찾아야 해. 비커스태프와 동조자들이 남긴 심령 흔적도 살펴봐야지. 간단하고 깔끔하고 효율적으로. 곧장 들어가서 곧장 나오면 돼. 쉽지. 별일 없을 거야."

우리는 길 끝에서 멈춰 섰다. 나는 썩어 들어가는 계단을, 기우뚱한 문을, 망가진 창문에 비스듬히 걸린 덧문을, 바깥 현관 양쪽의 나선 기둥에 새겨진 채 험한 날씨에 시달린 조그만 악마들을 곰곰이 쳐다봤다. 이 말은 꼭 해야겠는데, 그때 나는 록우드의 자신감을 완전히 공유하고 있진 못했다.

숨통을 조이듯 한쪽 벽을 뒤덮은 관목이 진하고 달짝지근한 향을 풍겼다. 공기는 따뜻하고 텁텁했다. 조지가 계단을 타닥타닥 올랐다. 문 옆의 꼬질꼬질한 암녹색 창문에 대고 눈을 가늘게 떴다. "아무것도 안 보이는데." 그가 말했다. "누가 먼저 들어갈래?"

"루시가 갈 거야." 록우드가 대답했다.

내가 인상을 썼다. "또? 맨날 나야."

"아니, 아니지. 배럿 부인 때는 내가 했잖아. 안 그래? 조지는 철관 때 했고."

"맞아. 하지만 그 전엔 내가…."

"토 달지 마, 루스. 오늘 밤엔 네 역할이 정말 중요해. 걱정 마, 우리가 바로 뒤에 있을 거야. 게다가 아까 말했듯 운이 좋으면 위험할 게 아예 없을 수도 있어. 심령 기억과 흔적이 전부일지도."

"우린 그걸 방문자라 부르지, 록우드. 공격적인 심령 기억 말야…. 아, 그건 그렇다 치고. 우린 왜 이 일을 보다 합리적인 시간대에 할 수 없는 걸까. 가령 오후라든가?"

물론 나는 그 질문의 답을 알고 있었다. 희미하고 숨겨진 것들은 어둠이 내린 뒤에야 감지할 수 있다. 어둠이 내린 뒤에야 집의 기억들이 들썩이기 시작한다.

나는 문을 밀면서 문짝이 뒤틀려 끼어 있거나, 잠겨 있거나, 둘 다일 거라 예상했다. 전부 아니었다. 문은 소리도 없이 열리며 퀴퀴한 공기와 구석구석 스민 부패의 냄새를 풀어놨다.

이 말도 꼭 해야겠다. 거기 서 있으려니 살갗이 정말로 스멀거리고 머리털이 진짜로 쭈뼛 섰다. 록우드가 옳을 수도 있었다. 실제 방문자는 없을지도 몰랐다. 하지만 그 집은 또한 이전 거주자가 수년에 걸쳐 사악한 주술을 연구했던 곳이고, 망자의 혼령을 소환하려 일련의 불미스러운 실험들을 했을 곳이며, 결국엔 그 자신조차 미스터리하고 고독한 죽음을 맞이한 곳이었다. 인정할 건 인정하자. 우리가 얘기하고 있는 흔적 기억들은 방향제나 한번 뿌려 없앨 수 있는 수준의 것이 아니었다.

그럼에도 나는 조사관이고 어쩌고저쩌고. 말 안 해도 알겠지.

나는 (그렇게까지는) 머뭇거리지 않고 발을 내디뎠다.

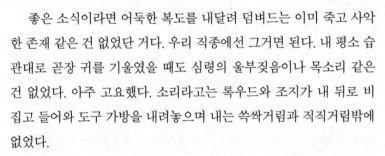

18

좋은 소식이라면 어둑한 복도를 내달려 덤벼드는 이미 죽고 사악한 존재 같은 건 없었단 거다. 우리 직종에선 그거면 된다. 내 평소 습관대로 곧장 귀를 기울였을 때도 심령의 울부짖음이나 목소리 같은 건 없었다. 아주 고요했다. 소리라고는 록우드와 조지가 내 뒤로 비집고 들어와 도구 가방을 내려놓으며 내는 쓱싹거림과 직직거림밖에 없었다.

텅 빈 공간은 휑뎅그렁하고 층고가 높았다. 눅눅한 곰팡내가 진동했다. 나는 손전등을 켜지 않았고 그건 늘 현명한 선택이지만, 내부가 생각만큼 컴컴하진 않아 이내 눈앞이 보이기 시작했다. 저 멀리 지붕 어딘가에 뚫린 구멍들에서 환한 달빛이 수직으로 내리꽂히고 복도 끝 계단에 작살처럼 쏟아졌다. 굽이진 계단은 습기로 검고, 수년 치 빗물로 망가져 있었다. 군데군데 돌무더기에 막히고 나무가 떨어져 나간 곳들도 있었다. 거대한 선반 모양의 허여멀건 담자균* 덩어리들이 난간을 뚫고 나왔고, 바닥 굽도리널과 벽 사이엔 가는 잡초

---

* 다른 생물체에 붙어 기생하는 균류로 버섯이 대표적이다.

들이 자라 있었다. 흰 껍질 같은 곰팡이가 천장에 흐드러졌다. 무수히 반복된 가을 폭풍에 날려온 늙은 낙엽들이 복도를 가로질러 기다란 더미로 쌓여 있었다. 바싹 마르고 뼈대만 남은 나뭇잎들이 우리 움직임을 따라 바스락거렸다.

오랜 세월 버려진 집들에서 볼 법한 그라피티 같은 건 없었다. 이집이 지닌 께름칙한 명성을 단적으로 보여주는 예였다. 가구도 세간살이도 따로 없었다. 액자를 걸도록 설치한 마호가니 띠가 천장 근처 벽을 빙 두르고 있었다. 우리가 몰고 들어온 따뜻한 돌풍에 벽지 조각들이 몸을 떨었다. 어디에도 조명 기구는 없었다. 조명을 뜯어낸 자리마다 들쭉날쭉한 구멍이 뚫려 있었다.

이 부패하고 퇴락한 공간 어딘가에서 비커스태프 박사는 동네 묘지에서 훔쳐 온 것들을 가지고 일했다.

여기 어딘가에서 그가 죽었다. 그러고는 쥐 떼가⋯.

아니. 그 얘기를 곱씹는 건 좋지 않았다. 심장박동이 빨라지고 있었다. 불안과 스트레스는 방문자가 좋아하는 양분이다. 나는 머리를 흔들어 속을 비우고 당장의 절차와 업무에 집중했다.

"록우드?" 내가 말했다. 그는 조용히 어둠을 들여다보고 있었다.

"절명광은 없어. 넌?"

"무척 고요해."

그가 고개를 끄덕였다. "좋아. 넌 어때, 조지?"

"16도야. 훌륭하고 정상적이지. 아직까진 다 괜찮아."

"오케이." 록우드는 안으로 좀 더 걸어 들어갔다. 신발 아래서 마른 낙엽들이 사락거렸다. "이제부터 빠르고 조용히 움직인다. 비커스태프의 서재를 찾아야 해. 연구실이나 작업실, 실험을 했음직한 장소도. 신문에 따르면 응접실을 통해 갈 수 있는 곳이었다니까, 아무래도 아래층이지 싶어. 서재에 대해선 우리가 아는 게 없어. 심령 밀집지를 발견하면 루시가 판독을 해볼 순 있겠지만, 그건 루시의 선택에 따라야지. 해골을 밖으로 꺼내는 일도 없을 거야. 루시가 그러자고 하지 않는 한."

"지당하신 말씀." 내가 맞장구쳤다.

"주요 밀집지는 위층에 있을 공산이 커." 조지가 말했다. 그의 목소리는 기묘하게 단조로웠다. 이 공간에 서린 어떤 기운에 영향받은 건지도 몰랐다. "일명 쥐 떼의 방 말야."

"쥐가 정말로 있기나 했다면 말이지." 록우드가 말했다. "어쨌든 그 방은 피하도록 해보자."

우리는 복도를 따라 이동해 가장 가까이에 있는 방으로 들어갔다. 여기도 꽤나 휑했다. 헐벗은 판자와 회반죽을 은색 달빛이 적나라하게 비췄다. 천장은 온전했고 실내는 건조했다. 나는 손으로 벽을 훑으며 걸었다. 심령의 기류를 느껴봤다. 아니, 아무것도 없었다. 이미 죽고 청정한 공간일 뿐이었다.

그 뒤에 있는 방도 가봤지만 역시나 잠잠했다. 온도 변화도 없고, 독기나 소름 끼치는 공포도 없었다. 복도 맞은편에 뚝 떨어져 있는 세 번째 방을 확인했다. 위치와 화려한 천장 몰딩으로 봐서 비커스태프와 손님들이 차를 즐기던 우아한 응접실이었지 싶었다. 여기는 벽지조차 사라지고 없었다. 굽도리널 일부도 마찬가지였다. 달빛과 판자와 회반죽 말고는 아무것도 없었다. 불편한 생각이 스쳤다. 비커스태프가 그랬듯 이 집도 그랬다. 전체가 백골이나 다름없었다. 다 뜯기고 뼈밖에 남지 않았다.

복도로 돌아왔을 때 희미한 진동이 감지됐다. 아득하고 어딘가 익숙했다. "록우드, 조지." 내가 속삭였다. "지금 이거 느껴지는 사람 있어?"

두 사람은 귀를 기울였다. 록우드가 고개를 가로저었다. 조지는 어깨를 으쓱했다.

"나한테는 해당 사항이 별로 없는 얘기잖아. 안 그래?" 조지가 무겁게 말했다. "내 감각은 그 정도로 예민하지가…." 그가 헉하고 기겁했다. "저게 뭐야?"

나도 봤다. 검게 째진 자국 같은 게 움직이고 있었다. 길고 바닥에 납작 엎드린 형체가 방 가장 먼 쪽 언저리의 어둠 속을 날래게 헤쳐 나갔다. 벽 바로 밑, 창문 가까이를 내달리면서도 피라미드 모양으로 흐릿하게 들어오는 달빛은 잘도 피했다. 방을 두른 굽도리널을 따라 원을 그리듯 우리에게 다가왔다.

쇠붙이가 쟁강거리는 소리. 록우드가 검을 빼 들고 준비했다. 다른 손으로는 벨트의 펜형 손전등을 뽑았다. 몸에 대고 눌러 전원을 켠 뒤 형형한 빛의 원 안에 잡아낸 건 조그맣게 옹송그리는 흑갈색 몸뚱이였다.

"그냥 쥐잖아." 내가 나직이 말했다. "조그마네. 난 아까…."

조지가 요란하게 숨을 뱉었다. "누가 아니래. 더 큰 줄 알았어. 쥐라고 생각은 했지만."

록우드가 손전등을 껐다. 쥐는 마법 주문에서 풀려나기라도 한 것처럼 감쪽같이 사라졌다. 놈의 날랜 도주는 보였다기보다 감지된 것에 가까웠다.

"쥐 생각은 되도록 안 해야 해." 록우드가 건조하게 말했다. "다들 괜찮아? 위층으로 갈까?"

하지만 나는 방 저쪽을 보며 눈을 찡그리고 있었다. "잠깐만. 네가 손전등을 켰을 때 뭔가 본 것 같아…." 나는 손전등을 꺼내 반대편 벽을 비췄다. 그랬다. 청아하고 환한 원이 포착해 낸 건 회반죽을 세로로 길게 가르고 있는 가늘고 검은 줄이었다. 감추려야 감출 수 없는 문의 윤곽이었다.

가까이 가니 벽에 박힌 경첩들과 작고 조악한 구멍이 보였다. 열쇠를 꽂았던 혹은 원래 있던 문고리를 떼어낸 자리 같았다.

"잘했어, 루스." 록우드가 속삭였다. "한때는 벽지에 덮여 있었을 거야. 가짜 책장에 가려져 있었거나. 찾기가 무척 힘들었을 테지."

"이게 비커스태프의 작업실로 연결되리라 보는 거야?"

"그럴 수밖에. 예전에 잠금장치가 있었던 부분 보이지. 이젠 떨어져 나갔고. 들어가 볼 수 있을 것 같은데."

록우드가 문을 당기자 비스듬한 각도로 덜컥 열렸다. 위쪽 경첩이 썩어 떨어진 탓이었다. 문 너머는 집의 더 깊숙한 곳으로 이어지는 비좁은 통로였다. 바깥의 빛이 안에는 전혀 들지 않았다. 록우드는 펜형 손전등을 켜고 짧게 살폈다. 좁은 통로는 휑하고, 그 끝엔 다른 문이 있었다. 습기와 곰팡이 냄새가 코를 찔렀다.

이제부터는 모든 주의 사항을 빠짐없이 준수해야 했다. 들어가기 전에 우리는 여러 수치들을 체계적으로 측정하고 기록했다. 다음으로 몸을 수그리고 (문의 상부가 록우드의 머리보다 낮은 위치에 있었다.) 조그만 통로를 따라 움직이기 시작했다. 진행은 느리고 조심스러웠다. 우리는 몇 미터마다 멈춰 재능을 쓰고 새롭게 판독했다. 우려할 만한 건 전혀 없었다. 온도가 떨어졌지만 미미한 수준이었다. 록우드의 눈에 보이는 절명광도 따로 없었다. 희미한 잔물결 소리가 내 청각 언저리에서 고동쳤으나 무슨 뜻인지 알 수 없었다. 천장과 먼지 덮인 바닥 여기저기서 거미가 보였지만 의미를 부여하기엔 개체 수가 너무 적었다. 촉각 또한 아무것도 잡아내지 못했다.

조지는 내내 가라앉아 있었다. 굼뜨게 움직이고 입을 거의 열지 않았으며, 비아냥거리거나 모욕적인 말을 하고도 남을 기회들을 몇 번인가 그냥 흘려보냈다. 그러니까 솔직한 말로, 그답지 않았다. 결국 나는—통로에서 조지가 뒤쳐진 상황을 이용해—록우드에게 그렇게 전했다. 그 역시 조지의 상태를 알고 있었다.

"뭣 때문인 것 같아?" 내가 물었다. "권태?"

"그럴 수도. 하지만 녀석이 뼈 거울을 본 뒤로 심령성을 띤 구역에 들어오는 건 이번이 처음이잖아. 신경 써서 지켜보는 게 좋겠어."

현현이 임박했음을 보여주는 4대 지표(냉각, 독기, 소름 끼치는 공포, 권태) 중 가장 음흉한 게 바로 권태다. 영혼까지 축 처지는 듯한 무게감과 우울함이 당신을 먹어치우는데, 그게 어찌나 서서히 진행되는지 눈치조차 못 챈다. 그러다 퍼뜩 정신을 차렸을 땐 유령이 살살 다가오고 있고, 당신에겐 도망칠 의지도 검을 들 힘도 남아 있지 않는 것이다. 이게 극으로 치달으면 유령굴레가 되고, 생기와 행복과 웃음의 반대라 할 유령굴레는 종종 치명적 결과로 이어진다. 훌륭한 조사관들이 서로를 챙기는 것도, 우리가 팀으로 일하는 것도 그래서다. 록우드와 나는 교묘히, 주의를 끄는 일 없이 자연스럽게 조지가 우리 사이에 오도록 움직였다. 그를 양옆에서 보호했다.

통로 끝 문에 도착했다. 나는 문고리에 손을 얹었다. 극한의 냉기가 찌릿찌릿 손과 팔을 쑤셨다. 오락가락하는 목소리들이 들렸다. 남자들이 열을 올려 얘기하는 소리였다. 시가 연기와 그보다 얼얼한, 톡 쏘는 듯한 화학물질 비슷한 냄새가 났다. 메아리는 곧장 사라졌다.

"흔적들이 감지되기 시작했어." 내가 말했다.

뒤에서 록우드의 목소리가 들렸다. "다들 꼼짝 말고 있어. 보고 듣기만 해. 문은 열지 말고."

우리는 일 분, 어쩌면 그 이상을 침묵 속에서 대기했다.

드디어 록우드가 금지령을 해제했다. "좋아. 준비되면 시작해, 루스."

내게는 그 말이 곧 신호였다. 나는 깊은숨을 들이마신 뒤 다시 문고리를 잡고 안으로 들어갔다.

사방에서 순전한 어둠이 몰려들었다. 내가 좀 전보다 넓은 공간에 들어와 있다는 걸 바로 알 수 있었다. 언제나처럼 손전등을 켜고 싶은 유혹을 느꼈으나 그 충동을 누르고 가만히 서서 마음을 열었다. 바로 뒤에서 문이 천천히 닫히는 소리가 들렸다. 두 사람 모두 말이 없었지만 조용히 움직이는 발소리가 감지됐다. 어둠 속에서 내 곁에 바짝 붙는 그들의 존재가 느껴졌다. 그들은 아주 가까이, 평소보다도 더 가까이 붙어 섰다. 그렇지만 비난할 마음은 들지 않았다. 오히려 고마웠다. 그 안은 정말 몹시, 몹시 컴컴했다.

앞을 봤지만 아무것도 안 보였다. 귀를 기울였지만 정말 하찮은 잔물결 소리뿐이었고, 그마저도 금방 사라져 버렸다. 나는 록우드의 '손전등 켜' 신호를 기다렸다.

계속 기다렸다. 그는 너무 늦장을 부리고 있었다.

"두 사람 다 준비됐어?" 결국 내가 나섰다. "난 아무것도 못 찾았어. 너희는?"

문득 깨달았다. 양옆에서 아무 존재도 감지되지 않는다는 걸.

"준비된 거야, 록우드?" 내가 목소리를 좀 더 높여 말했다.

대답이 없었다.

방 저쪽 어딘가에서 남자가 쿨럭거렸다.

내 안에서 두려움이, 강렬하고 칼날 같은 공포가 솟구쳤다. 나는 작업 벨트를 뒤적거려 꺼내 든 손전등의 전원을 켜고 후다닥 앞뒤를 비췄다.

그저 방, 또 하나의 황량한 공간뿐이었다. 헐벗은 벽, 먼지투성이 마룻널. 하나밖에 없는 창문 자리는 벽돌로 막혀 있었다. 방 가운데서 금속 상판을 얹은 거대한 테이블이 보였다.

그 어느 것에도 관심이 가지 않았다. 나뿐이었으니까. 록우드와 조지가 방에 없었으니까.

나는 몸을 돌리고 문고리를 비틀어 문을 열었다. 떨리는 손전등이 몇 걸음 떨어진 곳에 선 두 사람을 잡아냈다. 그들은 나를 등진 채 검을 내들고 있었다. 통로를 응시하고 있었다.

"지금 여기서 뭐 하는 거야?" 내가 물었다.

"못 들었어, 루스?" 록우드가 낮은 소리로 대꾸했다. "종종거리는 소리?"

"쥐 떼처럼." 조지가 속삭였다. "우리 쪽으로 오고 있는 것만 같았어. 근데⋯." 그는 내가 문 앞에 서 있다는 걸 이제야 알아챈 듯했다. "어, 안에 들어갔었네."

"당연히 들어갔지." 등골이 오싹했다. "너희도 들어왔어. 그치? 나랑 같이 방에 있었잖아."

"아니, 안 들어갔어. 손전등 좀 저리 치울래. 눈이 부시잖아."

"우린 네가 우리랑 같이 있는 줄 알았는데, 루스." 록우드가 말했다.

"아니, 난 문으로 들어갔어. 마치⋯. 확실해? 뒤따라 들어오지 않은 게?" 나는 부드럽게 발을 끌던 소리들을, 내게 바짝 붙던 보이지 않는 존재들을 떠올렸다. 목소리가 뻑뻑하니 기어들었다. "너희가 내 옆에 있는 것 같았는데⋯."

"네가 들어가는 줄 몰랐어, 루스. 종종거리는 소리에 정신이 팔려서는."

"그걸 못 들었다니 놀라운데." 조지가 말했다.

"그럼 당연히 못 들었지!" 나는 소리를 버럭 질렀다. "내가 그 소리를 들었으면 너희 둘을 놔두고 저기 혼자 들어갔겠어?"

록우드가 내 손을 살짝 건드렸다. "괜찮아. 진정해. 진정하고 무슨 일인지 얘기해 봐."

나는 길고 깊게 호흡하며 바들바들 떨리는 몸을 진정시켰다. "일단 들어오기나 해. 얘기해 줄게. 지금부터 서로한테서 절대로 떨어지면 안 돼. 그리고 부탁인데, 누구든 다른 데 정신 파는 일은 더 이상 없도록 하자."

우리가 비커스태프의 작업실로 추정한 그 비밀의 방에 셋이 함께 진입하고부터는 아무 심령 흔적도 발견되지 않았다. 록우드는 벽돌로 막아둔 창문의 창턱에 등을 설치했다. 그 빛에 의지해 조지가 근방을 다니며 벽을 조사했다. 다른 출입구는 없었다. 헐벗은 회반죽에서 옛 석유등 거치대들이 녹슬고 늘어진 몰골로 뻗어 나와 있었다. 가구는 방 가운데 놓인 테이블이 유일했는데, 강철로 만든 다리들이 바닥에 고정돼 있었다. 철제 상판은 먼지와 회반죽 가루로 거칠었다. 가장자리를 따라 깊은 홈이 파여 있고, 거기 연결된 주둥이가 바닥 위로 돌출돼 있었다.

록우드가 손가락으로 홈을 훑었다. "근사한 소형 수로네. 피를 흘려보내는 용도지. 이건 특수 제작한 해부 테이블이야. 19세기 중반 물건이고. 왕립의과대학에서 이런 걸 본 적이 있어. 훌륭하신 우리 비커스태프 박사님이 죽은 자들의 신체로 실험을 한 게 여기인 듯하군. 철로 만들어져 있어서 아쉽다, 루스. 안 그랬으면 네가 흥미로운

271

심령 반응들을 찾아낼 수 있었을지도 모르는데."

나는 배낭에서 물을 꺼내 마시고, 지금은 초콜릿 조각 하나를 사납게 씹어대는 중이었다. 문간에서 했던 경험에 아직도 몸이 떨렸지만, 내 두려움은 차차 굳어 더 강건한 뭔가가 돼 있었다. 이곳의 존재들이 나를 겁줘서 쫓아버릴 생각이거든 아까 그것보단 잘해야 할 터였다.

나는 초콜릿 포장지를 옆으로 던졌다. "여기가 그들이 모이던 곳이야. 남자들이 무리 지어 담배를 피우고 실험에 대해 얘기했어. 거기까진 그냥 알겠는데, 더 잡아낼 수도 있겠지. 그러니 조용히들 해. 시도해 볼 테니까."

나는 테이블의 철제 표면에서 멀찍이 떨어진 벽으로 이동했다. 벽난로가 있었던 자리였다. 지금은 새둥지와 돌무더기, 나무와 회반죽 파편들로 막혀 있었다. 내가 보기에는 여기가 방의 중심이었다. 비커 스태프와 동조자들이 서서 담배를 태우고, 해부 테이블에 놓인 게 뭐였든 그에 대해 논했다. 심령 흔적이 특히 강한 곳이 존재한다면 아마도 여기일 터였다.

나는 회반죽벽에 손끝을 댔다. 서늘하고 축축하고, 기름기가 흐르는 느낌마저 들었다. 눈을 감고 내 자신을 놨다. 귀를 기울였다….

과거로부터의 소리가 차올랐다. 붙들어 보려 했다. 소리는 사라졌다.

심령의 메아리들은 종잡을 수 없이 움직인다. 오락가락, 셌다가 약했다가 한다. 차올랐다 푹 꺼진다. 집의 본질 깊숙한 곳에서 뛰는 심장 혹은 율동하는 맥박쯤 되는 것 같다. 이래서 촉각이 골치 아프고 재능이 못 미더운 것이다. 같은 장소에서 다섯 번을 시도하고도 허탕일 수 있다. 그러다 여섯 번째에 심령 기억의 위력에 맞닥트리고 기겁한다. 나는 손으로 벽을 죽 훑고 벽난로와 막힌 창문을 확인했다. 그 결과 얻은 건 먼지투성이 손끝뿐이었다.

시간이 흘렀다. 록우드가 발을 끄는 소리가, 조지가 입에 담기도 민망한 어딘가를 긁적이는 소리가 들렸다. 그걸 빼면 두 사람 다 조용히 있었다. 내 조련이 잘 먹혔다.

가방에서 조사관 전용 물티슈™("검댕과 무덤먼지, 엑토플라즘 얼룩 제거에 탁월해요.")를 꺼내려던 내 손이 어쩌다 문 옆의 벽면을 스치게 됐다. 손등에서 날카롭고 찌릿한 충격이 막전*처럼 치직거렸다. 나는 움찔하며 손을 치웠고, 다음 순간—그게 뭔지 감이 왔기에—차갑고 거친 회반죽에 다시, 이번에는 일부러 손을 가져다 댔다.

그와 동시에 마치 라디오를 켜기라도 한 것처럼 옆에서 목소리가 들리기 시작했다.

나는 눈을 감고 몸을 돌려 방을 마주 봤다. 들리는 소리들을 바탕으로 머릿속에 장면을 만들었다.

남자들의 무리, 그중 일부가 해부 테이블 주위에 서 있었다. 소곤거리는 대화와 웃음소리가 기본으로 깔리고 독한 담배 냄새도 났다. 방 가운데 테이블 위에 뭔가가 있었다. 유독 요란하고 단호한 목소리 하나가 다른 소리들을 치고 나왔다. 웅성거림이 잦아들고 엄숙히 유리잔을 쟁그랑거리는 소리가 그 자리를 대신했다. 메아리가 사그라졌다.

그리고 다시 부풀었다. 이번에는 한 사람의 목구멍에서 나오는 소리였다. 분주하고 몰두한 자의 휘파람으로, 누군가가 즐거운 일에 깊이 빠져 있는 모양이었다. 남자는 뭔가를 톱질하고 있었다. 칼날이 서걱거렸다. 정적이 내렸다…. 그리고 이젠 방 안에 다른 뭔가가 있

---

* 번갯불은 구름에 가려 보이지 않고 하늘이 번쩍하는 현상만 보이는 번개의 일종.

었다. 나는 혼령이 몰고 오는 끔찍한 냉기 속에서, 치가 떨리고 느닷없는 공포 속에서 그것의 존재를 느꼈다. 전에 경험한 혐오스러운 소리도 들렸다. 수없이 많은 파리가 왕왕거리는 소리였다.

어둠 속에서 목소리가 울렸다.

"윌버포스한테 하시죠. 의욕적인 사람입니다. 그자라면 할 거예요."

휘파람과 톱질 소리가 뚝 그쳤다. 하지만 왕왕거림은 더 심해졌고, 이젠 무시무시한 추위가 들고 일어나 나를 삼키려 했다. 사흘 전 밤에 비커스태프의 무덤 옆에 서 있을 때와 같았다. 고통에 입이 떡 벌어졌다. 바로 그 순간에 여러 목소리가 내지르는 하나의 외침이 귓속에서 꽥꽥거렸다.

"우리 뼈를 돌려줘!"

나는 벽에서 후다닥 손을 뗐다. 그와 동시에 배수구로 물이 빠지듯 죽음 같은 추위가 빨려나가고, 텅 빈 방의 축축한 온기가 되돌아왔다.

테이블 옆에서 조지와 록우드가 나를 보고 있었다.

나는 가방에서 보온병을 꺼내 뜨거운 차부터 마신 뒤 좀 전에 들은 걸 털어놨다.

"파리 떼 소리였어. 절망적인 추위랑…. 묘지에서 느낀 것과 정확히 일치해. 내 생각엔 둘 다 뼈 거울과 관련이 있어. 비커스태프가 그걸 여기서 만든 게 분명해."

록우드가 테이블 표면을 톡톡 두드렸다. "근데 뭘 위해서? 궁금한 건 그거야. 뼈 거울을 들여다본다 치자. 그럼 뭐가 보이는데?"

"모르겠어. 하지만 그 얼간이가 뭔가 아주 몹쓸 걸 만들었어."

"네가 들은 목소리…." 조지가 말했다. "비커스태프였어? 그런 것 같아?"

"어쩌면. 근데 사실 목소리 자체는 다른 누군가랑 더…."

우리 중 누가 그처럼 중간에 말을 멈추는 건 절대로 좋지 않다. 늘 나쁘다. 일반적으로 그건 일이 터졌다는, 혹은 터지기 직전이라는 뜻이다. 말을 안 멈추면 죽는다는 뜻이다.

"저거 들려?" 내가 물었다.

반쯤 닫힌 문 뒤에서 조그맣고 미묘하게 긁는 소리가 났다. 발을 절뚝이고 질질 끌면서 살금살금 움직이는 뭔가가 통로에 나타나 잠시도 쉬지 않고 다가왔다.

"조명 낮춰." 록우드가 속삭였다.

조지가 스위치를 누르자 방이 어둑해졌다. 앞이 보일 정도로는 밝고, 우리의 심령 감각이 힘을 유지할 수 있을 만큼은 어두웠다. 우리는 말없이 흩어져 그 이름도 익숙한 4호 작전 대형으로 섰다. 나는 문의 오른쪽으로 가 벽에 바짝 붙었다. 조지는 문의 왼쪽에서 살짝 떨어진 위치에 섰다. 혼령의 힘이 거칠게 열어젖히는 문짝에 얻어맞지 않기 위해서였다. 록우드는 정면에 서서 주요한 공격에 맞설 준비를 했다. 모두가 각자의 레이피어를 뽑았다. 나는 왼손에서 갑작스레 터져 나온 땀을 레깅스에 닦았다. 이 부분이 최악이다. 방문자가 여전히 몸을 숨기고 있을 때. 놈이 오고 있다는 걸 알 때. 하지만 완전한 공포는 아직 덮쳐오지 않았을 때. 바로 이때가 마음이 농간을 부리는 순간, 옴짝달싹 못하게 만드는 공포가 찾아드는 순간이다. 거기 너무 빠져들지 않을 작정으로 나는 벨트에 달린 주머니들을 훑으며 수를 세고, 암기하고, 모든 게 제대로 준비됐는지 확인했다.

은근하고도 은근한 소음이 가까워졌다. 문틈으로 빛이 들어와 파리하게 퍼졌다. 그 가운데서 그림자 하나가 부풀었다 줄어들며 모습을 갖췄다.

록우드의 팔이 뒤로 움직였다. 금속이 번쩍였다. 나는 검을 쳐들었다.

19

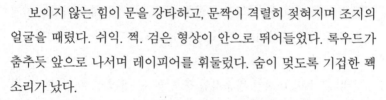

보이지 않는 힘이 문을 강타하고, 문짝이 격렬히 젖혀지며 조지의 얼굴을 때렸다. 쉬익. 쩍. 검은 형상이 안으로 뛰어들었다. 록우드가 춤추듯 앞으로 나서며 레이피어를 휘둘렀다. 숨이 멎도록 기겁한 꽥 소리가 났다.

아주 잠깐 모든 게 정지했다. 록우드는 얼어버린 듯했다. 내 검도 포물선을 그리던 중간에 그대로 멈췄다. 산탄통 터지는 소리가 들리던 순간 온몸의 근육이 뻣뻣이 굳었다. 내 주변 바닥에 흩어진 소금과 철에서 냄새가 올라왔다.

나는 손전등을 뽑아 밝기를 최대로 맞춘 뒤 록우드를 비췄다. 그는 가운데 찌르기 자세를 취하고 있었는데, 그의 검 끝에서 겨우 손가락 몇 마디 떨어진 위치에 퀼 킵스의 목이 있었다. 킵스는 한쪽 다리를 살짝 들어 올린 채였다. 휘둥그런 눈으로 상체를 뒤로 젖힌 그의 가슴이 거칠게 오르내렸다. 손에 들린 레이피어 끝이 록우드의 복부 바로 앞 허공에서 까닥거렸다.

퀼 킵스 뒤쪽 문간에 우글우글 껴 있는 건 조명등을 든 캣 고드윈과 소금탄을 움켜쥔 네드 쇼였다. 쇼의 왼팔 겨드랑이 남쪽 어딘가의 어둠에서 꼬꼬마 보비 버넌의 놀란 눈이 우리를 빠끔히 내다봤다. 꼴보기 싫은 얼굴 각각에 당혹과 공포가 뒤섞여 있었다.

압도적인 정적이었다. 문 뒤에서 조지가 웅얼거리는 욕설만 빼면.

록우드와 킵스가 동시에 역겨움의 탄성을 뱉으며 폴짝 뛰어 서로에게서 떨어졌다.

"너희가 여기 왜 있는데?" 킵스가 껵껵거렸다.

"나도 같은 걸 묻고 싶은데요."

"네가 상관할 일이 아냐."

"당연히 내가 상관할 일이죠." 록우드가 말하며 신경질적으로 머리칼을 쓸어 넘겼다. "지금 그쪽이 하는 그 일이 곧 내 일이기도 하거든요. 위험하게 사시네요, 킵스. 방금 목에 레이피어를 맞을 뻔했잖아요."

"내가? 우린 너희가 방문자인 줄 알았지. 내 총알 같은 반사신경이 아니었으면 지금쯤 넌 배에 구멍이 났을 거야."

록우드가 한쪽 눈썹을 들어 올렸다. "그럴 리가요. 당신이 내 정체를 파악했단 걸 이미 파악한 내가 당신 칼자루 끝으로 당신 배를 후려치게 하려던 배데커-폴린 역공 기술을 멈춘 덕분이죠. 운이 좋으셨네요. 내가 미리 알고 안 해서."

잠시 정적이 이어졌다. "글쎄." 킵스가 말했다. "알아들을 소리를 해야 받아치든 말든 할 텐데." 그가 레이피어를 벨트에 꽂았다. 록우드도 검을 넣었다. 네드 쇼와 보비 버넌, 캣 고드윈이 잔뜩 찡그린 얼굴로 천천히 들어섰다. 조지는 문 뒤에서 나타나며 전보다도 낮고 뭉툭해진 것만 같은 코를 문질렀다. 한동안 다들 말이 없었지만 내키지 않는 마음으로 검과 무기를 치우느라 통탕대는 소리가 장난이 아니었다.

"그러니까," 록우드가 말했다. "마지막으로 쥐어짠 전략이란 게 그냥 우릴 따라다니는 거로군요. 그쵸? 꽤나 치사한데요."

"너희를 따라다녀?" 킵스가 조롱조로 웃었다. "이보게 친구, 우리가 따르는 건 여기 계신 보비 버넌 조사관이 기록물보관소에서 발견한 단서들이야. 내 입장에선 오히려 너희가 우리를 따라다닌대도 놀랍지 않겠는데."

"뭐 하러 그러겠어요. 조지의 조사만으로도 잘만 굴러가는데."

보비 버넌이 킥킥거렸다. "정말요? 윔블던 공원에서 그런 사고를 쳐놓고 커빈스가 아직 안 잘렸다니 그야말로 놀라운데요."

록우드가 얼굴을 찡그렸다. "기쁜 마음으로 이 내기를 이겨줄게요, 퀼. 그건 그렇고 〈타임스〉에 싣는 광고가 꼭 대문짝만 할 필요는 없어요. 담백하게 패배를 인정하는 반쪽짜리 글로도 전혀 무리 없겠습니다."

"그나마도 킵스가 글을 읽고 쓸 줄 안다는 전제하에 가능한 일이겠지만." 조지가 말했다.

네드 쇼가 발끈했다. "말조심해, 커빈스."

"미안. 정정할게. 보르네오 열대우림에 사는 유인원도 퀼 킵스보다는 잘 읽고 쓴다는 데 돈이라도 걸겠어."

쇼가 눈을 부라렸다. 자기 벨트를 더듬거렸다. "됐어, 더는 못 참아…."

록우드가 외투를 옆으로 펄럭이고 검에 손을 얹었다. 그 즉시 킵스와 조지, 고드윈도 그렇게 했다.

"그만들 둬!" 내가 외쳤다. "이 말도 안 되는 짓 좀 그만하라고, 다들!"

여섯 얼굴이 나를 향했다.

나는 목소리가 곤두서 있었다. 두 주먹을 불끈 쥐고 있었다. 발까지 굴렀을지도 모를 노릇이었다. 필요한 뭐든 해서 이들이 정신을 차리게 해야 했다. 이들의 분노가 걷잡을 수 없이 커지면서 우리 위로 드리운 위험 또한 더욱 어둡고 뚜렷해져 있었다. 유령 출몰지에서 부정적인 감정들이라니 절대로 안 될 말이다. 분노는 그중에서도 최악일 테고.

"지금 이게 안 느껴져?" 내가 식식거렸다. "분위기가 변하고 있어. 우리가 이 집의 기운들을 흔들어놓고 있다고. 다들 닥쳐야 해. 지금 당장."

침묵이 이어졌다. 걱정, 불만, 당황. 다들 감정은 제각각이었지만 모두가 내 말을 따랐다.

록우드가 깊은숨을 들이마셨다. "고마워, 루스. 네 말이 맞아."

다른 이들도 고개를 끄덕였다. "분노가 안 된다는 건 알아." 조지가 말했다. "그럼 비꼬기는? 그것도 금지야?"

"쉿."

우리는 기다렸다. 무거운 긴장감이 감돌았다.

"우리 때문에 멈춘 걸까?" 퀼 킵스가 마침내 입을 열었다. "아님 이제부터 시작인 거야?"

그가 말하는 동안에도 캣 고드윈이 들고 있는 조명등의 열판이 깜박이고, 약해지고, 다시 타올랐다. 조지가 온도계를 꺼내 문자반에 대고 손전등을 켰다. "온도가 떨어지고 있어. 10도야. 아까 들어왔을 땐 14도였어."

"공기가 탁해지는데." 보비 버넌이 중얼거렸다. "독기가 쌓이는 중이야."

나는 고개를 끄덕였다. "청각 현상도 관찰돼. 바스락거리는 소리."

캣 고드윈도 그걸 들었다. 잿빛 얼굴이 핼쑥했다. "이 소리는… 마치…."

마치 비늘 덮인 꼬리와 발톱이 달린 작고 부산스런 것들 여럿이 우릴 향해 냅다 달려오는 것 같았다. 벽을 스치고, 문 밑으로 비집고 들어오고, 파이프 속과 마룻널 아래를 타닥타닥 달려 그 지긋지긋하고 답답한 방으로 모여드는 것만 같았다. 그게 귓가에 울리는 소리에 대한 솔직한 감상이었다. 캣 고드윈은 그 얘기를 하지도, 그 치명적인 단어를 입에 담지도 않았다. 그럴 필요가 없었다. 어차피 모두가 짐작하고 있었다.

"쇠사슬을 꺼내죠." 록우드가 말했다. "다들 행복한 생각만 하기로 하고."

"그렇게 해." 킵스가 말했다.

사회성으로 놓고 보면 굶주린 승냥이 뺨치는 인간들이라지만 인정할 건 인정해야겠다. 피츠 조사관들은 잘 훈련돼 있다. 그들은 우리보다 빨리 도구 가방을 열고 고작 이십 초 만에 모양이 양호한 쇠사슬 방어진을 이중으로 만들었다. 네드 쇼는 여전히 우리를 노려보고 있었지만, 다른 이들은 이제 차분하고 사무적이었다. 우선순위는 생존이었다. 우리 모두가 방어진 안으로 비집고 들어갔다.

"아늑하네." 조지가 말했다. "향수 냄새 좋네요, 킵스. 진심으로 하는 말이에요."

"고맙군."

"입들 다물어요." 내가 말했다. "소리를 들어야겠으니까."

그래서 우리는 거기 조용히 서 있었다. 조사관 일곱 명이 방어진 하나에 욱여들어 가서는. 조명등 불빛이 광적으로 깜빡였다. 나는 아무것도 보지 못했지만 타닥거리고 서걱거리고 후다닥거리는 소리가

가까워지고 가까워지다… 이제 우리를 완전히 에워싸고 있었다. 눈
길 닿지 않는 어둠 속에서 무시무시하고 무질서한 추격전이 계속되
는 것만 같았다. 캣 고드윈의 위축된 숨소리에서 나는 알았다. 그녀
도 들었다는 걸. 다른 이들의 경우에는 분명치 않았다. 나를 둘러싼
소란이 위로 솟았다. 빙글빙글 광적인 추격전을 계속하는 것들이 벽
을 쌓는 듯했다. 천장에 닿도록 솟고 솟았다. 발톱들이 내달리고 우
리 머리 위 회반죽에서 미끄러졌다. 그런데도 벽은 계속 솟았다. 소
리가 천장에 녹아들었다. 끔찍한 타닥거림이 집의 뼈대 속으로 사라
졌다. "갔어." 캣 고드윈이 말했다. "놈들이 물러났어. 네 생각도 그래,
루시?"

"응. 공기가 맑아지고 있어…. 잠깐, 그러니까 너도 내 이름을 아
는 거네."

"온도가 12도로 올랐어." 조지가 말했다.

전반적인 긴장의 완화가 뒤따랐다. 모두가 문득 깨달았다. 서로
어찌나 딱 붙어 있는지. 우리는 방어진 밖으로 흩어졌다. 쇠사슬을
치웠다.

두 무리는 다시 한번 서로를 마주 보고 섰다.

"보세요, 퀼." 록우드가 말했다. "제안 하나 하죠. 여기서 말싸움이
나 하고 있을 순 없잖아요. 나중에 계속하죠. 어딘가 다른 곳에서요.
그리고 서로가 꼴도 보기 싫은 상황이니 집 조사는 따로 하는 게 어
때요? 각자 마음에 드는 곳을 수색하고 상대를 방해하지 않는 거죠.
어때요?"

퀼 킵스는 소맷동을 당기고 재킷을 털었다. 조금 전 어쩔 수 없이
우리와 붙어 있었다 벼룩이라도 옮았을까 걱정이라는 양. "동의해.
하지만 불쑥 나타나는 짓은 더는 하지 마. 그땐 내가 널 끝장내 버릴

지도 모르니까."

대꾸 없이 우린 그들을 지나쳐 통로를 되짚어갔다. 바깥쪽 문으로 나가 아까 왔던 길을 따라 중앙 홀로 갔다. 여기서 록우드가 멈춰 섰다.

"킵스네가 나타나서 일이 복잡해졌어." 그가 속삭였다. "작업실 심령 판독에 시간이 좀 걸릴 거야. 하지만 조만간 다시 우리 뒤를 밟겠지. 그 비밀 기록들이 여기 있는 게 사실이라면 난 방해받지 않고 찾고 싶어. 루시, 네가 꺼리는 건 알지만 지금이야말로 우리 친구랑 상의해야 할 때인 것 같아. 해골 말야."

나는 유쾌하지 못한 심정으로 조지 등짝의 불룩한 배낭을 쳐다봤다. "이래선 안 될 것 같단 생각엔 변함이 없어." 내가 말했다. "하지만 상황이 급하니까…." 나는 배낭 덮개를 열고 손을 집어넣어 뚜껑의 레버를 돌렸다. "영혼," 가까이로 몸을 굽히고 말했다. "여기가 어딘지 알아보겠어? 네 주인님의 서재가 어디야? 얘기 좀 해줄래?"

유리는 그저 싸늘하고 검을 뿐이었다.

"더 가까이 가야 하지 않을까." 록우드가 제안했다.

"여기서 더 갔다간 조지의 목덜미를 간지럽히게 될걸. 영혼, 내 말 들려? 내 말 들리는 거야? 아, 정말 바보짓이 따로 없네. 완전 시간 낭비…."

"위층…."

나는 몸을 뒤로 확 뺐다. 단지 가운데서 아주 잠깐 녹색 섬광이 번쩍였다. 다음 순간 놈과 그 호흡 없는 목소리는 사라지고 없었다.

"위층이랬어." 내가 천천히 말했다. "분명 위층이라고 했어. 하지만 우리 정말…."

록우드는 벌써 중앙 홀을 반쯤 가로질러 가 있었다. "뭘 꾸물거려? 어서! 시간이 별로 없어!"

그러나 계단을 통과하는 건 그리 후다닥 해치울 수 있는 일이 아니었다. 디딤널 여럿이 썩어 있어서 우리의 무게를 지탱하지 못할 듯했다. 우리는 미끌미끌 젖은 타일과 꺼지고 쪼개진 나무 너머로 발을 디뎌야 했다. 저 높은 곳, 원래는 지붕이었던 것에 멋대로 뚫린 구멍에서 별들이 반짝였다. 우리는 예방 차원의 판독도 계속했는데(평소보다 몹시 서둘렀다. 경쟁자들이 계단 밑에 당장이라도 나타날 것 같아서였다.), 그러느라 시간이 더 지체됐다. 온도는 경미한 정도로 떨어졌고, 낮은 수준의 소음(희미한 탁탁거림과 휘파람 소리)이 포착됐다. 록우드는 어둠을 뚫고 날아가는 플라스마 흔적을 목격하기도 했다. 그렇게 계단 꼭대기에 도착하고 나서까지도 찝찝한 상황을 마주했다.

"굽도리널 좀 봐." 내가 말했다. "굽도리널 둘레의 이 검은 것들은 뭘까?"

조지는 몸을 숙이고 펜형 손전등을 비췄다. "기름으로 생긴 얼룩이랑 때야. 뻣뻣한 털 자국이 무수히 나 있는데. 이런 종류의 흔적은…." 그가 머뭇거렸다.

"쥐 떼가 만들지." 록우드가 마음이 급한 듯 우리를 스쳐 지나며 마지막 두 계단을 한 번에 훌쩍 올랐다. "잊어버려. 움직이자."

크고 네모난 층계참은 엉망진창에다 천장은 뻥 뚫리다시피 했다. 목제 마룻널의 먼지와 잔해 틈에 나뭇잎과 잔가지가 흩어져 있고, 머리 위 지붕에서 입을 쩍 벌린 구멍들에선 달빛이 쌀쌀맞고 고집스레 반짝였다. 우리 뒤에 집의 더 깊은 곳으로 이어지는 통로가 있었지만 무너진 돌무더기로 반쯤 막혀 있었다. 조금 전 올라온 계단 자체가 둥글게 휘는 형태라 우리는 다시 집의 정면을 마주 보고 서게 됐다. 우리 앞에 세 개의 문이 열려 있었다.

"그래." 유령의 목소리가 내 귀에 속삭였다. "저기야…."

"거의 다 왔어." 내가 말했다. "저 중에 비커스태프의 서재가 있어."

그 이름을 입에 담는 순간, 아까부터 배경음처럼 깔리던 심령 소리가 확 커졌다. 아득하던 타닥거림이 어찌나 요란스레 불타오르는지 몸이 다 움찔거릴 정도였다. 텅 빈 집을 관통하는 미풍에 바닥을 나뒹굴던 나뭇잎과 쭈글쭈글한 종잇장들이 쓸려 다녔다. 그중 몇몇은 난간 틈으로 떨어져 저 아래의 컴컴한 공허 속으로 하늘하늘 사라졌다.

"여기선 그 이름을 입 밖에 내지 않는 게 좋을지도." 록우드가 말했다. "조지, 온도는?"

"8도. 일정히 유지되는 중이야."

"넌 거기서 계단을 감시해 줘. 킵스가 오는지 봐. 루시, 나랑 가자."

우리는 조용히 층계참을 가로질렀다. 나는 조지를 돌아봤다. 그는 난간 옆에 자리를 잡고 있었다. 계단 곡선부 너머로 아래층 홀이 잘 내려다보이는 위치였다. 감정의 기복도 없고 행동거지도 무난해 보였다. 나를 봐도 그렇고, 유령이 야기하는 권태 또한 더는 악화되지 않는 눈치였다.

조지의 배낭이 열려 있었다. 내 쪽에서도 유령단지의 윗부분이 보였는데, 녹색으로 희미하게 빛나고 있었다.

"그래애애애…." 놈이 속삭였다. "착하기도 하지…. 가까워지고 있어…."

그 목소리가 얼마나 들떠 있던지.

"가운데 방… 마룻널 아래…."

"가운데 방. 거기래."

록우드는 가운데 입구로 접근해 문턱을 넘었다가 훌쩍 뛰어 물러났다.

"냉점이야." 그가 말했다. "살을 에는 것 같아."

나는 온도계를 꺼내 문간 너머로 내밀었다. 그와 동시에 찬 공기의 얼얼함이 느껴졌다. "안쪽은 5도, 바깥쪽은 8도야. 냉각이 심한데."

"그뿐만이 아냐." 록우드가 외투에서 선글라스를 꺼내 서둘러 썼다. "거미가 있어. 절명광도. 진짜 엄청나. 저기 저쪽, 창문 아래에."

나는 절명광을 볼 순 없었지만 보고 싶은 생각도 없었다. 내 눈에 비친 비커스태프의 서재는 큼지막한 사각형에다 지금은 텅 빈 창문 자리가 압도적으로 큰 공간이었다. 이 폐허의 다른 구역들과 마찬가지로 가구도 장식도 없이 황량했다. 박사가 살아 있었을 때 여기가 어떤 모습이었을지 상상하려 해봤다. 서재 책상과 의자, 벽에 걸린 초상화, 책장 한두 개쯤, 벽난로 위엔 휴대용 탁상시계…. 아니. 나로서는 능력 부족이었다. 너무도 오래전 얘기였고, 살기등등한 공허함이 너무도 강렬하기만 했다.

홍수처럼 쏟아지는 달빛에 사방이 나른하고 흐릿한 은색으로 반짝였다. 내 머릿속 잡음은 한두 번쯤 시끄럽게 웅웅거리다가 공간이 내뿜는 무거운 정적에 밀려나듯 순식간에 사라졌다.

천장 구석마다 먼지투성이 거미줄이 무성했다.

여기였다. 이 집에서 일어나는 출몰의 중심이. 내 심장이 가슴팍을 고통스럽게 때리고 이가 덜덜 떨렸다. 나는 공포를 억눌렀다. 조플린이 뭐라고 했더라? 관사 밖에 서 있던 사람들이 창문에서 움직임을 감지했다고 했다. "록우드," 내가 속삭였다. "여기가 쥐 떼의 방이야. 비커스태프가 죽은 곳이야. 안에 들어가선 안 돼."

"오, 겁내지 마." 머릿속에서 목소리가 속삭였다. "비밀 기록을 원해? 바닥 한가운데 마룻널 밑에 있어. 방으로 들어가기만 하면 돼."

"얼른 둘러만 보고," 록우드가 말했다. "빠지는 걸로 하자." 선글라스 너머의 눈이 보이지는 않았지만 경계심은 느껴졌다. 그는 문간에 서서 안으로 들어가지 않고 있었다.

"해골이 우리한테 시키려는 게 그거야." 내가 간곡히 말했다. "하지만 놈을 믿을 수 없어. 너도 알잖아. 그럴 수 없다는 거. 그냥 철수하자, 록우드. 여기서 나가자."

"여기까지 와놓고? 말도 안 돼. 게다가 조만간 킵스가 올라올 거야." 그는 손목의 장갑을 당겨 올리고 문턱을 넘었다. 나는 이를 악물며 뒤따랐다.

온도가 인정사정없이 떨어졌다. 외투를 입었는데도 몸이 떨렸다. 머릿속 잡음도 즉시 강도를 높였다. 방에 들어서는 순간 누군가가 음량을 키우기라도 한 것 같았다. 공기 중에 기이한 단내가 진동했다. 창밖의 덩굴식물 냄새와 다르지 않았다. 진하고 역겹고 어딘가 부패한 것 같았다. 눈에 띄는 원인은 따로 없었다.

여긴 오랫동안 진을 치고 있을 만한 곳이 아니었다.

우리는 작살처럼 내리꽂히는 달빛을 헤치고 천천히 걸었다. 작업벨트에 손을 올리고 바닥을 살폈다. 마룻널 대부분이 견고히 붙어 있고 돌처럼 뻑뻑하며 튼튼해 보였다.

"가운데 어딘가에 있어." 내가 말했다. "해골 말대로라면."

"정말 무진장 쓸모 있는 해골이라니까, 녀석은…. 아, 이거 살짝 움직인다. 망 좀 봐, 루시."

그는 얼른 무릎을 굽히고 마룻널 옆에 쪼그리고 앉아 기다란 손가락으로 가장자리 여기저기를 탐색했다. 나는 벨트에서 레이피어를 뽑아 들고 방을 천천히 돌아다녔다. 가만히 서 있고 싶지 않았다. 어떻게든 몸을 움직여야 했다.

나는 문간을 지났다. 층계참 저쪽, 난간 옆에서 조지가 나를 봤다. 손을 흔들었다. 그의 등에서 배낭이 어렴풋한 녹색으로 빛났다. 나는 창가를 지났다. 바깥 현관을 덮은 석판과 언덕을 내려가는 오솔길, 삐죽빼죽한 나무 꼭대기들이 내다보였다. 나는 텅 빈 벽난로 앞을 지났다. 거뭇해진 타일을 나도 모르게 손가락으로 훑었다….

소리가 과거의 한 장면으로 모아져 들어갔다. 방은 따뜻했고 벽난로 속에서 불이 탁탁거렸다.

"자, 내 친애하는 친구여. 아이가 자네를 위한 준비를 마쳤네. 우리는 이 위대한 과업을 위해 자네를 선택했어. 자네는 선구자가 될 걸세!"

또 다른 목소리. "앞에 서서 천을 걷기만 하면 됩니다. 뭐가 보이는지 말씀해 주세요."

"그럼 자네는 아직 안 봤단 건가, 비커스태프?" 이렇게 말하는 사람은 불만에 차 있고 겁을 먹어 발끈거린다. "당연히 자네가 먼저 책임지고…."

"그 영광은 자네가 누려야지, 친애하는 윌버포스. 이건 자네의 소원이야. 안 그런가? 어서, 친구! 용기의 와인 좀 들이켜고…. 그렇지! 내가 여기 서서 자네 말을 기록하겠네. 그럼, 자…. 천을 걷도록 하지…. 자, 보게, 윌버포스! 봐! 그리고 우리에게 말…."

간담이 서늘한 추위, 공포 섞인 외침…. 그리고 그와 함께 파리 떼가 왕왕거리는 소리. "싫어! 난 못 해!"

"못 하긴 뭘 못 해! 그자를 잡아! 팔을 잡아! 봐, 이런 망할, 봐! 보고 말해! 눈에 보이는 경이를 얘기해!"

하지만 유일한 대답은 울부짖음이었다. 커지고, 커지고, 더 커졌다. 그리고 뚝 끊겼다….

나는 벽에서 손을 뗐다. 조금 전 들은 소리의 충격에 눈을 부릅뜨고 뻣뻣이 얼어 있었다. 방은 매우 고요했다. 건물 전체가 숨죽이는 것만 같았다. 나는 몸이 움직여지지 않았다. 죽은 남자의 공포 서린 메아리에 옴짝달싹할 수 없었다. 그러다 서서히 진정되기 시작했다. 눈을 깜빡이고 숨을 내쉬며 내가 있는 곳을 기억해 냈다. 방 가운데에 웅크린 록우드 옆에 마룻널이 한 장 뽑혀 있었다. 그가 나를 보며 활짝 웃었다. 누렇게 색이 바래고 구깃거리는 종이들을 들고 있었다.

"자, 어때?" 그가 웃었다. "해골이 말한 게 진짜였어!"

"아니…." 나는 휘청휘청 다가가 그의 팔을 잡았다. "전부는 아냐. 내 말 좀 들어! 여기서 죽은 건 비커스태프가 아냐. 윌버포스였어. 비커스태프가 강제로 뼈 거울을 보게 했어. 바로 이 방에서! 뼈 거울이 그를 죽였어, 록우드. 이 집에서 죽은 건 윌버포스고, 그 사람 혼령이 아직 여기 있는 것 같아. 어서 나가야 해. 아무 말 말고 그냥 가자."

록우드의 얼굴에서 핏기가 가셨다. 그는 자리에서 일어났다. 그 순간 옆에 조지가 나타났다. 그의 눈이 빛났다. "찾았어? 기록이 나온 거야? 뭐라고 적혀 있는데?"

"나중에." 록우드가 말했다. "넌 계단을 감시하라고 했던 것 같은데."

"아, 별일 없을 거야. 아래층은 조용해. 오오, 일일이 손으로 적은 거구나. 조그맣게 그림도 있고. 이거 환상적인데…."

"나가!" 내가 울부짖었다. 압력이 심해지면서 귀가 쿵쿵 울렸다. 내 눈에는 창문의 달빛이 전보다 살짝 더 짙어진 듯했다.

"그래." 록우드가 말했다. "가자." 우리는 돌아섰다. 그리고 문간에 선 네드 쇼의 거대한 형상을 마주했다. 그는 공간을 완전히 막고 있었다. 그의 엉덩이와 팔꿈치에 경첩을 달면 추접하긴 해도 나름 요긴한 회전문이 돼줬을 거다.

"조지," 내가 말했다. "계단 감시를 그만둔 지 솔직히 얼마나 된 거야?"

"글쎄, 너희가 뭘 하는지 보려고 자리를 뜬 게 일이 분쯤 전이려나."

쇼의 조그만 눈이 승리감과 의혹으로 반짝였다. "뭘 찾은 거지, 록우드? 손에 쥔 건 뭐야?"

"나도 아직 몰라." 록우드가 정직하게 대답했다. 몸을 굽히고는 가방에 기록을 넣었다.

"이리 줘봐." 쇼가 말했다.

"안 돼. 길 좀 비켜줄래."

네드 쇼가 킬킬거렸다. 그는 문설주에 태연히 몸을 기댔다. "네가 찾은 걸 보여주기 전엔 안 돼."

"여기서 이렇게 입씨름이나 하고 있을 때가 아냐." 내가 말했다. 온도가 떨어지고 있었다. 방 안의 달빛이 서서히 되살아나기라도 하는 양 소용돌이치며 들썩였다.

"넌 못 느끼나 본데," 록우드가 입을 열었다. "지금 이 방엔…."

쇼가 다시 킬킬거렸다. "아, 죄다 보여. 절명광, 쌓이는 독기, 유령 안개*도 좀 있네…. 맞아, 꾸물거리고 있을 곳이 아니긴 해."

록우드의 눈이 가늘어졌다. "그럼," 그가 검을 뽑았다. "당장 여기서 나간다는 데 동의하겠네." 그러면서 문가로 다가갔다. 쇼가 머뭇거렸다. 다음 순간—내가 아까 말했던 경첩이 정말로 달리고 근사하게 기름칠까지 돼 있기라도 한 것처럼—뒤로 홱 물러나며 길을 내줬다.

"고마워." 록우드가 말했다.

그 말투가 문제였는지—부드러웠지만 우습다는 듯한 오만함이 담겨 있었다—아님 경멸 그 자체였던 내 표정 때문인지, 조지의 히죽거림 탓인지, 아님 도저히 견딜 수 없는 서재 속 압력 때문이었는지 모르지만, 네드 쇼가 느닷없이 폭주했다. 레이피어를 뽑기 무섭게 록우드의 등을 냅다 찔렀다. 나도 익히 아는 기술, 코미야마 트위스트였다. 요괴와 망령과 생령*에게 쓴다. 사람을 상대로는 안 쓴다.

내가 검을 보고 내뱉은 헉 소리가 록우드에게는 경고 비슷한 게 됐다. 그가 몸을 돌리기 시작했다. 네드 쇼의 레이피어 끝이 록우드의 외투 위를 비스듬히 미끄러지다 실 사이에 걸리고 천을 관통해 왼팔 바로 밑까지 들어갔다. 그가 비명을 지르며 몸을 뺐다.

쇼는 벌게진 얼굴로 숨을 헐떡이며 열 받은 황소라도 되는 양 록우드에게 덤벼들었다. 층계참 가운데까지 간 록우드는 빙글 돌면서 몸으로 들어오는 레이피어를 옆으로 쳐내고 상대가 내뻗은 팔의 소매를 두 줄로 벴다. 잘린 재킷 소매가 늘어져 덜렁거렸다. 쇼가 분노의 고함을 내질렀다.

계단에서 발소리들이 들렸다. 킵스가 층계를 한 번에 두 칸씩 올라왔다. 캣 고드윈과 꼬꼬마 보비 버넌이 뒤따랐다. 모두가 검을 빼 들고 있었다.

"록우드!" 킵스가 외쳤다. "무슨 일이야!"

"이 자식이 먼저 시작했어요!" 쇼가 가차 없이 쏟아지는 강타들을 미친 듯이 피하면서 층계참 건너로 후퇴하며 외쳤다. "이 자식이 공격했어요! 도와주세요!"

"거짓말이야!" 내가 외쳤다. 그러나 킵스는 이미 공격에 가담해 록우드 옆으로 파고든 뒤였다. 록우드의 눈에는 킵스가 잘 보이지 않는 위치였다. 교활하고 효과적이었다. 전형적인 피츠식 계략이었다. 다음 순간 내 자신의 분노, 그러니까 쇼의 간사한 공격 이래로, 아니 어쩜 윔블던 공원의 그날 밤 이래로 부글부글 끓어오르던 화가 나를 집어삼켰다. 나는 레이피어를 쳐들고 돌진했다.

내가 킵스에게 가 닿기도 전에 캣 고드윈이 나를 덮쳤다. 우리의 검날이 날카롭고 째지는 소리를 내며 부딪쳤다. 그녀의 거센 선제공격에 나는 검을 놓칠 뻔했지만 손목 위치를 조정해 충격을 흡수하고 굳건히 버텼다. 잠시 동안 우리는 검을 맞대고 있었다. 고드윈의 레몬 향 향수 냄새가 나고, 말쑥한 회색 재킷의 촘촘한 바늘땀이 들여다보였다. 우리는 서로에게서 떨어져 원을 그리며 돌았다. 우리 발이 바닥을 쓸며 일으킨 먼지가 은빛 공기 중에서 반짝였다. 몹시 추웠다. 귓가에서 무슨 소리가 울렸다.

조지도 부랴부랴 록우드에게 가 있었다. 건너편의 킵스와 버넌에게서 그를 방어하는 중이었다. 록우드는 쇼의 다른 쪽 소매도 손을 봐준 터였다. 너덜너덜한 천 조각이 달빛 쏟아지는 바닥에 흩어져 있었다.

고드윈이 눈으로 흘러내린 머리칼을 쓸었다. 얼굴이 어찌나 싸늘히 굳어 있는지 대리석으로 만든 사람 같기도 했다. 어쩜 나도 다르지 않았을 것이다. 내 마음속 어딘가에서 호통치고 있었다. 그만 멈추고 진정하라고 말했다. 하지만 귀신 들린 집에선 그러기가 쉽지 않다. 감정이 꼬이고 실제와 달리 왜곡된다. 맞다. 나는 화가 나 있었다. 우리 모두가 그랬다. 하지만 그 분노를 이렇게까지 극단으로 몰고 가는 건 결국 이 집의 기운이 아닐까 하는 생각이 들었다. 조지가 맹렬한 찌르기를 연발해 버넌을 몰아세우다 훌륭한 타이밍으로 밀고 들어온 킵스에게 허벅지를 공격당해 후퇴했다. 록우드는 냉정하고 체계적이고 정확하게 쇼의 재킷을 공략해 갈가리 찢어냈다. 고드윈은….

캣 고드윈의 다음 공격은 이전보다 두 배는 빨랐다. 하얀 얼굴로 빤히 쳐다보며 검을 쥔 내 손을 후려쳤다. 검 끝이 코등이 바로 뒤에 노출된 손목뼈 사이 살갗에 떡하니 박혔다. 검날이 살을 가르고 들어오자 비명이 절로 나왔다. 나는 손목을 움켜쥐었다. 손가락 사이로 피가 뚝뚝 떨어졌다.

나는 충격에 빠져 고드윈을 올려다봤다. 그리고 그 너머를 봤다. 입이 떡 벌어졌다. 슬슬 뒷걸음질 쳤다.

"포기?" 고드윈이 말했다.

나는 고개를 가로저었다. 손가락으로 그녀 뒤의 휑한 서재를 가리켰다.

달빛의 중심, 빛이 집중적으로 쏟아지는 창문 밑 바닥에서 어둑한 형상이 떠오르고 있었다.

지독한 정적이 함께했다. 달빛들이 굼실거리며 짙어졌다. 유령안개의 가닥들이 몸부림치면서 바닥에 닿을 듯 말 듯 출렁거렸다. 서재에서 차디찬 공기가 굴러 나와 우리를 적시고 계단을 달려 내려갔다. 고약한 독기, 불쾌하고 역겨운 단내가 치솟아 우리 폐를 옥좼다.

캣 고드윈이 못 알아들을 소리를 냈다. 뒤를 돌아보곤 입을 떡 벌린 채 내 옆에 서 있기만 했다. 다른 이들도 무기를 내리고 다들 비슷한 모양새로 얼어붙었다.

형상이 일어섰다.

"맙소사." 누군가가 말했다. "비커스태프야."

비커스태프가 아니었다. 보자마자 알 수 있었다. 놈은 비커스태프가 아니라 윌버포스, 그 거울을 들여다본 남자였다. 그러나 우리가 보고 있는 환영의 무시무시한 실체는 그게 다가 아니었다.

환영은 희미하게 인간의 형상을 하고 있었지만—그것만큼은 분명했다—어떻게 보면 딱히 그렇지도 않았다. 몸을 돌리고 비트는 놈은 어떤 각도에서는 키가 훤칠한 신사, 프록코트 비슷한 옷을 입은 남자처럼 보였다. 머리 쪽 윤곽이 꽤나 평평했는데, 엄청난 무게에 짓눌리는 듯 고개를 숙이고 있었다. 나머지는 뭐가 뭔지 알아볼 수 없었다. 팔은 부풀었고 가슴과 복부가 기이하게 꿀렁거렸다. 그 모두가 그림자에 가려져 세세하게는 안 보였다.

달빛 속으로 떠오른 형상이 흔들거리고 흐늘거렸다. 자기에게만 들리는 광란의 음악에 반응이라도 하는 것 같았다. 움직임은 불쾌했다. 거기서 뿜어져 나오는 공포가 차디찬 공기를 뚫었다. 유령굴레가 근육들을 장악하고, 나는 간담이 서늘해졌다. 손에서 레이피어가 전율했다.

고개를 처박은 채 술 취한 남자처럼 휘청휘청 흔들흔들, 소름 끼치도록 유려하게 버르적대며 솟은 형상이 달을 배경으로 섰다. 뒤쪽 창유리에서 거미줄 같은 얼음 결정이 번지고 합쳐졌다. 놈은 여전히 머리를 조아린 채였다. 몸의 뒤틀림—극미하지만 어딘가 광적인—이 한층 심해졌다. 갈기갈기 찢기기 직전처럼도 보였다. 고개가 확 들리며 우리를 향했다. 놈의 얼굴은 빛을 빨아들이는 검은 공허였다.

내 머릿속에서 필사적인 목소리가 울렸다. "비커스태프! 안 돼! 거울 저리 치워!"

누군가가—고드윈이었던 것 같다—비명을 지르기 시작했다.

그런다고 비난할 일이 아니었다. 눈앞에서 형상이 제 살점들을 털어내고 있었으니까.

놈은 물기를 터는 개처럼 이리저리 몸을 흔들었다. 그러면서 플라스마를 털어냈다. 살점이 몸에서 떨어져 나와 우수수 쏟아지는 것만 같았다. 조각들은 바닥에 닿는 동시에 덩치를 키우고 길어지다 바짝 엎드린 검은 형체가 돼서는 폴짝거리고 종종거리며 방을 가로지른 뒤 원을 그리며 문으로 향했다.

"쥐야!" 록우드가 외쳤다. "계단으로 돌아가! 나가!"

그의 목소리가 우리의 유령굴레를 풀었다. 한 명 또 한 명, 그간의 훈련이 힘을 발휘하기 시작했다. 하지만 너무 늦었다. 첫 번째 검은 형체들이 이미 문 앞에 와 있었다. 누런 눈에 광기가 잔뜩 어린 새까맣고 번들거리는 놈 셋이 문간에서 뛰어올랐다. 한 놈이 조지에게 덤벼들자 그가 레이피어를 맹렬히 휘둘러 막아냈다. 쥐가 폭발했다. 하늘색 엑토플라즘이 버넌의 재킷에 소나기처럼 튀는 통에 녀석이 꽥꽥거렸다. 록우드가 소금탄을 던져 다른 쥐에 불을 붙였다. 새빨간 불길이 놈을 태웠다. 세 번째 쥐는 허우적거리며 몸을 빼내 벽을 타고 올랐다.

저 멀리 창가에서, 푸른 불꽃의 후광 속에서 월버포스의 지옥 같은 형상이 펄쩍거리고 깡충거렸다. 기쁨에 겨워 춤이라도 추는 듯했다. 갈비뼈가 반짝이고 혼란스레 분해되는 살점 틈으로 팔뼈가 들여다보였다. 살덩어리와 조각들이 뜯어져 나왔다. 유령 쥐들이 벽을 타오르고 천장을 가로질렀다. 문에서 더 많은 놈들이 들이닥쳤다.

"뒤로!" 록우드가 다시 외쳤다. 그는 느리고 차분히 뒷걸음질하면서 쏜살같이 덤벼들어 할퀴는 형체들을 검으로 뺐다. 조지와 나도 그렇게 했다. 피츠 조사관 중에서는 쇼와 고드윈이 가장 정석적인 후퇴

작전을 펼치고 있었다. 쇼는 커다란 원 모양으로 철가루를 뿌렸다. 달려들던 쥐들이 쉭쉭거리고 펄쩍 뛰며 빙그르 돌았다. 고드윈은 좌우로 소금탄을 던졌다.

퀼 킵스? 그는 벌써 내뺐다. 계단에서 그의 신발이 비겁한 판당고*를 추는 소리가 들렸다. 그러나 보비 버넌은 공포로 얼이 빠져버린 모양이었다. 공격도 후퇴도 하지 않고 레이피어를 힘없이 늘어트린 채, 뼈만 앙상히 남아 춤추는 유령을 망연히 보고만 있었다.

버넌의 나약함을 놈이 감지했다. 방문자들이 워낙 그렇다.

쥐 떼가 벽과 천장을 타고 버넌에게 모여들었다. 한 놈이 그의 머리로 떨어졌다. 록우드가 기다란 외투 자락을 펄럭이며 근처로 뛰었다. 검을 휘둘러 쥐를 공중에서 두 동강 내자, 플라스마가 잔뜩 달궈진 비처럼 쏟아졌다.

버넌이 신음했다. 록우드가 녀석의 멱살을 잡고 몸을 질질 끌어 계단으로 갔다. 왼쪽에서, 오른쪽에서 날래고 검은 형체들이 닥쳐들다 내가 던진 소금탄에 끼끽거리며 물러났다. 층계참에 소금과 철이 넘쳐났다. 사방에서 쥐들이 불타며 오그라들고 줄어들었다.

우리는 계단에 도달했다. 록우드가 버넌을 내던지듯 먼저 보내고, 굽도리널에 충돌해 몸부림치는 쥐를 뛰어넘어 우당탕탕 계단을 내려갔다. 내가 마지막이었다. 나는 휑한 방을 돌아봤다. 창가에서 시퍼런 불을 뿜는 유령은 이제 백골에 가까웠다. 뒤로 넘어가는 듯하더니 열두 개의 형체로 완전히 분해됐고, 놈들은 쏜살같이 내달리며 빙글빙글 돌고 돌았다.

"제발 부탁이네." 절망적이고 아득한 목소리가 포효했다. "그 거

---

* 스페인 남부 지방의 춤.

울 좀 저리 치워!"

나는 계단의 곡선부를 따라 질주하고 복도를 달려 열린 문으로 향했다.

"그 거울 좀….."

나는 현관문으로 튀어나가 바깥 현관을 가로질러 길고 축축하고 달빛이 쏟아지는 풀밭으로 들어갔다. 여름밤이 나를 감싸 안았다. 나는 처음으로 저 안이 얼마나 추웠는지 깨달았다. 쇼와 고드윈이 바닥에 널브러져 있었다. 버넌은 바깥 현관 기둥에 기대 있었다. 조지와 킵스는 레이피어를 내팽개치고 두 손으로 무릎을 짚어 몸을 반으로 접다시피 한 채 가쁜 숨을 몰아쉬었다.

록우드는 숨조차 헐떡이지 않았다. 나는 눈길을 들어 머리 위 창문을 쳐다봤다. 거기, 파란색으로 깜빡이는 다른빛 속에서 깡마른 형상과 쥐 떼가 여전히 춤추고 날뛰었다. 쥐들이 폴짝거리고 깡충거리고, 벽을 오르내리고 천장을 가로질러 뛰어다녔다. 형상과 합체했다 해체했다. 형상을 타고 올라 연미복을 펄럭이는 빅토리아 신사 모양으로 만들었다가 우르르 빠져 다시 뼈만 남겼다.

빛이 꺼져갔다. 달 아래 집은 컴컴했다.

눈길을 돌리는데 머릿속에서 짧고 사악한 키득거림이 울렸다. 조지 등의 배낭에서 희미한 녹색 빛이 확 타올랐다 꺼졌다.

이제 아무것도 없었다. 기진맥진한 상태로 고요한 언덕 여기저기에 흩어져 쌕쌕거리는 일곱 조사관을 제외하면.

5

성대한 밤

20

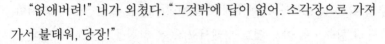

"없애버려!" 내가 외쳤다. "그것밖에 답이 없어. 소각장으로 가져가서 불태워, 당장!"

"그래." 록우드가 중얼거렸다. "근데 그게 정말 잘하는 일일까?"

"당연히 아니지." 조지가 말했다. "있을 수 없는 일이야. 놈이 우리한테 얼마나 중요한데. 심령 과학 전반에서도 그렇고. 그리고 루스, 내 머리에 마멀레이드를 튀기는 건 타당한 주장으로 볼 수 없거든. 진정 좀 하지 그래."

"진정할 거야." 내가 으르렁거렸다. "이 지긋지긋한 해골바가지가 이 집에서 꺼져주면." 나는 마멀레이드를 펴 바르던 숟가락을 단지에 던졌다. 숟가락은 유리 옆면을 때리고 팅 소리를 내며 튕겨 나와 버터에 박혔다.

"오, 자기…." 머릿속에서 조롱 섞인 속삭임이 울렸다. "버럭, 버럭…, 참으로 볼만한걸."

"넌 좀 닥치고!" 내가 말했다. "네가 낄 자리가 아니거든!"

아침이 밝았다. 또 하루의 수정처럼 맑은 하늘과 늦은 아침 식사가 기다리는, 그리고―적어도 내 경우에는―그간의 울분이 한 번에 터져 나온 아침이기도 했다. 햄프스테드에서 돌아오는 기나긴 귀갓길에도, 뒤척뒤척 잠을 설치는 동안에도 분노는 밖으로 나올 줄 몰랐다. 부엌에 들어와 조리대의 유령단지를 봤을 때조차 꿈쩍하지 않았다. 하지만 간밤의 일을 얘기하는 와중에 머릿속을 베고 들어오는 저 쉿소리 나는 키득거림에 내 자제력이 마침내 끝장났다. 나는 단지에 덤벼들었고, 놈을 당장 박살내려는 나를 말리느라 록우드는 진땀을 뺐다.

"내가 계속 말하잖아. 놈이 우릴 그 집으로 유인했다고!" 나는 말했다. "놈은 그 방이 얼마나 무서운지 알았어! 윌버포스의 유령이 거기 있을 걸 알았다고! 애초에 비밀 기록 얘기를 흘린 것도 그래서야. 우릴 위층으로 이끈 것도 그래서고. 놈은 앙심을 품었고 악랄해. 그런 놈의 말을 들은 우리가 바보들이고. 어젯밤에 우릴 비웃던 소리를 너희도 들었어야 했어. 게다가 그 짓거릴 지금 또 하고 있다고!"

"그렇대도 달라질 건 없어." 록우드가 온화하게 말했다. "우리가 비커스태프의 기록을 손에 넣은 건 사실이잖아. 그 부분은 거짓말이 아니었어."

"그것도 다 우릴 함정에 빠트리려는 수작이었다고. 모르겠어? 놈은 우리 약점을 이용해. 내 머릿속까지 들어와서 괴롭혀! 너희야 괜찮겠지. 놈의 흉측한 속삭임을 못 들으니까."

"오, 거참 못됐네." 해골의 목소리가 말했다. "아무튼, 이랬다저랬다 하진 말자고. 나한테 제발 말 좀 해달라고 애원할 때는 언제고 말야. 게다가 네가 이렇게까지 배은망덕한 이유를 모르겠다. 내가 비밀 기록을 찾게 해줬잖아. 너희가 근사하게 몸을 풀 기회도 만들어줬고. 윌버포스처럼 한심하고 하잘것없는 혼령이 너희한테 무슨 대수라고." 해골이 낭랑한 소리로 키득거렸다. "자, 그럼 이제 감사 인사를 받아볼까?"

나는 유령단지를 가만히 건너다봤다. 유리면에서 햇빛이 말없이 춤추고, 혼령 얼굴은 흔적도 없었다. 그러나 내 마음속에서 문 하나가 벌컥 열리며 느닷없이 선명해지는 기억이 있었다. 지난밤 비커스태프 관사에서의 기억, 과거로부터 메아리쳐 온 어떤 목소리였다.

"윌버포스한테 하시죠." 목소리는 말했었다. "의욕적인 사람입니다. 그자라면 할 거예요…."

말투가 익숙했다. 보통 익숙한 게 아니었다.

"놈이었어!" 내가 해골을 가리켰다. "작업실에서 비커스태프한테 얘기하던 게 이 자식이었다고! 놈이 거울에 대해서 퍽도 모르겠다! 그게 만들어지던 당시에 거기 있었는데! 그뿐만이 아냐. 윌버포스한테 거울을 보여주자고 제안한 장본인이 바로 이 자식이라고!"

플라스마 가운데서 해골이 나를 보며 히죽 웃었다. "대단한데." 놈이 속삭였다. "넌 확실히 재능이 있어. 맞아. 참 아쉽게 됐지. 딱한 윌버포스는 자기가 본 걸 감당할 배짱이 없었거든. 하지만 이제 주인님의 거울이 다시 세상에 나왔어. 다른 누군가가 쓰고 깨달음을 얻게 될 거야."

나는 그 말을 두 사람에게 전달했다. 록우드가 앞으로 몸을 숙였다. "훌륭해. 놈이 말에 재미를 붙였네. 거울이 실제로 뭘 하는지 물어봐, 루스."

"난 이 고약한 것한테 아무것도 안 물어봐. 놈이 우리한테 곧이곧대로 얘기할 리도 없고."

"잠깐." 유령이 말했다. "공손히 부탁해 봐. 약간의 예의가 도움이 될지도 모르지."

나는 놈을 쳐다봤다. "거울이 뭘 하는지 말씀해 주시겠어요."

"웃기시네! 오늘 내내 예의라곤 몰랐던 주제에. 죄다 꺼져버려."

놈이 사라지는 게 느껴졌다. 플라스마가 뿌예지며 바닥의 해골을 가렸다.

나는 이를 악물고 놈의 말을 반복했다. 록우드가 소리 내 웃었다. "우리 얘길 끊임없이 엿듣더니 상스런 말 몇 마디는 확실히 배웠네."

"놈한테 들려줄 상스런 말이 몇 개 더 있긴 하거든." 내가 으르렁거렸다.

"자, 자. 놈한테 말려들어선 안 돼." 록우드가 말했다. "특히 너, 루시. 깐족거림에 넘어가면 안 된다고." 그는 유리단지가 있는 곳으로 가 플라스틱 뚜껑의 레버를 닫고 유령과의 연결선을 끊었다. 그런 다음 천을 덮어씌웠다. "놈은 우리가 원하는 걸 천천히 조금씩 내놓을 거야. 하지만 약간의 사생활은 지키면서 가는 게 좋겠지. 당장은 놈의 입을 좀 막아두자고."

전화기가 울리고 록우드가 받으러 갔다. 나도 부엌을 나왔다. 머리가 띵하고 유령의 속삭임이 여전히 귓가를 맴돌며 메아리쳤다. 해골에게서 얼마간 해방이라니 감사했지만 그렇다고 기분이 크게 나아지진 않았다. 그저 일시적인 유예를 허락받은 것뿐이었다. 조만간 저들은 내가 놈과 다시 얘기하길 바랄 것이다.

나는 응접실에서 잠시 숨을 돌렸다. 창가로 가서 거리를 내다봤다.

염탐꾼이 서 있었다.

우리의 오랜 친구, 네드 쇼였다. 우중충하고 부스스하고, 피곤에 절어버린 파리한 얼굴로 길 반대편에 추접한 우체통처럼 서서는 우리 현관문을 냉정히 감시했다. 딱 봐도 간밤에 집에 못 들어간 몰골이었다. 전날 록우드의 레이피어가 채를 썰다시피 한 재킷을 그대로 입고 있었으니까. 한 손엔 테이크아웃 커피를 들었고 하나부터 열까지 비참해 보였다.

나는 다시 부엌으로 갔다. 록우드도 막 돌아오는 길이었다. 조지는 설거지를 하느라 정신없었다. "아직도 집을 감시하고 있어." 내가 말했다.

록우드는 고개를 끄덕였다. "좋아. 저래야만 할 만큼 답답한 상황이란 얘기겠지. 비커스태프의 비밀 기록 때문일 거야. 우리가 뭔가 중요한 걸 입수한 게 분명한 상황에서 우리의 다음 행보를 놓치기가 겁나겠지."

"아침 내내 저러고 있는걸. 이젠 네드 쇼가 불쌍할 지경이야."

"난 아닌데. 녀석이 날 찌르던 느낌이 아직 생생하거든. 다친 곳은 어때, 루시?"

캣 고드윈의 검날이 때린 곳에 조그맣게 붕대가 감겨 있었다. "괜찮아."

"예리한 물체 얘기가 나와서 말인데," 록우드가 말했다. "좀 전에 반스랑 통화했거든. 잭 카버를 살해한 칼을 DEPRAC가 조사했나 봐. 내가 인도 무굴 단검이라고 했던 거 기억해? 내 말이 맞았어. 시기는 틀렸지만. 1700년대 초반 물건 같대서 깜짝 놀랐어."

"근데 어디서 도난당한 거래?" 조지가 물었다. "어느 박물관?"

"정말 이상하게도 도난 신고를 한 박물관이 없대. 어디서 나온 물건인지 모르는 거지. 거의 똑같이 생긴 단검이 런던 박물관에 있긴 해. 몇 년 전에 마이다 베일 묘지의 영국 병사 무덤에서 발견됐어. 남자는 인도에서 복무했고 온갖 종류의 골동품과 함께 묻혔지. 거기서 발굴된 유물들은 DEPRAC의 확인을 거쳐 전시됐어. 하지만 그 단검은 지금도 안전히 보관돼 있으니 '이게' 어디서 나온 건지는 여전히 미스터리라네."

"그게 블룸즈버리 골동품점 출신이라는 내 생각엔 변함이 없어."
내가 말했다. "우리 친구 윙크맨의 물건이란 것도."

"윙크맨이 가장 뻔한 용의자긴 하지." 록우드가 동의했다. "하지만 그랬다면 왜 자기 돈을 다시 챙기지 않았을까? 설거지 좀 서둘러 주라, 조지. 비커스태프의 기록을 확인해 보고 싶어."

"지금이라도 늦지 않았으니 좀 도와주지 그래." 조지가 제안했다. "그럼 더 빨리 끝나지 않겠어?"

"오, 왜, 거의 다 했는데 뭘." 록우드는 조리대에 태평스레 몸을 기대고 정원의 늙은 사과나무를 내다봤다. "지금 우리는 뭘 알고 있지? 지난밤을 계기로 알게 된 게 뭐야? 이 사건에서 우리가 진전을 본 부분이 있기는 한가?"

"반스가 돈을 지불할 만한 건 거의 없지." 내가 말했다. "뼈 거울은 윙크맨 수중에 있고, 그 물건의 진짜 용도가 뭔지는 아직도 모르잖아."

"그래도 아는 게 아예 없진 않지." 록우드가 말했다. "내가 보기엔 이래. 에드먼드 비커스태프―그리고 돌아가는 상황으로 볼 때 이 단지 속 친구―는 들여다보는 사람에게 아주 고약한 짓을 하는 거울을 만들었어. 이 물건은 원래 다른 목적―해골에 따르면 깨달음을 주는 용도―을 가지고 있었지만, 이걸 만든 이들은 아무 거리낌 없이 남들에게 위험을 떠넘겼지. 윌버포스가 거울을 봤고 대가를 치렀어. 알 수 없는 이유로―비커스태프가 겁을 집어먹고 도망친 게 아닐까― 윌버포스의 시신은 관사에 남겨졌지. 발견되던 당시에는 이미 쥐 떼가 작업 중이었고. 그럼 비커스태프는 어떻게 됐을까? 그는 두 번 다시 목격되지 않았어. 하지만 '누군가'가 켄잘 그린 묘지에 그의 시신과 거울을 묻었지. 아주 긴급한 지시에 따라 내다버렸어."

"내 생각엔 그 누군가가 메리 될라크인 것 같아." 조지가 끼어들었다. "내가 될라크의 고백록을 그토록 간절히 찾고 싶은 것도 그래서고."

록우드는 고개를 끄덕였다. "그걸 지시한 사람이 누구든 간에 비커스태프는 땅에 묻혔어. 우리가 그를 파냈고. 그자의 유령이 풀려나선 조지를 해칠 뻔했지."

"거울도 조지를 해칠 뻔했고." 내가 말했다. "해쳤을 거야. 우리가 조금만 늦게 막았어도."

"그야 네 생각이지." 조지가 말했다. 그는 정원을 물끄러미 내다보고 있었다. "하지만 누가 알아? 아무 탈도 없었을지. 내가 충분히 강해서 그 위험들을 이겨내고 거울 속에 있는 걸 볼 수 있었을지…." 그가 한숨을 쉬었다. "아무튼 설거지 다 했어. 거기 수건 좀 줘."

록우드가 수건을 건넸다. "오늘날 다시 시작된 미스터리들을 정리하면 이래. 누군가가 카버와 네들스에게 거울 얘기를 흘렸어. 둘이 함께 묘지에 숨어들었지. 그 와중에 네들스는 죽었지만. 카버는 거울을 누군가—우리 추정대로라면 줄리어스 윙크맨—에게 팔았어. 어마어마한 돈을 받고. 하지만 그 뒤에 살해됐지. 우리는 그게 누구 소행인지 모르고. 그나마 알 것 '같은' 건 윙크맨이 거울을 가지고 있고, 그걸 잘만 이용하면 우리가 킵스와 그의 멍청이 일당을 제치고 내기에서 이길 수 있단 사실이지." 그는 짝 소리를 내며 두 손을 맞잡았다. "자, 맞아? 요약 괜찮았어?"

"아주 좋아." 조지와 나는 기대감에 부풀어 식탁 앞에 앉아 있었다. "이제 비커스태프의 기록을 봐야 할 것 같은데."

"그렇지." 록우드도 우리 옆에 자리를 잡고 앉았다. 귀신 들린 방에서 전날 밤에 가져온 구깃구깃한 문서들이 그의 재킷 안쪽에서 등

307

장했다. 기록은 커다란 양피지 세 장으로 돼 있었고, 오랜 은폐의 세월이 남긴 흔적―습기와 먼지와 벌레―들로 얼룩덜룩했다. 잉크로 지저분한 양피지의 양면을 거미 다리 같은 필체의 손 글씨가 뒤덮었다. 전체적으로 몹시 빽빽했으나 여기저기 조그만 그림들이 비집고 들어가 있었다.

록우드가 양피지들을 창문 쪽으로 기울이며 눈을 찡그렸다. "젠장." 그가 말했다. "라틴어야. 아님 고대 그리스어인가?"

조지가 안경테 너머로 눈을 찡그리며 기록을 들여다봤다. "딱 봐도 그리스어는 아냐. 중세 라틴어의 일종일 수도 있겠고…. 그렇다고 해도 좀 이상한데."

"미스터리 문서랑 비문은 도대체 왜들 그러는 거야. 왜 꼭 오래되고 죽은 언어로 돼 있는 거지?" 내가 투덜거렸다. "페어팩스의 펜던트 때도 그랬잖아. 기억나? 세인트 판크라스의 묘비도 그랬고."

"너도 전혀 못 읽겠지, 조지. 안 그래?" 록우드가 물었다.

조지가 고개를 저었다. "못 읽어. 읽을 수 있는 사람을 한 명 알긴 하지만. 앨버트 조플린은 역사와 관련된 모든 것에 빠삭해. 조플린이 묘지를 발굴하다 찾아낸 16세기 성경 얘길 해준 적이 있거든. 그것도 라틴어로 돼 있었어. 그랬던 것 같아. 이걸 조플린한테 보여주고 번역이 가능한지 볼게. 비밀 엄수 맹세도 시켜야지, 물론."

록우드가 입술을 감쳐물었다. 답이 잘 안 나오는지 식탁을 톡톡 두드렸다. "DEPRAC에 언어 전문가들이 있긴 하지만 모든 걸 반스랑 공유할 테고, 그럼 킵스의 귀에도 들어가겠지. 좋아, 썩 내키진 않는데 별다른 수가 없는 것 같다. 네가 가서 조플린을 만나봐. 아니, 아무래도 그가 여기로 올 수 있는지 보는 게 낫겠어. 네가 밖에 나가는 순간 네드 쇼가 달려들어 기록을 채 가면 안 되니까."

"이 그림들은?" 내가 물었다. "이건 전문가 없이도 볼 수 있잖아. 그치?"

우리는 식탁에 양피지를 펼친 뒤 몸을 숙이고 조그만 그림들을 찬찬히 살폈다. 깃펜과 붓으로 그린 삽화들에는 하나의 서사를 구성하는 별개의 장면들이 묘사돼 있었다. 그림 솜씨는 다소 조악했지만 아주 자세했다. 등장인물들의 스타일과 복장, 전반적인 분위기로 봐서 아주 옛날 그림이라는 걸 한눈에 알 수 있었다.

"빅토리아시대는 아냐." 조지가 말했다. "장담하는데 이 그림들은 중세에 그려진 원본이 따로 있어. 본문 내용도 마찬가지고. 비커스태프가 어디선가 찾아내 죄다 베낀 거야. 자기 아이디어의 영감도 거기서 얻었을 테지."

첫 번째 삽화에서는 기다란 가운을 입은 남자가 어느 구멍 옆에 웅크리고 있었다. 밤이었다. 하늘에 달이 떠 있고 숲이 배경인 듯했다. 구멍 안에는 해골이 있었다. 보아하니 남자는 구멍에 손을 넣어 길고 흰 뼈 하나를 꺼내는 중이었다. 다른 손에 든 가느다란 십자가로는 자기 옆에서 떠오르는 희미하고 파리한 형상을 저지했다. 형상은 지하와 지상에 몸을 반씩 걸치고 있었다.

"도굴이야." 록우드가 말했다. "철 혹은 은으로 유령의 접근을 막고 있어."

"우리만큼이나 멍청한 사람이네." 내가 말했다. "낮에 하면 훨씬 쉬울 걸."

"밤이어야만 하나 보지." 조지가 천천히 말했다. "그래…, 밤이어야만 하는 거야. 다음 그림엔 뭐가 있어?"

다음도 가운을 입은 남자의 그림이었다. 첫 번째와 같은 사람 같기도 했는데, 이번엔 언덕 교수대 옆에 서 있었다. 다시 달이 뜬 하늘에는 구름이 층층이 쌓여 있었다. 교수대에 걸린 시신은 완전히 부패해 뼈와 누더기밖에 남지 않았다. 가운을 입은 남자는 길고 굽은 칼로 시신의 팔을 잘라내는 중인 듯했다. 또다시 십자가를 쳐들고 이번엔 혼령 '둘'을 막고 있었다. 하나는 교수대 시신 뒤에 증기처럼 떠 있고, 다른 하나는 교수대 기둥 뒤에 불길하게 서 있었다. 남자 옆에 놓인 자루 속에 든 건 첫 번째 삽화에서 파낸 뼈였다.

"온 동네에 적을 만들고 다니네, 이 사람." 록우드가 말했다. "여기선 두 유령의 신경을 긁고 있잖아."

"그게 핵심이야." 조지가 나직이 말했다. "남자는 방문자가 매여 있는 뼈를 일부러 찾아다니는 거야. 출처를 찾는 거라고. 다음으론 뭘 하고 있어?"

남자는 같은 일을, 이번엔 벽돌로 된 방 같은 데서 하고 있었다. 벽면의 우묵한 공간에도 선반에도 뼈와 해골이 더미로 쌓여 있었다. 남자는 예의 그 자루를 발치에 내려둔 채 근처 선반에서 해골을 고르는 중이었고, 그러면서 자기 뒤의 파리한 형상 '셋'에게 다소 태평하다 싶게 십자가를 흔들어댔다. 앞에서 본 분개한 유령 둘에 새로운 유령 하나였다.

"카타콤 아님 납골당이야." 록우드가 말했다. "옛 교회 마당이 다 차면 거길 대신해 유골을 보관하던 곳. 세 그림 모두가 출처를 찾기에 최적의 장소를 배경으로 하고 있어. 그리고 네 번째…." 그가 양피지를 뒤집고는 말을 멈췄다.

"오." 내가 말했다.

네 번째 그림은 나머지와 달랐다. 돌로 만든 방에 남자가 홀로 서 있었다. 열린 문밖 들판에서 햇살이 반짝였다. 남자는 나무 테이블 앞에 서서 뼛조각들로 뭔가를 만들고 있었다. 어찌어찌 이어 붙인 뼈를 다시 작고 둥근 물체에 부착하는 중인 듯했다.

거울 조각이었다.

"이건 안내서야." 내가 말했다. "뼈 거울의 제작법을 알려주는 거지. 어리석은 비커스태프는 그 지침대로 했고. 다섯 번째 그림도 있어?"

록우드가 마지막 양피지를 들어 뒤집었다.

있었다.

삽화 가운데에 뼈 거울이 있었다. 낮은 기둥 혹은 받침대 위에 똑바로 세워진 모양새였다. 받침대를 휘감은 담쟁이덩굴은 크고 창백한 꽃들로 장식돼 있었다. 그 왼쪽에 남자가 살짝 구부정한 자세로서서 받침대를 보고 있었다. 한 손으로 눈 위를 가린 채 격정에 매몰된 표정으로 거울을 뚫어져라 봤다. 그럴 만도 했다. 받침대 저편에 누군가가 있었으니까. 너덜거리는 예복과 제의를 입은 이들의 무리처럼 보였다. 다들 하나같이 송장처럼 깡말랐다. 그중 일부에는 아직 얼굴이 남아 있고 뒤통수엔 가닥가닥 머리칼이 붙어 있었다. 다른 이들은 이미 해골이었다. 예복 위로 뼈가 불거지고 다리와 발은 앙상했다. 짧게 말해 그들 누구도 그리 달가운 존재처럼은 보이지 않았다. 그들 모두가 뼈 거울을 마주 보고 있었다. 자기네를 관찰하는 남자만큼이나 흥미롭게 그 남자를 들여다보는 양.

우리는 양피지를, 우글우글 모인 조그만 형상들을 물끄러미 봤다. 햇볕이 내리쬐는 부엌에 깊은 정적이 흘렀다.

"난 아직도 이해가 안 돼." 내가 마침내 입을 열었다. "저 거울은 존재 목적이 뭔데?"

조지가 목을 가다듬는데 첫소리가 났다. "그 너머를 보여주는 거."

록우드는 고개를 끄덕였다. "저건 거울이 아냐. 창문이지. 저승으로 나 있는 창."

똑. 똑.

우리 셋이 일제히 기겁하는 일은 흔치 않다. 그래, 배럿 부인의 무덤을 열었을 때 우리 각자가 본인의 높이뛰기 기록을 갱신하긴 했지만 그땐 밤이었다. 근데 낮 시간에? 아니, 그런 일은 절대로 없다. 하지만 이번에는 손톱이 유리를 건드리는 소리와 우리 뒤 창문에 서서히 드리우는 그림자만으로 충분했다. 우리는 몸을 돌렸다. 뼈가 앙상한 손이 창유리를 긁었다. 거죽만 남은 목과 어깨, 괴상하고 흉한 머리통에서 장식술처럼 떨어지는 옅은 색 머리칼. 나는 의자에서 벌떡 일어났다. 록우드의 의자가 거세게 밀려가 냉장고에 부딪혔다. 조지는 뒤로 어찌나 멀리 뛰었는지 문 뒤에 세워둔 대걸레들과 뒤엉켰다. 잔뜩 겁에 질려서는 대걸레에 대고 마구 주먹질을 했다.

잠시 동안 우리 누구도 입을 열지 못했다. 이윽고 기본 상식이 끼어들기 시작했다.

이미 죽은 뭔가일 리 없었다. 때는 아침나절이었다. 나는 다시 살폈다. 해가 뒤에서 비치는 통에 형상은 대체적으로 거뭇했다. 다음 순간 너덜너덜한 밀짚모자의 꼴사나운 윤곽을, 음울하고 음흉한 얼굴을 알아봤다.

"오," 록우드가 말했다. "플로야."

조지가 눈을 끔뻑였다. "플로 본스? 지금 저게 여자라고?"

"여자일 거라고 가정만 하는 거지. 확실히 증명된 바는 없어."

창밖 얼굴이 좌우로 움직였다. 말을 하고 있는 듯했다. 말하는 것까진 아니더라도 입이 연달아 심상치 않게 일그러졌다. 손이 격렬히 흔들리며 유리를 긁었다.

조지가 경악스런 표정을 지었다. "조용하고 세련된 애라면서."

"그랬어? 기억 안 나는데." 록우드가 집 뒤편을 가리켰다. 창문에서 얼굴이 사라지고, 그는 반대편으로 가 부엌문을 열었다. "윙크맨 소식일 거야! 완벽해! 우리한테 딱 필요하던 거야. 내가 데리고 들어올게. 루스, 기록들을 치워. 조지, 설탕을 찾아. 주전자에 물 올리고."

조지는 창문에 남은 기름 자국을 가만히 봤다. "저 애가 차를 즐기기나 할까? 그보단 변성알코올*에 환장할 부류처럼 보이는데."

"커피로 해." 내가 말했다. "그리고 충고 하나 할게. 저 애를 갖고 싸구려 말장난 같은 거 하지 마. 쉽게 열 받는 스타일이고, 그랬다간 네 내장을 끄집어내 놓고 말걸."

"내 인생이 그렇지 뭘." 조지가 말했다.

밖에서는 여름새들이 노래를 뚝 그쳤다. 마당 계단을 쿵쿵거리며 오르는 형상에 충격을 받아서였을 것이다. 록우드가 옆으로 비켜섰다. 잠시 뒤 플로 본스가 거대한 웰링턴 부츠를 신은 발로 부엌에 들이닥쳤다. 그녀의 마대자루와 찌푸린 얼굴과 썰물 냄새도 함께 들어왔다. 그녀는 문가에 서서 도끼눈을 뜨고 우리를 조용히 둘러봤다.

낮의 빛 속에서 그녀의 파란색 푸파 재킷은 홀쭉한 데다 색깔도 다 빠져버린 듯했고, 어디가 머리칼의 끝이고 밀짚모자의 시작인지 구분도 힘들었다. 청바지 앞에 잿빛의 거대한 진흙 얼룩이 묻어 있고, 동그란 얼굴엔 때가 7단계 명암으로 끼어 있었다. 그러니까 처음 만났던 밤엔 짐작만 했던 지독한 몰골이 실제로 확인되는 순간이었던 것이다. 그럼에도 그녀의 파란 눈에선 불신을 넘어 불안이 읽혔고 허세도 전보다 덜한 듯했다. 햇빛에—그리고 어쩌면 자신을 둘러싼

---

* 사람이 마실 수 없는 공업용 알코올.

환경에 ─ 약간은 겁을 집어먹은 듯.

"어서와." 록우드가 문을 닫으며 말했다. "와줘서 정말 기뻐."

유물 사냥꾼 소녀는 대답하지 않았다. 말없이 부엌을 둘러보고 가구와 음식과 차곡차곡 쌓인 보급품을 구경했다. 나는 문득 궁금했다. 저 애는 어디서 먹고 어디서 잘까. 강가에서 일하지 않을 때는…. 내가 목을 가다듬었다. "안녕, 플로. 커피를 좀 갖다줄게."

"그래, 커피 좋지…. 이 시간에 깨어 있는 게 익숙지 않아서." 그녀의 목소리는 내 기억보다 조용하고 진중했다. "꽤 잘해놓고 사네, 로키. 봐줄 만한 집구석이야. 밖에 경비원도 세워놓고."

"아, 네드 쇼?" 록우드가 말했다. "인사했구나. 그래?"

"그냥 본 거지. 그쪽은 날 못 봤고. 신문에 대고 꾸벅꾸벅 졸던데. 어쨌든 뒷길로 돌아가 정원 담을 넘어왔어. 조용조용 움직이려고. 너희 같은 애들이랑 어울린다는 얘기가 새나가는 건 싫으니까." 그녀가 놀랍도록 하얀 치아를 보이며 싱긋 웃었다.

"그럼, 그렇지." 록우드가 말했다. "잘했어."

조지가 커피를 준비하며 의미심장하게 헛기침했다.

록우드가 미간을 찌푸렸다. "아, 미안. 소개, 맞다. 플로, 여긴 조지. 조지, 여긴 플로. 자, 플로, 뭘 가져왔어? 줄리어스 윙크맨에 대해 뭐라도 들었어?"

"들었지." 플로가 말했다. "소문으로는 내일 밤에 경매를 연대." 그녀는 잠시 뜸을 들이며 그 정보가 충분히 소화되길 기다렸다. "윙크맨치고는 일 처리가 급하지. 그놈의 걸 고작 며칠 가지고 있었을 뿐인데 벌써 경매를 준비했어. 물론 몹시 값진 거라 그럴 수 있지만, 최대한 빨리 처분하려는 건지도 모르지. 왜? 아주 고약한 물건이거든. 아, 소문이 엄청 돌고 있어."

"그 소문 중에 윙크맨이 잭 카버를 죽였다는 얘기도 있어?" 내가 물었다.

"그 소소한 사건 얘긴 들었어." 플로가 말했다. "여기 너희 집에서 죽었다고, 그렇게 알고 있는데. 도대체 넌 뭐가 문제야, 록우드? 그쪽으로 이름깨나 날리게 생겼어. 아니, 윙크맨이 죽였다는 얘긴 없어. 나야 그 인간이 그러고도 남으리라 생각하지만. 그렇게들 말하긴 해. 누구든 그 거울이랑 맞닥트리는 사람은 운도 더럽게 없는 거라고. 윙크맨의 수하 한 명이 그걸 들여다봤대. 곁에 아무도 없어서 막질 못했지. 남자는 죽었어. 응, 설탕을 좀 넣을게. 고마워." 조지가 커피 컵과 컵받침이 놓인 작은 쟁반을 건넨 터였다.

"숟가락은 큰 걸로 갖다줘." 내가 말했다. "시간을 아끼게."

파란 눈이 나를 흘끗 쳐다보나 싶었다. 하지만 플로는 아무 말도 없이 커피를 손봤다. "그래서, 경매 얘길 하자면," 그녀가 말했다. "블랙프라이어스 근처에 동네가 있어. 템스강 북부인데, 예전에 영업하던 선박회사들의 낡은 창고가 널린 곳이지. 상당수가 지금은 비어 있고, 밤에는 누구 하나 얼씬하지 않아. 나 같은 방랑자를 빼면. 자, 내일 윙크맨이 거기 창고를 써. 더 정확히는 강변에 있는 옛 로스토크 수산 창고지. 거기 들어가서 부하들을 배치하고 물건을 판 다음에 스윽 사라질 거야. 마무리까지 길어야 한두 시간. 아주 빨리 해치우지."

록우드가 플로에게 눈길을 박고 있었다. "경매가 몇 시인데?"

"자정. 특별히 초대된 고객만 입장할 수 있어."

"경비들도 세우겠지?"

"오, 물론이지. 건달들을 동원할 거야."

"플로, 넌 이 동네를 잘 알고?"

"그럼, 알지. 샅샅이 훑고 다니는 곳이니까."

"내일 자정이면 강물 깊이가 얼마나 될까?"

"깊어. 만조를 막 지나 있을 거야." 플로 본스가 나를 보며 도끼눈을 떴다. 내가 느닷없이 헉 소리를 뱉어서였다. "근데 넌 도대체 뭐가 문제야?"

"방금 막 기억났어." 내가 말했다. "내일 밤! 19일이잖아. 6월 19일 토요일! 피츠 기념 연회! 까맣게 잊고 있었어."

"나도." 록우드가 말했다. "뭐, 둘 다 해서 안 될 이유도 없지. 그래…, 안 될 게 뭐야? 길이길이 기억에 남는 밤을 만들어보겠어." 그가 성큼성큼 식탁으로 가 의자를 빙글 돌렸다. "조지, 주전자. 루시, 비스킷. 플로, 여기 좀 앉지 그래?"

아무도 움직이지 않았다. 우리 모두가 그를 빤히 보기만 했다. "둘 다, 뭘?" 조지가 물었다.

"아주 몹시 간단하잖아." 이제 록우드는 싱글거리고 있었다. 그 미소의 광휘가 부엌을 가득 채웠다. "내일 밤에 우린 피츠 연회를 즐길 거야. 그런 뒤에 거울을 훔치러 가는 거지."

21

게걸스러운 유령쥐한테 공격당하는 일보다 괴로운 게 있다면 고상한 파티에 가야 하는데 입을 옷이 없다는 사실을 알게 되는 거다. 〈런던 사교계〉를 구독하는 록우드에 따르면 그런 행사의 복장 규정은 남자의 경우 디너 재킷, 여자는 칵테일 드레스*였다. 조사관이라면 소속 대행사의 제복을 입고 레이피어를 차는 것까지 허용됐으나 제복 없는 록우드 심령 회사에 소속된 우리로선 해당 사항이 없었다. 정말 무리해서 보자면 내 옷장에 '드레스'라 부를 만한 물건은 있을 것도 같았지만, '칵테일' 부분은 정말 어떻게 해도 충족이 불가능했다. 이 현실은 위대한 피츠 대행사의 창립 기념 연회가 열리는 날 아침에 나를 느닷없는 공포로 밀어 넣었다. 뒤이어 리젠트 스트리트 백화점으로의 광적인 여정이 시작됐고, 오전 중반쯤 힐떡거리며 집에 돌아온 나는 쇼핑백과 신발 상자를 잔뜩 들고 있었다. 복도에서 록우드와 마주쳤다.

"이 중에 적당한 게 있을지 모르겠어." 내가 말했다. "하지만 어떻

• 남성과 여성의 약식 야회복으로 턱시도와 이브닝드레스를 뜻한다.

게든 해봐야지. 너랑 조지는 뭘 입을 거야?"

"난 어딘가에 뭔가 있긴 할 거야. 조지는 정장이 다가와서 머리통을 후려친대도 '누구세요?' 할 녀석이지만. 그런데도 준비를 전혀 안했어. 녀석의 친구 조플린이 와서 두 시간째 같이 있거든. 비커스태프의 기록을 보는 중이야."

록우드 말을 듣고 나니 그제야 응접실에서 웅성거리는 목소리들이 들렸다. 서로 엄청 빠른 속도로 말하고 있었다. "번역할 수 있대?"

"모르겠어. 몹시 모호하다더라고. 하지만 완전 신바람이 났어. 둘이서 양피지를 앞에 두고 한 쌍의 부엉이들처럼 부엉부엉 호들갑을 떨고 있다니까. 너도 가서 봐. 아무튼 난 조플린이 어서 좀 가주면 좋겠어. 오늘 밤 행사 준비도 해야 하고. 난 플로를 만나러 나갔다 와야 해서."

앨버트 조플린을 본 지 사흘이 지났고, 솔직히 나는 그의 존재를 거의 까먹고 있었다. 이 조그만 묘지 기록물 전문가는 그런 부류의 사람이었다. 저번에 그를 봤을 때, 그러니까 켄잘 그린 도난 사건이 있은 직후의 그는 스트레스에 절고 심통이 나서는 현장의 보안 부족을 큰소리로 비난했었다. 그때보다 기분은 확실히 나아 보였다. 응접실에 들어서니 그와 조지가 커피 테이블 앞에 마주 앉아 시끄럽게 떠들고 킬킬거리면서 앞에 놓인 비커스태프의 기록을 내려다보고 있었다. 조플린은 언제나처럼 자세가 구부정하고 트위드 재킷을 걸쳤다. 케이크에 바르는 당의처럼 어깨에 살포시 내려앉은 비듬도 여전했다. 하지만 오늘 그의 얼굴에선 빛이 나고 눈에선 생기가 넘쳤다. 조플린이 운 좋게 제대로 된 턱을 갖고 태어났더라면, 그 턱은 지금 잔뜩 흥에 겨워 튀어나와 있을 게 분명했다. 그가 뭔가를 부리나케 휘갈기다 우리를 봤다.

"오, 안녕하세요, 록우드 씨!" 그가 외쳤다. "본문의 필사를 막 마쳤어요. 이걸 내게 보여주다니 정말 고맙습니다. 참으로 굉장한 발견이에요."

"번역은 어찌 잘 돼가고 있나요?" 록우드가 물었다.

조플린은 엉기고 어수선한 머리칼을 손으로 쓸었다. 조그만 잿빛 구름 같은 입자들이 둥둥 떠올랐다. "아직은요. 하지만 최선을 다해 봐야죠. 중세 이탈리아 사투리의 일종인 듯한데…. 다소 모호해요. 연구를 좀 해보고 연락드리겠습니다. 커빈스 씨와는 벌써 굉장한 논의를 했어요. 마음에 쏙 드는 젊은이입니다. 더없이 지적이고 탐구심이 엄청나요."

조지는 크림을 훔쳐 먹었는데 잘했다고 칭찬까지 받은 고양이처럼 흐뭇해 보였다. "조플린 씨는 그 거울이 독보적으로 중요한 물건일 수 있다고 생각해."

"네, 에드먼드 비커스태프는 시대를 앞선 사람이었거든요." 조플린이 말하며 자리에서 일어났다. "물론 제정신이 아니긴 했지만 그래도 선구자는 선구자죠." 그는 엉망으로 흩어져 있는 종이들을 모아 가방에 쑤셔 넣었다. "거울을 도난당하다니 비극이에요. 그게―혹시라도 발견된다면―DEPRAC 과학자들의 손에 곧장 넘어간다는 것도 비극적이고. 그들은 조직 밖에서 일하는 우리 같은 사람들과는 아무 정보도 나누지 않거든요…. 얘기가 나와서 말인데, 아까 커빈스 씨한테 설명했다시피 여러분이 원했던 다른 기록은 못 찾았어요. 『메리 뒬라크의 고백록』 말입니다. 그걸 소장한 도서관은 아마 없을 거예요. 마리사 피츠의 검은 도서관쯤 되면 모를까. 그 역시도 접근이 불가능한 곳이긴 하지만."

"별수 없죠." 록우드가 말했다. "마음 쓰지 마세요."

"여러분의 조사에 행운이 있기를 빕니다." 조플린이 말하며 웃어 보였다. 두꺼운 둥근 테 안경을 벗더니 뭔가를 생각하는 듯 재킷 구석에다 문질렀다. "혹시나 말입니다. 여러분이 성공하거든 언뜻이라도 볼 기회를 내게…. 아뇨, 내가 바라는 게 너무 많았군요. 이 몰염치함을 용서하십시오."

록우드는 부러 냉정하게 말했다. "우리 업무에 대해선 말씀드릴 수 없습니다. 조지 또한 같은 생각일 테고요. 기록을 어찌 해독하셨는지 적당한 때에 듣게 되길 기다리겠습니다, 조플린 씨. 시간 내주셔서 감사합니다."

조그만 기록물 전문가는 고개를 까닥이고 미소를 지으며 방을 나갔다. 그를 배웅하고 돌아온 조지를 록우드가 기다리고 있었다.

"킵스가 오늘은 집 밖에 캣 고드윈을 배치했어." 조지가 말했다. "조플린한테 고드윈이랑 말 섞지 말라고 얘기해 뒀어. 그쪽에서 뭘 물어오더라도."

"두 사람은 오늘도 사이가 무척 좋아 보이던데." 록우드가 말했다.

"응. 조플린이랑은 말이 잘 통하거든. 특히 DEPRAC에 대해서. 뭐든 그쪽 손에 들어가면 우린 두 번 다시 구경 못 해. 그런데다 이건 아주 특별한 물건일 수 있고. 그러니까 내 말은, 이 거울이 모종의 창문일 수 있다는 우리 생각이 정말 심상치 않다는 거야. 왜인지는 모르지만 출처가 유령들이 통과하는 구멍 혹은 통로의 역할을 하는 건 확실하잖아. 근데 이 거울은 '다중' 출처야. 귀신 들린 뼈들 여럿으로 만들어진. 그러니까 구멍 자체가 커서 그 너머가 들여다보일 수도…." 그는 우리를 슬쩍 곁눈질했다. "있잖아, 오늘 밤에 그 거울을 정말로 찾게 되면, 우리가 먼저 확인하고 DEPRAC에 넘겨도 아무 탈 없을 거야. 내가 그걸 여기로 가져올게. 그럼 우리가 뭐든 해볼…."

"멍청한 소리 하지 마, 조지!" 록우드의 호통에 조지와 내가 펄쩍 뛰었다. "탈이 없어? 그 거울은 사람을 죽인다고!"

"난 안 죽었잖아." 조지가 저항했다. "그래, 그래, 내가 아주 잠깐 본 건 맞아. 하지만 안전하게 들여다보는 방법이 있을지도 몰라."

"조플린이 그렇게 얘기하든? 헛소리! 그 사람은 괴짜야. 그런 물건을 가지고 장난칠 생각을 하는 것만으로도 너 또한 그와 다를 바 없는 인간이 되는 거고. 안 돼. 우린 거울을 찾고 반스한테 넘길 거야. 그게 전부야. 알겠어?"

조지가 눈을 흡떴다. "그래."

"하나 더. 오늘 밤 계획에 대해서 조플린한테 뭐라고 했어?"

"전혀." 조지의 얼굴은 언제나처럼 무표정했다. 두 뺨에 조그만 홍조가 떠올랐다. "아무 말도 안 했어."

록우드는 그를 가만히 봤다. "정말 안 했길 바란다…. 자, 그 문제는 잊자. 준비해야 할 게 산더미야."

사실이었다. 그 뒤 몇 시간은 별개이면서 서로 겹치는 두 건의 출장을 준비하느라 정신없었다. 심상찮게 많은 마그네슘 화염이 든 도구 가방에 우리의 작업화와 평상복이 함께 준비됐다. 록우드와 조지는 포틀랜드 로에 와 있는 캣 고드윈의 감시를 조심스레 피해가며 가방들을 뒷문으로 빼내서는 몇 시간 동안 외출했다. 그사이 나는 우리가 가진 것 중 가장 좋은 레이피어들에 광을 낸 뒤, 복도 거울 앞에 서서 신발과 드레스를 신고 입어보며 한참을 보냈다. 그중 어떤 것도 딱히 마음에 들지 않았지만 고심한 끝에 무릎까지 오는 길이에 목 부분이 둥글게 파인 검푸른색 옷을 골랐다. 입고 보니 팔이 너무 굵어 보이고 발은 너무 커 보였다. 옷이 배에 그렇게 들러붙는 게 괜찮은 건지도 알 수 없었다. 그걸 제외하면 완벽했다. 게다가 그 옷에는 천으로 된 허리띠가 있어 검을 거는 것도 가능했다.

내 드레스를 놓고 긴가민가하는 게 나 혼자만은 아니었다. 누군가 유령단지의 천을 잘못 건드려 떨어트려서 유령 얼굴이 다시 나와 있었다. 놈은 내가 지나갈 때마다 공포와 혐오의 표정을 아낌없이 방출했다.

두 사람은 늦게 돌아왔다. 저녁이 가까워 오고 있었다. 우리는 식사를 했다. 남자애들도 옷을 갈아입었다. 놀랍게도 조지는 자기 방 깊숙한 어딘가에서 디너 재킷을 소환해 냈다. 팔과 엉덩이 밑이 다소 처지고, 한때 오랑우탄이 입고 다녔던 옷처럼 보이긴 했으나 그런대로 넘어가 줄 만은 했다. 자기 방에서 한가로이 나오는 록우드는 더없이 빳빳하고 말쑥한, 나는 처음 보는 디너 재킷과 검은 넥타이 차림이었다. 머리칼은 빗질해 넘겼고 허리춤에선 은줄에 매단 레이피어가 반짝였다.

"루시, 좋아 보인다." 그가 말했다. "조지, 넌 분발해야겠고. 아, 줄게 있어, 루스. 네 근사한 드레스랑 잘 어울릴 거야." 그는 내 손을 가져가더니 어여쁜 은줄에 펜던트 대신 조그만 다이아몬드가 달린 목걸이를 올려놨다. 정말 몹시 아름다웠다.

"뭐야?" 나는 목걸이를 물끄러미 봤다. "어디서 난 거야?"

"원래 있던 거야. 그걸 찰 땐 입을 다무는 게 좋겠어. 그래야 더 우아해. 자, 택시가 빵빵거리네. 가야겠다."

피츠 대행사의 본부인 피츠 하우스는 트라팔가르 광장 바로 아래의 스트랜드가에 위치해 있었다. 우리는 거기에 8시가 조금 지나 도착했다. 이날 행사를 위해 스트랜드가 일부 구역에선 교통이 통제됐다. 채링 크로스 역 근처에 사람들이 모여 속속 도착하는 내빈들을 구경했다.

대리석 깔린 입구 출입문 양옆에서 화로가 불탔다. 건물 벽면에는 이 층 높이의 길이로 환히 빛나는 현수막들이 드리워져 있었다. 눈부신 '진리의 등'을 들고 뒷발로 선 유니콘을 그려 넣은 현수막이었다. 맨 밑에는 이날 행사의 주제가 담백하고도 자랑스럽게 새겨져 있었다. '50주년.'

출입문과 도로 사이의 길에 깔린 보라색 카펫에는 라벤더 줄기가 뿌려져 있었다. 카펫 옆에는 길게 줄을 쳐서 자꾸만 밀고 들어오는 사진사와 유명인 사인 수집광, TV 카메라와 그 뒤를 졸졸 따라다니는 사람들을 막았다. 스트랜드가 중심에 리무진들이 줄줄이 서서 고객들을 토해낼 차례를 기다렸다.

우리가 탄 택시가 털털거리며 조그만 매연 구름을 뱉었다. 록우드가 소리 죽여 욕했다. "지하철을 타야 할 것 같긴 했는데. 뭐, 이제 와서 어쩌겠어. 조지, 셔츠 제대로 넣어 입은 거 맞아?"

"걱정 그만해. 양치질까지 했으니까."

"세상에나, 정말 큰일을 했구나. 좋아, 다 왔다. 처신 잘합시다, 여러분."

택시 밖. 플래시가 연달아 터지고 카메라 셔터가 찰칵거렸다.(그러다 소리가 뚝 끊겼다. 우리가 누군지 아무도 몰라서였다.) 손 몇 개가 쑥 나오며 사인첩을 내밀었다. 신발 아래서 라벤더가 부들부들하고 향기롭게 짓이겨졌다. 공중에 설치된 조명의 광휘와 화로의 열기를 지나고 계단을 올라 서늘한 포르티코* 아래 들어서자 회색 정장을 입은 문지기들이 초대장을 건네받고 아무 말 없이 우리를 안으로 안내했다.

---

* 대형 기둥을 받쳐 만든 현관 지붕.

내가 피츠 하우스의 로비를 밟은 게 벌써 일 년도 더 전의 일이었다. 면접에서 떨어진 지 일 년이 넘은 것이다. 희미하게 불을 밝힌 벽널들, 은은한 황금색 불빛, 낮고 검은 소파, 대행사 안내 책자가 쌓인 테이블들이 기억에 생생했다. 라벤더 광택제의 독특한 향과 고급스러움도 선명히 기억났다. 그때 나는 접수처조차 통과하지 못했다. 거기서 무시당하고 눈물을 글썽이며 로비 반대쪽의 마리사 피츠 흉상 앞에 주저앉았었다. 철제 흉상은 벽감* 속에 그대로 있었고 근엄한 얼굴과 깐깐한 분위기 또한 여전했다. 흉상이 지켜보는 가운데 우리는 미소 띤 피츠 꼬마들을 따라 접수처를 지나고, 소리가 울리는 대리석 바닥을 가로지르고, 세월로 거뭇해진 유화들 밑을 걸었다.

그러고선 양문형 출입구들이 더 나왔는데 문짝마다 뒷발로 선 유니콘이 새겨져 있었다. 은색 재킷을 맞춰 입고 턱 보조개까지 똑같은 문지기들이 열정적으로 경례했다. 문 앞에 선 우리 덕분에 자기 인생이 보람차다는 듯이. 그들이 대칭형의 과장된 동작으로 문을 당기는 순간 폭발적인 소리와 우아하고 웅장한 장관이 펼쳐졌다.

거대하고 넓은 연회장을 반짝반짝한 샹들리에들이 환히 밝히고 있었다. 드높은 천장에는 장식용 회반죽을 발라 소용돌이 모양 무늬를 넣었고, 벽판들마다 피츠 대행사가 심령 분야에서 이룩한 유명 업적들이 그려져 있었다. 본드 스트리트의 공중목욕탕에서 '연기 망령'과 싸우는 마리사 피츠. 벽시계가 자정을 알리는 순간 벽돌 틈에서 '하이게이트 귀신'의 해골을 꺼내는 피츠와 톰 로트웰. 피츠 대행사의 첫 순교자인 가여운 그레이스 필의 비극적 죽음…. 이 전설적이고 영웅적인 순간들은 학교에 다니던 시절부터 하도 들어 익숙했다. 바로

---

* 장식을 위해 벽면을 오목하게 파서 만든 공간.

여기가 그 모든 것의 기원이었고, 심령 탐지가 예술의 경지로 발돋움한 곳이었다. 또한 우리가 받은 교육의 밑바탕인 『피츠 지침서』가 최고 중에서도 최고의 요원들에 의해 탄생한 곳이기도 했다….

나는 심호흡하고, 어깨를 펴고, 앞으로 나아갔다. 터무니없이 높은 하이힐에 넘어지지 않으려 기를 쓰면서. 음료가 놓인 은쟁반이 다가왔다. 나는 동행한 이들보다 열성적으로 오렌지주스를 낚아채고는 주위를 둘러봤다.

그처럼 이른 시간에도 장내는 인파로 붐볐고, 굳이 초자연적 시각을 동원하지 않아도 대번에 알 수 있었다. 여기 있는 이들이 곧 런던의 위인들이자 의인들이라는 걸. 매끈한 헤어스타일과 매끈한 얼굴의 남자들이 검은 표범 가죽처럼 어둡고 윤기가 흐르는 디너 재킷을 입고 서서 발랄하고 자신만만한, 다들 하나같이 화려하고 보석으로 치장한 여자들과 대화했다. 난제가 시작되면서 여성 패션이 보다 다채로워지고 노출도 심해졌다고 어디선가 읽은 적이 있는데, 여기 와서 보니 확실히 그렇기는 한 것 같았다. 그중 어떤 옷감들은 너무 가까이서 봤다간 눈이 멀어버릴 것도 같았다. 깊이 팬 목선도 마찬가지였다. 가만 보니 조지가 평소보다도 열심히 안경을 닦아대고 있었다.

그런 볼거리와 화려함을 제외한 이 군중의 광경은 묘하게 당황스러웠는데, 처음에는 그 이유를 몰랐다. 밤에 이처럼 많은 '어른들'을 보는 게 생전 처음이라 그렇다는 사실을 깨닫기까지는 시간이 좀 걸렸다. 어린 웨이터들이 내빈들 사이를 솜씨 좋게 다니며 정체가 불분명한 카나페를 권했다. 젊은 조사관도 몇 있었다. 대개가 피츠 소속이었지만 로트웰 사람들도 보였다. 와인색 재킷과 오만한 분위기로 알아볼 수 있었다. 나머지는 다 성인이었다. 이건 정말로 특별한 행사였다.

연회장 여기저기서 가느다란 은유리 기둥들이 우뚝 솟아 천장과 만났다. 내장 조명을 켠 기둥들은 각양각색의 괴기스러운 색으로 반짝였다. 이게 그 유명한 '유물 기둥'으로, 관광객들이 돈까지 지불해가며 구경하는 것이었다. 당장은 기둥의 내용물이 인파에 가려 보이지 않았다. 저 멀리 연단에서 현악 사중주단이 경쾌하고 발랄하고 생기를 북돋는 음악을 연주했다. 통금이 시작되면 우울한 음악은 금지였다. 질식할 듯한 생각들을 떠올리게 할지도 몰라서였다. 군중의 수다는 작심한 듯 쾌활했다. 웃음소리가 허공을 뒤흔들었다. 우리는 미소 띤 가면들의 바다를 헤치고 걸었다.

록우드가 음료를 홀짝였다. 그는 편안해 보였고 완벽히 느긋했다. 조지는 (자신의 노력에도 불구하고) 내내 약간 구겨진 몰골이었다. 최근에 뭔가에 짓밟힌 사람처럼. 나는 얼굴이 벌겋고 머리칼은 헝클어져 있을 게 뻔했다. 온 사방에서 반짝이는 여자들에 비해 확실히 허접했다. "여기가 거기군. 그러니까," 록우드가 말했다. "모든 것의 중심."

"난 여기 있는 게 너무 어색해."

"너 지금 정말 멋져, 루스. 이런 쪽으로 타고났다 싶을 정도야. 그렇게 뒷걸음질 치지 마. 방금 네 검으로 저 부인 엉덩이를 찔렀다고."

"오, 설마, 내가?"

"그렇게 후다닥 몸을 돌리지도 말고. 저 웨이터를 두 동강 낼 뻔했잖아."

조지가 고개를 끄덕였다. "움직이질 마. 그냥 그게 내 조언이야." 그는 지나가는 꼬마에게서 카나페를 집어 들고 못 믿겠다는 양 검사했다. "자, 여기 이렇게 왔어. 이제 뭘 할 거야? 이놈의 것이 도대체 뭔지 아는 사람 있어? 버섯이랑 엑토플라즘 같은데. 무슨 거품으로 범벅이야."

"나중 임무를 잠시 잊고 시간을 보내기에 더없이 훌륭한 기회야."
록우드가 말했다. "11시 45분에 플로를 만나기로 돼 있어. 느긋이 어
울릴 시간이 충분한 셈이지. 정부에서, 업계에서 사람들이 와 있어.
주요 단체랑 기업 소속들도 많고. 이 모두가 우리에게 일감을 줄 잠
재적 의뢰인들이야. 물론 우리가 오늘 밤에 제대로 처신한다는 전제
하에. 그러니까 돌아다니면서 말을 걸어야 해."

"그래…." 내가 말했다. "어디서부터 시작하지?"

록우드가 볼 풍선을 불었다. "아예 모르겠어…."

우리는 연회장 한쪽에 서서 사람들의 등짝을 쳐다보고 있었다. 그
들의 현란함과 장신구와 당당히 스쳐가는 가녀린 갈색 목들을 지켜
봤다. 그들의 웃음소리는 우리가 통과할 수 없는 벽 같았다. 우리는
손에 든 음료를 마셨다.

"누군지 알 것 같은 사람 있어, 록우드?" 내가 물었다. "넌 잡지들
을 보잖아."

"글쎄…, 저기 키 크고 금발에다 수염도 있고 치아도 있는 남자가
스티브 로트웰이야. 로트웰 대행사의 우두머리지. 당연한 얘기지만.
그리고 저기 저 사람은 라벤더 거물, 조사이아 델로니 같아. 붉은 얼
굴에 구레나룻을 기른 남자 말야. 난 저 인간이랑은 얘기 안 할 거야.
자기 저택에서 유령 사냥을 하다가 집안 가보를 부쉈다고 그림블 조
사관 두 명한테 채찍을 휘두른 걸로 유명하거든. 델로니랑 얘기하는
여자가—내 생각에는—페어팩스 철강의 새 회장이야. 안젤린 크로
퍼드. 존 페어팩스의 조카딸이지. 굳이 말을 섞지 않아야 할 또 한 명
일 수 있어. 우리가 저 여자 삼촌을 죽인 마당이니."

"저 여자는 그거 모르지. 그치?"

"모르지. 그래도 도리라는 게 있는 법이니까."

"반스도 보이네." 조지가 말했다. 아니나 다를까, 그리 멀지 않은 곳에서 경위가 침울한 분위기로 콧수염을 어렵게 피해가며 샴페인을 마시고 있었다. 우리처럼 그도 군중의 주변부에 홀로 서 있었다. "킵스잖아! 저 자식이 어떻게 들어왔지? 아무나 못 오는 행사라더니 꼭 그렇지도 않은가 봐."

킵스를 포함한 피츠 조사관 무리가 성큼성큼 스쳐갔다. 킵스가 우리를 가리키며 뭐라 떠들었다. 다른 사람들이 시끄럽게 웃으면서 고상을 떨며 멀어졌다. 나는 머리 위 샹들리에를 심술궂게 올려다봤다. "네가 여기서 일했다는 게 믿기질 않는다, 조지."

그가 고개를 끄덕였다. "응. 나랑 그렇게 잘 맞을 수가 없었지."

"대행사라기보다 대저택 같은데."

"이런 회의장들이 호화롭긴 해. 검은 도서관도 그렇고. 나머지 사무실들은 그다지 화려하지 않아. 킵스 같은 인간이 꽤 많은 건 사실이지만. 유감스럽게도."

록우드가 느닷없이 탄성을 뱉었다. 그의 눈이 반짝이고 있었다. "다시 생각해 보니까, 아까 내가 했던 제안은 버려도 될 것 같아." 그가 말했다. "어울리고 어쩌고 하는 거 말야. 그런 걸 누가 하고 싶겠어? 따분하게. 조지, 그 도서관 말인데, 어디에 있는 거야?"

"여기서 방 몇 개쯤 떨어져 있지. 문이 안 열릴 거야. 고위급 조사관만 접근이 가능해."

"우리가 들어갈 수 있을까?"

"왜?"

"조플린이 했던 말이 방금 막 떠올랐거든. 네가 찾고 있는 그 고백록 얘기. 그가 그랬잖아. 사본이 있을 곳은 검은 도서관뿐이라고…. 거기 들어가 볼 수 있을지 문득 궁금해져서. 어차피 여기 와 있고 하니까….”

그때 인파가 반으로 갈라지고 록우드는 말을 멈췄다. 키가 무척 크고 아름다운 여자가 우리에게 다가오고 있었다. 그녀의 움직임에 맞춰 늘씬한 은회색 드레스가 미묘하게 빛났다. 그녀는 가느다란 손목에 은팔찌들을, 목에는 꽉 끼는 은목걸이를 찼다. 길고 검고 윤기가 흐르는 머리칼이 목에서 치렁대며 경쾌하게 곱슬거렸다. 무척이나 고운 광대뼈는 다소 높다 싶지만 매력적이었고, 입술이 두툼한 입은 오만해 보였다. 첫눈에는 나랑 나이 차가 별로 없어 보였지만, 그 검고 냉정한 눈에서 오랜 세월 다져온 힘이 번뜩였다.

희끗한 머리칼을 짧게 깎고 피부색이 파리한 근육질 남자가 그녀의 어깨 부근에서 말했다. “퍼넬로프 피츠 대표님이십니다.”

그녀가 누구인지 나는 알았다. 우리 모두가 알았다. 그럼에도 나는 그녀를 보고 놀랐다. 주된 경쟁자, 스티브 로트웰과 달리 피츠의 수장은 세상의 이목을 꺼렸다. 나는 늘 그녀를 다부진 중년 사업가, 유명한 자기 할머니만큼이나 길쭉하고 날카로운 얼굴을 가진 여자로 상상했었다. 이렇게는 아니었다. 그녀와 마주한 여파로 나는 급조한 드레스와 신발로 치장하고 느낀 민망함을 다시 맛봤다. 다른 이들도 본능적으로 몸을 곧추세우며 더 크고 더 자신 있게 보이려 애쓰고 있었다. 록우드조차 얼굴이 발그레했다. 따로 확인하진 않았지만 조지 역시 새빨개져 있을 게 거의 확실했다.

“앤서니 록우드입니다, 대표님.” 록우드가 고개를 숙이며 말했다. “여기는 제 동료….”

“루시 칼라일과 조지 커빈스.” 여자가 말했다. “네. 만나서 정말 반가워요.” 내가 생각했던 것보다 깊은 목소리였다. “여러분이 콤 케리 사건을 다루는 걸 보고 감명받았어요. 내 친구의 시신을 수습해 줘서 고맙기도 하고. 내가 도울 일이 있거든 꼭 알려주세요." 그녀의 검은 눈동자가 우리 각각에게 머물렀다. 나는 호감 어린 미소를 보냈다. 조지는 끽 소리 비슷한 걸 내뱉었다.

"오늘 밤 초대받게 돼 영광입니다." 록우드가 말했다. "연회장이 아주 놀랍네요."

"네. 피츠가 소장한 많은 보물들이 전시돼 있죠. 가장 강력한 힘을 가진 출처들이에요. 물론 모두가 무해하게 처리돼 있답니다. 기둥들은 선라이즈 물산의 은유리로 제작했고 박공*과 토대도 철로 만들었거든요. 자, 내가 안내해 드리죠…."

그녀는 도도하게 인파를 파고들었고, 사람들이 옆으로 비켜섰다. 가장 근처의 유리 기둥은 희미한 녹색 빛을 냈고, 철로 짠 틀에 망그러진 해골이 매달려 있었다. "아마도 이게 영물로는 가장 유명할 거예요." 퍼넬로프 피츠가 말했다. "롱 휴 헨래티의 유골이에요. '머드 레인 혼령'으로 유명해진 노상강도죠. 내 할머니와 톰 로트웰이 1962년 하지제** 전야 자정에 시신의 위치를 특정했어요. 로트웰이 시신을 파내는 동안 할머니 혼자 새벽까지 유령의 접근을 막았죠. 철삽을 미친 듯 흔들면서." 이날 밤 연회의 주인장이 약간 쉰 듯한 소리로 조그맣게 웃었다. "난 늘 말하죠. 그분이 테니스에 열심이어서 다행이었다고. 그게 아니었으면 그런 체력이나 지구력이 있었겠어요? 하지만 그 당시는 심령 조사의 초창기였어요. 그분들은 본인이 뭘 하는지도 잘 몰랐답니다."

유골은 뿌연 갈색으로 얼룩져 있었다. 두개골의 치아는 거의 남지

---

* 서양 고대 건축물의 정면 상부에 삼각형 모양으로 붙여둔 두꺼운 널빤지.
** 여름의 낮이 가장 긴 기간에 열리는 축제.

않았고 아래턱도 없었다. 골반 아래서 달랑거리는 대퇴골 반쪽을 제외한 다리와 발 또한 사라지고 없었다. "휴 헨래티는 몸이 온전치 못하네요." 내가 말했다.

퍼넬로프 피츠가 고개를 끄덕였다. "들개들이 시신을 파내 다리를 먹어치웠다고 해요. 유령의 분노도 그 때문이었을지 모르죠."

"닭꼬치 드실 분?" 어린 웨이터가 금쟁반에 놓인 전채 요리를 들고 우리 옆에 섰다. 조지가 한 개를 집었다. 록우드와 나는 정중히 사양했다.

"실례해야겠네요." 퍼넬로프 피츠가 말했다. "여기저기 인사 다녀야 하는 주최자의 운명이 얼마나 고달픈지요! 어느 누구와도 오래 있을 수 없어요. 상대가 아무리 매혹적일지라도…." 그녀는 록우드에게 반짝이는 미소를 건네고, 조지와 내게 꿈결같이 고개를 끄덕인 뒤 유유히 사라졌다. 사람들이 갈라지며 그녀와 파리한 남자를 안으로 들이고 재빨리 뒤를 닫아 우리만 덩그러니 남겨뒀다.

"음. 생각보다 멋진걸." 록우드가 말했다.

"괜찮은 사람이네." 내가 말했다.

조지가 꼬치 막대를 씹으며 어깨를 으쓱했다. "내가 있었을 땐 저 정도로 친절하지 않았어. 일반 조사관들은 대표를 볼 일이 없지. 자기 숙소에서 절대로 안 내려오거든. 근데 그 옆에 있던 머리 희끗한 남자, 대표의 개인 조수가 일에 개입하는 경우는 종종 있었어." 그의 안경이 원통한 듯 번뜩였다. "날 자른 것도 그 인간이거든."

나는 무리들 속을 들여다봤지만 퍼넬로프 피츠와 동료는 가버리고 없었다. "그 남자가 널 기억하는 것 같진 않던데."

"응. 그렇더라. 나에 관한 모든 걸 잊었나 봐." 조지는 가까이에 있는 양치식물 화분의 흙에다 꼬치 막대를 꽂고 자꾸만 내려가는 바지를 끌어 올렸다. 그의 눈에서 느닷없는 울분의 불꽃이 타올랐다. "좀 전에 검은 도서관 얘길 했었지, 록우드. 있잖아, 가볍게 산책 좀 한들 안 될 게 뭔가 싶다. 안을 엿볼 방법이 있는지도 보고."

조지는 앞장서서 연회장 언저리를 슬슬 돌았다. 창밖에서 여름의 황혼이 깊어가고 있었다. 색색의 스포트라이트 밑을 움직이는 군중들이 이상하게 빛나고 그림자 졌다. 기둥들 안에서 기이한 빛이 반짝였다. 혼령의 자주색과 파란색과 녹색이었다. 일부에서는 유령이 나타나 시력 없는 눈으로 유리 밖을 내다보며 하염없이 돌고 또 돌았다.

"이 일 정말로 할 거야?" 내가 물었다. 우리는 출입문 근처의 그림자 속에 숨어들어 사람들을 지켜보면서 빠져나갈 기회를 노렸다. 멀지 않은 곳에서 퍼넬로프 피츠가 금빛 콧수염을 깔끔하게 기른 잘생긴 청년과 활기차게 얘기하고 있었다. 윗머리를 놀랍도록 부풀린 여자가 누군가의 농담에 꺄꺄거렸다. 연단에서는 재즈 앙상블이 강렬하지만 구슬픈 컨트리풍 멜로디를 연주하기 시작했다. 옆문에서 웨이터들이 꾸준히 줄지어 들어오는데, 그전보다 더 멋들어진 요리를 들고 있었다.

"아무도 안 본다." 조지가 말했다. "지금이야…."

그를 따라 문을 나선 우리는 소리가 울리는 대리석 로비로 들어섰다. 로비에는 엘리베이터 문이 여섯 개 있었는데 다섯 개는 구릿빛, 한 개는 은빛이었다. 벽에는 어린 조사관들—소녀들, 소년들, 일부는 미소를 띠었으며 나머지는 슬프고 진지했다—의 유화가 줄줄이 걸려 있었다. 모두 은회색 재킷 차림으로 아름답게 묘사돼 있었다. 각 그림 아래의 거치대를 장식한 레이피어와 꽃다발이 눈에 들어왔다.

"'전몰 용사들의 전당'이야." 조지가 속삭였다. "난 여기 전시되는 신세가 되기 싫었어. 저기 은색 엘리베이터 보이지? 저게 퍼넬로프 피츠의 집으로 직행하는 거야."

조지는 우리를 이끌고 서로 연결된 통로들을 통과했는데, 갈수록 좁아지고 화려함도 덜해졌다. 그는 이따금 멈춰 서서 귀를 기울였다. 연회장의 소음이 희미해져 갔다. 록우드는 손에 음료수 잔을 들고 있었다. 디너 재킷을 입고도 변함없이 매끄럽게 움직였다. 나는 바보 같은 드레스와 신발에 치이며 비틀비틀 따라갔다.

마침내 조지는 육중해 보이는 나무문 앞에 멈춰 섰다. "일부러 먼 길로 돌아왔어. 사람들하고 마주치고 싶지 않았거든. 여기는 검은 도서관의 직원용 출입구야. 혹시나 열려 있을지도 모르지. 이런 밤중에 주 출입문은 십중팔구 잠겨 있고. 여기엔 방문자를 주제로 마리사 피츠가 쓴 책이랑 희귀한 장서들이 많아. 우리의 출입이 절대적으로 금지된 곳이란 거 알지? 만에 하나 걸렸다간 체포되고, 그날로 우리 회사도 안녕일걸."

록우드가 음료를 홀짝였다. "누구든 들어올 가능성이 얼마나 될까?"

"내가 여기서 일하던 시절에도 문틈으로 힐끔거리는 거 이상은 허락되지 않았어. 고위급 직원만 사용이 가능한데, 지금은 그 사람들 전부가 연회장에 있을 거잖아. 상황이 나쁘지 않지. 하지만 오래는 못 있어."

"상관없어." 록우드가 말했다. "얼른 한번 둘러보고 나올 거야. 사교보단 절도가 재밌는 법이라고 내가 늘 말하잖아. 애초에 문이 잠겨 있을지도 모를 일이고."

하지만 문은 잠겨 있지 않았고, 잠시 뒤 우리는 도서관 안에 있었다.

22

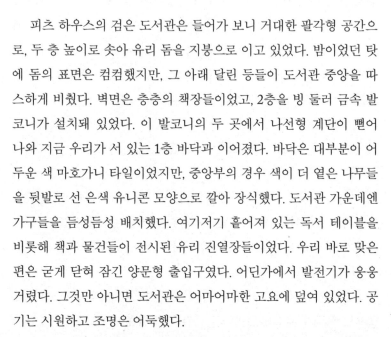

피츠 하우스의 검은 도서관은 들어가 보니 거대한 팔각형 공간으로, 두 층 높이로 솟아 유리 돔을 지붕으로 이고 있었다. 밤이었던 탓에 돔의 표면은 컴컴했지만, 그 아래 달린 등들이 도서관 중앙을 따스하게 비췄다. 벽면은 층층의 책장들이었고, 2층을 빙 둘러 금속 발코니가 설치돼 있었다. 이 발코니의 두 곳에서 나선형 계단이 뻗어나와 지금 우리가 서 있는 1층 바닥과 이어졌다. 바닥은 대부분이 어두운 색 마호가니 타일이었지만, 중앙부의 경우 색이 더 옅은 나무들을 뒷발로 선 은색 유니콘 모양으로 깔아 장식했다. 도서관 가운데엔 가구들을 듬성듬성 배치했다. 여기저기 흩어져 있는 독서 테이블을 비롯해 책과 물건들이 전시된 유리 진열장들이었다. 우리 바로 맞은편은 굳게 닫혀 잠긴 양문형 출입구였다. 어딘가에서 발전기가 웅웅거렸다. 그것만 아니면 도서관은 어마어마한 고요에 덮여 있었다. 공기는 시원하고 조명은 어둑했다.

각 책장의 상단에 내장된 램프들이 빛을 내는 모양새가 꼭 주변을 어슴푸레하게 밝히며 맴도는 반딧불이들 같았다. 책들 자체는 보라색, 짙은 갈색, 검은색 가죽들로 값비싸게 장정돼 있었다. 1층에 꽂힌 것만 수백 권은 될 듯했다.

"굉장한데…." 록우드가 나직이 말했다.

여기서 당신은 물 만난 고기 같은 조지의 모습을 기대했을지 모른다. 감자칩, 괴상한 실험과 더불어 도서관은 조지의 전문 분야였으니까. 하지만 그는 초조한 듯 입술을 깨물며 혹시라도 있을지 모를 인기척을 찾아 발코니를 자꾸만 살폈다. "일단 소장 도서 색인이 필요해." 그가 말했다. "독서 테이블에 있을 거야. 얼른 와서 도와줘. 여기 오래 있으면 안 돼."

우리는 조지를 따라 도서관의 환한 중앙으로 서둘러 이동했다. 사방의 정적이 우리를 감시하는 듯했다. 문 너머 어딘가에서 웅얼거리는 소리가 들렸다. 같은 층 다른 곳에서 진행 중인 연회의 메아리였다.

출입문과 가장 가까운 테이블에 가죽으로 제본한 커다란 책이 놓여 있었다. 조지가 열성적인 탄성과 함께 책을 끌어당겨 펼쳤다. "색인이야! 이제 『메리 됼라크의 고백록』이 있는지만 확인하면 돼."

조지가 책장을 넘기는 사이, 나는 근처의 진열장을 힐끔거렸다. 록우드도 마찬가지였다. "유물이 더 있네." 그가 말했다. "피츠의 소장품엔 끝이 없군. 맙소사, 이건 '채텀 구멍뚫이' 사건의 뜨개바늘이잖아."

나는 내 쪽 진열장의 옆면에 잉크로 써서 붙인 이름표를 가만히 봤다. "아무래도 여기 이건 누군가의 폐를 절인 것 같은데."

조지가 속이 타는 듯 식식거렸다. "둘 다 그만 좀 까불래? 여긴 그러고 있을 데가…." 그가 말을 멈췄다. "맞네! 맞아, 이럴 수가! 고백록이 진짜 있어! 청구기호 C/452래. 여기 어딘가에 있다고."

록우드가 잔에 든 음료를 결연히 비웠다. "아주 좋아. 뭘 찾으면 돼?"

"책들을 확인해 봐. 책등에 숫자가 붙어 있을 거야!"

나는 부랴부랴 책장으로 가서 거기 꽂힌 책들을 조사했다. 아니나 다를까, 가죽에 금박으로 된 숫자들이 찍혀 있었다. "여기가 A 칸이야."

록우드가 근처 계단으로 달려가 한 번에 두 칸씩 뛰어올랐다. 그의 신발이 금속 발코니를 부드럽게 두드렸다. "B/53, B/54⋯, 여긴 B 뿐이네⋯. 저쪽을 확인해 볼게."

"기호가 뭐랬지?" 내가 물었다.

"쉬잇!" 조지가 선 자리에서 그대로 굳었다. "들어봐!"

문 너머에서 목소리들이 들렸다. 열쇠가 쟁그랑거리며 자물쇠에 꽂혔다.

나는 움직였다. 남자애들이 뭘 하는지는 못 봤다. 가장 가까이의 진열장 쪽으로 몸을 던졌다. 책장들과 환히 불을 밝힌 도서관 중앙부 사이에 위치한 진열장이었다. 문이 열리는 순간 진열장 뒤에서 바짝 수그렸다. 하이힐과 파티 드레스 차림으로 몸을 접고 맨 무릎에 턱을 붙였다.

연회장의 웅성거림이 순간적으로 커졌다가 굳게 닫히는 문에 가로막혔다.

뒤이어 들리는 여자의 목소리. 익숙했다. 당신이 생각했던 것보다 깊은 그 목소리였다.

"여기가 더 조용할 거예요."

퍼넬로프 피츠.

나는 눈을 질끈 감고 무릎에 눌린 이를 앙다물었다. 록우드, 이 자식! 그의 충동적인 생각이 또다시 우리를 재앙으로 이끌었다. 이 시간은 원래 느긋하게 보내기로 돼 있었다. 이날의 위험천만한 모험은 윙크맨뿐이었어야 했다.

나무 타일을 밟는 발소리. 그들은 도서관 중앙으로 걸어가고 있었다. 조금 전까지 조지가 있던 곳이었다. 나는 피할 길 없는 비명, 발각의 충격에 대비했다.

"아까 무슨 얘길 하려던 거였나요, 가브리엘?" 퍼넬로프 피츠가 물었다.

나는 눈을 떴다. 옆으로 눈길을 돌렸다가 가슴이 철렁했다. 내 레이피어가 진열장 모서리 밖으로 튀어나가 있었다. 은제 칼끝이 빛을 받아 부드럽게 반짝였다.

남자의 얘기가 한창이었다. 그는 정중하고 공손했다. "회원들이 불안해하고 있습니다, 대표님. 그쪽에선 대표님이 자기들 일을 충분히 돕지 않는다고 생각해요."

아까 들었던 조그맣고 목쉰 듯한 웃음소리. "난 가능한 모든 지원을 제공하고 있어요. 그들의 도전 정신이 부족한 건 나와는 상관없는 문제죠."

나는 아주 천천히 그리고 찔끔찔끔 검을 당기기 시작했다.

"이 말씀을 그대로 전했으면 하십니까?" 남자가 물었다.

"가서 분명히 말하세요. 난 그들의 보모가 아니라고!"

"아닙니다, 대표님. 그들에게 대표님은 영감의 원천이에요. 저건 뭡니까?"

나는 완전히 얼었다. 입술을 깨물었다. 땀이 옆얼굴을 타고 흘러 턱에서 대롱거렸다.

"죄수 버레이지의 절인 폐예요." 퍼넬로프 피츠가 말했다. "내 할머니는 범죄에 관심이 무척 많았어요. 그분이 어떤 물건들까지 수집했는지는 말해도 못 믿을걸요. 그중 일부는 오랜 세월에 걸쳐 아주 유용하게 사용됐죠. 이 폐가 그렇다는 건 아녜요, 물론. 이 폐엔 심령성이 전혀 없거든요."

"도서관 장식치고는 기이한 선택이네요. 저라면 이걸 앞에 두고 책을 읽진 못하겠는데요."

다시 웃음소리가 났다. "아, 여기 오는 우리들은 전혀 신경 쓰지 않아요. 우리 마음속엔 그보다 숭고한 문제들이 있으니까."

두 사람 목소리의 음질이 바뀌며 문득 더 둔탁해졌다. 그들이 내게서 멀어지고 있지 싶었다. 나는 얼른 검을 당겨 아까 미처 숨기지 못한 부분을 저들의 시야에서 치웠다. 그런 다음 한없이 조심조심 몸을 옆으로 기울여 진열장 모서리 너머를 내다봤다.

오 미터도 안 떨어진 곳에서 두 사람이 등을 보이고 서 있었다. 퍼넬로프 피츠가 땅딸막한 중년 남자와 얘기하는 중이었다. 남자는 그날 연회의 내빈인지 검은 넥타이와 디너 재킷 차림이었다. 내 쪽에서 보기로는 목이 다소 굵고, 분홍색 얼굴은 아래턱이 꽤 발달했다.

"색다른 영물 얘기가 나와서 말인데," 퍼넬로프 피츠가 말했다. "당신에게 줄 게 있긴 해요." 그러면서 갑자기 움직였고, 나는 다시 수그려 몸을 숨겼다. 그녀의 구두 굽이 컴컴한 나무 바닥에서 또각또각 소리를 냈다. "내 호의의 표시라고 생각해 줘요."

그녀가 어디로 가는지, 내 쪽으로 오는 건지 뭔지 알 수 없었다. 나는 진열장 뒤에 더 바짝 붙었다.

위쪽의 뭔가가 내 시선을 끌었다. 바로 위의 발코니 바닥에 록우드가 납작 엎드려 있었다. 발코니의 금속, 그리고 어둠과 하나가 돼보려 안간힘을 쓰고 있었다. 검은색 디너 재킷이 도움이 됐다. 창백한 얼굴은 그렇지 못했다. 나는 그에게 얼굴을 저리 돌리라고 신호했다.

"루시!" 그가 입 모양으로 말했다.

"뭐?"

처음에는 무슨 말인지 알아들을 수 없었다. 그가 몇 번 반복했다. 그의 눈길이 내게서 방 가운데로 원을 그리듯 움직였다. 다음 순간 나는 그가 무슨 말을 하는지 깨달았다. "내 잔."

나는 목을 길게 빼서 진열장 모서리 너머를 내다봤고 아니나 다를까…. 심장이 한 차례 박동을 멈췄다. 거기 있었다. 록우드의 유리잔이. 도서관 한가운데의 조그만 전시 상자 위에 놓여 있었다. 거기다 일부러 스포트라이트라도 비추는 듯했다. 그 얼마나 반짝이던지. 유리잔 밑바닥에 거의 남지 않다시피 한 붉은 액체까지 보일 정도였다.

퍼넬로프 피츠가 다가가던 게 하필 그 상자다. 지금은 그 바로 옆에 서 있어서 그녀의 어깨와 유리잔이 만나기 일보 직전이었다. 그녀는 전시 상자 아래의 서랍장을 열고 뭔가를 꺼내는 중이었다.

눈을 들어 초점을 맞추면 끝이었다. 유리잔이 바로 보일 것이었다.

하지만 그녀는 그러지 않았다. 마음이 다른 데 가 있었다. 서랍을 닫고 자기 동행에게로 몸을 돌렸다.

"우리가 수리했어요." 퍼넬로프 피츠가 말했다. "검증도 마쳤고요. 다시 근사하게 작동해요. 오르페우스* 협회가 전보다는 제대로 활용해 주면 좋겠군요."

"참으로 친절하십니다, 대표님. 협회 측도 고마워할 겁니다. 그쪽의 감사는 책임지고 전달하겠습니다. 실험 진행 상황도 공유해 드리고요."

"아주 좋아요. 연회장에는 다시 안 가시는 게 좋겠어요. 상자가 너

● 초목과 짐승까지 감동시켰다는 그리스 신화 속 하프의 명수.

무 눈에 띄니까. 이쪽으로 나가시죠."

그녀의 구두가 다시 또각또각 소리를 냈고, 나는 우리가 아까 들어온 쪽문이 내게서 그리 멀지 않다는 걸 알고 기겁했다. 그들은 내가 숨은 곳 바로 옆을 지날 터였다. 나는 어쩔 줄 모르고 잠시 얼어 있다가 행동에 나섰다. 신발을—한 발, 그리고 또 한 발—벗은 뒤 손가락으로 바닥을 누르고는 두 발로 슬슬 후진할 수 있을 정도로만 살짝 몸을 일으켰다. 그러니까 이제 더는 앉아 있지 않고 발바닥 앞꿈치에 체중을 싣고 쪼그린 채 등짝은 여전히 진열장에 붙인 자세였다. 한 손에 신발을 들고 다른 손으론 레이피어를 꽉 잡았다. 검이 어딘가에 부딪혀 소리를 내면 안 되니까. 나는 이 모두를 눈 깜짝할 새에 해치웠다.

그리고 기다렸다. 위에서는 록우드가 벽 쪽으로 고개를 돌리고 있었다. 그러고 있으니 한 조각 그림자로밖에 안 보였다. 발소리가 가까워지고, 진열장에서 고작 몇십 센티 떨어진 곳을 두 사람이 지나고, 퍼넬로프 피츠의 꽃향기 진한 향수 냄새가 훅 하니 끼쳐왔다. 남자는 옆구리에 나무 상자를 끼고 있었다. 아주 크지는 않고, 가로세로 30센티에 깊이는 12에서 15센티쯤 돼 보였다. 두 사람이 쪽문 옆에서 잠시 멈춰 서는 통에 나는 짧게나마 상자를 똑똑히 볼 수 있었다. 상자 뚜껑 가운데에 이상하고 조그만 상징이 찍혀 있었다. 세 개의 현, 굴곡진 옆면, 바깥으로 퍼지는 형태의 밑판을 가진 조그만 하프 같았다. 그 극한의 순간에조차 눈살을 찌푸리게 하는 무늬였다. 저 상징을 나는 본 적이 있었다.

이윽고 퍼넬로프 피츠가 남자를 위해 쪽문을 열어줬고, 나는 그때를 틈타 움직였다. 빠른 걸음 두 번으로 진열장 모퉁이를 돌아 다시 몸을 구부렸다. 우리의 연회 주최자가 몸을 돌리기로 마음먹더라도 눈에 띄는 일이 없어야 했다.

문이 닫혔다. 남자는 말없이 떠난 모양이었다. 퍼넬로프 피츠가 진열장을 지나 방 저편으로 걸었다. 일단 그녀가 지나가자 나는 원래 있던 자리로 슬그머니 돌아갔다.

퍼넬로프 피츠가 빠른 걸음으로 도서관을 가로지르는 소리가 들렸다. 방 가운데에 도착해 느닷없이 멈춰 섰다. 주위를 둘러보는 그녀의 모습이 그려졌다. 조지가, 록우드의 유리잔이 떠올랐다…. 나는 눈을 질끈 감았다. 다음 순간 발소리가 다시 시작되고, 연회장의 소음이 아주 잠시 부풀었다 가라앉고, 문에 꽂힌 열쇠가 돌아가는 소리가 들렸다.

나는 참으로 오랜만에 제대로 된 숨을 뱉었다.

"움직임 좋았어, 루스." 록우드가 말하며 발코니에서 몸을 일으켰다. "팔팔한 게가 한 마리 다니는 줄 알았어. 조지는 어디 간 거야?"

맞네. 녀석은 어디 있던 거지? 나는 휑한 도서관을 찬찬히 살폈다.

"누구 나 좀 도와줄 사람?" 독서 테이블 아래서 조그만 목소리가 흘러나왔다. "나 이 아래에 갇혔어. 엉덩이가 낀 것 같아."

회의장으로 돌아가니 연회가 한창이었다. 밴드의 연주가 요란하고, 웨이터들은 더없이 빠른 속도로 잔들을 채웠다. 부족한 재능을 열정으로 때우며 춤추는 내빈들은 아까보다 시끄럽고 얼굴도 더 벌겠다. 우리는 유니콘 모양 초콜릿 분수대 옆의 조용한 공간을 차지하곤 몹시도 절실했던 음료를 들이켰다.

"넌 정말이지 서커스단에 들어가야 해, 조지." 록우드가 말했다. "아까 같은 몸 꼬기 곡예를 보려고 큰돈을 쓰는 사람들이 있다니까."

"다음 직장은 거기로 잡아보도록 하지." 조지가 펀치를 쭉 마셨다. "몸 어딘가가 아직도 접혀 있는 기분이야. 책은 챙겼어?"

록우드가 자기 재킷 주머니를 두드렸다. 급히 수색을 시작하고 일 분도 되지 않아 우리는 『메리 뒬라크의 고백록』을 찾아냈다. 검은색 가죽으로 양장한 얇은 소책자가 2층 높은 곳의 선반에 꽂혀 있었다. "무사히 잘 있어."

조지가 싱글거렸다. "좋아. 이 밤은 벌써부터 성공적이고, 본 게임은 아직 시작도 안 했어. 숨을 곳을 찾아서 좀 읽어봐도 될까?"

"아쉽지만 안 돼." 록우드가 말했다. "음료나 마저 마셔. 10시 40분이야. 갈 시간이라고."

"그렇게나 빨리 철수하시게, 록우드 선생…?" 우리 팔꿈치 뒤에서 반스 경위가 부루퉁하니 모습을 드러냈다. 둘 중 어느 쪽이 더 안 어울리는지 판단이 힘들었다. 경위의 손에 들린 분홍색 칵테일일까, 아님 그의 옆에서 초콜릿 방울을 보글거리는 분수대일까. "조용히 얘기나 할까 했는데."

우리로선 짜증스럽게도 경위 뒤에 퀼 킵스가 도사리고 있었다. 가냘프고 심술궂은 그림자처럼.

"얘기 좋죠." 록우드가 대답했다. "파티는 즐기고 계세요?"

"여기 계신 킵스 군이 전하기를," 반스가 말했다. "자네들이 햄프스테드에서 흥미로운 문서를 발견했을지도 모른다더군. 그 문서는 정체가 뭐고, 왜 공유하지 않지?"

"안 그래도 기쁜 마음으로 공유할 생각입니다, 경위님." 록우드가 말했다. "다만 오늘은 이런저런 일이 많았고 다들 몹시 지쳐 있어서요. 아침에 방문해서 설명드려도 될까요?"

"지금은 안 되고? 오늘 밤에도 얼마든지 얘기해 줄 수 있을 텐데."

"그럴 만한 장소가 못 돼서요. 너무 시끄러워요. 내일 아침에 런던 경찰청에서 보는 게 훨씬 나을 겁니다. 말씀하신 문서도 그때 가져가고요." 록우드는 온화하고 알랑거리는 듯한 미소를 지었다. 조지가 슬그머니 손목시계를 흘끔거렸다.

"안달이 나는 모양이군." 반스가 말했다. 그의 피곤해 보이는 파란 눈이 쉬지 않고 우리를 살폈다. "가서 잠이나 자려는 건가?"

"네. 우리 조지는 너무 늦게까지 밖에 있으면 호박이 돼버리거든요. 보시다시피 벌써 변하고 있고요."

"그래서 그 문서란 건 내일 보여주겠고?"

"그렇게 하겠습니다."

"좋아. 하지만 아침 일찍 와야 할 걸세. 시답잖은 핑계를 대거나 나타나지 않았다가는 내가 직접 잡으러 갈 거야."

"고맙습니다, 반스 경위님. 그때쯤엔 좋은 소식을 전할 수 있길 정말 간절히 바랍니다."

* * *

"타이밍이 나빴어." 피츠 하우스의 로비를 가로질러 출입구로 향하는데 록우드가 말했다. "우리가 오늘 밤에 뭔가를 계획하고 있다는 걸 킵스가 눈치챌 거야."

나는 뒤를 돌아봤다가 쏜살같이 기둥 뒤로 숨는 호리호리한 형상을 잡아냈다. "응. 그 인간이 지금 우릴 미행하고 있어."

"어찌나 바로 들키시는지." 조지가 으르렁거렸다.

"좋아. 그러니까 우리가 계획했던 대로 장비를 곧장 챙겨 올 순 없다는 거네. 저 인간부터 떨쳐버려야 해. 그 말은 곧 야간 택시를 타야 한다는 거고."

건물을 빠져나온 우리는 얼른 보라색 카펫을 내려가 연기를 뿜는 라벤더 불을 지나고, 보도 옆에서 줄줄이 대기 중인 자동차로 갔다. 모두가 공식 야간 택시의 상징과도 같은 은제 자동차 그릴과 화려한 철 장식들을 달고 있었다. 뒤에서는 킵스가 조심스레 거리를 유지하며 따라붙었다. 그러다 우리가 택시 줄에 접근하는 걸 보더니 안 들키려는 노력을 관뒀는지 아예 대놓고 와서 합류했다.

"신경들 끄셔." 도끼눈을 뜨는 우리에게 그가 말했다. "나도 일찍 귀가하는 길이니까."

다음 택시가 다가왔다. "포틀랜드 로로 가주세요, 기사님." 록우드가 큰 소리로 말했다. 우리는 택시에 올랐다. 차가 출발했다. 뒤돌아보니 킵스가 다음 택시에 올라타고 있었다. 그 순간 록우드가 앞으로 몸을 기울이고 운전사에게 말했다. "50파운드 드릴게요. 포틀랜드 로로 가주세요. 아까 얘기했던 대로. 다만 트라팔가르 광장을 벗어나 나오는 첫 번째 모퉁이를 돌자마자 차를 세워주세요. 잠깐이면 됩니다. 우리가 차에서 내릴 텐데, 뒤에 있는 택시에서 그걸 못 봤으면 해요. 가능할까요?"

운전사가 우리를 향해 눈을 끔뻑였다. "당신들 뭐요. 무슨 도망자라도 돼?"

"조사관들인데요."

"누가 따라붙은 건데? 경찰?"

"아뇨, 저쪽도 조사관이에요. 저기, 사정이 좀 복잡하거든요. 부탁대로 해주겠습니까, 아님 여기서 우릴 그냥 내려주고 50파운드를 날리겠습니까?"

운전사가 코를 문질렀다. "원한다면 뒤차가 딱 붙을 때까지 기다렸다 급정거해서 보도에 처박히게 만들어줄 수 있어요. 다시 후진해서 들이받을 수도 있고. 돈이 50파운드인데 그 정도는 해줘야지."

"아뇨, 아뇨. 조용히 내려주시는 걸로 충분합니다."

모든 게 순조로웠다. 택시가 트라팔가르 광장의 황량한 부지를 부르릉거리며 돌았다. 킵스의 택시는 행사장을 떠나는 리무진에 가로막혀 피츠 하우스 밖에서 꼼짝 못 하고 있었다. 우리보다 십오 초, 어쩜 이십 초 정도 뒤처진 셈이었다. 우리는 헤이마켓과 피커딜리 방면 콕스퍼 스트리트로 진입했고, 빛을 뿜는 항마등과 타오르는 라벤더 불길을 지났다. 폴 몰의 모퉁이를 돌면서 택시가 속도를 늦췄다. 조지와 록우드와 나는 얼른 차에서 내려 근처 건물의 포르티코 밑으로 내달렸다. 택시가 굉음을 내며 멀어졌다. 아주 잠시 뒤, 두 번째 택시가 스쳐갔다. 뒷좌석에 앉은 킵스가 몸을 앞으로 숙이고 있었다. 운전사에게 지시를 내리고 있을 게 뻔했다. 우리는 택시 두 대가 속도를 높여 밤 속으로 사라지는 모습을 지켜봤다. 런던 중심부에 정적이 내렸다.

우리는 레이피어를 고쳐 차고 조금 전 왔던 길을 되짚어갔다.

한밤중의 채링 크로스 역엔 인적은 없지만 중앙 홀은 개방돼 있다. 우리는 그날 오후에 록우드와 조지가 물품보관함에 넣어둔 장비들을 되찾고 공중화장실에서 옷을 갈아입었다. 바보 같은 드레스를, 특히나 구두를 벗어 던지게 돼 기분이 좋았다. 그렇지만 록우드가 줬던 조그만 목걸이까지 치워버릴 수는 없었다. 나는 그걸 목에 그대로 건 채 티셔츠와 검은색 경량 재킷을 걸쳤다. 우리 옷은 죄다 검은색에다 최대한 가벼운 것들이었다. 오늘 밤에는 날래게 움직여야 했고 눈에 띄지도 말아야 했다.

우리는 템스강변의 강둑 산책로를 따라 동쪽으로 서둘러 이동했다. 수면에 흩어진 달빛이 꼭 은색 비늘들 같았다. 템스강은 우리 옆에서 꿈틀거리며 도시를 관통하는 한 마리 뱀이었다. 플로 말대로 그 시간대에는 수심이 깊었다. 강둑 높지막한 곳에서 물이 찰랑이며 돌을 때렸다.

복장의 변화가 분위기의 변화를 불러왔고, 우리는 내내 침묵하며 이동했다. 이날 밤의 가장 힘든 임무가 시작되고 있었고, 그 위험은 실제였다. 나는 줄리어스 윙크맨의 조그만 상점에서 그와 대면하던 당시 내게 닿던 그 혐오스런 손길이 아직도 생생했다. 그 태평한 표정의 잔인성이 머릿속에서 아직도 시끄럽게 울렸다. 그는 함부로 맞설 사람이 아니었으며, 그래서 이제부터 우리가 하려는 일은 그 자체로 웬만한 출몰 사건의 조사 못지않게 위험했다. 어쩜 더 위험할 수도 있었다. 우리의 성공이 다른 협력자의 손에 좌우된다는 점에선.

"플로 본스의 손에 많은 게 걸려 있어." 내가 말했다.

록우드가 고개를 끄덕였다. "걱정 마. 나올 거야."

우리는 주간에 법률가들이 일하는 템플의 법학원들을 지나 블랙프라이어스 다리 밑을 걸었다. 강변로가 뚝 끊기는 지점 옆에 거대한 벽돌 건물이 있었는데, 고층부가 강 위로 돌출돼 있었다. 여기서부터 옛 상업지구였다. 어마어마한 수의 버려진 창고들이 구불구불한 강을 따라 절벽처럼 펼쳐지고, 도르래에 달린 가로대와 기중기가 부러진 나뭇가지들처럼 뻗쳐 있었다.

우리는 창고 뒤 자갈길로 이어지는 계단을 오른 뒤 어둠을 뚫고 계속 걸었다. 항마등이 따로 설치돼 있진 않고, 공기는 차가웠다. 골목에서 방문자들이 감지됐지만, 밤은 여전히 고요했고 아무것도 보이지 않았다.

"나도 같이 들어가야 할까 봐." 조지가 불쑥 말했다. "너희랑 거기 같이 있어야 할까 봐."

"다 얘기된 거잖아." 록우드가 말했다. "우리 모두에겐 각자의 역할이 있어. 넌 플로랑 밖에 있어야지. 네가 장비를 갖고 있잖아, 조지. 난 너만 믿고 있고."

조지가 끙 소리를 냈다. 그의 배낭은 몹시 컸고 유령단지가 들었을 때보다도 빵빵했다. 록우드와 나는 가방을 휴대하지 않았고 작업 벨트의 장비들도 평소와 다르게 준비돼 있었다. "너희끼리 맡기엔 보통 일이 아닌 것 같아서 그래." 조지는 고집을 부렸다. "거울을 속박하는 데 도움이 필요하면 어떡해? 윙크맨이 건달 몇 명만 데리고 있는 게 아니면? 혹시라도 그가…."

"그 얘긴 그만해, 조지." 록우드가 말했다. "계획을 바꾸기엔 너무 늦었어."

우리는 침묵 속에서 걸었다. 건물 사이를 가르는 컴컴한 길이었고, 그 가운데로 가느다랗게 달빛이 흘렀다. 마침내 록우드가 속도를 줄였다. 손가락으로 가리켰다. 길에서 좌우로 조그만 골목이 나 있었다. 오른쪽 길에서 강 냄새가 올라왔다. 골목을 넘어 계속되는 큰길 옆에 또 다른 창고의 벽이 조용히 서 있었다. 지면에 가까운 창문들은 판자로 막혀 있었다. 머리 위 높은 곳에서 가파른 지붕과 굴뚝들이 은빛 하늘을 찔러댔다.

벽돌로 된 외벽에 벗겨지고 빛바랜 글씨로 적혀 있었다. '로스토크 수산'. 록우드와 조지와 나는 멈칫하며 눈으로 보고 귀로 들었다. 여기가 정말 윙크맨의 경매 장소라면 흔적이 없어도 너무 없는 셈이었다. 그 어떤 빛도, 움직임도 없었다. 밤 시간대 런던의 너무도 많은 구역이 그렇듯, 이곳 또한 데드존이었다.

우리는 전진하기 시작했다. 순간적으로 진흙과 조수의 냄새가 짙어졌다. 골목의 그림자에서 가늘고 흰 팔이 뻗어 나오더니 록우드의 외투 자락을 붙들어 옆의 어둠으로 당겼다.

"한 발짝도 더 떼지 마." 한껏 낮춘 목소리가 경고했다. "그들이 와 있어."

23

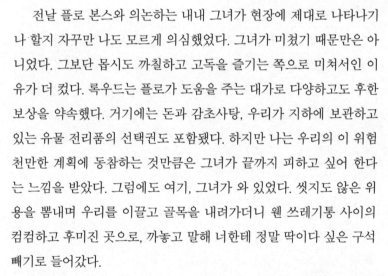

　전날 플로 본스와 의논하는 내내 그녀가 현장에 제대로 나타나기나 할지 자꾸만 나도 모르게 의심했었다. 그녀가 미쳤기 때문만은 아니었다. 그보단 몹시도 까칠하고 고독을 즐기는 쪽으로 미쳐서인 이유가 더 컸다. 록우드는 플로가 도움을 주는 대가로 다양하고도 후한 보상을 약속했다. 거기에는 돈과 감초사탕, 우리가 지하에 보관하고 있는 유물 전리품의 선택권도 포함됐다. 하지만 나는 우리의 이 위험천만한 계획에 동참하는 것만큼은 그녀가 끝까지 피하고 싶어 한다는 느낌을 받았다. 그럼에도 여기, 그녀가 와 있었다. 씻지도 않은 위용을 뽐내며 우리를 이끌고 골목을 내려가더니 웬 쓰레기통 사이의 컴컴하고 후미진 곳으로, 까놓고 말해 너한테 정말 딱이다 싶은 구석빼기로 들어갔다.

　"가만가만 움직여." 그녀가 속삭였다. "그렇지…. 저들이 눈치채면 안 돼."

　"예정대로 진행되고 있는 거야, 플로?" 록우드가 물었다. 그는 손목시계를 확인했다. "이제 막 11시 30분을 지났는데."

　어둠 속에서 그녀의 흰 치아가 번뜩였다. "그래. 윙크맨은 십오 분

전에 도착했어. 승합차를 타고 와서 물건을 내렸지. 주 출입구에 남자 둘을 세워뒀어. 아까 거기서 몇 미터만 더 갔어도 그 사람들이랑 마주쳤을걸. 윙크맨은 다른 남자 셋에다 꼬마 하나랑 안으로 들어갔어. 1층을 점검하고 있을 거야."

"꼬마?" 내가 속삭였다. "윙크맨의 아들 말이야?"

플로가 고개를 끄덕였다. "응, 그 아들놈 맞아. 오늘 밤엔 다들 신통력 있는 꼬마들을 데려올 거야. 성인 고객들이잖아. 그치? 경매에 참여하려면 어린 눈과 귀가 필요하겠지." 그녀는 몸을 곧추세웠다. "계획대로 밀고 나갈 생각이면 로키, 등반부터 시작해야 할 거야."

"어딘지 알려줘, 플로."

우리는 창고 옆벽을 끼고 미끄러지듯 움직이는 그녀를 뒤따랐다. 이내 템스강이 은근하게 일렁이고 출렁이는 소리가 들리면서 골목길이 가파른 내리막으로, 자갈이 모래와 조약돌로 변했다. 여기, 템스강 진흙 위에 우뚝 선 로스토크 수산 건물의 이끼투성이 벽 모퉁이에 두껍고 시커먼 철제 배수관이 붙어 있었다. 플로가 위를 가리켰다. "저거야. 배수관이 지나는 창문 보이지? 저기로 들어가면 되겠다고 생각했어."

"창문이 너무 작아 보이는데." 내가 말했다.

"네가 보고 있는 그거 말고. 훨씬 위에 있는 거. 여기선 보일락 말락 하는."

"아…. 그렇구나."

"저기로 가야 해. 들키기 싫으면. 그 사람들도 위층엔 신경을 끄고 있을 거야."

나는 성난 꼬맹이가 그어놓은 줄처럼 삐죽빼죽 광적으로 벽을 타고 오르는 불안정한 배수관을 쳐다봤다. 솔직히 나도 위층엔 신경을 끄고 싶었다.

"좋아." 록우드가 말했다. "한번 해볼게. 네 쪽은 어때, 플로? 보트는 구했어?"

그녀는 대답 대신 강을 가리켰다. 길고 낮은 검은색 형체가 물에 반은 잠기고 반은 떠 있었다. 선미 너머에서 파도가 부드럽게 철벅였다.

조지가 내 쪽으로 몸을 기울였다. "저게 보트라고?" 나직이 덧붙였다. "물위를 떠다니는 썩은 나무토막인 줄 알았는데."

"확실히 둘 다이긴 할 것 같아."

나 역시 목소리를 낮춰 한 말이었지만 플로는 귀가 밝았다. "무슨 말을 그렇게 해? 여기 이 친구는 마틸다야. 브렌트퍼드 하수처리장에서 대거넘 제혁소까지 아무 문제없이 갔었다고. 이 아이에 대한 어떤 비난도 용납하지 않겠어."

록우드는 플로의 어깨를 토닥인 다음, 그 손을 자기 외투 뒤에 몰래 닦았다. "그렇고말고. 녀석과 함께 항해할 수 있다면 영광일 거야. 조지, 우리 계획은 제대로 이해했지? 저들의 주의를 돌린 뒤에 플로랑 같이 마틸다에서 기다려. 일이 잘되면 우리도 합류할 거야. 합류 못 하더라도 거울은 빼내줄 테고. 그때부턴 8호 작전이야. 각자 길을 뚫어 집으로 돌아간다."

조지가 고개를 끄덕였다. "행운을 빌어. 너도, 루스. 록우드, 이거 챙겨. 얼굴 가릴 거랑 자루가 필요할 거야."

조지가 모래밭에 배낭을 내리더니 마대자루를 꺼냈다. 플로가 갖고 다니는 것과 비슷했지만 더 작았다. 거기서 강력한 라벤더 향이 풍겨 나왔다. 다음으로 검은색 복면 두 개가 등장했다. 우리는 그걸 작업 벨트에 쑤셔 넣었다.

"좋아." 록우드가 말했다. "시계를 맞춰. 십오 분 내로 경매가 시작
돼. 12시 정각에. 작전 시작은 12시 20분이야. 거래가 성사될 기회를
안 줘야 해." 그는 몸짓으로 배수관을 가리켰다. "루시, 네가 먼저 갈
래, 아님 내가?"

"이번엔," 내가 말했다. "무조건 네가 앞장서."

배수관 타고 오르기가 어린 시절 시골의 행복한 추억들을, 날랜
친구 녀석들과 우글우글 나무를 타며 놀았던 따뜻한 여름날의 기억
들을 불러냈다고 말할 수 있으면 얼마나 좋을까. 안타깝게도 나는 높
은 곳 올라가기에는 딱히 소질이 없었던 터라, 내가 정복한 최고 높
이라 해봐야 동네 놀이터의 정글짐 위가 전부였고, 그나마도 거기
서 떨어져 정강이가 까졌었다. 그러니까 이후의 몇 분, 록우드를 따
라 고통스럽게 찔끔찔끔 전진하던 그 시간이 내 조사관 인생에서 가
장 행복했던 순간이라고는 못 하겠다. 철제 배수관은 두 팔로 꼭 감
싸 안을 수 있을 만큼 넓었고, 그걸 벽에 고정하는 쇠고리 또한 손과
발을 딛기에 나름 훌륭했다. 사다리를 오르는 것과 여러모로 비슷했
다. 하지만 관에 녹이 슬어 있기도 했고, 페인트가 조각조각 떨어지
며 손바닥을 쑤시거나 아예 통째로 뜯겨 나오기 십상이었다. 템스강
에서 불어오는 돌풍에 머리칼이 얼굴을 채찍질하고 배수관이 전율했
다. 그리고 높아도 너무 높았다. 나는 어쩌다 실수로 밑을 보고 말았
는데, 플로가 물에 둥둥 떠 있는 조그만 난파선을 향해 걷고, 조지는
아직껏 자기 배낭 옆에 서서 나를 올려다보고 있었다. 두 사람은 개
미만큼 작았고, 그걸 깨달은 순간 손에서 땀이 터지며 이미 추락 중
이기라도 한 것처럼 속이 철렁했다. 그래서 나는 이를 앙다물고 눈을
질끈 감은 채 위로 움직이기만을 계속하다 정수리로 록우드의 신발

뒤꿈치를 들이받고서야 눈을 떴다.

그는 배수관과 벽 사이의 무시무시한 틈새 너머로 몸을 내민 채 주머니칼로 우리 쪽 창문의 판유리를 비틀고 때렸다. 창살은 낡은 데다 물렀고, 이내 유리가 깨졌다. 록우드가 손을 집어넣었다. 금속 걸쇠를 만지작거리며 빡빡하다고 욕했다. 배수관 안의 뭔가가 경악스럽게 덜컹거릴 정도로 힘주어 비트는 순간, 창문이 활짝 열렸다. 홀쩍, 꿈틀꿈틀. 록우드는 안으로 들어갔다. 잠시 뒤 그가 팔을 한껏 뻗어 나를 안으로 들였다.

우리는 그림자 속에 서서 물을 한 모금씩 마셨고, 내 경우에는 덜덜 떨리는 팔과 다리가 진정되기를 기다렸다. 건물에서는 퀴퀴한 냄새가 났다. 비커스태프 관사처럼 버림받아 나는 냄새는 아니었다. 오랫동안 쓰지 않고 묵혀둬서 나는 냄새였다.

"시간은, 루스?"

"11시 55분."

"완벽하게 해냈어. 그치? 지금쯤이면 조지도 자기 위치로 열심히 가고 있을 거야. 물에 가라앉지만 않는다면."

나는 펜형 손전등을 켜고 휭한 내부를 비췄다. 한때는 관리자 사무실이 아니었을까 싶었다. 벽 여기저기에 도표와 숫자가 빡빡한 낡은 게시판들이 고요히 걸려 있었다. "이 일이 끝나면," 내가 말했다. "네가 조지랑 얘기 좀 해봐야 할 것 같아."

록우드는 문가에서 통로를 내다보고 있었다. "뭐 하러? 녀석은 멀쩡해."

"소외감을 느끼는 것 같아. 이런 일은 너랑 내가 도맡아 하잖아. 안 그래? 그사이 조지는 밖에서 기다려야 하고."

"우리에겐 각자 잘하는 것들이 있어. 이런 일에는 네가 조지보다 나은 것뿐이고. 조지가 여기까지 기어오르는 게 상상이 돼? 뒤에 남았다고 해서 오늘 녀석의 역할이 하찮은 것도 아냐. 녀석과 플로가 타이밍을 못 맞추거나, 보트가 뒤집어지거나, 창문을 제대로 짚어 내지 못했다가는 아마도 너랑 내가 죽게 되겠지." 그가 말을 멈췄다. "저기, 이런 얘길 하니까 괜히 슬쩍 불안해지거든. 움직이자. 아래층으로 가는 길을 찾아야 해."

우리가 있는 층은 사무실들을 연결하는 통로들의 미로였다. 건물 구석에서 벽돌 계단을 찾아내는 데 생각보다 오래 걸렸다. 시간적으로 불리해지고 있었지만, 그래도 우리는 신중하게 움직이고 모퉁이마다 멈춰 서서 귀를 기울였다. 나는 이동하면서 층수를 셌다. 작전을 마치고 길을 되짚어 아까 열어둔 창문으로 돌아갈 수 있어야 했다. 꼬박 여섯 층을 내려간 끝에 벽돌들 위로 새나오는 희미한 빛이 보였다. 웅웅거리는 목소리들이 들렸다. 윙크맨의 경매장이 가까워지고 있었다.

"일에도 순서가 있으니까." 록우드가 속삭였다. "복면부터 써."

훗날 복수의 칼을 갈 윙크맨에게서 우리 정체를 감추려면 복면이 필수였다. 답답하고 가렵고 잘 내다보이지도 않는 데다, 천이 입을 덮어 말하기도 힘들었다. 그걸 제외하고는 복면을 쓰게 돼 기뻤다.

유리문을 밀어 열자 울타리 쳐진 통로가 나왔고, 거기서 거대한 공간이 내려다보였다. 창고 건물의 휑뎅그렁한 중심부였고, 아마도 그 층 전체를 차지하고 있었겠지만 면적을 가늠하긴 힘들었다. 그중 아주 조그만 공간에만 유일하게 조명이 밝혀져 있었는데, 하필 우리 바로 아래였다. 록우드와 나는 얼른 몸을 수그렸다. 더 잘 보이는 곳을 찾아 살금살금 통로 가장자리로 갔다. 우리가 무릎을 꿇고 있는 곳에서 가파른 금속 계단이 시작돼 창고 바닥으로 이어졌다. 우리는 일단 그런대로 안전했다. 빛 속에 있는 이가 어둠 속을 보기는 쉽지 않은 법이므로.

윙크맨은 정해진 일정대로 움직이길 좋아하는 사람인 듯했다. 우리가 거기 도착한 게 12시에서 정확히 삼 분이 지난 시점이었는데, 경매는 벌써 진행 중이었다.

경매장 한쪽 끝의 기다란 금속 스탠드 세 개에 각각 램프가 설치돼 있었다. 삼각형 모양으로 선 이 조명들이 비추는 공간이 바로 무대였다. 삼각형의 한 변에 의자 여섯 개가 무대를 마주 보고 놓여 있었다. 세 개에는 성인들이, 세 개에는 아이들이 앉았다. 그들 뒤 그림자 속에 덩치 크고 심각한 표정의 남자 둘이 못생긴 조각상처럼 서서 허공을 쏘아봤다.

램프 사이의 환한 곳에도 의자가 두 개 놓여 있었는데, 그중 하나를 골동품점에서 봤던 소년이 차지하고 있었다. 녀석은 말쑥한 회색 재킷을 입었고, 기름을 바른 머리칼이 램프 불빛에 은은히 반짝였다. 의자 밑으로 내려뜨린 굵고 짧은 다리를 지루하다는 양 흔들어대며 자기 아버지 얘기를 들었다.

무대 가운데에 줄리어스 윙크맨이 서 있었다.

경매 날 밤, 이 암거래상은 회색 더블 브레스티드* 재킷과 흰 셔츠를 입고 목깃의 단추는 잠그지 않았다. 그의 옆에 깨끗한 검은 천을 씌운 기다란 접이식 테이블이 있었다. 그는 털 많은 손으로 조그만 금제 코안경의 위치를 섬세하게 조정하며 자기 옆의 은유리 진열함을 가리켰다.

---

* 상의의 좌우 앞판을 겹쳐 잠그는 여밈 방식.

"이 1호 품목으로 말씀드릴 것 같으면, 여러분." 그가 말했다. "아주 몹시 화려합니다. 신사의 담뱃갑으로 백금 소재이며, 20세기 초 물건이죠. 호러스 스넬 준장이 사랑을 놓고 경쟁하던 빌 카러더스 하사의 총에 맞아 사망하던 밤, 그의 가슴 주머니에 들어 있던 겁니다. 사건 발생일은 1913년 10월이며, 당시의 혈흔이 여전히 관찰됩니다. 그 사건으로 띄게 된 심령성이 아직 남아 있다고 봅니다. 레오폴드의 설명을 들어보죠."

그의 아들이 즉시 말을 받았다. "강력한 심령 잔존물로 총성의 메아리와 비명이 존재. 촉각으로 촉발됨. 포함된 방문자 없음. 위험도 낮음." 녀석은 의자에 등을 기대고 퍼져 앉아 다시 다리를 흔들기 시작했다.

"네, 그렇습니다." 윙크맨이 말했다. "본 경매에 앞선 맛보기 순서 되겠습니다. 관심 있는 분 계십니까? 경매 시작가는 300파운드입니다."

우리가 있는 높이에서는 작은 진열함 속 내용물이 보이지 않았지만, 테이블에는 그거 말고도 함이 두 개 더 놓여 있었다. 첫째는 키 큰 직사각형 유리함으로, 안에 녹슨 검이 들어 있었다. 유령도 함께. 집중되는 조명 아래에서조차 기이하고 푸르스름한 빛이, 부드럽게 밀고 당기듯 움직이는 플라스마가 보였다. 그보다 훨씬 작은 두 번째 함에는 도자기 조각상 혹은 우상처럼 보이는 물건이 들어 있었는데, 네발 달린 짐승 모양이었다. 이 역시도 속박의 유리 아래서 보일 듯 말 듯 깜빡이는 다른빛을 내고 있었다.

이 중 어떤 것에도 관심이 가지 않았다. 윙크맨의 다른 쪽에 있는 조그만 테이블 때문이었다. 홀로 떨어져 있는 이 테이블에서 세 램프의 빛이 교차했다. 무척이나 밝았고 방 전체의 이목을 집중시켰다.

그 위에 놓인 유리함은 묵직한 검은 천에 덮여 있었다. 테이블 아래 바닥에는 쇠사슬 더미들과 함께 소금과 철가루로 그린 방어진들이 여봐란 듯 둘러져 있었다.

익숙하고 혐오스러운 소리가 들렸다. 파리 떼의 왕왕거림이었다.

나는 록우드를 쿡 찌르고 가리켰다. 그가 짧디짧게 고개를 끄덕였다.

그사이 경매에 진척이 있었다. 가는 세로줄 무늬 정장을 입은 단정하고 점잖아 보이는 남자가 자기 옆에 앉은 조그만 여자애와 의논한 뒤 입찰했다. 경매의 두 번째 참가자, 그러니까 다소 꼴사나운 우비를 입고 수염을 기른 남자가 질세라 더 높은 가격을 불렀고, 두 사람이 시소를 타듯 입찰가를 주고받았다. 윙크맨의 세 번째 고객은 꿈쩍도 하지 않았다. 그는 몸을 반쯤 돌리고 앉아 광이 나는 검은색 지팡이를 무심히 만지작거렸다. 금빛 콧수염과 곱슬곱슬한 금발이 눈에 띄는 젊고 늘씬한 남자였다. 이따금 그는 빛나는 유리함들을 힐끗거리며 옆에 앉은 소년에게 몸을 기울이고 질문하기도 했다. 그러나 그의 눈길이 가장 자주 머무는 건 방 가운데 테이블의 검은 천이었다.

그 청년이 어딘가 눈에 익었다. 록우드도 아까부터 그를 보고 있었다. 내 가까이로 몸을 기울이고 뭔가를 중얼거렸다.

내가 더 가까이 붙었다. "뭐?" 나지막이 물었다. "무슨 말인지 못 알아듣겠어."

록우드는 복면 아래쪽을 걷어 올렸다. "조지는 이런 걸 어디서 구했대? 입이 뚫린 걸로 살 수도 있었을 텐데…. 내가 뭐랬냐면 저기 저 남자, 피츠 연회장에서 봤어. 퍼넬로프 피츠랑 얘기하고 있었는데, 기억해?"

그래, 기억났다. 사람들로 붐비는 연회장 저편에서 언뜻 봤다. 그때 그가 매고 있던 검은색 타이가 우아한 갈색 외투 아래로 슬쩍 들여다보였었다.

"윙크맨의 고객이면 틀림없이 상류층 사람일 거야."록우드가 속삭였다. "저 남자 정체가 궁금해지는데…."

1호 품목의 경매가 완료됐다. 담뱃갑은 세로줄 무늬 정장의 남자에게 돌아갔다. 윙크맨은 활짝 웃는 얼굴로 고개를 끄덕이며 녹슨 검이 든 함으로 옮겨갔다. 하지만 그가 입을 열기도 전에 금발 청년이 손을 들었다. 그는 연갈색 장갑을 꼈는데 딱 봐도 새끼 양가죽, 혹은 그처럼 조그맣고 귀엽고 죽은 짐승의 가죽으로 만든 거였다. "본 경매요, 윙크맨 씨. 우리가 왜 왔는지 알잖습니까."

"이렇게 빨리요?" 윙크맨은 실망한 눈치였다. "이건 진짜 십자군의 검, 프랑스 에스톡*인데요. 실제 고대의 요괴 혹은 망령이 깃들어 있다고 보는데, 이 물건에 목숨을 잃은 아라비아 사람쯤 되겠죠. 이검의 진귀함은…."

"… 하나도 안 궁금합니다, 오늘 저녁엔." 청년이 말했다. "그거랑 비슷한 게 몇 개는 있어요. 귀가 닳도록 들은 그 거울이나 보여주고 빨리 진행하시죠. 다른 신사들께서도 이의 없다면요?"

청년이 힐끗 봤다. 수염 기른 남자가 고개를 끄덕였다. 세로줄 무늬 정장을 입은 남자는 통명스러운 손짓으로 찬성했다.

"봤죠, 윙크맨?" 청년이 말했다. "어서! 상을 내놔봐요."

줄리어스 윙크맨의 미소는 변함없었지만, 반짝이는 코안경 너머의 눈이 가늘어진 것 같기도 했다. "그럼요, 그럼요! 본인의 뜻을 늘 숨김없고 솔직하게 표현하십니다, 우리 나리께서는. 우리가 나리와

---

* 13~17세기 유럽에서 찌르기 용으로 쓰인 양날검.

의 거래를 그토록 중히 여기는 것도 그래서고요. 자, 그럼!" 그는 외따로 선 테이블로 거대한 몸통을 돌리고는 검은 천을 잡았다. "여러분께 소개합니다. 전무후무한 아이템, 극도로 진귀하다 못해 지난 며칠 동안 DEPRAC를 몹시도 고생시킨 바로 그 물건. 여러분, 에드먼드 비커스태프의 뼈 거울입니다!"

몹시도 오래 추격한 나머지, 이 물건은 내 머릿속에서 신화에나 나올 법하게 무겁고 공포스러운 존재가 돼 있었다. 불쌍한 윌버포스를 살해하고, 유물 도둑이 묘지를 떠나기도 전에 끝장내고, 윙크맨의 부하를 죽인 물건이었다. 이 거울을 모두가 원했다. 반스, 킵스, 조플린, 록우드, 조지, 그리고 나까지도. 사람들은 이걸 위해 죽였다. 이걸 위해 죽었다. 이 거울은 이상하고 끔찍한 뭔가를 약속했다. 나는 비커스태프의 관에서 스치듯 본 게 전부지만, 그 윤기 나고 스멀거리는 암흑이 머릿속에 각인처럼 남았다. 그리고 이제, 마침내 그게 내 눈앞에 있었다. 그리고 정말 몹시도 작아 보였다.

박물관 유물이라도 되는 양 비스듬한 벨벳 진열대에 기대선 거울은 크고 네모난 은유리함에 들어 있었다. 우리가 웅크린 쪽에서는 정확한 크기를 판단하기 힘들었지만, 직경이 15센티를 넘진 않을 걸로 보였다. 푸딩 그릇 혹은 옆 접시* 크기였다. 가운데 거울 부분은 내 예상보다도 조악하고 흠집투성이에 울퉁불퉁했다. 원형 테두리는 표면이 고르지 못했고 갈색에다 윤곽이 삐죽빼죽했다. 단단하고 가느다란 것들 여럿을 튼튼히 결합해 만들었다. 뼈들이었다.

왕왕거리는 소리가 귀를 긁었다. 경매장의 아이 둘이 조그맣게 낑낑거렸다. 모두가 신경을 곤두세우고 뻣뻣이 앉아 유리함 속 물건을

---

* 빵이나 곁들임 요리를 담는 작은 접시.

응시했다.

"지금 보고 계신 건 뒷면이라는 사실을 말씀드려야겠군요." 줄리어스 윙크맨이 나긋하게 말했다. "반대쪽 거울은 광을 많이 냈습니다. 이쪽이 더 거칠고 순수한 형태에 가깝죠."

"앞면도 봐야겠습니다." 수염을 기른 추레한 남자가 말했다. "그쪽을 못 본 상태로 입찰을 어떻게 합니까? 당신은 지금 우릴 우롱하고 있어요, 윙크맨."

윙크맨의 미소가 더 커졌다. "그럴 리가요. 언제나처럼 난 가슴 깊이 우리 고객님들의 안전을 염려할 뿐입니다. 이 물건이 이름을 떨치게 된 데는 이유가 있습니다. 그게 아니면 여러분이 여기 왜 있겠습니까? 뭐 하러 비싼 돈을 내겠습니까? 최저 단가로만 내가 1만 5천 파운드를 부를 작정인 물건에요? 자, 이 거울의 이름값에는 위험이 따릅니다. 사용이 위험을 동반한다는 걸 여러분도 아실 겁니다. 경이로움 또한 있겠죠. 그야 내가 말씀드릴 수 있는 부분은 아니고요. 다만 위험이든 경이든 품목이 판매되기 전에는 확인하실 수 없습니다."

"이런 조건으로는 못 사지." 수염 기른 남자가 투덜거렸다. "거울 부분을 봐야겠소!"

"얼마든지 보세요." 윙크맨이 미소를 지었다. "값부터 지불하시고요."

"그거 말고 더 해줄 수 있는 얘긴 없나요?" 세로줄 무늬 정장의 조그만 남자가 물었다. "우리 후원자들은 당신이 지금껏 준 것보다 더 구체적인 정보를 원해요."

윙크맨이 아들을 힐끗 쳐다봤다. "레오폴드, 괜찮다면…?"

소년이 튀어 올랐다. "이 품목은 극도로 조심히 다뤄야 합니다. 거울 자체의 위험과 별개로 테두리 뼛조각들은 다수 환영의 출처로 보입니다. 근처를 맴도는 희미한 형상이 최소 여섯, 최대 일곱 개까지 관찰되기도 합니다. 놈들은 아주 강력한 심령 소란을 유발합니다. 굉장한 분노와 불안이죠. 거울의 표면 자체는 격렬한 냉기와 함께 치명적인 유령굴레에 맞먹는 힘을 발산합니다. 그걸 들여다보는 사람은 넋을 완전히 빼앗기고 눈길을 돌리기 어렵게—어쩌면 불가능하게—됩니다. 그 결과 영구적인 감각 상실에 빠질 수 있습니다. 위험도는 매우 높음."

"자, 여러분." 레오폴드가 자리에 털썩 앉은 뒤 윙크맨이 말했다. "대강의 소개가 끝났습니다. 그럼 여러분의 조수와 함께 오셔서 좀 더 면밀히 살펴보십시오."

참가자들이 차례로 일어나 유리함으로 다가갔다. 어른들은 호기심, 아이들은 공포와 의심의 기색이 역력했다. 물건을 에워싸고 서서 서로에게 귓속말했다.

록우드가 복면을 걷어 올리고 내게 몸을 기울였다. "12시 20분이야. 준비하고 창문 주시해."

맞은편 벽의 높은 곳에서 거대한 직사각형 창문들이 밤과 마주 보고 있었다. 지금쯤엔 그 아래 어딘가에 조지와 플로가 서 있을 것이었다. 조지는 배낭에 든 걸 사용할 준비를 마친 채로. 건물 안 불빛을 보고 경매장 위치를 파악했을 터였다. 나는 이 발에서 저 발로 체중을 옮겨 실으며 레이피어 칼자루의 차가운 견고함을 느꼈다.

이제부턴 언제라도….

아래서는 경매 참가자들이 유리함에 더 바짝 붙어 섰다. 수염 기른 남자가 짜증스레 말했다. "여기, 아래쪽에 구멍이 두 개 나 있소. 이건 어디다 쓰는 거요?"

윙크맨이 어깨를 으쓱했다. "모르죠. 우리 생각으론 거울이 거치대에 고정돼 있었을 듯합니다. 아무도 손에 들고 있으려 하지 않았을 테니까. 충분히 그럴 만하죠."

내 옆에서 록우드가 느닷없고 나지막한 탄성을 뱉었다. "그거였어!" 그가 속삭였다. "내가 비커스태프의 관 사진에서 봤던 막대기 기억해? 내가 맞았어. 그게 일종의 거치대였던 거야. 뼈 거울을 올려놓는."

"그럼 윙크맨한테는 거치대가 없다는 얘기네."

"당연히 없지. 잭 카버가 거치대는 놓고 갔거든. 그치? 맞아, 다른 사람이 챙긴 거야. 현장 사진이 찍힌 뒤에." 록우드는 나를 흘끗 봤다. "그게 누군지는 상당히 뻔하다 하겠지."

록우드는 가끔 그런 식이었다. 가장 부적절한 때에 몹시도 감질나는 정보를 찔끔찔끔 던지기 좋아했다. 원래의 나 같으면 그 자리에서 그를 심문했겠지만 (그리고 필요에 따라서는 한 대 때려줬겠지만) 윙크맨이 고객들을 자리로 돌려보내고 있었다. 호가가 시작될 모양이었다.

록우드가 손목시계를 확인했다. "조지는 어디 있는 거지? 지금쯤이면 벌써 시작했어야 했는데."

"여러분, 여러분," 윙크맨이 말했다. "조수들과 상의했습니까? 추가 질문이 없으면, 시간이 촉박한 관계로 본론으로 들어가겠습니다. 아까 말씀드렸듯 이 아이템은 몹시 특별하므로 경매 시작가는…."

그러나 금발 청년이 다시 손을 든 터였다. "잠깐, 질문이 있습니다."

윙크맨이 억지 미소를 쥐어짰다. "물론이죠. 하십시오."

"조금 전 초자연적 위험에 대해 언급하셨죠. 그럼 법적 위험은 어떻습니까, 잭 카버의 살해에 따른? 들리는 말로는 카버가 당신에게 물건을 가져왔고 그 대가로 등에 칼을 맞았다던데. 우리가 당신의 작업 방식에 그리 까다로운 사람들은 아닙니다만, 이번엔 쓸데없이 과도하게 세간의 관심을 끄는 것 같습니다. 현재 DEPRAC가 이 건을 조사하고 있어요. 일부 대행사도 마찬가지고."

누가 스위치를 젖히기라도 한 것처럼 윙크맨의 입꼬리가 내려앉았다. "우리가 지금껏 함께했던 사업들을 기억해 주시기 바랍니다. 그동안 내가 얼마나 충실히 우리들의 합의를 이행해 왔습니까? 내가 판매한 상품에 늘 만족하시지 않았던가요? 두 가지만 말씀드리죠. 첫째, 난 카버에게 일을 의뢰한 적이 없습니다. 그자가 뜬금없이 찾아온 거예요. 둘째, 난 이 상품을 정당하게 매입했고, 그자를 더없이 팔팔한 상태로 돌려보냈어요. 난 잭 카버를 죽이지 않았습니다." 줄리어스 윙크맨이 그 거대한 손을 자기 가슴에 얹었다. "난 이 모두를 내 사랑하는 아들 레오폴드, 보시다시피 흰담비처럼 연약한 이 아이를 걸고 맹세합니다. DEPRAC나 다른 대행사들은…," 그는 몸을 비틀어 창고 바닥에 침을 퉤 뱉었다. "이게 그들에 대한 내 생각입니다. 그렇대도 누구든 겁나는 분은 지금 떠나도 좋습니다. 입찰이 시작되기 전에 나가주세요." 그는 무대 가운데 서서 두 팔을 활짝 펼쳤다. "자?"

그 순간 창문 너머에서 흰 빛이 꽃을 피웠다. 창고 바닥의 누구도 눈치채지 못했지만, 그림자 속 우리는 그게 부풀고 커지고 다시 줄어 사라지는 걸 봤다.

"신호야." 록우드가 속삭이며 복면을 당겨 썼다.

아래서는 윙크맨의 말에 아무도 토 달지 않았다. 금발 청년만 어깨를 으쓱했을 뿐이었다. 모두가 그대로 자리를 지켰다.

윙크맨이 고개를 끄덕였다. "좋습니다. 얘기는 이만 됐습니다. 입찰을 시작해 보죠."

그 즉시 수염 기른 남자가 손을 들었다.
그리고 눈부시게 폭발하는 불길이 근처 창문을 날렸다.

24

첫 번째 마그네슘 화염이 창을 때리는 순간 폭발하리란 걸 우린 알았고, 화염에 부딪힌 유리가 박살나리란 것도 예상했다. 우리가 미처 생각하지 못한 건, 그 폭발이 거대한 창고 창문의 유리 전체를 박살내고 그 옆 창문들까지 깨트릴 정도로 강력하리란 사실이었다. 그 덕분에 작전의 효과는 우리 바람보다도 굉장했다. 빙붕°이 떨어져 나가는 듯한 힘과 위세로 유리 파편으로 된 벽이 무너져 내리면서 구름처럼 뭉게뭉게 피어오르는 소금과 철과 허연 마그네슘 불꽃을 내리갈랐다.

소나기처럼 쏟아지는 파편들이 바닥에 떨어져 가루가 되기도 전, 첫 번째 폭발 때 생긴 구멍으로 어느새 들어온 화염탄 두 개가 머리 위 연기 속에서 빙글빙글 회전했다.

이때쯤 록우드와 나는 이미 계단을 반 정도 내려간 상태였다. 레이피어와 화염탄을 들고 창고 바닥으로 돌진했다.

최초의 폭발로 유리가 파열되던 당시의 굉음에 귀가 아직도 멍멍

• 남극대륙의 일부로 바다에 떠 있는 거대한 얼음 덩어리.

했다. 털로 된 복면조차 소용이 없었다. 이 역시 우리가 예상한 바였다. 창문 바로 밑에 있다 일을 당한 사람들의 충격이 얼마나 굉장한지는 은빛 연기의 난장판 속에서 우글우글 어찌할 바 모르는 그들의 형상으로 확인이 가능했다.

꼬마 심령술사들은 의자에서 일어나 비명을 지르며 어둠을 향해 달렸다. 경비들은 좌충우돌하며 소금과 유리의 비로부터 머리를 보호했다. 윙크맨의 고객 둘은 종말의 날이라도 닥친 양 무릎을 꿇고 엎드려 있었다. 금발 청년은 충격으로 마비된 것처럼 앉아 꿈쩍도 하지 않았다. 윙크맨의 아들은 의자에서 튀어 올라 횡설수설했다. 윙크맨은 손가락을 오그리고 목의 핏대를 바짝 세운 채 어리둥절한 황소처럼 두리번거렸다. 그러다 우당탕탕 계단을 내려가는 우리를 보고는 검은 눈이 휘둥그레졌다.

조지가 던진 2번과 3번 화염탄이 바닥을 때렸다. 흰 불길이 부풀며 두 번 더 폭발했다. 윙크맨이 옆으로 날아가 뼈 거울이 놓인 테이블에 충돌한 뒤 바닥에 쿵 하고 떨어졌다. 그의 뒤에서 조명 하나가 넘어져 깨지며 불이 나갔다. 뜨거운 철 입자들이 드높이 솟구쳤다가 깜빡이는 붉은 폭포가 돼 쏟아졌다.

그야말로 아수라장이었다. 세로줄 무늬 정장을 입은 남자는 바닥을 구르며 악을 썼고, 그의 옷에서 연기 가닥들이 피어올랐다. 윙크맨의 아들이 뒤로 나가떨어지면서 의자가 박살났다. 수염 기른 남자가 공포의 비명을 내지르더니 비틀거리며 일어나 도망쳤다.

금발 청년은 여전히 꼼짝 않고 앉아 앞만 응시했다.

록우드와 나는 계단 밑에 거의 다다랐다. 주의 분산 작전이 확보해 줄 몇 초의 시간 여유를 벌써 계산했고, 더없이 무모하기만 했던 계획에서 조지가 기대 이상의 역할을 해줬지만, 그것만으로는 충분하지 않으리란 걸 알았다. 그들의 신경을 계속 분산시켜 록우드가 거울을 빼낼 시간을 벌어주는 건 내 몫이었다. 나는 네 번째 화염탄을 준비하고 허우적거리는 경비들이 있는 방향을 대충 짐작해 던졌다. 록우드도 화염탄을 던졌다. 그의 건 은유리함을 곧장 겨냥한다는 점이 달랐을 뿐.

두 번의 폭발이 이어졌다. 하나는 경비들을 흩어놨다. 다른 하나는 유리함을 산산조각 냈다. 테이블 뒤에서 몸을 일으키려던 윙크맨이 치솟는 은빛 불꽃 속으로 사라졌다.

록우드는 보호 사슬을 뛰어넘어 연기로 돌진했다. 뒤로 길게 라벤더 향이 남았다. 그는 한 손에 주둥이를 풀어 헤친 마대자루를 쥐고 있었다.

은유리함이 깨짐과 동시에 머릿속 왕왕거림이 확 커졌다. 연기 속을 들여다보니 록우드의 윤곽이 테이블로 몸을 숙이고 있고, 그 머리 위로 어슴푸레한 형체들이 떠오르는 중이었다. 허허로운 목소리 여럿이 동시에 말했다. "우리 뼈를 돌려줘."

이윽고 록우드가 라벤더 자루를 들고 장갑 낀 손으로 뼈 거울을 쓸어 넣었다. 왕왕거림은 여전했다. 떠오르던 형체들이 깜빡깜빡 꺼져갔다. 목소리도 사라졌다.

록우드는 몸을 돌려 연기 밖으로 나와 내게로 질주했다.

몇 미터 떨어진 곳에서 금발 청년이 일어섰다. 자기 의자 옆 바닥에 놓인 우아한 지팡이로 손을 뻗었다. 손잡이를 홱 비틀어 당기자 길고 가는 검이 나왔다. 그는 지팡이 검집을 뒤로 던지고 우리 쪽으로 움직이기 시작했다. 나는 화염탄을 한 개 더 꺼내 들고 팔을 뒤로 젖혔다….

"멈춰! 안 그럼 쏜다!"

테이블 뒤에 윙크맨이 일어나 있었다. 얼굴은 거뭇하고, 머리칼은 엉망이고, 코에 걸린 코안경은 삐딱했다. 얼굴에는 불탄 소금이 잔뜩 붙었고, 입은 떡 벌어졌고, 재킷 여기저기서 구멍들이 타들어 갔다. 그는 총신이 짧은 검은색 리볼버를 들고 있었다.

나는 팔을 젖힌 채 얼어붙었다. 록우드가 멈췄다. 나를 마주 보고 거의 나란히 서다시피 했다.

"달아날 수 있을 것 같나?" 윙크맨이 말했다. "네놈들이 날 털 수 있을 것 같아? 둘 다 죽여주마."

록우드가 천천히 두 손을 들어 올렸다. 옆의 내게 뭔가를 나직이 중얼거렸지만 소리가 복면에 가로막히고 말았다. 한마디도 알아들을 수 없었다.

"먼저 네놈들의 정체를 알아낼 거다." 윙크맨이 말했다. "누가 보내서 온 건지도. 아주 천천히 즐기면서 해주겠어. 산탄통을 내려놓지, 꼬마. 넌 이제 포위됐어."

아니나 다를까, 그림자에서 경비들이 다시 나타났다. 그들 또한 권총을 들고 있었다. 금발 청년은 보드라운 갈색 외투에 티끌 하나 묻히지 않은 채 서 있고, 손에 든 지팡이 검이 빛을 받아 반짝였다.

록우드가 다급히 다시 말했다. 나는 또다시 못 알아들었다.

"화염탄을 내려놓으라고!" 윙크맨이 꽥 소리쳤다.

"뭐랬어?" 내가 중얼거렸다. "못 들었어."

"아, 못살아, 정말." 록우드가 복면 아래쪽을 끄집어 올렸다. "다른 함! 유령이 든 거! 얼른!"

내가 이미 던지기 자세를 취하고 있었던 건 행운이었다. 그럼에도 맞추기가 쉽지 않았다. 녹슨 검의 다른빛으로 반짝이는 유리함은 몇 미터 떨어진 위치에, 그것도 윙크맨의 머리에 반쯤 가려져 있었다.

아마도 내가 생각이란 걸 하고 던졌다면 여섯 번 중 다섯 번 꼴로 빗나갔을 것이었다. 하지만 내겐 생각할 겨를이 없었다. 나는 살짝 몸을 돌리고 산탄통을 훌쩍 던졌다. 그런 뒤 몸을 낮게 수그렸다. 록우드도 옆에서 수그리는 와중에 윙크맨의 총알들이 우리 바로 위 어딘가를 스쳐갔다. 산탄통이 유리함을 때리는 모습은 우리 둘 다 못 봤지만, 유리가 깨지는 소리로 내 겨냥이 성공했음을 알 수 있었다. 방에서 쩌렁거리는 경고의 외침 덕분에도.

나는 고개를 들었다가 우리 적들의 행동이 돌변하는 걸 봤다. 그들 누구도 우리에게 더는 관심이 없었다. 깨진 유리함의 잔해에선 이제 녹슨 검이 술 취한 각도로 기대서 있고, 흐릿하고 파란 형상이 생겨나서는 여태껏 남아 떨어지는 소금과 철의 조각들 속에서 김을 내며 쉭쉭거렸다. 형상은 사람보다 살짝 크고 흐릿했는데, 선명하고 굳건한 윤곽의 일부가 녹은 듯한 모양새였다. 군데군데 반투명한 부분도 있었다. 상반신 가운데에는 특정한 색도, 뚜렷이 구분되는 특징도 없었다. 그 주변부를 빙 둘러 대강의 모습이 보였다. 조그맣게 비틀리고 울퉁불퉁한 부분이 옷을 암시했고, 그보다 매끄러운 부분은 이미 죽은 살갗을 닮았다. 그리고 위쪽에서 서리처럼 반짝이는 밝고 작은 빛 두 개? 그게 눈이었다.

그 허깨비에게서 찬 기운이 새 나왔다. 눈에 보이는 다리는 없었지만, 두루마리구름 위를 움직이기라도 하는 양 사람들을 향해 스르르 전진했다. 경비들이 공포에 질렸다. 한 명은 놈의 몸에다 총을 쐈고, 다른 한 명은 뒤돌아 방 저편으로 달아났다.

윙크맨은 은유리 조각을 집어 들고 휙 소리와 함께 유령에게 던졌다. 조각이 유령의 내뻗은 팔을 자르며 플라스마가 쉭쉭거렸다. 놈의 못마땅한 한숨이 들렸다.

금발 청년이 지팡이 검을 내밀고 앙 가르드* 자세를 취하더니 전진하는 형상을 향해 천천히 움직였다.

　록우드와 나는 가만히 서서 보고 있지 않았다. 계단으로 달렸다. 내가 먼저 도달해선 부랴부랴 올라갔다.

　분노의 외침. 록우드의 어깨 뒤 연기에서 윙크맨의 아들이 돌진해 들어왔다. 떨어져 나온 의자 팔걸이를 들고 있었다. 록우드가 레이피어를 뒤로 휘둘렀다. 아들 녀석이 울부짖으며 손목을 부여잡았다. 팔걸이가 바닥에 떨어졌다.

　우리는 한 번에 세 칸씩 올라갔다. 뒤에서 고함과 욕설과 유령의 은은한 한숨 소리가 이어졌다. 나는 록우드와 통로를 질주하며 밑을 내려다봤다. 층층의 은빛 연기에 덮여 바닥이 잘 안 보였다. 희미한 파란색 형체가 몸을 웅크렸다 튀어나가며 은빛으로 반짝이는 검을 통과할 길을 찾았다.

　다소 가까운 위치에선 가슴이 떡 벌어진 거대한 형상이 다리를 절뚝이면서도 날래게 계단을 올라오고 있었다.

　우리는 유리문을 통과했다. 록우드가 문을 쿵 닫고 빗장 두 개를 가로지른 뒤 나와 합류해 계단통을 달려 올라갔다.

　몇 층쯤 올라갔을 때, 뒤에서 문을 내리치는 소리가 시작됐다.

　"빗장이 좀 더 버텨줘야 할 텐데." 록우드가 숨을 헐떡였다. "들키기 전에 배수관을 타고 한참을 내려가야 해. 안 그랬다간 독 안에 든 쥐 꼴이 될 거야."

　탕 소리, 뒤이어 땡땡 부딪치는 굉음이 들렸다.

　"문을 열려고 총을 쐈어." 내가 말했다. "좋게 생각하면, 우리한테

─────

* 펜싱의 준비 자세.

쓸 총알이 한 개 줄어든 거고."

"네 낙천주의가 난 얼마나 좋은지 말야, 루스. 지금 여기가 몇 층
이지?"

"오, 안 돼…. 층수 세는 걸 까먹었어. 여섯 층을 올라가야 했는
데."

"그래서 우리가 몇 층을 올라왔는데?"

"두 층쯤 더 올라가야 할 것 같은데…. 맞다, 여기다. 그런 것 같아.
여기로 가면 돼."

계단통을 떠나면서 록우드가 문을 확인했지만 여기에는 걸어둘
빗장이 없었다. 우리는 복도를 내달렸다.

"어느 사무실이었지?"

"이거…. 아니, 이게 뭐야. 다 똑같이 생겼잖아."

"분명 건물 모퉁이에 있는 방이야. 여기, 봐, 창문이 있어."

"하지만 이 방은 아냐. 록우드, 게시판 없는 거 안 보여?"

록우드가 창문을 열고 밤을 내다봤다. 앞머리를 늘어트리며 목을
길게 뺐다. "너무 많이 올라왔어. 전보다 높이 와 있다고. 여기도 배
수관이 있긴 한데 우리 바로 아래서 심하게 뒤틀려서 지나갈 수 있을
것 같지가 않아."

"아래층으로 다시 내려가야 하나?"

"그래야겠어."

하지만 계단통으로 되돌아갔을 때 한두 층 아래서 쿵쿵거리는 발
소리가 들렸고, 벽면에서 희미한 빛줄기가 보였다.

"돌아가자." 록우드가 말했다. "빨리."

우리는 작은 사무실로 돌아갔다. 록우드가 내게 문을 지키라고 몸
짓했다. 벽에 납작 붙어선 나는 벨트에서 마지막 남은 그리스의 불을

뜯어내고 대기했다.

록우드는 창문으로 건너가 밖으로 몸을 내밀었다. "조지!" 그가 외쳐 불렀다. "조지!"

그는 밤의 어둠에 대고 귀를 기울였다. 나는 통로의 소리를 살폈다. 무척이나 조용했지만 내가 느끼기에 그건 이쪽을 살피느라 의도된 고요였다.

"조지!" 록우드가 다시 불렀다.

저 아래, 어두컴컴한 강에서 들려오는 기대에 찬 목소리. "여기!"

록우드가 마대자루를 높이 치켜들었다. "물건 내려간다! 준비됐어?"

"응!"

"받아서 가!"

"너희는 어쩌고?"

"시간이 없어. 우린 나중에 합류할게. 8호 작전! 이제부터 8호 작전이야. 잊지 마!"

록우드가 그 밤 속으로 자루를 내던졌다. 조지의 대답을 기다리지 않고 방 가운데로 뛰어와 나를 불렀다.

"위로 올라갈 거야, 루스. 그것밖에 방법이 없어. 지붕으로 올라가서 상황을 보자."

통로에서 은밀하고 조심스런 발소리가 들렸다. 나는 문 너머를 내다봤다. 윙크맨과 다른 둘ー한 명은 경비원, 다른 한 명은 누군지 알 수 없었다ー이 복도를 따라 전진하고 있었다. 고개를 다시 당기는데 뭔가가 끽 소리를 내며 스쳐가 저쪽 벽을 파고들었다. 나는 모퉁이 너머로 화염탄을 던지고 록우드에게 달려갔다. 내 뒤에서 바닥이 흔들렸다. 은빛 폭발과 함께 고통에 찬 울부짖음이 다양하게도 들렸다.

"창턱에 발을 올려." 록우드가 말했다. "팔을 뻗고 몸을 위로 날려. 지금 당장."

그 역시 생각이 지나치게 많았다가는 실패하고 말 순간의 하나였다. 그래서 나는 저 아래의 만이든, 반짝이는 강이든, 광활하게 펼쳐진 달 밝은 하늘이든, 그것이 눈앞에서 아찔하게 기울고 내리꽂히리란 위협이든 생각하지 않았다. 그저 창턱에 서서 몸을 내밀었다 던지고, 배수관을 붙들고, 떨어지려는 순간 발 디딜 곳을 찾고, 관에 안전히 매달렸다. 그와 동시에 위로 올라가기 시작했다.

2차 배수관 등반은 두 가지 측면에서 1차보다 수월했다. 살기 위해 오르는 것이었기에 바람도, 떨어지는 페인트 조각도, 까마득한 높이조차도 별 문제가 아니었다. 게다가 이번에는 거리도 짧았다. 겨우 한 층 높이를 올라가서 녹슨 선반처럼 튀어나온 검은 홈통에 도달했고, 어느새 그걸 타 넘어 평평하게 펼쳐진 납틀 지붕에 올라섰다. 이 모두에 일 분 남짓 걸린 듯하다. 나는 중간에 딱 한 번 멈췄는데, 아래쪽 어딘가에서 분노(혹은 고통)의 새된 고함을 들은 것 같아서였다. 하지만 내려다볼 엄두가 나지 않았다. 록우드가 바짝 붙어 따라오고 있기를 기도하는 수밖에 없었다. 그리고 아니나 다를까, 내가 도달한 직후에 홈통 아래서 긁는 소리가 들렸고, 그가 내 옆으로 몸을 끌어올리는 모습이 보였다.

"괜찮아?" 내가 말했다. "소리가 들린 것 같아서…."

록우드는 복면을 벗고 머리칼을 쓸어 넘겼다. 한쪽 뺨을 살짝 베였고 호흡이 거칠었다. "응. 누군지는 모르겠지만 그래도 싼 인간이지 싶어. 그자가 창밖으로 떨어지는 와중에 내 근사한 이탈리아 레이피어를 놓쳐버렸지 뭐야."

우리는 지붕에 나란히 꿇어앉아 잠시 숨을 골랐다.

"여기 올라와 있어서 좋은 건," 록우드가 마침내 입을 열었다. "윙크맨이 우릴 뒤쫓아 올라오는 꼴을 안 봐도 된다는 것뿐이야. 그걸 빼면…." 그가 어깨를 으쓱했다. "글쎄. 우리가 뭘 할 수 있는지 좀 보자."

간단히 말해 우리가 할 수 있는 건 한정적이었다. 우리는 물이 불어난 템스강 위로 길고 평평하게 뻗은 지붕 위에 있었다. 지붕 한쪽에 벽돌벽이 서 있었다. 한때 창고의 전기 시설을 에워싸고 있던 지붕 구조물의 일부인 듯했다. 지붕의 끝에서 끝까지 이어져 있는 그 벽을 기어오르기는 쉽지 않았다. 우리 반대편은 템스강이었다. 저 아래 장선*과 들보에 찰싹거리는 물에서 달빛이 반짝였다. 아득히도 멀어 보였다.

가만히 살폈지만 플로도, 조지도, 그들이 타고 있을 조각배도, 아무것도 보이지 않았다.

"좋아." 록우드가 말했다. "그 말은 곧 녀석들이 제대로 내뺐다는 뜻이지. 아님 가라앉았거나. 둘 중 어느 쪽이든 뼈 거울은 윙크맨의 손아귀를 벗어났어."

나는 고개를 끄덕였다. "여기 경치가 무척 근사하다. 눈에 걸리적거리는 유령이 없는 런던은 정말 예뻐." 나는 그를 쳐다봤다. "그래서…."

그가 나를 보며 싱긋 웃었다. "그래서…."

지붕 저쪽 끝에서 긁는 소리가 났다. 록우드가 복면을 당겨 썼다. 지붕 가장자리에서 손이 나타났다. 형상 하나가 날래게 몸을 당겨 올려 시야에 들어왔다. 금발 청년이었다. 그의 갈색 외투는 사라졌고,

---

* 마루 밑에 일정한 간격으로 덧대어 마루청을 받치는 나무.

검은색 디너 재킷은 엑토플라즘으로 살짝 얼룩덜룩했다. 그걸 빼면 그는 멀쩡해 보였다. 우리처럼 그 또한 아래층 창문의 배수관을 타고 올라온 터였다.

그가 사뿐히 일어나 몸에 붙은 먼지를 떨었다. 그런 다음 벨트에서 지팡이 검을 풀었다. "잘했어." 그가 말했다. "더할 나위 없이 훌륭한 솜씨야. 끝내주는 추격전이었어. 이런 재미를 본 지도 정말 오래라. 그게 말이지, 너희가 마지막으로 던져 넣은 그리스의 불에 윙크맨이 벽을 뚫고 나가는 줄 알았거든. 진심으로 하는 말인데, 나로선 나쁠 거 없는 일이었고. 하지만 이제 끝낼 때가 온 듯해. 내 거울을 돌려받을 수 있을까?"

"거울은 당신 게 아냐." 록우드가 단호히 말했다.

청년이 눈살을 찌푸렸다. "뭐? 무슨 말인지 모르겠는데."

나는 록우드를 요령껏 쿡 찔렀다. "복면."

"아, 그렇지." 록우드가 복면 밑을 들어올렸다. "미안. 내가 뭐랬냐면, 엄밀히 말해 그건 당신 거울이 아니라고. 당신은 값을 치르지 않았어. 입찰조차 안 했지."

청년이 킬킬거렸다. 그의 눈동자는 무척 파랬고, 생김새는 사근사근 시원스러웠다. "지적해 줘서 고마운데, 밑에서 줄리어스 윙크맨이 미쳐 날뛰고 있어. 기회만 되면 너희를 맨손으로 갈가리 찢어놓을 거야. 난 그렇게까지 잔인하진 않아. 사실 우리 모두에게 이로운 상황을 만들어볼 수도 있어. 지금 그 거울을 건네. 그럼 둘 다 보내줄게. 너희 둘이 거울을 가지고 도망쳤다고 말할 거야. 그럼 우리 모두가 이기는 셈이지. 너희는 살고, 난 거울을 챙겨. 저 역겨운 악당 윙크맨한테 돈을 줄 필요도 없고 말야."

"괜찮은 제안이네." 록우드가 말했다. "아주 재밌기도 하고. 그렇게 하자고 할 뻔했어. 근데 안타깝게도 내겐 거울이 없어."

"왜 없어? 어디 있는데?"

"템스강에 던져버렸어."

"아." 청년이 말했다. "그럼 이제 정말로 너희를 죽일 수밖에."

"어쨌든 우릴 보내줄 수도 있지 않을까, 훌륭한 스포츠 정신에 입각해서." 록우드가 제안했다.

청년이 소리 내 웃었다. "스포츠 정신도 여기까지야. 그 혼령거울은 특별한 물건이고, 난 그걸 갖겠다고 벌써 마음먹었거든. 아무튼 네가 그걸 던져버렸단 얘기는 안 믿어. 널 죽인 뒤에 여자애한테 물건 위치를 얻어내면 되겠지."

"이봐." 내가 말했다. "나 아직 레이피어 들고 있거든."

"어떤 방식으로 하든," 청년이 말했다. "이제 끝내자고."

그가 날래게 이쪽을 향했다. 우리는 서로를 쳐다봤다.

"우리 중 하나가 놈과 싸울 순 있어." 록우드가 말했다. "하지만 그런 뒤에도 상황은 달라지지 않아." 그가 강을 내다봤다. "반면⋯."

"그래." 내가 말했다. "하지만 록우드, 나 정말 못 해."

"괜찮을 거야. 플로가 괴짜긴 해도 어떤 것들에 있어선 믿을 만한 애야. 물의 깊이도 그중 하나고."

"우리 이걸 너무 '습관적으로' 하는 것 같지 않니?"

"알아. 근데 이번이 마지막이야."

"약속해?"

우리는 이미 울퉁불퉁한 납 지붕 위를 질주하며 속도를 최대한 끌어 올리고 있었다. 그리고 다음 순간, 서로의 손을 맞잡고 함께 뛰어내렸다.

뒤이은 육 초 사이 어느 시점엔가 나는 록우드의 손을 놨다. 비명을 지르며 곤두박질치는 어느 시점엔가 레이피어를 날려 보냈다. 뛰어내리던 순간 두 눈을 질끈 감아버린 탓에 록우드가 나중에 얘기해 준 것처럼 날아오르는 별도, 우리와 만나려 도약하는 런던도 못 봤다. 그 뒤에, 훨씬 뒤에, 사 초 혹은 오 초쯤 지나 내가 아직 죽지 않았다는 못 믿을 사실을 두 눈 번쩍 떠서 확인했을 때 내게 보이던 건, 내 내리꽂히는 신발 아래서 서서히 퍼져나가며 나를 고요히 반기는 템스의 밝고 반짝이는 강물이었다.

나는 화살 자세로 입수하면 온몸의 뼈가 부러지는 걸 막을 수 있다는 법칙을 막 기억해 냈고, 철썩 하는 굉음이 들렸고, 원뿔 모양 거품에 휩싸여 수심 3미터 아래에 있었고, 그러고도 계속 가라앉았다.

그리고 어느 순간 평형 상태에 도달했다. 속도가 느려지고 느려지다… 어둠 속에 둥둥 떠 있었다. 생각도 감정도, 삶 혹은 살아 있는 것들을 향한 대단한 애착도 없었다. 이윽고 물살이 나를 위로 또 옆으로 흔들어 뜯어냈고, 갑작스레 몰아치는 공포 속에서 내 삶과 이름이 떠올랐다. 나는 몸부림치고, 허우적대고, 템스 강물을 반은 마셔치웠다. 그때 강이 나를 왈칵 토해냈다.

나는 템스강 한가운데의 어딘가에서 기름이 둥둥 뜬 너울에 올라타 빙글빙글 돌고 있었다. 콜록거리며 몸을 눕히고 숨을 헐떡였다. 옆에 록우드가 있었다. 그가 내 손을 꽉 잡았다. 달을 올려다봤을 때 마지막으로 눈에 들어온 건 저 멀리 지붕에 선 가느다란 형상의 윤곽이었고, 이내 검은 물이 우리 둘을 휩쓸어 갔다.

6

거울 저편

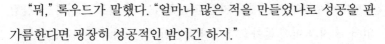

"뭐," 록우드가 말했다. "얼마나 많은 적을 만들었나로 성공을 판가름한다면 굉장히 성공적인 밤이긴 하지."

새벽 2시 45분, 포틀랜드 로 35번지의 조그만 부엌이 진가를 발휘하는 중이었다. 이 밤, 달걀을 삶고 토스트를 만드는 우리 옆에서 주전자가 부드럽게 김을 뿜었다. 조명을 환히 밝힌 아늑한 장면이었다. 조리대 위 유령단지만 아니었으면. 해골은 활성 상태였다. 플라스마 가운데서 그 무시무시한 얼굴이 우릴 향해 히죽거리며 윙크했다. 하지만 당시 우리의 기분으로 그 정도는 거뜬히 무시할 수 있었다.

록우드와 나는 완전히 괜찮은 듯했다. 이는 살짝 기적적이기도 했는데, 우리가 타워브리지 남부의 지저분한 조약돌밭으로 간신히 기어 나온 지 두 시간도 채 되지 않았기 때문이었다. 채링 크로스 역으로 돌아가는 우리의 축축한 여정엔 끝이 없을 것 같았지만, 거기 도착해 마른 옷으로 갈아입고부터는 상황이 나아지기 시작했다. 정말 운이 좋게도 지나가는 야간 택시까지 잡아탈 수 있었다. 이제 샤워를 끝낸 뒤 말끔하고 따뜻한 상태의 우리는 일을 아주 효율적으로 해냈다는 데 뜻을 모았다. 뭐가 어쨌든 조지보다도 빨리 집에 도착했으니까. 조지는 아직 안 돌아왔다.

"어느 모로 보나 성공이야." 내가 뜨거운 토스트를 손에서 손으로 던지고 한 바퀴 돌려 접시에 담으며 말했다. "우리가 윙크맨을 이겼어! 비커스태프의 거울도 챙겼고! 아침에 반스한테 건네면 그길로 사건은 끝이야. 킵스는 내기에서 질 테지. 그게 제일 좋아."

록우드는 피츠 도서관에서 훔쳐 온 소책자를 뒤적이고 있었다. 겨우 몇 시간 전의 일인데 머나먼 옛날처럼 느껴졌다. 채링 크로스 물품보관함에 책을 남겨두고 간 덕분에 템스강에 던져 넣는 불상사를 피할 수 있었다. "킵스 일당이 밖에서 얼쩡거리기를 관뒀던데." 그가 말했다. "우리가 택시에서 자길 따돌렸다는 걸 알고 포기한 게 틀림없어. 조지가 어서 돌아오기나 바랄 뿐야. 뭘 이리 꾸물거리는지."

"플로의 냄새 고약하고 후진 보트에 있었던 뒤라 태워주는 택시가 없을 수도. 걸어올 수밖에 없는 거지. 녀석의 물품보관함이 비어 있었으니까 안전히 탈출한 건 확실하고."

"그렇지." 록우드는 책자를 내려놓고 달걀을 보러 자리에서 일어났다. "그건 그렇고, 『메리 됼라크의 고백록』에 대해선 내가 옳았어. 대부분이 헛소리야. 금지된 지식이니 창조 미스터리의 추적이니 횡설수설하는 거지. 어쨌든 그런 것들이 딱한 메리 됼라크한테 그리 득이 되진 않았어. 이후 십 년이나 되는 세월을 속 빈 나무에서 산 모양이니까. 달걀은 컵에 줄까, 접시에 줄까?"

"컵에. 록우드, 그 남자는 누구였을까, 지붕에 있던?"

"모르겠어. 하지만 윙크맨이 그 사람을 '우리 나리'로 불렀으니 그걸로 알아볼 수 있을지도." 그는 내게 삶은 달걀을 건넸다. "부유한 수집가, 혹은 현대판 비커스태프쯤 되겠지. 자기 소관이 아닌 문제를 캐려드는. 메리 됼라크의 말에 따르면 비커스태프는 괴물이 따로 없어. 찾아서 읽어봐. 3쪽인가 4쪽에 있어."

그는 야식을 만드느라 정신없었다. 나는 고백록을 집어 들었다. 피츠 도서관의 가죽 양장에도 불구하고 책자는 무척 얇았는데 길어 봐야 몇 장 되지 않을 듯했고, 일관성 없는 단락들을 짜깁기한 데 지나지 않았다. 누군가가 원본을 선택적으로 제본하면서 따분하거나 앞뒤가 안 맞는 구절들을 제거한 모양이었다. 록우드의 말대로 책에는 이 불행한 여인이 야생에서 살며 겪어야 했던 일들의 넋두리, 그리고 죽음과 사후 세계에 대한 철학적 흰소리들이 담겨 있었는데, 나로선 읽고도 모를 말들이었다. 하지만 비커스태프에 대한 부분은 내용이 알찼다. 나는 달걀을 조금씩 베어 먹으며 읽어 내려갔다.

지난 십 년간 그 저주받은 그림자를 내게 드리우고 있던 비커스태프는 누구인가! 아! 그자는 천재였다! 그리고 내가 아는 중 가장 사악했다! 그래, 내가 그자를 죽였다. 그래, 우리가 그자를 깊숙한 곳에 묻고 철로 봉인했다. 그랬는데도 여전히 어둠 속에서, 눈만 감으면 그자가 보인다. 벨벳 가운을 두른 채 어둠의 의식을 행하는 모습이 선명히 보인다. 자기 작업실에서 나오는 비커스태프, 그자의 손에 들린 피투성이 푸줏간 칼이 보인다. 그 끔찍한 목소리가 들린다. 우리 모두를 자기 꼭두각시로 만들던, 그 달래는 듯 호소하는 소리가. 아! 그자를 따르다니 우리가 어리석었다! 그자는 우리에게 세상을 약속했다. 깨달음을 약속했다! 그래 놓고는 우리를 파멸로, 미치기 직전으로 몰아갔다. 그자로 인해 나는 모든 걸 잃었다!

그런 다음 메리 뒬라크가 처트시 숲에서 야인으로 살며 어쩔 수 없이 먹어야 했던 나무껍질과 버섯류의 품종에 대한 얘기로 잠시 빠졌다가 다시 본론으로 돌아왔다.

암흑은 늘 그자 속에 있었다―빤히 응시하는 그 늑대의 눈 속에, 더없이 사소한 모욕에도 폭발하던 그 사나운 분노 속에 있었다. 나는 절대 못 잊는다―양초를 떨어트렸다는 이유로 그자가 어떻게 루칸의 팔을 부러트리고 모티머를 계단 밑으로 던졌는지! 절대 못 잊는다. 그래, 우리는 그자가 미웠고 두려웠다. 그럼에도 그 목소리는 달콤했다. 그자는 자신의 위대한 계획, 우리의 배짱이 받쳐주기만 하면 만들게 될지도 모를 경이로운 장치에 대한 얘기로 우리의 넋을 빼놨다. 우리는 그자의 하인 중 가장 교활하고 악랄하며 유령을 본다는 소년의 도움을 받아 교회 묘지를 탐험하고, 장치에 필요한 재료를 모았다. 소년의 보호 속에서 원혼들을 거울에 가뒀다. 비커스태프의 말대로라면 그 장치의 힘은 거기 묶인 혼령들의 존재에서 나온다. 그럼 그 힘이 무엇이기에! 거울은 세계의 얼개를 약화한다. 운 좋은 소수에게―오, 공포로다! 오, 신성모독이로다!―천국을 보여준다.

나는 록우드를 올려다봤다. "비커스태프의 거울 저편에서 보이는 게 뭐든," 내가 나지막이 말했다. "천국은 아니겠지."

그는 고개를 가로저었다. "내 생각도 그래. 우리가 옳았어. 알지, 루시. 뼈 거울에 대해서 우리가 옳았다고. 비커스태프 일당은 우리 누구에게도 허락되지 않은 뭔가를 보려고 했어. 죽음 너머를, 그 뒤에 벌어지는 일을 알려고 했어. 비커스태프는 미쳤어. 그들 모두가 미쳤어. 저기 있는 우리 친구를 포함해서." 그는 유리단지 속 얼굴을 향해 고갯짓했다. 우리를 빤히 쳐다보는 놈의 눈구멍에서 아주 조그만 불빛들이 반짝였다. 놈은 다 안다는 듯 싱글거렸다.

"오늘 밤엔 기분이 엄청 좋은 모양인데." 내가 말했다. "우리가 들어오고부터 계속 히죽거리고 있어. 저기, 방금 막 생각난 건데…, 될라크가 얘기한 이 사악한 하인 있잖아…. 설마 아니겠지…?"

"누가 알겠어?" 록우드는 해골을 쏘아봤다. "그렇대도 전혀 놀랍지 않은걸." 그는 의자에 기대앉았다. "글쎄, 우리가 거울을 손에 넣어서, 그래서 다른 누구도 그 위험에 달려들 일이 없게 돼서 정말 다행이야. 비커스태프 자신은 거울을 볼 생각이 없었어. 장담해. 그 대신 남을 이용했지. 그자의 유령이 그토록 흉측한 것도 당연하다니까. 네가 놈의 머리에 검을 꽂아서 기뻐."

"묘지에서 들은 비커스태프의 목소리가 사람을 홀리는 것 같긴 하더라. 될라크 얘기처럼. 최면 같기도 했어. 해선 안 될 일이란 걸 알면서도 하고 싶게 만드는 목소리랄까. 조지와 조플린이 그 목소리를 감지하진 못했어도 영향은 받았던 것 같아. 두 사람이 비커스태프의 관 옆에 꼼짝도 않고 서 있었던 거 기억하지?"

"응. 그 바보들." 록우드가 손목시계를 확인했다. "조지가 조만간 안 나타나면 슬슬 걱정되기 시작할 것 같은데, 루스. 플로를 찾아가서 녀석을 어디다 내려줬는지 확인해야 할지도 모르겠다."

"올 거야. 그 애가 얼마나 느릿느릿 걷는지 알잖아. 오, 이것 좀 봐." 나는 소책자의 책장을 사라락 넘겼다. "우리가 찾던 거야. 될라크의 마지막 고백."

그렇다. [난 소리 내 읽었다.] 난 사람을 죽였다. 하지만 살인? 아니! 언젠가 심판받아야 한다면 난 자기방어 행위였다고 주장할 것이다. 아무렴, 그건 내 영혼을 구하기 위한 필사의 노력이었다. 에드먼드 비커스태프는 미쳤다! 어찌나 대놓고 내 목숨을 노리는지, 내 목에 칼이라도 들이대고 있는 것만 같았다. 이 손에 그자의 피를 묻혔을지언정 내 겐 죄가 없다.

윌버포스가 죽었다. 우리 모두가 목격했다. 그는 장치를 들여다보고 급사했다. 어마어마한 공황이 뒤를 이었다. 우리는 마차에 올라타 그 저주받은 곳에서 도망치며 비커스태프를 영원히 거부하리라 다짐했다. 그러나 그자가 그리 두지 않을 것이었다. 한 시간도 채 되지 않아 그자와 그 말없는 소년이 내 집에 나타났다. 장치도 함께였다. 난 두려웠지만 그들을 안으로 들였다. 비커스태프는 격앙돼 있었다. 딱한 윌버포스 문제에 내가 입을 다물 것인가? 잠자코 있으리라 믿어도 될 것인가? 그 질문에 거듭 확신을 줬음에도 그자의 분노는 커져만 갔다. 결국 내게 선고했다. 내 신의를 입증하는 차원에서 거울을 봐줘야겠다고! 그 순간 내 뒤에 소년이 나타났다. 꼼짝할 수 없게 팔을 붙들었다. 비커스태프가 주머니에서 장치를 꺼냈다. 그걸 내게 들이밀었다. 언뜻 봤는데, 정말 언뜻 봤을 뿐인데 멀쩡한 정신이 느슨해지고 오금이 저렸다.

그길로 끝이었을 것이다. 테이블 위 아버지의 권총이 아니었으면. 난 몸을 뜯어내 권총을 집었다. 비커스태프가 달려들며 악을 쓰는 순간, 내 얼굴을 가리고 총을 쐈다. 총알이 그자의 이마를 관통했다. 소년에게도 총을 쐈지만, 놈은 뱀장어처럼 이리저리 피해 창문으로 탈출했다. 어떤 순간들에는 그게, 신이여 용서하소서, 이루 말할 수 없이 후회스럽다. 내가 놈도 죽였더라면 얼마나 좋았을까.

비커스태프와 그자의 창조물을 우리가 어떻게 처리했는지는 얘기하지 않겠다. 우리의 어리석음을 흉내 내는 자들이, 인간의 것이 아닌 앎을 추구하는 자들이 또 있을까 두려웠다는 정도로만 밝혀두겠다. 그저 장치의 방제에 할 수 있는 최선을 다했다고, 그래서 놈을 영원히 격리할 수 있으리라고 믿을 뿐이다.

나는 책자를 덮어 한쪽으로 던졌다. "결국 그리된 거네. 비커스태프는 그렇게 죽은 거였어. 메리 딜라크가 총으로 쐈고, 그녀와 친구들이 켄잘 그린에 은밀히 묻은 거야. 우리가 해결했어. 사건 종결이야." 나는 접시를 집어 들고 개수대로 가려던 참이었다. 그러다 문득 멈춰 서서 식탁을 빤히 쳐다봤다.

맞은편에서 록우드가 고개를 끄덕였다. "딜라크가 미쳤을지는 몰라도 보기는 제대로 봤어. 모두가 그 거울을 원해. 그게 보여줄지도 모를 것에 사람들은 집착해. 그걸 들여다보는 누구든 목숨을 잃는 것 같다는 사실에도 불구하고. 어젯밤의 그 수집가들도 수천 파운드는 기꺼이 지불했을 거야. 필사적이기는 반스 경위도 마찬가지고. 조플린은 우리를 따라다니며 어떻게든 엿보려 기를 쓰고, 조지도 별반 다르지 않지." 그가 씁쓸하게 웃었다. "조지랑 조플린은 정말 닮았어. 안 그래? 안경 닦는 모양새까지 똑같다니까. 그건 그렇고, 비커스태프의 관에서 거치대를 슬쩍한 사람이 조플린 같다고 내가 얘기했었나? 너도 알다시피 그와 손더스는 관이 보관된 예배당에 접근할 수 있는 몇 안 되는 이들의 하나였어. 물건을 슬쩍하는 일쯤이야 그가…." 록우드가 말을 멈췄다. "루시? 뭐야? 왜 그러는데?"

나는 여전히 식탁을, 온갖 메모와 낙서가 가득한 생각하는 식탁보를 쳐다보고 있었다. 그건 내내 우리 앞에 있었다. 대부분의 경우, 나는 거기 뭐가 적혀 있는지 별 관심이 없다. 이번에는, 정말이지 우연히, 눈여겨봤다. 그리고 얼굴에서 핏기가 가신다는 그 느낌을 제대로 경험했다.

"록우드…."

"왜?"

"이게 전에도 있었어?"

"응. 그 헛소리가 거기 있는 게 벌써 몇 개월쨀데. 네가 못 봤다니 그게 더 놀랍다. 조지한테 쓸데없이 끄적거리지 좀 말라고 계속 얘기 하긴 하는데. 그것 때문에 아침 식사 준비가 자꾸만 늦어진단 말야. 왜, 식탁보를 갈아야 할 것 같아?"

"그 헛소리 말고. 좀 닥쳐봐. 여기 적힌 거 말야. 이렇게 쓰여 있어. '거울 문제로 친구를 만나러 감. 곧 돌아올게. G.'"

우리는 서로를 쳐다봤다. "그건 옛날에 쓴 걸 텐데…." 록우드가 말했다.

"언제?"

록우드가 머뭇거렸다. "모르겠어."

"봐, 이걸 적는 데 쓴 펜도 있어. 메모 바로 옆에."

"하지만 그 말은 곧…." 록우드가 나를 보며 눈을 끔뻑였다. "절대 로 아냐. 녀석이 그럴 리 없어."

"'친구'라는데. 그게 누군지 너도 알지. 그치?"

"녀석이 그럴 리 없어."

"조지는 뼈 거울을 가지고 돌아왔어. 그러고선 우릴 기다리는 대 신 다시 나간 거야. 조플린을 만나러."

"녀석이 그럴 리 없다고!" 록우드는 엉거주춤 일어선 상태였다. 뭘 어째야 할지 모르는 눈치였다. "말도 안 돼. 그러지 말라고 내가 분 명히 말했는데."

방에서 진동이 느껴졌다. 희미하고 몹시 아득한 소리였다. 나는 유령단지를 쳐다봤다. 그 속에서 지독히도 불쾌한 녹색 빛이 반짝였 다. 얼굴이 웃고 있었다.

"저 자식이 알아!" 내가 외쳤다. "당연히 알겠지. 내내 여기 있었으니까!" 나는 의자를 박차고 일어나 놈에게 뛰어들었다. 보호용 레버를 돌렸다. 그와 동시에 귓가에서 해골의 역겨운 킬킬거림이 폭발했다.

"누굴 잃어버리기라도 했나 봐?" 놈이 야유했다. "이제야 상황 파악이 됐어?"

"말해!" 내가 소리쳤다. "도대체 뭘 본 거야?"

"알아채는 데 얼마나 걸릴지 궁금하던 차였지." 목소리가 말했다. "이십 분쯤 예상했어. 실제론 그 두 배쯤 걸렸나. 눈이 침침한 겨울잠 쥐 두 마리를 갖다놨어도 너희보단 빨리 알았겠다."

"무슨 일이 있었던 거야? 조지는 어디로 갔지?"

"그게 말이지, 내 생각엔 너희 꼬마 조지가 곤란한 지경에 빠진 것 같거든." 해골이 고소해하며 말했다. "뭔가 바보 같은 짓을 하러 간 듯해. 뭐, 그런들 내가 괴로울 일 있겠어. 그 자식이 내게 저지른 만행이 얼만데."

속에서 발작적인 공포가 올라오고 근육이 얼어붙었다. 유령의 말을 더듬더듬 록우드에게 전했다. 그가 느닷없이 나를 지나쳐 가 조리대의 유령단지를 붙들었다. 그걸 머리 위로 들어 올렸다가 식탁에 쾅 내리찍었고, 그 통에 접시들이 날아갔다.

단지 속 유령 얼굴이 유리에 납작하니 코를 눌린 채 뒹굴었다. "이봐, 조심해. 플라스마 좀 아껴주라고."

록우드가 머리칼을 쓸어 넘겼다. "놈한테 털어놓으라고 해. 조지가 뭘 하는지 본 걸 얘기 안 하면 우리가….

"너희가 뭘?" 유령이 말했다. "나한테 뭘 어쩔 수 있는데? 난 이미 죽은 몸인걸."

나는 놈의 말을 반복했고 손가락으로 유리 표면을 딱 튕겼다. "네가 열을 안 좋아하는 거 알거든." 내가 쏴붙였다. "널 아주 불편하게 만들 수 있다고."

"맞아." 록우드가 덧붙였다. "그리고 지금 우리가 얘기하는 게 오븐은 아냐. 우린 널 클러켄월에 있는 피츠 소각장으로 가져갈 거야."

"그래서?" 유령이 비웃었다. "그래서 날 파괴한다 쳐. 그게 너희한테 무슨 도움이 되지? 그리고 혹시라도 소각장행이 내가 진정으로 바라는 거면 어쩌려고?"

내가 이 얘기를 전하자 록우드는 입을 열었다가 다시 다물었다. 유령의 욕망과 꿈은 원래 가늠하기 힘들어, 그는 무슨 말을 해야 할지 몰랐다. 하지만 나는 아니었다. 난 단번에, 이 유령이 늘 원해왔던 게 뭔지—생전에 무엇이 놈을 움직였고 사후에도 계속 움직이게 하는지—정확히 이해했다. 고스란히 느꼈다. 그 열망이 내 자신의 것인 양 알았다. 혼령과 머릿속 공간을 나눠 써서 좋은 점이 있기는 하다. 많지는 않지만, 아예 없지도 않다.

나는 유리 가까이로 고개를 숙였다. "넌 우리한테서 뭔가를 숨기기 좋아하지. 아냐? 이를 테면 이름이나, 한때 네가 누구였는지 같은. 뭐, 그런 거 우린 별로 관심 없어. 그게, 네가 이러는 이유를 우린 벌써 알 만큼 아는 것 같거든. 넌 비커스태프의 동조자 중 하나야. 그 사람 하인일 수도 아닐 수도 있지. 그 말은 곧 네가 그와 같은 꿈을 꿨다는 뜻이고. 넌 박사가 저 멍청한 뼈 거울을 만드는 걸 도왔어. 그게 사용되는 걸 보고 싶어 했지. 대체 왜 그랬을까? 죽음 너머를 보겠다는, 그 뒤에 뭐가 있는지 알아야겠다는 미친 욕망을 왜 가졌던 걸까? 왜냐면 넌 두려웠으니까. 죽음 뒤에도 뭔가가 있고, 혼자가 되지 않으리란 사실을 확인하고 싶었으니까."

단지 속 얼굴이 섬뜩한 이빨을 내보이며 하품했다. "정말요? 아주 흥미롭네요. 코코아 한 잔 부탁드리고, 얘기 끝나면 깨워주세요."

"여기서 중요한 건," 내가 집요하게 계속했다. "동일한 두려움이 지금의 너 또한 움직인다는 거야. 넌 혼자인 걸 여전히 감당 못 해. 그래서 매번 내게 수다를 떨고 자꾸만 얼굴을 일그러트리지. 넌 교감이 절실해."

유령이 눈알을 어찌나 빙빙 돌리는지 수레바퀴 같았다. "너랑? 작작 좀 하지. 나한테도 기준이란 게 있다고. 제대로 된 대화를 하고 싶었으면 다른 상대를 찾을…."

"찾긴 뭘 찾아?" 내가 코웃음을 쳤다. "어떻게 찾을 건데? 넌 단지에 든 머리 신세야. 따로 갈 곳도 없고, 네겐 우리가 전부야. 자, 우린 널 소각장에 안 넣어." 내가 말했다. "고문하지도 않아. 네가 협조하지 않으면 그냥 레버를 닫고 가방에 넣어서 땅속에 묻을 거야. 아주 제대로 깊어서 누구도 못 찾을 곳에. 오로지 너만, 너 혼자서만 영생을 있게. 네 생각은 어때?"

"그렇게는 못 할걸." 유령이 말했지만 나는 처음으로 놈의 목소리에서 불확실성을 감지했다. "너희에겐 내가 필요해. 그걸 잊지 마. 난 3급령이야. 내가 너희를 부자로 만들어줄 거야. 유명하게 해줄 거야."

"그까짓 거야 뭘. 그보단 우리 친구가 더 중요하거든. 마지막 기회다, 해골. 당장 불어."

"게다가 내 입장에서 커빈스는 잔인하기 그지없는 놈이라고." 얼굴이 뒤로 빠져 플라스마의 그림자 속으로 들어갔다. 거기서 소름 끼치는 적개심이 담긴 표정으로 나를 노려봤다. "좋아." 놈이 천천히 말했다. "그래, 얘기해 주지. 네 협박에 굴복해서라고는 생각하지 말길. 너희 모두에게 닥칠 일을 즐기고 싶은 것뿐이니까."

"그럼 빨리 해." 록우드가 말했다. 중얼중얼 최선을 다해 유령의 말을 옮기고 있던 내 팔을 꽉 쥐었다. "잘했어, 루시."

"뭐, 네 말이 맞았어. 실제로도." 속삭이는 목소리가 말했다. "커빈스가 왔었어. 너희보다 한 시간 가까이 일찍 도착했지. 지저분한 자루에 주인님의 거울을 넣어 왔더군. 그 자식이 돌아오고 얼마 안 돼 다른 사람이 나타났어. 안경잡이에 머리칼이 헝클어진 소심한 친구였어."

나는 이 말을 반복했다. 록우드와 내가 눈길을 교환했다. 조플린이었다.

"두 사람이 오래 머물진 않았어. 잠깐 의논하더니 함께 떠났지. 자루도 가져갔고. 커빈스는 불안해 보였어. 자기가 벌이고 있는 일에 확신이 없었지. 마지막 순간에 다시 뛰어 들어와 너희에게 메모를 남겼어. 커빈스는 아직도 내 주인님에게 맞서고 있었지만 다른 친구는 아니었어. 그자는 오래전에 넘어갔지."

"네 주인한테 뭘 맞서?" 차가운 창이 내 옆구리를 쑤시는 것만 같았다.

유령의 미소 아래서 해골의 이빨이 번뜩였다. "주인님은 그들에게 내내 얘기하고 있었거든. 두 사람의 눈을 보면 알 수 있지. 특히 커빈스 말고 다른 쪽. 그 인간은 깨달음을 얻고 싶어 안달이 났어. 하지만 그런 쪽이라면 커빈스의 광기 역시 만만치 않아. 눈치 못 챘나?" 소리 죽인 키득거림이 들렸다. "어쩜 너희는 그 자식을 제대로 봐준 적조차 없는 건지도."

뭐라 말이 안 나왔다. 묘지에서 솟아올라 조지를 굽어보던 두건 쓴 혼령이 다시 한번 보였다. 나지막하고 다급한 목소리가 다시 한번 들렸다. "봐…, 보라고…, 네 소원대로 해준다니까…." 나는 그 철관

앞에 홀린 듯 서 있던 조지와 조플린을 떠올렸다. 그 사건 뒤에 조지가 했던 이런저런 말들을, 비커스태프 관사에서 보였던 권태를, 산란함을, 거울 얘기를 할 때마다 짓던 동경의 표정을 떠올렸다. 그 기억들이 하나씩 차례로 나를 마비시켰다. 나는 얼어붙었다. 록우드가 몇 번을 재촉한 끝에 내가 들은 걸 전할 수 있었다.

"거울과 유령이 녀석에게 영향을 끼치고 있다는 건 우리도 알았어." 내가 잠긴 목소리로 말했다. "눈치는 챘지만 관심 갖지 않았어. 불쌍한 조지…. 록우드, 우리가 너무 무심했어! 녀석은 거울을 조사하고 싶은 마음이 간절했어. 지금껏 내내 사로잡혀 있었어. 그런데 넌 그 애를 자꾸만 비난했어. 그저 몰아세우기만 했어."

"그래, 내가 그랬어!" 내 목소리가 높았던 건지, 이제 록우드도 목소리를 높이고 있었다. "왜냐면 조지는 늘 그러니까! 유물과 옛것들에 항상 사로잡혀 있으니까! 그게 조지니까! 우리로선 알 수가 없었다고." 록우드의 얼굴은 잿빛이었고 검은 눈동자는 휑했다. 어깨는 축 처져 있었다. "녀석이 정말 유령한테 현혹됐다고 생각해?"

"유령에도 그렇고 거울에도 그렇고. 그게 아니고야 이런 일을 저지를, 우릴 두고 가버릴 사람이 아니잖아?"

"맞아. 당연히 아니지. 하지만 그렇대도…. 솔직히 얘기하는데 루스, 내가 녀석을 죽일 거야."

"굳이 네가 나서지 않아도 될걸. 두 바보 중 누가 됐든 거울을 보는 날엔."

록우드가 깊은숨을 들이마셨다. "오케이. 생각해 보자. 이 인간들이 어디에 있을까? 조플린은 어디 살지?"

"몰라. 하지만 대부분의 시간을 퀸잘 그린 묘지에서 보내는 것 같긴 했어."

록우드가 손가락을 딱 튕겼다. "맞아! 그리고 거기 묘지가 땅 위에만 있는 건 아니지. 조플린 머리칼의 잿빛 가루? 그게 비듬이 아닌 거야. 그렇게 보면." 그는 지하실 문으로 뛰어들어 쏜살같이 계단을 내려갔다. 철제 디딤널이 쟁그랑쟁그랑 울렸다. "서둘러!" 그가 외쳤다. "장비를 있는 대로 모아. 검, 화염탄, 수중에 있는 뭐든! 그리고 야간 택시 불러. 얼른 움직여야 해!"

십 분 뒤, 우리는 부엌으로 돌아와 택시를 기다리고 있었다. 지하에서 레이피어(훈련실 거치대에서 가져온 낡은 검들)와 여분의 작업 벨트 두 개를 챙겨 왔는데, 벨트들은 플라스마에 하도 찢기고 타서 잘 잠기지도 않았다. 철가루 봉지 몇 개와 소금탄 두 개가 있었지만 마그네슘 화염은 없었다. 나머지 장비들은 윙크맨을 습격하던 중에 분실 혹은 소진 혹은 침수됐다.

우리 둘 다 심란했다. 우리는 식탁 앞에 서서 공급품을 확인하고 또 확인했다. 유령단지 속 얼굴이 우리를 지켜봤다. 흥겨운 듯했다.

"나 같으면 쓸데없는 고생 따위 안 할 텐데." 유령이 말했다. "나라면 그냥 자러 가겠어. 그 자식을 살리기엔 어차피 너무 늦을 거거든."

"닥쳐." 내가 으르렁거렸다. "록우드, 아까 조플린에 대해 뭐라고 한 거야? 머리칼의 잿빛 가루 얘기? 설마 그게…."

그가 손가락으로 초조하게 조리대를 두드렸다. "무덤먼지야, 루스. 예배당 아래 카타콤의 무덤먼지. 조플린은 일을 삼아서 거기 내려가 탐험한 거야. 카타콤은 폐쇄됐고 접근도 금지돼 있지만. 조플린은 지하를 몰래 다니며 여기저기 뒤지고 물건을 찾아 헤맸어. 골동품을 향한 집착 때문에. 뭐든 신기한 걸 발견하면 보관하길 즐기지. 이를 테면 비커스태프의 관에서 나온 거치대 같은 것들." 그가 욕을 뱉었다. "빌어먹을 택시는 왜 안 오는데?"

그는 부엌을 계속 서성였다. 하지만 나는 아니었다. 꼼짝도 않고 있었다. 록우드가 얘기한 뭔가와 머릿속 기억 간의 끔찍한 연결 고리가 이제 막 만들어진 터였다.

'뭐든 신기한 걸 발견하면 보관하길 즐기지.'

"록우드." 흉곽에서 심장이 망치질했다.

"응?"

"전에 반스가 전화했을 때, 잭 카버의 등에 꽂힌 것과 비슷한 무굴 단검이 어느 박물관엔가 있다고 했잖아. 서로 어찌나 닮았는지 둘이 한 쌍이라 해도 될 정도라고. 그 단검이 발견된 곳이 어딘지 기억해?"

그가 고개를 끄덕였다. "런던 북부 마이다 베일 묘지."

"맞아. 그리고 손더스와 조플린이 처음 여길 찾아온 날, 다른 곳에서 작업했던 얘기를 했었거든. 그게 어디였는지도 기억해?"

그는 나를 빤히 쳐다봤다. "그게… 그게 마이다 베일 묘지…. 오, 안 돼."

"내 생각에는 조플린이 그때 단검을 두 자루 찾은 것 같아. 한 자루는 인계했지만 다른 한 자루는 자기가 챙긴 거지. 그리고 최근에는," 나는 양탄자 없이 아직까지도 소금을 덮어쓰고 있는 복도와 이어지는 문을 쳐다봤다. "비커스태프와 거울에 현혹돼서 그 두 번째 단검을 원래 용도대로 써버린 게 아닐까 싶어."

유령단지에서 낄낄거리는 웃음소리가 들렸다. "내가 살아 있던 때 이래로 최고의 저녁이야! 너희 둘을 봐! 돈 주고도 못 살 얼굴들이라고."

"일이 이렇게까지 될 줄 몰랐는데," 록우드가 속삭였다. "조지는 우리 생각보다도 더한 지경에 처해 있는 듯해."

밖에서 택시가 경적을 울렸다. 나는 가방을 어깨에 멨다.

"재미있게들 놀아, 그럼." 유령이 외쳤다. "커빈스에게, 아님 뭐가 됐든 그 자식이 남긴 것에 안부 전해줘. 그 자식은 아마, 잠깐, 뭐 하는 거야?"

록우드가 부엌 구석에서 배낭을 낚아채 단지 꼭대기에 덮어씌우고 있었다.

"그렇게 으스댈 것 없어." 그가 말했다. "너도 같이 간다."

26

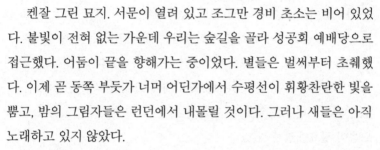

켄잘 그린 묘지. 서문이 열려 있고 조그만 경비 초소는 비어 있었다. 불빛이 전혀 없는 가운데 우리는 숲길을 골라 성공회 예배당으로 접근했다. 어둠이 끝을 향해가는 중이었다. 별들은 벌써부터 초췌했다. 이제 곧 동쪽 부둣가 너머 어딘가에서 수평선이 휘황찬란한 빛을 뿜고, 밤의 그림자들은 런던에서 내몰릴 것이다. 그러나 새들은 아직 노래하고 있지 않았다.

좋은 꿈 발굴 & 정리의 예배당 밖 막사들은 컴컴하니 비었고, 불이 타오르던 양동이들은 싸늘했다. 미동 없이 멈춰 선 굴착기는 꺾이고 구부러진 팔이 꼭 잠든 왜가리의 목 같았다. 그러니까 사실이었던 것이다. 손더스는 모든 작업을 중단하고 묘지를 죽은 자들의 차지로 남겼다. 하지만 록우드와 나는 아랑곳 않고 버려진 야영지를 성큼성큼 가로지른 뒤 서둘러 예배당 계단을 올랐다.

경찰 통제선이 찢겨 있었다. 출입문 밑의 가늘디가는 틈에서 불빛이 반짝였다.

록우드가 검지를 세워 입술에 댔다. 그는 여기까지 오는 내내 조용했다. 어두운 표정으로 한마디도 하지 않았다.

물론 내 다른 '동행'의 경우에는 상황이 많이 달랐지만.

"너무 늦을 거라니까." 귓가에서 목소리가 힘주어 속삭였다. "커빈스라면 거울을 안 보곤 못 배겨. 힐끗하고 꽥. 송장 신세 예약이지. 내 예상은 그래."

"아니길 바라는 게 좋을 거야." 내가 나지막이 말했다. "안 그랬다간 우리가 널 어째버릴지 알지."

내가 메고 있는 배낭 속 어딘가에서 분개해 소용돌이치는 플라스마의 웅웅거림이 느껴졌다.

집을 나서고부터 단지 속 유령은 위협과 간청, 거짓 애도의 표현을 마구잡이로 오가며 끝도 없이 속삭였다. 다시 말해, 놈은 동요하고 있었다. 멀리에다 유기해 버리겠다는 내 위협에 몹시 불안해하고 있었다. 그렇다고 놈이 덜 짜증스러운 건 아니었다. 단지를 덤불에 패대기치고도 남을 판이었지만, 우리에게 그런 선택지는 없었다. 유령은 비커스태프를 알았다. 거울의 비밀을 알았다. 당장이라도 놈의 도움이 필요해질 수 있었다.

록우드가 조용하라며 눈을 부라렸다. 거대한 금속 문고리로 손을 뻗었다. 나는 준비 태세를 갖추고 어둠에서 빛으로의 전환에 대비해 눈을 가늘게 떴다. 돌연하고 막힘없는 움직임으로 그가 문고리를 돌리고 밀었다. 문이 삐걱거렸다. 눈으로 광휘가 홍수처럼 들이쳤다. 우리는 함께 발을 내디뎠다.

예배당 내부는 도둑이 든 다음 날 아침에 우리가 마지막으로 봤던 것과 같았다. 종이들이 흩어진 손더스와 조플린의 책상, 가스난로, 금속 받침에 놓인 거대하고 검은 관대, 설교단, 제단과 그 앞의 길고 반짝이는 난간까지 그대로였다. 사방이 고요했고, 사방이 잠잠했다. 인기척은 전혀 없었다.

나는 뼈 거울과 떼려야 뗄 수 없는 왕왕거림을 찾아 귀를 기울였지만 아무것도 못 들었다.

록우드가 가까이의 난로를 만져봤다. "따뜻해. 뜨겁진 않고. 오늘 밤에 조플린이 여기 있긴 했지만, 그런 지는 좀 됐어."

나는 근처 구석의 지저분한 소금과 철가루 더미 사이로 밀려가 있는 익숙하고도 뒤틀린 형상을 보고 있었다. "철관이 아직 여기 있는데. 봐. 근데 비커스태프의 시신은 없어."

"주인님이 가까이 계신다." 유령이 불쑥 속삭였다. "그분의 존재가 느껴져."

"어디?" 내가 캐물었다. "어디서 어떻게 찾아야 하는데?"

"그걸 내가 어떻게 알아? 이 단지 안에선 알기 힘들어. 날 내보내주면 더 멀리까지 감지할 수 있을 거야."

"꿈도 꾸지 마."

록우드가 제단 난간 뒤 나무문으로 성큼성큼 걸어갔다. 밀고 당겼지만 문은 꿈쩍하지 않았다. "자물쇠가 없어졌어." 그가 말했다. "빗장도 열려 있고. 누가 안에서 잠갔어."

"그 사람이 정말 카타콤에 있을까? 나라면 그런 덴 안 갈 것 같은데."

"그래서 거기인 거야!" 록우드가 펄쩍 뛰어 물러났다. 미친 듯 방을 두리번거렸다. "비커스태프 기록의 삽화들 기억나? 카타콤이야말로 조플린 같은 머저리들이 어슬렁거리며 시간을 보내기 좋은 곳이지. 뭔가를 발견할 만한 곳이기도 하고. 소름 끼치는 분위기가 그럴싸하잖아. 그리고 무엇보다도 혼자 조용히 있을 수 있으니까. 저 아래선 그 누구의 방해도 받지 않아." 그가 욕을 뱉었다. "아, 이건 악몽이야! 저기 어떻게 들어가지?"

"박쥐마냥 눈이 멀었군." 유령이 말했다. "늘 보는데 제대로 못 봐. 자기 앞에 떡하니 있는 것마저."

나는 열이 받아 으르렁거리며 주먹으로 배낭 옆을 쥐어박았다. "조용히 하라고, 아님 맹세코 널…." 다음 순간 말을 잃었다. 방 가운데에 있는 크고 검은 대리석 주춧돌을 물끄러미 봤다. 관대. 지하 카타콤으로 관을 내려보내는 데 쓰던 빅토리아시대 장치. 헉 소리가 절로 나왔다. "관대! 저게 아직 작동한다고 손더스가 얘기하지 않았었나?"

록우드가 손바닥으로 자기 머리를 쳤다. "맞아! 그랬어! 물론이야! 서둘러, 루스! 사방을 확인해! 벽장, 벽 모서리, 제단 근처…, 틀림없이 작동장치가 있을 거야!"

"오, 그래?" 해골이 비웃었다. "솔직히, 한심해. 고양이한테 글자를 가르치는 기분이랄까."

우리는 예배당 안을 바삐 오가며 가능성이 있을 만한 구석과 그림자를 죄다 살폈지만, 벽들은 휑했고 레버도 버튼도 없었다.

"뭔가를 놓치고 있어." 록우드가 중얼거렸다. 그는 찌푸린 얼굴로 획 돌아섰다. "분명 가까이에 있을 텐데."

"그러니까 다시 한번 보자! 어서!" 나는 조그만 제의용 벽장을 열고 곰팡이가 핀 찬송가집과 교회 주보 더미를 옆으로 내던졌다. 거기에도 레버는 없었다.

"암담하구먼." 해골이 속삭였다. "다섯 살배기 꼬마도 척 보면 알 걸 가지고."

"좀 닥치라고."

"찾아야 해, 루시. 조플린이 무슨 짓을 벌일지 몰라." 록우드는 반대쪽 벽면을 따라 이동하며 위아래를 훑고 있었다. "아, 우리가 너무 멍청했어! 그 인간을 내내 앞에 두고도 잠시도 고민해 보지 않았어. 우리가 비커스태프의 관을 열기도 전부터 이 건에 발을 담그고 있던 사람인데. 반스조차 그랬잖아. 발굴 현장의 누군가가 유물 사냥꾼들한테 거울 얘기를 흘린 게 틀림없다고. 그렇지 않고서야 그들이 그처럼 빨리 덤벼들 수 없었으니까. 그런 짓이 가능한 소수에 조플린도 속해 있었는데, 우린 한순간도 그를 의심해 보지 않았어."

"의심할 이유가 없었잖아." 내가 항변했다. "도둑이 들고 그 사람이 얼마나 속상해했는지 기억나? 연기를 하는 것 같진 않았어."

"그건 그래. 하지만 조플린이 속은 속대로 상하고 죄는 죄대로 저질렀을 가능성을 우리가 놓친 거지. 내가 생각하는 사건의 전말이 뭔지 알아? 조플린은 잭 카버를 시켜 거울을 훔쳤어. 카버는 전에도 조플린을 위해 물건들을 빼돌렸거든. 손더스가 그랬잖아. 자기 발굴 현장에서 수년 동안 절도 사건이 잇따랐다고. 그 모두가 조플린의 소행이었어. 마음에 드는 걸 슬쩍한 거지. 하지만 이번엔 카버가 그를 배신했어. 거울의 가치를 알게 됐고, 값을 후하게 쳐주는 윙크맨에게 넘겼어. 조플린은 격분했고."

"그래." 나는 벽을 따라 달리다시피 하고 있었다. 휑하고 흰 벽은 스위치는커녕 틈새 하나, 거미줄 한 개 숨길 만한 공간도 없어 보였다. "몹시도 격분한 나머지 자기가 아끼는 단검으로 유물 사냥꾼을 찔러버렸지."

"정확해. 장담하는데, 조플린은 원래 파리 한 마리 못 죽이는 소심한 사람일 거야. 하지만 해골이 한 말이 사실이라면, 조플린이 에드먼드 비커스태프의 유령에게 현혹돼 미쳐가고 있다면…."

"맞아." 해골이 속삭였다. "그게 주인님이 하는 일이지. 유약하고 의지가 박약한 자들을 취해 자기 뜻대로 휘두르는 거. 이를 테면 이런 식이야. 루시, 네게 명령한다! 이 유리 감옥을 부수고 날 자유롭게 하라! 날 자유롭게 하라아아아!"

"꺼져." 내가 말했다. "록우드, 그러니까 넌 정말 조플린이 카버의 뒤를 쫓았다고 보는 거야?"

그는 예배당 저쪽 구석에 가 있었다. 날래게 움직였고, 그보다 날래게 말했다. "뒤쫓은 거 맞아. 그리고 카버가 우릴 만나러 오는 길에 붙잡았지. 두 사람은 다퉜어. 카버가 거울을 팔았다고 하자 조플린은 길길이 날뛰었지. 결국 카버를 찔렀는데, 그는 도망쳐서 가까스로 우릴 찾아온 거야. 물론 조플린은 거울을 영원히 놓쳤다고 생각했겠지. 근데 알고 보니 아니었어. 우리 역시 거울을 찾고 있었고, 친절하게도 그에게 계속 정보를 줬어. 이젠 조지가 거울을 갖다 바치기까지 했고, 조플린은 소원을 이뤘지. 반면 우리는, 이 멍청이들은 아래로 내려가는 길도 못 찾고 있다고!"

록우드가 답답한 듯 소리를 지르며 벽을 걷어찼다. 방 전체를 돌았지만 성과가 없었다. 그가 옳았다. 우린 망했다. 내려갈 방법이 정말로 없었다.

"밖에선 어때?" 내가 말했다. "예배당 주변에 또 다른 입구가 있을지도 모르잖아."

"그럴 수도. 늦지 않게 찾을 수 있을지 모르겠지만. 좋아. 확인해 보자. 어서."

우리는 달려가 문을 열었다. 그리고 죽은 듯 멈춰 섰다. 계단 꼭대기에, 점점 밝아오는 하늘을 배경으로 은회색 재킷을 걸친 익숙한 형상 셋이 서 있었다. 보비 버넌, 캣 고드윈, 덩치 큰 네드 쇼. 그러니까 퀼 킵스의 꼬꼬마 팀원, 금발 팀원, 험악한 팀원이었다. 정작 킵스는 없었다. 그들은 출입문 고리쇠에 손을 뻗던 자세 그대로 얼어붙었다.

우리는 그들을 가만히 응시했다.

"퀼은 어딨지?" 캣 고드윈이 쏴붙였다. "어찌 된 일이야?"

"팀장한테 무슨 짓을 한 건데?" 네드 쇼가 음산히 다가섰다. "오늘 헛소리는 안 통해, 록우드. 당장 말해."

록우드가 고개를 가로저었다. "미안한데, 지금 이럴 시간이 없거든. 위급 상황이야. 조지가 위험에 처한 것 같아."

캣 고드윈이 어금니를 악물었다. 눈에서는 의심과 적개심이 동시에 보였다. 그녀가 불쑥 말했다. "킵스도 그런 것 같아."

"팀장님이 한 시간 전에 전화했어." 보비 버넌이 지껄이기 시작했다. "너희 친구 커빈스를 미행했다고 하더라고. 누군가랑 묘지로 들어가는 걸 봤대. 우리더러 여기서 만나자고 했어. 아까부터 사방을 찾아다녔는데 아무 흔적이 없어."

"우릴 계속 염탐했던 거네, 그럼?" 내가 코웃음을 쳤다. "부끄러운 줄 알아야지."

"너희처럼 범죄자들이랑 엮이는 것보단 나아." 고드윈이 내뱉었다.

"지금 그런 얘긴 무의미해." 록우드가 끼어들었다. "킵스가 조지랑 같이 있다면 둘 다 위험한 상황이야. 캣, 보비, 네드. 우린 너희 도움이 필요해. 너희도 우리가 필요하고. 서두르자." 그의 차분한 목소리에는 권위가 실려 있었다. 네드 쇼가 손가락을 움찔거리는 게 보이긴 했지만, 그들 누구도 록우드에게 대들지 않았다. "아무래도 두 사람이 예배당 아래 카타콤에 들어가 있는 것 같아." 록우드가 말을 이었다. "곧장 연결되는 문은 잠겨 있고, 우린 밑으로 내려가야 해. 보비, 넌 이런 거 잘 알지. 빅토리아시대의 관대인데, 교회 지하로 시신을 내리는 데 썼대. 이런 건 보통 어떻게 작동시켜? 위에서야, 아래서야?"

"위에서." 버넌이 말했다. "예배 중에 목사가 관을 내려보내는 식이야."

"좋아. 그럼 레버가 반드시 있어야겠네. 우리가 옳았어, 루스. 그럼 어디…." 록우드가 말끝을 흐리며 어슴푸레한 묘지 건너편을 쳐다봤다. "켓, 네드, 같이 온 사람 있어?"

"아니." 네드 쇼가 인상을 썼다. "왜?"

록우드가 심호흡했다. "왜냐면," 그가 천천히 말했다. "우리한테 손님이 있는 것 같거든."

그의 눈은 나보다 나았다. 묘비 사이의 미미한 움직임, 수풀이 무성한 통로를 스쳐 지나는 날래고 검은 형상들을 나는 눈치채지 못하고 있었다. 그들은 발굴 야영지에서 모였고, 이제 막사와 굴착기 사이의 뿌옇게 탁 트인 공간으로 움직였다. 결연하고 조용한 남자들의 무리였다. 밤중에 밖을 나다니는 일을 하는 사람들이었다. 손에는 막대기와 곤봉을 들고 있었다.

"이야, 이것 참 흥미진진한데." 귓속에서 해골의 목소리가 속삭였다. "오늘 밤 외출이 너무 신나. 이제 니들이 몰살당하는 꼴을 구경하게 생겼잖아. 앞으로도 종종 나와야겠어."

"너희 친구는 아니라는 거지, 록우드?" 캣 고드윈이 물었다.

"아는 사람들일 수도…." 록우드가 나를 곁눈질했다. "루시, 내 생각엔 윙크맨네 사람들 같아. 맨 끝의 남자를 경매장에서 봤어. 거의 확실해. 저들이 우릴 어떻게 쫓아왔는지 모를 일이지만, 네가 내 대신 뭘 좀 해줬으면 해. 토 달지 말고."

"알았어."

"예배당으로 돌아가서 레버를 찾아. 내려가서 조지를 구해. 난 최대한 빨리 뒤따라갈게."

"그래. 하지만 록우드…."

"토 달지 말아주면 좋겠어."

록우드가 그 말투를 쓸 땐 시시콜콜 따져 묻지 않는 법이다. 나는 뒷걸음으로 물러나 예배당으로 들어갔다. 첫 번째 공격조가 계단 밑에 도달했다. 그들 사이엔 컴컴한 밤에 내 쪽으로 다가오는 걸 볼 일 없었으면 싶은 신체 특징들이 기가 막히게 조합된 이들이 섞여 있었다. 민머리, 내려앉은 코, 훤히 드러난 치아, 푹 꺼진 눈자위 같은…. 그들 손에 들린 곤봉도 그리 매력적이지 않긴 마찬가지였고.

"이제 어쩌지?" 보비 버넌이 말을 더듬었다.

"지금 당장, 보비," 록우드가 말했다. "네 검을 뽑아야겠지." 그는 어깨 너머로 나를 흘끗 봤다. "루시, 가!"

남자들이 계단으로 돌진했다. 나는 문을 쾅 닫았다. 밖에서 강철이 쳉쳉 부딪치고, 쿵쿵거리고, 나가떨어지는 굉음이 들렸다. 누군가가 비명을 내질렀다.

나는 예배당 가운데로 달려가 대리석 관대 옆에 섰다. 버넌이 뭐랬더라? 목사가 내려본다고 했다. 좋아. 그럼 목사는 어디에 서 있었을까? 목사는 도대체 어디 서는 거지?

"오오오, 어려워죽겠어라." 속삭이는 목소리가 말했다. "교회에 얼마나 열심히 다니는지 여기서 들통나는군."

다음 순간, 정말 느닷없이, 나는 알았다. 설교단이다. 밋밋한 나무 설교단. 펼쳐진 책 모양 조각을 상판에 새기고 관대에서 겨우 몇십 센티 떨어진 자리에 조용히 망각된 채 선. 나는 밖에서 들리는 소리를 애써 무시하며 설교단으로 갔다. 발판에 올라서서 밑을 확인하고 상판 바로 아래 나무를 깎아 만든 비밀 선반을 발견했다.

그 선반 위였다. 거기 단순한 형태의 금속 스위치가 있었다.

나는 스위치를 눌렀다. 처음에는 아무 일도 안 일어나는 줄 알았다. 이윽고 부드럽고 소리도 거의 없이─더없이 희미하게 웅웅거릴 뿐이었다─관대가 가라앉기 시작했다. 그 밑을 받치고 있는 금속판이 바닥 밑으로 꺼졌다. 나는 설교단에서 뛰어내려 방을 가로질러선 관대의 검은 돌 위로 올라갔다.

예배당 밖에서 육중한 뭔가가 출입문을 쿵 때렸다. 나는 눈길을 들지 않았다. 레이피어를 빼 들고 준비 태세를 유지했다. 두 발을 벌리고 호흡을 일정히 유지했다. 널돌들을 지나, 빛을 떠나 어둠으로, 그렇게 나는 땅속으로 실려가고 있었다.

"겁먹지 마." 배낭에서 사악하게 속삭이는 목소리가 귀를 간질였다. "넌 혼자가 아냐. 네겐 아직 내가 있잖아."

수직으로 뚫린 벽돌 갱도가 넓어지며 입체적인 공간으로 들어서고도 나는 계속 내려갔다. 주위가 뻥 뚫리면서 갑작스레 빨려와 들러붙는 차갑고 건조한 공기가 느껴졌다. 그런데도 눈앞은 전혀 안 보였다. 나는 스포트라이트처럼 내리쬐는 빛기둥 속에 있다는 걸, 그게 내 감각을 무디게 하고 나를 취약하게 만든다는 걸 알고 있었다. 저기에, 저 가까이에 뭐가 도사리고 있을지 몰랐고, 뭔가가 정말로 있다면 그 정체도 제대로 모른 채 바로 옆에 내려서게 될 판이었다. 목덜미에 소름이 끼쳤다. 내 모든 본능이 도망쳐야 한다고 말하고 있었다. 위기감이 압도했다. 나는 바짝 긴장하며 뛰어내릴 준비를 했다…….

그리고 장치가 멈췄다.

나는 훌쩍 뛰고 달려 관대와 빛기둥을 벗어났다. 다음 순간 억지로 멈춰 섰다. 아주 가만히 있었다. 어둠 속에 서서 내 심장이 질주하는 소리를, 그리고 그 너머의, 이 공간의 고요에 귀를 기울였다.

하지만 고요하지 않았다. 적어도 내 내면이 감지하기로는 그랬다. 알 수 없는 거리에서 작은 소리들이 들려왔다. 은근한 바스락거림과 한숨이 들리고, 희미하게 와 하고 웃던 소리는 갑작스런 흐느낌으로 끝났다. 토막토막 끊겨 들리는 속삭임도 있었다. 그리고 어딘가에서, 가장 섬뜩하게는 누군가의 축축한 혀가 둔하고도 반복적으로 쯧쯧거리는 소리가 났다.

그중 산 자의 목구멍에서 나온 소리는 없었다.

나는 죽은 자들의 왕국에 있었다.

심령의 고요 또한 깨졌고, 그건 보다 확연히 느껴졌는데, 원인 제공자는 내 배낭 속 유령단지에서 흘러나오는 명랑한 휘파람 소리였다. 이따금 멈추긴 했지만 그래 봐야 판에 박히고 음정도 안 맞는 콧노래가 뒤따를 뿐이었다.

"그만 좀 하지?" 내가 말했다. "방해된다고."

"왜? 기분이 끝내주는데. 여긴 내 세상이나 다름없는걸."

"내게 협조하지 않으면 네가 평생 있을 세상이기도 하지." 내가 으르렁거렸다. "널 빈 곳에 넣고 벽돌을 바를 거야."

휘파람 소리가 뚝 끊겼다.

혼자에다 취약할 때면 감정은 당신을 망가트리려 한다. 이때의 내 감정도 걷잡을 수 없는 지경이었다. 나는 위에서 목숨을 걸고 싸우는 록우드를 생각했다. 조지를, 그리고 닷새 전 밤에 거울을 본 뒤 뭔가에 홀리고 사로잡힌 것만 같던 그의 표정을 생각했다. 내가 아끼는 모든 게 얼마나 쉽게 파괴될 수 있는지 생각했다. 무기가 부족해 휑한 내 벨트를 생각했다. 에드먼드 비커스태프의 끔찍한 요괴가 달을 배경으로 드높이 솟는 장면을 생각했다….

나는 감정들을 꾹 눌렀다. 상자에 담아 내 마음의 다락에 있는 조그만 공간에 넣었다. 그 상자를 열어볼 시간은 나중에도 얼마든지 있다. 당장은 정신을 바짝 차려야 했다. 살아남아야 했다.

발밑 땅은 거칠었다. 닳고 울퉁불퉁한 벽돌, 헐거워진 돌과 자갈, 이루 말할 수 없이 오랜 세월의 먼지가 느껴졌다. 온 사방에 은은하고 건조한 한기가 넓게 퍼져 있었다. 여전히 아무것도 보이지 않았다. 아까 내려온 빛의 갱도 부근에서는 모든 게 몹시도 검어 내가 비좁은 복도에 있는지, 텅 비고 거대한 공간에 있는지 알 길이 없었다. 누구든 여기에 일부러 내려온다는 건 상상조차 할 수 없는 일인 듯했다.

이윽고 나는 더없이 희미한 윙윙 소리, 파리 떼가 왕왕거리는 소리를 포착했다.

맞다. 뼈 거울이었다. 그게 근처 어딘가에 있었다.

나는 할 수 없이―전기 불빛은 재능을 방해할 뿐더러, 혹시 있을지도 모를 감시자의 이목을 끌 것이기에 망설여지는 게 사실이다―펜형 손전등을 켜서는 가장 낮고 흐릿하게 밝기를 조정했다. 손전등을 들어 느리고 부드럽게 포물선을 그리며 주변을 확인했다. 일단 관대가 있었다. 훤히 노출된 기계장치의 거대한 금속 레버들 위에 얹혀 있었는데, 시커멓고 굽은 레버들이 꼭 벌레 다리 같았다. 장치가 있는 곳은 넓은 통로의 가운데였다. 아치형 천장이 드높고 바닥에는 잔해들이 흩뿌려져 있었다. 돌과 벽돌로 된 벽면들은 여러 칸으로 나뉘어 있고, 그 대부분에는 납관이 들어앉아 영겁의 세월을 기다렸다. 어떤 칸은 벽돌로 막혔고, 어떤 칸은 비어 있었다. 돌무더기가 한가득인 칸도 있었다. 매 스무 걸음마다 양옆으로 갓길들이 뻗어나갔다.

모든 것이 잿빛의 얇은 막 같은 먼지에 덮여 있었다. 조플린의 머리칼이 떠올랐다.

나는 손전등을 끄고 기억에 의지해 어둠 속을 전진했다. 내내 보고 들으며 뼈 거울이 왕왕거리는 위치를 가늠하려 애썼다. 쉽지 않았다. 단지 속 유령이 다시 말썽을 시작하면서는 더더욱.

"그들이 느껴져?" 목소리가 말했다. "다른 존재들. 온 사방이 그들이야."

"조용히 좀 해줄래?"

"그들이 네 발소리를 들어. 미친 듯 뛰는 네 심장 소릴 들어."

"더는 못 참아. 넌 여기 선반에 처박힐 거야. 내가 조지를 찾는 순간."

침묵. 나는 배낭끈을 흉포하게 고쳐 메고 살금살금 걸었다.

첫 번째 갓길에 다가가는데 어둠을 뚫고 메아리치는 외침이 들렸다. 소리는 벽 사이에서 반사돼 뚝뚝 끊어지며 왜곡됐다. 조지인가? 아님 킵스? 조플린? 애초에 산 자의 목소리긴 했나? 확신할 수 없었다. 하지만 나는 그 소리가 오른쪽 어디선가 들려왔다고 짐작했다. 벽돌에 얹은 손을 길잡이 삼아 그 방향으로 걸음을 옮겼다.

잠시 뒤 뭔가 차갑고 매끈한 게 만져졌다. 나는 펄쩍 뛰다시피 뒤로 물러나 손전등을 켰다. 관 옆 선반에 놓인 반구형 유리함이었다. 내 손가락이 스치며 걷힌 먼지 아래서 말린 흰 백합이 보였다. 나는 그들이, 그 추모용 꽃들이 영원히 만개한 상태로 그곳의 어둠 속에 얼마나 오래 있었을까 문득 궁금해졌다. 손전등을 끄고 다시 전진했다.

갓길 통로는 비좁고 길었으며, 그 자체가 다른 갓길들과 교차했다. 길의 생김새는 거의 모두가 동일했고, 관들이 줄줄이 늘어서 있었다. 나는 각 교차로에서 일단 멈추고, 그런 다음 이동을 재개했다. 될 수 있는 한 어둠 속에서 움직였다. 방문자들이 나를 보는 것만큼이나 쉽게 나 역시 그들을 볼 수 있길 바라며.

정말 곳곳이 방문자였으니까.

한번은 왼쪽 갓길 아래, 거리를 가늠하기 힘든 위치에서 희미하게 빛나는 형체를 봤다. 옷깃이 높고 뻣뻣한 정장을 입은 청년이었다. 놈은 나를 등진 채 움직임 없이 서 있었다. 양 어깨의 높낮이가 심히 불균형했다. 어째선지 나는 놈이 내게로 몸을 돌리지 않아 몹시 기뻤다.

다른 갓길 아래서는 다급하게 톡톡거리는 소리가 들렸다. 눈길을 돌리니 가장 아래쪽 칸 한 개가 다른빛으로 환했고, 그 속의 정말 조그만 납관에서 톡톡거리는 소리가 매우 선명했다.

"이거 아주 흥겹구먼." 해골이 말했다. "하지만 이런 잔챙이들은 아무것도 아냐. 내 주인님이 여기 계신다."

"저 앞에?"

"오, 그럼. 가까워지고 있는 듯한데." 해골이 나지막이 키득거렸다. "방금 전 고함 소리 기억해? 커빈스가 뼈 거울을 들여다본 게 아닐까나?"

나는 가까스로 분노를 삼켰다. 수다쟁이 유령이라면 거기서 뭐든 얻어낼 수 있을지 모르지. "거울 얘기 좀 해봐." 내가 말했다. "비커스태프가 그걸 만드는 데 뼈를 얼마나 썼어? 유령은 몇이나 필요했고?"

"내 기억으론 일곱 뼈와 일곱 영혼."

"거울에선 뭐가 보이는데?"

"오, 난 그걸 볼 일이 없게 조심했지."

"비커스태프는? 그 사람이 거울을 직접 본 적은 있고?"

"주인님이 미쳤을 순 있어도," 유령이 소탈하게 말했다. "바보는 아니었어. 거울을 직접 본 적은 당연히 없지. 위험 부담이 너무 컸거든. 말해봐. 지금 커빈스가 죽느라 정신없을 거란 생각은 안 해? 이러고 있는 게 시간 낭비는 아닐까?"

나는 서둘러 움직인 끝에 카타콤의 가장 바깥쪽 통로로 보이는 길에 도착했다. 모든 갓길이 거기로 통하게 돼 있었다. 그리고 저 앞에서 또 다른 소리가 폭발했다. 화난 목소리들, 고통 섞인 외침들이었다. 나는 이동 속도를 높이다 울퉁불퉁한 바닥에서 비틀거렸다. 헐거운 벽돌에 발이 걸렸다. 넘어지려는 순간 몸을 지탱하려 손을 뻗었고, 옆에 있는 선반의 돌인지 모르타르 조각인지를 쳤다. 그게 떨어지면서 딱 소리와 함께 바닥을 때리고 어둠 속에서 잠시 달가닥거렸다. 나는 꼼짝 않고 서서 귀를 기울였다.

"괜찮아. 아무도 못 들었어." 유령이 말했다. 그러고는 극적으로 뜸을 들였다. "아님 설마…?"

사방이 적막했다. 고통스레 쿵쿵거리는 내 맥박을 빼면. 나는 천천히 전진했다. 이내 통로가 오른쪽으로 굽어지기 시작했고, 여기선 벽돌 위로 길게 늘어져 일렁이는 손전등 불빛이 보였다. 거기 비친 벽면의 빈칸들이 꼭 거뭇하게 얽은 자국들 같았다. 거울의 소음은 이제 더 요란했고, 공기가 몹시 차가웠다. 한 걸음 옮길 때마다 온도가 떨어졌다.

"조심해." 해골이 속삭였다. "조심하라고…. 비커스태프가 근처에 있어."

나는 몸을 웅크리고 벽에 바짝 붙어서는 손전등 불빛의 언저리로 접근해 통로 모퉁이 너머를 내다봤다. 내내 어둠 속에 있었던 터라 희미한 불빛에도 눈이 멀 것 같았다. 적응하기까지 시간이 좀 걸렸다. 눈이 적응했고, 방 안 상황이 보였다.

다리에 힘이 풀렸다. 벽에 몸을 기댔다.

"오, 조지." 나는 속삭였다. "오, 안 돼."

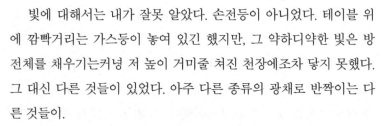

27

빛에 대해서는 내가 잘못 알았다. 손전등이 아니었다. 테이블 위에 깜빡거리는 가스등이 놓여 있긴 했지만, 그 약하디약한 빛은 방 전체를 채우기는커녕 저 높이 거미줄 쳐진 천장에조차 닿지 못했다. 그 대신 다른 것들이 있었다. 아주 다른 종류의 광채로 반짝이는 다른 것들이.

나쁜 것들이.

방 가운데에 비좁은 쇠사슬 방어진이 쳐져 있고, 그 안에 길고 가는 삼각대가 서 있었다. 흑단 삼각대였다. 위쪽 좁은 홈에 조그맣고 조악한 원형 물체가 끼워져 있고 신사용 실크 손수건에 덮여 있었다. 거기서 익숙하고 음침한 왕왕거림이 들리고, 악랄한 냉기가 파도쳐 반대편에 웅크린 나조차 떨게 만들었다. 이따금 손수건이 미세하게 들썩였다. 보이지 않는 기류에 날리기라도 하는 양.

뼈 거울이었다. 원래의 거치대에 놓여 사용 준비를 마친.

방어진 안에는 거울만 있는 게 아니었다. 희미한 형상의 무리가 고동치는 구름 같은 다른빛에 에워싸여 둥둥 떠 있었다. 눈으로 확인하기는 무척 어려웠다. 차라리 그 너머 먼 곳에 시선을 둘 때 가장 선명히 보였다. 그들은 인간의 형상을 하고 있었다. 헐렁하고 딱히 모양이 잡히지 않은 천을 걸치고, 사실상 서로 겹쳐 있다 할 정도로 바짝 붙어 있었다. 얼굴은 모호하고 흐릿했다. 얼룩 같은 잿빛 반점들이 눈과 입을 대신했다. 그들의 수를 세지 않고도 나는 일곱이라는 걸 알았다. 그들이 바로 거울을 만드는 과정에서 포획된 영혼들이니까. 그들의 분노와 슬픔이 덮쳐왔다. 아득한 곳에서 그들의 끝없는 부름이 들렸다.

"우리 뼈…," 그들이 간청했다. "우리 뼈를 돌려줘…."

다른 때였으면 혼령들과 뼈 거울만으로 나는 공포에 얼어붙었을 것이다. 거기서 눈길을 거두지 못했을 것이다.

하지만 이날은 아니었다. 방어진 앞에 조지가 있었으니까.

그는 나무 의자에 앉아 손수건 덮인 거울을 마주 보고 있었다. 두 손은 의자 뒤에 단단히 결박된 채 턱이 가슴팍에 닿도록 고개를 푹 숙였고, 코에 걸린 안경은 비뚜름했다. 두 눈은 감겨 있었다. 그 이상 다 행스러울 수 없게 그는 아직 살아 있었다. 그의 가슴이 오르내렸다.

방 건너편에 의자가 하나 더 있는데, 조지 쪽을 보고 있었다. 여기에는 정말 뜻밖에도—나는 피츠 팀원들과의 조우를 깜빡한 상태였다—퀼 킵스가 앉아 있었다. 조지처럼 그도 결박당했으나 정신은 멀쩡했다. 머리칼에는 거미줄이 범벅이고, 좁다란 얼굴은 무덤먼지로 잿빛이었다. 재킷은 한쪽으로 돌아갔고, 셔츠는 옷깃이 찢겼다. 그는 힘든 시간을 보낸 듯, 몇 차례 치욕을 당한 듯했다. 하지만 대체적으론 짜증이 많이 난 것처럼 보일 뿐이었다. 그는 눈을 번뜩이며 주위를 두리번거렸다.

어디에도 앨버트 조플린의 흔적은 없었다.

하지만 그 작은 방엔 다른 뭔가가 있었다. 그곳의 사악한 모든 걸

통틀어 단연코 최악이었다. 나는 처음에는 눈치채지 못했다. 그게 킵스 뒤에 있는 데다 거울 근처 유령들보다 희미해서였다. 하지만 다음 순간, 바닥에 누운 검은 덩어리와 그 위로 높이 솟아오르고 있는 그림자에 눈이 갔다. 손이 벌벌 떨리고 입이 바싹 말랐다.

"주인님!" 등에 멘 배낭에서 해골이 속삭였고, 나는 그 목소리에 담긴 전율과 공포를 느낄 수 있었다. "주인님이 계시다!"

방 저편에 에드먼드 비커스태프의 유령이 서 있었다.

먼지 덮인 바닥에 누운 건 박사의 시신이었다. 철관에서 반미라가 된 역겨운 주검, 누더기가 된 검은색 정장, 부스스하고 멀건 머리칼이 틀림없는 그였다. 비틀린 나뭇가지처럼 뻣뻣한 시신은 매목* 처럼 번들거리며 검었다. 잔뜩 쪼그라든 통에 치아가 훤히 드러나 원숭이를 닮은 얼굴이 시각을 잃어버린 양 허공을 올려다봤다.

하지만 가슴 한복판에선 닷새 전 묘지에서 봤던 그 끔찍하고 반투명한 환영이 떠오르고 있었다. 2.5미터쯤 돼 보였다. 벌써 2.5미터에다 계속 커졌다. 가느다란 형상의 가운에 달린 두건이 앞으로 길게 늘어지며 얼굴에 그림자를 드리웠다. 놈은 드높이 솟아오르다 못해 벽돌 천장을 뚫고 나가 지상으로 사라져 버릴 것만 같았다. 미동도 없다시피 떠서는 정말 미세하게 좌우로 흔들거렸는데, 그게 몸을 잔뜩 세운 뱀을 연상시켰다. 눈은 가려져 있었다. 하지만 허연 뼈가 다 드러난 턱과 모질고 잔인한 입은 보였다.

나는 잠시 이해가 되지 않았다. 이 방문자는 왜 자기 바로 앞에 앉은 킵스를 덮치지 않는 걸까. 다음 순간 비커스태프 시신 앞의 바닥을 가로지르는 또 다른 쇠사슬이 보였다. 유령은 방어진에 갇혀 있었다.

---

* 흙이나 물에 오랜 세월 파묻혀 화석화한 나무.

그런 상황에서도 놈의 사악한 기운은 방을 가득 채웠다. 그 어둡고 극렬한 욕망이 고스란히 느껴졌다. 지금 이 순간 놈의 관심은 거울, 그리고 조지에 집중돼 있었다. 놈은 나를 눈치채지 못했다. 하지만 내가 방에 발을 들이는 순간 알아챌 것이다. 그 생각에 속이 메스꺼웠다.

그럼에도 나는 행동해야 했고 하려면 빨리 해야 했다. 조플린은 온데간데없었다. 지금이 조지를 구출할 적기고, 그러려면 몸이 가벼워야 했다. 나는 최대한 소리를 죽이고 어둠 속에 웅크려 배낭을 벗기 시작했다.

"보다시피 주인님은 옛 실험을 재현하려는 중이야." 해골이 떠들고 있었다. "거울도 근사하게 원래 거치대에 설치했네. 일곱 영혼도 있어. 언제나처럼 약해빠져선. 맨날 징징거리기나 하지, 사실상 아무것도 하는 일이 없거든. 게다가 커빈스 곁에 주인님까지 서 있잖아. 정말이지 지난날이 다시 돌아온 것만 같네. 잠깐, 날 왜 내려놓는 거야?"

나는 비어 있는 칸에 배낭을 밀어 넣었다. "넌 너무 무거워." 내가 속삭였다. "여기 있어."

"싫어!" 해골이 다급히 말했다. "나도 같이 가야겠어. 주인님을 봐야겠다고! 날 그분께 데려다줘!"

"미안한데, 넌 여기 얌전히 있어." 나는 배낭 위쪽 매듭을 풀고 천을 살짝 밑으로 내려 유령단지 윗부분이 몇 센티가량 나와 있게 했다. 플라스마가 밝은 녹색으로 타오르고 있었다. 힐끗 보니 잔뜩 일그러진 얼굴이 빙글빙글 돌고 돌았다. "네가 필요하면," 내가 말했다. "와서 데려갈 거야. 혹시라도 질문을 받으면 도움이 되는 게 좋겠지. 안 그럼 여기에 영원무궁토록 있게 될 테니."

"뒈져라, 루시!" 해골이 식식거렸다. "도대체가 말을 들어먹는 적이 없지." 그러더니 느닷없이 소리쳤다. "주인님! 저예요! 잘 돌아오셨습니다!"

저쪽 구석의 두건 쓴 형상은 조용하기만 했다. 아무 반응이 없었다.

"주인님…," 놈의 구슬픈 속삭임엔 공포와 갈망이 가득했다. "여깁니다! 저라니까요!"

형상은 꿈쩍하지 않았다. 뼈 거울과 조지에게 완전히 몰두해 있었다.

"그래." 해골이 짜증스레 말했다. "뭐, 옛날 그분이 아니긴 하네."

당연히 아니지. 1급령과 2급령 대부분이 그렇듯, 에드먼드 비커스태프의 유령은 고정된 행동 양상에 갇혀 생전에 했던 일을 강박적으로 반복하고 있었다. 지금의 얄디얄은 의식은 과거의 그가 가졌던 것의 극히 일부에 지나지 않았다. 하지만 해골에게 이 사실을 일깨울 시간이 내겐 없었다. 발소리를 죽이고 살금살금 전진한 나는 방으로 진입하며 주위를 훑었다. 벽돌과 콘크리트로 된 어슴푸레한 통로들이 사방으로 뻗어나갔다. 모든 게 잠잠했다. 조플린은 보이지 않았다.

내가 은신 상태를 벗어나자마자 퀼 킵스가 알아챘다. 화들짝 놀라더니 광적으로 홱홱 고갯짓하며 나를 부르기 시작했다. 그의 잔뜩 찌푸린 표정이 꽤나 우스꽝스러웠다. 다른 때 같았으면 몇 시간도 구경할 수 있을 얼굴이었다. 그 대신 나는 그를 깔끔히 무시하고 슬금슬금 조지에게 다가갔다.

가까이서 본 그는 얼굴이 부은 듯했다. 한쪽 뺨은 멍들었다. 슬쩍 건드려봤지만 움직임이 없었다.

"조지!" 내가 속삭였다. "조지!"

"헛수고야! 기절했다고!" 킵스의 속삭임은 간절했다. 그의 고개가 지칠 줄 모르고 팔딱거렸다. "와서 나 좀 풀어줘!"

나는 성큼성큼 걸으면서 쇠사슬 바로 뒤에 불길하게 도사린 유령은 보지 않으려 애썼다. 끝이 뭉툭한 촉수 같은 플라스마가 구불거리며 방어진 언저리를 조사했다. 두건 쓴 고개가 방향을 틀자 나는 갑작스런 중압감을, 영혼을 내리누르는 차가운 무게를 느꼈다. 놈이 날봤다. 내가 거기 있다는 걸 알았다.

나는 그 느낌을 떨쳐버렸다. "킵스, 괜찮아요?"

그가 눈을 흡떴다. "뭐, 나? 웬 미친놈한테 결박당해서는 귀신 들린 카타콤에 커빈스를 친구 삼아 남겨졌는데? 아, 좋아죽을 지경이야. 보면 몰라?"

"오, 잘됐네요." 내가 활짝 웃으며 말했다.

"비꼬는 거였거든."

내 활짝 웃음이 고약한 표정으로 변했다. "나도요." 나는 검을 준비하고 그의 뒤에서 몸을 숙였다. 당황스럽게도 그의 손은 쇠사슬에 묶여 자물쇠가 채워져 있었다. 그걸 끊을 수는 없는 노릇이었다.

"쇠사슬에 묶여 있어요." 내가 속삭였다. "열쇠가 필요한데."

킵스가 끙 소리를 냈다. "그 멍청한 안경잡이한테 있겠지."

"조플린요? 지금 어디 있어요?"

"자릴 비웠어. 무슨 소리를 듣곤 조사하러 가더군. 당장이라도 돌아올지 몰라. 날 여기서 어떻게 빼낼 생각이야?"

"모르겠으니까 좀 닥쳐요." 생각하기가 힘들었다. 심령 잡음이 머릿속을 괴롭혔다. 거울은 왕왕거리지, 일곱 영혼은 구슬프게 불러대지, 심지어 좀 떨어진 곳에선 격분한 해골이 욕을 퍼붓지. 무엇보다도 저 두건 쓴 형상의 존재가 나를 짓눌렀다. 록우드가 여기 있었다면 어떻게 했을까? 내 머릿속은 백지 상태였다. 아무것도 알 수 없었다.

"내가 한마디만 하지." 킵스가 으르렁거렸다. "여기서 나가면 네 멍청한 친구의 엉덩짝을 걷어차서 저 멀리 마릴본까지 날려버릴 거야."

"말이야 바른 말이지, 우릴 그렇게 염탐해선 안 되는 거였죠. 하지만 네, 나도 녀석을 걷어차 줄 생각이긴 해요. 잠깐, 조플린이 저 테이블에 열쇠를 둔 건 아닐까요?" 나는 재빨리 건너가 거울이 놓인 방어진의 언저리를 돌았다. 파리한 영혼들의 눈길이 일제히 나를 따랐다. 테이블에는 물건들—먼지투성이 항아리, 장식품, 장신구, 많고 많은 책과 서류들—이 뒤죽박죽으로 산더미처럼 쌓여 있었다. 설령 열쇠가 거기 있대도 안 보일 것이다. 나는 절망감에 두 손을 들었다. 어째야 하지? 생각해.

"조심해, 루시⋯."

해골의 속삭임이 통로에서 희미하게 메아리쳤다. 나는 그대로 굳었다. 다음 순간 벨트로 손을 가져가기 시작했다. 그사이 내 뒤 암흑에서 누군가가 나왔다. 끝이 날카로운 물건이 뒷목에 닿았다. 해골이 킬킬거렸다. "이런 이런. 좀 일찍 얘기해 줄 걸 그랬나."

"성가시게 굴지 말아줘, 칼라일 씨." 앨버트 조플린의 염소 같은 목소리였다. "칼이 느껴져? 아주 좋아. 벨트랑 레이피어 내려놔."

나는 공포에 질려 얼어 있었다. 칼끝이 나를 쿡쿡 찔렀다.

"자, 얼른. 난 짜증이 나면 안절부절못하거든. 손이 미끄러진다고. 시키는 대로 해."

어쩔 수 없다⋯. 나는 벨트를 풀어 레이피어와 함께 바닥에 떨어트렸다.

"이제 킵스 옆으로 가. 허튼수작은 말고. 내가 바로 뒤에 있으니."

나는 느리고 뻣뻣하게 복종했다. 방어진에선 두건 쓴 유령이 쇠사슬에 더 가까이 다가섰다. 씩 웃는 입과 덧니가 보였다. 놈의 굶주린 열망이 방에 칙칙 소리를 뿌렸다.

킵스는 의자에서 나를 음울하게 바라보고 있었다. "그래, 내가 록우드 심령 회사에 기대한 실력이 딱 이 정도지." 그가 말했다. "다음은 뭔데? 록우드가 들이닥치다 자빠지면서 자기 검에 찔리기라도 하나?"

앨버트 조플린이 말했다. "킵스 옆에 서. 두 손을 의자 등받이에 대. 손목을 겹쳐서. 자, 나한테 끈이 더 있거든. 아니, 시키는 대로 하랬지!" 내가 몸을 돌리려 시도한 터였다. 칼이 목을 쿡 쑤셨고, 나는 고통에 소리를 질렀다. "한결 낫군." 조플린이 말했다. 연이은 날랜 동작들로 내 손을 의자에 묶었다. 나는 킵스 옆에 서 있었다. 목덜미가 아렸다. 조플린이 걸음을 옮겼다.

그는 평소처럼 남루해 보였다. 재킷에는 무덤먼지가 떨어져 있고, 머리칼은 폭풍우가 휩쓸고 간 돛대 위 망루 같았다. 여전히 구부정히 움직였다. 어깨는 안으로 굽은 데다 안짱다리는 작대기나 다름없었다. 그는 원을 그리듯 방을 돌아 조지에게 갔다. 한 손에는 짜리몽땅한 칼을, 다른 손에는 공책을 들었다. 귀 뒤에는 볼펜 한 자루가 꽂혀 있었다. 그는 걸으면서 나지막이 흥얼거렸다. 뒤를 힐끗 돌아보는 그의 코가 벌겋고 부은 듯 보였으며, 턱에는 멍이 들어 있었다.

하지만 정말로 충격적인 건 그의 눈이었다. 거뭇하고 퀭한 데다 동공이 무척 컸다. 저 멀리의 뭔가를 골똘히 보고 있는 것 같았다. 어딘가에 귀를 기울이는 사람처럼 고개가 한쪽으로 기울어 있었다.

방어진 안에서 비커스태프의 유령이 좌우로 몸을 흔들었다.

"네, 네…. 잠깐만요." 조플린이 멍하니 말했다. 혼잣말이라도 하는 것 같았다. 조지에게 가서는 몸을 숙이고 손수건 덮인 거울 쪽을 향해 눈을 가늘게 떴다. 높이를 비교하는 모양이었다. 확인한 내용이 흡족한 눈치였다. 몸을 세우더니 조지의 뺨을 짝짝 갈겼다. 조지가 꽥 소리를 내고는 사납게 두리번거렸다.

"다 됐어, 친구. 일어날 시간이야." 조플린이 조지의 어깨를 토닥이고는 귀 뒤에서 볼펜을 가져와 공책에 기록했다. "이미 합의한 대로 실험을 서둘러야겠어."

퀼 킵스가 욕을 뱉었다. "합의는 개뿔." 그가 중얼거렸다. "애초에 커빈스가 무슨 생각으로 여기 왔는지 모르지만, 위층 예배당에서 말다툼 비슷한 걸 하더라고. 일 분쯤 얘기하는가 싶더니 느닷없이 주먹다짐을 벌이더라니까." 그는 고개를 가로저었다. "한심했어. 역대 최악의 몸싸움이었지. 서로의 안경을 날려버리더니 그걸 찾느라 삼십 분 동안 바닥을 기어다니더라고. 서로 머리끄덩이를 안 잡은 게 놀라울 정도야."

"그런데도 가서 조지를 돕지 않았다고요?" 내가 냉담하게 말했다. 나는 손을 묶은 끈을 당겼다. 아니, 빡빡했다. 움직이는 게 거의 불가능했다.

"영원히 후회할 일이지." 킵스가 말했다. "도우러 가고 말았거든. 안타깝게도 조플린이 커빈스의 목에 칼을 들이대고 위협하는 통에 내 레이피어를 내려놔야 했어. 카타콤에 내려와선 커빈스가 탈출을 시도했고, 그 대가로 쥐여 터져 기절했지. 조플린은 삼십 분이나 들여서 이 말도 안 되는 장치를 설치했어. 완전히 정신 나간 인간이야."

"네, 맞아요. 아주 그렇죠."

조지는 거울을 힐끗 보는 것만으로 현혹됐다. 비커스태프의 유령에 정말 잠깐 노출됐을 뿐인데도 그 영향력은 계속됐다. 그런데 조플린은 그 뒤로도 얼마나 오래 노출돼 왔는가. 예배당에서 시신 곁에 있었던 밤, 비커스태프 유령의 고요하고 사악한 기운이 그를 덮친 밤으로부터 얼마나 많은 날이 흘렀나? 그는 박사의 유령을 제대로 본 적도 없었을 것이다. 놈이 자신에게 무슨 짓을 하는지조차 몰랐을 테고.

"조플린 씨." 내가 불렀다. 조그만 기록물 전문가는 서서히 정신이 돌아오는 만신창이 조지 옆에서 칼을 들고 기다리는 중이었다. "당신은 지금 잘못 생각하고 있어요. 이 실험은 절대로 성공 못….."

조플린이 안경을 고쳐 썼다. "아니, 아니. 걱정 마. 아무도 우릴 방해 못 해. 계단으로 들어오는 문을 잠그고 관대 장치는 아래서 차단했거든. 아무도 못 내려와. 6미터 깊이의 시커먼 구멍으로 뛰어내릴 마음이 없는 한은. 세상 어느 누가 그럴 수 있겠어?"

나는 그럴 사람을 한 명 알았다. 하지만 그는 위에서 바빴고, 그런 그에게 의지할 순 없었다. "그 얘기가 아니고요. 그 거울은 죽음을 불러요. 비커스태프의 유령이 당신을 조종하고 있고요. 이 모두를 당장 멈춰야 해요!"

조플린의 고개가 갸우뚱하니 기울었다. 그는 유령이 서 있는 방어진 쪽을 보고 있었다. 내 말을 못 들은 것 같았다. "이건 어마어마한 기회야." 그가 잠긴 목소리로 말했다. "내 소원을 이룰. 이 거울은 다른 세계로 난 창문이거든. 거기 온갖 경이가 있고! 그걸 보는 영광을 조지가 누리는 거야! 이제 남은 건 장대를 가져다…."

조플린은 구부정한 자세로 발을 질질 끌며 느긋하니 테이블로 다가갔다. 나는 머리가 어질어질했다. 그는 저 옛날에 윌버포스에게 거울을 보라고 강요하던 당시 비커스태프가 했던 말을 거의 그대로 하고 있었다.

쇠사슬 뒤에서 두건 쓴 유령이 조플린을 지켜봤다.

"루시…," 조지가 불렀다. "거기 너야?"

"조지! 괜찮아?"

뭐, 확실히 매력만점의 몰골은 아니었다. 그의 얼굴은 퉁퉁 부었고 눈자위가 벌겠다. 안경은 여전히 비뚜름했다. 그리고 그는 나와 눈을 맞추지 않았다. "놀랍도록 편안해, 루스. 의자가 좀 딱딱해서 그렇지. 쿠션이나 하나 있으면 좋겠어."

"나 너한테 너무 화가 나서 미칠 것 같아."

"알아. 정말 미안해."

"무슨 생각으로 그런 거야?"

그는 한숨을 내쉬며 의자에 묶인 몸을 앞으로 흔들었다. "그냥 뭐랄까…. 설명하기 힘들어, 루스. 플로랑 헤어지고 거울을 손에 쥐는 순간 소원했을 뿐야…. 거울을 다시 봐야만 하겠더라고. 마음 한편에선 그게 잘못된 생각이란 걸 알았어. 너희를 기다려야 한다는 걸 알았지. 하지만 어째선지 그 모든 게 부질없어 보였어. 조플린한테 보여주고 싶다는 생각만 아니었으면 그 자리에서 배낭 속 거울을 꺼내 봤을지도 몰라. 그가 와서는 기왕 할 거면 제대로 해야 한다고 했고…." 조지는 고개를 저었다. "나도 동의하긴 했는데, 예배당에 와서 보니 관이 비어 있는 거야…. 그 순간 눈이 번쩍 뜨이는 기분이었어. 내가 미친 짓을 벌이고 있단 걸 깨달았지. 그때라도 발을 빼려 했지만 조플린이 놔줄 리 없었고."

"그럴 수밖에." 조플린이 돌아와 있었다. 그는 끝에 갈고리가 달린 기다란 장대를 들고 있었다. "날 보고도 몰라? 네 방식이 글러먹었단 걸. 정말이지 실망스러워, 커빈스. 한 입으로 두말이나 하고 말야. 어쨌든, 우리의 사소한 의견 대립은 해결했으니까. 남자 대 남자로." 그가 부어오른 자기 코를 만졌다.

"남자 대 남자는 개뿔." 킵스가 코웃음을 쳤다. "향기 연필을 서로

가지려고 싸우는 여자애들을 보는 줄 알았거든. 그 꺅꺅거리는 소리를 너도 들었어야 했는데."

"자, 조용." 조플린이 말했다. "이제 일을 해야지." 그러더니 움찔했다. 걱정스러운 표정이 그의 얼굴을 스쳤다. 누군가가 쏴붙이는 소리라도 들은 것 같았다. "네, 네, 알아요. 최선을 다하고 있다고요."

"하지만 조플린 씨," 내가 외쳤다. "그 거울은 사형선고나 다름없다니까요! 경이 따위 보여주지 않아요. 메리 딜라크의 고백록을 읽으면 내가 무슨 말을 하는지 정확히 이해할 거예요. 윌버포스라는 남자는 거울을 보자마자 목숨을…."

"오, 너도 읽었어?" 멍한 표정이 잠시 걷히더니, 조플린은 마음이 몹시 동하는 듯했다. "다른 복사본이 정말 있었나 보구나? 잘했어! 어떻게 찾았는지 내게도 얘기해 줘야 할 거야. 그건 그렇고, 고백록이야 나도 당연히 읽었지! 애초에 처트시 도서관에서 그걸 훔친 사람이 누굴 것 같아? 저기 테이블에 있어. 무척 흥미롭더군. 진짜 알짜배기는 커빈스가 친절히도 보여준 비커스태프의 기록이었지만." 그는 방어진 속 거울을 가리켰다. "그게 아니었으면 원래의 배치를 구현하지 못했을 거야."

나는 손목을 감은 끈을 당겼다. 매듭에 살갗이 쓸렸다. 오른쪽에서 킵스도 쇠사슬을 당기는 게 느껴졌다. "그 기록들이 중세 이탈리아어로 적힌 건 줄 알았는데." 내가 말했다.

조플린이 회심의 미소를 지었다. "맞아. 게다가 난 그것에 능통하고. 내가 조용히 앉아 죄다 베끼는 동안 우리 조지가 골머리를 썩는 꼴이 몹시 재밌더라고."

조지는 조플린을 걷어차려다 실패했다. "날 배신했어! 당신을 믿었는데!"

조플린이 낄낄거리며 조지의 어깨를 너그럽게 토닥였다. "비법 하나 알려주지. 자기가 가진 패는 내보이지 않는 게 현명해. 비밀 엄수가 생명이라고! 아니, 칼라일 씨, 난 저 거울의 위험성을 아주 잘 알고 있어. 그래서 내 좋은 친구 조지가 대신 봐줄 테고. 지금."

그렇게 말하며 조플린은 방 가운데의 쇠사슬 방어진으로 몸을 돌렸다. 그 안으로─그리고 그 안을 맴도는 희미한 일곱 형상은 감지하지 못한 채─장대를 넣어 거치대 상부를 덮은 손수건을 걷었다.

"조지!" 내가 외쳤다. "보지 마!"

내가 선 자리에서는 거울 앞면이 보이지 않았다. 거칠거칠한 뒷면과 뼈를 촘촘히 엮어 만든 테두리만 보일 뿐이었다. 그러나 왕왕거리는 소리는 더 커졌고, 방어진 속 일곱 영혼조차 두려움에 떠는 듯 움츠러들었다. 저쪽 쇠사슬 너머에서는 비커스태프의 유령이 아직까지도 솟아오르고 있었다. 나는 놈의 열망을 감지했다. 머릿속에서 그 차갑고 최면을 거는 듯한 목소리가 들렸다. "봐…." 놈이 말했다. "보라고…." 이건 그가 생전에 욕망하던 거였다. 죽어서는 조플린을 통해 같은 걸 욕망하고 있었다.

조지는 눈을 질끈 감고 버텼다.

조플린은 조심조심 삼각대를 등지고 섰다. 구부정한 어깨는 공포로 뻣뻣하고, 파리한 얼굴은 긴장으로 팽팽했다. "눈을 뜨지, 커빈스." 그가 말했다. "본인이 그러고 싶어 한다는 걸 스스로도 알잖아."

그랬다. 그의 일부─며칠 전 거울의 덫에 걸려버린 그 일부─가 보고 싶어 발악했다. 그가 몸을 부들부들 떨었다. 안간힘을 쓰며 자신에게 저항했다. 끝내 고개를 돌렸다. 입술을 꽉 깨물고 있었다.

나는 묶인 상태에서 몸을 비틀었다. "무시해, 조지!"

"봐…. 보라고…."

"커빈스…." 조플린은 볼펜과 공책을 들고 일이 벌어지길 기다리며 볼펜으로 치아를 짜증스레 톡톡거렸다. 신경질이 나는 눈치였다. 광기라는 망토 아래의 그는 여전히 까탈스럽고 소심한 학자, 자신을 매료시키는 실험을 하고 싶어 안달인 연구자였다. 초파리의 행동 양식 혹은 벌레의 짝짓기 의식을 관찰하는 사람 같았다. "커빈스, 내 말대로 해! 안 그럼…." 방어진 속 두건 쓴 형상이 악한 기운을 뿜었다. 조플린이 다시 움찔하며 고개를 끄덕였다. "안 그럼," 매몰차게 말했다. "이 칼로 네 친구들의 목을 베겠다."

카타콤에 적막이 흘렀다.

"오오." 통로 저편에서 해골의 목소리가 희미하게 들렸다. "좋은 선택이야! 나로서는 꿩 먹고 알 먹는 거잖아."

조지가 자세를 고쳐 앉았다. "좋아." 그가 말했다. "좋아. 할게."

"안 돼, 조지." 내가 말했다. "말도 안 되는 소리 하지 마."

"글쎄, 살짝만 보면 되지 않을까." 킵스가 말했다.

"넘어가지 마!" 내가 악을 썼다. "괜히 센 척하는 거야!"

"센 척?" 조플린이 칼끝을 점검했다. "저기 말이지, 불쌍한 잭 카버도 그리 생각하다 간 거 같은데…."

"소용없어, 루스." 조지가 어눌하게 말했다. 권태가 돌아오기라도 한 것 같았다. 그의 목소리에 깊은 피로가 깃들어 있었다. "난 이거 결국엔 하고 말 거야. 이러나저러나 내 자신을 어쩔 수 없어. 봐야만 해. 거울이 끌어당기고 있어. 난 거부 못 해."

그는 이미 눈을 뜨고 있었다. 고개를 숙인 채 자기 가슴팍을 응시하고 있었다.

"안 돼!" 나는 손목을 마구 당겼다. 그 통에 킵스의 의자가 먼지투성이 벽돌 바닥에서 달가닥거렸다. 눈에 눈물이 차올랐다. "혹시라도 그랬다간, 조지 커빈스, 나 정말 화낼 거야."

"괜찮아, 루스." 조지가 슬프게 웃었다. "이게 다 내가 잘못해서 벌어진 일이야. 그리고 이건 어쨌든 내가 늘 원했던 일이기도 하고. 그렇잖아? 미스터리를 푸는 것, 다른 누구도 못 해본 일을 하는 것."

"말 한번 잘한다!" 조플린이 맞장구쳤다. "아주 장한 젊은이야. 자, 네 말을 기록할 준비가 돼 있어. 괜한 생각 같은 거 한다고 멈추지 말고 빠르고 분명히 말해! 네 눈에 보이는 걸 얘기해 줘."

과거로부터 온 또 한 번의 메아리. 130년 전에 비커스태프가 월버포스에게 했던 말이었다. 완전히 같은 사람이 말하는 것 같기도 했다. 정말 그랬는지도 모른다. 그의 어디까지가 비커스태프고, 어디까지가 조플린일까?

"조지, 제발…."

킵스가 끙 소리를 냈다. "얘 말이 맞아, 커빈스! 미친놈한테 놀아나지 마."

조플린이 발을 쿵쿵 굴렀다. "다들 조용히 좀 하지!"

"루시…." 조지가 불쑥 말했다. "이 모두가…. 나도 알아. 내가 강하지 못했고 잘못을 저질렀다는 걸. 그래서 미안해. 록우드한테도 그렇게 전해줘. 알겠지?"

그 말과 함께 그는 고개를 들고 거울을 봤다.

"조지…!"

"봐…." 내 위의 두건 쓴 형상이 중얼거렸다. "네 소원대로 해준다니까."

조지는 보고 있었다. 작고 동그란 안경 너머의 거울을 똑바로 응시했다. 그를 막기 위해 내가 할 수 있는 일은 없었다.

조플린이 마른침을 꿀꺽 삼켰다. 그의 볼펜이 공책 위 허공에서 전율했다. "그래, 말해, 커빈스. 뭐가 보이나?"

"조지?"

"말하라고, 녀석아!"

"네 소원대로…."

조지의 얼굴이 팽팽해지며 눈이 휘둥그레졌다. 그에게서 소름 끼
치는 행복감이 반짝였다. "보여…. 아름다운 것들이…."

"그래? 그래? 계속해…."

하지만 갑작스레 조지의 온몸에서 힘이 빠졌다. 살갗이 축 늘어지
고 줄에 달려 내려가는 도개교처럼 입이 서서히 벌어졌다. 얼굴에 퍼
졌던 격렬한 환희는 남았지만 그 속의 모든 총명함, 재기 넘치는 생
명력과 고집은 사라지기 시작했다.

나는 앞으로 튀어나가려 했다. 손을 묶인 채 몸을 비틀었다. "조
지!" 비명을 질렀다. "나 좀 봐!"

"말해!" 조플린이 고함쳤다. "어서!"

소용없었다. 공포에 질린 내 눈앞에서 조지가 턱을 크게 벌린 채
그대로 굳었다. 길고 거칠고 그렁거리는 한숨을 내쉬었다. 눈꺼풀이
아래로 처졌다. 몸이 한 번, 두 번, 진저리를 치고는 잠잠해졌다. 고개
가 확 젖혀지더니 옆으로 천천히 떨어졌다. 그러다 멈췄다. 그의 입
은 벌어져 있었다. 눈은 물끄러미 응시했지만 아무것도 보고 있지 않
았다. 밀랍 같은 이마에 파리한 머리칼 몇 가닥이 늘어져 있었다.

"이런." 앨버트 조플린이 감정을 실어 말했다. "이 얼마나 극악무
도하고 막돼먹은 짓이야. 쓸 만한 뭐라도 좀 얘기해 주고 죽든가."

28

나는 조지의 시신을 물끄러미 봤다. 나 역시 숨이 멎은 듯했다.

"그러니까, '아름다운 것들'을 어디다 쓴단 말이야?" 조플린이 투덜거렸다. "과학적이지가 않잖아. 안 그래? 게다가 새벽이 다 된 마당에 한 번 더 시험할 가치가 있는지조차 모르겠다고!" 그는 약이 올라 발을 굴렀다. "정말이지, 아주 막돼먹었어."

조플린이 계속 중얼거렸지만 내 귀엔 안 들렸다. 그의 목소리는 아득하기만 했다. 모든 소리들이 내 앞에서 숨을 죽였다. 나는 망연자실한 내 마음속에 혼자였다.

"조지!" 내가 나지막이 말했다. "일어나!"

"소용없어, 칼라일…." 킵스였다. "녀석은 죽었어."

"아, 아녜요. 저 앤 늘 저래요…." 내가 말했다. "녀석이 아침에 어떤지 봐야 한다니까요. 지금은 좀 졸려서 그래요. 그렇지, 조지? 조지, 제발…."

조지는 대답이 없었다. 의자에 내던져진 낡은 외투처럼 늘어져 있을 뿐이었다. 그의 입이 벌어져 있었다. 두 손은 무력하게 매달려 있었다. 나는 우리 양탄자에 쓰러졌던 잭 카버를, 죽음이라는 빌어먹을 허무를 생각했다. 조그맣게 신음을 뱉었다.

조플린의 눈이 날 향해 번뜩였다. 조금 전까지 자기 시계를 살피던 사람이 이젠 나를 건너다보며 눈을 가늘게 떴다. 그 온화함은 어디로 갔을까? 소심한 기록물 전문가의 얼빠진 들썩거림은 어디에 있나? 나를 뜯어보는 그의 눈은 매섭고 차가웠다.

다른 무언가도 날 보고 있었다. 조지가 거울을 들여다보던 순간, 에드먼드 비커스태프의 유령이 방어진을 꽉 채우도록 부풀었다. 놈이 거둔 승리에의 서늘한 만족감이, 조지의 굴복을 보는 환희가 느껴졌다. 이제 놈의 관심은 새 희생자를 향했다. 가운을 뒤집어쓴 형상이 뒤틀렸다. 두건 쓴 머리가 나를 굽어봤다. 내내 가려져 있던 얼굴이 언뜻 보였다. 히죽거리는 입은 날카로운 이빨이 다 드러나 있고, 살갗은 뼈처럼 하였으며, 눈은 검은색 동전 같았다.

다시 조플린을 보니 그의 눈이 딱 그랬다.

킵스는 성인이라 유령을 실제로 보진 못했지만 그 존재는 제대로 느꼈다. 그가 앉은 자리에서 움츠러드는 게 감지됐다. 나? 나는 몸을 곧추세웠다. 주먹을 불끈 쥐었다. 내 안에서 뭔가가 쿵 하고 닫히면서 돌로 된 벽 저편으로 슬픔을 치워버렸다. 마음이 점점 차분해졌다. 내 증오는 겨울 호수였다. 얼음장같이 차갑고 선명하고 그 끝을 모르는…. 나는 가만히 서서 조플린을 응시했다.

"어쩌면," 그는 혼잣말을 했다. "어쩌면 한 번 더 시도해 볼 수 있겠지. 그래. 여자애를 의자에 앉히기만 하면 돼. 나쁠 건 뭐고 안 될 건 또 뭐야? 여자애는 살아남을지도 모르잖아. 남자애가 실패한 지점에서."

그는 칼을 든 채 새처럼 경쾌한 걸음으로 다가왔다.

"그 애한테서 떨어져." 킵스가 말했다.

"네 차례도." 조플린이 말했다. "곧 올 거야. 그때까지 조용히 있어. 아님 네놈한테 주인님을 풀어놓을 테니까."

내가 손목을 묶인 상태인데도 조플린은 정면으로 접근하지 않았다. 그 대신 칼을 내들고 내 뒤로 돌아갔다. 한 번의 칼질로 끈을 잘랐다. 칼끝이 다시 한번 내 목에 닿았다. 나는 조용히 서서 살갗 쓸린 손목을 주물렀다.

"저쪽 의자로 가." 조플린이 말했다.

나는 시키는 대로 했다. 억지로 천천히 호흡하며 의도적으로 마음을 가라앉혔다. "내가 거울을 보게 만들어봐야 당신만 손해야." 내가 말했다. "난 유령들과 얘기해. 놈들도 내게 얘기하고. 당신한테 비밀들을 말해줄 수 있어. 내가 죽어서 좋을 게 없다고."

"계속 걸어. 안타깝게도 난 널 안 믿어. 그런 재능을 가진 사람이 어디 있어?"

"여기 있잖아. 나한테 3급령이 있어. 놈의 출처가 근처 내 배낭에 들어 있고. 놈에 비하면 비커스태프 따위는 아무것도 아냐. 놈을 보여줄게."

저 멀리 어두운 곳에서 단지 속 유령이 움찔하고 놀라는 게 느껴졌다. "이봐, 여기서 내 얘기가 왜 나와? 그 작자도 커빈스 못지않게 불쾌할 거라고. 괴상한 실험하며 이상한 습관하며…. 그 작자가 다음으로 내게 할 짓이 뭐겠어. 날 데리고 욕조에나 들어가겠지."

조플린이 멈춰 섰다. 칼끝에 다시 힘이 들어갔다. "그 역시 안 믿어."

"그렇지!" 해골이 외쳤다.

"하지만 네게 영물이 있는 게 사실이라면 나중에 면밀히 살펴봐주지."

"아, 끝내주네. 미치도록 고맙다." 해골이 말했다.

조지의 의자까지는 몇 걸음이면 족했다. 그 과정을 비커스태프의 유령이 지켜봤다. 방 가운데 방어진에서는 거울의 일곱 영혼이 흑단 삼각대 위에 무리 지어 있었다. 전과 마찬가지로 움직임이 거의 없었다. 허공에서 애처로운 목소리들이 희미하게 메아리쳤다. 해골이 옳았다. 그들은 하는 게 별로 없었다. 잃어버린 뼈의 운명에만 집착할 뿐, 꽤나 수동적인 듯했다.

하지만 거울은 차원이 달랐다. 나는 거울을 내내 외면했지만 곁눈질로는 여전히 볼 수 있었다. 뼈로 된 테두리가 흐릿하게 빛났으나 거울 자체는 시커먼 구멍이었다. 왕왕거리는 소음이 무시무시하게 컸다. 거울 속에서 움직임이, 소용돌이치며 더욱 선명해지는 암흑이 감지됐다. 그와 동시에 제대로 보고 싶다는 돌연하고 거센 충동이 일었다. 그 욕망이 내 속에서 마치 비명처럼 밀고 올라왔다. 나는 그 감각을 떨쳐버렸지만, 그렇다고 조지를 볼 엄두가 나는 것도 아니었다. 바닥에 시선을 고정하고 손가락으로 손바닥을 긁어 팠다.

몸이 살짝 떠밀렸다. 조플린이 나를 앞으로 밀고 본인은 뒤로 빠졌다. 돌아보니 그가 의자 뒤에서 몸을 숙이고 조지의 축 늘어진 손을 결박한 끈을 자르고 있었다. 내가 몸을 돌렸지만 칼이 다시 올라와 저지했다.

"꿈도 꾸지 마." 조플린이 말했다. 그는 고개를 숙인 채 나를 올려다보며 누런 이를 드러냈다. "시체를 치우고 의자에 앉아."

"그렇겐 못 해."

"네겐 선택권이 없어."

"땡. 아까 내려놓은 위치에서 내 레이피어를 되찾을 거야. 그런 다음에 조플린, 당신을 죽일 거야."

조플린 뒤에 처놓은 방어진 속 비커스태프의 유령이 갑작스럽고 다급하게 움직였다. 어깨뼈 사이를 떠밀리기라도 한 듯 조플린이 앞으로 휘청했다. 그의 눈은 두 개의 검은 공동이었다. 그가 으르렁거리며 칼을 앞세우고 다가왔다.

나는 움직일 준비를 했다.

그 순간 조지가 벌떡 일어났다.

나는 비명을 질렀다. 내 뒤 어딘가에서 킵스의 기겁한 헉 소리가 들렸다. 조플린이 울부짖음과 으르렁거림 사이의 기이한 소리를 내며 들고 있던 칼을 떨어트렸다.

통로의 유령단지에서 분개한 욕설이 터졌다. "살았어? 아이고, 식상해라. 어쩐지 일이 술술 풀린다 했다."

무표정한 얼굴에 안경을 비스듬히 걸친 조지가 앞으로 뛰어올라 조플린의 허리를 붙들었다. 그의 몸을 옆으로 휘두르고 훌쩍 들어 올려서는 등 뒤의 쇠사슬 방어진으로 넘겼다. 조플린이 떨어지면서 삼각대 다리를 때렸다. 삼각대가 흔들리다 쓰러지면서 거울이 바닥에 내동댕이쳐졌다.

조지가 똑바로 일어나서는 눈을 덮은 머리칼을 쓸어 넘기고 내게 윙크했다.

나는 아직껏 그를 보고 있었다. 어안이 벙벙했다. "조지…." 더듬더듬 말했다. "어떻게…?"

"지금 좀 바빠서." 조지가 말했다. "질문은 나중에." 그는 조플린에게 몸을 날렸다.

공황에 빠진 기록물 전문가는 껙껙거리며 발버둥 쳐 삼각대를 밀어냈다. 일곱 영혼이 그의 머리 위를 맴돌았다. 나로서는 놀랍게도―조플린이 자기네 방어진 안에 있는데도―영혼들은 그와 접촉하려

들지 않았다. 조지가 가까워오자 조플린은 넘어진 삼각대를 움켜잡고 광적으로 휘둘렀다. 조지의 근처에도 못 간 삼각대가 조플린의 손에서 미끄러져 나와 덜거덕덜거덕 바닥을 가로질러서는 다른 쪽 방어진, 비커스태프의 유령을 두르고 있는 쇠사슬을 때렸다. 사슬이 흐트러지면서 양쪽 끝이 만나는 지점에 조그만 틈이 생겼다.

그 즉시 공기가 쿵, 느닷없는 굉음을 냈다. 터지듯 방을 휩쓰는 찬바람에 무덤먼지가 두둥실 부풀어 벽감들 속으로 휘날렸다. 쇠사슬이 살아 있기라도 한 것처럼 홱홱 움직이며 달가닥거렸다. 연결부의 틈이 더 벌어졌다. 두건 쓴 형상이 가려진 머리를 내게로 돌렸다.

놈은 몸을 구부리고 펴가며 연기처럼 가늘게 쥐어짜 틈새를 통과했다. 뒤로는 반투명한 엑토플라즘 가닥이 길게 늘어지며 바닥의 시신을 감고 회오리쳤다. 형상이 위로, 천장에 닿도록 높이 뻗어나갔다. 스르르 전진했다. 가운이 벌어져 열리며 희고 앙상한 두 팔과 옹이지고 탐욕스러운 손이 나타났다.

비커스태프의 유령이 풀려났다.

그걸 퀼 킵스가 감지했다. 눈을 부라리고 핏대를 잔뜩 세워 몸부림치며 의자를 달가닥거렸다. "루시!" 그가 꺽꺽거렸다. "도와줘!"

레이피어를 되찾을 시간이 없었다. 내 검은 테이블 너머에 있었고, 그 앞에서 조지와 조플린이 광적으로 찰싹거리고 욕설을 퍼부으며 바닥을 굴러다녔다. 내가 검을 가지러 간다면 킵스는 죽을 것이다.

하지만 내겐 다른 무기가 없었다. 다만….

나는 킵스에게로, 비커스태프의 유령에게로 돌진했다. 중간에 몸을 숙이곤 아까 조플린이 나동그라지며 흐트러트린 긴 쇠사슬 하나를 낚아챘다. 그걸 쥐고 계속 달렸다. 의자에 도착하는 순간에는 앞으로 내뻗은 쇠사슬을 빙빙 돌리고 있었다.

나는 비커스태프 박사의 유령과 정면으로 맞섰다.

놈은 킵스를 내리 덮치려 하고 있었다. 그를 감싸 안기라도 하려는 듯 두 팔을 활짝 벌린 채였다. 건너편이 훤히 들여다보이는 두 손이 아래를 향했다. 꽥 소리 반에 꾸르륵 소리가 반인 돌격 함성과 함께 나는 사납게 쇠사슬을 돌려 뼈처럼 하얀 손가락들의 끝을 잘랐다. 칙칙거리며 연기가 피어올랐다. 유령이 뒤로 물러났다. 나는 놈과 의자 사이를 비집고 들어가 위아래를 오가며 쇠사슬을 돌렸다.

"조심!" 휘파람 소리를 내며 곁을 스치는 쇠사슬을 피해 킵스가 미친 듯 몸을 수그렸다.

"왜, 내 실력이 별로예요?" 나는 숨을 헐떡였다. "그럼 그냥 갈까요?"

"아니, 아냐. 아주 좋아. 아악!" 쇠사슬이 그의 머리칼을 가르고 지나갔다.

바닥의 시신 가운데서 어마어마하게 많은 양의 플라스마가 왈칵왈칵 쏟아지고 있었다. 이제 유령은 더 길고 더 뱀 같았다. 놈의 머리와 몸통이 저 멀리 위쪽에서 좌우로 흔들렸다. 휙휙 움직이고 눈속임 동작을 해가며 내 쇠사슬을 뚫고 들어오려 갖은 애를 썼다. 팔을 내뻗었다가 두 동강 나자 그 즉시 다시 형체를 갖췄다. 사방에 플라스마 소나기가 내리며 우리 옷에도 후드득후드득 떨어졌다.

우리가 싸우는 내내 머릿속에서는 에드먼드 비커스태프의 목소리가 나를 부르고 또 불렀다. 어서 보라고 다그치며 내 소원을 들어주겠노라 약속했다. 매번 같은 말이었다. 놈에겐 그것뿐이었다. 놈의 유령은 몹시도 소름 끼쳤지만, 자신의 광기와 적의를 양분 삼아 자꾸만 강해졌지만, 그럴수록 내 자신은 더욱 차분해지고 자신감 또한 올라갔다. 나는 거기 서서 지저분하고 지친 상태로 (플라스마 때문에) 몸에서는 모락모락 김을 내며 원수 같은 킵스의 생명을 지켰다. 환영을 가만히 살피니 어느새 두건이 벗겨지고 박사의 얼굴이 드러나 있었다. 그래, 흉측한 몰골로 이빨을 드러내며 으르렁거렸다. 그래, 그 이빨은 날카롭고 눈은 시꺼먼 동전 같았다. 하지만—두건이 벗겨진 상황에서—그건 결국 사람의 얼굴일 뿐이었다. 그는 멍청하고 강박적이며 스스로를 중요한 인물로 느끼고 싶어 으스스한 가운을 즐겨 입던 남자일 뿐이었다. 자신이 알아선 안 될 것들의 답을 추구했지만 너무 무서워 직접 들여다보지도 못했다. 다른 이들을—생전에도, 그리고 이젠 죽어서도—이용해 먹었다. 그의 목소리에 최면을 거는 힘이 있는가? 그래, 누군가에게는 그럴지도. 하지만 내겐 아니었다.

나는 이제 놈이 지긋지긋했다.

나는 방어에서 공격으로 자세를 바꿨다. 높이 내두른 쇠사슬을 피해 유령이 움츠려드는 순간, 거리를 좁혀 들어가며 팔의 위치를 조정하고는 사슬을 머리 위로 넘겼다가 낚싯줄을 던지는 어부처럼 내뻗었다. 사슬이 비커스태프의 가운데를, 두건에서 바닥까지 곧장 가르며 놈을 깔끔히 두 동강 냈다.

한 번의 한숨, 헐떡임. 환영이 사라졌다. 플라스마 한 줄이 휙 내빼다시피 바닥을 가로질러 가 시신으로 빨려 들어갔다. 공기 중에 툭 하는 소리를 남기고 자취를 감췄다.

쇠사슬 끝에서 김이 피어올랐다. 나는 사슬을 놨다. 킵스는 의자에 뻣뻣이 앉아 있었다. 살짝 난감한 듯한 표정이었다.

"놈을 물리쳤어요." 내가 말했다. "얼마간은 형태를 되찾지 못할 거예요."

"그래." 그가 말하며 입술을 혀로 축였다. "고마워. 날 까까머리로 만들 필요까지진 없었지만. 이제 나 좀 풀어줘."

"아직요." 내가 방 건너를 쳐다봤다. "마무리할 일이 남았어요."

내가 유령과 맞서는 사이 조지와 조플린의 싸움도 결론이 났다. 뒹굴뒹굴 엎치락뒤치락 방을 가로지른 그들은 결국 빈 관들의 더미 옆에 쌓여 허우적대는 신세가 됐다. 조플린이 위에 있었다. 외마디 외침과 함께 그는 놔주지 않으려는 조지의 손을 뿌리치고 휘청휘청 일어섰다. 조지는 대응하지 못했다. 탈진해서는 벽에 몸을 기대고 있을 뿐이었다.

조플린의 셔츠는 찢기고 재킷은 반쯤 벗겨져 있었다. 그는 완전히 얼이 빠진 듯했다. 그럼에도 그의 마음에는 한 가지 존재밖에 없었다. 그는 방 저쪽을 돌아봤다. 뼈 거울이 뒤집힌 채 놓여 있었다. 그는 비틀거리며 그쪽으로 향하기 시작했다.

아니. 어림없지. 이제 끝낼 때가 됐다.

잔뜩 지친 상황에서도 나는 기록물 전문가보다 날랬다. 성큼성큼 걸어 거울에 도달했다. 그 위를 일곱 형상이 여전히, 희미하고 애절하게 맴돌고 있었다. 나는 몸을 숙여 거울을 집어 든 다음—몰려드는 영혼들을 무시하고 조플린의 호통을 무시하며—테이블로 갔다.

손에 든 거울은 얼음장처럼 차가웠다. 뼈들은 매끈하면서도 만지면 따끔거렸다. 왕왕거리는 소리가 아주 컸다. 나는 거울이 붙은 면이 아래를 향하게 주의했다. 위를 보니 형상들의 무리가 나를 둘러싸고 있었다. 가까운 동시에 멀었다. 그들은 거울에만 집중했다. 위협적이진 않았다. 얼굴은 멍하고 어룽져 있었다. 빗속에 버려둔 사진처럼.

사방에서 희미한 울음소리가 들렸다. "우리 뼈를 돌려줘…."

"알았어, 알았어." 내가 말했다. "방법을 찾아볼게."

테이블에 도달해서는 바닥의 레이피어부터 집어 들었다. 그런 다음 테이블 위에 엉망으로 흩어져 있는 잡동사니들을 훑어봤는데, 조플린의 소유로 보이는 쇠지렛대와 끌과 나무망치가 눈에 들어왔다. 그 물건들을 그가 어디에 썼는지는 생각도 하기 싫었다.

조플린은 테이블 반대편에 멈춰 서 있었다. 눈에는 예의 그 멍한 격정이 깃들어 있었다. "안 돼!" 그가 꺽꺽거렸다. "내 거야! 하지 마!"

나는 그를 무시했다. 벽감들을, 아까 거쳐 온 통로를 돌아봤다. 그곳의 희미한 녹색 빛이, 배낭에서 내다보는 심술궂은 얼굴이 간신히 보였다.

"해골!" 내가 말했다. "지금이야! 여기 거울이 있어. 말해!"

희미한 목소리에서 불안이 느껴졌다. "말하라니, 뭘?"

"넌 이게 만들어질 때 옆에 있었어. 파괴하는 방법을 알려줘. 여기 묶인 불쌍한 영혼들을 풀어주고 싶어."

"그것들을 누가 신경이나 쓴다고? 세상 쓸모없는 놈들이야. 잘 한 번 봐. 당장이라도 널 유령접촉하면 그만인데, 둥둥 떠다니며 징징거릴 줄밖에 모르잖아. 놈들은 쓰레기야. 붙들려 있어도 싸다고. 자, 나라면…."

"말해! 안 그랬다가 나한테 무슨 꼴을 당할지 잊지 말라고!"

테이블 건너에서 조플린이 느닷없이 달려들었다. 나는 레이피어를 들어 그를 저지했다. 하지만 그 와중에 거울을 쥔 손에서 힘이 빠졌다. 거울이 미끄러지다 뒤집혔고, 나는 시커먼 앞면을 힐끗 보고 말았다….

너무 늦었다. 나는 거울을 테이블에 엎어놓으며 눈을 질끈 감았다. 갑작스럽고 가공할 고통이 작살처럼 창자를 뚫었다. 속이 천천히 까뒤집히는 것만 같았다. 그 고통과 함께 거울을 다시 보고 싶다는

타는 듯한 욕망이 찾아왔다. 가히 압도적인 충동이었다. 나는 갑자기
알게 됐다. 거울이 모든 걸 해결해 줄 것이다. 내게 더없는 행복을 줄
것이다. 비록 내 몸은 바싹 말랐으나, 거울이 갈증을 풀어줄 것이다.
나는 굶주렸으나, 거울이 배를 채워줄 것이다. 거울 밖의 모든 건 칙
칙하고 무가치했다. 그 빛나고 반짝이는 암흑 외에는 아무것도 중요
치 않았다. 그걸 볼 수 있고, 거기 함께할 수 있다. 거울을 뒤집어 나
를 내맡기기만 하면. 우스우리만치 쉬웠다. 나는 레이피어를 내려놓
고 손을 움직이기 시작했다….

"딱하고 어리석은 루시…." 해골의 목소리가 내 꿈을 가차 없이
깨고 들어왔다. "다른 바보들이랑 똑같네. 눈을 떼지 못하잖아. 거울
을 깨버리면 그만인걸."

깨버려…? 이윽고 삶과 빛과 살아 있는 것들을 여전히 고집하는
내 작디작은 일부가 소스라치며 움찔했다.

나는 나무망치를 낚아채 거울의 뒷면을 내리쳤다.

소름 끼치는 쩍 소리가 났다. 폭발하듯 공기가 방출됐다. 그리고
왕왕거리는 소리―이 모든 시간 내내 귓가를 떠나지 않던―가 뚝
그쳤다. 일곱 영혼에게서 한숨이 터져 나왔다. 황홀경에 빠진 소리에
가까웠다. 그들이 흐릿해지며 몸을 떨더니 시야에서 사라졌다. 내 손
아래의 거울은 뼈와 노끈으로 뒤죽박죽돼 볼품없었다. 테이블에 검
은 거울 파편들이 흩어져 있었다. 나는 더 이상의 고통도 욕망도 느
끼지 않았다.

잠시 동안 그 조용한 방의 누구도 꼼짝하지 않았다.

"그래." 내가 말했다. "이걸로 끝이네."

완전히 얼어 있던 조플린이 허무한 듯 신음했다. "어떻게 감히!"
그가 울부짖었다. "값조차 못 매길 물건이었어! 내 거였다고!" 그는

앞으로 튀어나가 테이블 위를 뒤지더니 거대한 화승총을 집어 들었다. 녹슬고, 거추장스럽고, 공이치기가 올라와 있었다.

그가 총을 내게 겨눴다.

우리 옆에서 점잖은 기침 소리가 들렸다. 나는 고개를 들었다. 조플린이 눈길을 돌렸다.

거기 앤서니 록우드가 서 있었다. 무덤먼지를 뒤집어쓰고 옷깃과 머리칼엔 거미줄이 범벅이었다. 바지는 무르팍이 다 찢겼고 손가락에서는 피가 나고 있었다. 예전보다 말쑥한 모습이라고는 못 하겠지만, 내 눈엔 그보다 더 좋아 보일 수 없었다. 그는 아무렇지 않은 듯한 손에 레이피어를 들고 있었다.

"물러서!" 조플린이 외쳤다. "나 무장했어!"

"안녕, 루시." 록우드가 말했다. "안녕, 조지. 미안해, 좀 늦었지."

"괜찮아."

"내가 놓친 거라도?"

"물러서라고 했다!"

"별거 없어. 내가 조지를 구했어. 아니, 조지가 날 구했다고 해야겠구나. 여기 킵스도 있어. 내가 뼈 거울을 손에 넣었는데, 아니, 그것의 잔해라고 해야겠네. 조플린이 지금 막 이 골동품 총인지 뭔지로 날 위협하던 중이었어."

"18세기 중반 영국군에서 쓰던 총 같은데." 록우드가 말했다. "장전은 두 발에 부싯돌로 격발. 꽤 희귀한 모델일 거야. 이 년가량 사용되다 차츰 사라졌지."

나는 그를 물끄러미 봤다. "넌 그런 걸 도대체 어떻게 알아?"

"그냥 알아. 여기서 중요한 건, 이게 정확도가 그리 높은 무기는 아니란 거지. 게다가 습하고 오래된 카타콤이 아닌 건조한 장소에 보관해야 하고."

"조용! 내가 시키는 대로 하지 않으면…."

"제대로 작동할 것 같지 않은데. 한번 보자. 어때?" 그 말과 함께 록우드가 조플린을 향해 움직였다.

분노의 식식거림과 함께 골동품 권총의 허망한 딸깍거림이 들렸다. 조플린은 욕설을 뱉으며 우리 발치에다 총을 내던지고는 몸을 돌려 비틀비틀 방을 가로질렀다. 바닥에 놓인 비커스태프의 시신으로 곧장 다가갔다.

"조플린," 내가 외쳤다. "멈춰요! 아직 안전하지 않다고요!"

록우드가 뒤쫓기 시작했지만 조플린은 들은 척도 하지 않았다. 가냘픈 안경잡이 생쥐처럼 미끄러지며 이리 갔다 저리 갔다 했고, 정신이 없었고, 무력했고, 쇠사슬에 발이 걸렸고, 잔해를 밟고 미끄러졌고, 어디로 가야 할지 몰랐다.

그 답은 이미 정해져 있었다.

그가 미라화한 시신을 지나칠 때, 벽돌에서 두건 쓴 형상이 솟았다. 유령은 이제 무척 희미했고 내 눈에조차 성기게 보였다. 조플린은 그쪽으로 곧장 걸어 들어갔다. 희고 반투명한 팔이 그를 감쌌다. 그는 속도를 늦추고 마침내 멈춰 섰다. 고개를 젖히고 몸을 뒤틀며 경련했다. 한숨 소리를 냈다. 이윽고 부드럽게, 희미해지는 형상을 뚫고 벽돌 바닥에 쓰러졌다.

몇 초 만에 끝났다. 우리가 도달했을 때 유령은 사라지고 없었다. 조플린은 벌써 파란색으로 변하고 있었다.

록우드는 비커스태프의 시신을 두른 쇠사슬을 발로 차서 벌어진 틈을 닫고 출처를 봉인했다. 나는 조지에게 달려갔다. 그는 여전히 구석에 널브러져 있었다. 두 눈은 감겨 있었지만, 내가 다가가자 다시 뜨였다.

"조플린은?" 조지가 물었다.

"죽었어. 비커스태프한테 붙들렸어."

"거울은?"

"아쉽지만 내가 깼어."

"오. 그래." 그가 한숨을 쉬었다. "오히려 잘된 걸지도."

"내 생각도 그래."

나는 다리가 후들거렸다. 조지 곁에 앉았다. 반대편에서는 록우드가 잿빛 얼굴로 벽에 기대서 있었다. 우리 누구도 말하지 않았다. 그럴 기운이 없었다.

"저기…." 킵스의 목소리가 메아리쳤다. "숨 좀 돌렸으면, 누가 나 좀 풀어줄래?"

29

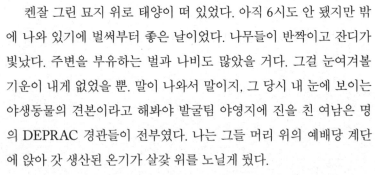

켄잘 그린 묘지 위로 태양이 떠 있었다. 아직 6시도 안 됐지만 밖에 나와 있기에 벌써부터 좋은 날이었다. 나무들이 반짝이고 잔디가 빛났다. 주변을 부유하는 벌과 나비도 많았을 거다. 그걸 눈여겨볼 기운이 내게 없었을 뿐. 말이 나와서 말이지, 그 당시 내 눈에 보이는 야생동물의 견본이라고 해봐야 발굴팀 야영지에 진을 친 여남은 명의 DEPRAC 경관들이 전부였다. 나는 그들 머리 위의 예배당 계단에 앉아 갓 생산된 온기가 살갗 위를 노닐게 됐다.

경관들은 묘지 안으로 승합차를 들여왔고 야영지를 임시 수사본부로 썼다. 차량 옆에 반스 경위가 서서 록우드와 열띤 회의 중이었다. 멀리서도 그의 콧수염이 곤두서는 게 보이다시피 했다. 다른 승합차 밖에서는 한 무리의 의료진이 조지―그리고 삐뚤삐뚤 한 줄로 선 캣 고드윈과 보비 버넌, 네드 쇼―를 치료했다. 퀼 킵스는 벌써 처치를 마치고 내게서 몇 계단 아래에 앉아 있었다. 우리는 예배당으로 들어가는 경관들의 행렬을 함께 구경했다. 그들은 철과 은, 갖가지 보호 상자를 들고 있었다. 카타콤 내부의 것들을 안전히 빼내기 위한 상자들이었다.

예배당 아래 지면의 여기저기서 흰 옷을 입은 경관들이 옷과 혈흔, 버려진 무기들을 확보하고 처리했다. 한두 시간 전에 벌어진 대격전의 유물들이었다.

록우드 말대로 (또한 이후 여러 언론에 보도된 바와 같이) 윙크맨이 보낸 불량배들과의 전투는 절망적인 작전이었다. 최소 여섯 명의 습격자—각각이 몽둥이 혹은 곤봉으로 무장한—가 공격에 가담했다. 록우드와 3인의 피츠 조사관은 목숨을 걸고 싸웠다. 그건 곤봉 대 검, 수적 우세 대 전투력 우위의 다툼이었다. 전쟁은 예배당 계단을 오르내리며 격렬히 계속됐고, 처음엔 흉포함 그 자체인 습격자들에게 승기를 뺏기는 줄 알았다. 하지만 조사관들의 검술이 힘을 발휘하기 시작했다. 전세가 역전됐다. 묘지에 새벽이 밝아오면서 불량배들은 야영지 너머로 밀려나고 무덤 사이로 내쫓겼다. 록우드에 따르면 자기가 남자 셋에게 치명적인 부상을 입혔다고 했다. 나머지 둘은 쇼와 고드윈이 처리했다. 여섯 번째 불량배는 몽둥이를 버리고 도주했다. 결국 포로 다섯이 막사 옆 땅바닥에 무력하게 뻗어 있고, 캣 고드윈이 감시하는 것으로 끝이 났다.

그러나 승리에는 대가가 따랐다. 모두가 다쳤다. 록우드와 고드윈의 부상은 찰과상에 불과했지만 네드 쇼는 팔이 부러졌다. 보비 버넌은 머리를 심하게 맞아 일어서질 못했다. 근처의 막사를 강제로 따고 들어가는 건 록우드의 몫이었다. 전화기를 찾아 반스 경위에게 연락하는 일은 쇼에게 맡긴 뒤 그는 예배당으로 질주했고, 관대가 있던 자리에 뻥 하니 뚫린 수직갱도를 발견했다. 내 예상대로 그는 지체없이 어둠 속으로 뛰어내렸고, 부리나케 달려 조지와 나를 찾았다.

철수는 진입보다 수월했다. 우리는 조플린의 주머니에서 카타콤 출입문 (그리고 킵스의 쇠사슬) 열쇠를 찾아내 계단으로 빠져나올 수 있었다. 천천히 이동해 지상에 도달하는 그때 DEPRAC팀이 도착했다.

반스 경위는 계단을 껑충껑충 뛰어 올라와 우리와 만났다. 그의 관심을 끌려고 다투는 록우드와 킵스의 말은 들은 체 만 체하고 거울부터 요구했다. 반스의 머릿속에도 거울밖에 없었던 것이다. 록우드가 과장된 몸짓으로 거울 파편들을 내보였다. 경위의 콧수염이 축 늘어지는 정도로 판단하건대 거울의 상태에 실망한 듯했다. 그럼에도 즉시 의료진을 불러 우리를 치료시키고, 카타콤의 대대적 수색을 준비했다. 반스는 그 안에 조플린이 또 뭘 숨겨놓고 있었는지 보고 싶어 했다.

하지만 그의 경관들이 찾아내지 못한 영물이 있었다. 나는 내 배낭을 잊지 않았고, 그 안엔 유령단지가 조용히 들어 있었다. 해골이 나를 구했다는 주장이 가능한 상황이었다. 나는 집에 가서 놈의 운명을 결정할 것이었다.

* * *

초기에 반스와 대화한 뒤 킵스는 대체로 없는 사람 취급을 받았다. 한동안 그는 잿빛 얼굴로 예배당 계단에 앉아 있었다. 으스대기 좋아하는 평상시 자아의 꾀죄죄하고 초췌한 그림자 같았다.

충동적으로 나는 목을 가다듬었다. "고맙다고 말하고 싶어요. 아까 해준 거, 카타콤에서 날 도와준 거 말예요. 조지를 쫓아간 것도 그렇고. 좀 놀랐어요, 사실. 비커스태프 관사에서 쥐 떼에 쫓겨 도망가는 걸 본 터라 그런 용기가 있을 줄은 몰랐거든요."

킵스가 억지웃음을 지었다. 나는 필연처럼 그 뒤를 이을 신랄한 대꾸를 기다렸다. 그 대신 잠시 뜸을 들인 뒤 그가 조용히 말했다.

"지금 날 두고 함부로 말하긴 쉽겠지. 하지만 넌 아직 몰라. 재능이 희미해지기 시작한다는 게 어떤 건지. 유령이 감지되긴 할 거야. 놈들이 와 있다는 것도 알지. 하지만 더는 제대로 보이지도 들리지도 않아. 오만 가지 공포를 겪게 되는 거야. 아무것도 할 수 없는 채로. 이따금 불안이 널 집어삼키고 말지."

그가 말을 멈추고 자리에서 일어났다. 얼굴이 점점 굳었다. 햇빛 쏟아지는 잔디밭 건너에서 록우드가 걸어오고 있었다.

"그래서, 우리 전부 체포되는 거야?" 다가오는 그에게 내가 물었다. 반스가 우리한테 열 받았을 이유가 당장 생각해도 몇 가지는 됐다. 내가 뼈 거울을 깬 건 그중 하나일 뿐이고.

록우드가 싱긋 웃었다. "전혀. 반스 경위가 기분 나쁠 게 뭐야? 맞아, 우리가 거울을 깨트렸어. 맞아, 우리가 주요 용의자를 죽였어. 하지만 런던이 위험에서 벗어났잖아. 그가 사건을 우리한테 넘기면서 댔던 핑계도 그거고. 우리가 성공했단 걸 부정할 처지가 못 되지. 안 그래? 일단 말은 그렇게 해뒀어. 어쨌든 경위는 깨진 거울이나마 손에 넣었고, 조플린이 여기 숨겨둔 게 뭐든 그것도 갖게 됐지. 우리가 잡은 불량배들이 줄리어스 윙크맨한테 불리한 증언을 해줄지도 모르고. 반스는 대체로 만족해. 떨떠름하긴 하지만. 나도 만족스럽고. 그쪽은요, 퀼?"

"그러니까 네가 반스한테 거울을 건넸군." 킵스가 퉁명스레 말했다.

"그랬죠."

"경위가 이 건을 너희 실적으로 판단했고?"

"그래요."

"수임료 전부를 주는 걸로?"

"사실, 아뇨. 발품이야 우리가 들였지만, 마지막 작전에서 그쪽 팀도 우릴 도왔잖아요." 록우드가 말했다. "7 대 3으로 나눈다고 얘기해 뒀어요. 마음에 들면 좋겠는데."

킵스는 처음에는 대답하지 않았다. 콧김을 세게 뿜으며 호흡했다. "그렇게… 하지." 마침내 말했다.

"좋아요." 록우드의 눈이 번뜩였다. "그럼 우리 내기 얘길 해보죠. 내가 기억하기론 누구든 지는 쪽이 〈타임스〉에 광고를 내기로 했어요. 승자를 치켜세우면서 굽실굽실 비위도 좀 맞추고요. '우리'가 거울을 찾았고, '우리'가 조플린을 추적했고, '우리'가 공식적인 승자라고 반스도 선언한 셈이니, 그 '지는 쪽'이 당신과 당신 팀일 수밖에 없다는 데 동의할 것 같은데. 어쩌실래요?"

킵스가 입술을 깨물었다. 지친 눈동자가 좌우를 탐색하며 답을 찾았다. 마침내, 갈라진 틈새에서 집게벌레가 뽑혀 나오듯 억지로, 그래서 조그맣고 내키지 않는 소리로 대답했다. "그래."

"좋아요!" 록우드가 신이 나서 말했다. "그 말이 듣고 싶었을 뿐이에요. 물론 그런 일을 시킬 수야 없죠. 솔직히 그러고 싶지도 않고요. 오늘 그쪽 팀과 함께 열심히 싸운 마당에. 당신이 조지랑 루시를 도우려 애썼다는 것도 알아요. 그건 앞으로도 잊지 않을 테고요. 그러니 걱정 말아요. 벌칙 같은 건 없어요."

"신문 광고도?"

"잊어버려요. 처음부터 바보 같았으니까."

상반되는 감정들이 킵스의 얼굴을 스쳤다. 뭐라 말을 하려는 것 같기도 했다. 그러다 그냥 고개만 퉁명스레 까딱하고 말았다. 그가 몸을 일으켰다. 조그만 구름 같은 무덤먼지를 길게 남기며 그는 계단을 성큼성큼 내려가 팀원들에게로 향했다.

"잘했어." 킵스의 뒷모습을 보며 내가 말했다. "옳은 일을 한 거라 생각해. 근데⋯."

록우드가 코를 긁적였다. "응. 저 인간이 고마운 줄이나 아는지 모르겠네. 아, 뭐, 그런들 어쩌겠어? 저기 조지 온다."

조지는 치료를 받고 왔다. 몇 군데 멍과 눈자위 붓기를 제외하면 놀라울 정도로 상태가 좋아 보였다. 그래도 어쨌든 겸연쩍긴 한 모양이었다. 머뭇머뭇 계단을 올라왔다. 그날 아침 우리 셋에서만 있는 건 이때가 처음이었다.

"날 죽일 생각이면," 조지가 말했다. "빨리 해줄래? 나 지금 쓰러지기 직전이라서 말야."

"우리도 마찬가지야." 록우드가 말했다. "죽이는 건 다른 때 하지 뭐."

"사고 쳐서 미안해. 그런 식으로 덤벼들어선 안 됐어."

"맞아." 록우드가 목을 가다듬었다. "그렇대도 나 역시 사과해야겠다."

"나는," 내가 말했다. "누구한테도 사과 안 해. 잠이나 한숨 자고 나면 모를까."

"내가 못되게 굴었어, 조지." 록우드가 말했다. "네가 우리 팀에 얼마나 훌륭히 기여하는지 제대로 고려하지 않았어. 오늘 네 행동은 거울과 비커스태프의 유령에 노출된 결과라는 거 알아. 네가 네 자신이 아니었단 것도 이해하고."

록우드가 기다렸다. 조지는 아무 말도 하지 않았다.

"네가 좀 더 사과할 기회를 주고 있는데." 록우드가 말했다.

"잠들었나 봐." 내가 말했다. 조지의 눈꺼풀이 처지고 있었다. 내가 조지를 쿡 찔렀다. 그가 잠을 번쩍 깼다. "저기," 내가 말했다. "딱

하나. 딱 하나만 물어볼게. 네가 거울을 들여다봤을 때….”

조지가 졸린 듯 고개를 끄덕였다. “네가 뭘 물으려는지 알아. 대답은 ‘아무것도’야. 난 거기서 아무것도 못 봤어.”

내가 인상을 찡그렸다. “그래, 하지만 들어봐. 나도 거의 걸려들 뻔했거든. 끌어당기는 듯한 감각을 느꼈단 말야. 단 한 번 언뜻 봤을 뿐인데도. 안간힘을 써서 겨우 벗어났다고. 근데 넌 거울을 정면으로 봤잖아. 그뿐만 아니라 거기서 뭐가 보이는지 조플린한테 얘기하기까지….”

“‘아름다운 것들’? 아, 그거 지어낸 거야. 그 인간이 듣고 싶을 얘길 한 거지.” 그가 우릴 보며 씩 웃었다. “그 모두가 연기였어.”

록우드는 그를 빤히 쳐다봤다. “하지만 이해가 안 되는데. 네가 거울을 봤다면….”

“봤다니까.” 내가 고집했다. “그러는 걸 내가 봤다고.”

“그런데 어떻게 살아남은 거지? 윌버포스고 네들스고 그 거울을 본 사람은 누구든 겁에 질려 죽었는데?”

대답 대신 조지는 천천히 안경을 벗었다. 상의에 닦기라도 하려는 듯 밑으로 내려서는 안경알에 손가락을 댔다. 그대로 밀었다. 알에 가로막히는 대신 손가락은 안경을 관통했다. 그는 손가락에 걸린 안경을 좌우로 흔들었다.

“예배당에서 조플린이랑 몸싸움하던 때, 서로 안경을 쳐서 떨어트렸거든. 내 건 돌인지 뭔지에 부딪히는 통에 알이 둘 다 빠져선 어디로 가버린 거야. 조플린은 그걸 몰랐고, 잘 알다시피 난 그 사실을 털어놓을 생각이 없었어. 그러니까 그 거울 속에 뭐가 있었든, 그게 혼파이프*를 추든 어쨌든, 나로선 알 수도 신경 쓸 수도 없었단 얘기야. 아무 문제가 안 됐다니까.”

"그러니까 거울을 봤을 때…."

"맞아." 그가 알 없는 안경을 주머니에 고이 넣었다. "그 정도 거리에서 난 완전 근시야. 아무것도 못 본다고."

• 뿔피리 반주에 맞춰 추는 경쾌한 춤.

30

카타콤의 비밀!
추측만 난무하던 암시장 존재 밝혀져
수집광의 집착이 부른 비극
오늘 이 사건: A. J. 록우드가 밝히는 사건의 전말

지난 수년간 런던 〈타임스〉는 난제와 관련한 위험 물품들을 취급하는 암시장의 존재를 주장해 왔다. 혐의와 소문만 무성할 뿐 구체적 증거가 부족했던 해당 사안이 새로운 국면을 맞이했다.

켄잘 그린과 블룸즈버리에서 암거래상 일당이 검거됐다는 어제 보도에 이어, 오늘은 록우드 심령 회사 소속 조사관들이 런던 중심부에서 활개 치던 절도범 조직을 적발, 소탕했다는 소식을 전한다. 본지와의 특별 인터뷰에서 앤서니 록우드 대표는 자사의 용맹한 팀이 피츠 대행사 일원의 지원을 받아 흉악범들과 격전을 치르고, 귀신 들린 카타콤에서 도난당한 영물 일체를 발견한 과정을 설명한다.

록우드 대표는 또한 '햄프스테드의 무시무시한 쥐떼유령'과 '공포의 철관' 등, 이 장대한 수사의 초자연적 공포를 숨김없이 공개한다. 얽히고설킨 단서들을 따라가며 앨버트 조플린 씨의 발각과 죽음을 조명한다. 이 저명한 기록물 전문가는 최소 한 건의 살인에 연루된 것으로 알려져 있다. "그는 지나칠 정도로 과거에 매료된 사람이었습니다." 록우드 대표는 말한다. "우리 역사의 어두운 구석들을 파헤치며 너무 오랜 시간을 보냈어요. 결국 집착이 그를 타락시키고 온전한 정신을 앗아갔습니다. 이처럼 어려운 시대를 사는 우리에게 시사하는 바가 크다 하겠습니다."

록우드 인터뷰 전문: 4~5쪽
'쥐 떼의 집' 휴대용 평면도와 사진: 6~7쪽
안전한 묘지, 실현 가능한 과제인가?: 25쪽

예배당 아래서 사건이 마무리되고 사흘 뒤, 우리는 포틀랜드 로 35번지의 지하 사무실에 모여 간단한 다과로 늦은 아침을 먹었다. 다들 생기가 넘쳤다. 잠을 푹 잤고, 굉장한 주목을 받았다. 피츠 대행사의 창립 50주년 기념 연회가 일간지들의 최고 인기 주제인 건 여전했지만, 우리의 모험담이 그 뒤를 바짝 쫓았다. 그뿐만 아니라 DE-PRAC의 수표—반스 경위가 직접 서명한—가 방금 막 은행에서 결제를 마쳤다. 그리고 또 하루의 화창한 아침이기도 했다.

책상 앞에 앉은 록우드는 팔꿈치 옆에 거대한 커피 컵을 놓고 우편물을 분류하고 있었다. 컵에서 김이 피어올랐다. 그는 느긋했다. 옷깃의 단추도 채우지 않았다. 재킷은 전달에 고객이 감사 표시로 선물한 갑옷에 걸쳐뒀다. 한쪽 구석에선 조지가 가죽으로 양장한 크고 검은 사건 장부를 꺼내더니 은제 펜으로 '사라진 거울' 사건을 기록하기 시작했다. 그의 앞에는 신문에서 왕창 오려낸 기사 더미와 풀 단지가 놓여 있었다.

"이번엔 오려 붙일 좋은 기사가 많아." 조지가 말했다. "아무리 못 해도 윔블던 망령 사건보다야 낫겠지."

나는 〈타임스〉를 옆으로 치웠다. "훌륭한 인터뷰야, 록우드. 킵스가 네 '지원'자 꼬리표를 썩 좋아할 것 같진 않지만."

록우드는 상처받은 표정이었다. "그 정도면 킵스도 상당히 괜찮게 다뤄진 것 같은데. 나로선 크게 칭찬한 거야. 그 얘긴 아예 쏙 빼버릴 수도 있었다고."

"다른 건 몰라도 거울 얘길 쏙 빼버린 건 확실하네." 내가 말했다. "비커스태프 얘길 하긴 했지만 그나마도 철관에 있던 그자의 유령 때문이었지. 뼈 거울도, 조플린이 정말로 원했던 게 뭔지도 털어놓지 않았어."

"뭐, 그야 다 반스 덕분이지." 록우드는 그날 아침에 조지가 급히 만든 초콜릿 플랩잭 비스킷을 집었다. 조지는 요리를 어마어마하게 해대는 중이었다. 우리가 좋아하는 걸 왕창 만들었는데, 그 나름의 사과 방식이었다. 정말 안 그래도 됐지만, 록우드도 나도 녀석에게 그렇게 말해줄 정신이 없었다. "반스가 거울 얘기를 대놓고 금지하더라고." 록우드가 말을 계속했다. "그 거울이 야기했을 문제들에 대해서도. 그래서 언론과 접촉할 땐 암시장 쪽에 초점을 맞춰야 했어. 있잖아, 윙크맨이 어쩌고 하는. 조플린은 미친 괴짜로 묘사될 거야." 그가 플랩잭을 씹었다. "실제로도 그랬고. 내 생각엔."

"집착이 그를 타락시켰지." 나는 인터뷰를 인용해 말했다. "그토록 오랜 세월 전에 비커스태프를 타락시켰던 것처럼."

"맞아. 사람들의 호기심은 도를 넘기 마련이니까." 록우드가 말했다. "늘 있는 일이야…" 그는 장부에 뭔가를 붙이느라 분주한 조지를 힐끗 봤다. "물론 이번 사건의 경우엔 다른 요인들도 작용했지. 거울이 그걸 보는 누구든 강력히 매료시켰잖아. 비커스태프의 유령도 마찬가지고. 호기심과 현혹 사이에서, 조플린처럼 유약하고 탐욕스러운 데다 애초부터 그런 것들에 강하게 이끌리는 성향의 사람은 미쳐버리기 십상이야."

"하지만 여기서 진짜 질문이 하나 생겨." 내가 말했다. "그 거울의 진실이 뭔데? 비커스태프가 주장한 게 맞았어? 죽음 뒤에 벌어지는 일을 보여주는 창문이, 저세상으로 난 창문이 맞았느냐고?"

록우드가 고개를 가로저었다. "그게 이 모든 일의 역설이지. 거울을 들여다보지 않는 한 진실을 알 수 없고, 거울을 들여다보면 죽게 되니까." 그는 어깨를 으쓱했다. "그러고 보니 그게 어떤 방식으로든 저세상을 보여주긴 하네."

"내 생각엔 창문이 맞았던 것 같아." 조지가 고개를 들었다. 얼굴의 멍은 아직 다 가시지 않았지만 눈 속 반짝임은 돌아와 있었다. 그는 새 안경을 썼다. "내가 보기에 비커스태프의 이론은 이상하게도 말이 돼. 유령들은 취약한 지점을 통해 이승으로 들어와. 우린 그걸 출처라고 부르지. 출처들을 충분히 많이 모아놓으면 그 너머가 보일 정도로 큰 구멍을 만들 수 있는 건지도 몰라. 아주 매혹적인 아이디어…." 그는 우리가 빤히 쳐다보는 걸 깨닫고 말을 끊었다. "음, 그 매혹적인 아이디어에 난 관심이 없단 얘기야. 플랩잭 더 먹을 사람?"

"이젠 다 상관없지 뭐." 내가 말했다. "내가 깨버렸으니까. 더는 쓸 일 없어."

"정말 그럴까?" 조지가 우리에게 어두운 눈길을 던졌다. "DE-PRAC가 조각들을 가지고 있어. 아마도 다시 조합해 보려 할 거야. 런던 경찰청에서 무슨 일이 벌어지는지는 아무도 모르니까. 그 문제라면 피츠 하우스도 마찬가지고. 검은 도서관에 있던 책들 너희도 봤지? 메리 뒬라크의 소책자까지 소장돼 있었다고. 존재조차 아는 사람이 거의 없는 책인데도. 거기 숨겨진 지식이 정말 어마어마할 수 있다는 거지."

"조지." 내가 말했다.

"알아. 이젠 닥칠게. 말이 그렇다는 거야. 그 거울이 끔찍한 물건이었단 건 나도 알아."

"끔찍한 물건 얘기가 나와서 말인데," 내가 말했다. "이건 어떻게 할 생각이야?" 유령단지는 내 책상 한쪽 구석에서 모직 찻주전자 씌우개를 덮어쓰고 있었다. 벌써 사흘째 거기 그러고 있었다. 켄잘 그린 사건 이후로 유령은 모습을 드러내길 끈질기게 거부했다. 얼굴도, 목소리도, 아주 조금의 플라스마 빛조차 나타나지 않았다. 단지 바닥에 고정된 해골은 횅한 눈구멍으로 밖만 내다볼 뿐이었다. 악랄한 영혼은 자취를 감췄다. 그런들 달라질 건 없었다. 사생활 보호 차원에서 우린 뚜껑의 레버를 꽉 닫아뒀다.

"그래." 록우드가 말했다. "마음을 정하긴 해야지. 카타콤에서 놈이 널 도왔다고 했지. 그래?"

"응…." 나는 잠잠한 씌우개를 노려봤다. 조지네 엄마가 뜨개질해서 록우드에게 선물한 주황색 줄무늬 씌우개였는데, 단지를 상당히 잘 가려줬다. "놈은 카타콤에 있던 시간의 절반을 환호하며 보냈어. 우리가 곧 죽을 판이었거든. 근데 몇 번쯤은 막연하게나마 도움이 되는 것 같기도 했어. 그리고 마지막엔—거울에 사로잡혀 내 자신을 잃어가는 게 느껴지던 순간엔—놈이 입을 여는 통에 정신을 차렸고." 나는 눈을 찡그렸다. "정말 의도해서 그런 건지는 모르겠어. 설령 그랬대도 내가 했던 협박들 때문일 수 있고. 놈이 얼마나 뒤틀린

454

자식인지 잘 알잖아. 햄프스테드에선 놈 때문에 죽을 뻔했다고."

"그래서 어떻게 할까?"록우드가 물었다.

"놈은 3급령이야."조지가 끼어들었다. 말투에서 미안해하는 기색이 느껴지는 것도 같았다. "내가 이런 말을 해선 안 된다는 거 알아. 하지만 무턱대고 없애기엔 너무 중요한 녀석이라고."

록우드가 의자 등받이에 기대앉았다. "루시가 결정할 일이야. 놈에게 가장 많이 시달리는 사람이니까. 조지 말이 맞아. 놈은 여전히 값진 존재고, 우린 놈을 세상에 공개하는 문제를 두고 원대한 계획들을 세우기도 했지. 하지만 그런 번거로움과 위험을 무릅쓸 가치가 정말로 있을까?"

나는 씌우개를 걷어 올리고 단지를 잠시 들여다봤다. "솔직히 말해서 지금 마음 같아선 이 유령과 내 교감을 외부에 밝히는 것만은 피하고 싶어. 혹시라도 밝혔다가 어찌 될 줄 알고? 비커스태프의 거울 같은 꼴이 나고 말 거야. 그보다 나쁜가. 모두가 돌아버릴걸. DEPRAC는 날 데려다 끝도 없는 실험을 해댈 거야. 해골한테서 이런저런 것들을 알아낼 작정으로. 지옥이 따로 없겠지. 내게 평화는 없을 거라고. 그러니까 너희만 괜찮다면 당분간은 놈에 대해 입을 다물어도 될까?"

"당연히 되지."록우드가 말했다. "문제없어."

"놈을 파괴하는 문제에 있어선," 내가 말을 이었다. "뭘 어째야 할지 잘 모르겠어. 카타콤에 있었을 때, 거울에 갇힌 영혼들의 목소리를 들었어. 그들은 사악하지 않았어. 아주 많이 슬플 뿐이었지. 저 해골처럼 내게 말을 걸진 않았지만, 그럼에도 나와 소통하고 있었어. 내가 거울을 깬 것도 그래서야. 그들이 원했거든. 내가 하고픈 말은, 난 내 재능을 보다 깊이 알아가고 있어. 그게 날로 강해지는 것 같단 생각도 해. 그런데다 이 해골처럼 강력하게 교감해 본 혼령이 없는 것도 사실이야. 그러니까 좋든 싫든 간에, 설령 놈이 고약하고 음흉하고 하는 말마다 진실과 거짓이 교묘히 섞여 있는 기만적 존재라 해도, 내 생각엔 놈을 여기 둬야 할 것 같아. 당분간은. 언젠가 제대로 써먹을 날이 올지도 모르니까."

내 짧은 연설이 끝난 뒤 우리는 잠시 조용히 있었다. 조지가 펜을 들었다. 나는 서류 작업을 했다. 록우드는 창문을 보고 앉아 생각에 빠졌다.

"여기 줄리어스 윙크맨이 경매를 열었던 창고 사진이 있네." 조지가 말하며 오려낸 종이를 들어 보였다. "지붕이 이렇게 높았단 얘긴 없었잖아."

"넵." 내가 말했다. "거기서 뛰는 게 플로 본스의 보트보다 무서웠다니까. 오늘 저녁에 플로가 언제 오기로 했지, 록우드?"

"6시. 저녁 식사에 초대하는 게 다소 위험하단 생각은 여전하지만, 플로한테 신세진 게 많으니까. 감초사탕도 어마어마하게 사들이는 게 좋겠어. 그건 그렇고 윙크맨의 부하가 우릴 어떻게 추적했는지 알아냈단 얘길 했던가? 윙크맨한테 DEPRAC에서 일하는 정보원이 있었어. 루시와 내가 골동품점에서 처음 붙잡혔을 때, 윙크맨은 그 정보원을 통해 사건에 투입된 조사관들을 알아냈지. 경매장 사건이 있고 우리 정체를 바로 짐작했던 것도 그래서야. 우리한테 사람을 붙였고, 그들이 우릴 쫓아 묘지까지 왔어."

"윙크맨이 우릴 안다고 생각하니 기분이 그리 좋진 않은데." 조지가 말했다.

"그 인간이 당분간은 우리 생각을 할 겨를도 없이 바쁘길 바라야지."

"한 가지가 더 있어." 내가 말했다. 며칠 동안 마음 한구석에 버티고 있었지만 이제야, 차분하게 어룽거리는 햇빛 속에서야 꺼내볼 여유가 생긴 의문이었다. "우리가 피츠 도서관에 있었을 때, 퍼넬로프 피츠가 어떤 남자랑 얘기하던 걸 봤었잖아…. 그녀가 남자한테 뭔가를 줬는데, 상자였어. 너희 중에 본 사람이 있는지 모르겠네."

"난 못 봤어." 록우드가 말했다. "고개를 반대쪽으로 돌리고 있던 터라."

"난 테이블 밑의 말도 안 되게 비좁은 공간에 짜부라져 있었고." 조지가 말했다. "거기서 내가 뭘 보고 있었는지 너흰 모르는 게 좋을 걸."

"글쎄, 그 상자에 뭐가 들었을지는 아무리 생각해도 모르겠어." 내가 말을 계속했다. "하지만 상자 겉면에 무슨 상징이 찍혀 있었어. 조지, 너 콤 케리 홀에서 슬쩍했던 페어팩스의 고글 기억해?"

"기억할 뿐 아니라…," 조지가 자기 책상의 특히 지저분한 구석을 쑤석거렸다. "가지고도 있지." 그가 고글을 들어 보였다. 두툼하고 고무 재질에다, 크리스털 렌즈가 달려 있었다. 우리는 수개월 동안 고글을 조사했지만 그리 많은 걸 알아내진 못했다.

"책상 꼴 좀 봐라!" 내가 잔소리했다. "진짜 조플린 판박이라니까…. 그래, 거기, 렌즈의 조그만 하프 모양 보이지? 그 상징이 퍼넬로프 피츠의 상자에도 찍혀 있었어."

록우드와 조지가 모양을 살폈다. "신기하네. 이렇게 생긴 회사 로고는 본 적이 없는데." 록우드가 말했다. "피츠 대행사의 내부 부서일 수도 있을까, 조지?"

"아니. 혹시 그렇대도 공식적인 조직은 아닐 거야. 그러고 보면 그 만남 자체가 좀 이상하긴 해. 피츠 대표랑 남자가 의논하던 게 뭐였지? 무슨 모임쯤 되던가? 잘 안 들렸거든. 내 무릎이 귀를 막고 있어서." 그는 새 안경을 벗어 상의에 닦으려다 그러지 않기로 마음먹고는 우리 시선을 의식하며 다시 코에 걸쳤다.

"괜찮아." 내가 말했다. "안경 닦아도 돼. 너랑 조플린은 완전 달라, 정말로."

록우드가 분주히 플랩잭을 고르면서 고개를 끄덕였다. "전혀 다르지. 그 인간은 괴상한 외톨이에다 죽음에 병적으로 집착하는 소시오패스였어. 반면 넌⋯." 그가 접시를 들었다. "플랩잭 먹을래, 루스?"

"괜찮아."

"반면 난 뭐⋯." 조지가 재촉했다.

록우드가 싱긋 웃었다. "글쎄⋯. 적어도 너한텐 친구가 둘이나 있잖아. 아냐?" 그는 접시를 맞은편에 놨다. "그럼 이쯤에서 내가 그간 하고 싶었던 얘길 하면 되겠네."

조지가 나를 쳐다봤다. "아무래도 저 자식이 날 더 혼낼 작정인가 본데."

"내 생각엔 윙크맨 전투로 또 잘난 척하려는 것 같은데. 우린 아무도 못 본 그 전투 말야."

"그래, 이제부터 '4 대 1'의 대격전이 펼쳐지겠지."

록우드가 손을 들어 보였다. "아니, 3 대 1이야. 그중 한 명은 덩치가 꽤나 크고 털도 많았지만. 중요한 건," 그가 말했다. "이 사건에 대해 생각을 해봤거든. 조사가 계속되는 내내 모두가 거울의 비밀에 집착했어. 조플린, 킵스, 우리. 모두가 그 덫에 걸렸지. 반스도 마찬가지고. 사실 제정신을 지킨 건 윙크맨이 유일했어. 그는 거울에 별 관심이 없었거든. 안 그래? 오로지 팔아먹을 생각뿐이었지. 그는 알았던 거야. 그 거울이 값진 건 미스터리가 얽혀 있기 때문이란 걸." 그는 생각을 정리하는 듯 책상을 내려다봤다. "아무튼, 짧게 얘기하면…."

"바라는 바야." 내가 말하곤 조지를 향해 눈을 찡긋거린 뒤 플랩 잭을 베어 물었다.

"짧게 얘기하면, 난 비밀이 문제를 야기할 뿐이라고 결론지었어. 빌어먹을 눈길 닿는 곳마다 비밀이 너무 많고, 그것들은 상황을 악화시킬 뿐 더 좋게 만들어주지 않아. 그래서 결심했어. 너희한테 보여주고 싶은 게 있어."

나는 씹기를 멈췄다.

"오, 맙소사, 너 무슨 곤란한 문신이 있거나 그런 건 아니지. 어?" 조지가 말했다. "카버의 문신을 극복하는 데도 한참 걸렸단 말야."

"아니, 문신이 아냐." 록우드가 말했다. 그는 미소를 지었지만 그 안에 슬픔이 있었다. "두 사람 다 별다른 계획이 없으면 지금 보여줄 게."

자리에서 일어난 그는 방을 가로질러 아치형 출입구로 나갔다. 조지와 나는 말을 뚝 그치고 몸을 일으켜 그를 따랐다. 조지의 눈이 내 눈을 훑었다. 나는 손이 떨리고 있다는 걸 깨달았다.

우리는 사무실을, 그곳의 책상과 물결치는 햇빛을 등졌다. 세탁 바구니와 옷이 마르는 중인 빨랫줄 위로 솟은 철제 계단을 빙글빙글 올라 부엌으로 나왔다. 그곳엔 어젯밤의 설거지감이 그대로 쌓여 있었다. 우리는 복도로 나갔다. 새로 산 아라비아 양탄자가 문까지 뻗어 있었다. 우리는 벽에 걸린 가면과 귀신잡이 아래를 지나 계단 앞에서 방향을 튼 뒤 올라가기 시작했다. 뒤죽박죽 외투 걸이, 응접실, 열려 있는 서재 문…. 내 감각은 그 모두에 휜했다. 우리는 우리가 함께 사는 집의 모든 잡동사니들, 평범한 것들, 익숙한 것들, 그리고 그게 뭐든 우리가 앞으로 보게 될 진실로 인해 조만간 미묘하고도 영원히 의미가 변해버릴지도 모를 것들을 지나쳤다.

좁은 창문 하나뿐인 층계참은 언제나처럼 어둡고 그늘졌다. 침실 문들은 모두 닫혀 있었다. 늘 그렇듯 난방기에 조지의 축축한 목욕 수건 한 장이 불쾌하게 걸쳐져 있었다. 어딘가의 열린 창문에서 새가 노래했다. 무척 아름답고 무척 시끄러웠다.

록우드는 금지된 문 앞에 멈춰 섰다. 두 손을 주머니에 넣고 있었다. "여기야." 그가 말했다. "내가 두 사람한테 집을 안내한 지도 꽤 됐는데…. 그게, 제대로 마무리를 못 했잖아. 그치? 너희가 여길 보고 싶을 수도 있겠다고 생각했어."

우리는 그 평범한 문을 응시했다. 뭔가를 붙였다 뗀 듯한 희미한 자국도 전과 다르지 않았다. "음, 그래…." 내가 입을 열었다. "근데 그러려면…."

록우드가 고개를 끄덕였다. "그냥 문고리를 돌리고, 들어가면 돼."

"비밀 잠금장치 같은 게 있는 거 아니었어?" 조지가 물었다. "난 늘 여기에 기발한 침입 감지장치가 있을 거라 생각했거든. 바닥을 잘못 밟으면 위에서 목을 날리는 기계 같은? 아냐? 내가 너무 앞서간 거야?"

"안타깝게도 그런 것 같다. 함정은 없어. 당연한 얘기지만 난 두 사람을 믿었으니까."

우리는 문을 응시했다.

"그래, 하지만 록우드." 내가 불쑥 말했다. "비밀엔 이유가 있는 법이잖아. 우리가 궁금해한들 그게 뭐? 네 마음을 불편하게 만들면서까지 우리가 알 필요는 없어."

록우드의 원래 미소가 돌아왔다. 층계참이 훨씬 밝아졌다. "괜찮아. 이 문제에 대해 고민한 지는 꽤 됐어. 어째선지 행동으로 옮기질 못했을 뿐. 하지만 해골이 네게 이 얘길 속삭이기 시작했고, 난 때가 됐다는 걸 알았어. 아무튼, 두 사람과 내 비밀을 나누게 해줘."

해골은 아주 여러모로 거짓말쟁이에 사기꾼이었지만, 진실을 말할 줄도 알았다. 놈은 우리에게 비커스태프의 비밀 기록이 있는 위치를 알려줬다. 거기서 기다리는 유령 얘기는 쏙 빼고. 켄잘 그린에선 내가 카타콤에 들어가게 도왔고, 죽을 뻔하던 순간엔 기쁨으로 꺅꺅거렸다. 다시 말해 놈의 진실은 위험을 동반했다. 그리고 이 방에 대해 놈은 진실을 말했다.

록우드가 문을 당겨 열자 그 안쪽 면을 빽빽이 채운 철선들이 보였다. 나무에 꼼꼼히 못질된 상태였다. 그것들로 막고자 했던 심령의 광휘가 쏟아져 나왔다.

맞은편 창문에 쳐놓은 두툼한 커튼이 햇빛을 차단해 실내를 어둡게 유지했다. 공기는 텁텁하고 독했으며, 라벤더 향이 진동했다.

처음에는 이게 다 뭔지 알 수 없었다. 하지만 문간에 선 조지와 나는 차츰 벽에 걸려 있는 은제 부적들의 번뜩임을 구분해 내기 시작했다.

눈이 어둠에 적응했다. 우리는 방에 있는 걸 가만히 봤다. 이윽고 발밑 바닥이 꿀렁거리는 기분이었다. 바다로 순간 이동이라도 한 것 같았다. 조지가 목을 가다듬었다. 나는 손을 뻗어 그의 팔을 움켜잡았다.

록우드는 우리 뒤에 살짝 떨어져 서서 기다렸다.

"부모님이야?" 목소리를 먼저 되찾은 쪽은 나였다.

"비슷해." 앤서니 록우드가 말했다. "내 누나."

*는 1급령
**는 2급령

(흐르는) 물

유령이 흐르는 물을 건너기를 꺼리는 현상은 고대부터 관찰돼 왔다. 현대 영국에서는 이를 유령 방비에 활용한다. 런던 중심부에서는 인공 수로들의 망인 일명 '도랑'이 주요 쇼핑 지구를 보호한다. 보다 작은 규모로는 각 가정에서 현관 밖에 만들어 빗물을 순환시키는 개방형 수로가 있다.

1급령

가장 약하고, 가장 흔하고, 위험은 가장 덜한 유령들의 등급. 1급령은 주변을 거의 인식하지 못하고 반복적인 하나의 행동 양상에 갇혀 있는 경우가 많다. 주로 목격되는 사례는 다음과 같다. 음영자, 관망자, 스토커. 다음 항목을 함께 참고하라. 차가운 아낙, 둥실둥실 신부, 깜빡이, 파리한 악취, 광산의 똑똑이, 그림자 시늉.

2급령

가장 위험하면서도 빈번히 등장하는 유령들의 등급. 2급령은 1급령보다 강하고 모종의 잔류 지능을 가진다. 산 자를 인식하고 해를 가하고자 시도할 수 있다. 가장 흔한 2급령을 출현 빈도에 따라 정리하면 다음과 같다. 요괴, 허깨비, 망령. 다음 항목을 함께 참고하라. 암흑 요괴, 생령, 덩어리, 소리정령, 생골령, 찬란한 소년.

3급령

아주 희귀한 유령들의 등급. 마리사 피츠의 최초 보고 이후 상당한 논란의 중심에 서 있다. 산 자와 완전한 소통이 가능한 것으로 추정된다.

DEPRAC

심령현상조사예방국.
난제의 수습에 주력하는 정부 기관. 유령의 본질을 조사하고 가장 위험한 존재들은 파괴하며, 서로 경쟁하는 여러 대행사의 활동을 감시한다.

관대

관들을 지하의 카타콤으로 내리는 데 사용되던 유압식 장치.

관망자*

1급령의 일종. 그림자 속에서 주저하며 좀처럼 움직이지 않고, 산 자에게 접근하는 일도 없으나 강한 불안감과 소름 끼치는 공포를 퍼트린다.

광산의 똑똑이*

절망적으로 따분한 1급령. 두드리는 것 말고는 할 줄 아는 게 거의 없다.

광신도 집단

이승으로 되돌아오는 죽은 자들에게 여러 가지 이유에서 비정상적으로 집착하는 사람들의 무리.

교수대 표시

교수대를 지탱하는 데 사용된 돌. 나무 기둥이 썩어 사라진 뒤에도 오랫동안 처형장에 남아 있는 경우가 많다.

교수대 망령**

망령의 악독한 하위 유형. 과거에 처형장으로 쓰인 부지에서 발견된다. 타이번 처형장에서 조사관 셋을 죽인 '구식 목따개'가 가장 유명한 교수대 망령으로 꼽힌다.

군집

좁은 지역을 장악한 유령의 무리.

권태

유령이 접근하는 중일 때 흔히 경험하는 허탈감과 무기력증. 극단적인 경우 위험한 유령굴레로 악화되기도 한다.

그리스의 불

마그네슘 화염의 다른 이름. 이 부류의 초기 무기들은 천 년 전에 비잔틴(혹은 그리스)

제국에서 유령을 상대로 사용된 것으로 보인다.

그림자 시늉*

문간과 아치형 출입구, 골목길에서 어슬렁거리는 관망자 혹은 음영자의 런던식 이름. 일상적이고 도시적인 유령이다.

깜빡이*

가장 희미하게 보이는 1급령. 허공을 날아다니는 다른빛의 반점으로만 현현한다. 접촉하거나 그 사이를 걸어도 무탈하다.

난제

현재 영국을 괴롭히는 출몰 사태의 대유행.

냉각

유령이 가까이에 있을 때 발생하는 급격한 온도 저하. 현현의 임박을 보여주는 4대 지표의 하나다. 나머지는 권태와 독기, 소름 끼치는 공포다. 냉각은 넓은 지역에 걸쳐 나타나거나 특정한 '냉점'에 집중될 수 있다.

다른빛

일부 환영이 방출하는 으스스하고 비정상적인 빛.

대행사, 또는 심령 조사 대행사

유령의 억제와 파괴를 전문으로 하는 업체. 런던에만 여남은 개가 넘는 대행사가 있다. 규모가 가장 큰 대행사(피츠와 로트웰) 두 곳의 경우 직원이 수백 명에 달한다. 가장 소규모(록우드 심령 회사) 대행사는 3인 체제다. 대행사 대부분은 성인 감독관이 운영하나, 이들 모두가 강력한 심령 재능을 가진 아이들에게 크게 의존한다.

덩어리**

부풀고 기형적인 2급령의 변종. 인간의 머리와 상반신을 가졌으나 눈에 띄는 팔다리는 없는 게 일반적이다. 망령 및 생골령과 더불어 가장 불쾌한 환영으로 손꼽힌다. 강력한 독기와 소름 끼치는 공포를 동반하는 경우가 많다.

독기

불쾌한 기운. 종종 고약한 맛과 냄새를 포함하며 현현의 사전 단계로 경험된다. 소름 끼치는 공포, 권태, 냉각을 자주 동반한다.

둥실둥실 신부*

여성 1급령이자 차가운 아낙의 변종. 일반적으로 머리 혹은 다른 신체 부위를 상실한 상태다. 일부는 자신의 잃어버린 신체를 찾아다닌다. 절단된 신체 부위를 껴안거나 비통하게 내들고 있는 경우도 있다. 햄프턴 코트 궁전에서 참수된 두 왕후의 유령에서 비롯된 이름이다.

라벤더

라벤더의 강력한 단내가 악령을 억제하는 것으로 알려져 있다. 이에 따라 많은 이들이 라벤더의 잔가지를 건조해 옷 등에 꽂거나 불에 태워 자극적인 연기를 낸다. 조사관들은 때로 약한 1급령에 사용할 목적으로 라벤더물이 든 병을 소지하기도 한다.

레이피어

모든 조사관의 공식 무기. 16~17세기 유럽에서 사용된 결투용 양날검으로 가늘고 긴 날이 특징이다. 철제 검날의 끝에 은을 입히기도 한다.

마그네슘 화염

금속제 산탄통에 마그네슘과 철, 소금, 화약, 점화장치를 넣고 쉽게 깨지는 유리로 봉한 화염탄. 대행사들이 공격적인 유령에 맞서 사용하는 주요 무기.

망령**

위험한 2급령. 위력과 행동 양상의 측면에서 요괴와 비슷하나 겉모습은 훨씬 끔찍하다. 이들의 환영은 망자가 죽어 있는 상태를 반영한다. 말라비틀어지고 끔찍하도록 야위고, 때로는 부패해 벌레가 바글거린다. 종종 해골의 형태를 띠기도 한다. 강력한 유령굴레를 생성한다. 다음 항목을 함께 참고하라. 교수대 망령, 생골령.

민감성, 민감한 (자)

비범하고 훌륭한 심령 재능. 그런 재능을 가지고 태어난 사람. 민감한 자 대부분은 대행사 또는 야경대에 합류한다. 방문자와 직접 맞서는 일 없이 심령 서비스만 제공하는 이들도 있다.

방문자
유령.

방어구
3대 기본 방어구를 효과 순으로 나열하면 은, 철, 소금이다. 라벤더 또한 밝은 빛과 흐르는 물처럼 일정 정도의 보호 기능을 한다.

봉인구
대개 은 또는 철로 만들어지며, 출처를 넣거나 덮어 유령의 탈출을 막도록 설계된다.

사슬망
정교하게 엮은 은제 사슬로 만든 망. 다용도로 사용이 가능한 봉인구.

생골령**
희귀하고 불쾌한 종류의 유령. 살갗을 벗겨낸 피투성이 시체가 눈을 희번덕거리고 입을 쫙 찢으며 웃는 모습으로 현현한다. 조사관 사이에서 인기가 없다. 다수의 권위자가 생골령을 망령의 변종으로 간주한다.

생령**
살아 있는 사람, 대개는 목격자가 아는 이의 형체로 나타나는 드물고 무시무시한 유령. 생령 자체가 공격적인 경우는 거의 없으나 이들이 촉발하는 공포와 혼란이 몹시 강력해 전문가 대다수는 이들을 각별한 주의가 필요한 2급령으로 분류한다.

소금
1급령의 방어구로 널리 사용된다. 철이나 은보다는 효과가 떨어지지만 가격이 저렴하고, 가정 내 다양한 억제책에 활용된다.

소금탄

비닐에 소금을 채운 투척용 소형 구체. 외부 충격에 폭발하며 소금을 사방에 뿌린다. 보다 약한 유령들의 격퇴에 사용된다. 강력한 개체들을 상대로는 효과가 떨어진다.

소금총

넓은 지역에 소금물을 분사하는 장치. 1급령에게 효과적이다. 대형 대행사들의 채택률이 늘고 있다.

소름 끼치는 공포

유령이 출현하기 전 종종 경험하는 이해할 수 없는 공포감. 대개 냉각과 독기, 권태를 동반한다.

소리정령**

강력하고 파괴적인 2급령. 소리정령은 육중한 사물도 번쩍 들어 올릴 정도로 강력한 초자연적 에너지를 폭발적으로 방출한다. 환영을 형성하지 않는다.

스토커*

산 자에게 끌리는 듯 보이는 1급령. 멀리서 따라다니지만 절대 접근하지 않는다. 청각이 뛰어난 조사관은 그 뼈만 남은 발이 천천히 끌리는 소리, 혹은 외로운 한숨과 신음을 감지하곤 한다.

시각

환영이나 절명광 등 유령과 관련한 현상을 볼 수 있는 심령 능력. 3대 심령 재능의 하나다.

암흑 요괴**

2급령의 섬뜩한 변종. 움직이는 암흑의 파편으로 현현한다. 이따금 암흑 가운데서 환영이 희미하게 관찰되는 경우가 있다. 이 검은 구름은 대개 유동적이고 고정된 형태가 없는데 박동하는 심장 크기로 수축하거나, 혹은 순식간에 팽창해 방 하나를 삼킬 정도가 되기도 한다.

야경대

대기업과 지방 정부 기관에 소속된 아이들의 무리. 일몰 후 공장과 사무실, 공공장소를 지킨다. 레이피어의 사용은 허락되지 않으나 환영의 접근을 막을 수 있게 끝에 철을 덧댄 긴 창을 소지한다.

엑토플라즘

유령이 형성돼 나오는 이상하고 변덕스러운 물질. 농축된 상태에서는 산 자에게 무척 해롭다. 이코르 항목을 참고하라.

요원

심령 조사관을 부르는 다른 이름.

요괴**

가장 흔히 조우하는 2급령. 항상 분명하고 세세한 환영을 만들어내며, 경우에 따라서는 고형에 가까워 보일 수 있다. 요괴의 대부분은 망자의 생전 또는 죽음 직후 모습을 시각적으로 정확히 반영한다. 허깨비보다 덜 모호하고 망령보다 덜 흉악하지만 그들과 마찬가지로 행동의 양상이 다양하다. 다수는 산 자와의 관계에서 중립적이거나 온순하다. 또한 비밀을 밝히거나 오랜 잘못을 바로잡고자 귀환하는 사례가 많은 것으로 보인다. 그러나 일부는 적극적으로 적대적이며 인간과의 접촉을 갈망한다. 이 유령들은 무슨 일이 있어도 피해야 한다.

요양원

만성 질환자 입원 시설.

유령

죽은 사람의 영혼. 인류의 역사에서 유령은 늘 존재했지만—불분명한 이유들로—이제 출몰의 빈도가 나날이 늘고 있다. 유령의 종류는 다양하나 개략적으로는 세 유형으로 분류된다.(1급령, 2급령, 3급령 항목 참고) 유령은 늘 출처 곁에 머무는데, 이들의 사망 지점에 해당하는 경우가 많다. 일몰 후, 그중에서도 특히 자정부터 새벽 2시 사이에 가장 강력하다. 대부분은 산 자에 대해 무지하고 무심하다. 소수만이 적극적인 적개심을 보인다.

유령굴레

2급령이 과시하는 위험한 힘. 권태의 연장일 가능성이 있다. 유령굴레의 희생자는 의지력을 상실하고 끔찍한 절망감에 압도된다. 근육이 납덩이처럼 무겁게 느껴지고 생각이나 움직임도 더는 자유롭지 않다. 대부분의 경우 굶주린 유령이 가까이, 더 가까이 다가오는 모습을 꼼짝 못 하는 상태로 무기력하게 지켜볼 수밖에 없게 된다.

유령단지

활성 상태의 출처를 속박하는 데 사용하는 은유리 용기.

유령안개

유령의 현현 중에 가느다랗고 녹색을 띤 흰색 안개로 생성된다. 엑토플라즘으로 만들어지는 것일 가능성이 있으며, 차갑고 불쾌하나 접촉 자체가 위험을 초래하지는 않는다.

유령접촉

환영과 신체적으로 접촉한 결과이자 공격적인 유령이 가진 가장 치명적인 힘. 찌르듯 압도하는 한기로 시작해 동상에 걸린 듯 온몸의 감각이 순식간에 저하된다. 주요 장기들이 차례로 손상된다. 이내 몸이 푸르스름해지며 부풀기 시작한다. 신속한 의학적 도움이 없는 한 대개가 치명적인 결말을 맞는다.

유물 사냥꾼

출처와 영물들을 추적해 암시장에 판매한다.

은

유령에 맞서는 중요하고 강력한 방어구. 장신구 형태의 항마구로 몸에 지니는 사람이 많다. 조사관들은 레이피어 코팅과 봉인구 제작에 은을 사용한다.

은유리

출처의 보관에 사용되는 '유령 저항성' 특수 유리.

음영자*

1급령의 표준이자 아마도 가장 일반적인 형태의 방문자일 것이다. 음영자는 요괴와 유사하게 상당히 구체적인 형태로 나타날 수 있고, 허깨비처럼 실체가 없고 희미하게 보일 수도 있다. 그러나 두 경우 모두 위험을 야기할 만한 지능은 전혀 가지고 있지 않다. 음영자는 산 자의 존재를 인지하지 못하는 듯하며, 대개 특정한 행동 양식에 매여 있다. 슬픔과 상실감을 내비치지만, 분노를 비롯한 강력한 감정을 보이는 일은 좀처럼 없다. 거의 모든 경우에 인간의 형상을 띤다.

이코르

가장 진하고 농축된 형태의 엑토플라즘. 다양한 소재를 불태우며, 오직 은유리로만 안전한 억제가 가능하다.

재능

유령을 보거나 듣거나 기타 여러 방식으로 감지하는 능력. 모두는 아니지만 다수의 아이들이 어느 정도의 심령 재능을 지니고 태어난다. 이 기술은 성인기에 근접할수록 퇴화하는 경향이 있지만, 일부 성인에게서는 미약하게나마 지속되기도 한다. 평균 이상의 재능을 가진 아이들은 야경대에 합류한다. 비범한 재능을 가진 아이들은 대개가 대행사에 합류한다. 3대 재능은 시각, 청각, 촉각이다.

절명광

망자의 목숨이 끊어진 바로 그 위치에 남은 에너지 흔적. 잔혹한 죽음일수록 더 밝은 빛을 낸다. 강한 빛은 수년간 지속되기도 한다.

차가운 아낙*

잿빛에 안개를 닮은 여성의 형태. 구식 드레스를 입은 모습으로 멀리서 어렴풋이 보이는 경우가 많다. 차가운 아낙은 강력한 우울감과 권태감을 발산한다. 원칙상 산 자의 가까이에 접근하는 일은 거의 없지만, 예외가 보고되기도 한다. 둥실둥실 신부 항목을 참고하라.

찬란한 소년**

기만적이도록 아름다운 유형의 2급령으로 어린 소년(드물게는 소녀)의 모습으로 현현

해 차갑고 타는 듯한 다른빛을 뿜으며 걷는다.

철

모든 유형의 유령으로부터 보호해 주는 유구하고 중요한 방어구. 일반인은 철제 장식으로 주거지의 방비를 강화하고, 항마구 형태로 만들어 몸에 지닌다. 조사관들은 철제 레이피어와 쇠사슬을 소지하므로 공격과 방어 모두 철에 의존하는 셈이다.

청각

심령 재능의 세 범주 중 하나. 민감한 청각의 소유자는 죽은 자의 목소리, 과거 사건의 메아리, 출몰과 관련된 예외적인 소리들을 들을 수 있다.

촉각

죽음이나 출몰과 밀접히 관련된 사물에서 심령의 메아리를 감지하는 능력. 이 같은 메아리는 시각적 이미지와 소리 등 감각 자극의 형태를 띤다. 재능의 3대 범주의 하나다.

출몰

현현 항목 참고.

출처

유령이 이승으로 들어오는 관문이 돼주는 사물이나 장소.

카타콤

지하 묘실. 런던에서는 찾아보기 쉽지 않으며, 그나마 존재하는 카타콤도 난제의 창궐 이후 사용이 전면 중단됐다.

통행금지

난제에 대응해 영국 정부는 인구 주거지역 다수에서 야간 통행금지를 시행 중이다. 해가 저문 직후에 시작해 새벽에 끝나는 통행금지 시간 동안 일반인은 실내에, 각 주거지의 안전한 방비 안에 머물기를 권장하고 있다.

파리한 악취*

끔찍한 독기, 고약한 부패의 냄새를 퍼트리는 1급령. 라벤더 막대에 불을 붙여 쫓는 게 상책이다.

플라스마

엑토플라즘 항목 참고.

피츠 지침서

유령 사냥꾼을 위한 유명 지침서. 저자인 마리사 피츠는 영국 최초의 심령 조사 대행사를 설립한 인물이다.

항마구

대개 철이나 은으로 제작돼 유령을 쫓는 데 사용되는 사물. 소형 항마구는 장신구의 형태로 소지가 가능하다. 대형 항마구는 집 안 곳곳에 걸어두는데, 장식적인 효과도 있다.

항마등

전기로 작동하는 가로등으로 강력한 백색광을 방출해 유령을 억제한다. 대부분의 항마등은 유리 렌즈 위에 덮개가 달려 있다. 이 덮개들이 밤새 일정한 간격을 두고 열리고 닫히기를 반복한다.

허깨비**

하늘하늘하고 은은하며 속이 훤히 비치는 형태를 유지하는 2급령의 총칭. 희미한 윤곽, 그리고 얼굴과 이목구비의 미약한 특징 일부를 제외하면 거의 보이지 않을 가능성이 있다. 실체가 없는 외양에도 불구하고 보다 구체적인 형태를 갖춘 듯 보이는 요괴 못지않게 공격적이며, 눈에 잘 띄지 않는다는 점에서 더욱 위험하다.

현현

유령 같은 현상의 발생. 소리와 냄새, 이상한 감각, 움직이는 물체, 온도 급강하, 환영의 목격 등 각종 초자연적 현상을 동반할 수 있다.

혼령

유령의 또 다른 호칭.

환영

유령이 현현 과정에서 취하는 형체. 환영은 대개가 죽은 자의 형상을 모방하나 동물과 사물의 형태도 관찰된다. 경우에 따라 상당히 이색적일 수 있다. 최근 라임하우스 부두 사건의 요괴는 초록색으로 빛나는 킹코브라로 현현한 반면, 악명 높은 벨 스트리트 귀신은 천 조각을 짜깁기한 봉제 인형의 탈을 쓴 바 있다. 위력에 관계없이 유령 대부분은 겉모습을 바꾸지 않는다.(혹은 바꿀 수 없다.)

로라와 조지아에게

록우드 심령 회사 2
: 속삭이는 해골

초판 1쇄 발행 2024년 1월 25일

지은이 | 조나단 스트라우드
옮긴이 | 강아름

펴낸이 | 조미현
책임편집 | 황정원
디자인 | 엄윤영

펴낸곳 | (주)현암사
등록 | 1951년 12월 24일 제 10-126호
주소 | 04029 서울시 마포구 동교로12안길 35
전화 | 02-365-5051
팩스 | 02-313-2729
전자우편 | dalda@hyeonamsa.com
홈페이지 | www.hyeonamsa.com
블로그 | blog.naver.com/hyeonamsa

ISBN 978-89-323-2325-1 04840
ISBN 978-89-323-2323-7 (세트)